柳宗悦とウィリアム・ブレイク

環流する「肯定の思想」

佐藤　光――［著］

東京大学出版会

Yanagi Muneyoshi and William Blake:
The Philosophy of Affirmation of Life and its Global Circulation

Hikari Sato

University of Tokyo Press, 2015
ISBN 978-4-13-086048-2

柳宗悦とウィリアム・ブレイク　目次

凡例

一、柳宗悦のテクストは『柳宗悦全集』全二二巻（筑摩書房、一九八〇―一九九二）より引用し、『全集』と略して巻数と頁数を記す。なお、漢字の旧字体は一部を除き新字体に改めた。

二、ウィリアム・ブレイクのテクストは *The Complete Poetry and Prose of William Blake*, ed. by David V. Erdman (New York: Doubleday, 1988) から引用し、'E' とともにページ数を記す。ブレイクのテクストの日本語訳については、『ブレイク抒情詩抄改訳』寿岳文章訳（岩波文庫、一九四〇）、『ブレイク詩集』土居光知訳（平凡社ライブラリー、一九九五）、ジェフリー・ケインズ編『ブレイクの手紙』梅津濟美訳（八潮出版社、一九七〇）、『ブレイク全著作』梅津濟美訳、全二巻（名古屋大学出版会、一九八九）、松島正一編『対訳ブレイク詩集』（岩波文庫、二〇〇四）を参照し、適宜改めた。

三、ブレイクの伝記的事実と作品の制作年代は G. E. Bentley Jr. *Blake Records Second Edition* (New Haven and London: Yale University Press, 2004) に準拠した。英国の人物に関する伝記的事実は *The Oxford Dictionary of National Biography* のオンライン版を参照した。

四、外国語の固有名詞の片仮名表記については『新英和大辞典』第六版（研究社、二〇〇二）、『リーダーズ英和辞典』第三版（研究社、二〇一二）および『リーダーズ・プラス』（研究社、二〇〇〇）を参照した。

五、聖書の日本語訳は新共同訳に準拠した。外国語文献の日本語訳は特に断りがない限り拙訳である。

六、本書における引用文中の［ ］は、原文に存在しない情報を便宜上追加する必要があると判断される時に、追加された部分を明示するために用いられる。

七、本書では「民藝」を旧字体で表記する。柳は『日本の民藝』増補改訂版（一九六〇）の「序」において、出版社の要請で新仮名遣いと略字体を用いたが、「『芸』字は元来『香草』の意で、これを『ウン』と発音する別字なので、やはり本来の『藝』字に戻してある」（『全集』十巻、二六七頁）と述べており、柳の意志を尊重することにした。

八、本書における欧文書誌情報は、英国の Modern Humanities Research Association (MHRA) の書式を参考にしつつ、和文表記との整合性を優先した。

序章　柳宗悦とウィリアム・ブレイク
――本書における問題の設定

一　「肯定の思想」とは何か

京王井の頭線駒場東大前駅西口から緩やかな坂道を上って行くと、重厚な和風建築の建物が右手に見えてくる。玉砂利が敷き詰められた前庭を通り、ガラスの入った重い木製の引き戸をがらりと開ける。目に入るのは上部が左右に分かれた大階段だ。吹き抜けの広間が心地よい。閑静な駒場で一際静寂な空間。整然と配置された茶碗、壺、皿、箪笥、絣、蓑、長椅子が心に安らぎを与える。

日本民藝館は一九三六年に柳宗悦（一八八九―一九六一）によって創設された。当時の多くの美術館や博物館が洋風建築であったのに対して、日本民藝館は和風建築であり、太陽光線は障子を通って室内に射し込むように設計された。以来今日に至るまで、各地域で育まれた地方色豊かな様々な民藝品が「用の美」を発信すべく、柔らかい光に包まれて展示され続けている。

柳は『民藝の趣旨』（一九三三）に「美しさを、見る世界に限り、用ゐる世界に求めなくなつたのは、近代の人が犯した大きな誤謬でした」[1]と記し、それまで美とは無縁の「下手物」（げてもの）として軽んじられてきた日常生活の器具に新たな光を当てた。その背景には、美しいものと美しくないものを分ける規準は恣意的なものであり、規準が異なれば、美しくないとされたものにも美を見出すことができるのではないのか、絶対的な美の規準があるように考える心のありようこそが醜いものなのではないのか、という視座の転換があった。柳の『美の法門』（一九四九）には次のような一節がある。

美醜といふのは対辞である。美があれば醜があり、醜があれば美がある。醜を考へずして美はなく、又美と同一な醜もない。上下、左右、高低、遠近、善悪、浄穢、凡て同じ対辞の性を出ることがない。だがどうして美醜の二があるのか。それを二つに分け、さうしてその一つを選ばうとするのか。なぜ醜を捨てて美を取らねばならないのか。なぜ美が讃えられ醜が呪はれるのであらうか。（『美の法門』[2]）

無名の職人によって無心に作られた日用品に美が宿るという民藝の思想を、無名の信徒が無心に念仏を唱えることで救われるという仏教の他力道に重ね合わせながら、柳は『美の法門』に「仏は審判者ではなかつた」と記し、「何ものをも彼の慈悲で迎へ取つて了ふ」と書いた。柳によると「畢竟真に美しいもの、無上に美しいものは、美とか醜とかいふ二元から解放されたものである」[3]。

柳の初期の文章にも、同じように「二元から解放された」状態を理想とする言葉が見られる。『美の法門』を著す三十五年前に、柳は英国の銅版画職人であり、画家であり、詩人であったウィリアム・ブレイク（一七五七―一八二七、William Blake）に夢中になり、おそらく日本で最初のブレイクの研究書となる『ヰリアム・ブレーク』（洛陽堂、一九一四）を著し、次のように記した。

ブレークは神の庇護になる此世に否定の運命をもつて創造されたものゝ一つとしてない事を固く信じて、全自然の偉大な肯定的意義を唱導したのである。然も彼はその鋭敏な洞察の力によつて此肯定の思想を相対律の上に建てゝゐる。彼は此現象界が凡て対立的価値の上に成立する事を見ぬいてゐる。悪のない所に善はなく正がなければ又邪もない。生命と物質と、主観と客観と、美と醜と是等の対立的事実は何等矛盾するものではない。彼等には不可分離な相互関係が内在してゐる。対峙する二個のものは直ちに両者の存在の是認を意味し、又一方の肯定は必ず他方の肯定をも内意する。純粋に単一性をもつて成立する事象は此世界に存在しない。（『ヰリアム・ブレーク』）④

一枚の紙の片側を表とみなした時に初めて裏という概念が成り立つように、対立する二者は常に相互依存の関係にある。柳は「善と悪、心と物、理性と直観、彼等は人が作為した抽象的差別である」⑤と述べ、ブレイクの「生きとし生けるものはすべて神聖である」という言葉に注目して、対立する二者のうちの一者を否定するのではなく、二者をそのまま受け入れることの意義を説いたところにブレイクの最大の特色がある、と論じた。柳はこれを「肯定の思想」と呼び、「人為的道徳の不自然を打破して此全称的肯定の思想を人生観上に齎らしたのは恐らくブレークを以て嚆矢とする」⑥と言い切った。

後年の柳は浄土真宗に傾倒し、仏は信賞必罰の審判者ではなく、あらゆる存在を慈悲の心で受け取ってしまう、と述べた。初期の柳はブレイクに熱中して、「生きとし生けるものはすべて神聖である」という言葉を取り出した。どちらも「肯定の思想」であるという点で共通しており、柳の関心のあり方は若き日々から晩年に至るまで首尾一貫していたと言える。しかも柳は『ヰリアム・ブレーク』に「ブレークの思想が一見して東洋的色調をおびてゐる事は事実である」と記し、古代インドの宗教哲学書である『ウパニシャッド』の英訳本に言及しながら、「特にその想像又は生命の観念に於てブレークの思想は本質的に東洋最古の哲学思想を示してゐると云はねばならない[7]」と指摘した。

柳がブレイクに見出した「肯定の思想」は、ブレイクの中でどのように形成されたのだろうか。あるいはもっとはっきりと言ってしまえば、従来の柳研究で考えられてきたように、柳はブレイクに仏教の思想を投影したのだろうか。本書では柳の指摘を足掛かりとして、ブレイクが独自のキリスト教を構築する中で、実際に古代インド哲学から影響を受けた可能性を探る。ブレイクとインドに接点があったという仮説は荒唐無稽に聞こえるかもしれない。この仮説の妥当性を実証することは、ドン・キホーテが風車に突撃するような試みに見えるかもしれない。しかし、ブレイクが『天国と地獄の結婚』（一七九〇頃、*The Marriage of Heaven and Hell*）にいみじくも書き込んだように「現在証明されているものは、かつては想像されたにすぎない[8]」。ブレイクの「肯定の思想」の源流の一つがインドにあったとすれば、それはブレイクが生きた十八世紀のロンドンに伝わり、十九世紀のブレイク愛好家たちの手を経て、柳が活動した二十世紀の東京に流れ込んだことになる。これを西廻りの「肯定の思想」と呼ぶならば、インドから仏教という形で中国にもたらされ、さらに百済から日本に渡来し、時の流れとともにやがて親鸞や一遍を生んだ一連の思想の流れは、東廻りの「肯定の思想」と言えるだろう。本書では、西廻りと東廻りの二手に分かれた「肯定の思想」が、『ヰリアム・ブレーク』を著し、日本民藝館を創設し、美醜の差別のない世界を理想として語った柳宗悦という思想家の中で合流し、再び一つの潮流になったことを明らかにしたい。インドを起点として西と東に分岐した「肯定の思想」は、柳宗悦を結節点とする時空を越えた思想の流れの円環を形作るのではないか。本書の副題に設定した「環流する肯定の思想」とはそのような意味である。

本書はブレイク研究の側から柳の仕事を評価する試みである。また、柳に特化した形での日本におけるブレイク受容の研究でもある。そして、ブレイクとインド哲学との接点を検証するという意味では、ブレイク研究に新たな地平を開くものである。

二　ウィリアム・ブレイク小伝

ブレイクは一七五七年にロンドンの小間物商人ジェイムズ・ブレイク（一七二二—八四、James Blake）の三男として生まれた[9]。幼少期についてはほとんど記録が残っていないので不明だが、アレクサンダー・ギルクリスト（一八二八—六一、Alexander Gilchrist）の『ウィリアム・ブレイク伝』によると、ある日少年ブレイクは輝くような翼を持った大勢の天使が木に鈴生りになっているところを見たらしい[10]。また別の折りには、原っぱの木の下で預言者エゼキエルを見た、と言って家に駆け込み、母親に打擲されたという[11]。これらの話の真偽の程はわからない。しかしこの二つの逸話は、本人が見たというものを他人がどのようにして否定できるのか、という問題を含んでいる。この問題を追究していくと、例えば金魚にどのように世界が見えるのかを他の生物は知ることはできない、隣のミヨちゃんに夕陽がどのように見えるかはミヨちゃん自身にしかわからない、つまり知覚内容は知覚した当事者にしかわからない、というところに行きつく。ヒトという生物に共通して見えると思われる風景から判断して、見えるはずのないと思われる風景を見たと主張するヒトが現れた時、それは特別な能力を有する個体と考えられるべきなのか。それとも欠陥のある個体とみなされるべきなのか。あるいはそのような発言そのものを自己表現の一種ととらえるべきなのか。これらの問いに関する成熟した議論は哲学の領域に属するのかもしれない。少年ブレイクに体罰を加えた母親は、ブレイクにとっては残念なことに、二十一世紀の応用哲学者ではなく十八世紀の常識人だった。

ブレイクが生きた十八世紀後半から十九世紀前半は啓蒙主義の時代であり、本人が「幻視」（Vision）を見たというのであれば、それが他人に迷惑を掛けない限り、それはそれでいいではないか、と寛容に受け容れる環境はまだ整っていなかった。少年ブレイクが直面したブレイクの側から見て無理解の壁というべき反応は、生涯を通じてブレイクを悩まし続けたが、ブレイクは「幻視」を見たと言うのをやめなかったし、ブレイクの「肯定の思想」はこの疎外感を土台として形作られたとも言える。また、エマヌエル・スウェーデンボリ（一六八八―一七七二、Emanuel Swedenborg）やヤコブ・ベーメ（一五七五―一六二四、Jakob Böhme）などの神秘主義思想家の著作にブレイクが親しんだのも、この疎外感が影響したからかもしれない⑫。

一七七二年にブレイクはジェイムズ・バザイア（一七三〇―一八〇二、James Basire）に弟子入りをして、銅版画職人としての技術を身に付ける。バザイアはブレイクをウェストミンスター寺院に行かせて、石棺や彫刻のスケッチをさせた。これらの作業を通してブレイクは中世とゴシックに強い関心を持つようになる。

一七七九年に徒弟修業を終えたブレイクは、銅版画職人として人生の第一歩を踏み出した。写真技術が存在しなかった十八世紀において、銅版画はおそらく唯一の精密な複製技術であり、銅版画職人は画家の作品を複製して白黒の普及版を制作したり、書籍や雑誌の挿画の制作を請け負ったりして生計を立てていた。ブレイクが注文を受けた依頼主の一人に出版業者ジョゼフ・ジョンソン（一七三八―一八〇九、Joseph Johnson）がいる。ジョンソンはリベラリズムを編集方針に掲げる総合文芸雑誌『アナリティカル・レヴュー』誌の発行人でもあり、芸術家や文化人に知己が多く、ジョンソンを通じてブレイクは彫刻家のジョン・フラックスマン（一七五五―一八二六、John Flaxman）や画家のヘンリー・フューズリ（一七四一―一八二五、Henry Fuseli）と交わりを持った。また、ジョンソンを出版元として刊行されたエラズマス・ダーウィン（一七三一―一八〇二、Erasmus Darwin）の『植物の園』⑬（一七九一）やメアリ・ウルストンクラフト（一七五九―九七、Mary Wollstonecraft）の『実話に基づく物語集』⑭（一七九一）のために、ブレイクは挿画を制作した。博物学者エラズマス・ダーウィンは進化論の提唱者として知られるチャールズ・ダーウィン（一八〇九―八二、Charles Darwin）の祖父にあたり、生命の起源は海であるという説を出した。フェミニズムの先駆者として知られるウルストンクラフトは『アナリティカル・レヴュー』誌の書評欄を担当する一方で、一七九二年に『女性の権利の擁護』[15]を出版した。ブレイクが一七九三年に制作した『アルビオンの娘たちの幻想』（*Visions of the Daughters of Albion*）は性暴力を手掛かりにしながら、男性と女性の関係のあり方を女性の立場から問い直そうとする作品となっており、この時期のブレイクがウルストンクラフトの主張に一定の共感を持っていたことがわかる。

銅版画職人として注文を受けながらも、ブレイクは商業用の複製版画を制作するだけでは物足りなく、芸術家を目指して一七七九年に王立美術院（The Royal Academy of Arts）の芸術家養成課程に入学した。

王立美術院は、英国絵画の水準をフランスやイタリア並みに向上させることを目的として、一七六八年に設立された。[16]初代会長の肖像画家ジョシュア・レノルズ（一七二三―九二、Sir Joshua Reynolds）は先行作品の研究と模倣を主軸とする教育方針を策定し、模倣を通して技術と着想を習得することを画学生に促した。レノルズは実証的、論理的、体系的に芸術を解明できると考え、美を生成する法則を把握して、その法則に従って創作活動を行えば、誰もが芸術家になることができると主張した。レノルズにとって芸術とは、芸術家の個性の表現ではなかった。美しいものを生産して美の享受者に快楽を与え、国家の文化水準を向上させることが芸術家の使命であった。だからレノルズは画家に対して、美徳や教訓を含みつつ、広く受け容れられるような主題を創作の題材として選ぶように推奨した。英国の芸術を発展させる国家事業として始まった王立美術院は、芸術の名に値する作品を選別し、美を見極めるための鑑眼を持った芸術家の育成を目指した。王立美術院に併設された芸術家養成課程では、この目的を達成するための訓練が行われた。レノルズは王立美術院の芸術観とその使命を、一七六九年から一七九〇年にかけて会員と学生を対象に行った年次講演で繰り返し説いた。講演の一部は『芸術教育論集』[17]として一七七八年に出版され、レノルズの死後に刊行された『ジョシュア・レノルズ集』（全二巻一七九七、全三巻一七九八）には、編者のエドモンド・マローン（一七四一―一八一二、Edmond Malone）の解説とともに講演原稿のすべてが収録された。[18]

王立美術院とは何だったのか。

芸術は国家の装飾であり、また国家の装飾として相応しいものでなければならないとする王立美術院にとって、芸術を天才の名のもとに不可知の領域に置くことは、その創設目的と相容れるものではない。むしろ、天才のわざと呼ばれる現象のメカニズムを解明し、訓練を受けて技術を習得すれば、希望者が芸術家になることのできる道を開こうとした。王立美術院は芸術の規格化を推進した。芸術におけるあらゆる神秘と特権は、理性と教育によって解体されなければならなかった。

大国としての英国には、大国に相応しい芸術が必要である、というレノルズの主張は、上流階級の人々の愛国心と自尊心を揺さぶり、王立美術院は王室の保護のもとで多くの紳士淑女から財政的な支援を受けた。王立美術院の会員は名前の後にR. A.という肩書きを付けることが許され、会員資格を厳格に運用することによって芸術家の地位の向上を目指した。例えば絵画を複製する職人にすぎない銅版画師は芸術家とはみなされず、会員資格が与えられなかった。毎年開催される展覧会には、芸術を鑑賞して自尊心を満足させようとする上流階級の人々と、彼らの目にとまって立身出世を遂げようとする新進芸術家で賑わった(19)。確かに王立美術院は芸術家育成のための教育機関として、一定の役割を果したのかもしれない。しかしそれは同時に、上流階級と巧妙に連携することによって、芸術の領域に画一的な秩序をもたらすことにもなった。王立美術院が名声を確立すればするほど、芸術作品の評価を行うための権力が集中し、王立美術院に認められない芸術家は作品の発表の場を失う。模倣を重視するレノルズの教育方針が強制力を増すにつれて、独創的な芸術家はその独創性に比例する形で芸術の世界から駆逐される。そのような意味で、王立美術院が芸術界における権力機構でもあったことは否定できない。

「幻視」を見たと言って憚らない意志の強さ、あるいは頑固さを持ったブレイクが、王立美術院の芸術家養成課程で不幸であっただろう、ということは容易に想像することができる。ブレイクは少なくとも二度レノルズと会って言葉を交わしたが、二度とも互いの芸術観の相違を浮き彫りにする結果に終わったようだ。ある日レノルズは穏やかに

「やあ、ブレイクさん、あなたは我々の油彩画を軽蔑しているそうですな」と話しかけた。これに対してブレイクは「いいえ、サー・ジョシュア、軽蔑してはいません。私はフレスコ画のほうが好きなのです」と答えた。フレスコ画とは漆喰の面に水で溶いた顔料で描く壁画技法であり、両者が得意とした画法が水と油のように違うことがわかる。もう一つの出会いはより深刻だった。画学生としてのブレイクがレノルズに数枚の習作を見せたところ、レノルズは「あまり突飛にならないように、もっとわかりやすく描くように」と忠告し、そのスケッチを添削した。ブレイクはこれを侮辱とみなして、怒りを込めて友人に語ったという。(20)

ブレイクは王立美術院の指導陣とも衝突した。ブレイクが王立美術院の図書室でラファエルとミケランジェロの複製版画を調べていると、ジョージ・マイケル・モーザー（一七〇六―八三、George Michael Moser）がやって来て、「このような硬直してごつごつした退屈な未完成品を研究するべきではない。少し待ちなさい。あなたが研究するべきものを見せてあげよう」と言い、ルブラン（一六一九―九〇、Charles Lebrun）とルーベンス（一五七七―一六四〇、Peter Paul Rubens）の複製銅版画集を取り出した。ブレイクは言い放った。「あなたが完成したと言われるこれらの代物は始まってさえもいません。どうして完成しているなどと言えるでしょう。始まりを知らない者は終わりを知るはずもないのです。(21)」

ブレイクは一七九八年から一八〇九年の間に『ジョシュア・レノルズ集』第一巻を入手し、そこに収録された第一講義から第八講義を読み、感想を余白に書き込んだ。(22)この書き込みにおいて、ブレイクはレノルズを芸術の抑圧者として糾弾し、糾弾の根拠を以下に列挙すると宣言し、最初は鉛筆でその後ペンでレノルズに対する反論を記した。つまりブレイクは、一回目の書き込みを後になってから読み直して、ペンで添削したということであり、この書き込みは単なる個人的なメモではなく、レノルズの芸術観に対するブレイクの声明文という性格を持つ。前述のモーザーとのやりとりは、レノルズに向けた激しい批判の言葉とともに、この書き込みの一部に含まれている。

レノルズは模倣を重視し、先行作品から技法と着想を学習することを唱えた。一方、ブレイクは個々の存在に独自に宿る個性を尊重し、異質性と特殊性に目を向けた。差異こそが存在意義なのだとブレイクは言う。

羊が犬のように歩こうとしたり、牛が馬のようにだく足で歩もうとするのを見るのは、どれほど馬鹿馬鹿しいことか。それとちょうど同じぐらい馬鹿馬鹿しいのは、一人の人が他の人を模倣しようと努力するのを見ることである。人はそれぞれ異なっており、その相違は異種の動物間の相違よりも大きい。（「『ジョシュア・レノルズ集』への書き込み」[23]）

ブレイクにとって差異とは存在をその存在たらしめる本質であり、神から授けられた天賦の才だった。神は個人が有する才能の働きを通して地上にその姿を現す、とブレイクは考えた。芸術とは人の創作活動という形で達成される神の顕現であり、そこで実現される美とは、人が生まれながらにして持っている才能の発現である。一人一人の人に授けられた個別の才能とは、それ自体がいわば神の意志であり、才能が開花することによって神の意志は初めて地上に伝えられる。ブレイクによると、神の意志としての才能は、その才能を授けられた存在が固有に有するものであって、人と人との間で才能を授受することはできないし、次の世代に伝えることもできない。才能とは一回限りのものである。

芸術が進歩するのであれば、ミケランジェロやラファエルに続く新たなミケランジェロやラファエルが次々と現れたはずであり、それぞれ進歩したはずだが、実際はそうではない。才能はその所有者と共に滅ぶものであり、その才能を備えた人が生まれるまで、それは二度と現れないのである。（「『ジョシュア・レノルズ集』への書き込み」[24]）

ブレイクにとって芸術とは才能の発現であり、才能とは神から授けられたものである以上、芸術家を育成するための教育というものはそもそもありえない。ブレイクの視点から見ると、これは教育という名のもとに行われる個性の抑圧であり、神の否定であり、神の意志を表現する使命を帯びた芸術家を蔑ろにする行為である。銅版画職人を会員として認めなかった王立美術院は、ブレイクにとって二重の意味で疎外感の源であっただろうが、ブレイクは迎合するよりも孤立することを選び、独自の芸術観を守り続けた。

画家の着想を忠実に複製する商業版画を手掛けながら、ブレイクは同時に自らの着想を表現する創作版画家の道を志した。一般的な銅版画では銅板に線を刻み、刻んだ線にインクを詰めて紙に写し取る。銅版画は凹版印刷であるため、葡萄搾り機のような特殊な加圧装置を必要とするが、細かい線を組み合わせることで微妙な濃淡の再現が可能であり、複製技術として写真に匹敵する効果を持った。しかし創作版画家としてのブレイクは、複製という概念そのものを払拭するかのように、凹版印刷を逆転させた技法を用いた。ブレイクは耐酸性のワニスで図案を銅板に描き、地の部分を削り落として、残った凸部分にインクを付けて印刷した。これは木版画の技法を銅版画に応用したものであり、凸版印刷であるため大掛かりな加圧装置は不要である。さらにブレイクは印刷した紙面に水彩絵の具で着色した。つまり、版画が本来持っている反復性が除去され、本来持っていないはずの一回性が与えられた。別の言い方をすれば、ブレイクは複製技術である銅版画で印刷された作品に、絵画と等しい位置を与えたのである。王立美術院で刻み込まれた疎外感が、この創意工夫を生んだと言えるかもしれない。

ブレイクはこの技法を夭折した弟ロバートから「幻視」を通して伝授されたと述べ、「彩飾印刷」(illuminated printing)と名付けた[25]。ブレイクは「彩飾印刷」の技法を用いて、詩集『無垢の歌』(一七八九、*Songs of Innocence*)、詩と散文から構成される『天国と地獄の結婚』、中篇詩『アルビオンの娘たちの幻想』、『無垢の歌』に『経験の歌』を追加して合本とした詩集『無垢と経験の歌』(一七九四、*Songs of Innocence and of Experience*)などを次々と制作した。ブレイクは詩人であると同時に銅版画職人であったため、芸術家としての想像力は印刷と着色が完了する瞬間まで作動しており、ページレイアウト、書体、色彩を自由自在に操作して、自作の詩と挿画を同じ一枚のページの上に印刷した。詩と挿画は必ずしも相互補完の関係にあるわけではなく、一見無関係であったり矛盾したりすることもあるが、その無関係性や矛盾が第三の意味をもたらす。詩と挿画という異なる二種類のテクストの複雑な関係から、活版印刷で印刷された詩集ではあり得ないような重層的な意味が生成されるので、ブレイクの作品は現在では「複合芸術」(composite art)と呼ばれている。[26]

一七九〇年代のブレイクは無理解に無理解を以て対するかのように、ユリゼン(Urizen)、ロス(Los)、オーク(Orc)、エニサーモン(Enitharmon)といった奇怪な名前を持つ登場人物を創造し、彼らの対話と闘争からなるブレイク神話を「彩飾印刷」で発表した。例えばユリゼンは疫病を流行らせたり、雪を降らせたりする点で、ギリシア神話の神々に似ており、宗教の網をブリテン島にかぶせるところは寓意的でもあるが、ユリゼンとオークがどのように一七九〇年代の英国社会とつながるのか、あるいは先行する英文学やヨーロッパ文学とどのように接続するのか、という点については説明が一切ない。読者はブレイク神話の世界にいきなり放り込まれることになり、聞き慣れない名称を有する登場人物に直面してただ困惑し、少数の例外的な読者を除いて理解する努力を放棄してしまう。しかし、努力を放棄することなくブレイク神話の構造を見極めようとする読者は、『アメリカ』(一七九三、*America*)に登場するユリゼンとオークの力関係がアメリカ独立戦争の比喩的表現であり(図1、2。図1と2は英語文献のページの順に配置した)、『ヨーロッパ』(一七九四、*Europe*)では燃え盛る炎に身を包んで大西洋を渡るオークに託して、アメリカからフランスに伝播した革命の気運が描かれていることに気が付く。[27]『ユリゼンの書』(一七九四、*The Book of Urizen*)では世俗的な権力機構と化した英国国教会のあり方が批判的に描き出された。[28]ブレイク神話の登場人物の中で最も印象的に造形されたユリゼンには、政治、社会、経済、科学などの分野を問わず、個性に価値を認めようとしない思考が凝

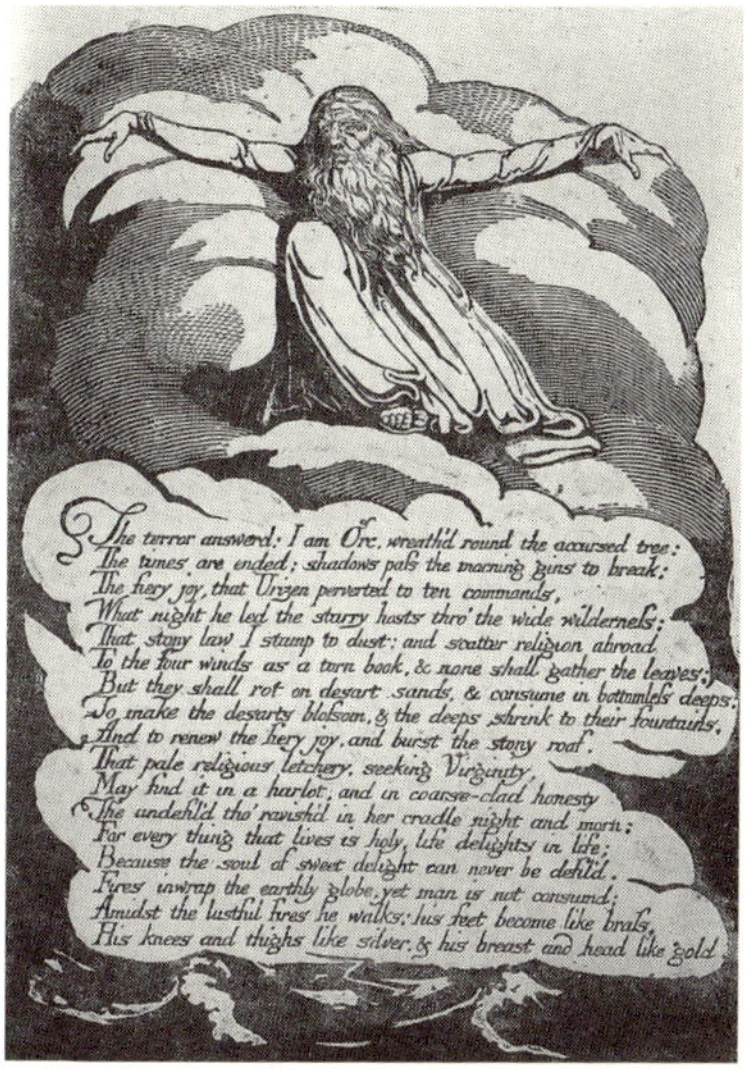

図１　ブレイク『アメリカ』(Copy H, 1793)，第 10 プレート，大英博物館．

図２　ブレイク『アメリカ』(Copy H, 1793)，第 12 プレート，大英博物館．

縮された。例えばユリゼンはアメリカの独立とフランス革命に敵対した英国政府を象徴するとともに、宗教差別が合法化された政教一致の英国社会で権力の基礎を構成した英国国教会を表した。また別の文脈では、効率を最重視し、分業を生み、工場を出現させ、機械の歯車のような労働者という新しい階級を作り出した合理的知性や、その合理的知性に基づいて救貧法を悪法とみなし、社会福祉の意義を否定して自己責任を徹底しようとしたトマス・マルサス（一七六六―一八三四、Thomas Malthus）の『人口論』[29]（一七九八）の議論などが、ユリゼンの言動として描かれた。すべての自然現象を方程式に還元してしまうニュートン力学も、ユリゼンの属性とされた。白髪白髯の老人の姿をとるユリゼンは、ブレイクにとって、独裁的、独善的と見える人と組織と思想を擬人化した表現だった（図３）。十八世紀という啓蒙主義の時代において、合理的知性は、血筋が個人の人生を決定する非合理的な封建制度を覆し、市民社会を出現させ、その意味では開かれた社会へ向けて貴重な一歩を踏み出したのかもしれない。しかし、ブレイクは合理的知性の専横が人間性の否定につながりかねないことに危惧

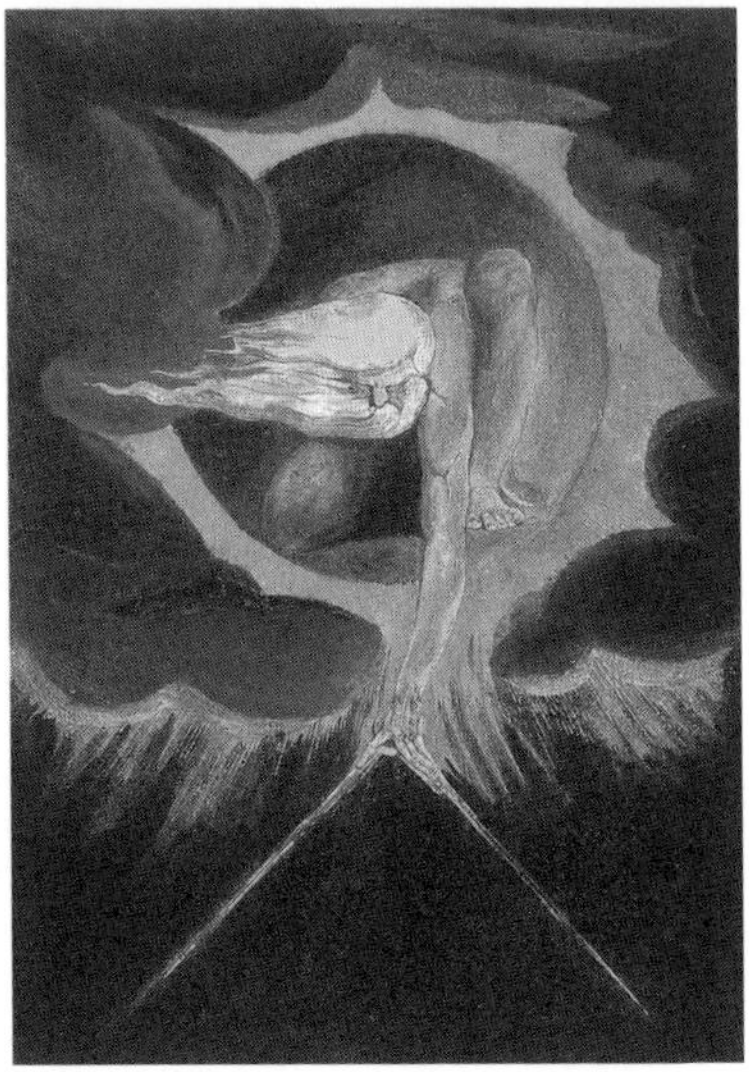

図3　ブレイク『ヨーロッパ』(Copy B, 1794), 口絵, グラスゴー大学図書館.

を抱き、他者の悲しみや痛みに共感する力としての想像力を重視した。ただし、ブレイクは合理的知性を否定したわけではない。人の多様な能力の一部として存在する合理的知性や想像力が一方が他方を抑え込むのではなく、それぞれが相互に刺激を与えながら共存する状態こそが健全であるとブレイクは考えた。これは後に未完で終わった『四つのゾア』(一七九六頃—一八〇七頃、*The Four Zoas*)と、それを発展させた『エルサレム』(一八〇四—二〇、*Jerusalem*)の主題となる。

なぜブレイクは理解されることを拒むかのように、複雑怪奇なブレイク神話を書いたのか。なぜもっとわかりやすい形で伝えたいことを伝えようとしなかったのか。

一七七六年にアメリカ独立戦争を当事者として戦った英国にとって、一七八九年のフランス革命は対岸の火事ではなかった。フランス革命の影響が英国に及ぶことを恐れた宰相ウィリアム・ピット(一七五九—一八〇六、William Pitt)は煽動文書取締令に始まり、人身保護法の停止、秘密警察の設置、集会禁止法などを次々と出し、フランス革命に共感する国内の動きを徹底して封じ込めた。言論、思想、行動の自由が奪われた英国において、ブレイクが反政府的見解を公表したならば、逮捕されて流刑に処せられたかもしれない。実際一八〇三年には、ブレイクの敷地内に侵入した竜騎兵ジョン・スコフィールド(John Scolfield)との諍いがもとで、ブレイクは扇動的発言をした容疑で告発され、裁判に掛けられたが、地元の名士でありブレイクのパトロンでもあったウィリアム・ヘイリー(一七四五—一八二〇、William Hayley)の尽力により無罪とされた。なぜブレイクは突然ブレイク神話を書き始めたのか。それは検閲を逃れるためであった、と考えてブレイクを読み直すと、政治的宗教的弾圧に対する抗議の声が聞こえてくる。ブレイク神話に埋め込まれた抑圧からの解放と個人の尊厳に関する言説は、第二次世界大戦の最中にJ・ブロノフスキー（一九〇八―七四、Jacob Bronowski）の『ブレイク――革命の時代の預言者』[30]（一九四四）によって明るみに出され、その後のブレイク研究における大きな潮流の一つとなるのだが、柳がブレイクに出会った頃はまだブレイク研究はそこまで進んでいない。

ロンドンで生まれ、ロンドンで暮らしたブレイクは、一八〇〇年九月に初めてロンドンを離れる。前述の文人ヘイリーに英国南部サセックス州のフェルパムに招かれ、一八〇三年九月までヘイリーの庇護のもとで三年間を過ごした。この三年間は、従来のブレイク研究では、不毛な三年間と考えられてきた。その根拠となったのは、友人に宛ててブレイクが書き綴ったヘイリーに対する不満と怒りであり、ヘイリーはブレイクに無理解なパトロンと位置付けられてきた。しかし、ヘイリーはスコフィールド事件でブレイクを弁護するために一肌も二肌も脱いでおり、二人の関係が最初から最後まで険悪であったとは考えにくい。また、フェルパム滞在の三年間のうち、最初の二年間は二人の蜜月時代であったと思われるし、そうであるならば、十八世紀を代表する知識人の一人であったヘイリーと彼の蔵書はブレイクにとって知識の源であった可能性がある。

一八〇三年にロンドンに戻ったブレイクは、ジョン・ミルトン（一六〇八―七四、John Milton）の叙事詩『失楽園』[31]（一六六七）をパロディーにした長詩『ミルトン』（一八〇四―一一頃、*Milton*）を制作する。ブレイクによると、詩人ミルトンはサタンを神であると勘違いした。詩人ミルトンは『失楽園』において、神を頂点とするピラミッド型の権力組織を天国として描き、天使を率いてサタンを打ち破る勇敢な司令官の姿をキリストに与えたが、ブレイクにとって神とは裁く力ではなく慈悲の心であり、キリストはゆるしを体現した。詩人ミルトンが『失楽園』で神として描いた存在は、ブレイクの眼から見ればサタンだった。ブレイクはミルトンが地上に降臨し、かつて自分が犯した過ちを訂正するという話をこしらえた。ブレイクの『ミルトン』には、詩人ミルトンの清教徒的な潔癖さを備えたキリスト教を下敷きにすることで、ゆるしを基調とするブレイクのキリスト教が鮮やかに描き出された。

ブレイクの最後の大作は長詩『エルサレム』である。英国社会を寓意する巨人アルビオン（Albion）は、その構成要素である男性原理と女性原理、理性と感情がそれぞれ分断され、互いに覇権を得ようと競い合っているがゆえに心身を病んだ状態にある。最終的な救済は争いが終息して、多様な要素が共存できる環境が整えられた時、そして神と人とが一致した時に訪れる。『エルサレム』では、争いの原因は異なる価値観を理解するための想像力の欠如にあり、自己中心的な思考を滅却し、相互寛容を実現することが幸福への道筋であるという見解が示された。

このようにブレイクは詩と挿画からなる作品群を「彩飾印刷」で制作し、個展を開いて販売もしたが、トマス・バッツ（一七五七―一八四五、Thomas Butts）のようなブレイク作品の熱心な収集家が現れたものの、総じて売れ行きは良くなかったようである。ミルトンの『失楽園』と『復楽園』[32]（一六七一）、ダンテ（一二六五―一三二一、Dante Alighieri）の『神曲』（一三〇七―二一）などを題材とするブレイクの水彩画もあまり注目を集めることはなかった。晩年はジョン・リンネル（一七九二―一八八二、John Linnell）やサミュエル・パーマー（一八〇五―八一、Samuel Palmer）のような少数の理解者に恵まれたが、妻キャサリン（一七六二―一八三一、Catherine Blake）に見守られながら一八二七年にひっそりと他界した。

ブレイクの特色はその独自の芸術観と革命思想に集約することができる。

ブレイクは銅版画職人であるがゆえに、王立美術院で芸術家として認められなかった。また、独自の芸術観を堅持し続けたことも、芸術家の団体である王立美術院から疎外される要因となった。これらの体験はブレイクにとって、芸術とは何か、を考える契機となったことだろう。ブレイクは言う。

キリスト教は芸術である。金ではない。（『ラオコーン』[33]）

想像力という神聖な技を行使するための身体と精神の自由以外に、如何なるキリスト教も如何なる福音も私は知らない。（『エルサレム』[34]）

ブレイクは芸術とキリスト教を結び付けた。ブレイクにとって芸術作品を制作する作業が信仰の現れであり、自由な創作環境を整える活動がキリスト教だった。ブレイクの中で宗教と芸術は一体化していた。なぜか。初期の作品の一つである『天国と地獄の結婚』に、ブレイクは神に関する見解を次のように書き込んだ。

神は、存在するもの、あるいは人の中でのみ活動し存在する。

神を敬うことは、他人の中にある才能を、その才能に応じて互いに尊ぶことであり、最も偉大な人を最もよく愛することである。偉大な人を妬んだり中傷したりすることは神を憎むことである。なぜならそれ以外に神はないからである。（『天国と地獄の結婚』[35]）

第一の引用が持つ衝撃の強烈さは、新約聖書に記された「我らは神の中に生き、動き、存在する」[36]という言葉と比較するとわかりやすい。ブレイクは神を中心とするキリスト教を、人を中心とするキリスト教に変換した。その上で、神は人の個性を通して顕現するとみなし、その最たるものを芸術としたのである。この芸術観に従えば、芸術の中に差別を設けることは、神の顕現を妨げることになる。王立美術院は芸術を国家の装飾と位置付けて、芸術に公的な性格を与えようとした。別の言葉で言えば、公的建造物や貴族の邸宅を飾る肖像画や歴史画に芸術といういわば称号を授けて、それ以外を芸術の領域から駆逐しようとした。芸術を人為的な枠組みに囲い込んで特権化したという意味で、王立美術院の政策は、ブレイクにとって、神の意志を歪曲する行為だった。これに対してブレイクは、私的な領域における個性の発現に芸術を見出そうとした。「彩飾印刷」で制作されたブレイクの作品は、現在は美術館や博物館のガラスケースに入れられているとはいえ、元来は手にとって楽しむ形態である。日常生活の中に美しい本を生み出し、日常生活における宗教と芸術の融合をブレイクは目指した。ブレイクが油彩ではなく水彩を好んだのも、そこには経済的な理由があったのかもしれないが、ブレイクの芸術観と一致する。

「彩飾印刷」という技法を通してブレイクが発信した内容の一つは革命思想だった。『アメリカ』、『ヨーロッパ』、『天国と地獄の結婚』には、フランス革命を支持する姿勢が顕著に見られる。ただし、ブレイクの革命思想は政治という狭い領域に限られたものではない。神が個性を通して顕現するのであれば、個性の多様性を無視するあらゆる力は排除されなければならない。ブレイクの革命思想は政治だけではなく、宗教、社会、芸術、経済などの領域において、独裁的な力を持つ人と組織と思想を攻撃の標的とした。多様な個性がその多様性を保持できる状態が理想であり、そのような状態をもたらすのがブレイクにとってのキリスト教だった。ブレイクは『天国と地獄の結婚』に次のように書いた。

ライオンと牛に同じ一つの掟を課すことは抑圧である。

生きとし生けるものはすべて神聖である。（『天国と地獄の結婚』[37]）

しかし、ここで注意すべき点がある。もし、すべての個性が神の賜物であり、神が姿を現す契機であるならば、独裁者の存在そのものも個性の一つであり、神の顕現の一形態と言えるのではないか。ブレイクには芸術界に君臨する権力者と映ったレノルズも、神が地上に遣わした賜物の一つではないのか。この問いに対してブレイクは、どのような答えを用意したのか。

一七九〇年代に制作された『アメリカ』と『ヨーロッパ』では、革命の力を象徴する若者オークが、保守勢力を象徴する老人ユリゼンを燃え盛る炎で圧倒する話が語られた。しかし、ブレイク自身も「生きとし生けるものはすべて神聖である」という命題を堅持しながら、抑圧者をどのように位置付けるべきか、という問題を考えていたようである。革命を達成しただけではまだ何も成就していないということは、自由と解放を求めたフランス革命が自由と解放を禁じる恐怖政治に転じたことで明らかになった。反対勢力を粛清することは、抑圧者と被抑圧者が入れ替わるだけであって問題の解決にはならず、必要なのは争いの構造そのものを解体することであり、そのためには反対勢力に対して一定の居場所を確保する仕組みがなければならない。一七九〇年代のブレイクの作品に見られる対抗図式は、一八〇〇年代以降に制作された『ミルトン』や『エルサレム』では姿を消し、相互寛容を探る姿勢へと移行する。

三　先行研究の概観と本書の構成

学習院中等学科と高等学科での学生生活を通して志賀直哉（一八八三—一九七一）や武者小路実篤（一八八五—一九七六）と出会った柳は、一九一〇年に創刊された雑誌『白樺』の美術担当の同人として活躍した。『白樺』ではビアズリー（一八七二—九八、Aubrey Beardsley）、ロダン（一八四〇—一九一七、Auguste Rodin）、ルノワール（一八四一—一九一九、Pierre-Auguste Renoir）などについて論説を書き、なかでもブレイクの研究に情熱を傾けた。東京帝国大学文科大学哲学科を卒業した後、柳は一九一四年に『ヰリアム・ブレーク』を刊行する。同書は総頁数が七百五十を超え、六十枚以上の図版を収録し、二十二の章とおよそ五十頁の註釈、ブレイクの著作年表、主要参考書一覧から構成される。英文学者寿岳文章（一九〇〇―九二）は『ヰルヤム・ブレイク書誌』に「わが国に於ける真のブレイク研究は本書の出現を以て始まる」[38]と記しており、この評価が変わることはないだろう。その後も柳のブレイク研究は『ヰリアム　ブレーク　複製版画展覧会目録』（一九一九）、ブレイクの書簡と散文の一部を訳出した『ブレークの言葉』（叢文閣、一九二一）、ブレイク没後百周年の年に企画した『百年忌紀念ブレイク作品文献展覧会出品目録』（一九二七）、寿岳と共同編集で刊行した月刊誌『ブレイクとホヰットマン』（一九三一―三二）という形をとって続いた。ブレイクに対する関心は、柳の多岐にわたる活動の表面下を伏流水のように流れていたと言える。

柳の活動を年代順に見ていくと、『白樺』時代、朝鮮民族美術館の設立、木喰仏と民藝の発見、美を基礎とする宗教哲学の探究の四つに大まかに区分することができるし、一九九七年に開催された「柳宗悦展」（三重県立美術館）や、二〇一一年から二〇一二年にかけて開催された「柳宗悦展――暮らしへの眼差し」（そごう美術館、大阪歴史博物館他）においても、この枠組みに従って時系列順に展示品が並べられた。これまでに出版された柳の評伝も同じような構造を持っており、柳の多彩な活動の中でどの領域に焦点を絞るかというところに、それぞれの著者の特色が見られる。例えば鶴見俊輔の『柳宗悦』（平凡社、一九七六）は、柳が私的領域に属する個性に価値を置くことによって公的意志を相対化し、結果として日露戦争以後の日本近代史において思想の一貫性を保ち得たと指摘した。阿満利麿は『柳宗悦――美の菩薩』（リブロポート、一九八七）において、柳の活動の基盤に独自の宗教哲学があるととらえ、宗教論と芸術論が一体化した様子を論じた。『柳宗悦全集』全二十二巻（筑摩書房、一九八〇―九二）の編集責任者であった水尾比呂志は『評伝柳宗悦』（筑摩書房、一九九二）を著し、全集を圧縮したかのような事実の記録を世に送り出した。中見真理は『柳宗悦――時代と思想』（東京大学出版会、二〇〇三）で柳を多文化共生思想の先駆者と位置付け、グローバリゼーションの時代における平和論構築のための手掛かりを柳に見出そうとした。この試みは中見真理の『柳宗悦――「複合の美」の思想』（岩波新書、二〇一三）でさらなる展開を見せている。松井健は『柳宗悦と民藝の現在』（吉川弘文館、二〇〇五）において、柳と民藝の現代的意義を探った。ポストコロニアリズムによる柳批判について、松井は「現在を無批判に生きる立場から、柳の考え方を簡単に総括することができると考えるような姿勢こそが、かえって危険なのではないか(39)」と記しており、この言葉は柳研究に限らず、過去を研究対象とする場合に留意しなければならない重要な指針であろう。いずれの評伝も柳のブレイク研究の意義を論じるために章や節を割り当てているが、ブレイクと柳の関係について充分な考察がなされてきたとは言い難い(40)。

もちろん先行研究において、ブレイクと柳の関係の一端は明らかにされた。由良君美は「解説　柳思想の始発駅『キリアム・ブレーク』」（『全集』四巻）で郡虎彦が柳にブレイクの『無垢の歌』を読ませた可能性を指摘しているし(41)、バーナード・リーチ（一八八七―一九七九、Bernard Leach）の影響を受けて柳がブレイクに傾倒し始めたことは、すでに定説となっている。なかでも中見真理は『柳宗悦――時代と思想』の「第三章　ブレイク思想の受容」で、柳のブレイク論の特色として次の四点を指摘した。第一にブレイクが欲望を肯定したことを柳は肯定し、第二に柳は「ブレイクが理性や合理的体系、分析的知識等を嫌い、直観や想像力を重視していたこと」に共感し、第三に「柳が『無律法主義者』としてのブレイクの姿を、当時としてはきわめて的確に把握」し、第四に「ブレイクが政治制度よりも、制度に改革をもたらす個人の内発的な力の獲得を優先させていたという点を柳が的確にとらえ、しかもそのような見方に共鳴していた(42)」。この延長線上で中見は、そもそも柳は無政府主義思想に関心を持っていたと論じ、「第四章　アナキズムとの接点」で柳と大杉栄（一八八五―一九二三）や石川三四郎（一八七六―一九五六）との思想上の類似を指摘する。また中見は『柳宗悦――「複合の美」の思想』に、ブレイクの「無律法主義者」の側面に英国の研究者が注目するのは「柳のブレイク研究が出版されてから四十年以上もたってのことであった(43)」と記して、柳の先見性を強調した。中見の柳研究の特色は無政府主義思想の系譜の中に柳を位置付けたところにある。

しかし、『ヰリアム・ブレーク』巻末の「主要参考書」に柳が列挙したブレイク関連の文献を一瞥するならば、これだけの書誌情報をそろえるほどの勉強家であれば、ブレイクを「的確に把握」することはそれほど難しくはなかっただろう、ということが容易に推測できる。例えば柳が「評論として之以上のものは未だに出てゐない」と高く評価するA・C・スウィンバーン（一八三七―一九〇九、Algernon Charles Swinburne）の『ウィリアム・ブレイク評論』（一八六八、新版一九〇六）には、ブレイクの信仰のあり方を説明する表現として「無律法主義的神秘主義」（antinomian mysticism）という言葉が含まれている。(44) E・J・エリスの『ブレイクの実像』（一九〇七）にも、ブレイクを無律法主義者として論じるくだりがある。(45) つまり、ブレイクを無律法主義者として見ることは、ブレイク理解に関する当時の有力な説の一つであり、柳が英国の研究者に先んじて指摘した観点ではなかった。ちなみに柳が所蔵したとされる『ウィリアム・ブレイク評論』には、律法によって規定される美徳は、ブレイクにとって、形式的な偽善である、という言葉に黒鉛筆で線が引かれ、その余白に moral law という書き込みがある。(46)

あるいはアーサー・シモンズ（一八六五―一九四五、Arthur Symons）は『ウィリアム・ブレイク』（一九〇七）において、ブレイク神話で抑制されない欲望を象徴するオークには、革命を通じて自由をもたらす作用があると論じた。(47) 柳所蔵のシモンズの同書には、オークに関する議論に黒鉛筆で線が引かれ、余白に Orc という書き込みがある。柳は『ヰリアム・ブレーク』に、「紅の焔に燃える反抗の子オルク Orc は律法に安んじる者の眼には『瀆神の悪魔』であらう。［中略］然し叫ぶオルクの声は新しい世の歌である」(48) と書いた。欲望が制度を解体する原動力であるならば、「無律法主義的神秘主義」を取り上げたスウィンバーンと、欲望の象徴的作用に着目したシモンズは、ブレイク神話で欲望に付与された肯定的な意味を的確にとらえており、柳のブレイク理解はスウィンバーンとシモンズに負うところが多いと言える。

W・B・イェイツ（一八六五―一九三九、William Butler Yeats）が編集した『ウィリアム・ブレイク詩集』（一八九三）の序文には、ブレイクにとって重要な主題である想像力と理性との争いが、ブレイクの預言書ではロスとユリゼンの闘いとして描かれたという指摘があり、[49]これに呼応するかのように柳の『ヰリアム・ブレーク』にも、「『ロスの歌』も亦理智の圧迫に対する解放の叫びである」[50]という文言が見られる。しかし、ブレイクが想像力を賞讃するために理性を排除したわけではないということを柳も理解しており、「詩人は理性そのものを否定してゐるのではない、只その専横によつて想像が蹂躙せられる事を憎んだのである」[51]という言葉があわせて記された。別の言い方をすれば、理性を認めない想像力というものがあるとすれば、それはブレイクにとって忌まわしい存在だった。ブレイクにとっての真の敵が理性や国家宗教そのものではなく、対立する存在を認めようとしない排他的な精神であって、ブレイクがこれを「否定」（negation）と呼んだことは、スウィンバーンもイェイツもシモンズもいち早く指摘している。[52]柳も「対立は一方の否定ではなく、二者の是認であり両立である」[53]と書いており、柳がこれらのブレイク研究を充分に咀嚼して『ヰリアム・ブレーク』を執筆したことがわかる。

柳の『ヰリアム・ブレーク』は、逆説的な言い方をするならば、欧米の先行研究を基盤として執筆されたところにその特色がある。ブレイクのテクストを精読するだけでなく、先行研究を徹底して追跡したからこそ、柳のブレイク論は主観的な感想文に堕することがなかった。しかし同時に柳のブレイク研究は、欧米の研究を縦横無礙に収集して、横のものを縦に直して紹介しただけのものでもなかった。柳の『ヰリアム・ブレーク』には、先行研究を踏まえながらも、柳自身の関心のあり方が随所に反映されている。そのような柳特有のブレイク観は、例えば柳のブレイク論を彩る「革命」、「反抗」、「反逆」などの言葉に見ることができるだろう。スウィンバーンやシモンズのブレイク論にも「反抗」や「反逆者」という言葉が散見されるが、柳のブレイク論ほどには執拗に繰り返されない。また、明治・大正期の日本において、ブレイクが叙情詩人や象徴詩人として、その政治的急進主義が脱色される形で受容されつつあったことを思えば、「革命」と「反逆」をブレイクのテクストから積極的に取り出してみせた柳のブレイク理解は、同時代のブレイク受容史において独自の位置を占める。[54] さらに当時ブレイクに興味を持った日本の詩人や作家の多くが、例えば千家元麿（一八八八―一九四八）、三木露風（一八八九―一九六四）、佐藤春夫（一八九二―一九六四）のように、ブレイクの『無垢と経験の歌』に反応したのに対し、柳は『天国と地獄の結婚』に注目した。『無垢と経験の歌』についての柳は無垢と歓喜を讃えるありきたりの言葉しか記さなかったのに対し、『天国と地獄の結婚』については大部分のテクストを訳出し、「その思想の完全な自由と、その真理の深遠な内容とに於て彼の預言書『天国と地獄との婚姻』は英文学史上中最高の玉座を占める権威がある」[55]とまで述べた。『ヰリアム・ブレーク』の「第二十一章　思想家としてのブレーク」では、『天国と地獄の結婚』からテクストを縦横に引用しながら、「対立とは相互的必要を意味してゐる」こと、「対立なくば進歩を見ない」こと、「対比はいつも対立であつて二者の是認であり両立である」ことを情熱的に説き、次のように宣言した。

此対立の思想は彼を長い歴史の桎梏から離脱さして、最も光彩に満ちた肯定的世界観を彼に与へてゐる。彼の雄大な姿は最も鮮かに彼の肯定的詩歌に現はれてゐる。人為的道徳の不自然を打破して此全称的肯定の思想を人生観上に齎らしたのは恐らくブレークを以て嚆矢とする。（『ヰリアム・ブレーク』）[56]

ブレイクは対立する二者を肯定し、両者の動的なせめぎ合いに新しい状態が生成される可能性を見てとった。ブレイクの革命思想に注目した柳が「対立の思想」と「肯定的世界観」に共感を持つのはきわめて自然な流れであるし、結果としてブレイク思想の中枢にまで柳の理解が及んでいたと言える。そして、このようなブレイクの「肯定の思想」に、柳は「東洋」の哲学との類似を見た。

『ヰリアム・ブレーク』の特色を以上のように整理した上で、新たな問いをいくつか立ててみたい。例えば、なぜ柳は『ヰリアム・ブレーク』において、執拗なまでに「革命」と「反逆」に注目したのだろうか。一九一〇年代に執筆した初期美術評論とブレイク研究で柳が「革命」肯定論を展開したことには、どのような背景があるのだろうか。尾久彰三は「初期論文に見る後年の柳宗悦」において、「実在する全てのモノ（物質）に、『神』を観るという気質」が柳の論文「新しき科学」にすでに現れていると指摘したが、[57]この「気質」が形成される過程で、ブレイク研究はどのような意味を持ったのだろうか。

あるいはなぜリーチはブレイクにそもそも興味を持ったのだろうか。もし、リーチがウィリアム・ワーズワス（一七七〇―一八五〇、William Wordsworth）やアルフレッド・テニスン（一八〇九―九二、Alfred Tennyson）を柳に紹介したのであれば、それはあまり驚くべきことではない。ワーズワスもテニスンも詩人としての名声はすでに確立されていたし、イポリット・テーヌ（一八二八―九三、Hippolyte Taine）の『英文学史』（仏語原著一八六三―六四、英訳一八七一）[58]においても、ウィリアム・スウィントン（一八三三―九二、William Swinton）の『英文学傑作選』[59]（一八八〇）においても、ワーズワスやテニスンはそれぞれ章を割いて扱われている。だが、ブレイクはその難解な神話的世界と独自のキリスト教思想のために、英文学史諸本で取り上げられることはあっても、異端視されることが多かった。ブレイクを私的神話を作り上げた不可解な詩人として敬遠するのではなく、同時代史との関連からブレイクを読解しようという試みが欧米で本格的に始まるのは、すでに述べたように、第二次世界大戦中に刊行されたブロノフスキーの『ブレイク――革命の時代の預言者』以降のことである。リーチがブレイクの詩集を携えて一九〇九年に来日した頃は、ブレイクといえば、柳の言葉を用いるならば、「今日見出し得られる僅かばかりの彼に対する批評の数行は『狂気』『変態』『空想』『畸形』『児戯』の文字に終つてゐる」[60]という状態だった。後述するように、英文学史におけるブレイクの位置付けを語るために柳が用いた言葉は、額面を割り引いて受け取る必要があるのだが、当時ブレイクに興味を持つということには、それ自体に意味があったという仮説を立てることができる。なぜリーチはブレイクを選んだのか。リーチのブレイク好きを個人的な好みの問題として片付けていいのだろうか。十九世紀末から二十世紀初頭にかけて英国でブレイクに夢中になった人々には、どのような共通の特徴が見られるのだろうか。

さらに最も重要な問いを設定したい。柳によれば、ブレイクは個性を神の顕現とみなすことによって、伝統的なキリスト教の倫理規範を再検討する視座を提供し、善と悪の双方を肯定する哲学を打ち出した。柳はこれを「肯定の思想」と呼び、マックス・ミューラー（一八二三―一九〇〇、Max Müller）が訳した『ウパニシャッド』（一八七九）に言及しながら、「ブレークの思想が一見して東洋的色調をおびてゐる事は事実である」[61]と記した。柳がブレイクと「東洋」を比較したことについて、鶴見俊輔は柳にとってのブレイクは後年の妙好人の研究とほとんど融合しているように見えると述べ、水尾比呂志は柳自身の世界観をブレイクに映し返したものであると言った[62]。これらの指摘は慎重な言葉遣いで表現されてはいるが、柳がブレイクを「東洋的色調」という色眼鏡で恣意的に解釈したという批判に容易に転化し得る。柳がブレイクを『ウパニシャッド』と並べてみせたのは、いわゆる創造的誤読なのだろうか。それとも、ブレイクとインド哲学との間に実は接点があり、柳は発見すべき両者の類似性を的確に発見しただけなのだろうか。

また、柳の著書『ヰリアム・ブレーク』の書誌情報は、一九二一年にニューヨークで出版されたジェフリー・ケインズ編集の『ウィリアム・ブレイク書誌』にいち早く収録された。日本語で綴られた柳の著書は、国際的なブレイク研究の広がりにおいて、どのような意味を持ったのだろうか。ブレイク研究者として認知された柳は、欧米の研究者とどのような交流を持ち、それは柳の活動にどのような影響を与えたのだろうか。

これらの問いを考察するために、本書では柳のブレイク研究を出発点として、十九世紀後半から二十世紀初頭の英文学史諸本において、ブレイクがどのように扱われたのかを検証し（第Ⅰ部）、さらに十八世紀末から十九世紀初頭の英国におけるブレイク研究の変遷をたどる（第Ⅱ部）。次に柳が特に関心を持ったブレイクの『天国と地獄の結婚』を分析し、ブレイク特有のキリスト教理解に触れながら、ブレイクとインド哲学との間に影響関係があったことを論証する（第Ⅲ・Ⅳ部）。その上で再び二十世紀に話を戻して、ブレイクと日本美術がきっかけとなって生まれた異文化交流の実例として、英国の詩人であり美術史家であるローレンス・ビニョン（一八六九―一九四三、Laurence Binyon）と柳の活動を追跡する（第Ⅴ部）。

第一章では、柳がどのような態度でブレイク研究を行ったのかを、寿岳文章や山宮允（一八九〇―一九六七）の仕事を参照しながら明らかにする。柳が定本として使用した『ウィリアム・ブレイク詩集』[63]（一九一三）の編者ジョン・サンプソン（一八六二―一九三一、John Sampson）に、柳が自著『ヰリアム・ブレーク』を献呈していたという事実や、柳がサンプソンに宛てて送った書簡（『柳宗悦全集』未収録）を新たな研究成果として紹介したい。第二章から第四章では、柳の著書『ヰリアム・ブレーク』の成立過程を、柳が『白樺』に掲載した「革命の画家」（一九一二）や「哲学に於けるテムペラメントに就て」（一九一三）などの論考とあわせて考えながら跡付ける。さらに、『柳宗悦全集』では「執筆の時日は不詳」とされる未発表原稿「墳水［ママ］」の執筆年代を特定し、柳が大逆事件に対して抱いた感想を推し量りながら、『ヰリアム・ブレーク』に「革命」と「個性」という表現が頻出する背景を探る。

第五章ではリーチがブレイクに関心を寄せた事情を解明する。リーチが尊敬した画家オーガスタス・ジョン（一八七八―一九六一、Augustus John）、ジョンがリヴァプールで出会って生涯の友人となったジョン・サンプソン、サンプソンにブレイク詩集の編纂を持ちかけた歴史学者フレデリック・ヨーク・パウエル（一八五〇―一九〇四、Frederick York Powell）、サンプソンのブレイク詩集に序文を寄せた英文学者ウォルター・ローリー（一八六一―一九二二、Sir Walter Raleigh）などのブレイク愛好家の系譜を浮き彫りにする。第六章では、特に注目すべきブレイク愛好家としてダンテ・ゲイブリエル・ロセッティ（一八二八―八二、Dante Gabriel Rossetti）とウィリアム・マイケル・ロセッティ（一八二九―一九一九、William Michael Rossetti）を取り上げ、兄弟がほとんど同じ時期にブレイクとジャポニスムに取り憑かれていたことを実証しながら、二人にとってブレイク研究とジャポニスムが何を意味したのかを考える。

第七章と第八章では、柳のブレイク研究において大きな比重を占める『天国と地獄の結婚』を分析し、ブレイクがキリスト教を相対化する視点を持っていたことを明らかにする。

第九章から第十二章では、ブレイクとインド哲学に接点があったことを実証する。ブレイクは『天国と地獄の結婚』を制作した一七九〇年代初頭と、ウィリアム・ヘイリーの庇護下にあった一八〇〇年代初頭の二度にわたって、インド文化に触れる機会があったと考えられる。インドに関する情報はどのようにブレイクに流れ込み、どのような影響を与えたのだろうか。この問題を考えるために、従来のブレイク研究ではブレイクに掣肘を加えた俗物として悪名高いウィリアム・ヘイリーを、ブレイクとインドを結ぶ仲介者と位置付け、ヘイリーが果たした役割を検討する。

第十三章では、再び十九世紀末から二十世紀初頭に目を転じ、ブレイク研究と日本研究を同時並行で進めた英国側の人物としてローレンス・ビニョンに注目し、ビニョンと柳との関わりを明らかにする。一九二九年のほぼ同じ時期に、柳はハーヴァード大学で無名の職人によって生み出された日本の美について講義をし、ビニョンは東京帝国大学で英詩と英国水彩画の歴史について講義をした。しかも柳はアメリカへ向かう途上でロンドンに立ち寄り、ビニョンと昼食を共にしている。ブレイクと日本美術と異文化理解のあり方をめぐって問題意識を共有したと思われるこの二人は、多様な個性の共存が可能となる条件について、どのような見解に到達したのだろうか。

柳が一九一四年に刊行した『キリアム・ブレーク』は縦二十二センチ、横十六センチ、厚さ六センチ、重さ一・四キロの文字通りの大著である。この著作には時空を超えて受け継がれた「肯定の思想」が宿っている。二十世紀初頭の東京から十八世紀末のロンドンへ、そしてさらに古代インド哲学へと視点を移動しながら、「肯定の思想」の潮流を多面的にたどってみたい。

第Ⅰ部　柳宗悦『ヰリアム・ブレーク』の成立

第一章　明治・大正期のブレイク書誌学者たち
——外国文学との付き合い方

明治・大正期におけるブレイク移入史を考える時に、おそらく誰もが幸運だと感じることは、ブレイクの紹介に関わった人々が書誌作成の重要性にいち早く気付いて、これを実行したことである。寿岳文章が「わが国に於ける真のブレイク研究は本書の出現を以て始まる」[1]と位置付け、山宮允が「吾邦の作家や学徒を刺戟啓発する所少くなかつた、銘記すべき著作」[2]と評価する柳の『ヰリアム・ブレーク』の巻末には、「主要参考書」という項目が設けられ、複製本二点、活版本八点、書簡集一点、伝記十五点、評論十七点、雑誌五点、目録三点、複製七点の書誌情報と、それぞれの参考文献に対する柳自身の評価が掲載された。[3]なお、ブレイクに関する文献を網羅した最初の書誌は、ニューヨークの愛書家の団体であるグロリエ・クラブより刊行されたジェフリー・ケインズ（一八八七—一九八二、Sir Geoffrey Keynes）編纂の『ウィリアム・ブレイク書誌』[4]（一九二一）である。その後、日本語によるブレイク文献をケインズの書誌に追加して、寿岳が『ヰルヤム・ブレイク書誌』（一九二九）を出版した。同じ年に山宮は「日本ブレイク文献目録」を作成し、「日本ブレイク学回顧」の一部として『ブレイク論稿』（一九二九）に収録した。

本章では、柳のブレイクに対する研究姿勢を考察した後、ケインズの書誌、寿岳の書誌、山宮の目録をそれぞれ概観して、書誌作成という作業を通して見えてくるブレイク移入史の特徴を明らかにする。なお、寿岳の書誌と山宮の目録に収録された文献情報を追跡調査し、必要な補足と訂正を行った年譜を本書末尾に掲載した。

一　柳宗悦――「自己本位」型の英文学研究

柳は『白樺』五巻四号（一九一四年四月）に論文「ヰリアム・ブレーク」を発表した。同論文の末尾には、詩集七点、評伝十一点、複製画集二点、書簡集一点が「参考書」として掲載された。この書誌情報は、同じ年の十二月に出版された研究書『ヰリアム・ブレーク』の「主要参考書」欄で大幅に拡充された。これらの参考文献に対する柳の批評精神は、それぞれの文献に加えられた柳の評価に見ることができる。例えば柳はA・C・スウィンバーンの著書を「評論として之以上のものは未だに出てゐない」[5]と高く評価する一方で、バジル・ド・セリンコート（Basil de Selincourt）の評論は「独断的な処が多い」[6]と記した。また、アレクサンダー・ギルクリストのブレイク評伝を「新しい研究が積んだ為に今からすれば事実に多少の誤謬があるがブレークの生涯を知ろうとする者にとつてクラシカルの価がある必読すべき本」[7]と位置付けたのに対し、エドウィン・J・エリス（Edwin J. Ellis）による伝記については、「著者の態度には他の凡てのブレークの評論家（例へばサムプソンの如き人迄をも）を嘲る様な調子がある」[8]と苦い感想を述べている。

柳の『ヰリアム・ブレーク』が世に出た時、東京帝国大学英文科助教授であった齋藤勇が『文明評論』二巻三号（一九一五年三月）に書評を書いた。齋藤は「著者がブレイクを紹介してゐるのか、ブレイクが著者を紹介してゐるのかわからない」と述べ、「疑はしい訳」があることを指摘し、「発音等についてはこゝに言ふ時がない」と締めくくった[9]。確かに柳の『ヰリアム・ブレーク』はブレイクに対する情熱が溢れすぎたきらいがあり、研究対象を客観的に評価するための距離が充分にとられていない、あるいは柳がブレイクにあまりにも強い共感を寄せている、という批判が成り立つかもしれない。しかし、その情熱が先行研究の丹念な探索とその咀嚼に裏付けられていたことは、もっと評価されてもよかったのではないか。例えば柳は「第十五章　帰神の歌」において、ブレイクが一八〇三年四月二十五日付トマス・バッツ宛書簡に記した「私の長詩」という言葉が何を指すのかという問題を考察し、根拠となる事実と先行研究の諸説を吟味した上で「確説として主張したい」説を示す。結論を導き出すまでの過程で、柳は当時の定本とされた『ウィリアム・ブレイク詩集』の校訂者ジョン・サンプソンの見解に対しても、「誤謬であると自分は思ふ」と異議を唱える。⑩ もちろん柳が参照することのできた事実は限られており、充分な議論がなされたとは言えないかもしれない。しかし、重要なのは一次資料を検討してそれをもとに二次資料の可否を判定し、最終的な結論を提示するという柳がとった手続きであり、それは判断の主体が柳自身の中にあったことを示している。その態度は、月刊誌『ブレイクとホヰットマン』一巻一号（一九三一）の「雑記」に柳が記した言葉を想起させる。

発刊の趣意書でも書いておいたが、私の考へでは外国の文学を取り扱ふ場合、研究が只西洋人の書いたものに精通する丈ではどうもつまらない。又さう云ふやり方では二義的な事より出来ず、又何も新しい事を加へる事が出来ない。私達が外国文学を取り扱ふ場合はやはり東洋的に見るとか、東洋人としての吾々に肉となり血となるものを書くとか、さう云ふ点迄入らないと、何も文学が身につかないと思ふ。学者の通弊は只知るに止つて体得しない点にある。（「雑記」⑪）

柳の「民藝館の生立」によれば、柳が河井寛次郎（一八九〇―一九六六）と濱田庄司（一八九四―一九七八）と共に高野山西禅院に宿をとり、「民藝美術館の設立を議つた」のは一九二六年一月十日のことである。⑫ 日本民藝館が開館するのが一九三六年であるので、『ブレイクとホヰットマン』を創刊した一九三一年には、柳はブレイクとホイットマン（一八一九―九二、Walt Whitman）について研究を進めながら、同時に民藝についても考えを深めていたことになる。実際『ブレイクとホヰットマン』一巻一号（一九三一年一月）の「雑記」には、月刊雑誌『工藝』を同時に出すことになったので、『ブレイクとホヰットマン』には毎月原稿を書くことができない、という柳の断り書きが見られる⑬。

『ブレイクとホヰットマン』一巻一号の「雑記」で、日本の外国文学研究が往々にして「只外国人の既にした研究の研究に止つて了ふ⑭」と嘆じた同じ年に、柳は『工藝』五号（一九三一年五月）に『喜左衛門井戸』を見る」を寄稿し、「ぢかに見るとは、曇りなき直観の働きを云ふのである⑮」と書いた。柳によれば、平凡な飯茶碗に茶器の美を見出した初期の茶人たちは「曇りなき直観」を持っており、銘によらず、箱書きによらず、評によらずに対象を見て判断した。「曇りなき直観」とは何か。ある判断について説明を求められた時、その根拠として示されるのが他人の説の受け売りであるならば、それはいわば「箱書き」によってなされた判断である。一方、その判断が評価対象に備わった特質を根拠としてなされており、その特質と判断との関係が自らの言葉で記述される場合には、それは主体的になされた判断であり、「曇りなき直観」と言えるのだろう。厳密な意味で「曇りなき直観」の発動が可能であるかどうかについては議論の余地があるだろうし、鶴見俊輔が指摘したように、柳の「直観」には「論理として十分に考えぬかれていない部分がひそんでいる⑯」と思われるが、外的要因に依存した判断のあり方を仮想敵として柳がこの言葉を用いたと考えるならば、柳の立場が浮き彫りになる。『ブレイクとホヰットマン』一巻九号（一九三一年九月）の「雑記」に、「西洋通はいゝが、それだけではどの道西洋人のした仕事に追従してゐるだけの事になりはしないか。それは高々啓蒙的仕事に過ぎない。さう云ふ学者の多い事は遺憾だと思ふ⑰」と柳は記した。柳は欧米の英米文学者の言葉を「箱書き」として受け入れることを拒否し、ブレイクとホイットマンを主体的に評価しようとした。そしてその基盤となるものは、柳が『ブレイクとホヰットマン』一巻二号（一九三一年二月）で述べたように、批評精神に則った文献書誌である。

Whitman を明確に且つ深く理解する為には客観的基礎を得る要がある。その為に bibliography が必要になるのである。尤も Whitman の愛好者達には書誌等と云ふ事を頭から馬鹿にする傾向が多い。それも直観的理解が深い時はよいが、贔屓の引き倒しになる場合が多い。書誌学的な研究で最近どんなに Whitman の一生や思想が拡大されたか知れない。一面にはコツコツと研究的態度で進む者が無いと道を踏みはづして了ふ。（「雑記」[18]）

関連情報を俯瞰することは、自らの立ち位置を定めるための基礎的な作業である。柳が『ブレイクとホヰットマン』に記した言葉から『ヰリアム・ブレーク』の「主要参考書」を逆照射するならば、柳が欧米追随型の外国文学研究ではなく、夏目漱石（一八六七―一九一六）の言う「自己本位」型の研究を志向したことが見えてくる。

漱石は『文学評論』（一九〇九）の「序言」に、外国文学を批評的に鑑賞するには二つの方法があると記した。一つは「西洋人の意見に合ふが合ふまいが、顧慮する所なく、何でも自分がある作品に対して感じた通りを遠慮なく分析してかゝる」方法であり、もう一つは「西洋人が其自国の作品に対しての感じ及び分析を諸書からかり集めて之を諸君の前に陳列して参考に供する」方法である。漱石は『文学評論』のもととなった東京帝国大学における講義「十八世紀英文学」を、ある場合は前者を、別の場合には後者を用いて進めた[19]。

この講義を聴講した学生の一人に志賀直哉がいる。志賀は一九〇六年九月に東京帝国大学文科大学英文学科に入学し、一九〇八年に国文学科に転じた後、一九一一年に退学する。この間に志賀は漱石の講義に出席しながら、学習院時代の恩師である服部他之助宅での勉強会にも参加した。一九〇七年の志賀の日記には以下のような記述がある。

一月二十六日　土
朝上田［敏］氏の英語に出て、帰り黒木と、服部さんへ行く　Milton とキマル
一月二十七日　日
山内が帰ってから、文学概論の note を写し、アケ方四時になつた
一月二十九日　火
午前は夏目さんの十八世紀
二月二日　土
服部先生の所ではイヨ〳〵Milton を初めた［ママ］、帰り柳と話して夜更に柳来る　色々話す、田村と武者、田村と黒木とを比較して色々話した。本を見せた、十二時過ぎ帰る
二月十五日　金
夜、柳来て、愉快に話す（「日記」[20]）

一九〇六年から一九〇七年にかけて柳が志賀宛に送った書簡を見る限り、当時の柳は年長の志賀に兄事していた観があり、志賀は勉強会を共にし、折に触れて志賀宅を訪れて話し込んだ柳に本を見せたり貸したりしていた[21　志賀が大学で聴講した講義について、柳に話して聞かせたとしても不思議はない。なお、漱石は一九一四年十一月二十五日に学習院輔仁会で講演を行い、次のように述べた。

たとへば西洋人が是は立派な詩だとか、口調が大変好いとか云つても、それは其西洋人の見る所で、私の参考にならん事はないにしても、私にさう思へなければ、到底受売をすべき筈のものではないのです。私が独立した一個

の日本人であつて、決して英国人の奴婢でない以上はこれ位の見識は国民の一員として具へてゐなければならない上に、世界に共通な正直といふ徳義を重んずる点から見ても、私は私の意見を曲げてはならないのです。（「私の個人主義」[22]）

漱石は続けて「自己本位」という鍵言葉を示した。柳の『ヰリアム・ブレーク』が刊行されるのが同じ年の十二月二十三日であるので、漱石の講演が柳に影響を与えた可能性を想定できるほどの時間的な間隔はない。柳は漱石の講演会と同じ十一月二十五日付の志賀宛ての葉書に「此頃は校正で無味な時間を送つてゐる。250頁よりまだ出ない、之で1/3と思ふとまだ中々の努力だ」[23]と書いており、頁数から判断して『ヰリアム・ブレーク』の最終校正をしていたものと思われる。したがって、「自己本位」という研究態度が漱石の講演をきっかけとして柳に流れ込んだと考えることは無理筋だが、それでも漱石が講義で示した「自己本位」の研究態度が、志賀を経由して柳に影響を与えた可能性は充分に考えられる。柳の『ヰリアム・ブレーク』が柳自身によるブレイクの読解とブレイクに関する先行研究の紹介という二本柱で構成されたことを思えば、ロンドンに留学して英文学と格闘することによって漱石が到達した地点から、柳のブレイク研究が始まったといっていい。

二　ジェフリー・ケインズ――ブレイク学者柳宗悦との交流

柳の著書『ヰリアム・ブレーク』に関する書誌情報は一九二一年までに英国に伝わり、ジェフリー・ケインズが編纂した『ウィリアム・ブレイク書誌』に登録された。同書はブレイク研究史における最初の文献書誌であり、編者の外科医ジェフリー・ケインズは経済学者ジョン・メイナード・ケインズ（一八八三―一九四六、John Maynard Keynes）

の弟にあたる。なぜ外科医がブレイク書誌を編んだのか。なぜならブレイクは英文学の研究対象として充分には認知されておらず、書誌作成作業の母体となる専門家の集団がまだ存在しなかったからである。ブレイク研究史における先駆的な仕事の多くは、ブレイク愛好家に負うところが多く、ケインズもそのようなブレイク愛好家の一人だった。

ケンブリッジ大学の医学生であったケインズは、一九〇七年にトリニティ街の西側の歩道を散歩していた時、本屋の窓越しにそれまで見たこともないような不思議な絵を目にする。それはブレイクの《ヨブ記の挿画》（一八二六、*Illustrations of the Book of Job*）のうちの二枚だった。この絵にすっかり魅了されたケインズは、一九〇八年の十二月にブレイク関連の書誌を作成する作業を始め、出版までに十三年を要した。この間にサンプソンの厳しい批評を受けて、二度にわたる大幅な書き直しを行ったことは、ケインズが自らの回顧録で詳しく述べている。[24]

ケインズの書誌には『白樺』五巻四号（一九一四年四月）に掲載された柳の論文「ヰリアム・ブレーク」、同じ年に出版された柳の著書『ヰリアム・ブレーク』、『白樺』八巻四号（一九一七年四月）の「挿絵に就て」、一九一九年の『ヰリアム・ブレーク複製版画展覧会目録』、『白樺』十巻十一号（一九一九年十二月）の「ブレーク展覧会」の五点の日本語文献が含まれている。

柳の『ヰリアム・ブレーク』を紹介した箇所では、頁の三分の二にわたって「柳宗悦著｜ヰリアム・ブレーク　彼の生涯と製作｜及びその思想｜洛陽堂発行」（｜は改行を示す）という日本語文字列が縦書きで印刷されており、改行の位置から判断して、同書の扉を写真植字で印刷したものと思われる。日本語の表題に対応する英語訳は付されていないが、書誌情報として掲載された内容を日本語に訳すと次のようになる。

［一九一五］八折判、二十二センチ、pp. xxiii + [1] + 754 + [24]

図版：デヴィル製作のライフマスクに基づく口絵、写真製版による五十九枚のブレイク作品の複製画、ミケランジ

ェロの「最後の審判」の一部分の複製。それぞれの図版の前に英語による表題を記した頁あり。注：M・ヤナギ著、アビコ、チバケン、ジャパン。固有名詞、書籍の表題、ブレイクの作品からの引用以外は日本語による印刷。末尾に書誌目録、ホリヤー氏の複製画のカタログ、索引あり。（『ウィリアム・ブレイク書誌』[25]）

出版年として「[一九一五]」と記されているが、正しくは一九一四年である。角括弧が付されたことから、おそらくケインズが出版年を補っており、奥付に記された「大正三年十二月廿三日発行」が情報として読みとられなかったことがわかる。しかし、寸法と総頁数に続いて正確な図版の説明が掲載されたことから、ケインズは現物を手にしていたと考えられる。

『白樺』五巻四号の項目には、同誌に掲載された柳の論文「ヰリアム・ブレーク」とリーチのブレイク論について次のような説明がある。

シラカバ・レヴュー、五巻四号、東京、一九一四年四月。

一―一三七頁。「ウィリアム・ブレイク」著者M・ヤナギ（図版十八枚あり）。

四六二―四七一頁。「ヰリャム・ブレイクに就いて」著者B・リーチ。

前者は日本語で印刷されており、引用箇所が英語。結びはブレイクとウォルト・ホイットマンからの引用の比較対照。後者は英語で印刷されている。（『ウィリアム・ブレイク書誌』[26]）

雑誌『白樺』が「シラカバ・レヴュー」と訳され、柳の日本語論文の結論が簡潔に示されたことから、日本語能力を有する情報提供者がいたことがうかがえる。同じように『白樺』八巻四号と『白樺』十巻十一号の書誌情報にはようだ。[27]

「M・ヤナギによる短い解説記事」と記されており、これらの内容に関する情報も情報提供者によってもたらされた

柳が一九一九年に東京で開催した展覧会の図録『ヰリアム・ブレーク複製版画展覧会目録』については、ケインズは次のような解説を付けた。

ウィリアム・ブレイクの作品の複製画展覧会の解説付き図録。一九一九年十一月七日―十一日に東京のロシア・ギャラリー、一九一九年十一月十八日―二十二日に京都ＹＭＣＡホールにて開催。東京、白樺協会主催。十九センチ、pp. [iv] + xxii.

注：三枚の複製図版あり。一枚は色刷り。上記の表題の翻訳は解説執筆者のＭ・ヤナギ氏による。七十四枚の複製画が展示された。（『ウィリアム・ブレイク書誌』[28]）

この項目では「M・ヤナギ氏」と敬称が付されており、ケインズと柳との間に交流があった可能性が考えられる。ケインズはこれらの日本語文献に関する情報をどのようにして入手したのだろうか。ケインズはブレイク研究者として知名度が高いので、情報収集にはそれほど苦労はしなかっただろう、あるいは柳の友人であるリーチが知らせたのだろう、という推測は的外れである。ブレイク研究を志しながらジェフリー・ケインズの名前を知らない者は、顔を洗って出直さなければならないというのは全くその通りだが、それは現在のブレイク研究における話である。ケインズが書誌作成作業を進めていた当時は、彼は無名のブレイク愛好家にすぎなかった。したがって一九二一年以前に、リーチがケインズの名前を知っていた可能性は限りなく低い。また、ケインズが日本語の運用能力を有しておらず、日本で出版された書物の形式にも疎かったことは、柳の『ヰリアム・ブレーク』の奥付に記載された出版情報を適切

に参照せずに、「一九一五」という誤った出版年を記したことからも明らかである。そもそも「一九一五」という年号はどこから来たのか。

この問いに対する答えは、ケンブリッジ大学図書館とリヴァプール大学図書館にあった。

ケンブリッジ大学図書館が所蔵する柳の著書『ヰリアム・ブレーク』の見返しには、次のような献呈の辞が手書きで記されている。

To John Sampson Esqr.
With best regards
the Author.
Aug. 10th 1915.（図4）

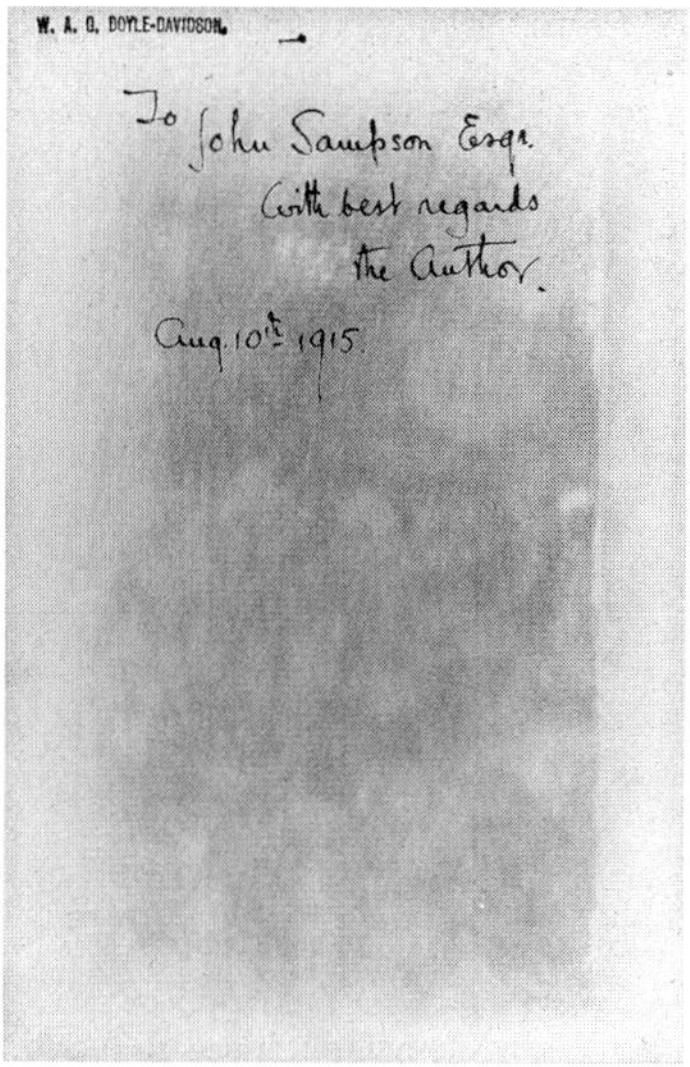

図4　柳宗悦『ヰリアム・ブレーク』（洛陽堂，1914）に記された献呈の辞，ケンブリッジ大学図書館.

ジョン・サンプソンは『ウィリアム・ブレイク詩集』の編者であり、その初版は一九〇五年、改訂版は一九一三年に出版された。『ヰリアム・ブレーク』の「備考」によると、柳は同書を執筆するにあたって一九一三年の改訂版を定本として用いた[29]。おそらく柳が自著をサンプソンに献呈し、それが何らかの事情でケンブリッジ大学図書館に収められたということだろう。ケインズの遺言によりその蔵書がケンブリッジ大学図書館に寄贈されたことを考えあわせるならば、柳がサンプソンに献呈した一冊がケインズの手元に渡った可能性が高い。ケインズにとって漢字は意味の伝達手段として機能しておらず、書誌に記された「アビコ、チバケン、ジャパン」は、サンプソンから提供された差出人情報と思われる。また、出版年として「一九一五」という誤った情報が書誌に記載されたのも、献呈の辞の日付である「一九一五年八月十日」を参照したためであろう[30]。

サンプソンがケインズに『ヰリアム・ブレーク』を転送したことを示す間接的な証拠は、ケンブリッジ大学図書館のケインズ・コレクションで見つかった。ケインズが書いた手紙のカーボン・コピー、受け取った手紙、原稿、メモ類などは大雑把に分類されて三十四の箱に保管されており、その十七番目の箱に手掛かりがあった。サンプソンからケインズに宛てた一九一九年十月二十八日付の書簡で、サンプソンはケインズに次のように尋ねている。

ところで、あなたはブレイクに関する日本人の著作を持っていますか。彼の名前はM・ヤナギ［Yanaghi］で、住所はアビコ、チバケン、ジャパンです。しかし、彼はラッセル氏にも一冊を送っているので、おそらくあなたも目にしたことがあるでしょう[31]。

さらに、サンプソンは同年十一月五日付の書簡に、柳の著書をケインズに転送しよう、と書いた。

あなたはきっと日本語の本に興味を持たれるでしょうし、書誌に含めたいと思われるでしょうから、私はウェールズの自宅に宛てて、あの本をあなたに転送するように手紙を書くことにします。お暇な時に返していただければそれで結構です[32]。

サンプソンの手紙の発信元住所は二通ともリヴァプール大学図書館である。なぜサンプソンは柳の著書をケインズに転送するようにウェールズの自宅に伝えようと書いたのか。つまり、サンプソンはどこに住んでいたのかという疑問が生じるが、この疑問の答えはサンプソンの孫にあたるアンソニー・サンプソン（一九二六―二〇〇四、Anthony Sampson）が著したジョン・サンプソンの伝記『学者ジプシー――家族の秘密の探究』（一九九七）にある。ブレイク研究史に最初の定本の編者としてその名を留めたサンプソンは、かつてジプシーと呼ばれ、現在はロマと呼ばれる人々と彼らの言語であるロマニー語を本来の研究対象としており、その功績によって一九〇九年にはオックスフォード大学より名誉博士号を授与された。リヴァプール大学図書館司書として勤務しながら、ロマニー語の資料収集のためにウェールズでフィールド・ワークに従事したサンプソンは、学期中はリヴァプールで過ごし、休暇はウェールズで過ごすという二重生活を営んでおり、「自宅」はウェールズにあったのである。[33]

これらの手紙にケインズはどのような返信を送ったのだろうか。ケインズよりサンプソンに宛てた返信は、リヴァプール大学図書館のジョン・サンプソン・アーカイヴで確認できた。一九一九年十一月三日付の書簡で、ケインズは柳の連絡先を知らせてくれたことに対して礼を述べ、日本語の著作については聞いたことがなく、柳に手紙を書いたと記した。[34]また、十一月九日付の書簡では、ケインズは柳の著書を無事に受領したことを知らせ、返却方法について問い合わせている。[35]なお、ケインズの書簡は英国著作権法の保護下にあり、許諾を得ていないため、ここでは内容を要約するに留める。

サンプソン・アーカイヴには柳からサンプソンに宛てた一通の書簡が含まれており、この書簡は『柳宗悦全集』には未収録である。封筒は縦八センチ横十五センチで、封筒の表には「大日本帝国郵便拾銭切手」が貼られ、消印は「千葉我孫子｜4　8　10」と判読でき、大正四年八月十日に投函されたと推定される。宛先はJohn Sampson Esqr.｜Clarendon Press｜Amen Corner｜London, E. C. とあり、封筒の左下隅に「イングランド」、左上隅に「アメリカ経由」

と書かれている。サンプソンの連絡先を知らない柳は、オックスフォード大学出版局ロンドン事務所気付で書簡を送ったようだ。「クラレンドン・プレス」以下の宛先は赤鉛筆で抹消され、転送先として「リヴァプール大学図書館」と赤字で上書きされて、サンプソンの手元に無事に届くことになった。封筒裏にはLONDON|SEP 10 15A|6. PMという消印があり、我孫子で投函されてからロンドンに到着するまでに一ヶ月を要したことがわかる。柳の著作権継承者である柳家と書簡の現所有者であるリヴァプール大学図書館より許諾が得られたので、書簡の全文を公開する。

アビコ、チバケン、ジャパン
一九一五年八月十日

親愛なるジョン・サンプソン教授
ウィリアム・ブレイクについての拙著を御高覧いただければありがたく存じます。この手紙と共に、拙著を小包便にてお送りします。あの偉大な世界的な天才を理解するにあたって、先生に教えられるところが実に多くございましたので、拙著をお送り申し上げる次第です。

敬具

M・ヤナギ

追伸
私はA・G・B・ラッセル氏にも拙著を献呈します。
ブレイク協会に入会するには、どのようにすればよいかをお教えいただければ、ありがたく存じます。

Abiko, Chibaken, Japan
Aug. 10th 1915.
Dear honourable Prof. John Sampson

I sincerely hope that you would kindly receive a copy of my book on William Blake, which I send to you by parcels post with this letter. I dare send it to you because I know that I owe to you very much indeed in understanding of that great world-genius.

yours most truly,

M. Yanaghi. [*sic*]

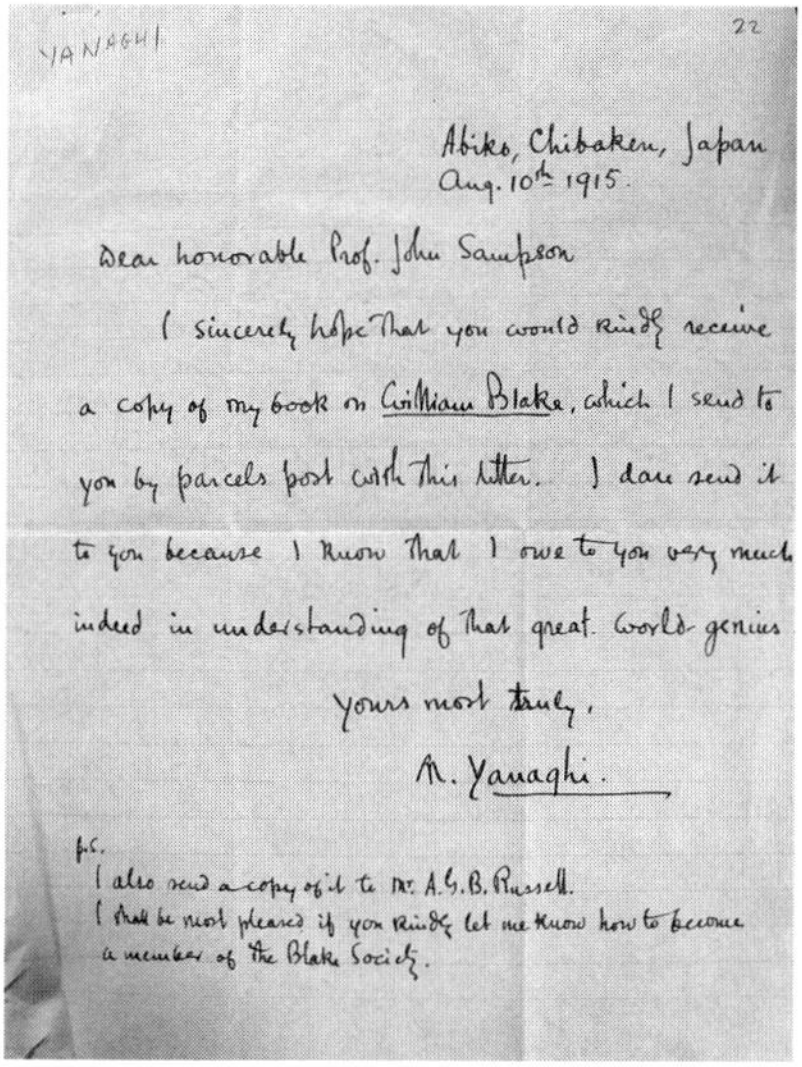

YANAGHI　22

Abiko, Chibaken, Japan
Aug. 10th 1915.

Dear honorable Prof. John Sampson

I sincerely hope that you would kindly receive a copy of my book on William Blake, which I send to you by parcels post with this letter. I dare send it to you because I know that I owe to you very much indeed in understanding of that great world-genius

yours most truly,

M. Yanaghi.

p.s.
I also send a copy of it to Mr. A.G.B. Russell.
I shall be most pleased if you kindly let me know how to become a member of the Blake Society.

図５　柳宗悦よりジョン・サンプソンに宛てた1915年8月10日付書簡（『柳宗悦全集』未収録），リヴァプール大学図書館ジョン・サンプソン・アーカイヴ．

p. s.
I also send a copy of it to Mr. A. G. B. Russell.
I shall be most pleased if you kindly let me know how to become a member of the Blake Society.（図5）

この書簡の日付である「一九一五年八月十日」は、ケンブリッジ大学図書館所蔵の『ヰリアム・ブレーク』の見返しに記された献呈の辞の日付と一致する。サンプソンは一九〇九年にロマニー語研究に関する功績でオックスフォード大学より名誉博士号を授与されたが、リヴァプール大学では図書館司書であり、教授職には就いていなかった。[36] サンプソンに対して Prof. という汎用性の高い肩書きを柳が用いたのは、サンプソンが教職にある可能性を考えてのことだろうし、そのような形で敬意を表したかったのだろう。肩書の前に付された honourable は裁判官、国会議員、貴族の一部に対して使用される敬称であり、Prof. との同時使用は珍しく、あえて日本語に訳すならば「教授閣下」ということにでもなっていささか具合が悪いのだが、敬意を最大限に表そうとしたところに青年柳の気負いのようなものが感じられる。ブレイクという固有名詞を使用せずに「あの偉大な世界的な天才」と言い換えたところには、柳が英文学の修辞法に精通していたことがうかがえる。追伸で柳が言及したA・G・B・ラッセル（一八七九―一九五五、Archibald George Blomefield Russell）は『ウィリアム・ブレイク書簡集』（一九〇六）や『ウィリアム・ブレイク銅版画集』（一九一二）の編者であり、スペイン駐在書記官などを経て、英国紋章院に勤務した。[37] ラッセルもサンプソンやケインズと同様にブレイク研究の先鞭を付けたブレイク愛好家の一人であり、『ヰリアム・ブレーク』の「主要参考書」欄でも言及されている。また、柳がブレイク協会に関心を示しているが、リーチ宛の一九一四年一月の手紙でも、ブレイク協会について教えてほしい、加入したいから、と記しているので、柳はかなり熱心にブレイク協会の連絡先を探したようだ。[38] しかし、ブレイク協会の会員は東京帝国大学に一人いた。山宮允の回顧録に次のような記述がある。

当時予は東京帝国大学の学生であつたが、Yeats の著作を通じて Blake を知り、彼に興味を覚えて大正二年頃先輩の土居光知氏、同窓の矢代幸雄氏等同士の人々（他に或は齋藤勇、井手義行等の諸氏も居られたかも知れぬ）と共に故 Laurence [sic] 先生指導の下に毎週一回研究室で Blake を読んでゐたが、当時大学の図書館にも吾々の手許にも Blake の参考書は殆どなく、全く暗夜の道を辿るにも似たる思ひで「詩神文庫」Blake 集を通覧したこと、一九一二年に倫敦に創立された Blake 協会の会員であつた博覧強記の Lawrence 先生に故事出典を説明して頂き、大学卒業後当時迄通学勉強を続け、Swinburne の Blake 評伝も読んで居られた土居氏に毎度有益な暗示を与へられて裨益する所鮮くなかつた様に記憶する。（『ブレイク論稿』）[39]

東京帝国大学外国人教師ジョン・ロレンス（一八五〇―一九一六、John Lawrence）がブレイク協会の会員であったことは、ブレイク協会が刊行した小冊子の会員一覧に Lawrence, Dr. J., 5, Hikawa Cho, Akasaka, Tokio, Japan. という項目があることからも確認できる。[40] 柳は『白樺』五巻四号（一九一四年四月）の「編輯室にて」で、長与善郎（一八八八―一九六一）が卒業論文でブレイクを取り上げようとしてロレンスに却下された話を憤りを込めて書いた。

長与が大学の卒業論文を書く時、ブレークを題目にしようと思つて、英文学の主任教授ローレンスに相談した相だ、そうしたら「お前はあんな Insane Poet の事をかくのか」と云つて一言ではねつけた相だ。あのローレンスとブレークとだから無理もないと思ふが、英文学史を見てもブレークの評論は大概馬鹿気たものばかりだ。（「編輯室にて」）[41]

柳が「あのローレンス」という言葉遣いをしたのは、ロレンスについてある種の評判がすでに立っていたからなのか、それとも、柳がロレンスと出会う機会があって否定的な印象を持っていたからであろうか。いずれにせよ長与自身も自伝的小説『わが心の遍歴』の中で、ロレンスをブレイクに無理解な教授として描いた。[42] 果たして真相はどうだったのか。若者の盛んな血気が『白樺』の人々の眼を曇らせた可能性はなかったか。しかし同じ盛んな血気が柳をしてその日本語による著書を、一面識もないサンプソンに宛てて出版社気付で送らせたとも言える。欧米の研究に追随してそれを模倣するあり方とは異なった態度を柳の手紙は示しており、この態度こそがその後の柳の活動の原動力でもあった。

ここで、なぜ柳は著書を英語で書かなかったのか、日本語の著書を日本語が読めないはずのサンプソンに送ることに、いったいどのような意味があるのか、という問いを立てることができるかもしれない。この問いは外国文学研究の成果はどの言語で発表されるべきかという問題を含んでおり、外国文学研究者が果たすべき社会的役割を考えることでもある。日本語を母語として日本で活動するブレイク研究者は、研究者として何をなすべきなのか。一つにはどの言語を用いて研究に従事しようと、ブレイク研究に貢献することが求められる。ブレイク研究が国際的に展開されつつある以上、その議論の流れと無関係であることは好ましくない。この場合、国際的な共通語である英語で研究成果を記述し、国際学会等で発表して、各国のブレイク研究者と意見交換をすることが期待される。しかし、日本で外国文学としてブレイクに接する場合には、もう一つの果たすべき役割がある。なぜ日本でブレイクを読むのか。日本の読者にとってブレイクを読むことは、どのように資するところがあるのかという問題は、日本のブレイク研究者が関心を持つべき大きなテーマであるはずだ。英文学に関わる目的が、知識の量を競って優越感に浸ることではなく、社会生活を営む上で応用のできる叡智を英文学から引き出し、それを社会に還元することであるならば、研究成果が日本語で発表されることが肝要である。そしてそのような問題意識こそが、柳が漱石から受け継いだ「自己本位」型の英文学研究の根幹ではなかったか。『白樺』同人として外国文学と外国文化を日本に紹介する様々な特集を組んだ柳は、日本語でブレイクの研究書を出版することの意義を充分に認識していたことだろう。

ケインズはブレイクに関する日本語文献の情報をどのようにして入手したのか、という問いを設定してここまで考察を進めてきた。柳からサンプソンに宛てた書簡とサンプソンとケインズとの間で交わされた書簡から、柳が『ヰリアム・ブレーク』をサンプソンに献呈し、それがケインズに転送されることによって、柳の著書がケインズの『ウィリアム・ブレイク書誌』に登録されたことが明らかになった。ケインズの回顧録によると、書誌の草稿にサンプソンが初めて肯定的な評価を与えたのが、二度の改訂を経た後の一九一四年のことである。しかし、第一次世界大戦の勃発と共に軍医に任官したケインズは、その出版を先延ばしにせざるを得ず、一九一八年になってようやく書誌の編集作業を再開した[43]。おそらく、柳からサンプソンに献呈された『ヰリアム・ブレーク』がケインズの手元に回った一九一九年にケインズと柳の交流が始まり、その後は柳からケインズに直接資料が送られるようになったと考えられる。なお、ロンドンに滞在中の山宮允が一九二六年にビニョンの紹介でケインズと初めて会った時、「柳氏からはその後さつぱり便りが無いがどうしてゐられるかと尋ねられた[44]」という。柳とケインズとの間で交流があったことの証しである。

ケインズの書誌はブレイク研究における書誌学の基礎となった。ケインズが採用したブレイク関連文献の分類方法と記述方法はG・E・ベントリー・ジュニア（G. E. Bentley Jr）に受け継がれた。ベントリーはマーティン・ヌアミ（Martin Nurmi）と共著で『ブレイク書誌』（一九六四）を出版し、これをケインズの書誌に対する補遺と位置付けた[45]。ケインズの書誌が第一部「ブレイクの作品」、第二部「書籍の挿画」、第三部「ブレイク作品の諸版」、第四部「伝記と批評」、第五部「その他」の五部構成であったのに対し、ベントリー＝ヌアミの書誌は第一部「ブレイク著作の諸版」、第二部「線描画と絵画の複製」、第三部「銅版画」、第四部「カタログと書誌」、第五部「ブレイク旧蔵書」、第六部「伝記と批評」の六部構成となった。これはケインズの書誌の構成をより精緻に発展させたものと言える。現在は年報形式で「ウィリアム・ブレイクとその周辺——刊行物と発見の一覧表[46]」という報告書が、季刊学術オンライン雑誌である『ブレイク』誌（*Blake/ An Illustrated Quarterly*）に毎年発表されている。

ケインズの書誌で注目すべき点は日本語文献を収録したところにある。ブレイク好きの医学生にすぎなかったケインズにとって、世界地図の右端に位置するはるか彼方の日本でブレイクが読まれ、しかも研究書が出版されたという事実は驚くべき発見だったのではないだろうか。だからこそ『ヰリアム・ブレーク』の扉の複製を、頁の三分の二にわたって印刷するという工夫をこらしたのではないだろうか。それはブレイクが研究対象として認知されておらず、専門的な研究が遅れているという当時の英文学の現状に対する、ブレイク愛好家側からの無邪気な挑発だったのかもしれない。ケインズが外科医であって専門家ではなかったように、ケインズに指導を与え続けたサンプソンもリヴァプール大学図書館司書であって専門的な研究者ではなかった。イェイツもスウィンバーンも、ブレイク研究に先鞭を付けた人々の多くが、研究と教育の場としての大学の外にいた。英語で綴られた『ウィリアム・ブレイク書誌』の一頁に大きく掲げられた縦書きの日本語表記は、アルファベットの文字列の中で視覚的に際立っており、ケインズの驚きと意気込みが感じられる。

ケインズは書誌の第四部「伝記と批評」の解説において、英国、アメリカ、ドイツ、フランス、イタリア、デンマークで出版されたブレイク文献を概観した後、「東洋」とブレイクの相性がよいことを指摘し、その相性のよさが柳の大冊に現れていると記した[47]。この言葉が「自己本位」型のブレイク研究を目指した柳にとって、大きな励ましになったであろうということは想像に難くない。つまり、ブレイク受容の国際的な広がりを確認することによって、本格的なブレイク研究の推進力を得たいとするブレイク愛好家たちと、「若し東洋の眼から出発したら西洋に於てすら等閑にされてゐる文学を、こちらから先に発見する事も出来ると思ふ[48]」という考えのもとで、まさに「等閑にされてゐる」ブレイク研究に着手した柳とが、それぞれの目指すところにおいて一致した結果がケインズの書誌に現れたと言える。

ケインズの書誌に収録された日本語文献はわずか五点であり、いずれも柳が関わった仕事に限られていたことは、英文学者ではない柳が日本側の窓口であった以上、やむを得ないことだったのかもしれない。ケインズは書誌の第三部「ブレイク作品の諸版」の解説において、ブレイクのテクストの外国語訳はそれほど多くはなく、一部がドイツ語、フランス語、スウェーデン語に訳された程度で、ロシア語訳もあるという話だが未確認であると書いた[49]。日本ではすでに大和田建樹による訳詩「反響の野」（一八九四、'The Ecchoing Green'）が出版されており、蒲原有明訳による「あゝ日ぐるまや」（一九〇二、'Ah! Sun-Flower'）、山宮允訳「無心の歌」（一九一九、*Songs of Innocence*）などが続いたのだが、これらの情報はケインズには伝わらなかったようである[50]。

三　寿岳文章と山宮允——日本で編纂されたブレイク書誌

ケインズの書誌に触発されるようにして、日本で出版されたブレイク文献を書誌にまとめたのは、英文学者であり、和紙の研究者として民藝運動にも関わった寿岳文章である。寿岳は新村出（一八七六—一九六七）の紹介で出版社を営む伊藤長蔵と出会い、伊藤が経営する「ぐろりあそさえて」から『ヰルヤム・ブレイク書誌』を出版する話がまとまった。なお、伊藤の「ぐろりあそさえて」とケインズの『ウィリアム・ブレイク書誌』の出版元となったニューヨークのグロリエ・クラブが、ともにフランスの愛書家ジャン・グロリエ・ド・セルヴィエール（一四八九／九〇—一五六五、Jean Grolier de Servieres）に由来することについては、寿岳の『書物の共和国』に説明がある[51]。

ケインズの書誌がすでに存在する以上、新しく書誌を作る必要があるのか、という懸念があったようだが、寿岳自身が序文に記したように「収載文献の数に於いて、私の書誌が、Keynes博士のそれに比し、倍を遥かに越えてゐる事実は、博士の書誌はあれど、なほこの書が決して無意義な存在ではないことを明か［ママ］にしてくれる[52]」のであり、実際夥しい数の日本語によるブレイク文献が追加された。東北帝国大学英文科の土居光知は、『英語青年』に発表した『ヰルヤム・ブレイク書誌』の書評に、ケインズの書誌の増補にすぎないのではないかと心配したが、その心配は裏切られてしまったと書き、ベントリー＝ヌアミも寿岳の書誌を「非常に有益な仕事」と位置付けた[53]。

寿岳の書誌は可能な限りの現物確認を経て作成された。寿岳が柳と山宮を訪問し、二人が所蔵するブレイク文献を調査した様子は「なつかしい思ひ出の一つ」として序文で触れられている。[54] ケインズが文献の特徴を整理するために設けた枠組みに倣って、寿岳は「照校」、「挿画」、「内容」、「附記」という見出しを設け、各項目の下に寸法、総頁数、図版の有無を示し、それぞれの文献の特筆すべき特徴を記した。さらに寿岳は書誌の巻末に「日本に於けるブレイク研究の歴史」という論考を掲載し、大和田訳に比べて山宮訳の方が翻訳の精度が向上していること、ラフカディオ・ハーン（一八五〇―一九〇四、Lafcadio Hearn）が東京帝国大学で講じたブレイク論は同時代のブレイク理解に比べて独創的であること、柳のブレイク研究はブレイクの宗教哲学の解明に重きを置いていること、バーナード・リーチに導かれて柳のブレイク研究が始まったように、山宮はW・B・イェイツのブレイク論に刺激を受けてブレイク研究に進んだことなどを指摘した。[55]

寿岳の書誌は、形式的にも内容的にも、日本におけるブレイク移入史情報をケインズの書誌に接続した。欧米の文献と日本の文献とを区別せずに、すべての文献を出版年代順に並べたため、例えば「324 COWPER AND BLAKE. By Hubert J. Norman. 1913」の次の項目として「325　ヰリアム・ブレーク。柳宗悦著。大正三年（1914）」が掲げられており、結果としてそれまでの日本におけるブレイク研究が、ブレイク研究史全体の流れの中でどこに位置するのかが一目瞭然になったのである。おそらく寿岳にとって、そして柳にとっても、英国の批評家が書いたブレイク論であるか、日本人が書いたブレイク論であるかという区別はあまり意味を持たなかった。重要なのは、そのブレイク論がブレイクの特質をとらえているかどうかであった。そのような意味で寿岳も柳と同じように、英国の批評家の判断を手本とする英文学研究ではなく、「自己本位」型のブレイク研究を目指したと言えるだろう。後になって寿岳は自らの眼力で英文学に取り組んだ人として、柳を次のように紹介した。

カトリックであれ、国教徒であれ、ロマン主義全盛時代のイギリスでは見出されないすぐれた詩人の発掘を、いわゆる英文学専門家の誰一人として試みなかった頃おいに、柳は先鞭をつけている。このことだけでも、日本英文学研究史で柳の占める地位は極めて特異の相を示してくるではないか。（「解説　柳宗悦と英米文学とのかかわり」[56]）

では、『ブレイクとホヰットマン』を柳と共に刊行した寿岳にとって、「自己本位」型のブレイク研究とはどのようなものだったのだろうか。

『ブレイクとホヰットマン』は一九三一年一月から一九三二年十二月まで刊行された月刊誌であり、「ブレイクは主として寿岳がこれを担当し、ホヰットマンは柳の輯録にかゝる」[57]ものだった。もともと寿岳はブレイク研究の個人雑誌を出したいという思いを持っており、ブレイク没後百年を記念して柳、寿岳、山宮の三人で研究雑誌を編集する案もあったのだが、経営の困難が予想されて実現しなかった。しかし寿岳は諦めきれず、滞米中の柳に手紙を出し、柳の提案を受けてブレイクとホイットマンに絞った雑誌にすることが決まった。ブレイクとホイットマンであれば、それぞれに関心のある読者が加わるので結果として経営が楽になり、原稿を用意する側も余裕ができるだろう、と柳が実務的な配慮をした末の決断だった[58]。月刊誌『工藝』の編集責任者でもあった柳は、毎月原稿を出すことは困難である旨を『ブレイクとホヰットマン』一巻一号で断っている。一方、念願が叶った寿岳はブレイクの『詩的素描』（一七八三、*Poetical Sketches*）と『月の中の島』（一七八四、*An Island in the Moon*）に加えて、ブレイクが蔵書に施した書き込みのいくつかを翻訳し、欧米のブレイク研究を紹介すると共に、ブレイクに関する自らの論考を精力的に発表した。しかし、この雑誌を編集した柳と寿岳の思いが随所に滲み出ているのは、『白樺』の「編輯室にて」に相当する「雑記」である。

創刊号の「雑記」によれば、寿岳は『思想と生活』という個人雑誌を出すことも考えていたらしい。生活から遊離した芸術や知識というものに寿岳は信頼を置いておらず、日々の生活を営むことと、ブレイクとホイットマンを読みながら日々の生活のありようについて考えることとが有機的に結合する状態を目指した。そのような意味で『ブレイクとホヰットマン』も、寿岳夫妻の生活に根差した雑誌という性格を持っており、一巻六号には発送作業について次のような描写がある。

京都から直接読者諸氏へ発送することになつて以来、製本された雑誌を郵便局まで運ぶと云ふ仕事が、また一つ私共夫婦に増えた。何でもない事のやうだけれども、百冊づつの包みを両手にさげてゆくのはちよつと骨である。私共は一丁行つては風呂敷包みを路傍へ置いて休み、半丁行つてはまた汗を拭ふ。道行く人や、附近の中学校の生徒達は、何事かと私共を怪み眺めてゐる。こんなことなら、長男の潤をのせて使ひふるした乳母車を、五十銭で屑屋に下げるのではなかつたと残念でならない。（「雑記」[59]）

翌月号には「乳母車の古も先夜古道具屋で買つてきたからこれで準備はすつかりできた[60]」という報告が出たので、読者も安堵したことだろう。表紙には寿岳が選んだ越前産の鳥の子紙が用いられ、表紙の意匠として柳が考案した図案をもとに黒田辰秋（一九〇四―八二）が仕上げた木版画が印刷された。それ自体が工藝品であることを目指したような雑誌『ブレイクとホヰットマン』は、当初五〇〇人の定期購読者を得たという[61]。生活の一部としてブレイクを読みながら、寿岳はどのような思いをめぐらせたのだろうか。

『ブレイクとホヰットマン』一巻五号（一九三一年五月）の「雑記」に、寿岳は「はつきりと自己を主張し得る人、生活のどの方面をも〝これをも見よ〟と白日衆人の前に示し得る人」の状態に到達したいという個人的感想を述べ、「ブレイクはたしかにさうした〝強さ〟を多分に持つてゐた[62]」と書いた。続いて一巻九号（一九三一年九月）では、日本の世相を「浅薄なジャーナリズムに毒され確固たる信念なき時代[63]」と形容し、二巻二号（一九三二年二月）では『ブレイクとホヰットマン』を創刊した思いについて、「良心を見失はうとする現代に、良心のありかを示し、〝静かなる小さき声〟を聴けよとて本誌は生れた」[64]と書く。さらに二巻四号（一九三二年四月）には、「生あるものは凡て神聖である」というブレイクの言葉を引用しながら、「戦争の惨禍を想像するたびに、私の心には亡びゆく生命の呻きが悲しくも響く」[65]と書き、二巻五号（一九三二年五月）に「季節はづれに強い風。それにもまして吹きすさぶテロリズムの狂暴なあらし」と記した[66]。二巻八号（一九三二年八月）において「面も滔々たるヂャーナリズムの浪が足もとを忘れた衆庶を押し流しつつある事実」[67]を嘆いた後、二巻九号（一九三二年九月）で寿岳は次のような思いを吐露した。

私の見る所では、左傾と右傾と、または社会的と心理的とを問はず、新しい傾向文学を紹介する立場にある人の多くは、その傾向文学がまづ紹介者自身にどんな働きかけを持ちどこまで生活の態度を動かしてゐるか、即ち自分の生活を高め深める上に何物かをもたらしたかどうか、それを反省してゐないのではないかと思ふ。（「雑記」[68]）

一九三一年から一九三二年にかけて日本の近代史において何が起きたのかを考えてみると、寿岳の言葉の一つ一つが同時代に高まりつつあった軍国主義の足音に対する反応であったことがよくわかる。寿岳が日本の社会を「浅薄なジャーナリズムに毒され確固たる信念なき時代」と形容した一九三一年九月は、満州事変が勃発した月だった。一九三二年一月の上海事変の翌月には、寿岳は「良心を見失はうとする現代」と記した。三月の満州国建国宣言の後、寿岳の想像力は異郷の地で殺される兵士の「生命の呻き」に及び、五月の五・一五事件を「テロリズムの狂暴なあらし」と表現した。京都帝国大学で滝川事件が起きるのは、『ブレイクとホヰットマン』が終刊になった翌年の一九三三年五月のことである。寿岳の言葉と同時代史を並べてみると、寿岳がブレイクから受けた「働きかけ」とは、時代の潮流に流されずに自己の信念を持ち続ける力であり、反戦思想だったことがわかる。それは柳にとっても同様だった。柳は『ブレイクとホヰットマン』一巻十一号（一九三一年十一月）の「雑記」で、ブレイクの言葉を引きながら戦争回避を訴えた。

ブレイクの句に「僧侶は戦争を広め、兵隊は平和を求める」と云ふ様なのがあるが、めつたに死なない将校達や非戦闘員の愛国主義者が、下積になる兵隊達の事を考へずに、むやみに軍国的言論を弄ぶのは感心しないし、卑怯だとも思へる。何とかして戦争は避ける様にするのが人間の本旨だと思ふ。（「雑記」(69)）

同じ「雑記」に柳は続けて「自分はガンヂイに心を引かれてゐる。随分古風なやり方でゐて、世界の新しい人間の耳目をそばだゝしめてゐる所も興味深い(70)」と書いた。柳と寿岳にとってブレイクを読むとは、生きるために有効な哲学をブレイクから抽出する営為であった。それが独りよがりな作業にならないようにするために、柳は『ヰリアム・ブレーク』の巻末に「主要参考書」を設け、寿岳は書誌を編んだと言えるだろう。

柳と寿岳は『ブレイクとホヰットマン』の共同発行人であっただけでなく、外国文学の研究においても態度を共有していたのに対し、同じようにブレイク研究者であった山宮允はやや趣を異にしており、その相違は「日本ブレイク文献目録」が収録された『ブレイク論稿』に見ることができる。山宮の『ブレイク論稿』は、『英語青年』、『英文学研究』、『新潮』、『近代風景』などの雑誌にすでに発表された評論や随筆を再録しており、「ブレイクの生涯及び思想」、「ブレイクの絵に就て」、「ブレイクの片影」、「ブレイクの影響」、「ブレイク研究図書解題」、「英国で相見たブレイク学者の思ひ出」、「ベルジエー教授訪問記」、「日本ブレイク学回顧」の八つの章から構成される。ブレイクの伝記的事実、銅版画や絵画の技法、芸術観について山宮はわかりやすい解説を書いたが、山宮がW・B・イェイツの「ウィリアム・ブレイクと想像」の訳者であり、ビニョンの「詩人としてのウィリアム・ブレイク」の訳者であることを思えば、柳の言うところの「西洋人のした仕事に追従してゐるだけの事」とみなされてもおかしくないぐらいに、その論述には独自性が希薄である。[71]そのような意味で、逆に書き手としての山宮の姿が顕著に現れているのが、「英国で相見たブレイク学者の思ひ出」と「ベルジエー教授訪問記」である。どちらも山宮が英国滞在中に訪れたブレイク研究者にまつわる随筆であり、ローレンス・ビニョン、W・B・イェイツ、ブレイク協会幹事のトマス・ライト（一八五九―一九三六、Thomas Wright）、ブレイクのファクシミリ版を出版したウィリアム・ミュア（William Muir）、ジェフリー・ケインズ、『ウィリアム・ブレイクの詩と預言詩』（一九二七）の編者マックス・プラウマン（Max Plowman）[72]、ブレイクの複製を製作し、柳からも多くの注文を受けた版画家フレデリック・ホリヤー（一八七〇―一九五二、Frederick T. Hollyer）、ボルドー大学教授ピエール・ベルジェ（Pierre Berger）との交流の記録である。話題の中に野口米次郎（一八七五―一九四七）、柳宗悦、矢代幸雄（一八九〇―一九七五）、アーサー・ウェイリー（一八八九―一九六六、Arthur Waley）などの名前が登場するので、人脈の連なりがうかがえて興味深いし、すでに触れたように、長与善郎の『わが心の遍歴』において、ブレイクに無理解な学部長として登場する東京帝国大学外国人教師のジョン・ロレンスが、実はブレイク協会の会員であったという話は貴重な情報でもある。しかし、全体として社交上の会話にとどまっていてブレイクをめぐる議論に発展しないところが物足りなく、謙虚な生徒が大家のもとを訪れて書いた取材記事という観があり、それは山宮が面会した相手の一人一人の署名を図版として掲載したところに見てとることができる。柳もロンドンを一九二九年に訪れるが、欧米のブレイク学者の署名を集めて回った形跡はない。柳と寿岳の仕事を「自己本位」型のブレイク研究であるとすれば、山宮のそれは欧米の英文学者の仕事を手本とする輸入型のブレイク研究ではなかったか。

山宮は「日本ブレイク学回顧」の末尾に「日本ブレイク文献目録」を付けた。山宮自身が述べたように、「日本ブレイク文献の簡約目録で、既出寿岳文章氏の『キルヤムブレイク書誌』の撮要に補訂を加へたもの」である。[73]確かに寿岳の書誌には、可能な限りの現物確認を行うという手間を掛けたためか、抜け落ちている情報もあり、それが山宮の目録で補われたことは事実である。しかし、簡約目録であるために、必要な情報までもが削られてしまった。以下に山宮の目録より二例を挙げる。

有明集。蒲原有明著。東京、易風社。明治四一年（一九〇八）。

帝国文学。第一巻第五号。東京、大日本図書株式会社。明治二八年（一八九五）五月。（『ブレイク論稿』[74]）

第一例は蒲原有明の『有明集』にブレイク関連の文献が含まれることを示しているが、それがどのような表題を持ち、どのページに記載されているのかはわからない。第二例に関しては、『帝国文学』に掲載されたブレイク関連の文献の表題も、その著者名も、頁数も不明である。山宮の「日本ブレイク文献目録」は寿岳の書誌を補いつつも、著者、表題、頁数などの情報を省略するという「簡約」化を行ったために、書誌としてはかなり不完全である。

本章を執筆するにあたり、その予備作業として、寿岳の書誌と山宮の目録に掲載された文献情報の再調査を行った。その結果は本書の末尾に掲載した年譜である。寿岳の書誌作成方法に準拠して現物の確認を行い、著者（翻訳の場合は訳者）、論考の表題（書籍の一部である場合は章の見出し）、書籍あるいは雑誌の表題と出版情報、該当する頁数、当該文献中で言及されたブレイクの訳詩等の表題、訳詩等に一致する原詩等の表題を記して年代順に整理した。寿岳と山宮の記載事項の中で明らかに誤りであると認められた情報は修正し、ブレイクに言及がないにもかかわらず山宮の目録に含まれる文献は削除した。現物確認は東京大学駒場図書館、東京大学総合図書館、日本近代文学館、国立国会図書館を中心に行い、未見の文献には「寿岳」あるいは「山宮」と記すことで典拠を示した[75]。

寿岳の書誌と山宮の目録がブレイクに言及した詩人や作家として、かろうじて武者小路実篤と千家元麿を含んでいるのは柳が『白樺』同人だったからであろうが、この二人以外にも多くの詩人、作家、芸術家がブレイクと接点を持った。山宮の「日本ブレイク学回顧」には真山青果（一八七八―一九四八）、三木露風、佐藤春夫などの名前が挙げられているが、書誌情報は掲載されていない。[76]また、ブレイクが当初は童謡詩人、象徴詩人として受容された後、山宮の訳詩集である『ブレーク選集』（一九二二）が出版された頃から、社会派詩人としての側面に光が当たり始めることが、訳出された詩を年代順に見ていくことによって確認できるが、この点については別の場所ですでに論じた。[77]その他に翻訳の再利用が多いこと、図版の紹介が早い段階から始まっており、詩人としてのブレイク理解と芸術家としてのブレイク理解が同時並行で進んだこと、社会派詩人としてのブレイク理解は柳と寿岳の系譜にはっきりと見られること、一部の詩は英語学習雑誌でしばしば教材として用いられたことなど、年譜形式の一覧を概観して気付くことは多々あるが、他の詩人、作家、思想家とブレイクとの影響関係を視野に入れつつ、明治・大正期におけるブレイク移入史の詳細については今後の研究課題としたい。

東京帝国大学英文科助教授であった齋藤勇が、柳の『キリアム・ブレーク』に厳しい評価を与えたことは、本章の冒頭ですでに述べた。『柳宗悦全集』が刊行された時、齋藤は当時を振り返って随筆を書いている。柳があまり顧みられることのなかった詩人フランシス・トムソン（一八五九―一九〇七、Francis Thompson）について、ブレイクと同様に熱く語ったことに触れて、「このトムソンという宗教詩人を私はその頃かなり度々紹介したので、柳氏が独立の見地からであろうが彼を高く評価することを知ってうれしかったが、当時もその後も、英国の批評家たちは、『最も秀でた位置』を与えはしなかった」と齋藤は記した。[78]齋藤が判断の拠りどころとして「英国の批評家たち」を引き合いに出した点が、柳と齋藤の英文学研究に対する態度の違いを象徴的に表しており、興味深い。また、齋藤は『思潮を中心とせる英文学史』（研究社、一九二七）において、ブレイクの「余りに錯綜せる象徴と構造上の不統一」は「彼が教養上の訓練を欠き、従つて無批評的態度を執つた為めであるまいか」と述べたが、この言葉も「英国の批評家」の一人であるT・S・エリオット（一八八八―一九六五、Thomas Stearns Eliot）のブレイク評を忠実に踏襲したものである。(79)

その後、ブレイクが生きた時代とは、フランス革命が英国に飛び火することを恐れた宰相ウィリアム・ピットの指揮の下で「煽動文書や、煽動的集会や、煽動的協会や、反逆的行為を取り締まる条令の時代」であり、ブレイクの「錯綜せる象徴と構造上の不統一」は検閲を逃れようとして生じた結果であることが、ブロノフスキーの『ブレイク――革命の時代の預言者』によって明らかにされた。(80)ブロノフスキーはブレイクのテクストを同時代の歴史的文脈の中に置き直すことによって、圧制に対する糾弾の声を浮き彫りにしてみせた。同書を翻訳した高儀進は「訳者あとがき」で次のように言う。

ブロノフスキーが本書を執筆していた年、一九三九年は、まさに第二次世界大戦が勃発した年であった。九月一日、ヒトラーはブロノフスキーの故国ポーランドに進攻を開始した。戦争と圧制を終生憎み続けたブレイクに寄せる彼の共感は、こうした世界情勢によって一層強められたであろうし、そのことが、本書を単なる評論以上のものにしているのであろう。（「訳者あとがき(81)」）

欧米の研究者に先駆けて反戦思想をブレイクに読みとった柳と寿岳は、治安維持法の時代に生きたからこそ、ブレイクに寄せる共感が一層強められたであろうし、それが可能であったのは、彼らが「英国の批評家たち」の研究を参照することはあっても、権威として仰ぐことをしなかったからである。

柳のブレイク研究とケインズの『ウィリアム・ブレイク書誌』を受けて、アメリカのブレイク学者であるS・フォスター・デイモン（S. Foster Damon）は日本のブレイク受容に注目し、『ウィリアム・ブレイク――その哲学と象徴』（一九二四）に次のように記した。

日本には、極めて広範囲にわたるブレイク熱があり、それは若い詩人の集まりである白樺派において始まった。グループの名称は、彼らが世間を避けて隠遁した山岳地帯で白樺の樹を愛したことに由来する。柳宗悦は図版を豊富に収録したブレイクに関する大著を出版し、山宮は詩をいくつか翻訳した。また、多くの記事が白樺や他の雑誌に掲載された。（『ウィリアム・ブレイク――その哲学と象徴』）[82]

デイモンが日本のブレイク熱についてこのように書いたのは、一九二四年のことである。柳の『ヰリアム・ブレーク』が一九二一年のケインズの書誌に登録されたことにより、日本のブレイク研究は欧米に広く知られるようになった。一九一〇年代から一九二〇年代にかけて、柳と寿岳が輸入型ではなく「自己本位」型の英文学研究を志向して活動しており、結果として、ブレイク研究を絆とする国際的な情報交換が双方向の形で行われていたことを指摘しておく。

第二章　明治期の英文学史諸本におけるブレイクの位置

――忘れられた詩人という神話

柳は『ヰリアム・ブレーク』に「今日見出し得られる僅かばかりの彼に対する批評の数行は『狂気』『変態』『空想』『畸形』『児戯』の文字に終つてゐる[1]」と記し、その脚注でも「絵画史上文学史上に彼の名を挙げる者は殆ど稀である。偉人で彼程ひどい待遇を受けてゐる人は又少ない[2]」と述べて、ブレイクが等閑視されている現状を嘆いた。確かにテーヌの『英文学史』にも、スウィントンの『英文学傑作選』にも、ブレイクという名前は見当たらない。あるいは当時英米文学を日本人読者に向けて積極的に紹介した人物の一人として、『万朝報』英文欄の担当者であった山縣五十雄（一八六九―一九五九）を挙げることができる。山縣は原文、日本語訳、註釈の三部構成からなる「英文学研究」シリーズ全六冊を内外出版協会と言文社から刊行し、ウィリアム・メイクピース・サッカレー（一八一一―六三、William Makepeace Thackeray）、コナン・ドイル（一八五九―一九三〇、Sir Arthur Conan Doyle）、エドガー・アラン・ポー（一八〇九―四九、Edgar Allan Poe）、チャールズ・ディケンズ（一八一二―七〇、Charles Dickens）、マーク・トウェイン（一八三五―一九一〇、Mark Twain）の五人の作品を取り上げた。このシリーズの第三冊『英米詩歌集』（一九〇二）には、英国のロマン派詩人からロバート・バーンズ（一七五九―九六、Robert Burns）、ワーズワス、バイロン（一七八八—一八二四、George Gordon Byron）の作品が収録されたが、ブレイクの詩は入っていない。同書を発展させた山縣五十雄註釈『英詩研究』全三巻（言文社、一九〇四）も同様である。

しかし、ここで立ち止まって考えてみたい。ブレイクについて柳が記した「絵画史上文学史上に彼の名を挙げる者は殆ど稀である」という言葉を、そのまま真に受けてもよいのだろうか。ブレイクは本当に無理解の真っ只中にあったのだろうか。諸家によって書かれた英文学史諸本において、ブレイクはどのように扱われたのだろうか。本章では『ヰリアム・ブレーク』刊行以前の英文学史諸本におけるブレイクの位置付けを検証し、あわせて柳の著書に先立つこと三年前に発表された和辻哲郎（一八八九—一九六〇）の論考「象徴主義の先駆者ヰリアム・ブレエク」について考えながら、柳の『ヰリアム・ブレーク』が誕生した背景を明らかにする。

一　日本語による英文学史——坪内逍遥、浅野和三郎、栗原基、藤澤周次

柳の『ヰリアム・ブレーク』以前にすでに刊行されていた英文学史として、坪内雄蔵（逍遥）著『英文学史』（東京専門学校出版部、一九〇一）、浅野和三郎著『英文学史』（大日本図書、一九〇七）、栗原基・藤澤周次著『英国文学史』（博文館、一九〇七）を挙げることができる。これらには、簡単ではあるが、ブレイクに関する記述が見られる。

坪内逍遥（雄蔵、一八五九—一九三五）はブレイクを「詩人にして、画家にして、彫鏤家にして、神秘主義家」と紹介し、「其の好尚も、詩風も、着想も、超然として時流を脱し、常人に遠く、さながら別天地に生息して時処には拘らざるもの〻如し」と続けた。逍遥はブレイクを形容するのに「飄逸」という言葉を使用し、ブレイクは同時代人に影響を与えることも批評家に注目されることもなく、ブレイクの俗世間から浮き上がったところはD・G・ロセッティに近いと述べた。その上で『詩的素描』に収録された「狂人の歌」（'Mad Song'）は傑作とみなされると記した。た

だし、これらの作品以外には「『エドワード三世』と題したる甚だ乱雑なる結構の一劇詩」が言及されるのみで、逍遥の解説には『無垢と経験の歌』も『天国と地獄の結婚』も登場しない[3]。

一九〇七年二月に刊行された浅野の『英文学史』は逍遥の解説に類似したブレイク評を載せており、ブレイクを「全く時世の外、因襲の外に立ちし詩人にして小なれども天才の面影あり」と位置付けて、ロセッティに似ている、と論じる。逍遥と異なるのは「一七八九年に出せる『無心の歌』及び一七九四年に出せる『見聞の歌』」をブレイクの作品として紹介したところである。さらに浅野は「『ミューズに送る』『夕の星に送る』『小羊』『虎』等は、何れも絶好無類の神品として、人の之を知らざるは稀也」と記した[4]。なお、浅野はブレイクを「ブレーキ」と表記している。

同じ一九〇七年二月に出版された栗原・藤澤共著『英国文学史』はブレイクを「詩人、彫刻家、画家及び神秘論者」と紹介し、「其処女作『詩歌小集』（一七八三）は当時の物質主義に反対したる第一の叫喚にして、其飄逸なる着想は遠く時流を抜けり」と記した。「飄逸」という言葉の選択に逍遥の影響が見えるが、作品の内容にまで踏みこんだところが栗原・藤澤の特色である。『無垢の歌』と『経験の歌』については次のような説明がある。

『無垢の歌』は重も［ママ］に浮世の仇浪に打たれざる清浄純潔なる幼な心の円満幸福なる状態を叙し、『経験の歌』は之れに対して罪悪、哀傷さてはものゝあはれを経験したる人心のあさましさ、痛ましさを歌ひ出せしものなり。（『英国文学史』[5]）

これは『無垢の歌』と『経験の歌』に関する簡潔かつ適切な紹介といっていい。さらに著者たちは、ブレイクには『オシアン』風の情熱」と「スウエデンボルグ風の神秘思想」が認められると指摘し、「ロセッチの如きは特に彼に負ふ所多し[6]」と結んだ。逍遥や浅野と共通する部分も多いが、栗原・藤澤の『英国文学史』のほうがより豊富で正確な情報を提供している。

これらの事実を踏まえて最初の問いを立ててみたい。英文学史を扱った諸本において古典と目されるテーヌの『英文学史』にも、スウィントンの『英文学傑作選』にもブレイクが記録されていない頃に、なぜ逍遥、浅野、栗原・藤澤らはブレイクの名を拾い上げることができたのだろうか。

逍遥は『英文学史』の「緒言」に「本書はもと東京専門学校文学科講義録の為に起稿せしものなるを、数改補して再三講義録に掲げ、こたび又修正して此の一巻とはなせるなり」[7]と記しており、『英文学史』の大まかな内容は出版年である一九〇一年よりも早い段階ですでに確定されていたと考えられる。さらに逍遥は「引用、参考の書類のうちにて、負ふ所尤も多きは、ブルック、ドーデン、ゴッス、セーンツベリ、テーヌ等の諸家なり。就中、近代に関する分は、主としてセーンツベリ氏の『十九世紀英国文学史』に拠り、傍ら諸家の見を参酌せり」[8]と続けた。著者名しかわからないので逍遥が用いた文献を正確に追跡することは難しいが、ストップフォード・ブルック著『英文学』[9]（一八七七）、エドワード・ダウデン著『英文学研究』[10]（一八七八）、エドマンド・ゴス著『十八世紀文学史』[11]（一八八九）および『小近代英文学史』[12]（一八九七）、ジョージ・セインツベリ著『十九世紀英文学史』[13]（一八九六）および『小英文学史』[14]（一八九八）、テーヌ著『英文学史』を想定することができる。このうちブレイクに言及がないものは実はテーヌの『英文学史』のみで、他の文献では扱い方に程度の差はあるもののブレイクが取り上げられている。

ブルックの『英文学』は、ブレイクの『詩的素描』にエリザベス朝の詩人の影響が見られ、ブレイクの『エドワード三世』という戯曲はクリストファー・マーロウ（一五六四—九三、Christopher Marlowe）の芝居を想起させると指摘した。また『無垢と経験の歌』には民主主義的な要素、教会制度に対する弾劾、社会悪の告発が見られる、と記している。[15]ブルックはブレイクのいわゆる後期預言書には触れておらず、ブレイクの宗教観や神秘思想等についても解説を施さなかったが、ブレイクの初期の作品に関しては公正な評価をしたと言えるだろう。

ダウデンは『英文学研究』の「フランス革命と文学」と題した章で、ブレイクを詳しく扱った。ダウデンはブレイクをフランス革命支持者と位置付け、英国政府によって指名手配された思想家トマス・ペイン（一七三七―一八〇九、Thomas Paine）をフランスに亡命させる手引きをしたのがブレイクであると記した。さらにダウデンはブレイクが創造した神話的人物ユリゼンに言及し、理性、自制、法律、義務は、ブレイクにとって、神より授けられた個性を束縛する抑圧者であり、教会と牢獄は抑圧者の代表であると述べた。また、ブレイクにおいて悪魔と称される存在は、神と称される存在と同等に神聖であり、したがって、衝動、欲望、自由は、理性、法律、自制と同じ価値がある、とダウデンは説明する。そしてブレイクが「生きとし生けるものはすべて神聖である」と宣言したことに触れ、ブレイクには無律法主義の傾向が大であると指摘した。[16] ダウデンのブレイク論は短いながらもブレイク神話の一端を簡潔に、かつきわめて正確に紹介しており、ブレイクの本質をとらえた記述となっている。

ゴスの『小近代英文学史』は、十八世紀末の注目すべき詩人としてウィリアム・クーパー（一七三一―一八〇〇、William Cowper）、ジョージ・クラブ（一七五四―一八三二、George Crabbe）、ロバート・バーンズ、ウィリアム・ブレイクを取り上げ、四人は同時期に登場したがそれぞれが独自の個性を保持しており、なかでもブレイクは古典とも伝統とも無縁であると記した。ゴスは同時代にも二百年前にも二百年後にもブレイクの居場所はなく、ブレイクの著作は注目されることもなく存在しないに等しいと言う。[17] ゴスはあくまでも四人の詩人のうちの一人としてブレイクを扱っており、その議論はブレイク批評と言えるほどのものではない。

逍遥が参考資料として唯一書名を挙げたセインツベリの『十九世紀英文学史』は、クーパー、クラブ、バーンズ、ブレイクをゴスと同じようにまとめて扱ってはいるが、叙情詩人としてのブレイクの才能を高く評価し、「神に陶酔した男」（God-intoxicated man）[18] という異名を呈した。また、ブレイクの銅版画の技法についても詳しい説明を載せた。セインツベリは、『詩的素描』はエリザベス朝文学の系譜の上にあり、その一部を構成する『エドワード三世』は混乱した戯曲ではあるが、ウィリアム・シェイクスピア（一五六四―一六一六、William Shakespeare）やジョン・フレッチャー（一五七九―一六二五、John Fletcher）が書きそうな表現を多々含んでおり、『詩的素描』に収録された詩のうち「狂人の歌」は傑作であると記した。さらに、ブレイクは必ずしも精神的に正常であったとは言えず、彼の作品には混沌としたものが多いが、スウェーデンの神秘思想家エマヌエル・スウェーデンボリや古代ゲールの伝説的詩人オシアンからの影響が見られると論じた。[19] セインツベリの記述はブレイク狂人説を採用したという点では、ブレイクに対してそれほど好意的ではない。しかし、日本で刊行された英文学史諸本との関連で注目すべきことは、『詩的素描』に収録されたテクストの中から「狂人の歌」を評価し、『エドワード三世』を混乱した戯曲と形容したところである。これは「『エドワード三世』と題したる甚だ乱雑なる結構の一劇詩」に言及し、「狂人の歌」を傑作と位置付けた逍遥の記述と一致する。つまり、逍遥にとってブレイクに関する主要な情報源は、セインツベリの『十九世紀英文学史』であったと考えられる。逍遥がブレイクを取り上げることができたのは、逍遥が参考にしたブルック、ダウデン、ゴス、セインツベリの英文学史が、程度の差こそあれ、ブレイクを扱っていたからであろう。

浅野と栗原・藤澤の場合はどうだろうか。浅野、栗原・藤澤がブレイクに触れ得たのは、三人が東京帝国大学でラフカディオ・ハーンの英文学講義を聴講したところに理由があると思われる。ハーンは一八九六年から一九〇三年まで東京帝国大学で英文学の講義を行い、ブレイクを二度にわたって教室で取り上げた。北星堂から刊行されたハーンの講義録『小泉八雲英文学畸人伝』[20]（一九二七）に編者田部隆次が添えた序文によると、「十八世紀奇人伝」（'Strange Figures of the Eighteenth Century'）と題してブレイク、バーナード・マンデヴィル（一六七〇―一七三三、Bernard Mandeville）、エラズマス・ダーウィン、ウィリアム・ベックフォード（一七六〇―一八四四、William Beckford）、クリストファー・スマート（一七二二―七一、Christopher Smart）についてハーンが講義を行ったのは一八九九年であり、さらにその数年後に「ブレイク――英国最初の神秘主義者」（'Blake—The First English Mystic'）という題目でハーンはブレイクに関して再び講義を行った。これらの二つの講義では、「失われた少年」（'A Little Boy Lost'）、「揺りかごの歌」（'A Cradle Song'）、「ミューズに寄せて」（'To the Muses'）、「蝿」（'The Fly'）が共通して引用されているが、後者の講義では、前者の講義で引用されなかったテクストが新しく追加されており、第一回の講義を踏まえて第二回の講義が新たに組み立てられたと考えられる。では、ハーンは東京帝国大学の学生にブレイクをどのように紹介したのだろうか。

二　ラフカディオ・ハーンのブレイク講義――「英国最初の神秘主義者」

「十八世紀奇人伝」の一部として行われたハーンの講義「ウィリアム・ブレイク」は、「十八世紀の偉大な文人のうち四人までもが狂人であった」という言葉で始まる。ハーンは言う。その四人とはジョナサン・スウィフト（一六六七―一七四五、Jonathan Swift）、ウィリアム・クーパー、ウィリアム・ブレイク、クリストファー・スマートであり、ブレイクとスマートは近年になってようやく見直されるようになった。ブレイクの再評価はラファエル前派に負うところが多く、同様にスマートの再評価はロバート・ブラウニング（一八一二―八九、Robert Browning）によるところが大きい。銅版画職人として修業を積んだブレイクは、自作の詩に挿絵を付けて色刷りで印刷した。ブレイク夫人は夫の死後に遺作をある牧師に託したが、この牧師はブレイクを危険な思想家と考えて、託された作品を全て焼き捨ててしまった。ブレイクの作品には常人の理解を超えるところがあるが、それはブレイクが宗教性の狂気を帯びていたからである。スウェーデンボリ神学の影響を受けて、ブレイクは神や天使や霊的な存在を感じとったのかもしれない。万物に生命を見たブレイクは、それゆえに狂人とみなされたかもしれないが、「東洋の哲学」に親しむ者であれば違和感を持たないだろう。このような神秘主義的、哲学的な特徴は『無垢と経験の歌』に顕著に現れており、その中の一篇である「蝿」は迷信とされる死生観にも真理が宿ることを示す。預言書と呼ばれる一連の散文詩はホイットマンを彷彿とさせ、オシアンや聖書を基盤としつつ、ブレイクは現世と来世における善と悪との闘いを描いた。『天国と地獄の結婚』の「地獄の格言」に見られるように、ブレイクは子どもの純朴さの下に神の叡智を秘めている。[21]

数年後に行われた講義「ブレイク――英国最初の神秘主義者」では、ブレイクの神秘主義的な側面が強調された。前回のブレイク講義で散見された「狂人」という言葉は影を潜め、「神秘主義者」という言葉が多用された。ハーンは神秘主義者を信仰によって超人的な知識に近付くことができると信じる人と定義し、ブレイクを「キリスト教神秘主義者」であると同時に「非キリスト教神秘主義者」であり、直観によって超越的な知識に触れようとする神智学(theosophy)の徒であると位置付けた。ハーンは言う。ブレイクはスウェーデンボリの影響を強く受けたがそれに飽き足らず、聖書とオシアンに触発されて散文詩を書き、詩風はホイットマンに似ているがホイットマンより遥かに上質である。コールリッジの「カインの彷徨」(*The Wanderings of Cain*)はブレイクの神秘主義的幻想の影響を受けており、それはブルワー・リットン(一八〇三―七三、Edward George Bulwer Lytton)に伝わり、さらにエドガー・アラン・ポーにまで流れ込んだ。十九世紀の幻想文学でポーの影響を受けていないものがほとんどない以上、それらはすべてブレイクの間接的な影響下にある。ハーンは『詩的素描』や『無垢と経験の歌』に収録された詩をいくつか取り上げて評釈を行い、禅僧がそうであるように、答えを与えることなく問いを示すところにブレイクの特徴があると述べた。読者はブレイクから投げ掛けられた問いを自力で考えなければならないし、またそのように仕向ける仕掛けがブレイクのテクストに施されている。ハーンは講義の結びで、ブレイク以前にも神秘主義者はいたかもしれないが、子どもが用いるような言葉で深い意味を表した詩人はおらず、ブレイクから多くを学ばないような詩人はヴィクトリア朝におそらくいないだろうと言う。ブレイクに傾倒したヴィクトリア朝の詩人であるイェイツやスウィンバーンを、ハーンは意識していたのかもしれない。

寿岳文章は『ヰルヤム・ブレイク書誌』において、坪内逍遥、浅野和三郎、栗原基・藤澤周次の英文学史ではブレイクについてありきたりな紹介しかなされなかったが、それらに比べてハーンのブレイク講義は、「たとひブレイクを狂人視する旧来の偏見からはまだ脱してゐないにもせよ、はるかに独創の見に満ちた講述である」[22]と記した。残念なことに、寿岳はハーンの「独創の見」についてこれ以上の説明を付さなかった。寿岳の評価の妥当性を検証するためには、当時入手可能であった英文学史においてブレイクがどのように記述されたのかを明らかにし、それらをハーンの講義内容と比較しなければならない。英文学者としての専門的な訓練を受けていないハーンが、東京帝国大学で英文学を講じるためには多くの参考書を必要としたはずであり、その様子は旧制富山高等学校（現富山大学）で編集された『ラフカディオ・ハーン文庫蔵書目録』[23]（一九二七）に見ることができる。この目録にはストップフォード・ブルック著『英文学』、エドワード・ダウデン著『新文学研究』[24]（一八九五）、エドマンド・ゴス著『十八世紀英文学史』、同『小近代英文学史』、E・J・マシュウ著『英文学史』[25]（一九〇一）、ジョン・モーリー著『文学研究』[26]（一八九一）、マーガレット・オリファント著『イングランド文学史』[27]全三巻（一八八六）、フレデリック・ライランド著『英文学史略年譜』[28]（一八九〇）、セインツベリ著『小英文学史』、同『十九世紀英文学史』、テーヌ著『英文学史』、ベルンハルト・テン・ブリンク著『英文学史』[29]第二巻（一八九五英訳版）、同第三巻（一八九六英訳版）が含まれており、これらの中でブレイクに言及があるものは、ブルック著『英文学』、ゴス著『十八世紀英文学史』、同『小近代英文学史』、マシュウ著『英文学史』、オリファント著『イングランド文学史』第二巻、ライランド著『英文学史略年譜』、セインツベリ著『小英文学史』、同『十九世紀英文学史』である。ライランド『英文学史略年譜』は文字通りの年表なので検討対象から除外する。ブルック、ダウデン、ゴス、セインツベリにおけるブレイクの扱いについては、坪内雄蔵著『英文学史』の参考文献を追跡した時にすでに検証した。逍遥が言及しておらず、ハーン蔵書目録にのみその名が見える書籍は、マシュウ著『英文学史』とオリファント著『イングランド文学史』の二点である。

マシュウの『英文学史』はブレイク小伝を載せ、『詩的素描』と『無垢と経験の歌』について簡潔な紹介をしている[30]。ブレイク独自の宗教哲学、『天国と地獄の結婚』、後期預言書に言及がないという意味では不充分な解説かもしれないが、ブレイク狂人説を採用しておらず、公平な記述と言える。

オリファントの『イングランド文学史』はブレイクを「記録が残っている中で最も奇妙な人物の一人[31]」とみなしたが、総じて好意的に紹介している。ブレイクは生前認められることはほとんどなく、ようやく当代になって世間はブレイクに美と意味を発見するようになったが、その作品は未だに「一般大衆にとっては猫に小判である」（caviare to the general）[32]。オリファントは『無垢の歌』を言葉に言い表せないような神聖な情感を歌った詩集であると賞讃した後、ブレイクが出版業者ジョゼフ・ジョンソンを通してメアリ・ウルストンクラフトと交流があったことと、トマス・ペインがフランスへ逃亡する時にブレイクが手引きをしたという説があることを紹介し、ブレイクは共和主義者でありフランス革命支持者であったと述べる。さらに詩集の印刷は銅版画を用いて手作業で行われ、ブレイク夫人が手を貸し、『天国の門』や『エルサレム』も同じようにして制作されたという説明が続き、預言詩と呼ばれる作品群は「狂気の縁でおののく錯乱した精神の夢のように荒々しい[33]」と形容された。ブレイクが狂人であったかどうかについては諸説があるとした上で、オリファントはブレイクを死後も心霊と交信できると信じる心霊主義者の一人と位置付けた。このような心霊との交流は、自己の独創性に制限が加えられた時に生じることが多く、その一例はブレイクがパトロンのウィリアム・ヘイリーとともに過ごした三年間に見られるとオリファントは述べ、後期の作品は粗雑な狂詩曲だが、初期の作品はいつまでも残り続けるだろうと結んだ[34]。

ハーンがブレイクに一回分を割り当てた連続講義「十八世紀奇人伝」という題目は、オリファントがブレイクを形容するのに用いた「記録が残っている中で最も奇妙な人物の一人」という表現と似通っており、オリファントが示した心霊主義者ブレイクという位置付けもハーンの興味の持ち方と共通点がありそうである。いずれにしても、ハーンが用いた参考文献とハーンの講義内容を比べると、ハーンの講義には英文学史諸本に準拠すると思われる情報が多く含まれており、それらを丹念に洗い出していくと、寿岳の言う「独創の見」がそれほど顕著ではないような印象を受ける。しかし、それでもあえて「独創の見」をハーンのブレイク講義に見出すとすれば、それはハーンがブレイクを「キリスト教神秘主義者」であり、かつ「非キリスト教神秘主義者」であるとみなしたところにあるだろう。ハーンは神秘主義者を定義するにあたり、当時のヨーロッパではインド哲学や仏教哲学を研究することによって至高の知識が得られると信じる人々が、神秘主義者と呼ばれていると説明した。「非キリスト教神秘主義者」という言葉は、この文脈で引き出されたのかもしれない。一八九九年のブレイク講義においてハーンは、「東洋の哲学」に親しむ者であれば、生きとし生けるものの背後に生命の統一体としての神を見るブレイクの思想に違和感を持つことはないだろうと述べており、ハーンはブレイクの生命観に「非キリスト教神秘主義」の要素を感じとったと思われる。田部隆次は伝記『小泉八雲』に次のように書いた。

ヘルンは此等の講義に於て『虫を愛するギリシヤ人は、日本人に似て居る。ローマ人は円戯場を作つて人間と猛獣とを格闘せしめた程に性質残忍だから、虫を愛するやうな優美なところがない。基督教では魂を有するものは人間ばかり。その他の動物の生存は一切人類のためと教ゆる程だから虫の如き微少なものは観みられない。英国の詩人は鳥について歌つたが、虫については殆んど歌ふて居ない。虫類を真に愛する人種は日本人と古代のギリシヤ人だけである。古代のギリシヤ人も蝶を人の霊魂の離れたものと考へた。』と云ふ趣意を述べた。（『小泉八雲』[35]）

ハーンの講義「昆虫に関するいくつかの詩」（'Some Poems about Insects'）には、古代ギリシアにおいても日本においても、虫を題材として多くの詩が書かれたのに対し、ヨーロッパの文学で虫が取り上げられることはほとんどなく、それはキリスト教が人以外の生物に魂も霊も知性も認めなかったからであるという説明がある。この説明に続けてハーンは、キリスト教文化圏において魂を持たないとされる生物は自動機械とみなされたと述べた。田部の伝記に西田幾多郎が寄せた「序」には「ヘルン氏は万象の背後に心霊の活動を見るといふ様な一種深い神秘思想を抱いた文学者であつた[36]」という一節があり、ハーンにとっての宗教とは、万物に神が宿るとする汎神論的世界観に近かったと思われる。そしてそのような世界観は、審判者としての神が君臨する伝統的なキリスト教よりも、ギリシア神話や「東洋の哲学」と共通点があり、だからハーンはブレイクの特殊な宗教哲学にそれほど抵抗を感じなかったのかもしれない。逆の言い方をすれば、ブレイクをキリスト教神秘主義思想の文脈でとらえることの多かった欧米の英米文学史諸本とは異なり、キリスト教以外の宗教にまで視野を広げてブレイクを論じたところに、ハーンのブレイク理解の独自性があったと言える。

さて、田部の伝記『小泉八雲』には、内ヶ崎作三郎の随筆「小泉八雲先生を懐ふ」が収録されており、次のような記述が見える。

明治三十一年九月僕本郷台の人となりて親しく先生の声咳に接することを得た。僕は非常なる興味と熱心とを以て先生の講義を筆記した。当時第三年級に芳澤謙吉、大谷繞石、戸澤姑射、浅野和三郎の諸君あり、その選科には本伝の著者も見えてゐた。第二年級には小松原隆二君等がゐた。而して我が第一年級には森清、小日向定次郎、栗原基、米原弘、藤澤周次の諸君ありて、まづ多士済々と称して可なるものがあつた。(「小泉八雲先生を懐ふ[37]」)

内ヶ崎が「本郷台の人」となった翌年の一八九九年に、「十八世紀奇人伝」の一つとしてブレイクに関する講義が行われた。『東大英文学会会員名簿』(二〇〇〇)によると、浅野和三郎の卒業年度は明治三十二(一八九九)年度である。当時の大学は秋に新学期が始まり、制度上の最終学年が第三学年であったことを思えば、一八九九年の何月にハーンがブレイクについて講義をしたのかが判明しない限り、「第三年級」にいた浅野がそれを聴講した可能性については確かなことは言えない。しかし、「第一年級」にいたとされる栗原・藤澤の両者は、ハーンのブレイク講義の第一回を聴講した可能性があるし、第二回の講義にも触れることができたかもしれない。二人は著書の「凡例」に次のように書いた。

本篇を編むに当り重も［ママ］に参考となせしはセンツベリー、ゴッス、ガーネット、ダウデン、ブルック、チエームバース、坪内諸氏の著書、英国百科全書及び編者が東京帝国大学に在りて最も深き興味を以て聴きたる故小泉氏の講義録なり。特に小泉氏の講義は日本学生に対して有益なる暗示的教訓多かりしを以て、全篇の精神は之れによりて鼓吹せられたる所頗る多し。（『英国文学史』[38]）

栗原・藤澤の『英国文学史』における記述がハーンの英文学講義と類似しているのは、二人がハーンの弟子であり、ハーンの講義を聴講したからであると言えるだろう。

ハーンは一九〇三年に東京帝国大学を離れ、一九〇四年に死去した。柳が東京帝国大学文科大学哲学科に入学するのは一九一〇年九月のことである。また、柳が兄事した志賀直哉は一九〇六年に東京帝国大学に入学し、ハーンの後任である夏目漱石の授業に熱心に出席した。したがって、ハーンと柳を直接結び付けるものはなさそうである。しかし、『ヰリアム・ブレーク』執筆中に柳はハーンに関心を持ったらしく、志賀直哉と山内伊吾に宛てた一九一四年五月二十四日付書簡には次のような言葉が見られる。

昨日「八雲」を送つた、此ハガキより先につくだろう。伝記を読んで一層ハーンが好きになつた、こないだ白樺の古いルドンの号をあけて見て又ハーンを思ひ出した、ハーンが生前にルドンの画を知つてゐたらきつとそれを好いたにちがいないと思つた。

毎日ブレークを少しづゝ書いてゐる。ブレークの絵は益々好きになつた、今の処ミスティックな分子をふくむ芸術が一番心を引いてゐる。(39)

柳は『白樺』五巻五号（一九一四年五月）に「小泉八雲　田部隆次著　早稲田出版部」という書評記事を載せているので、(40)ここで「八雲」や「伝記」として言及されたのは、一九一四年に出版された田部隆次の『小泉八雲』と思われる。では、『ヰリアム・ブレーク』執筆中に柳はハーンの講義内容を知ることができたのだろうか。ハーンの英文学講義がコロンビア大学教授ジョン・アースキン（一八七九―一九五一、John Erskine）の手で編集されてアメリカで出版されるのは、『ヰリアム・ブレーク』が刊行された翌年の一九一五年のことである。ハーンの講義録選集として『文学の解釈』(41)全二巻（一九一五）が刊行され、翌年に『詩の鑑賞』(42)（一九一六）が続いた。したがって、ハーンが英文学講義においてブレイクの宗教観を「東洋の哲学」に引き寄せて説明したとはいえ、柳がハーンの講義内容を知ることができたとは考えにくい。

三　和辻哲郎「象徴主義の先駆者ヰリアム・ブレエク」――翻訳の寄木細工

柳宗悦著『ヰリアム・ブレーク』の位置付けをできるだけ正確に測定するためには、検討しなければならない資料がもう一つあり、それは一九一一年二月に『帝国文学』十七巻二号に発表された和辻哲郎の論文「象徴主義の先駆者ヰリアム・ブレエク」である。この論文は四節から構成される。第一節では象徴と寓意を区別した芸術家としてブレイクが紹介され、ブレイクにとって芸術は宗教としての意味を持ったと述べられる。第二節では、アーサー・シモンズやローレンス・ビニョンの言葉を引きながら、ブレイクのわかりにくさが論じられる。ブレイクの難しさの原因は、自己の芸術を他人に理解してもらえるように造形するだけの忍耐を、ブレイクが持ち合わせなかったところにある。そして「ブレエク研究書は漸次うず高く積まれて来る[43]」が、ブレイクが充分に理解されるためには新しい時代の到来が必要であろうと記された。第三節はブレイク狂人説を取り上げ、ブレイクは教養を欠いていたかもしれないが、狂人ではなかったと主張する。ブレイクに見られる荒唐無稽な要素は、「幻影の天真爛漫ななかにおいては、彼は最後の日まで子供であった[44]」ことに由来し、その一方でブレイクはニーチェに通じるような反抗的な言葉を書き残した。『天国と地獄の結婚』にはジョージ・バーナード・ショー（一八五六―一九五〇、George Bernard Shaw）が書きそうな警句が含まれており、情熱を尊重したブレイクは現在では叙情詩人として知られるようになったと議論が進む。第四節では、ブレイクとニーチェとの類似を指摘したのはイェイツが最初であるとし、存在の内部に宿る生命を描くためにブレイクは象徴と想像を重視したと論じられる。結論として、ブレイクは「蛮的」であり、「幻覚的」であり、「わがままな自我主義者」であると結ばれた[45]。

この論文の第二節には当時入手可能なブレイク研究書の著者たちの名前が列挙されており、これだけを見ると和辻がブレイク研究の動向を随分と熱心に勉強したような印象を受ける。しかし、論文の末尾には小さく「Hunecker およびYeats に拠る[46]」と断り書きがあり、中島国彦がすでに指摘したように「論文全体のほとんどの部分は和辻の考えたことではなく、外国のブレイク論の全くの翻訳に他ならないのである[47]」。中島の議論を引用する。

「Hunecker」は正しくは「Huneker」であり、このブレイク論は次の本の一章として存在する。

James Huneker "Egoists, a Book of Superman"（Charles Scribner's Sons, March, 1909）

『エゴイストたち』と題された四百ページ近いこの書物は、スタンダール、ボードレール、フローベール、アナトール・フランス、ユイスマンス、ニーチェ、イプセンなどが多角的に論じられており、問題の一章は、「VIII. Mystics」の中の、「II. "Mad Naked Blake"」という十三ページ程の文章である。和辻の附言には Yeats の名も見えるが、論文の「三」でイエーツの名を出すものの、別にイエーツの文章を読んでその部分を書いたというのではなく、「"Mad Naked Blake"」の中にイエーツの言葉が引用紹介されているのであり、和辻が読んだのが Huneker の一冊だけだったことを教えている。この本は一九〇九年（明治四二）三月に出版されているので、その年の九月に東京帝国大学に入学する和辻は、入学少し前に入手したのであろうか。ニーチェへの関心が高まっていた時期で、恐らく丸善でこの本を手にし、ニーチェ論を読もうとして購入したものの、まだ日本に詳しい紹介のないブレイクの一章を、若干の前書きを付けて、訳出することになったのであろう。（「ブレイク移入の意味するもの――柳宗悦の感受性[48]」）

ジェイムズ・ハネカー（一八五七―一九二一、James Huneker）は主に一八九〇年から一九二〇年にかけて、文学、音楽、演劇、芸術について評論を次々と発表したアメリカの批評家である。フランスの小説家であり美術批評家であるヨリス・ユイスマンス（一八四八―一九〇七、Joris Huysmans）の影響を受け、批評家にとって公平性を保つことは不可能であり、書くという行為においては、書き手の気質こそが重要である、という立場から広範な評論を著した。和辻の「象徴主義の先駆者ヰリアム・ブレエク」の第二節、第三節、第四節は、中島が指摘したように、ハネカーの著書の『『VIII. Mystics』の中の、『II. "Mad Naked Blake"』という十三ページ程の文章」の翻訳であり、『エゴイストたち[49]』（一九〇九）の二七七頁から二九〇頁に該当する。このうち二八六頁から二八八頁にかけて、『無垢と経験の歌』、

「虎」の冒頭二行、「ヨブ記」に寄せる挿画、ダンテに寄せる挿画、ヤングの『夜想』に寄せる挿画など、ブレイクの作品を具体的に論じた箇所は訳出されておらず、コールリッジ、キーツ、ラスキン、ホイットマンなどのブレイク以外の固有名詞も消された上で、全体の辻褄が合うように切り貼りがなされた。中島が推測するように、和辻はブレイクの作品に関する各論には興味がなく、象徴主義についてまとめたかったということなのだろう。また、中島は和辻論文の第一節について「イエーツのブレイク言及について記した『一』の部分も、実は栗原古城『イエツの象徴論』（一九〇八・一一・一『帝国文学』）を下敷きにして書かれている」[50]と指摘しているが、栗原の論文はイェイツ著『善と悪の観念』[51]（一九〇三）に収録された二本の論考「絵画における象徴主義」（'Symbolism in Painting'）と「詩歌の象徴主義」（'The Symbolism of Poetry'）の紹介記事であり、象徴と寓意を区別した最初の詩人がブレイクであるという話は出てくるものの、和辻論文の第一節に記された内容と正確に対応するわけではない。筆者が調査したところ、和辻論文の第一節のうち「象徴と比興とは混同されていた」で始まる第一段落は、イェイツの『善と悪の観念』の二二七頁の抄訳、「ブレエクは初めて、偉大なる芸術と象徴との離し難い関係を説いた」で始まる第二段落は、イェイツ同書の一七六頁の抄訳、「未来というものを妻君のようにかわいがる人がある」で始まり第一節の結びとなる第三段落は、イェイツ同書の一六八頁から一六九頁の抄訳と推定される[52]。なお、法政大学図書館が編纂した『和辻哲郎文庫目録』には、ハネカーの『エゴイストたち』もイェイツの『善と悪の観念』も見当たらないが、山宮允訳『善悪の観念』（東雲堂書店、一九一五）は登録されている。ただし、和辻論文が一九一一年に発表されたのに対して、山宮訳の出版年は一九一五年なので、両者の間に影響関係は想定できない。この目録にアーサー・シモンズの『文学における象徴主義運動』[53]（一九〇八）が含まれることから、当時の和辻が象徴主義に強い関心を持っており、その副次的な作用としてブレイクに接近したと考えられる[54]。

論文の末尾に「Hunecker および Yeats に拠る」という文言があるとはいえ、全体が翻訳の寄木細工であるにもかかわらず、翻訳と明示されなかったことについては微妙な問題がありそうだが、和辻のブレイク論は明治・大正期のブレイク書誌学者たちにどのように受けとめられたのだろうか。山宮允は『ブレイク論稿』において、和辻の論文は「筆者の辞つて居られる通りJames Huneker及びYeatsの所説に拠つて叙べられたブレイク論であるが、恐らく吾邦最初のBlakeに関する評論であり、明治時代最後のBlake文献である[55]」と書いた。寿岳文章は『ヰルヤム・ブレイク書誌』の和辻論文の項目に「'Hunecker［原］及びYeatsに拠る'とあとがきあり[56]」と記し、巻末の論考「日本に於けるブレイク研究の歴史」でも「これは断りがきにも見える如く、James Huneker: Egoists (no. 585) 中の一文や、Yeatsのブレイク論に拠つたものである」と述べ、もし和辻がブレイクに興味を持ち続けたならば、ニーチェ研究に匹敵するようなブレイク研究が生まれたかもしれないと続けた[57]。寿岳も山宮も和辻の断り書きを拾い上げたということは、彼らは和辻論文の性質を的確に見抜いていたのかもしれない。興味深いのは柳である。柳は『ヰリアム・ブレーク』の「主要参考書」に、和辻論文の原典であるイェイツの『善と悪の観念』とハネカーの『エゴイストたち』を挙げておきながら、和辻の論文を含めなかった。勉強家の柳は、和辻の論文が和辻自身によるブレイク研究ではなく、イェイツとハネカーのブレイク論の部分的翻訳であることを認識して、わざとはずしたのかもしれない。

四　『ヰリアム・ブレーク』と英文学史諸本——無理解という原動力

さて、ここまで明治から大正初期にかけて日本で出版された英文学史諸本において、またその情報源となった欧米の英文学史諸本において、ブレイクがどのように扱われたのか、また和辻のブレイク論文とはどのようなものだったのか、という問題を検証してきた。これらの検証結果を踏まえて柳の『ヰリアム・ブレーク』に戻る。柳は著書『ヰリアム・ブレーク』に先駆けて『白樺』五巻四号（一九一四年四月）に論文「ヰリアム・ブレーク」を発表し、その

「参考書」欄に次のように記した。

詩人としてのブレークは、英文学史上、正当な位置を未だに得てゐない。彼の名は只僅かの行、若しくは頁を占めるだけで、然も狂的詩人として人々から認められてゐるばかりである。（「ヰリアム・ブレーク」[58]）

その九ヶ月後に刊行された『ヰリアム・ブレーク』の「主要参考書」冒頭にも、同じような趣旨の言葉が見られる。

英詩人として永遠な栄誉を負う可きブレークは、不幸にもまだ英文学史上に何等の位置をも得てゐない。彼の名は只僅かの行、頁を占めるだけで然も狂的詩人として批評されてゐるばかりである。従つて英文学史で彼の価値又は歴史的意義を知らうとする事は出来ない。（『ヰリアム・ブレーク』[59]）

確かに逍遥、浅野、栗原・藤澤らの英文学史に関する限り、柳の指摘は的を射ている。しかし、例えばブレイクを狂人ではなく心霊主義者として説明したオリファントの『イングランド文学史』や、政治的宗教的抑圧者の象徴としてブレイクが創造したユリゼンという神話的人物に触れながら、衝動や欲望は、ブレイクにとって、理性や法という抑圧的な力に対抗して自由をもたらす肯定的な存在である、と論じたダウデンの『英文学研究』があるにもかかわらず、「英文学史で彼の価値又は歴史的意義を知らうとする事は出来ない」と断じるのはやや性急ではないだろうか。そもそも逍遥やハーンが参考文献として用いた英文学史諸本を精査して明らかになったように、ブレイクに言及していないものはむしろ少数派なのである。なぜ柳は英文学史諸本におけるブレイクの扱いについて、実情とは異なる記述をしたのか。

あくまでも憶測の域を出ないが、若者の血気盛んな勇み足だったのではないだろうか。ブレイクに関して入手可能な参考文献を網羅するほどに調査した柳が、同じ「主要参考書」欄にブルックも、セインツベリも、ゴスも、オリファントも、ダウデンも挙げていないのは、英文学史に関する参考書を最初から集めようとしなかったことを暗示する。なぜ柳は英文学史の参考書を集めなかったのか。それはおそらく英文学の世界においてブレイクが不当な扱いを受けている、という思い込みがあったからではないか。そしてその思い込みを形成するのに大きく寄与したのが、柳の友人である長与善郎が、東京帝国大学英文科でブレイクを卒業論文で取り上げようとして、ロレンスに却下された事件ではなかったか。論文「ヰリアム・ブレーク」を発表した同じ『白樺』五巻四号の「編輯室にて」で、柳は長与とロレンスの一件を紹介し、ロレンスを糾弾する言葉を書き綴った。これは偶然の一致というよりも、柳のブレイク研究が誕生した背景の説明であるかのように見える。柳のブレイク研究とは、既存の英文学研究に対する挑戦という形をとった。ひょっとすると、柳は英文学の側に必要以上の敵役を演じさせてしまったのかもしれない。前章で見たように、ロレンスはブレイクを形容するのに「狂気の」(insane) という言葉を用いたとはいえ、ブレイク協会の会員であり、学生有志を対象にブレイクの読書会を開くほどにはブレイク理解者でもあったのだが、柳は果たしてそこまで知っていたのかどうか。柳は一九一四年一月付の書簡でリーチにブレイク協会について問い合わせをしており[60]、一九一五年八月十日付のサンプソン宛の書簡においても、柳はブレイク協会の連絡先を尋ねている。なぜ柳はブレイク協会の会員であるロレンスに相談しなかったのか。それは、おそらく柳の中で、ロレンスについて否定的な印象が先行していたからであろう。長与とロレンスの不幸なすれ違いを契機に、不当な扱いを受けているブレイクを救済するためには、従来の英文学研究を打破しなければならないという物語を柳は作り上げてしまったのではないか。思えば朝鮮民族美術館の建設にせよ、木喰仏の発見にせよ、民藝運動にせよ、柳の活動は現状を踏み切り板として新しい局面へ跳躍するという構造を持っており、柳のブレイク研究もこの構造に則っている。未来へ向けて新しい領域を切り開くためには、過去は批判されなければならない。過去が過去であるがゆえに権威を持つのであれば、批判とは反逆でなければならない。そしてその意味では、『白樺』で柳が露わにした英文学に対する反抗心は、『ヰリアム・ブレーク』を生み出す原動力の一つだったと言えるだろう。

日本民藝館所蔵の柳宗悦旧蔵書には、実はダウデンの著作が四点含まれている。『文学研究』の異なる版が二点と、『新文学研究』、『文学における清教徒と英国国教会の研究』である。ダウデンの著書を柳が四点も集めたという事実と、ダウデンの著書においてブレイクが詳しく紹介されたという事実はおそらく無関係ではない。では、なぜ柳は『ヰリアム・ブレーク』の「主要参考書」でダウデンに言及しなかったのか。これもまた憶測の域を出ないのだが、『ヰリアム・ブレーク』刊行後にブレイクを好意的に扱った英文学史があることを指摘され、ダウデンの研究を入手し、その論旨に共感を持ったためにダウデンの他の著作に手を広げたという仮説を立てておきたい。柳の活動のあり方を考えるとありそうな話なのだが、この仮説の妥当性を裏付ける根拠は今のところ見つかっていない。この他にダウデンの英文学史の存在を柳は知っていたが、『ヰリアム・ブレーク』の独自性を打ち出すためにこれを隠蔽したという別の仮説も想定できるが、悪意に焦点を当てて研究を進めることは本書の得意とするところではない。なお、エドワード・ダウデン（一八四三―一九一三、Edward Dowden）はアイルランド出身の文学者、詩人であり、ダブリンのトリニティ・カレッジ英文学講座の主任を務めた。著書『文学研究』の一章では、ホイットマンの詩と民主主義に多くの頁が割かれている。ブレイクとホイットマンを好意的に扱ったところにダウデンの関心のあり方が透けて見えるし、柳がダウデンの著作を集めた理由もそこにあると思われるが、一方でダウデンはアイルランド国民文学やアイルランドの自治を目指す運動には反対の立場を鮮明にし、イェイツとは最後まで相性が悪かったようである。政治と文学との複雑な関係を示す事例として追記した。

第三章　「只神の命のまゝにその筆を運んだ」

——神聖視される個性

「テムペラメント」（temperament）という気質を意味する英単語がある。かつて中世ヨーロッパの生理学では、人の気質は血液、粘液、黄胆汁、黒胆汁という四つの体液の配合の比率で決定されると考えられた。血液は陽気、粘液は不活発、黄胆汁は怒りっぽく頑固、黒胆汁は憂鬱な気質を生み出すとされた[1]。四体液説が過去の遺物となった後は、物事の考え方や行動に表れるその人の全体的な性質を意味する言葉として、「テムペラメント」という語は用いられるようになった。日本語で「芸術家肌」と言った時の「肌」に近いと言えるかもしれない。

柳は『ヰリアム・ブレーク』でブレイクを論じるにあたって、「テムペラメント」という語を繰り返し用いた。なぜか。また、なぜ柳は気質、性格、個性などの日本語表現に置き換えることをせずに、「テムペラメント」という片仮名表記を用いたのだろうか。本章では「テムペラメント」を手掛かりにして、柳の著書『ヰリアム・ブレーク』の特色の一端に迫る。

一　『ヰリアム・ブレーク』における「テムペラメント」――個性の表現としての芸術

柳は「テムペラメント」という語を次のように使う。

彼の性質は早くから鋭いテムペラメントを示してゐた。精神的想像力の偉大だつた彼は自から又奔放であり自由だつた。「大胆で自発的で強健だつた」。彼はよくものに激した。（『ヰリアム・ブレーク』[2]）

柳はブレイクを激しやすく自由奔放な人柄の持主と位置付け、その際立った様子を「鋭いテムペラメント」という言葉で表現した。柳はさらに続ける。

ブレークのテムペラメントは根本的にゴシックである。その製作が偉大なゴシック芸術の復興である事は著しい事実である。彼が後年画いた人間の形相、特にその沈痛と深玄と悽愴と熱情とに溢れる強烈な筋肉とその外線には、残りなくゴシックのテムペラメントが閃いてゐる。（『ヰリアム・ブレーク』[3]）

ブレイクの気質が「ゴシック」である、とはどのような意味だろうか。実はこの部分は、巻末の「主要参考書」で柳がその有用性を強調した、アーサー・シモンズ著『ウィリアム・ブレイク』に依拠した説明と思われる。シモンズは「ブレイクの非凡な才能は本質的にゴシックである」と書いており、その根拠として、ブレイクが銅版画職人のジェイムズ・バザイアのもとで修業をしていた時、ウェストミンスター寺院に通って内装や墓石や彫刻をせっせと写生した事実を挙げた。シモンズによると、ブレイクが描く人物像や図案化されたアルファベットには「ゴシック」の影響が顕著に見られる[4]。

シモンズが「ゴシック」をブレイクの作風として取り上げたのに対し、柳は「ゴシック」をギリシア美術と対比させて、ブレイクの気質の問題へと議論を進める。

吾々は美の数学的整頓を要求するのであろうか。美の動律的生命を要求するのであろうか。希臘美術は主として前者に訴へ、ゴシック芸術は親しく後者を与へてゐる。彼には類型があり平和があり是には開放があり動揺がある。ブレークの運命は此偉大な人生の岐路に立つて何等の逡巡なく後者を択んだのである。彼の運命を知ろうとするものは此ゴシックの出発を理解せねばならない。彼が後年醜を美に齎らし、地獄を天に甦らし、肉体を精神に結びつけたのは此ゴシックのテムペラメントが産んだ力である。（『ヰリアム・ブレーク』[5]）

ブレイクは「ギリシアは数学的な形である／ゴシックは生きた形である」[6]と述べており、柳の説明はこの言葉を意識したものであろう。ブレイク神話において独裁者ユリゼンをニュートン力学や合理性の権化として造形したブレイクは、計算と規則性によって秩序が保証されるギリシア美術を、記憶に基づく反復可能な美の形態とみなし、想像力や霊感とは無縁の存在と考えた[7]。神は人の個性として顕現するというブレイクのキリスト教理解によると、合理的な計算ではなく、神より授けられた想像力に従って芸術的創造行為はなされるべきなのである。柳はこの芸術観をブレイクの「テムペラメント」に関連付けた。

彼は偉大なテムペラメントそのものであつて論理の人ではない。彼の精神的思想は幽遠なアットモスフィアーそのものであつて合理的体系ではない。（『ヰリアム・ブレーク』[8]）

「テムペラメント」と対比されるのは「論理」である。「合理的体系」がギリシア美術を連想させるとすれば、「幽遠なアットモスフィアー」は奇怪、恐怖、幻想、暗黒等のゴシック的要素につながるのかもしれない。柳がこの時点で、中世のゴシック芸術と後世のゴシック趣味をどこまで切り分けて考えていたかは別に考察すべき問題だが、注目したいのは、ブレイクの作風にゴシックの影響が見られるというシモンズの議論から跳躍して、ブレイクを「テムペラメントそのものであつて論理の人ではない」と位置付けたところである。「テムペラメントそのもの」と形容される人とは、どのような人なのだろうか。柳は言う。

彼の思想は抽象的概念によつて築かれてはゐない、親しい具像的経験の事実である。時として吾々は知的撞着をそこに指摘する事が出来る。然し彼等は一として明晰な意義を持つてゐない事はない。彼は寧ろ多くの矛盾をも自己の人格内に抱擁して一切の立言に肯定的権威を与へてゐる。そこには知的真偽はない、只価値的是認がある。彼等はいつも論理的内容を超えた永遠な個性のテムペラメントによる確実性を具へてゐる。（『ヰリアム・ブレーク』[9]）

これは柳のブレイク論の一部ではあるが、指示代名詞「彼」がブレイクを指すということを脇に置くならば、柳にとっての理想的な知のあり方を論じた文章とみなすことができる。柳は『ヰリアム・ブレーク』の別の箇所に「真理が吾々の生命に価値的関係を及ぼすのは只それが吾々の親しい経験を経由する時のみである。経験を離れた真理は只吾々の思惟に止つて此生命の現実には何等の交渉をも持つてゐない[10]」と記した。これを「実感主義」という言葉で表すならば、柳はブレイクを「実感主義」の人として理解したことになる[11]。ブレイクが天使を見ようと、神を見ようと、プリムローズの丘の上で太陽と会話をしようと、蚤の幽霊を目撃しようと、それがブレイク自身の実感であって他人に迷惑を掛けない限り、外部からとやかく言われる筋合いのものではなく、その意味で実感とは当事者にとって神聖な意味を持つ。そしてその神聖な実感を基盤として、個人の思想や哲学が構築されることを柳は是とした。たとえそこに自己矛盾があったとしても、その矛盾そのものに柳は個性の表出を見た。「テムペラメント」とは実感という種子から思想が育つためのいわば土壌のような存在であり、土壌の質によって育つ思想も異なるのである。研究書『ヰリアム・ブレーク』に先立って『白樺』五巻四号（一九一四年四月）に掲載された論文「ヰリアム・ブレーク」にも、「テムペラメント」という用語がちらりと見える。

彼等のうちには論理内容を超えた永遠のテムペラメントによる真理がある。殊にブレークに於てそうである。彼の真理は凡てブレークの偉大な人格から湧き出た権威ある力そのものである。ブレークの思想は只直接にブレーク自身を語る事に帰つてくる。（「ヰリアム・ブレーク」[12]）

思想が「テムペラメント」によって培われるとすれば、柳にとって思想とは「人格」の表れである。経験の蓄積によって形作られる個人的特徴の統一体が新たな経験を受け止め、それによって統一体のあり方が再編されて思想が形成されていく。そのような意味で、柳によれば、「ブレークの思想」は「ブレーク自身」と密接に結び付いており、『ヰリアム・ブレーク』の別の箇所に柳が記したように、「人間性は人間にとつてあらゆる思想あらゆる行為の基本である」[13]ということになる。

柳のブレイク論には気質や人間性という意味での「テムペラメント」という言葉が頻出するが、柳が「テムペラメント」について語るのは『ヰリアム・ブレーク』が初めてというわけではない。柳は『白樺』四巻十二号（一九一三年十二月）に「哲学に於けるテムペラメントに就て」（後に「哲学に於けるテムペラメント」と改題して『宗教とその真理』に所収）と題する論文を寄稿した。この論文には、ブレイクの思想は抽象的概念に導かれたものではなく、具体的な経験を基礎として、ブレイクという個人の総合的な気質が形成した産物である、という考え方の骨格がより一般的な言葉で記されている。

吾々は論理的に先づ理性を以て最後の心的活動とみなす故に合理主義（Rationalism）を主張するのではない。かゝる抽象的判断に先立つて、理性を重んじる具象的テムペラメントがかゝる学説を要求するのである。吾々は学理的に実際的効果を最も緊要な事実とするが故に、実際主義（Pragmatism）を唱導するのではない。実際的経験を慕ふ動かし難いテムペラメントの衝動が、かゝる哲学を人々の口に叫ばしめてゐるのである。（「哲学に於けるテムペラメント」）(14)

合理主義を主張する者は、論理的に思考した結果合理主義に到達したのではなく、合理性を好む気質を備えているから合理主義を主張する。プラグマティズムを主張する者は、試行錯誤を経てプラグマティズムという結論を導き出したのではなく、もともとプラグマティックな気質を持っているからプラグマティズムに魅了される。柳の議論を拡大するならば、怠惰を好む者は怠惰を中心に弛緩した世界観を構築し、潔癖な者は無慈悲で厳格な制度を支持するということになるだろう。柳によれば理論も思想も哲学も個人の気質に基づく。

吾々は決して純粋論理から出発して吾々の思想を構成するのではない。理論はテムペラメントに基く個性の動かし難い事実によつて決定されるのである。真理は吾々を離れて、吾々の前に排列せられてはゐない。真理は必ず個性の実際的経験を通過してのみ現はれてくる。（「哲学に於けるテムペラメント」⑮）

柳はさらに大胆に宣言した。

実に哲学は既決的真理の発見ではない、個人的特性の表現である。（「哲学に於けるテムペラメント」⑯）

世に多種多様な哲学が存在するのは、多種多様な気質を有する哲学者たちがそれぞれの気質に従って思考をめぐらせたためである。この多様性は哲学にとどまらない。レオナルド・ダ・ヴィンチ、ミケランジェロ、ピュヴィス・ド・シャヴァンヌ、セザンヌ、ブレイク、ホイットマン、シェイクスピアの名前を挙げながら、柳は詩人、作家、芸術家がそれぞれの気質に基づいて自己表現を行うからこそ、古今東西の文学や芸術に多様性が認められると論じる。そして柳は多様性を歓迎し、統一をもたらそうとする発想を斥ける。

哲学の多岐は吾々の自由を肯定し、人類の思想の向上と発展とを促がしてゐる［ママ］。哲学統一に対する空想は、只吾々に悲哀と死滅との光景を示すばかりである。（「哲学に於けるテムペラメント」⑰）

柳の主張に従えば、柳自身が自由と多様性を好む「テムペラメント」を保持するがゆえに、「哲学に於けるテムペラメント」を著したということになるだろう。多種多様を重んじる「テムペラメント」の哲学論を柳は次のように締めた。

吾々は無限の欲望を抱いて、動かし難い個性に基くテムペラメントに自分の哲学を建設しなければならない。自己を離れて哲学に生命はない、権威はない。真理はいつも自己の経験にある。哲学は畢竟個性の深い直接経験の学である。（「哲学に於けるテムペラメント」）[18]

「哲学に於けるテムペラメント」が柳の思想形成の過程で重要な位置を占めることは、柳自身が「此一篇は余の思想の出発であつた」[19]と述べたことからも明らかであり、すでに柳研究において「柳宗悦の哲学的探究の性格を闡明した、と言える注目すべき一文」[20]や「柳のそれまでの思想的模索の集大成」[21]という評価がなされてきた。筆者もこの評価に異論はない。しかし、ここで一つの問いを設定したい。これまでの議論で明らかなように、柳はブレイクを読むことによって「テムペラメント」に基づく「実感主義」の議論を組み立てたというよりも、すでに柳の中にそのような思想があったために、その具体的な、かつ有効な事例研究の一つとしてブレイクが取り上げられたと言った方が適切であるように思われる。つまり、柳にとってブレイクはもちろん重要な存在であったに違いないが、「テムペラメント」という鍵概念が柳の中にあったからこそ、ブレイクが滑らかに柳に流れ込んだと言えるだろう。では、なぜ柳は気質、人間性、個人的特性という言葉ではなく、「テムペラメント」という片仮名表記を用いたのだろうか。

二　「テムペラメント」という言葉の由来——ウィリアム・ジェイムズとブレイク研究

柳が「テムペラメント」という片仮名表記を用いたのは、おそらくそれが英語文献の読書体験を通して獲得された概念だったからである。その源流の一つは、鶴見俊輔が示唆したように、ウィリアム・ジェイムズ（一八四二—一九一〇、William James）の『プラグマティズム』（一九〇七）であったと思われる。[22]鶴見の指摘を羅針盤として『プラグマティズム』の第一講「哲学におけるこんにちのディレンマ」をたどってみると、次のような言葉が見つかる。

哲学の歴史はその大部分が人間の気質の衝突ともいうべきものの歴史である。このような取り扱い方をすると、わが同僚のうちには不見識だと思う者があるかもしれないが、私はこの衝突を重要なものと見なし、これによって哲学者たち相互の著しい差異を説明しようと思うのである。専門的哲学者というものは、どのような気質をもったものであっても、哲学するに当っては、自己の気質という事実をつとめておし隠そうとする。気質が論拠になるなどということは伝統的に承認されていない、そこで専門哲学者はその結論の拠って来たる理由としてただ没人格的な論拠のみを主張する。けれどもじつは彼の気質の方が、これよりもより厳密に客観的な前提のいずれよりもいっそう強く哲学者の傾向を定めるのである。（『プラグマティズム』[23]）

ジェイムズは続けて感傷的な気質を持った哲学者は感傷的な宇宙観を、冷酷な気質を持った哲学者は冷酷な宇宙観を抱くにいたると述べる。ジェイムズによれば、哲学だけでなく文学、美術、政治、行儀作法においても気質は重要な役割を果たしており、形式主義者、官憲主義者、無政府主義者などが出現するのは、個人の気質の働きに由来する。ジェイムズは端的に言った。

気質は、その好悪にしたがって人々にそれぞれの哲学をえらばしめる、そしてこれはつねに変りないであろう。（『プラグマティズム』[24]）

桝田啓三郎訳において「気質」と訳出された言葉を、原語表記を音声化した「テムペラメント」に置き換えると、これらの引用の内容は柳の主張と一致するし、「気質」をもとにジェイムズが展開する「経験論者」と「合理論者」をめぐる議論の構造とレトリックは、すでに引用した柳の「合理主義」と「実際主義」をめぐる議論を彷彿とさせる。そもそも「哲学に於けるテムペラメント」という表題は、『プラグマティズム』第一講の「哲学におけるこんにちのディレンマ」という表題を意識したものかもしれない。

柳が後年に書いた「私の卒業論文」によれば、柳は学習院在学中から「人間の心の問題」に関心があったので東京帝国大学では心理学を専攻し、ウィリアム・ジェイムズ、ヴィルヘルム・ヴント（一八三二—一九二〇、Wilhelm Wundt）、アンリ・ベルグソン（一八五九—一九四一、Henri Bergson）の著作を読んだとある。[25]「心理学は純粋科学たりうるや」という挑発的な卒業論文を提出して心理学と訣別し、その後は宗教哲学へ向かったにせよ、東京帝国大学を卒業したのが一九一三年であるので、『ヰリアム・ブレーク』を執筆中の柳がジェイムズの著作に親しんでいたことは確かである。しかし、それだけをもって柳がジェイムズを援用してブレイクを読み、ブレイクを「テムペラメントそのものであつて論理の人ではない」と結論付けたと考えるのはやや性急である。個人の気質という意味での「テムペラメント」を手掛かりにして、「テムペラメント」に導かれるままに自己表現を行った芸術家としてブレイクを理解する試みは、柳独自のものではなかった。柳が「主要参考書」として掲げたブレイク関連の文献に、「テムペラメント」という用語を用いてブレイクを論じたものが散見されるからである。

例えばアレクサンダー・ギルクリストは、絞首刑になりそうな面相だからという理由で、少年ブレイクが弟子入りすることを見合わせた職人が、その後実際に絞首刑になったという逸話を紹介しながら、これはブレイクの気質の賜物であると述べた。[26]バジル・ド・セリンコートは、法律や社会契約という概念とブレイクとの関係について論じながら、ブレイクは気質において個人主義者であると指摘した。[27]これらの議論では、個性、特質、特徴という意味で「テムペラメント」という単語が用いられたにすぎず、気質に基づいて自己表現を行う芸術家という柳のブレイク理解とは、直接の関連はないのかもしれない。しかし、そのような意味では、柳が高く評価したスウィンバーンのブレイク論は、柳のブレイク理解に影響を与えた可能性がある。スウィンバーンは、ブレイクの作品を理解するためには生まれながらの鑑賞力が必要であると説き、ブレイクの「幻視の肖像」と呼ばれる一連の絵画からは、情熱とユーモアの入り混じったブレイクの気質が見てとれると述べた[28]。作品とは気質の表現であり、その理解には論理的に物事を考える力ではなく、見て感じる力が必要であるというスウィンバーンの主張は、ブレイクを「テムペラメントそのものであつて論理の人ではない」とみなした柳のブレイク論と一致する。

あるいは『ウィリアム・ブレイク著作選[29]』（一八九三）を編集したローレンス・ハウスマン（一八六五―一九五九、Laurence Housman）を、柳のブレイク研究の背後に見ることができるかもしれない。ハウスマンはホイットマンを引用しながら、次のような言葉を序文に記した。なお、ハウスマンの考察について柳は「序にある論文は参考になる[30]」と評価している。

「あらゆる美は」とウォルト・ホイットマンは言う、「美しい血と美しい頭脳から生まれる」。機械的な作品の特徴はそこに個性が無いということであり、芸術作品の特徴はそこにありあまる個性があるということだ。だから、芸術作品の美の評価とは、作品の背後の個性における気質の美を判断することである。そしてこの気質を理解して初めて美を理解したことになり、芸術的な物事と歴史的な物事とを隔てる虚構という要素の働きがわかったことになる。したがって、美しいと思える作品を研究しようとする時、その芸術の原因となった気質を理解しなければならない。（「序[31]」）

気質の表現こそが芸術であるという考え方は、当時のブレイク論では珍しくなかったようである。これは狂気というレッテルを貼られたブレイクを、語るに値する芸術家として救済するためには、おそらく効果的な方法であったと思われる。日本でも抄訳が一八九八年に出版されたイタリアの精神病理学者チェーザレ・ロンブローゾ（一八三六―一九〇九、Cesare Lombroso）の『天才論』（一八九一）では、天才は精神的に特殊な病的状態にあるという議論が展開された。ロンブローゾは幻覚を見た人物としてジョン・クレア（一七九三―一八六四、John Clare）、パーシー・ビッシュ・シェリー（一七九二―一八二二、Percy Bysshe Shelley）、ウィリアム・ブレイクを挙げ、幻覚を保持し続ける頑固さと情熱によって彼らは芸術家となり得たのであり、「理性が最も弱体化した時、想像力は最も活発になる、なぜなら理性は幻覚と幻想を抑制することによって、凡人から芸術的文学的霊感の源を取り去ってしまうからである」と述べた。さらにロンブローゾは「同じ理由で、逆に芸術は、精神的な病いを助長しかねない」と続けた[32]。

天才と狂気は紙一重というロンブローゾの議論は、狂気を天才の側に引きつけることによって狂気を肯定的に理解する視点を示したが、それは天才を狂気の側に引き寄せることでもあり、これを天才に対する侮辱とみなして批判する者もあった。ロンブローゾの批判に回った一人が、和辻哲郎が「象徴主義の先駆者ヰリアム・ブレエク」の下敷きに用い、柳が「主要参考書」に名前を挙げた『エゴイストたち』の著者ジェイムズ・ハネカーである。ハネカーは『上音の響き――気質の書』（一九〇四）において、ロンブローゾの議論は科学的基盤に則ったものというよりは文学的色彩が強いと述べ[33]、また『印象派のプロムナード』（一九一〇）では、ロンブローゾの手にかかると、画家も、詩人も、音楽家も、科学者も、哲学者も、小説家も、凡才以外はすべて狂気の人として貶められてしまうと批判した[34]。しかし、立場の相違はあるにせよ、ハネカーもまた芸術を気質の表現であるとみなしたことは、リヒャルト・シュトラウス（一八六四―一九四九、Richard Strauss）、フリードリッヒ・ニーチェ（一八四四―一九〇〇、Friedrich Nietzsche）、ギュスタヴ・フローベール（一八二一―八〇、Gustave Flaubert）などに関する評論を集めた『上音の響き』に「気質の書」という副題を付けたところから明らかである。ハネカーは『エゴイストたち』のうちニーチェを扱った章において、「最も客観的な哲学でさえその提唱者の個人的気質の色合いを帯びている」と記し、個人的無政府主義を唱えた哲学者マックス・シュティルナー（一八〇六—五六、Max Stirner）を論じた章では、「哲学とは思われている以上に気質の問題である」と述べた[35]。

柳は一九一四年十二月に出版した著書『ヰリアム・ブレーク』において、芸術とは芸術家による「テムペラメント」の表現であり、ブレイクを「テムペラメントそのものであつて論理の人ではない」と論じた。同書を起点として、柳のブレイク研究の軌跡と「テムペラメント」の使用事例を過去へと遡ってみるならば、両者が密接に連動していることがわかる。一九一四年十一月の段階では、「柳の『ブレーク』は今校正中だ」という文言が『白樺』五巻十一号（一九一四年十一月）の「編輯室にて」に見える[36]。署名は「同人」とあるので柳以外の『白樺』同人であろう。ブレイク論ではないが、一九一四年十月に『ファー・イースト』誌（*The Far East*）六巻一三六号に掲載され、『白樺』五巻十一号（一九一四年十一月）に転載された柳の英語論文「バーナード・リーチの芸術」には、「技巧の精緻よりも寧ろ個性的性質［temperament］こそ、ポール・セザンヌ（Paul Cézanne）やフインセント・ファン・ホッホ（Vincent van Gogh）に見られる如き、仕上げの真の契機である」[37]という「テムペラメント」の使用事例が見られる。同年九月の「編輯室にて」には、柳が『ブレーク』を書き上げたという「同人」による報告があり[38]、柳自身も九月十一日付バーナード・リーチ宛書簡に「ブレークの本がついに完成した」と記し、ブレイクに関してリーチから多くの刺激を受けたので「この本を貴兄に捧げることにしました」と書いた[39]。六月にはリーチに宛てて「近頃は滅多に家からも出ず、ブレークについて書いたり書き直したりしています」[40]と書いており、柳が作業中であったことがわかるし、五月にも志賀直哉と山内伊吾に向けて「毎日ブレークを少しづゝ書いてゐる」[41]と報告している。同じ五月に柳はブレイクとホイットマンを扱った「肯定の二詩人（未定稿）」を『白樺』五巻五号（一九一四年五月）に発表した。この論文には「テムペラメント」という用語は登場しないが、「存在する凡てのものは神聖である」というブレイクの言葉が引用されており、ブレイクとホイットマンの特色として多様性の尊重が指摘された。なお、柳の論文が掲載された『白樺』五巻五号に、武者小路実篤が「深い実感から来てゐる言葉でなければ力はない(42)」という言葉を寄せているのも、『白樺』同人の関心のあり方を知る上で見落とすことはできない。同年四月の『白樺』に発表された論文「ヰリアム・ブレーク」には、ブレイクの特徴として「論理内容を超えた永遠のテムペラメントによる真理がある」という記述が見られる(43)。一月にはリーチに宛てて「『ブレーク協会』について御存知でしたら教えて下さい。加入したいのです(44)」と書き、論文「哲学に於けるテムペラメントに就いて」を発表するのは、『ヰリアム・ブレーク』を刊行する前年の一九一三年十二月のことである。この論文において、これまで打ち立てられてきた様々な哲学はそれを提唱した哲学者の気質を反映しており、哲学においても芸術においてもそこには個人の気質が表現されている、と主張した柳は、「存在する凡てのものは神聖である」というブレイクの言葉を意識するかのように、個性の多様性について次のように述べた。

相反する哲学を持つ事は少しも吾々に悲哀を与へてゐない。レオナルドの絵画を尊ぶと共にミケランゼロの彫刻を讃へ得る様に、又シャバンヌとセザンヌの異る芸術を共に是認し得る様に、又ブレークの詩が決してホイットマンの詩の存在を妨げない様に、又凡ての戯曲がシエクスピアーに尽きてゐない事が吾々の幸である様に、多くの哲学者と多くの学派は啻に吾々にとつて悦であるのみならず、引いては吾々個性の発展の永遠な是認を意味してゐる。
(「哲学に於けるテムペラメント」(45))

また、同じ論文の別の箇所に柳は次のような言葉を記した。

理論は過ぎゆく、然しテムペラメントは永在する。(「哲学に於けるテムペラメント」(46))

これはブレイクが『最後の審判の幻想』（一八一〇、[*A Vision of the Last Judgment*]）に記した「人は通過する、しかし、状態は永遠にそのままである」[47]というレトリックを意識した表現であろう。つまり、「哲学に於けるテムペラメントに就て」を執筆中の柳はブレイクを読み続けており、ブレイクとブレイク研究の影響下にあったと考えられる。柳は同じ一九一三年十二月の『白樺』に随筆「我孫子から　通信一」を寄稿し、「僕はかなり長い月日と労力とを『ブレーク』の為に費した」[48]と記した。さらに遡って一九一三年九月の『白樺』四巻九号に発表した論文「生命の問題」では、柳は「理化学的機械論（Physico-chemical Mechanism）の学説」を批判し、生命には機械に還元できない要素がある、と主張して、ブレイクの言葉を次のように引用した。

万物に精神の内在する事を公言する程科学が進んでゐないのみであつて、科学は之を否定する何等の力をも持つてゐない。詩人ブレーク（Blake）が、

Everything that lives is Holy

存在する凡てのものは神聖である

と云ひ放つたのは単純な吾々の想像ではない。（「生命の問題」[49]）

生命をめぐる柳の議論の是非はさておき、柳がブレイクを読んでいたという事実は確認できる。さらに同年一月の『白樺』の表紙画には、リーチがブレイクの短詩「虎」を題材に製作した図版が用いられた（図6）。この表紙画について柳は次のような説明を付けた。

図6　『白樺』4巻1号（1913年1月）表紙，複製版（臨川書店，1969-72）．

画の上にある詩はブレークの「虎」と題する詩の最初の二行をとつたものだ、リーチのブレーク好きは有名だが実際あの画にも現はれてゐる様に、かなりブレークを解してゐる人の画と云事が出来る。（「表紙画に就て」[50]）

後に著書『ヰリアム・ブレーク』の冒頭で「此書はブレークに対する批評ではない。人間そのものゝ評価である。凡ての偉人は批評を無価値にする」[51]と熱く語ることになるとは思えないほど、柳のこの言葉からは、柳のブレイク好きが見えにくく、文体も物静かである。この温度差は何を意味するのだろうか。

柳は『ヰリアム・ブレーク』の「序」に、八年前に初めてブレイクの『無垢の歌』を読み、三年ほど前にリーチから詩集を借りて『天国と地獄の結婚』を読んだ結果「ブレークは遂に自分から離れなくなつた」[52]と書いた。『ヰリアム・ブレーク』が刊行されたのが一九一四年であるので、柳が『無垢の歌』を読んだのは一九〇六年であり、『天国と地獄の結婚』を読んだのが一九一一年であろうと推定される。しかし、ブレイクと出会ったことやブレイクに夢中になったことと、ブレイクの研究が始まったこととは切り離して考えるべきであろうし、一九一三年一月の段階で柳がリーチのブレイク好きについてどこか醒めたような物言いをしたという事実は、本格的なブレイク研究が始まるためのいわば醗酵期間が存在したことを示唆するのではないだろうか。そしてその本格的なブレイク研究は、東京帝国大学に在籍して心理学を学び、ウィリアム・ジェイムズの著作を読み進める作業と並行して行われたのではないだろうか。つまり、個人の気質が哲学の基盤として存在するというジェイムズの議論と、当時のブレイク関連文献に頻出した気質の表現が芸術であるという主張とが、柳の中で化学反応を起こして、一九一三年に「哲学に於けるテムペラメントに就て」が生まれ、一九一四年に『ヰリアム・ブレーク』が生まれたと考えることができる。だからこそ、この時期の柳は「テムペラメント」という片仮名表記を好んで使ったのではないだろうか。別の言い方をするならば、おそらく一九一三年には柳のブレイク研究は入力の段階から出力の段階へ向けて本格化しており、一九一四年の柳は「テムペラメント」を中心的な鍵言葉として芸術一般をとらえていた。それは、例えば一九一二年五月十九日付バーナード・リーチ宛書簡で柳は「アーサー・シモンズのウィリアム・ブレイク論も実に面白かった」と書く一方で、翌年の一九一三年十一月二十二日付中島兼子宛書簡には「私は Blake と Whitman に関する Essay を書きたい」と記し、同年十二月三十一日付兼子宛書簡で「来年の四月白樺が第五周年になる時、恐らく Blake か Leonardo da Vinci の評伝を書くだろう、之は二百頁位な論文になるだろう」という意志表示をしたことから確認できる。[53] 柳の『ヰリアム・ブレーク』の特色の一つは、芸術とは個性の表現であるという立場でブレイク論が展開されたところにあるが、その根底にはウィリアム・ジェイムズと同時代のブレイク研究からの影響が存在し、それはこの時期に柳が好んで用いた「テムペラメント」という片仮名表記の概念に端的に表れている。

三　遍在する「宇宙意識」——神秘主義思想と心理学

ウィリアム・ジェイムズは、哲学とは論理的思考の帰結というよりは気質の産物であると論じた。またジェイムズとほぼ同じ時代に発表されたブレイク研究では、芸術とは個性の表現であるという観点から、ブレイクを再評価する動きが見られた。両者の議論が融合すると、「哲学とは思われている以上に気質の問題である」という言葉を『エゴイストたち』に記したハネカーのブレイク論のように、あるいは「哲学に於けるテムペラメントに就て」を書いた柳のブレイク論のように、個性と気質が等価に置かれたブレイク理解が展開されることになる。では、ジェイムズと当時のブレイク研究との間に直接の接点はあったのか、という問いを立てたくなるのだが、おそらくなかったというのが妥当な答えになるだろう。しかし、ハネカーや柳の中でジェイムズとブレイクが「テムペラメント」という概念を結節点として恣意的に結合したのか、と言えば必ずしもそうとは言い切れない。個性と気質をめぐる議論の実態はもう少し大きな文脈で検証する必要があり、しかもその重要な手掛かりとなる文献が柳の『ヰリアム・ブレーク』巻末の「主要参考書」に含まれている。リチャード・モーリス・バック（一八三七―一九〇二、Richard Maurice Bucke）が著した『宇宙意識――人の精神における進化の研究』（一九〇一）は、ブレイクやジェイムズとは一見関わりがなさそうな、むしろ疑似科学的な胡散臭さがつきまとう表題であるにもかかわらず、柳は同書を「主要参考書」の一冊として掲げ、「此興味ある論文の一節はブレークの為に費やされてゐる」と記した。[54]本節ではこの謎めいた書物に注目し、同書が一方では柳のブレイク理解に大きな示唆を与え、また他方ではジェイムズの宗教哲学に一定の影響を及ぼした可能性を検証する。

カナダのマッギル大学で医学を修めたバックは精神科医であり、オンタリオ州ロンドンの精神病院の院長を務めた。バックは神秘主義に強い関心を持ち、ホイットマンの熱烈な信奉者でもあった。ホイットマンの最初の伝記を著したバックは、宇宙には自己意識を超越した全知の「直観」(intuition) から構成される知性が存在し、その知性が啓示を通して人に働きかけ、人類を幸福と調和へ向けて導くという「宇宙意識」理論を提唱し、ホイットマンをその具体的な事例の一つと位置付けた。ホイットマンはバックと親しい交わりを持ち、バックがホイットマンの伝記を執筆するにあたっては取材にも応じて資料を提供したが、「宇宙意識」の事例として扱われることについては困惑したらしく、出版前にホイットマンがバックの原稿を改訂し、関連する記述を削除したという。バックによる伝記『ウォルト・ホイットマン』は一八八三年に出版され、ホイットマンの死後もバックは彼の書簡集や全集の編集を手掛けた。[55]

一九〇一年に出版された『宇宙意識』は、バックが「宇宙意識」の発現事例とみなす十四名の人物の言葉、彼らの評伝の抜粋、それぞれの人物に対するバックの批評から構成される。同書第一部に置かれた緒言において、バックは犬や馬が対象を認識する能力を「単純意識」（Simple Consciousness）、人が有する自己認識の能力を「自己意識」（Self Consciousness）、超自然的な秩序を認識する能力を「宇宙意識」（Cosmic Consciousness）と呼び、人類には貧困とその原因である私的所有制度を撤廃するための社会革命だけでなく、「宇宙意識」に到達するための「心霊革命」（psychical revolution）が必要であると説いた。「宇宙意識」が地上に遍く広まった時、あらゆる宗教は一つに融合して平和と調和が訪れるのであり、そのような状態に向けて人類は身体的にも精神的にも進化の途上にある、とバックは言う。バックが取り上げた十四名の人物に、仏陀、イエス、ムハンマドが含まれるのは、仏教、キリスト教、イスラム教が宗教としてはそれぞれ異なる形態を持ち、互いに反目し合ってきたという歴史があるにせよ、それぞれが目指す究極の目標を人類の幸福に置いたという点では一致しており、それぞれの宗教において神とみなされる存在の最大公約数こそが「宇宙意識」である、とバックが考えたからである。バックは仏陀、イエス、ムハンマドの活動を「宇宙意識」の多様な発現形態と位置付けることによって、異なる宗教間の相互理解の可能性を示した。諸宗教の個別的特徴を捨象して、共通する部分を取り出した時に何が見えてくるのか。バックは言う。

> 人類の救世主は宇宙意識である――パウロの言葉で言えば――キリストである。宇宙的なものに対する感覚は（どのような精神にそれが出現しようと）蛇の頭を砕く――つまり罪と恥と、また相互に対立する善悪という観念を打破し、苦役を消滅させる。（『宇宙意識』(56)）

バックの「宇宙意識」とは、キリスト教神秘主義に疑似科学的な装いをまとわせ、キリスト教以外の諸宗教を取り込める形に変容させた概念である、と言えるかもしれない。宗教が心を探究する伝統的な場であったところに新たに心理学が登場し、宗教そのものが科学的解明の対象とされつつあった当時の状況を、バックの「宇宙意識」という概念は反映しているとも言えるだろう。実際ウィリアム・ジェイムズは『宗教的経験の諸相』（一九〇二）を組み立てるにあたり、バックの議論を随所で引用した。この事実はバックの目指した方向とジェイムズの関心がある程度重なっていたことを示す。

『宗教的経験の諸相』はジェイムズが一九〇一年から一九〇二年にかけてエディンバラ大学で行った「人間の宗教的欲求」についての講義録である。ジェイムズは宗教的経験に関する抽象的な議論よりも具体的な実例を紹介することに重きを置き、「それら具体的な実例を、宗教的気質［the religious temperament］の極端に表現されたもののなかから選んで」(57)提示した。ジョン・バニヤン（一六二八―八八、John Bunyan）、トルストイ（一八二八―一九一〇、Lev Nikolayevich Tolstoy）、ジョナサン・エドワーズ（一七〇三―五八、Jonathan Edwards）などの伝記的事実や著作に加えて、ジェイムズはバックの『宇宙意識』を参照しながら、ホイットマンについて論じた。バニヤンやトルストイやホイットマンを宗教という観点から考察するために、ジェイムズは宗教を二つに分類する。

その一方に、制度的宗教があり、他方に、個人的宗教がある。サバティエ氏のいうように、宗教の一方の分派は神のことを、他方の分派は人間のことを、もっとも念頭においている。礼拝と供物、神意にうったえるための手続き、神学と儀礼と教会組織、これらは、制度的宗教派における宗教の本質的要素である。もし私たちがこの派だけを宗教と見なすとすれば、私たちは、宗教を、外的な技術、すなわち、神々の好意を得るための技術である、と定義しなければならないであろう。これに反して、宗教をむしろ個人的なものとみなす一派にあっては、関心の中心をなすものは、人間そのものの内的なもろもろの性向、すなわち、人間の良心、人間の受けるべき報い、人間の無力さ、人間の不完全さである。したがって、神の好意を失ったり得たりすることが、この場合にもやはり、その所説の本質的な特徴であり、神学がそこで重大な役割を演じてはいるけれども、しかしこの種の宗教がうながす行為は個人的な行為であって、儀式的な行為ではなく、個人はただ自分ひとりでそのなすべき務めをなすのであって、教会組織は、それに属する祭司、礼典、その他の媒介者とともに、まったく第二次的な地位に落ちる。人間と神との関係は、心から心へ、魂から魂へ、直接に結ばれるのである。(『宗教的経験の諸相』[58])

ジェイムズによると制度的宗教は「伝統によって伝承され、模倣によって固定した型にはめこまれ、習慣によって維持されているもの」であり、「こういう二番煎じの宗教的生活を研究したところで、ほとんど益するところはない[59]」。これに対して、個人的宗教は超越的な存在と個人との直接の交わりに基づいており、あらゆる宗教の開祖がこの個人的な宗教から出発したことを考慮するならば、「個人的宗教は、それを不完全なものと考えることをやめない人々にとってさえ、やはり根源的なものと思われるはずである[60]」。個人的宗教に注目してその具体的な事例を提示しようとしたジェイムズにとって、「宇宙意識」の具体的事例を同じように列挙したバックの仕事は、貴重な先行研究の一つであったと言える。

ジェイムズによると、宗教は「人間の存在が収縮するような気分と、人間の存在が拡大するような気分との両者を含んでいる[61]」のであり、「拡大するような気分」の事例としてジェイムズはホイットマンを挙げる。ジェイムズは「ホイットマンの弟子、バック博士[62]」によるホイットマンの人柄に関する記述を長々と引用した後、ホイットマンについて次のように語った。

ウォルト・ホイットマンが文学上に重要な地位を占めているのは、彼がその著書から、ひとの心を偏狭にするような要素を原則的に排除しているからである。彼が思いのままに表現した唯一の情緒は、ひとの心を開放し拡大するような性質のものであった。しかも、彼はそのような情緒を一人称を用いて表現したが、それは、おそろしくうぬぼれが強いというだけの男が一人称で表現するのとは違って、万人を代表して表現しているのである。（『宗教的経験の諸相(63)』）

ホイットマンからあらゆるものを楽天的に見ようとする姿勢を取り出したジェイムズは、悪について次のように記した。

私たちが悪と呼んでいるものの多くは、人々がその現象を見る見方にまったく依存している。（『宗教的経験の諸相(64)』）

善と悪を規定するのは人為的な規則であって、ある価値観では悪とされるものも別の尺度で測り直せば善になるという善悪を相対化する視点は、人が人生を生き抜いていく上で有効な結果が得られる仮説であれば、どのような仮説であろうとそれは考慮に値する、とみなしてジェイムズが唱導したプラグマティズムの根幹をなす。ジェイムズは『プラグマティズム』で次のように述べた。

要するにプラグマティズムは神の探究の範囲を拡大する。合理論は論理と天空に執着する。経験論は外的な感覚に執着する。プラグマティズムはどんなものでも取り上げ、論理にも従えばまた感覚にも従い、最も卑近な最も個人的な経験までも考慮しようとする。神秘な経験でも、それが実際的な効果をもっている場合には、これを考慮するであろう。プラグマティズムは私的な事実のけがれの真っただなかに――もしそれが神を見出せそうに思える場所であるなら――そこに住みたもう神を捉えようとする。（『プラグマティズム(65)』）

ブレイクは『天国と地獄の結婚』を著し、制度宗教によって悪魔とされた存在にも肯定的な価値を認めようとした。ジェイムズは『宗教的経験の諸相』でグイド・レーニ（一五七五―一六四二、Guido Reni）が描いた聖ミカエルと悪魔の絵に言及しながら、「私たちが足で悪魔の首をおさえつけている限りは、この世界は、そこに悪魔がいるからこそ、かえっておもしろいのである[66]」と書いた。思えばブレイクも、天使ミカエルと悪魔が格闘しながら渦巻き状に一体化して見える《悪魔を縛める天使ミカエル》（図7、*The Angel Michael Binding Satan*）という絵を描いている。また、ジェイムズは異教徒の迫害や異端者の弾圧を、宗教という名の下で行われた「党派的気分」の発露と位置付け、「党派的気分というものは残酷なものである[67]」と記した。ブレイクは『天国と地獄の結婚』に旧約聖書の代表的な預言者であるイザヤとエゼキエルを登場させ、自分たちの神を愛しすぎたがゆえに他宗教の神々を邪神とみなした、と反省の弁を述べさせた。ジェイムズもブレイクもキリスト教を相対化する視点を持ち合わせたという意味では、二人の思想的な距離はかなり近いのかもしれない。だから、柳はジェイムズを援用しながらブレイク理解を深めることができたのかもしれない。そして、その時大きな手掛かりとなったのは、神秘主義をめぐるジェイムズの議論だったと思われる。ジェイムズは神秘主義の効用について次のように述べた。

図7　ブレイク《悪魔を縛める天使ミカエル》（c. 1805），水彩，35.9×32.5 cm，ハーヴァード大学附属フォッグ美術館.

このように、個人と絶対者との間にある普通の一切の障壁を克服することは、神秘主義の偉大な功績である。神秘的状態において私たちは絶対者と一つになり、同時にまた私たちが一体であることを意識する。これは神秘主義の永遠のすばらしい伝統であって、風土を異にし信条を異にしてもほとんど変わりがない。ヒンズー教においても、新プラトン主義においても、スーフィ教においても、キリスト教の神秘主義においても、ホイットマン主義においても、同一の調子が繰り返されている。こうして、神秘主義の言説にはいわば永久的な意見の一致があり、これが批評家を立ちどまらせ、考え込ませることになるのである。（『宗教的経験の諸相』[68]）

超越的存在との直接の交流に力点を置くがゆえに、個人的宗教は「党派的気分」の呪縛を受けず、したがって神秘体験を共通の了解事項とすることによって、異なる宗教間の相互理解へ向けて道が開ける。バックは「宇宙意識」が全人類の中で発動すれば、諸宗教は融合して一つになるだろうと考えた。同じようにジェイムズも神秘主義を共通の軌道に据えることで、諸宗教の相互乗り入れの可能性を探った。バックやジェイムズが目指した方向は、柳が「神秘道への弁明」（一九一七）に記した次の言葉を想起させる。

神秘道はあらゆる宗派を一つに結ばしめる。救ひの専有は基教にのみ許されるのではない。神は基教的であると共に仏教的である。真理は常に回教的であり、儒教的である。余は正当な凡ての宗教はその根底に於て調和さるべきものと思ふ。争論は理解の不足に過ぎぬ。（「神秘道への弁明」[69]）

神秘体験そのものについて、ジェイムズは次のように言う。

私がある心の状態を神秘的として分類する場合に用いるいちばん手近な標識は、消極的なものである。この状態を経験した人は、すぐに、それは表現できない、その内容にふさわしい報告を言葉であらわすことはできないと言う。そうすると当然、その性質がどんなものであるかは直接に経験しなければわからないことになる。それは他人に伝えたり感応させたりできないということになる。この特性から見ると、神秘的状態は知的な状態よりもむしろ感情の状態に似ている。ある感情を一度ももったことのない人に、その感情のほんとうの性質や価値を説明することは誰にもできはしない。(『宗教的経験の諸相』[70])

神秘体験を持ったと主張する人々の言葉を収集し、具体的な事例集として提示するという手法は、実際に経験しない限りわからないとされる内容に迫るためには、有効な方法だったと言える。「宇宙意識」の体現者とみなし得る人々の言動をバックが具体的に示したように、ジェイムズは『宗教的経験の諸相』において、個人的宗教を自己の内に確立したと思われる人々を詳しく紹介した。ジェイムズは神秘体験の持主の一人にバックをも数え入れた[71]。バックとジェイムズは個別事例を徹底して積み重ねることによって、「宇宙意識」と個人的宗教の実態を伝えようとした。この手法は民藝という新しい美の形態を世に訴えるために、著述による広報活動以外に、ひたすら民藝品を収集してそれらを展示し、民藝の美を体験する機会を設けた柳の戦略と軌を一にしている。もちろんバックを読み、ジェイムズを読み、ブレイクを読んで「テムペラメント」について論じ、ブレイク論を書いた頃の柳がすでに民藝を着想していた、と考えるのはあまりにも議論に飛躍があるだろう。しかし、「直観」によって民藝の美を感じとる体験と、超越的存在を認識する神秘体験とは、どちらも論理的に説明し難い現象であるという意味では共通しており、名状し難い経験を伝えるために柳が選択した具体的事例を陳列するという方法は、その源流としてバックやジェイムズの著作を想定することができるように思われる。

ジェイムズの『宗教的経験の諸相』にブレイクは登場しない。しかし、ジェイムズが個人的宗教の実践者として紹介した新プラトン主義のプロティノス（二〇五?—二七〇、Plotinus）、スペインの神秘思想家の十字架のヨハネ（一五四二—九一、St. John of the Cross）、ドイツの神秘思想家のヤコブ・ベーメ、英国の社会主義者であり詩人でもあったエドワード・カーペンター（一八四四—一九二九、Edward Carpenter）、トルストイ、R・W・エマソン（一八〇三—八二、Ralph Waldo Emerson）、ウォルト・ホイットマンは、柳の『宗教とその真理』（一九一九）に登場する面々でもある。なかでも同書の「個人的宗教に就て」と「神秘道への弁明」と題された二つの章では、個人的宗教という概念の設定の仕方に、ジェイムズの制度的宗教と個人的宗教という区分が透けて見えるし、神秘主義を超越的存在を把握するための共通の方法とみなすことによって、異なる複数の宗教間に相互理解の道が開けるとする柳の議論にも、『宗教的経験の諸相』からの明らかな影響が見られる[72]。

ジェイムズがブレイクに言及することはなかったようだが、バックの『宇宙意識』では仏陀、キリスト、ムハンマドなどの制度宗教の開祖と、プロティノスやベーメなどの思想家に続いて、「宇宙意識」を体現した人物としてブレイク、ホイットマン、カーペンターが取り上げられた。バックはW・M・ロセッティの『ウィリアム・ブレイク詩集』の序文とアレクサンダー・ギルクリストの『ブレイク伝』から適宜テクストを引用しながら、どのように「宇宙意識」がブレイクに出現したかを論じる。自分の作品は自分が作ったものではなく、啓示された内容を表現しただけであって、自分自身は書記にすぎないというブレイクの言葉をバックは引用し、ブレイクが「宇宙意識」を保持していたことの証しであると論じた。また、バックによると、イエス、パウロ、ホイットマンも、ブレイクと同じように、自らを超越的存在が地上に顕現するための媒体と位置付けており、ブレイクの浮世離れした言動は「宇宙意識」を保持する者に共通して見られる特徴である。さらにバックはロセッティの序文より、ブレイクはキリスト者ではあったが、どの宗派とも異なる独自の信仰を持ち続け、人生の後半四十年にわたって教会に足を踏み入れることはなかったという記述を紹介し、これこそが「宇宙意識」に覚醒した者に特有の態度であると記した。また、バックはギルクリストの『ブレイク伝』を参照しつつ、ブレイクは「自己意識」を「宇宙意識」へ到る道を阻む障害とみなしたと述べ、その上でヒンドゥーの導師も、同じように、啓示を得るための必要な条件として「自己意識」の滅却を挙げていると説いた。その根拠としてバックが引用したのは、エドワード・カーペンターがフェビアン協会で行った講演録『文明――その原因と解決策』[73]（一八八九）と、カーペンターがスリランカとインドを旅行して綴った見聞録『アダムズピークからエレファンタ島へ――セイロンとインド素描』[74]（一八九二）の二冊である。

エドワード・カーペンターは英国の社会主義思想家であり、同性愛の擁護運動をした人物としても知られる。ケンブリッジ大学を卒業した後に聖職者に叙任されるが、ホイットマンを好んで読み、一八七一年の三月から五月にかけて革命的自治政権として樹立されたパリ・コミューンを目の当たりにすることによって、社会主義思想に傾倒した。聖職者を辞した後、一八七七年に渡米し、ホイットマン、エマソン、オリヴァー・ウェンデル・ホームズ（一八〇九―九四、Oliver Wendell Holmes）と交流を持った[75]。父の遺産を相続したカーペンターはシェフィールドの近郊に農地を購入し、農業を営み、靴の製造を手掛けながら、初期社会主義運動を展開した。フェビアン協会での講演をもとにした著書『文明』では、文明を社会的道徳的疾患の原因と位置付け、特に大気汚染の問題に取り組んだ。ロシアの革命家クロポトキン（一八四二―一九二一、Pyotr Alekseyevich Kropotkin）もシェフィールドを訪れて、カーペンターが主宰する会合に参加したという[76]。またカーペンターは、ケンブリッジ大学在学中に出会って生涯の友人となったインドからの留学生ポンナンバラム・アルナーチャラム（一八五三―一九二四、Ponnambalam Arunachalam）との縁で、一八九〇年から一八九一年にかけてインドを旅行し、インドの宗教哲学に対する関心を再燃させた。日本との関わりについて言えば、一九一〇年にカーペンターは日本の社会主義者から書簡を受け取る。差出人は獄中にあったために大逆事件に巻き込まれずに済んだ石川三四郎であり、カーペンターは自伝に、労働者の権利を主張した福田英子（一八六五―

一九二七）が五年の禁固刑に処せられたこと、石川が翻訳したカーペンターの『文明』が検閲のために発売頒布禁止処分を受けたこと、日本から逃亡してきた石川三四郎と一九一三年の秋にロンドンで会ったことを記している。[77]

バックの『宇宙意識』によると、カーペンターはホイットマンの『草の葉』を契機として「宇宙意識」に到達した。[78]バックはカーペンターの『民主主義へ向けて』（一八八三）や『文明』を重要な著作と位置付け、「宇宙意識」の優れた説明として『アダムズピークからエレファンタ島へ』の第九章「無想の意識」をすべて引用する。[79]この章はカーペンターがインドの導師より学んだ世界観の語り直しである。カーペンターは言う。「西洋」が個人的意識と称される個人の希望や野心を追求して、自己の欲望の実現を目指してきたのに対し、「東洋」は普遍的意識への到達を主眼としてきた。普遍的意識への到達は、器官が身体を構成する一部であるように、自己が「宇宙意識」の一器官にすぎないことを自覚し、欲望の源である身体から自己を切り離して恍惚状態に入ることで達成される。人は長期にわたって鍛錬を積むことによって、この新たな意識の秩序を獲得することができ、それは個人の意識と対比させるために、普遍的あるいは「宇宙意識」とも名付けられるべきものである。カーペンターは、これまで理性を中心に探究されてきた「個人意識」とは異なるこの第二の意識の存在にようやく「西洋」が気付き始めて、心理学や精神医学を通してその実態に迫ろうとしていることを歓迎し、「個人の意識の諸相は宇宙意識という多面体の一面にすぎない[80]」と記した。

バックが『宇宙意識』で紹介したカーペンターの「夢想の意識」論には、注目すべき点が二つある。一つはカーペンターがバックに先駆けて「宇宙意識」という表現を用いたことであり、もう一つは人の精神活動を解明するためには、「東洋」と「西洋」が相互に補い合う必要があると唱えたことである。

カーペンターの「宇宙意識」とバックの『宇宙意識』は、どのような関係にあるのだろうか。既存の異なる宗教間の差異を超越するような宗教的精神のあり方を模索していたバックは、一八九一年に英国へ渡り、インド旅行を終えて帰国したばかりのカーペンターと出会う。カーペンターから「宇宙意識」という概念を提示されたバックは、早速この概念を応用して「ウォルト・ホイットマンと宇宙感覚」（一八九三）を書き、一八九四年にはアメリカ医学心理学協会の年次大会で「宇宙意識」と題する研究発表を行った。[81] 一九〇一年にバックが出版した『宇宙意識』は、宗教と科学が有機的に結合する一つの可能性を示したという評価を得てベストセラーになり、ウィリアム・ジェイムズはバックに祝福の手紙を書いた。[82] ただし、カーペンターは複雑な感情を持ったようである。カーペンターは『創造の芸術』（一九〇四）でバックの著書に触れ、「宇宙意識」にまつわる多くの事例を説得力のある形で紹介しており、序文も示唆に富むと書いたが、一九一六年に刊行した自伝『私の生涯と夢』では、バックの『宇宙意識』について「お手軽で、性急で、教条主義的で、文章が練れておらず」、資料は多く含むものの「公的権威や哲学者や心理学者から正式に認知されるにはいたっていない」と記した。[83] バックの『宇宙意識』が出版された当初、カーペンターは知人に宛てて否定的な感想を送っており、「宇宙意識」という鍵概念をバックにうまく利用されてしまった、という思いがあったのかもしれない。[84]

「東洋」と「西洋」の相互補完の可能性を示したカーペンターの議論には、解脱、涅槃、悟りなどの言葉で表現される心的状態を「西洋」の科学の言語でとらえ直し、「西洋」と「東洋」がそれぞれ目指してきたものを交換して互いに足りない部分を補い合い、そうすることによって心の全体像を把握しようという姿勢が見られる。このような態度は、一方が他方を征服するのではなく、「東洋」と「西洋」が互いに手を差し伸べ合って連携することを夢見た人々に共通して見られる特徴であり、リーチや柳はそのような人々の一人だった。柳がカーペンターに親近感を抱いたことは、一九一五年六月七日付リーチ宛書簡でリーチの知人のロバートソン・スコット（一八六六―一九六二、John William Robertson Scott）に触れ、「はじめて駅で彼の姿を見た時、直観的にエドワード・カーペンターを想い起こしました」[85]と書いたことからも明らかである。カーペンターに対するこのような肯定的な印象は、「西洋」と「東洋」の諸宗教の差異や対立を越える可能性を「宇宙意識」という概念に託したカーペンターの議論に、柳が少なからぬ共感を持ったからであろう[86]。柳は『白樺』九巻十号（一九一八年十月）の「六号追記」に次のように書いた。

余は仏耶両教の反目を不自由な態度であると思ふのである。余は之を共に内面から理解したい要求に迫られてゐる。人々が夢みる東西の結合は先づ宗教的真理に基かねばならぬ。余は仏教から基教を温く理解し得、又その反対も真であるのを確信する。（「六号追記[87]」）

カーペンターが提唱し、バックが普及させた「宇宙意識」は、柳のブレイク研究にどのような影響を与えたのだろうか。バックはブレイクを「宇宙意識」の体現者とみなし、ブレイクにとって「自己意識」とは「宇宙意識」に到達するために滅却されなければならない障害物だったと論じた。同じように柳もブレイクの「自己寂滅」（self-annihilation）という概念に注目して、『ヰリアム・ブレーク』に次のように記した。

自己寂滅とは自己の否定を意味するのではない、自我の完全な拡充である、個性の無辺な表現である、自己と宇宙との合一である。心を自然の懐に托して自らを愛の世界に忘れ去る時、吾々は只永遠な神に対する恍惚に活きてくる。吾々には宇宙意識 Cosmic Consciousness があり、自己は無限な拡張の経験に浸つてゐる。（『ヰリアム・ブレーク[88]』）

柳はバックやカーペンターという個人名を出してはいない。しかし、『ヰリアム・ブレーク』巻末の「主要参考書」にバックの『宇宙意識』が含まれる以上、柳がここで用いた「宇宙意識 Cosmic Consciousness」という言葉は、バックの著書を踏まえた表現であることは明らかである。柳はブレイクの「自己寂滅」について、自己中心的な世俗の欲望から解脱し、自己に宿る個性が存分に発揮された時、「宇宙意識」がその個人を通して発現したことになると説明した。柳の論理に従えば、この時の「宇宙意識」とは、各個人に内在する個性、すなわち「テムペラメント」の総体にほかならない。

なぜこの時期の柳はブレイクとホイットマンに興味を抱いたのか。ブレイクに関してはバーナード・リーチの影響があり、ホイットマンについては高山樗牛や有島武郎のホイットマン論が道標として存在したと思われるが、当時柳が読み進めていた神秘主義を中心とする宗教哲学の関連文献、なかでもジェイムズやバックの著書でホイットマンやブレイクに一定の頁が割かれていたことは、柳にとって大きな意味を持ったのではないだろうか[89]。特にバックの『宇宙意識』が柳のブレイク研究において独自の役割を果したことは、柳が挙げた参考文献の一覧と、当時の主要なブレイク研究書に掲載された参考文献の一覧とを突き合わせることによって見えてくる。柳が有用な研究と評価したアーサー・シモンズの『ウィリアム・ブレイク』では参考文献一覧が巻頭に置かれており、そこに列挙された十八点の文献は柳の「主要参考書」にそのまま含まれている。なお、柳が所有したとされるシモンズの同書には、シモンズの一覧に続けてさらに六点の書誌情報が黒鉛筆で余白に書き込まれており、柳が同書をブレイク文献に関する情報源として有効に活用したことがうかがえる。同じようにジョン・サンプソン編『ウィリアム・ブレイク詩集』一九〇五年版の序文にも、ブレイクの伝記的事実を知るための資料が十二項目に分けて紹介されており、これらも柳が「主要参考書」として掲げた文献と一致する。しかし、興味深いことに、バックの『宇宙意識』は、シモンズの一覧にもサンプソンの序文にも挙がっていない。これは柳がバックの著書をブレイク研究の流れとは別のところで拾ったことを意味しており、柳の関心のあり方から判断して、ジェイムズの『宗教的経験の諸相』を出発点としてバックとカーペンターへ遡っていったと考えられる。

柳の『キリアム・ブレーク』の特色の一つは、ウィリアム・ジェイムズ、リチャード・バック、エドワード・カーペンターらの影響を受けながら、ブレイク研究が展開されたところにある。本文中で用いられた「テムペラメント」や「宇宙意識」という用語は、その様子を如実に物語る。柳は『ヰリアム・ブレーク』以降に執筆した宗教論においてブレイクの詩句を頻繁に引用しており、これもまた宗教哲学と心理学の研究、あるいは柳の言葉で言うならば、「人間の心の問題」の探求とブレイク研究とが、柳の中で有機的に結合していたことの証左であろう。芸術を個性の表出ととらえた柳にとって、個性は神や「宇宙意識」と関連付けられ、神聖視されなければならなかった。個性の自然な発露を妨げる力は除去される必要があり、この文脈でブレイクの「自己寂滅」という概念は理解された。自己顕示欲や支配欲や金銭欲のような利己心は、個性の自然な発露を阻害する人為的な力であり、心を無にするとはこのような利己心を克服し、神や「宇宙意識」の現れとしての「テムペラメント」に忠実であることを意味した。柳にとって、神秘主義思想と心理学とブレイク研究は、「人間の心の問題」という共通の目的地へ向かう三つの道筋であり、その本質においては利己心の制御方法をめぐる探究だったのである。

第四章「謀反は開放の道である」
——革命の思想家

日本におけるおそらく最初のブレイクの翻訳詩は「反響の野」であり、一八九四年に出版された大和田建樹編『欧米名歌詩集』に収録されている。この後、一九〇二年に蒲原有明による訳詩「ああ日ぐるまや」（'Ah! Sun-Flower'）、一九〇六年には同じく蒲原有明による訳詩「蒼蠅」（'The Fly'）、一九〇七年には生田長江による訳詩「病める薔薇」（'The Sick Rose'）が続いた。日本語で書かれたブレイクに関するおそらく最初の論考は和辻哲郎の「象徴主義の先駆者ヰリアム・ブレエク」と思われるが、これがジェイムズ・ハネカーの『エゴイストたち』とW・B・イェイツの『善と悪の観念』の一部を翻訳して接合したものであることは、第二章で見た通りである。和辻の論考が翻訳の切り貼りであって、和辻自身の思索の成果ではなかったにせよ、ブレイクを象徴詩人として受容しようとした当時の傾向を反映しており、ブレイクの影響下で執筆された三木露風の『廃園』（一九〇九）や佐藤春夫の『病める薔薇』（一九一四）はこの系譜に連なると考えられる。

これに対して柳の『ヰリアム・ブレーク』では、ブレイクを象徴主義と結び付けて理解しようとする姿勢は希薄であり、全体を通して頻出する表現は、個人に具わり、その個人にしかない特質を表す「個性」や「テムペラメント」

という言葉と、「革命」、「反逆」、「反抗」などの既存の制度に抗って変化を起こすことを意味する語群である。ブレイクがフランス革命と共和政に共感を抱いたことを思えば、柳のブレイク理解は適切であり、柳はイギリス・ロマン主義文学が持つ特色の一つを正しくとらえたことになるが、象徴詩人として政治性が脱色される形でブレイクの受容が進んでいた時期に、なぜ柳はブレイクの急進的な政治性を把握することができたのだろうか。

おそらく柳は、反抗することの意義や無律法主義等をブレイクから新たに吸収したというよりは、ブレイクを受け入れるための枠組みがすでに柳の中で準備されつつあり、そこにブレイクがきれいに納まったというのが妥当な見方であるように思われる。本章では、『ヰリアム・ブレーク』を刊行するまでに柳が発表した美術評論や宗教論を検討し、ブレイクの革命思想を理解するための素地がどのように整えられたのかを明らかにする。

一　「近世に於ける基督教神学の特色」――新神学と社会主義

大逆事件が発生した一九一〇年に雑誌『白樺』は創刊され、同年の『白樺』に柳は「近世に於ける基督教神学の特色」という論考を発表する。表題に「近世」という言葉が使われているが、中世に続く時代区分ではなく、最近という意味で用いられており、柳はこの論文で英国国教会の牧師レジナルド・キャンベル（一八六七―一九五六、Reginald John Campbell）が一九〇七年にロンドンで出版した『新神学』[1]の内容を紹介した。初期の柳は『白樺』の他の同人たちと同様にキリスト教と接点があったのだが、後年の柳が妙好人の研究を通して浄土真宗に接近したために、柳の宗教哲学は仏教と関連付けられることが多く、神田健次が「初期柳宗悦の宗教論と民藝論」で指摘したように、初期柳とキリスト教との関係に関する研究は手薄であると言わなければならない。

神田によると、学習院時代の柳の恩師服部他之助が英語教師であると同時にキリスト者でもあったことが、柳の恩想形成に大きな影響を及ぼしており、また当時著名なキリスト者として内村鑑三（一八六一—一九三〇）、植村正久（一八五八—一九二五）、海老名弾正（一八五六—一九三七）が存在したことも重要な意味を持った。柳は志賀直哉や長与善郎とともに内村の集会に通ったと考えられ、「しかも、柳の場合に特徴的なのは、有島や志賀あるいは長与のように、内村鑑三との関係をやめることが、キリスト教との積極的な関わりをやめることを意味してはいなかったということである」[2]。「人間の心の問題」を探究していた柳は、ウィリアム・ジェイムズの心理学に傾倒する一方でキリスト教の研究を進め、結果としてキャンベルの『新神学』に反応することになった。新神学とは何か。キリスト教神学の専門家である神田の言葉を借りるならば、それは「十九世紀のプロテスタント自由主義神学」である。日本のキリスト教受容史における新神学の位置付けについて、神田は次のように言う。

さらに明治三〇年代半ばには、この自由主義的な新神学の立場を標榜する日本組合教会の指導者海老名弾正に対して、正統主義的な神学的立場を標榜する日本基督教会の指導者植村正久がその神学的立場を批判したことを契機に、いわゆる「植村—海老名論争」として著名な論争が行われ、結果としてこの新神学は、正統主義的キリスト教理解を脅かすものとして日本のキリスト教界の傍流に斥けられたのである。（「初期柳宗悦の宗教論と民藝論」[3]）

この新神学を柳は「近世に於ける基督教神学の特色」において擁護し、キャンベルの著書『新神学』を「旧来の非合理的なる思想を脱却して、人生の奥底に触れたる強く深き新福音を述べたる点に於て、吾れ等にとりて力ある書である」[4]と高く評価した。柳が新神学に共感したのはなぜだろうか。それは、神田も指摘するように、新神学における神の位置付けにあったと思われる。柳は「近世に於ける基督教神学の特色」に次のように書いた。

此新神学が自ら其根本思想となすものは即ち神の内在（Immanence of God）の思想である、此宇宙は神の現はれで吾れ等は何処にも其俤を認むる事が出来る、「神は彼の世界を通して彼自身を表現し給ふ」とはキヤムベルの言葉である、「風光も落陽も山岳も海洋も、凡て内在せる神が出現の啓示である」とはロツヂの歌へる所である、かくて彼れ等は宇宙の一部を占むる吾れ等に神が内在せる事を語つた、「吾れ等は神性（Divine Nature）の「ママ」有して居り神の子神と共に働ける人」である、神は幽妙なる天の高きに居まさずして吾れ等自身の内に在る、ロツヂが「神の人性、人の神性是が即ち基督教天啓の真髄である」と云ひ、キヤムベルが「凡ての人は根本的に宗教的である」と云つたのは此謂ひに外ならぬ、而して此事実を最も明に示したる人はイエスであつた、彼に於て吾人は神の内在の最も高き体現を認むる事が出来る、「イエスに於て人性は神性であり、神性は人性であつた」とはいみじくも「新神学」の著者が叫べる所である。かくて彼は神が内在せる吾れ等にして始めて神に呼応する事が出来る事を語つた、「宗教とは宇宙の召喚に対する人の応答である」とは彼の確信である。（「近世に於ける基督教神学の特色」）(5)

柳が『ヰリアム・ブレーク』に「彼にとつて人性は神性だつた。吾々が神を慕ふのは吾々に神が住むからである」(6)と書いたことを思い出すならば、新神学の「神の内在の思想」に柳が強い関心を持っただろうということは容易に推測することができる。神田は新神学が個人の宗教的経験を重視したところに注目し、おそらく柳はそこに異なる宗教間の対話の可能性を見出したのだろうと指摘した。そして柳の論文を次のように位置付けた。

これまでの研究においてはほとんど指摘されることはなかったが、この論文「近世に於ける基督教神学の特色」において獲得された柳の思想的立場こそ、四年後に刊行された驚異的なW・ブレークの文学とその背景にあるキリスト教理解を解明する視点であり、さらに五年後から本格的に着手される宗教哲学的思索の基本的視点を用意するものであったと言えるであろう。（「初期柳宗悦の宗教論と民藝論」[7]）

神田は「日本におけるキリスト教の受容の一考察――無教会運動と民藝運動を中心に」[8]において、キリスト教の土着化の具体的事例として内村鑑三の無教会運動と柳の民藝運動を取り上げた。倉敷民藝館の初代館長であり、染織家であり、キリスト者であった外村吉之介（一八九八―一九九三）に代表されるように、民藝運動がキリスト者を魅了する要素を持ったことを考えるならば、日本におけるキリスト教受容と民藝運動を関連付けた神田の議論は的を射たものであり、初期の柳にとって新神学研究がブレイク独自のキリスト教を理解するための枠組みとして機能したとさえ言えるだろう。本章では神田の指摘を出発点として、新神学と柳との関わりを「キヤムベル」と「ロッヂ」のテクストに則してもう少し掘り下げてみたい。

柳が「近世に於ける基督教神学の特色」で取り上げた「ロッヂ」とは物理学者オリヴァー・ロッジ（一八五一―一九四〇、Sir Oliver Lodge）であり、「神の人性、人の神性是が即ち基督教天啓の真髄である」という言葉は、ロッジの著書『科学と連携した信仰の本質』（一九〇七）からの引用である。[9]同書でロッジは、科学による新しい発見とキリスト教の教えとを両立させる論理を提示しようとした。例えばエデンの園からの追放として知られる「堕落」とは、人がある段階で善と悪を区別するようになり、本能のままに行動する「動物的無垢」（animal innocency）を失ったことを意味し、人は努力と失敗を重ねる段階に入ってしまったと説明された。ロッジによると、宗教的な善とは可能性の開花に貢献することであり、成長は科学的な宇宙の法則と一致するのに対して、成長を阻害するものは悪であり、罪とは害を加えることである。しかし、絶対的な善と悪が存在するわけではなく、両者は相対的な関係にあり、それはちょうど地を背景にして初めて図が見えてくるようなものである。宇宙には万物を善へと導こうとする力が働いており、それが神と呼ばれる存在である。神の恩寵はイエス・キリストの生涯として最もわかりやすく地上に示されたが、神がこのように具現化するのは宗教に限った話ではなく、音楽や文学や科学も神の顕現の一部であり、キリスト教の本質は人の活動を通して神が姿を現すところにある、とロッジは説いた。

ロッジは万物に神が宿るとする「神の内在の思想」を前提として議論を展開しており、神田がすでに指摘したように、柳はこの「神の内在の思想」に強い共感を抱いたと思われる。柳が「近世に於ける基督教神学の特色」を執筆した一九一〇年は、科学と宗教の両面から柳が「人間の心の問題」に取り組んでいた時期にあたり、科学とキリスト教との有機的な連携を唱えたロッジの議論は、柳にとって魅力的に映ったことだろう。なかでも善と悪を相対的に位置付け、成長を宇宙の法則とみる主張は、後にブレイクとホイットマンを「肯定の二詩人」と呼んで、生命の称揚をその特徴として抽出する柳の関心のあり方と合致する。

ロッジの著書以上に柳に強い印象を与えたと考えられるのは、レジナルド・キャンベルの著書『新神学』である。キャンベルは英国国教会の牧師であったが、科学の進歩に合わせてキリスト教を語り直すことを目指し、その自由主義的な内容は大きな反響を呼んだ。キャンベルが一九〇三年にロンドンのシティ・テンプルに着任した時、初日の朝夕の礼拝に七千人の会衆が詰めかけたという。柳が引用した「神は彼の世界を通して彼自身を表現し給ふ」、「イエスに於て人性は神性であり、神性は人性であつた」、「宗教とは宇宙の召喚に対する人の応答である」という言葉は、どれもキャンベルの『新神学』からの引用である[10]。

キャンベルは「新神学は科学の宗教である」[11]と宣言し、キリスト教に合理的な解釈を持ち込んだ。例えばキャンベルは、聖書を歴史的な記述と詩的な叙述に切り分けて、それぞれそのつもりで理解しなければならないとした。キャンベルは言う。処女懐胎や復活は宗教に神秘性を与えるための装置であり、キリスト教に限らず多くの宗教に見られる特徴であって、字義通りに受け取る必要はない。重要なのは神がイエスを通して地上に姿を現したということである。神とは何か。それは愛である。イエスは自己犠牲の生涯を送ることによって神を体現したが、神の具現化はイエスという歴史上実在した特定の個人に帰せられる現象ではなく、人が「利己的であること」(selfishness)をやめて他者のために尽くす時、その人が誰であれ、それはイエスの復活であり、その人を通して神が活動しているのである。だから、神は審判者として教会の頂点に君臨するのではなく、人の心に宿るのだ。

神が人の心に宿る間接的な証しとして、キャンベルは新しい科学である心理学の研究成果に言及する。心理学の発達により、人の心には日常生活では意識されない領域が存在することが明らかになった。合理性を超越した霊感や「直観」の源は、この意識されない領域にあり、天才と呼ばれる現象は「潜在意識」(the subconscious)の内容が意識の世界へ溢れ出ることによって発生する。したがって、意識の領域では「利己的であること」に終始して世界を分断する方向で物事を思考するとしても、「潜在意識」は全体を見渡すことができ、この究極の自己にこそ神性が存在する[12]。

キャンベルは「神の内在の思想」の根拠として心理学を参照しながら、「潜在意識」を神の啓示が伝達される領域とみなした。キャンベルは「潜在意識」という用語はふさわしくなく「超意識」(the super-conscious)と呼ぶべきだと主張したり[13]、「無限意識」(the Infinite Consciousness)と呼んだりしたが[14]、いずれにしてもフロイトやユングが研究対象とした「無意識」と呼ばれる領域を、合理的な説明を拒絶するような神秘体験や宗教体験が生じる場として神聖視し、この領域で聞こえる声に耳を澄ませる時、「直観」や霊感という形をとって神の意志に近付くことができると説いた。また、意識の領域における利己的な力が縮小すればするほど、「無意識」の領域から「直観」が現れやすくなると論じた。キャンベルは『新神学』と『新神学説教集』(一九〇七)のいずれにおいても、心理学に関する情報源を明らかにはしていないが、一九一六年に出版した自伝『信仰の遍歴』には、ウィリアム・ジェイムズを読んだと記しており、特に『信じる意志』[15](一八九七)と『宗教的経験の諸相』はとても役に立ったと書いている[16]。そうであるならば、エドワード・カーペンターが一八九二年に『アダムズピークからエレファンタ島へ』の中で用いた「宇宙意識」という概念が、一九〇一年に刊行されたリチャード・バックの『宇宙意識』へ流れ込み、それがさらにウィリアム・ジェイムズの『宗教的経験の諸相』に影響を与えてキャンベルの『新神学』につながったという一筋の思想の流れが浮かび上がってくるし、まるでこの流れに身を委ねるかのように柳が読書体験を重ねたことも見えてくる。聖職者が司る教会に存在意義を認めず、神は人の心の中にあると主張して異端視されたブレイクのキリスト教を柳が的確に理解することができたのは、ブレイクを理解するための思考の枠組みが、カーペンターやバックの神秘主義思想、ジェイムズの心理学、キャンベルやロッジの『新神学』理論によって整えられていたからだ、と言うことができるだろう。

しかし、キャンベルの『新神学』は、科学とキリスト教を共存させるための論理を紹介した単なる理論書ではなかった。神が人の心に宿るにもかかわらず、地上に争いが絶えないのは、意識の領域に罪の原因が存在するからであり、それは利己心である、とキャンベルは言う。利己心を捨てて奉仕に徹する時、地上に神の王国が現れるだろう。そのような理想状態を実現するためには、どうすればよいのか。キャンベルは、理想状態を地上に出現させる試みにおいて、教会という組織は失敗に終わったと述べる。そもそもイエスは聖職者を任命することはしなかったし、儀式や教義を定めることもしなかった。『新神学』の「第十三章　教会と神の王国」でキャンベルは次のように呼びかけた。

人ができるだけ自由であり、かつ他人と衝突したり他人を打倒したりすることなく、共同体に最善の貢献ができるような社会秩序を私たちは確立しなければならない。一言で言うならば、競争ではなく集産主義が必要なのである。神の王国が必要なのである。慈善は社会悪とその道徳的結果に対して救済策にはならない。唯一の救済策はキリスト教を基盤とする新しい社会制度である。外部から押しつけられた単なる制度としての集産主義は、どのような形態であれ、世界を幸福にすることはできない。それは内部から生じた友愛の精神の表出でなければならない。また同じように、突発的で激烈な社会改革はうまくいかないと私は思う。(『新神学』[17])

キャンベルは新神学の使命を、キリスト教の理念に沿って社会改革を行うこととした。そして、「神の王国」を樹立するためには、貧困を生み出しつつある競争ではなく、財の生産と分配を集団として統制する集産主義(Collectivism)を採用しなければならないと訴えた。キャンベルは慈善に意義を認めない。ちょうどブレイクが『無垢と経験の歌』の「聖木曜日」('Holy Thursday')や「煙突掃除」('The Chimney Sweeper')で慈善は偽善であると告発したように、キャンベルは社会のひずみに対する対症療法には価値を見出さず、社会全体の根本的な変革を考えた。この時キャンベルのキリスト教は「霊界の革命」ではなく、地上の革命を志向していたと言えるだろう。『新神学』でキャンベルは、伝統的なキリスト教会に向けて訣別の辞を次のように述べた。

教会が権威に基づいて確立した教義とキリスト教とが同じものである、ともはや思われてはならない。われわれがしなければならないことは、イエスの宗教とはまず第一にこの世のための福音であって、来世は二義的なことにすぎない、と示すことである。(『新神学』[18])

『新神学』と同じ年に出版した『キリスト教と社会秩序』(一九〇七)では、キャンベルはもっとはっきりとした言葉で目指すべき方向を次のように示した。

以下の頁で私が明らかにしたいことは、原始キリスト教が何を実現しようとしていたのか、ということであり、そしてそれゆえに、原始キリスト教が実際に目指した目標と、現代の社会主義が掲げる目標とが、どれほど似ているか、ということである。(『キリスト教と社会秩序』[19])

キャンベルは続けて「私は社会主義をキリスト教倫理とイエスの福音の実践的な表現とみなしている[20]」と書いた。実際一九〇七年に『新神学』を出版して、キリスト教会内に激しい論争を引き起こしたキャンベルは、政治的には社会主義色を濃厚にし、漸進的社会主義思想団体であるフェビアン協会と労働党に接近することになる[21]。『新神学』とは道徳論や観念論ではなく、社会改革を前提としており、そしてその意味では革命を促す書物であった。ただしそれは、キャンベル自身が断り書きを入れたように、「突発的で激烈な社会改革」や暴力革命であってはならず、社会主義体制へ向けた漸進的な制度改革でなければならなかった。貧困の原因とみなされた競争を穏やかではあるが次第に廃止し、構成員の自発的な共同作業と生産物の分配制度からなる「集産主義」への移行を提唱したところに、キャンベルの『新神学』の大きな特徴がある。新神学の目的とは「形式主義的な教会中心主義からキリスト教を救い出す[22]」ことであり、新神学は政治的行動を前提とする思想として登場した。

二　初期柳の美術評論――革命の画家、個性の画家

柳が一九一〇年六月に『白樺』に発表した「近世に於ける基督教神学の特色」は、キャンベルの『新神学』の宗教的な側面の紹介であって、社会主義思想への傾倒や社会改革に関する提言については一切触れられていない。なぜ柳は新神学の政治性に触れなかったのか。あるいは一九一四年刊行の『ヰリアム・ブレーク』に「革命」、「反逆」、「反抗」等の言葉が散りばめられたことと、一九一〇年の柳の『新神学』研究とはどのようにつながるのだろうか。これらの問題を考えるためには、一九一一年から一九一四年までの間に柳が書いた美術評論を検討する必要がある。

一九一一年三月の『白樺』二巻三号に柳は「ルノアーと其の一派」という論考を発表する。冒頭に置かれた「(Meier-Graefe 著『近世美術発展史』第二編『近世絵画の柱石』最後の章に拠りて)」という但し書きと、末尾に記された「原著者の美はしい文章や、細かな説明を粗にし醜くゝしたことを、更に残念に思ひます」という補足が示すように、この論考はユリウス・マイヤー=グレーフェ(一八六七―一九三五、Julius Meier-Graefe)の著作の抄訳である。一九一二年五月十九日付リーチ宛の書簡に「貴兄は Meier-Graefe が非常に興味深いと言っておられたけれど[23]」と柳が書いているので、二人の間でマイヤー=グレーフェが話題に上ったようだが、柳がこの論考を発表するのは書簡の日付の約一年前のことなので、リーチがマイヤー=グレーフェを柳に紹介したわけではない。柳がマイヤー=グレーフェに出会った経緯について関連のありそうな話は、阿川弘之の『志賀直哉』に出てくる。一九一〇年に志賀が兵役免除になった時、志賀は柳に「『The History of Modern Painting』といふ洋書の扉に、『記念　贈宗悦兄　長い〳〵旅から帰つた時のやうな喜びと疲労を感じつゝ。十二月十日』と書き入れ[24]」て贈ったらしい。一九一〇年十二月にマイヤー=グレーフェの英訳を志賀から譲り受け、それをもとに柳がこの論考を書き、一九一一年三月の『白樺』に出したとすれば、時系列的には辻褄が合う。一九〇八年の英訳版で抄訳に対応する箇所は、第一巻の二八七頁から二九六頁までを占める「ルノワールとその仲間」('Renoir and His Circle')と題された一章であり、柳の断り書きにあるように「第二編『近世絵画の柱石』最後の章」である[25]。なお、英訳版の書名は『近代芸術』(*Modern Art*)であり、「近世美術発展史」(The Development of Modern Art)は英訳版の偶数頁にヘッダーとして印刷された文字列の翻訳と思われる。ただし、柳は学習院で西田幾多郎にドイツ語を学び[26]、『白樺』の編集者としてドイツの画家フォーゲラー(一八七二―一九四二、Heinrich Vogeler)とドイツ語で書簡のやりとりをしているので、ドイツ語の原著を底本としたのかもしれない。ドイツ語原著の表題が『近代美術発展史』(一九〇四、*Entwicklungsgeschichte der modernen Kunst*)であって柳の但し書きと一致するのに対し、英訳版の書名は『近代芸術』であること、また柳が「原著者の美はしい文章」という表現を用いたことを考えあわせると、ドイツ語原著を参照した可能性も考えられる。いずれにせよ、この論考では、ルノワールが「Manet や Degas と近い縁故を有し乍らも、彼等と離れて独特な位置を保つて居る[27]」ことが色彩の観点から論じられており、文章そのものは生硬だが具体的な作品描写もあるため、決してわかりにくい内容ではない。注目したいのは、ここでも旧套と革新という対抗図式に則って「革命の精神」が強調されたことである。例えばルノワールの色彩について柳は次のように書いた。

> 茲に凡ての理論と形式とは力を失はねばならない、吾々の関はる処は只自然の如く不思議に充ちた栄光そのものである、Renoir の色は彼が自然なる本能の産んだものである（「ルノアーと其の一派[28]」）

抄訳であるので訳出されなかった部分も多いが、ルノワールの色彩感覚を「自然なる本能の産んだものである」とする記述を柳は省略しなかった。「理論と形式」が打破されて「自然なる本能」が革新的な色彩をもたらすという構図は、人の心を人が制御できる意識の領域と制御不可能な無意識の領域とに区分し、神の啓示が現れて「直観」を導き、天才を天才たらしめる源となるのは無意識の領域である、と唱えた新神学やバックの神秘主義やジェイムズの宗教哲学に通じるところがある。柳の関心も合理的精神によって築き上げられた「理論と形式」ではなく、人為的な操作が不可能であり、またそれゆえに神聖視され得る創造的で革新的な活動の源泉としての「本能」にあったようだ。柳はマネ（一八三二―八三、Édouard Manet）、ドガ（一八三四―一九一七、Edgar Degas）、モネ（一八四〇―一九二六、Claude Monet）とルノワールの活動を論じた部分を、次のようにまとめた。

> 彼等は一切の習慣的教示の価値を否定して、直ちに自然そのものより行動を開始したのである、此革命の精神と、

それによりて得られたる作品の内容と結果とを最もよく理解し得るものは、恐らくは彼等と時代を同じくせる人、即ち吾等であろう、而して彼等が熱情と苦闘とによつて成れる芸術は、只努力的なる時代に於てのみ栄ゆるものである。（「ルノアーと其の一派」[29]）

引用箇所冒頭の「習慣的教示の価値」という文言に注目したい。この表現に該当するドイツ語原文は den Wert der Lehre[30] であり、英訳版では the value of teaching[31] である。興味深いのは「教示」の前に「習慣的」というドイツ語版にも英訳版にも存在しない修飾語が置かれたことであり、これは柳が芸術教育に対して一定の見解をすでに保持していたことを暗示する。「習慣的」という表現には、少ない努力で繰り返すことのできる固定された行動様式が含意されており、創造性という要素は乏しい。「ルノアーと其の一派」を用意した一九一一年当時の柳は、「教示」するという行為に芸術の発展を阻害する働きを見出していたことがわかる。つまり、引用文中における「革命の精神」とは、「教示」に従うことを拒否し、「自然なる本能」に導かれるままに創作を行う精神であると説明できる。

概してこの頃の柳は、芸術とは天才の産物である、という芸術観を持っていたようである。後年の民藝論で強調される「反復と伝統への帰依とが、美を保証してゐる」という考え方、より具体的な言い方をするならば、「定まった図柄」、「伝へられた筆法」、「約束された色合ひ」が美をもたらすのであり、「個性がない」ところに美が宿るという民藝の思想はまだ影も形もなかった[32]。柳の民藝思想にかろうじて、しかし着実につながる重要な一本の線があるとすれば、それは芸術を制御不可能な心の領域で営まれる活動とみなしたところであり、これは後に「無心の道、没我の道」こそが「工藝の道」であるという工藝論へと発展する[33]。筆者は、柳の芸術観は天才を讃美するブレイクによって鍛えられた後、平凡を重視するホイットマンの下で新たな段階へ入ったと見るものであるが、本書は柳とブレイクの関係を明らかにすることを目的としているので、この推移についてはこれ以上立ち入らない。

『白樺』二巻九号（一九一一年九月）に発表した「オーブレー・ビアーズレに就て　附、挿画説明――一八七二年―同九八年」においても、「ルノアーと其の一派」と同じように美術批評の体裁を取りながら、芸術とは個性の表出であるという芸術観を、柳は熱く語った。

古代の芸術は主として技巧の芸術である、近代の芸術は主として人格の芸術である。吾々は近代の芸術に於て常に其作物が作者の個性、生涯と密着の関係を有してる事を知らねばならない、彼等の芸術は常に自己を出発点とし、その内心の抑へ難い要求を充実せんが為の努力である、従つて芸術とは彼等に対して自己を離れた遊戯ではなかつた、即ちそは彼等が人生に面接した真摯な態度の反影に外ならない。（「オーブレー・ビアーズレに就て」）[34]

柳によると、芸術は「作者の個性」と密接な関係があるが、芸術家は個性を表現しようと意図して表現するのではない。「その内心の抑へ難い要求を充実せんが為の努力」が結果的に芸術として結実するにすぎない。芸術とは芸術家の個性の利己的な表現ではなく、「内心の抑へ難い要求」の表出である。ここに記された芸術観の背後にも、新神学やジェイムズの宗教哲学やバックの「宇宙意識」が透けて見える。芸術は制御不可能な意識の領域に由来し、人為的な打算から自由であるからこそ、その個人の本質に直結しており、「人生に面接した真摯な態度の反影」として現れる。そしてそれゆえに、柳によれば、芸術は「人格の芸術」であり、神聖なまでに芸術家自身と一体化する。オーブリー・ビアズリーもそのような芸術家の一人だと柳は言う。

彼等が常規を逸して旧来の技巧を顧るの遑がなかつたのは、彼等が個性の要求の余りに急だつたが為である、彼等にとつては人格は常に技巧に先立つものであつた、彼等は習俗的方法を打破して人生に対する自個の態度にふさはしい技巧を以て進んだのである、従つて彼等の技巧は彼等の人格を離れては成立しない、彼等の技巧の価値はやがて彼等の個性の価値なるが故である（「オーブレー・ビアーズレに就て」）[35]

ここでもまた柳は「ルノアーと其の一派」で使った「習慣的教示」という言葉とよく似た「習俗的方法」という表現を用いており、この「習俗的方法」を「個性の要求」によって打破する時、革新的な芸術が誕生すると論じた。ビアズリーの絵が醸し出す「廃頽的気分」について、柳は「『酒に酔ふて路傍に倒れる者の心は最も深く神を慕ふの心に満ちてる』とは『新神学』の著者キャムベルの言葉である[36]」と記し、「廃頽的気分」の持主であるからといって敬虔の念がないというのは誤りである、とビアズリーを擁護した。これが説得力のある弁護であるかどうかは別にして、ビアズリー論にキャンベルの『新神学』が引用されたところに、芸術研究と宗教研究が柳の中で渾然一体となっていた様子を見てとることができる。

『白樺』三巻一号（一九一二年一月）に発表された「革命の画家」でも、同じような芸術観が同じように展開された。ルイス・ハインドの『ポスト印象派』（一九一一）を種本として柳がこの論文を書き上げた過程と、当時の西洋美術受容の状況については、稲賀繁美が「『白樺』と造形美術：再考――セザンヌ〝理解〟を中心に」で詳細に論じているので、ここではあくまでも初期柳の芸術観を「革命の画家」から読みとっていきたい[37]。

「革命の画家」は武者小路実篤に向けた謝辞で始まり、エマソンの言葉がエピグラフとして冒頭に置かれた。エマソンからの引用はまとまった一節の抜粋のように見えるが、実は独立した複数の文章を合成したものであり、出典はエマソンの『随筆集』（一八四一）に収録された「自己信頼」（'Self-Reliance'）という随想である。柳の訳文とそれに対応するエマソンの原文を一八四一年版の頁数とともに並べてみる。

真の人たらんと欲する者は、慣習違反者たらざる可からず。如何なる法則も余の資性を除いては神聖たるを得ず。自己を信頼せよ、心情は凡て其鉄絃に震動せん。自己に固執せよ、決して模倣すること勿れ。汝をおいて何者も汝に平和を齎らすものあるなし。自己の思想を信じ、自己の心に真なるものは万人にも真なりと信ずること——これ天才也。潜在せる汝の確信を語れ、そは普遍的意義たるべし。——エマソン——（「革命の画家」[38]）

Whoso would be a man must be a nonconformist (p. 41). No law can be sacred to me but that of my nature (p. 42). Trust thyself: every heart vibrates to that iron string (p. 39). Insist on yourself; never imitate (p. 68). Nothing can bring you peace but yourself (p. 73). To believe your own thought, to believe that what is true for you in your private heart, is true for all men, ——that is genius. Speak your latent conviction and it shall be the universal sense (p. 37).[39]

前後に行きつ戻りつする原文の頁数から、柳が自分の主張に合致する文章を注意深く選んで並べ直したことがわかる。自己の信念を貫くためには、体制に反逆することもやむを得ないという冒頭の一節は、武者小路実篤が『白樺』二巻十一号（一九一一年十一月）に記した「自己をまげても時代の要求に応じやうとする人は個性と人格を無視した人である」[40]という言葉を想起させる。これに続けて「真の人」が準拠すべき価値判断の規準は、外部から与えられるのではなく、個人の内部で培われるという趣旨の言葉が置かれた。ここで選択された「資性」という訳語は、翌年の一九一三年に発表される「哲学に於けるテムペラメントに就て」において、「テムペラメント」という片仮名で表記された概念の先取りとも言える。エマソンは別の箇所に「所詮は君自身の精神の損われぬ本来の姿以外に神聖なものはひとつもない」（Nothing is at last sacred but the integrity of our own mind）[41]という言葉も記しており、「資性」という訳語は、誠実、高潔、完全性を意味する integrity という英単語を意識して選ばれたのかもしれない。その後に置かれた

「自己を信頼せよ……」、「自己に固執せよ……」、「汝をおいて何者も……」の三つの文は、原文ではそれぞれやや離れた箇所に見出される。同じように「自己の思想を信じ」以下の最後の二つの文章も、原文では随分と頁を後戻りしたところにあるのだが、このように再配置されると全体のまとめとしてうまく機能しており、既存の価値観に反逆してでも自己の思いに忠実であれ、という柳の主張を見事なまでに凝縮している。

「革命の画家」第一節は若い男女の会話で始まる。

――私は此中の絵を一枚是非買おうと思つてゐる――

――若しそんなものをお買ひになるなら、もう貴方と御一緒には住みません――

若い男の興奮した口もとからかゝる言葉が放たれた時、女は怒つて明瞭《はつきり》とかゝる返答をした。（「革命の画家[42]」）

一九一〇年十一月にロンドンのグラフトン・ギャラリーで、ポスト印象派の展覧会が催された時、世評は二分したと柳は語り、「何が故に一枚の絵画がかくも違反せる二個の見解を齎らすかを顧みねばならない」と述べて議論を進める。柳が出典を明記しなかったこの男女の会話は、論考末尾で「自分の負ふ所の多かつた[43]」書物として紹介されるハインドの『ポスト印象派』の次のくだりから借用されたと考えられる。

ある日グラフトン・ギャラリーで、私は情熱的な若い男性と物憂げな若い女性との次のようなやりとりを耳にした。

彼（興奮して）「私はこれらの絵のうちから一枚を買おうと思う。」

彼女（怒って）「もしそんなことをすれば、もう一緒に暮らさないから。」（『ポスト印象派[44]』）

ハインドの原著では第三章の末尾に記されたこのやりとりを、柳は「革命の画家」第一節の冒頭に置いた。エピグラフとして掲げられたエマソンからの引用のうち、「真の人たらんと欲する者は、慣習違反者たらざる可からず」という言葉が、この若い男女の会話と呼応することは明らかであり、「慣習」的な審美眼しか持ち合わせていない「彼女」の反応と並置されることで、ポスト印象派の絵画に魅力を感じてしまった若者の「慣習違反者」ぶりが鮮やかに浮き彫りにされた。「革命の画家」の冒頭がポスト印象派に関する概論ではなく、ポスト印象派に対する無理解という話題で始まったところに、柳がこの論文に付与した性格を見ることができるかもしれない。第四節以降でセザンヌ、ゴッホ、ゴーガン、マティスの伝記的事実が紹介されるが、彼らの絵の色彩や構図や筆触などの特色が論じられるというよりは、人物論に重点が置かれており、四人の画家のいずれもが伝統や前例にとらわれることなく、「後印象派の名の許に革命の画家たる運命を負ひて、吾等が前に特種なる権威を保てる[45]」様子が熱く語られた。少し意地悪な言い方をするならば、「歴史の発展とは古きを破る新しき力の反復である[46]」という柳の芸術観を例証する事例の一つとして、ルノワールやビアズリーに続いてポスト印象派が柳のアンテナに捕捉されたということになるだろう。それは、例えば、ポスト印象派とは何か、という問いに対して、柳が示した回答に如実に表れている。

若し後印象派とは如何なるものであるかを尋ねるなら、答へは明白である。——汝が拠る可き唯一の王国を汝自身の裡に見出し、其旺溢せる全存在を真摯に表現し様と思ふならば、汝は既に後印象派の気息に於て活ける人である。而して一切の物象が汝に於て活き、汝を一切の物象に於て見出し、汝の全人格が自然の全実在と一つの韻律に流るゝ時、残るものは永遠に肯定せられたる汝自身の生命である。此人生の肯定充実こそはやがて後印象派の絵画を産める力である。（「革命の画家」[47]）

柳が与えたこの定義に関して、稲賀繁美は「これではおよそPost-Impressionistの定義とは無関係で、まるで『白樺』の独断的教条を一方的に拝聴させられているような印象さえ抱かされる[48]」と述べており、まさにその通りである。では、柳が「革命の画家」に書き込んだ「『白樺』の独断的教条」とは何だったのか。
「革命の画家」第二節は次のように始まる。

　げに芸術は人格の反影である。それは表現せられたる個性の謂に外ならない。従つて芸術の権威とはそこに包まれたる個性の権威である。而して個性の権威とはそが全存在の充実に於て始めて発露せらる可きものである。空虚なる個性より未だ嘗て偉大なる芸術は生れなかつた。従つて生命の統一的全存在そのまゝなる表現こそは芸術最後の極致である。永遠なる芸術とは感覚及手工の作為に非ずして、全人格の働きである。（「革命の画家[49]」）

ポスト印象派をめぐる議論はどこかへ行ってしまい、開陳されるのは柳の芸術論である。芸術とは個性の表現であり、芸術家の全人格がそこに現れるという主張は、前年に発表された「オーブレー・ビアーズレに就て」では、「近代の芸術は主として人格の芸術である」という言葉で表現された。同じように既視感のある言葉遣いは、「革命の画家」でセザンヌについて論じた箇所にも見られる。

　凡ての習俗的形式を打破して素純なる心を大胆なる筆致に現はした彼の芸術が人為的文明の仮面に慣れた人々に、如何に卑しむ可く愚なものと見られたかは想像するに難くはない。（「革命の画家[50]」）

一九一一年の柳は、すでに引用したように、「習慣的教示の価値を否定」したルノワールを高く評価し、ビアズリーを「習俗的方法を打破して人生に対する自個の態度にふさはしい技巧を以て進んだ」画家の一人と位置付けた。この時期の柳が魅力を感じた芸術家は、「習慣的教示」や「習俗的形式」や「習俗的方法」を否定し打破するという共通点を備えているらしい。その意味では、ポスト印象派だけではなく、ルノワールもビアズリーも柳にとっては「革命の画家」だった。また、柳にとって「人為的文明」が否定的な響きを持ったことは、「ルノアーと其の一派」において、ルノワールの色彩感覚は「自然なる本能」に由来し、ルノワールの独自性は「自然そのものより行動を開始した」ところにあると論じたことから明らかであり、「オーブレー・ビアーズレに就て」においても、同じように、「内心の抑へ難い要求」の発露として芸術が存在すると説いた。「人為的文明」と「習俗的形式」は、柳にとってほとんど同義であるとさえ言えるだろう。柳の言う真の芸術家は、これらに惑わされることなく、全人格を作品に注ぎこむ。柳はゴッホを論じた箇所で次のように書いた。

人々は彼がアール滞在の二年間に、数百枚の作を画いたと云ふ事を驚かねばならない、彼は画かざるを得ずして画き、画く時にのみ彼の生けるを感じたのである。彼は画くに際して何等の余裕をも持たなかつた。彼に於ては絵画は実に彼そのものであつた。（「革命の画家」[51]）

ゴッホの絵画に特有に見られる筆触や色彩についてほとんど情報が伝わってこないが、ゴッホが全身全霊を捧げて制作に打ち込んだ様子は、「絵画は実に彼そのものであつた」という表現から読みとることができる。この芸術観を裏打ちしたものは、カーペンターやバックの神秘主義思想であり、ジェイムズの心理学であり、新神学だった。人為や作為は個人が制御できる意識の領域に存在し、利己心と結び付くがゆえに神の顕現とは程遠いところにあるが、没我の状態で生み出される芸術は、個人が制御できない無意識の領域から流れ出したものであり、したがってそこには

「直観」と啓示を通して作用する神の働きが秘められている。柳は神の顕現と人の精神活動と芸術的創造行為に関して、総合的な理解を組み立てた。ゴーガンの絵画についても柳は同じように語る。

げに彼は一切の事象の根原に帰つて無垢なる赤心を以て自然を画く事を志したのである。彼が元始の風物を喜び、終生嬰児の心に止る心を希つたのも之が為である。彼にとつてかくて生命あるものは一切の原始的自然人間であつた。彼には訥朴にして未開なる南洋の風物は、其要求を満す可き最もよき対象であつた。かくて彼は一切の人為的文化の作為を棄てゝ自然に対する直覚的美を画いた。（「革命の画家」(52)）

「無垢なる赤心」、「嬰児の心」、「原始的自然人間」という一連の表現が「未開なる南洋」という言葉に収斂する様子には、十八世紀から十九世紀にかけてロマン派の文人が好んだ「高貴な野蛮人」という概念に通じるところがあるが、そもそもハインドの『ポスト印象派』には、ストリンドベリ（一八四九―一九一二、August Strindberg）によるゴーガン評とゴーガン自身の言葉が引用されており、柳はハインドの記述に倣って言葉を選んだのだろう(53)。このくだりは柳の心をとらえたらしく、柳は「元始の民に対する無限の憧憬によつて彼は新なる世界を創れり」というストリンドベリの言葉を訳出し、「御身の文明は御身の疾病なり。余の野蛮は健康の回復なり」というゴーガンの言葉も紹介した(54)。さらに、ハインドがゴーガンの言葉として引用した一節は、柳によって次のように訳された。

彼も又革命の画家個性の画家である。彼自らの言葉に「凡ての人類の事業は個性の黙示なり……余が他人より学びたる一切の事は余にとりて阻害なりき。げに余が知る事の少なきは事実なり、されど余の知れるものは凡て余自身のものなり。」（「革命の画家」(55)）

「凡ての人類の事業は個性の黙示なり」という言葉は、この時期の柳の芸術観と一致する。また、「他人より学びたる一切の事は余にとりて阻害なりき」という言葉も、「習慣的教示」や「習俗的方法」に価値を見出さない柳の立場と重なる。別の言い方をするならば、制度化された教育機関によって教えられる内容は「人為的文化の作為」であり、そこには先人の工夫した技巧の反復はあっても、創造的な芸術を新たに生み出すための土壌はない。この当時の柳の芸術観によれば、創造的な芸術は「自然に対する直覚的美」の表現として誕生するのであって、模倣から生まれることはない。この時作動する「直覚」は意志によって制御され得ない心の領域に属しており、利己心に左右されないからこそ芸術家の人格を忠実に反映する。既存の芸術に反抗し「余自身」に基づいて創作したゴーガンは、あるいはそのような芸術家としてハインドが描き出したゴーガン像は、柳好みの「革命の画家」であり、「個性の画家」だったのである。

「革命の画家」の第七節で、柳はマティスの絵画を「本然なる人心の要求にして、止み難き真摯なる人生の表現」であり、「一切の約束を打破して、人生そのもの事実を投げ出せる芸術[56]」であると論じた。そして結論部に相当する第八節に柳は次のように書いた。

　従つて偉大なる芸術とは最も自己に忠なるの芸術である。芸術が人生を離れ自己を離れたる時そは権威なき遊戯である。従つて個性の全的存在の表現こそは芸術の極致である。基督教とは基督の人格の表現である。仏陀なる個性を除いて、仏教の権威はない。従つて芸術の内容は其背景をなせる個性の内容である。（「革命の画家[57]」）

一九一二年一月に発表された「革命の画家」に「テムペラメント」という片仮名表記は見当たらない。しかし、

「基督教とは基督の人格の表現である」という言葉や、「芸術の内容は其背景をなせる個性の内容である」という言葉は、一九一三年十二月の「哲学に於けるテムペラメントに就て」に記された「ヘーゲルとベルグソンの哲学の相違は彼等のテムペラメントの相違である」という記述や、「かの画家もかの詩人も抽象的理論を待つて作画し作詩するのではない。テムペラメントの動くまゝに直覚を出発として創作する」[58]という主張を想起させる。つまり、柳が「革命の画家」を執筆した一九一二年の段階では、当時のブレイク研究に散見され、ジェイムズの『プラグマティズム』でも大きく取り上げられた「テムペラメント」という概念は、柳にとってまだ親しみがなかったか、あるいはすでに出会っていたとしても、自らの芸術論を構成する鍵概念として使いこなせるほどには充分に咀嚼されていなかったと思われる。

なお、柳はジェイムズをかなり早い段階で読んでいる。『白樺』一巻六号（一九一〇年九月）と七号（同年十月）に掲載された柳の「新しき科学」には、「現代一流の心理学者たるジェームス（W. James）」、「第二意識（Sub-consciousness）」、「潜在感覚（Subliminal-sense）」[59]などの表現が見られる。また、『白樺』一巻九号（一九一〇年十二月）の「編輯室にて」によると、「プラグマチズムを発表し『多元的宇宙』を著はし今や此大なる心理学者が円熟し来つた思想を以て組織的人生観を見る」つもりで東京帝国大学心理学教室に入ったところ、ジェイムズが他界したことを知り、「ハーヴァートのジエームスが死んだ!?、うそだ〳〵、信じられない事だ！」と「自分の福来博士変態心理学の筆記の第一頁」[60]に記したという。したがって、少なくとも一九一〇年までには、柳はウィリアム・ジェイムズについて基礎的な知識を持っていたと考えられるが、ジェイムズから吸収した諸概念が柳の芸術論の一部に有機的に組み込まれるためには、もう少し時間が必要だったようである。

「革命の画家」で興味深いことは、「テムペラメント」という表現が見当たらないことに加えて、ブレイクが言及されなかったことである。一九一四年の著書『ヰリアム・ブレーク』では、ブレイクの芸術が「個性の自由な表現であり、実在経験そのものゝ切実な再生だつた」[61]ことをもって、柳はブレイクをポスト印象派の先駆者に位置付けてしまった。この事実を考えあわせると、「革命の画家」でブレイクが参照されてもよかったはずなのだが、「テムペラメント」という概念と同様に、ブレイクもまた柳の中ではまだ知的醱酵期間にあったものと思われる。

柳が論考等でブレイクに言及し始めた時期を正確に特定することは、『柳宗悦全集』に収録されていない未公開資料が存在する可能性を考えると容易ではない。しかし、すでに指摘したように、『白樺』四巻九号（一九一三年九月）に発表された「生命の問題」にブレイクの詩句からの引用が三箇所あるので、この頃には自分の主張に一致する文言を選択できるぐらいにはブレイクのテクストを読み込んでいたと思われる。[62]また、ブレイクに言及してはいないものの、『白樺』四巻一号（一九一三年一月）に発表され、末尾に「一九一二年八月」という日付のある柳の自作詩「吾が有を歌はしめよ」には、次のような詩行がある。

吾れをして凡ての大なる詩人の歌を尊ばしめよ、
そが天国の歌なると、地獄の詩なると。（「吾が有を歌はしめよ」[63]）

一九一二年五月十九日付バーナード・リーチ宛の書簡に、柳は「僕の読んだアーサー・シモンズのウィリアム・ブレイク論も実に面白かった。ブレイクは現代思想の偉大なる先駆者の一人であると僕は確信しています」[64]と書いているので、この詩に含まれる「天国の歌なると、地獄の詩なると」という表現の裏に、ブレイクの『天国と地獄の結婚』を想定することができる。芸術とは芸術家の個性の発露であり、個性を表現するためには既存の芸術に反逆する必要があるという芸術観の基盤を、ジェイムズの宗教哲学とキャンベルの新神学とハインドのやや偏向した美術批評によって強化しつつあった柳は、その勢いを保持したままブレイク論の執筆に取りかかった。

三　『ヰリアム・ブレーク』における革命思想――大逆事件の影

ブレイク関連の参考文献を広く読破したと思われる柳の強みは、ブレイクの伝記的事実について詳細な知識を有したことである。テクストの精読しかしない場合とは異なり、柳はブレイクがアメリカ独立戦争とフランス革命の時代を生き、共和政に強い共感を抱いていたことを充分に知っていた。『ヰリアム・ブレーク』の「第十一章　反抗の歌」では、フランス革命を支持する『人間の権利』[65]（一七九一）を出版したことにより、大逆罪の容疑で指名手配を受けたトマス・ペインが、フランスに逃亡する際にブレイクの手を借りたという古典的な伝説を紹介し、ブレイクが共和政を支持する赤い帽子をかぶってロンドンの町を闊歩したという逸話を付け加えた。さらに「彼を社会問題に心を激した革命家の一人とする事は誤つてゐる」と柳は述べ、ブレイクにとって重要であったのは「霊界の革命」[66]だったと言う。そして、革命と反逆の意義について次のように書いた。

自由が彼の思想の核心であつた限り、彼は永遠性を持つ一切の問題に対しては激烈な反逆者であり共和党だつた。彼の齎らした思想は云ふ迄もなく固陋な教義に対する根本的破壊である。進歩と革新とがいつも旧套に対する反逆である限り彼の自由信仰は永遠に反逆の名誉を負つてゐる。一切の天才の事業は一つとして新創であり革命でないものはない。人文の現在は反抗の賜物でありその未来も反逆による創造である。（『ヰリアム・ブレーク』[67]）

神は個性を通して地上に顕現すると考えたブレイクにとって、個性の表現に制限を加えようとする力や、そもそも個性を認めようとしない思想は、それが文学や芸術における伝統であれ、社会制度の一部としての法律であれ、万物を方程式で説明しようとするニュートン力学であれ、神を否定する所業と見えた。そのような意味でブレイクが関心を持ったのは、柳の言うように、現世における社会改革というよりは「霊界の革命」だったのかもしれない。革命とは霊界において達成されるべきであるという前提で、柳は「反逆」こそが「進歩と革新」をもたらし、またそれをもたらす者が「天才」であり、「天才」による「反抗」と「反逆」の成果として現在があると論じた。なぜ「天才」は「反抗」するのか。

反抗は自然の意志である。人文の精華は一つとして謀反の所産でないものはない。思想の決定は歴史の停止と人間の枯死とを意味してゐる。河は流水の速度によつてその清濁の質を受けてゐる。信仰の安堵は悲惨な終末に過ぎない。吾々が天才に対する感謝は彼等の勇敢な反逆にある。未来の革命は現代の敗亡ではない。現代の生長である。抵抗は生命を持続する永遠の動因である。多く抗して少く従へよ、かゝる声は最も厳かな神の意志である。（『ヰリアム・ブレーク』[68]）

柳は「反抗は自然の意志である」と言い切った。「自然」とは何か。これまで見てきた柳の芸術観に従えば、個人の意志が強く反映される意識の領域が「人為的文明」や「習俗的形式」と関連があるのに対し、意志によって制御できない無意識の領域が霊感と啓示を受信する場であった。「自然」とは後者の領域に働く力を指し、「天才」とは後者の領域が活発に活動する存在である。したがって、引用文末尾で言い換えられたように、「天才」こそが「自然の意志」であり、「神の意志」である。それは「人為的文明」や「習俗的形式」を拒否するという意味で、「反抗」という形で出現する。「反抗」や「反逆」を「天才」の特徴として讃美する柳の議論は、当然のように画一化や固定化に対する攻撃へと向かう。「歴史の停止と人間の枯死を意味」するような「思想の決定」とは、この文脈では思想統制に限りなく近い。それにしても「反抗」、「謀反」、「反逆」、「革命」、「抵抗」、「多く抗して少く従へよ」と激烈な言葉が数多く並べられたものだ。別の箇所には「子が親に対する反逆」、「子弟がその師に対する反抗」という表現が見られ、その後に「服従は停滞を意味し、謹慎は萎縮を意味する」[69]と続く。柳が重要な参考書と位置付けたスウィンバーンやシモンズのブレイク論でも、ブレイクが生きた時代やブレイク神話の構造を説明するために「反抗」（revolt）や「反逆者」（rebel）という表現が用いられてはいるが、柳の論調はブレイクの作品論や詩人論という範囲を通り越して、一般化された革命論の響きがある。

「反逆」と「謀反」についてこれだけ激しい肯定論を展開した柳の『ヰリアム・ブレーク』が、無事に出版されたのはなぜだろうか。一八八九年に発布された大日本帝国憲法では、その第二十九条において「日本臣民ハ法律ノ範囲内ニ於テ言論著作印行集会及結社ノ自由ヲ有ス」と定められたが、出版法（一八九三）と新聞紙法（一九〇九）によりその範囲が制限された。出版法の第十九条と第二十六条には次のような文言が並んでいる[70]。

第十九条　安寧秩序ヲ妨害シ又ハ風俗ヲ壊乱スルモノト認ムル文書図画ヲ出版シタルトキハ内務大臣ニ於テ其ノ発売頒布ヲ禁シ其ノ刻版及印本ヲ差押フルコトヲ得

第二十六条　政体ヲ変壊シ又ハ国憲ヲ紊乱セムトスル文書図画ヲ出版シタルトキハ著作者、発行者、印刷者ヲ二月以上二年以下ノ軽禁錮ニ処シ二十円以上二百円以下ノ罰金ヲ附加ス[71]

第十九条は行政処分であり、第二十六条は司法処分に関する規定である。紅野謙介がすでに指摘したように、「明治期日本の検閲制度は形式的には事前検閲ではなくなり、発行後の納本による事後検閲となった」[72]が、経済的打撃の可能性と刑事上の罰則が明記されたことにより、出版社は自主規制を余儀なくされた。さらにその後「直接的な反政府運動やその思想とはべつに、明治政府を支えていた道徳や価値観、文化的基盤をめぐって異なる選択肢があるのではないかという問いが文学の名のもとに発せられることになった」[73]状況を受けて、家父長制度を揺るがしかねない内容を含むと当局が判断した時には、社会主義思想や無政府主義思想に加えて、小説や戯曲も取り締まりの対象となった。例えば、一九〇八年にはトルストイ著『民権之帰趨』、クロポトキン著『国家論』（幸徳秋水訳）、同『無政府主義の原理』、クロポトキン著『青年に訴ふ』（大杉栄訳）、一九〇九年にはクロポトキン著『麺麭の略取』（平民社訳）、永井荷風著『ふらんす物語』、クロポトキン著『法律ト強権』（大石誠之助訳）、三宅野花訳『モウパッサン短篇傑作集』、森鷗外の「ヰタセクスアリス」を掲載した『スバル』七月号が発売頒布禁止処分を受けた。幸徳秋水が検挙された三ヶ月後の一九一〇年九月には、社会主義関連の出版物が徹底して訴追された観があり、それまで処分の対象とされなかった図書も一九〇一年にまで遡って再吟味が行われ、幸徳秋水著『帝国主義』、片山潜著『我社会主義』、堺利彦著『社会主義大意』、山路愛山著『社会主義管見』、ウィリアム・モリス著『理想郷』（堺利彦訳）、エミール・ゾラ著『労働問題』（堺利彦抄訳）など少なくとも五十四点の図書が発売頒布禁止処分となった。[74] キリスト教社会主義者で『平民新聞』の責任者であった石川三四郎は「僅か三ヵ月の間に四つの事件の被告人」[75]となり、一九〇七年四月に『平民新聞』は廃刊に追い込まれ、石川は獄に下り、翌年五月に出獄したが、別の筆禍事件のために一九一〇年三月に再び下獄した。しかし、獄中にあったことが幸いして、一九一〇年に発生した大逆事件には深刻な形で巻き込まれずに済んだとも言える。[76] 石川は出獄後非合法に出国してベルギーに渡り、一九二〇年までヨーロッパに滞在して、エドワード・カーペンターと親交を持った。[77] なお『白樺』同人では、志賀直哉の短篇「濁つた頭」が『白樺』二巻四号（一九一一年四月）に掲載された時に、内務省より発行元の洛陽堂に向けて注意があり、「濁つた頭」を収録した『或る朝』（春陽堂、一九一八年）が出版されるとまもなく発売頒布禁止処分が下った。[78]

検閲の対象が「安寧秩序ヲ妨害シ又ハ風俗ヲ壊乱スルモノト認ムル文書図画」という枠を超えて、記録し報道するという行為そのものに及び始めるのは、一九二三年の関東大震災直後に布告された戒厳令以降のことではあるが[79]、一九一〇年の大逆事件を契機に社会主義思想や無政府主義思想に対する取り締まりが強化されたことは言うまでもない。このような状況にあって、柳の『ヰリアム・ブレーク』が「革命」、「反逆」などの言葉を多く含むにもかかわらず、一九一四年の時点で検閲を通過できたのは、おそらくブレイクを「社会問題に心を激した革命家」から切り離して「霊界の革命」へと祭り上げ、話題を「人文の現在」や「人文の精華」に限定することによって、危険思想とみなされにくい体裁が都合よく整っていたからではないだろうか。あえて大胆な推測をするならば、それは都合よく整ったものではなく、意図的に整えられたものであり、柳はブレイクについて語りながら、同時に大逆事件に対する思いを披露していたとも考えられる。もちろん、柳は大逆事件についてあからさまに語ることはしなかった。口を開けば殺されるという時に、口を閉ざすのは当然である。しかし、ここで思い出しておきたい。「近世に於ける基督教神学の特色」で柳が熱く論じた『新神学』の著者レジナルド・キャンベルは、社会主義思想にキリスト教の進むべき未来を見出し、その旨を著書『新神学』末尾で力説したが、この点について柳は黙して語らなかった。キャンベルの社会主義に関して柳が見事なまでに沈黙を守ったのは、社会主義思想に関心がなかったからというよりは、「近世に於ける基督教神学の特色」を発表した一九一〇年六月には、すでに社会主義者の大量検挙が始まっており、官憲に目を付けられる危険を意識したからだと思われる。大審院での非公開の裁判を経て刑が執行された一九一一年一月に、柳は『白樺』二巻一号に「杜翁が事ども」と題する随想を寄せた。そこには次のような言葉が見られる。

個人は国家を超越せり。美はしき犠牲の名の許に個性が蹂躙せらるゝ今日に於て、個人が国家よりも偉大たり得べき事例を示したるものは杜翁が生涯也。

本邦の文化は今矛盾の裡に彷徨せり。汀に立ちて支流を憎みたる民は、顧みて其本流を愛慕せり、憂ふる者が社会主義者を囹圄に投じて、其書籍の発売を禁止せる時、飢えたる世は杜翁が思想の浸入を歓迎せり。

読者は嘗てタイムス紙上に公開せられたる日露戦争観 "Bethink Yourselves" の一文を読みたる事ありや、余にとりては宛ら日星河岳の大文字たるが如くに思はれたりき。国家の前に個性を認めず、忠勇の名に生命を売り、殺戮に巧みなるものゝ酬いらるゝ此世に於て、かゝる大胆なる言論を発し得るものは杜翁を措いて何処にありや。（「杜翁が事ども」[80]）

「個人は国家を超越せり」や「個性が蹂躙せらるゝ今日」という言葉が大逆事件直後に紡がれたという事実は、柳が社会の動向に敏感に反応し、その反応そのものを素材として自己の思想を形成しつつあったことを意味する。一方は「杜翁が生涯也」、他方は「杜翁を措いて何処にありや」と結ばれたので、どちらもトルストイについて論じた文章であることは明らかだが、第二の引用文に含まれる「憂ふる者が社会主義者を囹圄に投じて、其書籍の発売を禁止せる時」という文言に明らかなように、個性が蹂躙され、国家の前に個性が認められない「今日」と「此世」に、大逆事件の影を読みとることは、それほど難しいことではない。

キャンベルは、神は人の心に内在し、キリスト教とは神の心に則した社会秩序を地上に打ち立てるための実践的な活動であり、それは現在社会主義思想という形で姿を現していると唱えた。キャンベルの『新神学』が柳に個人と国家の関係について考えさせる一つの契機となったと思われるし、神は人の活動を通して地上に顕現するという宗教観に共感を抱いた柳にとって、個人が国家に優先し、新たな個性によって新たな秩序が生み出されるという結論はきわめて妥当なものであった。そしてそれが妥当であればあるほど、大逆事件で生命を散らした人々に対する哀悼の念は強まったのではないか。彼らはキャンベルが『新神学』で説いた理想を実践しようとしたがゆえに断罪された。それは国家による個性の蹂躙だった。確かに柳は大逆事件そのものについて感想を語ることは控えた。しかし、柳にとって、哲学、思想、文学、芸術は人生から遊離した知的遊戯ではなく、日々の生活を営む一人一人の人生に深く根を下ろしているはずのものであり、大逆事件の犠牲者たちは、そのような意味で、思想と生活の有機的な結合を悲劇的な形で体現したと言える。

この事件について柳が抱いた感想は、未発表原稿として『柳宗悦全集』に収録された「墳水［ママ］」という随想に見出すことができる。巻末の解題には「執筆の時日は不詳」とあるが、書き出しの記述から執筆年代を推定することができる。

> 去年クリスマス・イヴに、San Francisco の民は、奇しき星の光を天に頂き乍ら、Madame Tetrazzini の声に酔はされた、六年前に此地に認められた夫人は市民に「吾が生れの地」たる情を捧げんが為に、Lotta の墳水清らかな Municipal Board of Works の大通りに設けられた演台に立つたのである（「墳水」[81]）

話題として取り上げられた Madame Tetrazzini とは声楽家ルイザ・テトラッツィーニ（一八七一―一九四〇、Luisa Tetrazzini）のことであり、彼女がクリスマス・イヴにサンフランシスコでコンサートを行ったのは、本人の自伝によると一九一〇年のことである[82]。また、同じ自伝の記述から、一九〇五年十一月七日にも彼女がサンフランシスコでコンサートを行ったことが確認できる[83]。したがって本文中の「去年」と「六年前」という言葉に注目するならば、随想「墳水」が書かれたのは一九一一年と推定される。また、「墳水」の冒頭六分の一が『白樺』二巻三号（一九一一年三月）に発表された「西の便りより」の全文とほぼ一致することから、「墳水」は「西の便りより」の原稿として一九一一年一月から二月にかけて執筆されたと考えられる。

「墳水」と「西の便りより」を比較した時に見落とすことができないのは、「西の便りより」として活字に付された冒頭六分の一ではなく、発表されなかった六分の五である。この未発表部分からは、生活と芸術をめぐる柳の思いと同時に、この原稿が未発表のまま留め置かれた理由も見えてくる。

テトラッツィーニの歌が聴衆を感動させたことをサンフランシスコの新聞記事に基づいて紹介し、同じように人を感動させる芸術が日本にもいつの日か誕生することだろう、という無難な言葉で締めくくられた「西の便りより」とは異なり、未発表原稿「墳水」では、日本の文学、思想、宗教にはそのような感動をもたらす力がないという不満が続く。不満の源は、「偉大なる芸術は、常に人生問題と大なる関連がある」と柳が考えるのに対して、「人生問題と大なる関連がある」と柳が思えるような文学者、思想家、宗教家が日本に見当たらないところにあった。田山花袋、正宗白鳥、国木田独歩、島崎藤村、永井荷風、中村星湖は「人生問題に向つて、権威を有する作」ではなく、「夏目氏の作は、深き修養あり根底ある点に於て、現代第一の小説家を以て目す可き人だと思ふ」が完全に満足できるわけではなく、「日本が誇りとする様な作を持たない事を淋しく思ふ[84]」と柳は言う。そして思想家について柳は次のように述べる。


近時オイケンの書を読んで、彼が宗教的哲学に、喜びの流れを汲みそこにひそむ権威を感じた、自分は、不幸にして日々大学にて講ぜらるゝ諸博士の言に、かゝる、喜を感じる事の出来ないの［ママ］淋しく思ふ、自分は嘗てクロポトキンの Conquer of Bread を読んで、泣かされた事がある、不幸にして逝いた幸徳秋水の言には未だクロポトキンの様な大なるドクトリンになつてゐない事を悲しく思ふ（「墳水[85]」）

柳が一九〇九年十一月五日から九日にかけて、クロポトキンの『相互扶助論』と『パンの略取』を英語版で読んだことはすでに指摘されており[86]、これらの日付は本書で推定する「墳水」の執筆年代と整合性がある。クロポトキンを読んで柳が「泣かされた」およそ半年後に社会主義者の大量検挙が始まり、大逆事件の判決と刑の執行は一九一一年一月に行われた。「不幸にして逝いた幸徳秋水」という言葉から、この原稿が死刑執行後に書かれたことがわかるし、「不幸にして」という表現が添えられたところに、大逆事件と幸徳秋水に対する柳の態度がにじみ出ている。柳がクロポトキンを読んで泣いたことを考えあわせるならば、思想と人生が直結した稀有な人物として幸徳秋水を惜しむ気持ちが柳の中にあったのではないか。これとは対照的に、「人生の大きな問題に対しては没交渉の様に思へる」哲学、文学、宗教、芸術のあり方を柳は容赦なく批判する。

皆ニイチェやボードレールや、アンドレーフの末流をくんで有り難つてゐるけれど　日本人は彼等の思想を全く解するには、大変異つた社会に住んでゐるのである、彼等の文芸が、在来宗教や道徳に反抗したのは、泰欧の文明の要求である、彼等は、彼等の文芸に於て、偉大なる戦闘をなしてゐるのである、彼等の筆は常に、苦しい反抗を打けてゐる、彼等の筆は闘の筆である、文明の苦痛を味尽した筆である

日本の文士の筆には、何等かゝる苦叫はない、彼等はどれだけの文明の苦痛を感じてるのだろう、ボードレールはアプサントーを飲む為にどれだけの苦痛をなめたろう、彼が文芸は決して娯楽の文芸ではない、書かねばならなくつて書いたのである（「墳水[87]」）

柳の批判の鉾先は輸入型の人文学研究にも向けられた。なぜ、ある哲学や文学を輸入するのか、それを輸入するこ

とによってどのような新しい視点を獲得し、あるいは既存の人文学をどのように深めることができるのか、という問題を考えることなく、ただ輸入内容の鮮度や稀少性を競い合うことは、「人生問題と大なる関連」を欠くという意味で、柳にとって好ましい学問のあり方ではない。「単に流行を追ひ、人をおどかす如きは不忠である[88]」と柳は「墳水」の末尾に書いた。輸入型の学問を忌避する柳は、その後『ブレイクとホヰットマン』誌に「私達が外国文学を取り扱ふ場合はやはり東洋的に見るとか、東洋人としての吾々に肉となり血となるものを書くとか、さう云ふ点迄入らないと、何も文学が身につかないと思ふ[89]」と書くことになる。

大逆事件以後に柳が発表した論考や随想の内容と、未発表原稿「墳水」で幸徳秋水の死が「不幸」と位置付けられたことを総合的に考えるならば、柳は一九一一年に発表した「ルノアーと其の一派」や「オーブレー・ビアーズレに就て」から、一九一二年の「革命の画家」を経て、一九一四年の『ヰリアム・ブレーク』に至るまで、「反抗」と「革命」が歴史にもたらす積極的意義を、美術評論であることを隠れ蓑にしながら、論じ続けたと言える。『ヰリアム・ブレーク』の「第十七章　激怒せる日」では、柳はブレイクから次のような言葉を引用した。参考までに原文を並置する。

国家が芸術を鼓舞する等と云ふ事は口にすべき事ではない。芸術を鼓舞するものは芸術である。芸術と芸術家とは精神的なものであつて、いつか死滅する偶然事に対しては只笑つてゐる。国家の力は教へを教へず、教へを却て妨げてゐる。いつも彼等の力は人を殺すばかりで人を造る事を知つてゐない。（『ヰリアム・ブレーク』[90]）

Let it no more be said that empires encourage arts, for it is arts that encourage arts. Arts and artists are spiritual and laugh at mortal contingencies. This is their power, to hinder instruction, but not to instruct, just as it is in their power to murder a man but not make a man.(91)

「いつか死滅する偶然事」は「この世の移ろいゆく出来事」ぐらいが日本語訳としては適当かと思われるが、芸術は国家から独立し、社会体制がどのように変わろうと、変わることのない普遍性を備えているというブレイクの意見に、柳が共感したことは容易に見てとることができる。また、国家権力の本質は創造することではなく、規制することにあるというブレイクの見解も、この時期の柳の心をとらえたことだろう。ブレイクはジェフリー・チョーサー（一三四〇頃―一四〇〇、Geoffrey Chaucer）の『カンタベリー物語』を題材として絵を制作し、その解説「公衆への訴え」（‘Public Address’）の一部としてこの言葉をノートに記した。推定執筆年代は一八〇九年から一八一〇年とされる(92)。この時までにブレイクは、フランス革命とその後の恐怖政治や、英国政府が国内のフランス革命支持派を弾圧するために行った思想と言論の統制、そしてナポレオンを相手とする対仏戦争を同時代人として目撃していた。「公衆への訴え」という仮題を用意しながら印刷されることなく、ブレイクのノートの一頁に留め置かれたこの言葉は、思想と言論の自由を否定し、異なる意見を認めようとしない国家の体制に対して、ブレイクが激しい憎悪を抱いたことを示している。「彼等の力は人を殺すばかりで人を造る事を知つてゐない」という表現は、社会を統治する権限を国家に委託したはずの構成員が、その権力によって戦場へ送られたり、トマス・ペインのように大逆罪で訴追されたり、牢獄に幽閉されたりする状況を含意する。ブレイクが生きた一七九〇年代の英国と、柳がブレイクを読み続けた一九一〇年代の日本は、柳には重なって見えたのではないか。だから柳はこの言葉を、ブレイクの膨大なテクスト群から拾い上げたのではないだろうか。

なお柳は『ヰリアム・ブレーク』冒頭の「備考」に、同書を執筆するにあたり「最も正確なサムプソンの千九百十三年の刊本によつた」と記し、サンプソン版に収録されていないテクストは「マックレーガン及ラッセルの刊本」と

「エリスの編纂本」に準拠したと記した。ブレイクが「国家が芸術を鼓舞する等」の言葉を書き込んだノートは、その後D・G・ロセッティの手元に渡り、所有者にちなんで「ロセッティ稿本」と呼ばれた。サンプソン編『ウィリアム・ブレイク詩集』には「ロセッティ稿本」に由来する詩がまとまって収録されているが、「国家が芸術を鼓舞する等」の言葉は実は見当たらない(93)。マクラガンとラッセル共編の『ウィリアム・ブレイクの預言書――エルサレム』にも、『ウィリアム・ブレイクの預言書――ミルトン』にも、エリス編集の『ウィリアム・ブレイク詩集』二巻本のいずれにも、このテクストは含まれていない。では、柳はどこで原文を見たのか。

柳は「国家が芸術を鼓舞する等」とほぼ同一の訳文を、一九二一年に出版した『ブレークの言葉』に掲載し、ブレイクの散文の原典としてサンプソンの『ウィリアム・ブレイク詩集』とE・J・エリスの『ブレイクの実像』を使用した、とその「序」に記した(94)。『ブレイクの実像』の第二十五章「公衆への訴え」には、ブレイクの「公衆への訴え」の原文が翻刻されており、その三〇三頁から三〇四頁にかけて柳の訳文に対応する原文が見られるので、柳は同書を参照して「国家が芸術を鼓舞する等」の日本語訳を用意したのだろう。実際、柳旧蔵書として日本民藝館に保管されている同書には、該当する箇所に赤鉛筆で下線が引かれている。ちなみに同書の本文には書き込みがほとんど見られないが、ブレイクのテクストからの引用箇所には多くの書き込みがあり、柳はエリスの『ブレイクの実像』を評伝としてではなく、ブレイクのテクスト集として用いたと考えられる。柳の目配りの良さと同時に、当時の定本に収録されていなかったにもかかわらず、ブレイクのこの言葉を拾い上げずにはいられなかった柳の強い思いがうかがえる。そしてその強い思いの源の一つは、既存の秩序と対立することによって新しい局面を開く可能性のある動きを、まさに対立したことを理由として罪に問い、これを封じ込めてしまった大逆事件にまで遡ることができるのではないだろうか。一九一〇年代に柳が発表した宗教論や美術評論で、進歩や進化の原動力として革命の精神が強調されたのは、理想的な社会を模索する営みの一環として、青年柳がキリスト教やポスト印象派やブレイクを研究したところに要因がある。また、そのような姿勢でブレイクに接したからこそ、ブレイクが象徴詩人として社会性や政治性を伴わない形で受容されつつあった時期に、柳はブレイクの急進的革命思想を的確に把握することができたのだ。

第II部　英国のブレイク愛好家とジャポニスム

第五章　一九〇〇年代のブレイク愛好家の系譜
――ロンドンとリヴァプールのボヘミアン

柳の著書『ヰリアム・ブレーク』の冒頭には、バーナード・リーチに宛てた献呈の辞が置かれた。この事実からも明らかなように、柳のブレイク研究はリーチの影響に負うところが大きい。寿岳文章は柳とリーチの関係について次のように述べた。

柳氏がブレイク研究に進まれた動機は、さきに記せる如く、Leach の誘引によるもので、氏自身の言葉に従へば、既に *Songs of Innocence* を読んでその美しさに心うたれ、また複製にもせよブレイクの作画に親しんでゐた氏に、英本国に於いて見てゐたブレイクの絵画や、または詩文についての感想を、Leach が折にふれて語つたためであると言ふ。（『ヰルヤム・ブレイク書誌』）(1)

寿岳の言葉から、リーチは来日する以前に、すでに英国でブレイクの絵画を見たり、詩を読んだりして、ブレイクに興味を持っていたことがわかる。リーチのブレイク好きは英国で培われた。だからリーチは来日に際して一冊のブレイク詩集を携えていた。この詩集がW・B・イェイツの編集による「詩神文庫」版の『ウィリアム・ブレイク詩集』であったことはよく知られている。[2] ロンドンにいた頃を振り返って、リーチが式場隆三郎に語った言葉と、寿岳によるリーチの思い出話をその根拠として引用する。

私はその時イエーツ（W. Yeats）が編纂したミウユズ叢書（the Muse Library）にあるヰリアム・ブレイクの本をみつけた、そして私はその小さい本を何時も持ち廻つた。（「式場博士の伝記的質問への解答」[3]）

かれが所持していたのは、例の「詩神文庫」のなかの、イェイツの編んだ袖珍本である。昭和九年七月二十三日、リーチが私の家へきたとき、同じ「詩神文庫」を見せたら、かれはなつかしそうにその背をなですった。（「白樺派の人たちとウィリャム・ブレイク」[4]）

柳とリーチに関するこれまでの研究においても、リーチが柳に貸したブレイクの詩集がこの「詩神文庫」版であることは事実として確認されている。しかし、ここで新たな問いを立ててみたい。なぜリーチはブレイクに興味を持ったのだろうか。[5] どのようにしてリーチはブレイクに出会ったのだろうか。リーチのブレイク好きは、リーチの個人的嗜好にすぎなかったのだろうか。それともブレイク研究の黎明期にブレイクに夢中になった人々には、何らかの特有の傾向が見られるのだろうか。本章では、ブレイク愛好家の系譜を、ロンドンで芸術家を目指していた頃のリーチを起点として、オーガスタス・ジョンからジョン・サンプソンへと遡り、この人脈に連なる人々にどのような共通点が見られるのかを考えてみたい。

一　バーナード・リーチ――芸術家志望の迷える若者

柳は著書『ヰリアム・ブレーク』を刊行する前に、その原形となる論文「ヰリアム・ブレーク」を『白樺』五巻四号（一九一四年四月）に発表した。同じ号にはリーチによる随筆「ヰリャム・ブレイクに就いて」も掲載された。[6] リーチの随筆は学術的な論考ではなく、注釈でもなく、覚書と訳すのが適当と思われるような口語体の英語で書かれており、リーチのブレイク体験が主観的に語られている。リーチは冒頭で、ブレイクについて批評したり分析したりするつもりはない、と断った上で、リーチにとってブレイクは想像力を見事なまでに駆使した「最善の教師」[7] である、と書いた。リーチによると、ヨーロッパ文明の偽善と堕落の原因は、思想と行動、意志と行為の乖離にあり、ブレイクはそれにいち早く気付いた。この「二元論の呪ひ」にリーチ自身も囚われていることを「北京にゐるウェストハープと云ふ博士」[8] によって気付かされたとリーチは述べ、「意欲するのみで実行せざる輩は、悪疫を発生させる」[9] というブレイクの言葉を『天国と地獄の結婚』より引きながら、欲望を抑えるのではなく、欲望を肯定してそれを尊重することが肝要だ、と論を進める。リーチは、「ウェストハープ博士」とブレイクが、肉体と精神の関係について一致した見解を持っている、と言う。さらにリーチは、真理は個人的な感覚の体験を通して獲得され、感覚の体験の最高形態が性体験であり、したがって性的快楽をより良く享受することによって精神的革命が達成される、と論じた。続けてリーチは「ウェストハープ博士」の欲望肯定論を紹介した後、話題をブレイクへと転換し、ポスト印象派はブレイクの芸術観の実践であると述べ、その根拠として「芸術家にはただ二つの種類があるのみだ。革命家と剽窃家と」というゴーガンの言葉と、「余は一つの体系を創らざるべからず、さなくば人の体系の奴隷とならむ」というブレイクの言葉を並べてみせる。[10] リーチは、ブレイクとホイットマンは自由と自立の象徴であると述べ、ブレイクの『天国と地獄の結婚』より、旧約聖書に登場する預言者イザヤとエゼキエルが自己反省をして、文化と宗教の多様性を認める場面を、二頁半にわたって引用して随筆を締めくくった。

ブレイクの分析も批評も意図しないというリーチの姿勢は、柳が著書『ヰリアム・ブレーク』の冒頭に置いた「此書はブレークに対する批評ではない。人間そのもの〻評価である。凡ての偉人は批評を無価値にする」(11)という言葉を想起させる。これは柳もリーチもブレイクの言葉から、どのような叡智を引き出すことができるか、という点に関心があったからだろう。また、エマヌエル・クーパーの『バーナード・リーチ——生涯と作品』によると、この頃のリーチは「ウェストハープ博士」の影響を受け、性体験を通じて真理を把握することができるという考えに強い関心を寄せていたらしい。リーチは当時の日記に「意識は神ではなく、感覚の体験に由来する」と記し、さらに「性的関係は自己研究のために実践されることが重要である」(12)と書いた。これらの言葉は「理解のある一夫多妻制は偽善的な一夫一婦制よりも好ましい」(13)と主張し、実際に複数の妻を持つことによってそれを実践した「ウェストハープ博士」の意見の受け売りだったようである。なお、「ウェストハープ博士」とはアルフレッド・ウェストハープ(Alfred Westharp)というリーチより五歳年長のドイツ人で、哲学と音楽の博士号を持ち、リーチも記事を書いたことのある『ファー・イースト』誌(*The Far East*)の寄稿者の一人だった(14)。リーチは『ファー・イースト』誌の記事を読んで、ウェストハープに今後の人生の進路を示してくれる指導者の姿を見出し、まもなく東京から北京に移住してウェストハープの弟子同然の生活を始める。

リーチが思い込んだほどに、ウェストハープが芸術と教育と哲学に造詣が深く、精神的な指導者としてふさわしい人物であったかどうかは、かなり疑わしい。ウェストハープに思想と呼ぶに値するものがあったとしても、それは、クーパーの言葉を借りるならば、「理想主義と権威主義とネオファシズムと個人の自由意志論の寄せ集め」(15)であった。ウェストハープは、イタリアの医師であり教育家であるマリア・モンテッソーリ(一八七〇—一九五二、Maria Montessori）が提唱した子どもの自主性を重視する教育論を信奉し、中国にモンテッソーリ式教育を行う学校の設立を目指していた。彼はリーチにその運動の手足となることを期待し、その一方でリーチの自主性を認めなかった。リーチはいわば精神的な暴力で支配されかかったわけだが、ウェストハープのいかがわしさを見抜いていたのは、リーチ本人よりもリーチの身近にいた二人の人物だった。一人は、リーチがウェストハープに呪縛されてしまったのは、心の支えとなる宗教をリーチが持っていないからだ、と両親に宛てて書いたリーチ夫人ミュリエル（Muriel）であり、もう一人はリーチを北京に訪れて、日本に戻って陶芸家としての活動を再開するように促した柳である[16]。

リーチがウェストハープにブレイクを重ね合わせたのは、ウェストハープに対する明らかな過大評価であり、リーチに人を見る目がなかったからであるが、重要なのは、そのような誤りを犯すぐらいに、この頃のリーチが人生の方向性を見失っていたということだろう。そしてさらに重要なのは、そのような状態にあるリーチが参照したブレイクのテクストが、善悪の規準とキリスト教の絶対性に激しい揺さぶりをかけた『天国と地獄の結婚』であったということである。

リーチは随筆の最終部分で『天国と地獄の結婚』の一節を長々と引用した。この時期のリーチが『天国と地獄の結婚』に興味を持っていたことは、リーチが一九一五年に私家版として印刷した小冊子『回顧一九〇九年―一九一四年』からも見てとることができる。この小冊子には同じ内容が英語と日本語で印刷されており、リーチの「序言」によると「その大部分は自分の日記から再録したのであつて、彼等は突如として闡明された確信の記載[17]」である。また、日本語の文章については「本書日本文の翻訳をしてくれた親友柳宗悦氏に深く感謝をします[18]」という説明がある。この小冊子に収録されたリーチの言葉と、その拠りどころとなったと思われるブレイクの言葉を並べてみると、『天国と地獄の結婚』からの影響を確認することができる。

その生命が理性によつて統御される人は地獄にゐる。（リーチ『回顧』、七頁）

欲望を抑制する者たちよ。そうするがよい。なぜなら彼らの欲望は抑制されるぐらいに弱いからだ。そして抑制する力、あるいは理性は欲望に取って代わり、不本意なものを支配する。（ブレイク『天国と地獄の結婚』[19]）

天国とは充全生命即ち精霊と肉体との婚姻である。
地獄とは不充全生命、即ち精霊と肉体との離婚である。（リーチ『回顧』、七頁）

人には霊魂と別に肉体があるのではない。というのは、肉体と呼ばれるものは、五感によって識別される霊魂の一部だからであり、五感は今日の霊魂の主な入口である。（ブレイク『天国と地獄の結婚』[20]）

吾々が天才を崇仰する事を学んでゐる時、吾々は神の最大の属性――即ち創造を学んでゐる。（リーチ『回顧』、八頁）

神を敬うことは、他人の中にある才能を、その才能に応じて互いに尊ぶことであり、最も偉大な人を最もよく愛することである。偉大な人を妬んだり中傷したりすることは神を憎むことである。なぜならそれ以外に神はないからである。（ブレイク『天国と地獄の結婚』[21]）

一切の事物は美しく且つ神聖である。（リーチ『回顧』、十一頁）

生きとし生けるものはすべて神聖である。（ブレイク『天国と地獄の結婚』[22]）

リーチの言葉からは、欲望や肉体を肯定し、才能の自由な発現を志向するブレイクの思想に、リーチが強く魅了された様子がうかがえる。自由を希求するリーチの傾向は、リーチが厳格な校風を持つカトリックの学校で少年期を過ごしたことと関係があるかもしれない。リーチは後に当時を振り返って「兎に角あんな固いことは大嫌ひです、友人は一人もないでした[23]」と語った。また、柳の証言によると、リーチは「ブレークの詩集は自分の聖書だ」と明言しており[24]、リーチ自身もその自伝『東と西を超えて』に「私はカトリック教だけでなくキリスト教自体からも足を洗ってはいたが、キリスト教美術にはちっとも違和感がなかった」という言葉を残している[25]。

善悪の規準を絶対視する宗教や道徳に触れた時、自分自身を善の側に同一化できる者は、それほど息苦しさを感じずに済むのかもしれない。しかし、悪に分類されるような考え方や感じ方に共感を持ってしまう者は、その宗教や道徳に対してまず閉塞感を抱き、続いて恐怖を覚えることだろう。リーチがカトリックの学校教育に対して示した忌避感は、同じようにイエズス会の学校教育を受けたラフカディオ・ハーンやジェイムズ・ジョイス（一八八二―一九四一、James Joyce）にも見られるし、そのような閉塞感と疎外感を抱えた者であれば、ブレイクの「生きとし生けるものはすべて神聖である」という言葉から、目の前が開けるような開放感を受け取ったことと思われる[26]。リーチが『回顧』に並べた言葉には、自己の存在を否定されるような経験を持ったからこそ、その反作用として善と悪や天国と地獄を相対化し、自己肯定へ向かおうとする思いがにじみ出ている。リーチにとってブレイクは救済者として機能した。

柳は『キリアム・ブレーク』の「序」に、「二年程前始めて『天国と地獄との婚姻』を読んだ時自分は驚いた。それはバーナード・リーチ氏が貸してくれた詩集の中にあつた[27]」と記しており、柳が『天国と地獄の結婚』に出会うきっかけは、一九一一年頃にリーチによって用意されたと考えられる。リーチが柳に『天国と地獄の結婚』を是非読むように、と助言したかどうかまではわからないが、リーチの『回顧』に副題として「一九〇九―一九一四」という年号が添えられたことを考えあわせるならば、『天国と地獄の結婚』の影響をまさに受けつつあったリーチから、その影響が柳に伝播した可能性はかなり高い。柳が著書『ヰリアム・ブレーク』で『天国と地獄の結婚』の多くの部分を訳出し、相当数の頁を割いてその思想的特色を論じたのは、柳自身が『天国と地獄の結婚』に積極的な関心を抱いたからではあろうが、リーチが「二元論の呪縛」に囚われていると自己分析をして、ブレイクの『天国と地獄の結婚』に解決の手掛かりを求めたことと無関係ではあるまい。例えばリーチは「ヰリャム・ブレイクに就いて」の中で、ポスト印象派をブレイクの芸術観を実践した人々と位置付けた。ただしリーチは、長い間ブレイクは無名の存在だったので、フランスで花開いたポスト印象派に直接の影響を与えた可能性はない、と言い添えている。これに対して柳は『ヰリアム・ブレーク』の「第二十二章　ブレークと彼の前後」でポスト印象派に言及し、ブレイクを「此新運動の先駆者であり又預言者である」[28]と記した。柳にブレイク詩集を貸したリーチと、リーチからブレイク詩集を借りた柳が、揃いも揃ってブレイクとポスト印象派を関連付けたのは、そこに影響関係があったからだと考えるのが自然であろう。

柳に大きな影響を与えたリーチは、なぜ日本へ来ることになったのか。

リーチは「ヰリャム・ブレイクに就いて」を寄稿する以前に、オーガスタス・ジョンを扱った論説と銅版画の技法一般に関する解説を『白樺』に発表している。一九〇九年に高村光太郎（一八八三―一九五六）の紹介状を携えて来日したリーチは、ロンドンの美術学校で実技を身に付けた芸術家志望の若者にすぎず、陶芸家でもなかった。陶芸家の道を歩み始めるのは、富本憲吉（一八八六―一九六三）が通訳をして六代乾山浦野繁吉（一八五一―一九二三）に弟子入りをした一九一一年以降のことである[29]。そもそもリーチが日本へ来たのは明確な目的があったからというよりは、幼少期を過ごした日本の面影をハーンの著作によって呼び醒まされたこと、面倒な家族関係（特に義母）から距離を置きたかったこと、ロンドンで銀行員としての生活に馴染めなかったこと、発展途上国であった日本には活躍の場があるだろうと見込まれたことなどが複雑に絡み合った結果の選択だった。[30] 渡航費用や生活資金については、父の遺産、祖父母の遺産、リーチ夫人ミュリエルの両親からの援助等があり、暮らし向きは楽だったようだ。[31] まもなくリーチはロンドンで学んだエッチングを東京で教えるために、エッチングの実演と展示を行う旨の広告を新聞に出す。広告を見て上野桜木町のリーチのアトリエにやって来た人々の中に志賀直哉、武者小路実篤、児島喜久雄（一八八七―一九五〇）、里見弴（一八八八―一九八三）、柳宗悦らの姿があった。一九〇九年九月の雨の夜のことだった。柳によると、十五、六人の聴衆が集まり、リーチはエッチングの歴史を説明し、レンブラント（一六〇六―六九、Rembrandt van Rijn）、ジェイムズ・ホイッスラー（一八三四―一九〇三、James McNeill Whistler）、オーガスタス・ジョンの名前を挙げ、特にジョンを現在の最高の芸術家として熱く語った。児島と里見はリーチに弟子入りをし、リーチは『白樺』主催の展覧会に顔を出すようになり、柳と急速に親しくなった。[32]

リーチはエッチングをロンドン美術学校（London School of Art）でフランク・ブラングウィン（一八六七―一九五六、Sir Frank Brangwyn）に学んだ。ブラングウィンのエッチングの授業には受講生がほとんどおらず、リーチは毎週一、二時間の個人教授を受けることができたらしい。[33] ロンドン美術学校はブラングウィンとジョン・スワン（一八四七―一九一〇、John M. Swan）によって運営されており、出来過ぎた話のようだが、ブラングウィンは日本美術に関心があった。ウィリアム・モリス（一八三四―九六、William Morris）の工房で修業をしていたブラングウィンは、一八九〇年代にモリスが日本の工藝に関心を持った時、その影響を受けて日本へ目を向けるようになったという。[34]

リーチはロンドン美術学校で高村光太郎と出会う。日本へ行きたいというリーチのために、東京美術学校校長正木直彦（一八六二―一九四〇）、同校教授岩村透（一八七〇―一九一七）、同校教授であり父である高村光雲（一八五二―一九三四)、親友であり小説家の水野盈太郎(葉舟、一八八三―一九四七)宛の紹介状を光太郎は用意した。光雲以外は英語が話せると光太郎は付け加えた。また、光太郎は一九〇九年一月十三日付リーチ宛の書簡で、奈良に日本の仏像について詳しい知識を持つ「ミスター・ニイロ」という彫刻家がおり、ボストン美術館から日本美術を研究するために来日したアメリカ人が彼のもとに滞在している、と知らせた。(35) しかし、光太郎は同年二月十一日付リーチ宛の書簡に、奈良の「ミスター・ニイロ」はボストンへ行ったということなので、日本で彼に会えないだろう、と書いた。(36)「ミスター・ニイロ」とは新納忠之介(一八六八―一九五四)であり、仏像の修復に関して高度な技術を有する彫刻家だった。また、新納のもとに滞在していたアメリカ人とは、若き日のラングドン・ウォーナー(一八八一―一九五五、Langdon Warner)である。(37) 美術史家であり、後にハーヴァード大学附属フォッグ美術館学芸員となるウォーナーは、岡倉天心(覚三、一八六二―一九一三)に師事し、岡倉の勧めで奈良に滞在して新納から日本の仏像について多くを学んだ。ウォーナーはやがて柳と親しい交わりを持ち、一九二九年に柳をハーヴァード大学に招聘して講義を委嘱し、柳は無名の職人によって製作された日用品に美が宿る、という講義をして聴衆を魅了するに至るのだが、一九〇九年二月の時点ではウォーナーは飛鳥時代の仏像を研究しており、柳はまだ学習院高等学科の二年生だった。

光太郎はロンドンにいた頃のリーチについて次のような言葉を残している。

千九百八年の春に私は、倫敦の「ロンドン　アート　スクール」で絵画を学んでゐた。[中略]私は一人きりの外国の学生だし、それに周囲の英国人といふのが芸術上の事ではいやにやかましくて嫌ひだつたから、教室では大抵黙り返つて、デッサンの間には杜翁の「復活」などを読んでゐた。すると偶然私の隣席に居合はせた学生がリーチ君であつた。[中略]其青年は変な絵をかいてゐる。スワン教授に随分心酔してゐるらしいが、併し教授の教へるのとは正反対の、神秘臭いやうな絵をかいてゐる。そして彼も同級の者から孤立して余り話をしない。私と同じ様に隙々には何か本を読んでゐる。覗いてみるとラフカディイオ　ハーン氏の「心」であつた。私は妙な気がして此青年に注意するやうになつた。（「日本の芸術を慕ふ英国青年」(38)）

ヰリアム　ブレークは同君の昔から崇拝してゐる天才で、又同時代ではアウガスタス　ジヨンを始終尊敬して居ます。（「バーナード　リーチ君に就いて」(39)）

リイチと会へば話はいつもアウガスタス　ジヨオン、モネエ、ロダン、セザンヌ、さうして日本。その頃の英国美術界ではセザンヌはまだはるか遠方にある異端の鬼に過ぎなかつた。セザンヌの名を口にする事すら或る禁断の掟を破る心の興奮を感ぜずには居られなかつたのである。ジヨオンとなると当時ロンドンに於ける殆ど唯一の反アカデミツクな力ある新興画家としてリイチの神のやうであつた。（「二十六年前」(40)）

光太郎の記述から、リーチはロンドン美術学校で他の学生とそれほど付き合わず、ハーンの著作を読み、ブレイクとオーガスタス・ジョンを尊敬していたことがわかる。リーチはどのようにしてブレイクと出会ったのか。リーチ自身は次のように記している。

このボローとブレイクの存在を教えてくれたのは、若くて無名のヘンリー・ラムであった。これらの作家は青春の馴染みであり、私は心の中でずっと彼らと共に歩き、語らってきた。（『東と西を超えて』(41)）

「ボロー」とはジョージ・ボロー（一八〇三―八一、George Borrow）のことである。ボローは、籠、馬、鋳物を売り、音楽や占いを生業とするロマと呼ばれた民族と親しく、彼らの言語であるロマニー語とロマニー文学の研究者であり、作家であった。ボローの代表作の一つである『ラヴェングロー』（一八五一）はロマとの交流を描いた半自伝的小説であり、クーパーの表現を借りれば、リーチはこの物語に「ボヘミアン的自由の生活」を見出した[42]。

リーチによると、ボローとブレイクをリーチに教えたのはヘンリー・ラム（一八八三―一九六〇、Henry Lamb）である。リーチとラムとの出会いは数年前に遡る。リーチはカトリックの寄宿学校ボーモント校を終えた後、一九〇三年九月にロンドンのスレイド美術学校（The Slade School of Art）に入学し、芸術家としての修業を始めた。しかし、父アンドルー・リーチ（Andrew Leach）が癌の宣告を受け、息子の将来を心配した父の懇願により、リーチは芸術家の道を断念して、父の縁故先である香港上海銀行に入社することに同意する。採用試験を受験することができる年齢までまだ間があったので、リーチは叔母イーディス・ホイル（Edith Hoyle）夫妻宅に同居して、マンチェスター大学オーエンズ・カレッジに籍を置いた。この時に画家志望のラムと知り合い、友人となる。ラムの父親は数学の教授であり、ラムは親の期待に沿って医学の勉強をしていたが、一九〇五年の夏に最終試験で高得点を挙げた直後、親しかった女性と駆け落ち同然にロンドンに出奔した。リーチはラムの大胆な行動に強い衝撃を受けたという[43]。しかし、社会規範を物ともせずに、自由奔放なボヘミアン的人生を歩み始めたラムとは対照的に、リーチは父が生前に残した忠告に従い、香港上海銀行に職を得て、ロンドンで銀行員としての生活を始めた。銀行員としての生活はリーチにとって不本意なものだった。芸術家志望の若者の中で燃えていたと想像される自由や創造を志向する精神は、帳簿と現金を管理して日々を過ごし、正確で効率のよい事務遂行能力が期待される銀行員の生活とは相容れるものではなかったことだろう。志を中途で断念せざるを得なかったという思いもあり、リーチは銀行員の生活に不満を持つ。ロンドンでラムと再会したリーチにとって、「銀行に勤めていた九か月間、唯一の息ぬきは、時折夕方をラムのアトリエで過ごすことであった[44]」。ラムはオーガスタス・ジョンが開いたチェルシー美術学校（Chelsea School of Art）の夜間部に通っており、リーチはラムを通じてジョンと出会い、「この型破りで創造力にあふれる芸術家の奔放な精神を味わうことができた」[45]。リーチはかつてスレイド美術学校に在学した頃、「スレイド校で十年先輩のオーガスタス・ジョンを最も尊敬していた」[46]と自伝に記しており、また、ラムはマンチェスターで医学を学んでいた頃、「オーガスタス・ジョンのようになれたかもしれぬ」[47]とぼやいたということなので、ロンドンでジョンと親しく接することのできたラムとリーチは、ついに憧れの人に出会えたという思いを抱いたに違いない。やがてリーチは銀行を退職し、一度は断念した志を貫くために、ロンドン美術学校に入学する。この頃のリーチがジョンを熱烈に信奉した様子は、すでに引用したように「ジヨオンとなると当時ロンドンに於ける殆ど唯一の反アカデミツクな力ある新興画家としてリイチの神のやうであつた」という光太郎の言葉から、充分にうかがうことができる。

リーチはラムからブレイクとボローを知ったと自伝に書いたが、リーチもラムもオーガスタス・ジョンの強い影響下にあり、しかもそのジョンがブレイクとロマニー語研究に実は接点を持っていたということになると、リーチの説明をいったん脇に置いて、もう少し慎重な検証作業が必要になるかもしれない。リーチが『白樺』三巻三号（一九一二年三月）に発表した論考「オーガスタス・ジョーン」（柳宗悦訳）には、「彼［ジョン］は彼の尊敬するブレークの言葉に従つて」[48]という表現が出てくる。リーチが書いたように、ジョンがブレイクを「尊敬」していたのであれば、リーチがブレイクとボローを教わったのがラムだったとしても、その卸元はラムが師事したジョンだった可能性が考えられる。では、二人が心酔したオーガスタス・ジョンとは、どのような人物だったのだろうか。

二　オーガスタス・ジョンとジョン・サンプソン――漂泊に憧れた異端児たち

画家であり銅版画師としても知られるオーガスタス・ジョンは、一八七八年に事務弁護士を父として四人兄弟の三男に生まれた。六歳の時に母が病気で亡くなり、地元の学校で暗い少年時代を過ごした後、一八九四年にロンドンのスレイド美術学校に入学する。リーチが入学するおよそ十年前のことである。スレイド美術学校はフェリックス・スレイド（一七八八―一八六八、Felix Slade）の寄付により、一八七一年にロンドン大学の一部として開校した。美術史を学問として研究する課程がオックスフォード大学とケンブリッジ大学にすでに存在したのに対し、スレイド美術学校は実技の教育に特化したところに特徴があった。[49] ジョンはこの学校で美術の実技を学び、一九〇一年には同級生のアイダ・ネトルシップ（一八七七―一九〇七、Ida Nettleship）と結婚する。彼女の父親のジョン・トリヴェット・ネトルシップ（一八四一―一九〇二、John Trivett Nettleship）はブレイクを好み、ブレイク風の絵を描く画家であった。彼がD・G・ロセッティと交流があったことをW・M・ロセッティが記録しているが、[50] ブレイク愛好家でもあった義父からジョンにどれほどの影響があったかは確認できていない。同じ年にジョンはリヴァプール大学の前身となるユニヴァーシティ・カレッジに職を得て、妻とともにリヴァプールに移りおよそ二年をそこで過ごす。その後ロンドンに戻り、一九〇三年から一九〇七年までチェルシー美術学校を開校して実技の教育を行い、展覧会なども開催した。この間にラムが入学し、ラムの縁でリーチがジョンと出会う。

チェルシー美術学校を開くまでのジョンの経歴において重要なのは、一九〇一年から一九〇二年にかけてリヴァプールのユニヴァーシティ・カレッジで教員生活を送ったことである。リヴァプール時代のジョンについては、「ジョンは二十三歳の颯爽とした若い芸術家で、赤褐色の顎髭を生やし、イヤリングを付け、異国風の衣装を身にまとい、大学のスタッフを魅了し、あきれさせた」[51] という評があるので、「社会のなかに明確な場所をもたない放浪の芸術家」[52] としての典型的なボヘミアンの姿をしていたようだ。ジョンはリヴァプール大学図書館司書のジョン・サンプソンと出会い、たちまち意気投合して生涯の友人となるのだが、意気投合するのも無理はなく、サンプソンは自由奔放な生活をする放浪の民という印象を投影され、ボヘミアンの語源ともなったロマとロマニー語の研究者だった。[53] そしてこのジョン・サンプソンは、一九〇五年に『ウィリアム・ブレイク詩集』を出版し、一九一三年にはその改訂版を刊行して、ブレイクの最初の定本の編者としてブレイク研究史に名を残したジョン・サンプソンその人だった。サンプソンの『ウィリアム・ブレイク詩集』は、柳の『ヰリアム・ブレーク』においても定本として用いられることになる。

サンプソンもまたジョージ・ボローの小説がきっかけの一つとなってロマニー語の研究を志し、紆余曲折を経て一八九二年にユニヴァーシティ・カレッジの図書館司書となった。サンプソンは大学の授業期間を図書館司書としてリヴァプールで過ごし、休暇になるとウェールズを旅するロマの集団に合流して共同生活を営みながら、彼らの言語や説話を収集した。ロマニー語を修得したサンプソンがロマから絶大な信愛と信頼を得たことは、彼がロマニー語で「師」（Rai）と呼ばれたことからうかがい知ることができる。[54]また、サンプソンは遺言で宗教色のない葬儀をするように指示し、彼の葬儀には大勢のロマが参列した。[55]このようにサンプソンはロマと深い親交を持ったが、彼が実践した二重生活は私生活を複雑にした。サンプソンの死後、彼の法律上の妻と子どもたちはサンプソンにもう一つの私生活があったことを知って混乱し、その混乱に区切りをつけるために孫のアンソニー・サンプソンは祖父の評伝『学者ジプシー――家族の秘密の探究』（一九九七）を書くに至る。家族も知らない事実をオーガスタス・ジョンだけが知っていたとか、そのジョンさえも知らない事実があったとか、話の種は尽きないのだが、二重の、あるいはひょっとすると多重の人生を、関係当事者に知られることなく全うしたサンプソンとサンプソン家の秘密については、本書ではこれ以上立ち入らない。

サンプソン編『ウィリアム・ブレイク詩集』は一九〇五年に刊行された。この時までに入手可能なブレイクの詩集としては、アレクサンダー・ギルクリストの『ウィリアム・ブレイク伝』全二巻のうちD・G・ロセッティが編集責任者としてブレイクのテクストを抄録した第二巻『選集』（初版一八六三、改訂版一八八〇）、W・M・ロセッティが編集した『ウィリアム・ブレイク詩集』[56]（一八七四）、E・J・エリスとW・B・イェイツ共編による『ウィリアム・ブレイク集』[57]全三巻（一八九三）、ローレンス・ハウスマン編『ウィリアム・ブレイク著作選』（一八九三）、W・B・イェイツ編『ウィリアム・ブレイク詩集』（一八九三）などが挙げられるが、どれも定本とみなすことのできるほどの信頼性を備えてはいなかった。信頼性のあるブレイク詩集がなかったのは、編者がブレイクのテクストを自由に校訂したためである。編者は自分なりの解釈で語句を変更したり、詩の連の順番を入れ替えたり、時には一部を省略することさえした。また、原文には存在しない表題を新たに設けたりもした。サンプソンは『ウィリアム・ブレイク詩集』の序文で、その一例としてD・G・ロセッティが行ったテクストの改変に触れる。当時ほとんど無名の詩人だったブレイクを広く世に知らしめるために、文法上適切な構造を持ち、意味内容がわかりやすいテクストになるように、D・G・ロセッティが手を加えなければならなかったことについてサンプソンは理解を示しつつも、一貫した原則を策定せずに改変を行ったために、ブレイクのテクストが本来有する優美で素朴な妙味が時として損なわれてしまった、と述べる。そして、サンプソンは羊皮紙が高価だった頃、すでに書いてある文字を消してその上に別の文字を書いたという故事を引き合いに出して、ブレイクのテクストは所有者が変わるごとに次々と上書きされる羊皮紙のようなものだ、と嘆いた。このような現状を踏まえて、サンプソンはブレイクのテクストに忠実な詩集を編集することを目標に掲げた。サンプソンは当時のブレイク研究の水準で決定稿とみなし得るテクストを採用し、単語の綴りや大文字小文字の区別を忠実に活字化した。ただし、ブレイクの草稿では句読点の使用法が不明瞭であり、「彩飾印刷」で制作された作品においても、句読点は英語の一般的な慣習に従って使われたとは言い難い状態なので、読者の混乱を避けるために、ブレイクの句読点を尊重しながらも、必要と判断される箇所については編者の責任で句読点を追加した、とサンプソンは断っている。[58]この後ブレイクのテクストを活字化する試みは、ジェフリー・ケインズ編集の『ウィリアム・ブレイク著作集』[59]全三巻（一九二五）と、それを改訂した『ウィリアム・ブレイク全著作集』[60]（一九五七）などを経て、ブレイクの句読点を忠実に印刷した最初の版としてデイヴィッド・アードマンの編集による『ウィリアム・

ブレイクの詩と散文(61)』（一九六五）が登場する。なお、現在のブレイク研究では『ウィリアム・ブレイクの詩と散文全集(62)』（一九八八）を定本として使用するのが慣例である。

当時の水準で可能な限りブレイクのテクストに沿った定本を編もうとしたところに、サンプソンの功績があることは言うまでもないが、同書に付された序文にサンプソンはいくつかの重要な意見を記した。サンプソンはいわゆるブレイク神話の体系には一貫性があると主張し、難解な後期預言書を避けてわかりやすい詩だけを読むならば、ブレイクの思想の統一性を知ることはできないだろう、と述べた。また、ブレイクの最初の評伝であるギルクリストの『ウィリアム・ブレイク伝』において、ブレイクが原稿を出版業者に持ち込むことなく自ら印刷したのは、業者に依頼するだけの経済的余裕がなかったからだという説が示されたのに対して、サンプソンは、ブレイクは詩人であると同時に芸術家であり、ブレイクの希望に添うような形で詩と絵画を同一平面上に並置する技術を当時の出版業者は持ち合わせておらず、ブレイクは自らの手で「彩飾印刷」を手掛けるほかなかったのだという見解を示した。さらに、詩と絵画を同じ頁に混在させて相乗効果を生むという技法についても、ブレイク自身は弟ロバートの霊魂に導かれて「彩飾印刷」の技術を得たと神秘化して語ったが、ブレイクの初期の作品である『月の中の島』に「彩飾印刷」に関する記述が見られることから、これは偶然思い付いた技法ではなく、「彩飾印刷」によって『無垢の歌』を制作する数年前から、ブレイクはこの技法について用意周到に考えを温めていたのだ、とサンプソンは論じた(63)。サンプソンはブレイク狂人説を一顧だにせず、書誌学的な分析と論証を積み重ねることによって、ブレイクの作風と技法に合理的な説明を付した。詩と絵画を並置する技術についての説明は、後にW・J・T・ミッチェルが詩と絵画をブレイクの芸術の両輪とみなして提唱した「複合芸術」論の先駆けとも言える(64)。これらの指摘を行った後、サンプソンはブレイクの生涯についてはほとんどわかっていないと記し、ブレイクと同時代人の回想録や日記や手紙などに含まれるブレイク評と、ギルクリストなどの後世の人々が著した伝記などを十二項目に分類し、必ずしも入手可能とは限らないがブレイクを知るためには有益な資料であるという説明を付けて序文で紹介した[65]。特に回想録、日記、手紙等は断片的な資料であり、集めるだけでも相当の時間と労力が必要とされるが、この手間は二年後の一九〇七年にアーサー・シモンズの評論『ウィリアム・ブレイク』が出版され、巻末にこれらの伝記的資料がまとめて収録されたことによって解消された。シモンズはサンプソンの序文を受けて、ブレイクの生涯について知りたいと思った時に、必要な資料が簡単に利用できるように配慮したものと思われる。実際シモンズは自著の序文で、一九〇五年の冬にサンプソンの『ウィリアム・ブレイク詩集』を手にしたことがブレイクについて本を書く機縁となった、と書いている[66]。

サンプソンは一九一三年に『ウィリアム・ブレイク詩集』の改訂版を上梓した。この改訂版には当時まだ活字に付されたことのなかった『フランス革命』（*The French Revolution*）が収録され、一九〇五年版では一部が抄録されたにすぎなかった『セルの書』、『天国と地獄の結婚』、『アルビオンの娘たちの幻想』の三篇はそれぞれ作品全体が収められた。また、一九〇五年版には含まれなかった『アメリカ』、『ヨーロッパ』、『ユリゼンの書』、『ロスの歌』、『ロスの書』、『アハニアの書』（一七九五、*The Book of Ahania*）などが追加され、『四つのゾア』、『ミルトン』、『エルサレム』からの抜粋も増量された。さらに、ブレイクが一八〇九年の個展のために用意した『解説目録』（*A Descriptive Catalogue*）から、カンタベリー物語に関する随想が抄録された。サンプソンは冒頭の「書誌学的序文」において、それまで制作年代が不明とされた作品とブレイクが蔵書に施した書き込みについて、テクストの内容と伝記的事実から、それらが制作された年代や書き込みが行われた時期を推定し、ブレイクの生涯と作品群の全体像を提示した。初版の序文に記された伝記的事実に関する資料の一覧は姿を消し、代わりに詳細な年譜が添えられたのは、サンプソンのブレイク研究が八年の間に大きく進展したことを示している。『無垢と経験の歌』に収められた詩の配列順序についての説明、預言書全般に関する紹介、「彩飾印刷」による制作過程の解説は、どれも実証的で手堅く、書誌学者としてのサンプソンの面目躍如と言える。

このようなサンプソンの実証研究に若き日の柳が触れたことは、柳の人生において重要な意味を持ったと思われる。柳がサンプソンの研究態度に共鳴したことは、サンプソンの解説を地味で退屈なものとして読み飛ばすのではなく、サンプソンを見習うかのように、根拠となる事実を提示しながら、サンプソンの考察の一つに異論を立てたところに見てとることができる。(67) 華麗なレトリックを駆使して曲芸のような評論を展開するのではなく、研究対象とそれに関連する事実を基盤として、実証的な議論を堅固に組み上げていくサンプソンの姿勢は、『ヰリアム・ブレーク』の巻末に「主要参考書」一覧を掲載し、後にはホイットマン研究書誌を編纂し、また民藝品を陳列して展示することで民藝の美を世に知らしめようとした柳の活動の堅実なあり方と共通する。(68)

『ウィリアム・ブレイク詩集』の改訂版を出した後、サンプソンはロマニー語研究の方がはるかにおもしろいという言葉を残してブレイクから遠ざかった。(69) そもそもロマニー語の研究者であったサンプソンは、なぜ『ウィリアム・ブレイク詩集』を編集することになったのだろうか。初版に付された序文によると、歴史家でオックスフォード大学教授のフレデリック・ヨーク・パウエルに誘われたらしい。ブレイクの叙情詩集を編集してみないか、というパウエルの提案を「軽い気持ちで」引き受けて準備を始めたところ、信頼できる詩集を編むためには「彩飾印刷」で制作された作品の現物を調査し、草稿を校訂する作業から始めなければならなかった、とサンプソンは序文に書いている。(70)

サンプソンは膨大な注釈が施された『ウィリアム・ブレイク詩集』とは別に、注釈を省略した簡約版の『ウィリアム・ブレイク叙情詩集』(71)（一九〇五）を同じ年に刊行した。この簡約版にはリヴァプールでサンプソンの同僚であり、その後オックスフォード大学へ移籍した英文学者ウォルター・ローリー（一八六一－一九二二、Sir Walter Alexander Raleigh）が序文を寄せた。この序文でローリーはブレイクの作品には統一性があり、ブレイクが全体として芸術家の大義名分を擁護する主張を展開したこと、ブレイクにとって国王や教会は抑圧者であり、シェリーの革命精神を先取りしていること、抑圧的な力に対抗するためにブレイクは自らの「幻視」を信じたことなどを指摘した。ブレイクが

「幻視」と呼んだ詩人の想像力について、ローリーは次のように述べた。

ほとんどの人は子どもの頃から解釈規範に関して厳しく教え込まれているので、世界を見て問いを発するようになった時、自力でこれを見ることができない。あらかじめ理論的枠組みをいくつか用意して、これらに照らして見ようとする。原文を読む前に、大量の注釈を暗記してしまっているのである。自分が抱いた印象を信頼するということに慣れていないので、重大な局面においてさえも自らの実感をさっさと捨てて権威や伝統へ逃げ込もうとする。権威や伝統は人生の多くの事柄に関して、おそらく安全な指針となるだろう。しかし詩人は、もし世界を動かしたいのであれば、より確かな足場を見つけなければならない。詩人は語らなければならない。なぜなら詩人は見て、そして知っているからだ。（「序文」）[72]

自分の眼で見たものを見たとおりに表現し、そうすることによって「権威や伝統」に背を向けるブレイクの姿勢は、ローリーによると、「世界を動かしたい」と思う「詩人」に見られる特徴であるが、ローリーの詩人論は第一章で考察した「輸入型」と「自己本位」型の外国文学研究の議論と重なるところがある。理論や注釈を暗記する学習能力の高さは、権威と伝統に対する従順さと表裏一体である。例題や類題を解くことによって鍛えられた問題処理能力では太刀打ちのできない全く新しい局面に遭遇した時、それでも前例を求めたり、方向を示してくれる指導者を探そうとするのは、一つの解決策かもしれない。そのような行動は、素直と従順という美徳に裏打ちされているのかもしれない。しかし、それは別の言葉で言えば、自主的に判断し決断する能力の欠如とそれにともなう思考停止状態を表しているにすぎない。さらに言い換えるならば、すでに獲得した知識の枠組みに対象を当てはめて処理しようとした時点で、対象を実は見ていないし、対象を直視することから逃げているとも言える。これに対して夏目漱石が提唱した

「自己本位」という鍵概念と、ローリーが定義した「詩人」の態度に共通するのは、「自分自身が抱いた印象を信頼する」ところである。ローリーによると、詩人の感性はまず自分の眼で対象を見て、それから対象を理解するという順序で作用する。だから、彼は引用箇所末尾に「詩人は見て、そして知っているからだ」という言葉を記した。この言葉を、対象を知ってから見るのではなく、見てから知るのである、と言い直してみると、これはほとんど柳の民藝思想に等しい。

柳は『ヰリアム・ブレーク』巻末の「主要参考書」でサンプソン編『ウィリアム・ブレイク詩集』一九〇五年版に言及し、「一九〇六年にその Text だけを同じ Clarendon Press で出してゐる。それには Sir Walter Raleigh の序文がついてゐる」[73]と書いているので、ローリーの序文を読んだと推測できる。もちろん『ヰリアム・ブレーク』を刊行した一九一四年当時の柳は、まだ民藝に向かって走り始めてはいない。しかし、ローリーが書いたように、「権威や伝統」に依存することなく「自分自身が抱いた印象を信頼」し、対象を見てそれから知るという態度は、まさにブレイクが創作活動において示した態度であり、そのブレイクの態度と、柳が『ヰリアム・ブレーク』を書くにあたって採用した「自己本位」型の研究態度と、さらに後年の柳が美を見出すための必要な手順として、まず見る、そして知るという言葉を残したこととが、見事なまでに一直線につながることを指摘しておきたい。また、まず見るという姿勢が「権威や伝統」を二の次に置くという意味では、必然的に既存の権威に対する挑戦となることも、改めて確認しておきたい。

サンプソン編『ウィリアム・ブレイク詩集』一九〇五年版の巻頭には「フレデリック・ヨーク・パウエルを追悼して」という言葉が置かれた。サンプソンにブレイクの定本を編集するきっかけを与えたパウエルは、前年の一九〇四年に他界していた。英文学者オリヴァー・エルトン（一八六一―一九四五、Oliver Elton）の評伝『フレデリック・ヨーク・パウエル――生涯と書簡及び著作集』全二巻（一九〇六）によれば、パウエルは少なくとも一九〇一年の春と一九〇二年の夏と冬にリヴァプールを訪れており、サンプソンとの接点はこの頃に生じたのかもしれない[74]。エルトンはオックスフォード大学でパウエルの指導を受け、ローリーの後任として一九〇一年にリヴァプール大学英文学科キング・アルフレッド講座教授に就任しており、パウエル、ローリー、エルトン、サンプソンは草創期のリヴァプール大学を中心に互いに結ばれていた。このような人脈の連なりに加えて、さらに重要なのは、パウエル自身がブレイク愛好家の一人だったということである。パウエルは子どもの頃に、ブレイク特有の身体を捻るような、宙を浮遊するような人物像を好んで模写し、長じて後は大英博物館で『ロスの歌』と混同されていた『ロスの書』を発見し、他のブレイク愛好家に先駆けて最初にこれを翻刻した[75]。晩年もブレイクの絵を見に行っては、素晴らしかったという感想を画家であり、詩人W・B・イェイツの弟であり、長年の友人であるジャック・イェイツ（一八七一―一九五七、John Butler [Jack] Yeats）に宛てて書き送り、病床ではブレイクの『エルサレム』を読んで気晴らしにしていたようである[76]。

パウエルは文学と芸術の両面において、ブレイクだけでなくホイットマンも好んだ。パウエルは政治的には十八歳にして確固とした社会主義思想を持ち、ナポレオン嫌いで有名だったという証言がある[77]。オックスフォードで学生時代を過ごしたエルトンは、若き日の教員パウエルの発言として「もし社会主義が到来することになれば、それは段階的にやってくるだろう。人々はこの方向へ向かうための充分な訓練を受けていないので、まだ用意が調っていないのである[78]」という言葉を書き留めている。パウエルは社会改革者としてジョン・ラスキン（一八一九―一九〇〇、John Ruskin）を尊敬した。オックスフォード大学で美術史教授を務めたラスキンを記念するために、ラスキン・カレッジ（Ruskin College）を創設し、労働者に向けて社会人教育の場を提供しようという企画が持ち上がった時、パウエルはこれに積極的に参加した[79]。ウィリアム・モリスもパウエルの尊敬の対象だった。しかし、民主主義については、衆愚政治に堕しかねない危険性がある、とパウエルは明言しており、アメリカの民主主義に可能性を認めなかった。パウエルの政治的な立場は、結局のところ、貴族的な社会主義である、とエルトンはパウエルを評して述べている[80]。

ブレイクの愛好家であり、社会主義思想に傾倒したパウエルには、見逃してはならない特徴がもう一つある。ジャポニスムである。パウエルがいつどのようにして日本に関心を持ったのかはわからないが、エルトンによると、オックスフォードでパウエルは日本の版画や絵画について学生に熱く語った[81]。エルトンは版画（print）という単語しか用いていないが、おそらく浮世絵版画のことだろう。エルトンがパウエルと散歩をともにした時、パウエルは川のほとりで堰から流れ落ちる水を指して「あれが描けるのは日本人だけだ。西洋人は流れ落ちる水をただの白い塊に描いてしまう。日本人は泡や水滴が見えるように描く」と言ったという[82]。

サンプソンに『ウィリアム・ブレイク詩集』を編集するきっかけを提供したフレデリック・ヨーク・パウエルの中にブレイクとジャポニスムが共存したことと、リーチがブレイク詩集を片手に来日し、『白樺』の若者たちにブレイク熱を感染させたこととは、もちろん直接の関係はない。しかし、リーチのブレイク熱がオーガスタス・ジョンに由来する可能性が高く、そのジョンがサンプソンとリヴァプール大学で同僚であり、友人であったことを考えれば、リヴァプールを起点としてジョン・サンプソン、オーガスタス・ジョン、バーナード・リーチをブレイク熱の感染経路という一本の線で結ぶことができる。しかも三人が本格的な研究としてであれ、趣味としてであれ、ロマの生活様式に触発されて誕生したボヘミアンという概念に共通の関心を持っていたことを考えあわせると、彼らを結ぶ線はブレイクとボヘミアンという二つの要素から構成されることが見えてくる。ブレイクとボヘミアンという組み合わせには、一体どのような意味があったのだろうか。

コナン・ドイルが創造した名探偵シャーロック・ホームズの冒険物語に「まだらの紐」（一八九二）という短篇がある。通気口と毒蛇を用いたトリックで忘れられない読後感が残るこの話において、一際異彩を放つ登場人物がインド帰りのロイロット博士である。義理の娘ヘレン・ストーナーは義父について次のように語る。

先週も父は村の鍛冶屋を欄干から川へ突きおとしましたが、かき集めましたお金を洗いざらい出しまして、やっと私が内分にしてもらいました。父には漂泊のジプシーの群れしか友達と申すものはございません。ロイロット家の領地としてのこっておりますわずか二、三エーカーの茨の生い茂る土地のなかに、自由にテントをはることを許してやりまして、その代りに父は彼らのテントの客分になり、彼らの仲間にはいってときどき何週間もつづけて諸方を漂泊して歩くのでございます。それからまた父はインドの動物をたいへんかわいがりまして、手紙をやってははるばる取りよせるのでございますが、ただいまもインドで鹿狩りに使います豹が一頭と狒々が一匹おります。それを父は自由に屋敷のなかに放しておきますものですから、村の人たちはその飼い主とおなじくらいに怖れております。（「まだらの紐[83]」）

ヘレンに対しても暴力を振るうロイロット博士は、野性味を帯びた危険な人物として描かれた。ホームズの物語では、『四つの署名』のジョナサン・スモールや「空き家の冒険」のセバスチャン・モーラン大佐のように、インド帰りの人物は多かれ少なかれヴィクトリア朝英国社会と相容れない、したがって用心に値する人物として造形されることが多い。なかでもロイロット博士については、その社会的不適応を強調するために、「村の鍛冶屋」に対する暴力沙汰に加えて、ロマと交流し、敷地内で猛獣を放し飼いにするという設定が用意された[84]。「まだらの紐」が発表された一八九二年は、サンプソンがリヴァプールのユニヴァーシティ・カレッジに図書館司書として職を得た年でもある。サンプソンは学期中をリヴァプールで過ごし、休暇になるとウェールズでフィールドワークをして、ロマの集団と共同生活を営んだ。「まだらの紐」でロイロット博士に注がれたはずの不審者を見るような冷ややかな視線と同じ種類の視線が、サンプソンにも注がれたことだろうし、そのような視線がある意味で正しかったことは、死後に明らかになったサンプソンの二重生活が示す通りではあるが、いずれにしても「漂泊のジプシー」はヴィクトリア朝英国社会の中にありながら、その社会規範に縛られない存在であり、それを胡散臭いと見るか、あるいは自由と見るかは、見る側がどのような立場を取るかによって決まった。功利主義と福音主義に基づいて「慎み、倹約、身体の清潔と住居の整頓、良い作法、法律の尊重、商務での正直さ、そしてほとんど付け加えるまでもないことだが、貞潔」(85)を道徳的理想とし、サミュエル・スマイルズ（一八一二—一九〇四、Samuel Smiles）の『自助論』(86)（一八五九）がベストセラーになるようなヴィクトリア朝の価値観に従えば、ドイルが描いたようにロマは危険な存在とみなされた。これに対して、サンプソンもジョンもリーチもロマの生活に自由を投影して憧れを持ったという意味では、彼らは当時の英国社会に違和感を持つ側にいた。別の言い方をするならば、物質的な豊かさを重視するヴィクトリア朝とエドワード七世時代の英国社会に馴染めない人々が、社会規範の束縛を受けないロマに憧れるという構造があったと言える。そして彼ら三人が、彼らにとって肯定的な意味を持つ社会規範からの逸脱という価値をボヘミアン的生活に見出したとすれば、やや図式的ではあるが、彼らが同じようにブレイクに魅了された理由も、規範からの逸脱と自由をブレイクに見たからだ、ということになるだろう。実際、ローリーは『ウィリアム・ブレイク叙情詩集』の序文で「ブレイクの著作ほどユートピア的な無政府社会の信条を完全に、また雄弁に物語ったものはないだろう」と述べ、アンソニー・サンプソンは祖父のブレイク研究について「ロマと同じ自由をブレイクに見出した」と記している(87)。同じような自由をオーガスタス・ジョンは芸術家として破天荒な人生を送ることで享受した。銀行員という職を捨てたリーチは、自由という遠心力に振り回されるかのように、英国社会から文字通りに逸脱して、ブレイク詩集を片手に遥か極東の日本へ飛び出して行った。

東京で一九一四年に出版された柳の『ヰリアム・ブレーク』を出発点として、日本に伝播したブレイク熱を遡る探究は、バーナード・リーチからオーガスタス・ジョンを経てリヴァプールのジョン・サンプソンにたどり着き、三人が共通してヴィクトリア朝の名残が根強い一九〇〇年代の英国社会に対して違和感を持ち、その裏返しとして自由に対する憧憬を抱いていたことが明らかになった。また、その結果として、三人がブレイクとボヘミアンという組み合わせに魅了されたことが見えてきた。さらにこの探究の過程において、リヴァプール大学草創期のブレイク愛好家の人脈に連なるフレデリック・ヨーク・パウエルがブレイクと日本美術を好んだ、という事実が掘り起こされた。一九〇〇年代にブレイクに引き寄せられた人々にとって、ブレイク、ボヘミアン、日本趣味、そしてパウエルの事例に見られるように社会主義は、当時の英国社会からの自由を意味する記号として相互に密接に関連していたと言える。

パウエルと接点があったかどうかは不明だが、同じようにブレイクと日本に強い関心を持った人物がヴィクトリア朝の英国にもう一人いた。ちょうどブレイクがそうであったように、王立美術院の芸術家養成課程にうんざりしたこの若者は、画家として絵を描き、詩人として詩作を行いながら、自宅の水槽でサンショウウオを飼っていた。廊下ではオウムがお喋りをし、庭ではカンガルーが跳ね、アライグマがビスケットをかじり、アルマジロがのそのそと歩き回っていた。オーストラリア産有袋類のウォンバットとカナダ産リス科のマーモットはその希少さゆえに屋内に留め置かれ、メイドがベッドを整えるために二階に上がる時には、ウォンバットが静々とその後ろに付き随った。(88) ロイロット博士も顔負けな程に珍獣を放し飼いにし、ブレイクと日本美術に熱を上げたこの男は、ラファエル前派の立役者ダンテ・ゲイブリエル・ロセッティである。

第六章　ロセッティ兄弟のブレイク熱とジャポニスム
――「直観」の芸術という跳躍台

一　ロセッティ兄弟のブレイク論――「直観」と預言者の情熱

ウィリアム・マイケル・ロセッティの記録によると、若い頃のダンテ・ゲイブリエル・ロセッティの読書範囲は幅広く、バイロン、シェリー、ミュッセ、ユーゴー、テニスン、ポー、コールリッジ、ブレイクなどを好んで読んだ。①またW・M・ロセッティがブレイクを知るようになったのも、D・G・ロセッティの感化によるものであり、それは一八四六年頃のことだった。②その後二人はアラン・カニンガムが書いたブレイクに関する伝記的記事を読んで、ブレイクにさらに注目するようになるのだが、③ロセッティ兄弟が本格的にブレイクにのめり込んでいくきっかけは、現在では考えられない話であるが、次のようにしてもたらされた。

一八四七年四月にD・G・ロセッティが大英博物館の図書閲覧室にいたところ、パーマーという係員から、ブレイクの散文と韻文と図案が詰まった手稿本を買わないか、と持ち掛けられた。値段は十シリングだった。いつものように手元に持ち合わせがなかったD・G・ロセッティは、こんな機会を見逃すわけにはいかないと言って、弟のW・

M・ロセッティに必要な金額を用立てさせた。このパーマーという係員は、ブレイクが晩年に友人として付き合った風景画家サミュエル・パーマーの縁者だったらしい(4)。それにしても現在ブレイクという名前に付与された商品価値と、胡散臭いと睨んだら、原始的な空港の保安検査のように、入館者のカバンの中身を徹底的に調べる大英図書館の手荷物検査体制から考えると、ロセッティがブレイクの稿本を入手したこの逸話はにわかには信じがたい(5)。しかし、この件についてW・M・ロセッティが虚言を弄する必要もなく、また虚言を弄する人物だという評判もないので、事実とみなして差し支えないだろう。要するにブレイクとは、その程度の扱いを受けるような存在だったのだ。さて、ブレイクの貴重な手稿本を入手したロセッティ兄弟は、書き損じや訂正や抹消等で乱雑な紙面からブレイクのテクストを解読し、これを清書する作業に取り掛かった。特にD・G・ロセッティは、この手稿本にコレッジョ、ティツィアーノ（一四八八/九〇―一五七六、Titian）、ルーベンス、レンブラント、レノルズに対する辛辣な嘲りの言葉を見出して、心強い味方を得た思いになったという(6)。既存の芸術に対する挑戦としてのラファエル前派運動は、ブレイクがいわば間接的な起爆剤となって始まった。

ロセッティ兄弟とブレイクとのもう一つの接点は、一八六三年にアレクサンダー・ギルクリストの名義で出版された『ウィリアム・ブレイク伝』である。美術批評家として知られたギルクリストは、ブレイクが制作した《ヨブ記の挿画》をロンドンで偶然見たことがきっかけでブレイクに興味を持ち、ブレイクの伝記を書くことを志した。ギルクリストはブレイク関連の資料の収集を始め、一八六一年にはD・G・ロセッティの知遇を得る(7)。後にW・M・ロセッティが『アン・ギルクリスト――その生涯と著作』（一八八七）の序文に記したところによると、D・G・ロセッティは大英博物館で購入したブレイクの手稿本をギルクリストに貸し出すぐらいに、ギルクリストを美術批評家として信頼していた(8)。しかし、ギルクリストはまもなく猩紅熱を患い、『ウィリアム・ブレイク伝』の完成を見ることなく、一八六一年十一月三十日に世を去った。夫人のアン・ギルクリストが遺稿を整理して一八六三年に『ウィリアム・ブレイク伝』が出版されるのだが、この時協力したのがロセッティ兄弟だった。アン・ギルクリストが『ウィリアム・ブレイク伝』の初版に寄せた序文によると、伝記全体は実質的には仕上がっており、最初の八章はすでに印刷が終わっていた。第二部と付録が未完成だった。第二部にはブレイクの未公刊の著作と必要な説明を収録し、付録としてブレイクの絵画作品に関する注釈付き目録が用意されることになっていた。D・G・ロセッティは第二部を編集し、W・M・ロセッティは目録を執筆した。さらに、D・G・ロセッティは《ヨブ記の挿画》について一章を書き下ろして、第一巻に追加した。したがって、アレクサンダー・ギルクリストの『ウィリアム・ブレイク伝』二巻本として知られる著作のうち、第一巻の最終部と第二巻のほとんどはロセッティ兄弟の作業によるものである。

『ウィリアム・ブレイク伝』のために書き下ろしたブレイク論において、D・G・ロセッティは銅版画職人であり線描画を得意としたブレイクを、色彩効果が巧みな画家と位置付けた。D・G・ロセッティによると、ブレイクは大胆で、粗野な、即興的な線を嫌った。精妙さというものは一度に得られるものではなく、何度も繰り返して線を引く必要があり、ブレイクはまず鉛筆で大雑把な線を書き、それからインクを用い、さらに細心の注意を払って色を塗った。ブレイク特有の虹色のような色彩は、濃淡が巧みに配置された新しい工夫である、とD・G・ロセッティは言う。このようなブレイクの効果的な色彩の具体例として、D・G・ロセッティは羊毛が夕陽に映える様子や牛が小川で水を飲む牧歌的な風景を挙げており、前者については『無垢の歌』に収録された「羊飼い」（'The Shepherd'）を、後者については『経験の歌』に収録された「土塊と小石」（'The Clod & the Pebble'）を踏まえたものと推測される。また、D・G・ロセッティは「『経験の歌』で、真っ黒の煙突掃除の子どもが歩みつつある、雪に覆われて煙の汚れが点々と散らばる煤けたロンドンの通り」(9)を描いた「煙突掃除」（'The Chimney Sweeper'）と、「虎が赤と緑と青と黄色の奇抜な縞模様に着色されて」いる「虎」（'The Tyger'）に言及し、ブレイクの色彩を研究したければ大英博物館の版画収蔵室（The Print Room）で実物を吟味することができる、と記した。(10)なお、大英博物館は『無垢と経験の歌』を三部所蔵しており、それぞれCopy A、Copy B、Copy Tと呼ばれる。これらが博物館の収蔵品に加えられたのが、Copy Aは一九二七年、Copy Bは一九三二年、Copy Tは一八五六年なので、[11] D・G・ロセッティが参照した版はCopy Tであると考えられるし、ロセッティの色彩に関する説明はCopy Tの図版の特徴と一致する。

D・G・ロセッティは『無垢の歌』を高く評価した。彼によると、『経験の歌』はブレイクの暗い精神状態によって詩的価値が損なわれており、それはそれぞれに収録された一対の詩「煙突掃除」を比較すると明らかである。『無垢の歌』の「煙突掃除」は見事なまでに素朴であり、それゆえに哀れを誘うが、『経験の歌』の「煙突掃除」は社会に対する不満を述べるだけの平凡な内容に終わっている。しかしその一方で『経験の歌』にはブレイクの哲学的な詩が収録されており、「人間の抽象」（'The Human Abstract'）や「キリスト教の寛恕」（'Christian Forbearance'）はその良い例である。またその他のブレイクの詩では「無垢の予兆」（'Auguries of Innocence'）を賞讃し、生きとし生けるものに寄せるブレイクの慈愛に満ちた共感がこの詩に巧みに表現されている、と指摘した。[12]『経験の歌』の中でD・G・ロセッティが特に注目した「人間の抽象」と「キリスト教の寛恕」は、いずれもキリスト教の偽善を赤裸々に告発した詩であり、彼の関心がどこにあったのかをうかがうことができる。

D・G・ロセッティは芸術家兼詩人としてのブレイクの特色を、その色彩と韻律に見た。色彩と韻律の如何によって絵画と詩は荘厳になるのであり、この点においてブレイクは他の画家や詩人の追随を許さない、とD・G・ロセッティは言う。[13] D・G・ロセッティのブレイク論と彼自身の絵画制作との関係については、次のような研究がある。

> ロセッティの絵画が一変したのは、ブレイクの色彩感を絶賛したことと関係があるのは歴然としているが、さらに次のような可能性も考えられるだろう。つまり、この時期ロセッティがブレイクの作品を集中的に研究した結果、彼の絵画の形態が流動的で、丸みを帯び、官能的になっていったのだ。（ジョン・ラッセル・テイラー『英国アール・

ヌーヴォー・ブック[14]』）

同書によると、D・G・ロセッティはブレイク熱をエドワード・バーン=ジョーンズ（一八三三—九八、Sir Edward Burne-Jones）に感染させ、バーン=ジョーンズは「ブレイクの実体を喪失したように浮遊する奇異な人体デザイン、とくにしなやかな衣紋で飾られた女性像」から大きな影響を受けた。その他にもブレイクが『無垢と経験の歌』の図版にちりばめた渦巻き模様や流れるような線は、「英国アール・ヌーヴォーを形成する最大の要因となった[15]」。

ロセッティ兄弟が協力して一八六三年に完成したギルクリストの遺著『ウィリアム・ブレイク伝』は、ブレイクに対する関心を世の中に広く喚起する効果を持った。例えば後にハーヴァード大学美術史教授となるチャールズ・エリオット・ノートン（一八二七—一九〇八、Charles Eliot Norton）は、一八六六年一月九日付けでW・M・ロセッティに次のような書簡を送った。

ギルクリスト氏のブレイク伝では、ブレイクの神秘的な詩が充分に扱われていません。もっと多くの発見があるはずです。ブレイクの神秘的な詩は常軌を逸した突飛な詩歌ではありません。常識的な感覚にはどんなに意味不明に見えても、好意的な想像力をもってすれば明らかになるような意味が、少なくとも部分的にはあるはずなのです。いずれにせよギルクリスト氏が発表した以上のことを、ブレイクの神秘的な詩について知りたいものです。ブレイクの才能は驚くべきもので、極めて個性的で、英国風ではなく、霊的なので、神秘的に表現されたブレイクの才能は、おそらく霊的にしか理解することができないのかもしれません[16]。

この他に、ブレイクの手稿とされるものが大英博物館に持ち込まれ、その真贋を鑑定するためにロセッティ稿本が参照されるということもあったらしい。W・M・ロセッティの日記によると、これは一八六七年四月六日と十日の出来事だった。[17]

『ウィリアム・ブレイク伝』を完成させた後も、ロセッティ兄弟はブレイクに関心を持ち続けた。D・G・ロセッティよりW・M・ロセッティに宛てた一八七三年一月十四日付書簡と同年二月二十六日付書簡には、ブレイクの絵を入れるための額縁をめぐって二人が交わしたやりとりが記録されている。[18] また、翌年の一八七四年にD・G・ロセッティはW・M・ロセッティに「いつおまえのブレイクは出るのかね」と尋ねた。[19] おそらくW・M・ロセッティが編集して、刊行の準備が整いつつあったブレイク詩集を指すと思われる。さらに、一八七四年十月九日付W・M・ロセッティ宛書簡には、ブレイクの詩を校訂したのはD・G・ロセッティだと述べた方がよかったのではないか、というD・G・ロセッティの言葉が見られる。この後に続けて、「無垢の予兆」の忠実な翻刻がスウィンバーンのブレイクにあったような気がするという記述があるので、W・M・ロセッティ編集のブレイク詩集において、編者がどの程度ブレイクのテクストに改変を加えたのかという問題について、二人が神経質になっていた様子が読みとれる。[20]

ロセッティ兄弟が最後の仕上げをしたギルクリストの『ウィリアム・ブレイク伝』は一八六三年に出版され、ロセッティ兄弟が再び協力したその改訂版は一八八〇年に刊行された。この間にブレイクに関して注目すべき二点の著作が出版されている。一つは前述のやりとりでロセッティ兄弟が話題に取り上げ、柳が『ヰリアム・ブレーク』で高く評価したA・C・スウィンバーンの『ウィリアム・ブレイク評論』（一八六八）であり、もう一つはW・M・ロセッティ編集の『ウィリアム・ブレイク詩集』（一八七四）である。

スウィンバーンの『ウィリアム・ブレイク評論』の冒頭には、W・M・ロセッティに宛てた献呈の辞が掲げられ、ギルクリストの『ウィリアム・ブレイク伝』を補う目的で同書が執筆された旨が記された。したがってスウィンバーンのブレイク論がロセッティ兄弟の仕事に触発されたことは明らかであるが、同じように明らかなのは、同書が柳のブレイク研究にかなりの影響を与えたことである。ブレイクは額が大きく、見る者に強い印象を与える容貌を持ち、働き者であり、権威をもって語ったというスウィンバーンの記述は、柳が『ヰリアム・ブレーク』の「第二十章　人としてのブレーク」に記したブレイクの外見に関する描写と一致する。[21] また、スウィンバーンは「無律法主義的神秘主義」や神人一致思想をブレイクの特色として取り上げており、[22] これらも柳のブレイク理解において有益な指針となったことだろう。なかでも特に注目したいのは、スウィンバーンが「本能」（instinct）という言葉を多用したところである。

議論を進める前に訳語について整理しておきたい。本書ではスウィンバーン、ロセッティ、シモンズらの論考に頻出する instinct を「本能」、intuition を「直観」と訳出する。『オックスフォード英語辞典』（*The Oxford English Dictionary*）にはそれぞれの単語について複数の語義が掲載されており、本書の議論と関わりがあると思われる定義は、instinct については「生物が生得的に保持しており、意志とは関わりなく発動する能力」であり、intuition については「対象を直接把握する能力」である。instinct には内的衝動という意味もあり、明記はされていないものの生物一般に対して用いられるようなので、「本能」という訳語を当てることにするが、いくつかの英和辞典に掲載された語義からも明らかなように、「直観」という訳語を包摂しうる広がりを持った単語である。一方、intuition は生物一般というよりは、論理的思考能力を有する人という生物を前提としており、まるで生得的能力であるかのように、無意識のうちに発揮される能力を指す言葉として用いられる。簡単に言うならば、人を含む生物一般の生得的な能力が「本能」（instinct）であり、その中でも人が有するとされる生得的な洞察力が「直観」（intuition）ということになるだろう。アーサー・シモンズはブレイクを論じながら、「本能」と「直観」について次のような説明をした。

まず第一にものを言うのは原初的な本能［instinct］であり、その後成熟するにつれて直観［intuition］に叡智［wisdom」が加わる。直観から切り離せないのはこの質の高い叡智である。それはあたかも直観そのものが成熟するかのようである。(『ウィリアム・ブレイク』)[23]

シモンズの説明によると、生物一般が有する生得的な能力が「本能」であり、それに磨きがかかって「叡智」を含むようになった力が「直観」である。シモンズの言う「叡智」とは何だろうか、と考え始めると迷宮に入ってしまいそうだが、要するに生物一般と人との境界線の表現であると解釈すれば、「本能」と「直観」の使い分けが見えてくる。両者の共通点は、言語や論理を必要としない生まれながらに備わった力であるというところにあり、相違点は、「本能」は生物一般に対して用いられ、「直観」は人を対象とした用語であるというところにある。なお、柳所蔵のシモンズの同書には、「本能」と「直観」をめぐるこのくだりに黒鉛筆で下線が引かれている。

スウィンバーンのブレイク論には「本能」という言葉が頻出する。例えばスウィンバーンは、ブレイクの人生と仕事の核を理解するためには「共感という誠実な本能」が必要であると述べた。[24]スウィンバーンは言う。そもそもブレイクの韻文や色彩は理解の対象というよりは、「先天的で非合理的な認識力によってのみ把握することができる」。[25]したがって、ブレイクを読んだり鑑賞したりするためには、読者の側にブレイクを受け容れるだけの「本能」が備わっていなければならない。なぜなら、ブレイクがそもそも「本能」によって詩と絵を描いたからである。分析的に議論を組み立てるのではなく、聖書に登場する使徒や預言者が法悦の状態で神の言葉を語ったように、ブレイクは歓喜の状態で創作したため、読者はそのつもりでブレイクの言葉と絵画を読まなければならない。[26]また、スウィンバーンによると、『無垢の歌』の最後に置かれた「古代吟遊詩人の声」('The Voice of the Ancient Bard')と『経験の歌』の冒頭に置かれた「序」('Introduction')には、神聖で自由な衝動と「本能」に忠実に従う時、人は救済を手にすることができるというブレイクの思想が込められている。[27]これはブレイクの「無律法主義的神秘主義」において、人為的な律法が規定する道徳の体系は抑圧的であり、冷酷であり、無慈悲であるとされたことと関係する。ブレイクはこの人為的な律法を打破し、万人に救済の可能性を示すために、神がイエスという姿で地上に降臨し、ゆるしを具現化したと考えており、律法に反抗したイエスの言動を神聖視することによって「道徳的美徳という首尾一貫しない衣を引きはがした」[28]。スウィンバーンの指摘によれば、神から個人に授けられた「本能」と、神が地上に遣わしたイエスは、どちらも人が定めた律法を超越するという意味で、ブレイクの中では重なる。

スウィンバーンは『天国と地獄の結婚』の一節を引きながら、すべての「本能」は神聖であるのに対し、人為的なものはそうではないと述べた。そしてスウィンバーンはブレイクの宗教観の特徴として、「自己寂滅」を自己修養の最高位の段階としたことと、神を汎神論的に理解したことを挙げる[29]。ブレイクの言う「自己寂滅」とは禁欲的という意味ではない。ウィリアム・ジェイムズやリチャード・バックの神秘主義的宗教論において、意志で制御できない無意識の領域が神との交信の場であると論じられたように、スウィンバーンが注目したのは、自己を無にすればするほど神的存在との直接の交流が可能になるというブレイクの宗教観だった。スウィンバーンはこれを「東洋的」（Oriental）という言葉で表現した。スウィンバーンは『ウィリアム・ブレイク評論』の結びでホイットマンに言及し、ブレイクとホイットマンはどちらも汎神論的な「東洋」の詩を想起させる、と指摘した[30]。この結論に柳が反応したことは、『キリアム・ブレーク』の「補注」の一つに、次のように書き込んだことからも明らかである。

ホイットマン（1819-1892）とブレークとの比較は屢々自分に想ひ浮んでゐた。然しそれはスヰンバーンによつて既に論じられてゐた[31]。一八六六年［ママ］に出版した「ブレーク評伝」の最後の数頁に彼は簡明な批評を書いてゐる。（『キリアム・ブレーク』）

スウィンバーンのブレイク論が出版された六年後の一八七四年に、W・M・ロセッティ編集の『ウィリアム・ブレイク詩集』が世に出た。W・M・ロセッティの日記によると、ブレイク詩集を編集するという企画そのものは一八七二年五月に持ち上がり、一八七三年八月にその作業が始まった(32)。この詩集の冒頭には、W・M・ロセッティによるブレイクの小伝とブレイク論が序文として置かれた。スウィンバーンがブレイクは「本能」に基づいて詩と絵画を制作し、したがって読者もまたブレイクを理解するためには「本能」を必要とすると論じたように、W・M・ロセッティもブレイクを論じるにあたって「直観」(intuition)という言葉を多用した。ブレイクは権威をもって語ったというスウィンバーンの記述と同じ内容を、W・M・ロセッティは次のように説明した。

要するに、ブレイクは霊感を受けた幻視者の態度をつねにとった。すなわち、物事はそのようにあった、なぜならブレイクがそのように見たからだ。そしてブレイクは、肉体的な論理の眼ではなく、霊的な直観の眼でそのように見たのだ。(『ウィリアム・ブレイク詩集』(33))

W・M・ロセッティはブレイクが「直観」に従って創作したことの根拠として、「私はこの詩を口述筆記で書き上げた。一度に十二行も、時には二十行や三十行を、前もって考えることもなく、意志に反してまで書いた」というブレイクの言葉を引用する(34)。W・M・ロセッティによると、ブレイクは霊的な眼が命じるものを銅版画職人としての肉体的な眼で制作した。ブレイクにとって霊的な眼に映じる像は、肉体的な眼に映じる像以上に切実だった(35)。ブレイクの絵画も詩もこのような「直観」によって制作されており、したがって読者も「直観」を用いてブレイクの作品に接する必要がある。ブレイクの作品は分析対象ではない。ブレイクは幼児のように自分の見たものを受け入れて、それをそのまま表現した。見るという過程において、「直観」が意味を紡ぎ出しているのだ、とW・M・ロセッティは言う。[36]

また、ブレイクの宗教観について、W・M・ロセッティは次のように説明をした。ブレイクは神に対する堅固な信仰を持っていたが、ブレイクのキリスト教はどの教会にも属さない独自の形態をとった。現世の所業に基づいて来世で信賞必罰が行われるという教えを、ブレイクが受け入れたかどうかは疑わしい。ブレイクにとって重要だったのは、個人が神より授けられた才能を地上で存分に発揮することと、罪のゆるしの思想だった。[37] W・M・ロセッティは、神の眼にはすべては善である、というブレイクの言葉を引用しながら、ブレイクが教育に価値を見出さなかったことを指摘し、「ブレイクは神秘主義者であるだけでなく汎神論者とも言えるだろう[38]」と記した。ブレイクにとって教育とは、神から授けられた才能に人為的な操作を加える行為でしかなかった。また、W・M・ロセッティは、ブレイクには精神的に健全ではない部分があると述べ、その根拠としてブレイク自身が自らの創作活動を口述筆記とみなしたことを挙げる。しかし、『無垢の歌』から『ミルトン』と『エルサレム』に至るまでブレイクが駆使した「彩飾印刷」という技法については、同一平面上に図案と詩句を組み合わせて彫版するという前例のない試みである、とブレイクの才能を高く評価した。[39] さらにW・M・ロセッティは、ブレイクを「幼児が有するような完全な無垢と幸せな無意識の本能から、預言者の熱情に至るまで、幅の広い原始的な感情を持ち、霊感に従って意見を述べ、判断を行い、異議を唱える[40]」人物と位置付け、ブレイクのテクストに文法や韻律からの逸脱が見られるのは、合理的分析的知性ではなく「直観」に導かれるままに詩を書いたからである、と説明した。[41] スウィンバーンのブレイク論と同じように、W・M・ロセッティも「本能」や「直観」を鍵言葉としてブレイクを論じており、ブレイクの「本能」を解説するために「幼児」という言葉さえ用いた。

W・M・ロセッティ編集による『ウィリアム・ブレイク詩集』が刊行されたのは一八七四年のことである。その六年後の一八八〇年には、再びロセッティ兄弟の協力を得て、ギルクリストの『ウィリアム・ブレイク伝』改訂版が出版された。[42] アン・ギルクリストはその序文に、初版が出た後に発見されたブレイクの手紙等の資料をこの改訂版に新たに盛り込んだと記し、[43] D・G・ロセッティは第一巻の補遺の章に、『ウィリアム・ブレイク伝』初版が世に出てから十七年が過ぎ、この間にスウィンバーンの『ウィリアム・ブレイク評論』が刊行され、ブレイク研究も進展したと書いた。[44] D・G・ロセッティは、スウィンバーンの著書に加えて、一八六九年に『ロンドン・クォータリー・レヴュー』誌（*The London Quarterly Review*）に掲載されたブレイク関連の論考、一八七六年にバーリントン美術クラブ（The Burlington Fine Arts Club）が開催したブレイク展の展覧会カタログ、W・M・ロセッティが編集したブレイク詩集に言及している。

D・G・ロセッティがブレイクの手稿本を購入した一八四七年から『ウィリアム・ブレイク伝』改訂版を出版する一八八〇年までの間に、ロセッティ兄弟がブレイクに注いだ情熱と労力を見ると、この時期の二人はブレイクだけに注意を集中していたような印象を受けるが、実際はそうではない。そもそもラファエル前派が集団として活動を始めたのは、W・M・ロセッティの回想録によると、一八四八年九月のことであり、これはD・G・ロセッティがブレイクの手稿本を購入した翌年にあたる。D・G・ロセッティ、ウィリアム・ホルマン・ハント（一八二七―一九一〇、William Holman Hunt）、ジョン・エヴェレット・ミレー（一八二九―九六、Sir John Everett Millais）という三人の画家が中心となり、彫刻家のトマス・ウルナー（一八二六―九二、Thomas Woolner）、画家のジェイムズ・コリンソン（一八二五―八一、James Collinson）、美術批評家のフレデリック・ジョージ・スティーヴンズ（一八二七―一九〇七、Frederic George Stephens）が加わり、W・M・ロセッティは書記を務めた。七人は毎月会合を持ち、芸術作品やそれぞれの制作計画について自由に討論をした。[45]

ラファエル前派がその名の通りラファエル以前の美術を理想化し、明るい色彩を基調とする素朴な絵画の制作を目指したことは、それが実現されたかどうかは別にして周知の事実である。W・M・ロセッティはラファエル前派の盟約を次のように要約した。

一、表現するべき本物の着想を持つこと。二、どのように着想を表現するべきかを知るために、自然を注意深く研究すること。三、因襲的なもの、自己顕示的なもの、丸暗記したものを除いて、従来の芸術のうち直接的で、真摯で、心のこもったものに共感すること。四、そして何よりも不可欠なことは、本当によい絵画や彫刻を制作すること。（『D・G・ロセッティ――家族宛書簡集』(46)）

W・M・ロセッティが記録した四原則は、技法に関する客観的な理論というよりは、制作をめぐる主観的な精神論に近い。「本物の着想」と「直接的で、真摯で、心のこもったもの」に肯定的な価値が与えられ、「因襲的なもの、自己顕示的なもの、丸暗記したもの」は一蹴された。否定的な烙印を押されたこれらの要素は、ラファエル以後の形式偏重の絵画に彼らが見出したものであり、英国絵画の歴史で言えば、王立美術院の創設者である肖像画家ジョシュア・レノルズを彼らは主要な仮想敵とみなした。つまり「本物の着想」や「直接的で、真摯で、心のこもったもの」というとらえどころのない主観的な表現は、ラファエルを祖とする芸術規範を拒否するための方便として意味を持った。ラファエル前派の若者たちは、絵画制作における既存のしきたりを無視し、「自然を注意深く研究すること」によって、正確で精緻な描写を達成しようとした。また、宗教的な題材に対しても、彼らは「本物の着想」という原則を適用し、例えばミレーは《両親の家におけるキリスト》（図8、一八四九―五〇、*Christ in the House of His Parents*）でキリストを描くにあたり、従来の宗教画でキリストに付与されてきた神聖さを保証するための様々な約束事を取り払い、キリストを大工の息子として、大工の家族にふさわしい日常的な風景の中に描いた。血管が浮き出て節くれ立ったヨセフの腕と汚れた足の爪は、キリストの父というよりは、同時代の小説家チャールズ・ディケンズ（一八一二―

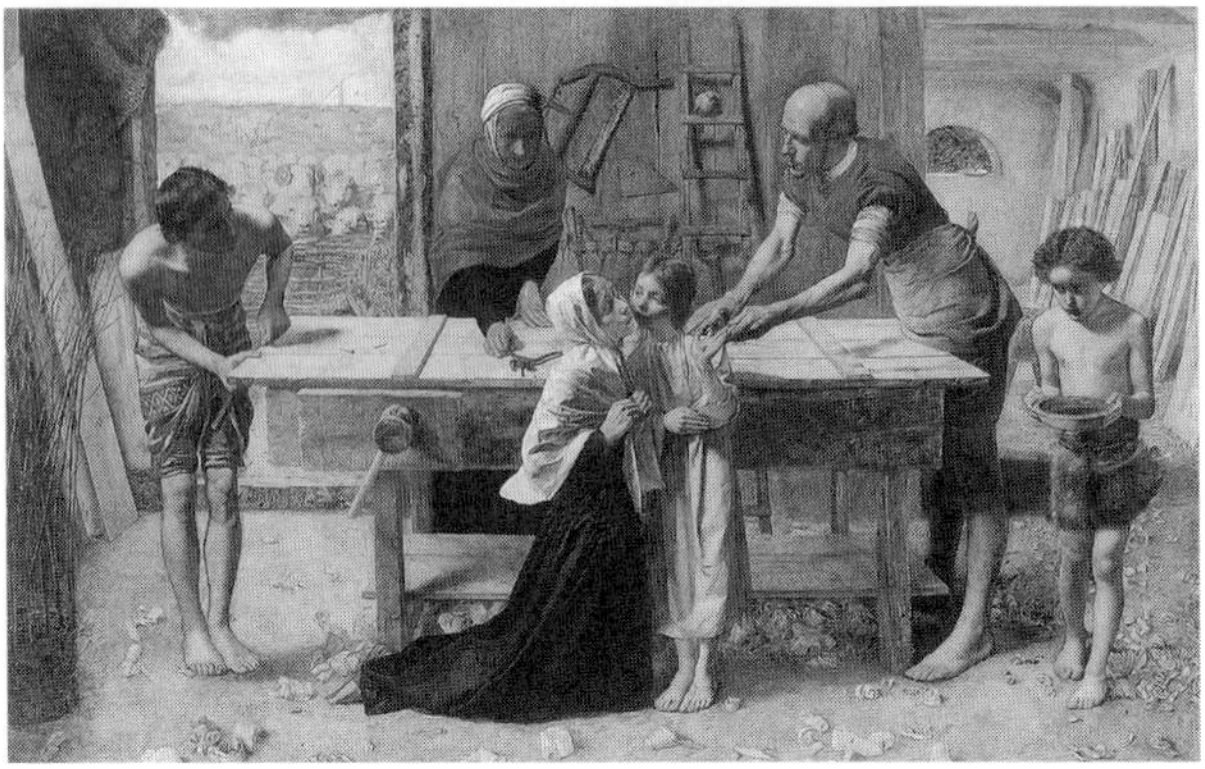

図８　ミレー《両親の家におけるキリスト》(1849-50)，油彩，86.4×139.7 cm，テート・ブリテン．

七〇、Charles Dickens）が評したように、都会の労働者にふさわしい[47]。ディケンズがミレーのこの絵をきっかけとしてラファエル前派にかみついたのは、ラファエル前派が宗教画の歴史と伝統に対して敬意を払わなかったからであるが、ディケンズのこの苛立ちこそがラファエル前派の性格をよく表している。英国美術の現状に対する不満を原動力としてラファエル前派を起こした若者たちは、ラファエルの絵画を模範として、その忠実な模倣を絵画制作の出発点に置いた王立美術院を拒否した。「因襲的なもの、自己顕示的なもの、丸暗記したもの」とは、模倣を得意とし、その模倣ぶりを権威の源である王立美術院によって評価されることで安心感を得て、そしてその評価を誇示することによって自尊心を満足させようとする優等生的な精神構造を簡潔に表した言葉だった。ラファエル前派の運動は、王立美術院の権威に対する反抗として始まった[48]。D・G・ロセッティがブレイクの手稿本を入手した翌年にラファエル前派が組織されたのは、ブレイクがレノルズと王立美術院に反発して独自の道を歩んだことを思い出すならば、必然的な展開だったと言える。

二　ロセッティ兄弟の日本美術論――「本能」の芸術としての浮世絵版画

ラファエル前派は、ミレーが王立美術院の会友に選出されたことをもって、一八五三年に解散する[49]。その十年後にロセッティ兄弟が協力したギルクリストの『ウィリアム・ブレイク伝』の初版が出版されたわけだが、ブレイク関連の仕事をしていたのとほぼ同じ時期に、彼らは日本美術にも強い関心を寄せていた。W・M・ロセッティの回想録によると、画家のホイッスラーが日本の木版画に関する本、色刷りの版画、屏風などをD・G・ロセッティに見せたらしい[50]。ロセッティ兄弟はたちまち日本美術に夢中になり、主にパリで収集を始めた。一八六〇年代から一八七〇年代にかけて彼らが日本美術に示した熱狂ぶりを、W・M・ロセッティの回想録や日記をもとに時系列順に整理すると次のようになる。

一八六三年六月十五日　ラスキンよりW・M・ロセッティ宛書簡。W・M・ロセッティより借用した日本の風景画集に関するラスキンの礼状[51]。

一八六四年六月十八日　W・M・ロセッティの日記。リヴォリ街にある日本物産店ドソワの店へ行き、書籍等を四十フランほど買う[52]。

一八六四年七月十三日　W・M・ロセッティの日記。ヴィヴィエンヌ街に新しい日本物産店を見つける。一級品はない。ヨーロッパとの交流による悪影響が見られる[53]。

一八六四年十一月十二日　D・G・ロセッティより母フランシス・メアリ・ラヴィニア・ポリドリ（一八〇〇—八六、Frances Mary Lavinia Polidori）宛書簡。日本の本を四冊買った[54]。

一八六四年十二月二十三日　クリスティーナ・ロセッティ（一八三〇—九四、Christina Georgina Rossetti）よりD・G・ロセッティ宛書簡。日本の彫刻細工に関する礼状[55]。

一八六五年五月二十四日　W・M・ロセッティの日記。ドソワの日本物産店に行き、絹の刺繍を四枚、北斎の本を二冊、型押し紙を二枚買う[56]。

一八六五年六月十日　W・M・ロセッティの日記。日本からの輸入品に虫が紛れ込んでいた。まゆが二つ。羽化すると蛾になるのだろう。(57)

一八六五年六月二十四日　W・M・ロセッティの日記。カプシン通り七番の日本物産店へ行く。縮緬紙の小さな版画を相当数購入。(58)

一八六七年三月二十三日　W・M・ロセッティの日記。日本の手品師の公演を見に行く。十四歳と十六歳と紹介された女の子は、英国の女の子ほどには発育がよくない。(59)

一八六七年六月五日　W・M・ロセッティの日記。日本の色刷り版画を入れる額を注文する。(60)

一八六七年七月十一日　W・M・ロセッティの日記。ダイニング・ルームに日本の版画をたくさん掛けた。D・G・ロセッティが大いに喜ぶ。(61)

一八六七年八月十日　W・M・ロセッティの日記。ドソワの店で日本の書籍を数冊買う。(62)

一八六八年八月二十七日　W・M・ロセッティの日記。ユニヴァーシティ・カレッジの日本人留学生は数学、憲法、英国史の成績がよい。彼らは自国の政府や外交については考えを持っていないようだ。(63)

一八六八年十二月十八日　W・M・ロセッティの日記。ブレイク風の絵を描くネトルシップに北斎等を見せる。圧倒されたようだ。(64)［「ネトルシップの年齢は二十七である」という記述があるので、動物画家として知られるジョン・トリヴェット・ネトルシップのことと思われる。彼の娘アイダ・マーガレットは後にオーガスタス・ジョンと結婚する。］

一八六九年一月七日　W・M・ロセッティの日記。インジェロー嬢［詩人、童話作家のジーン・インジェロー（一八二〇―九七、Jean Ingelow）のことか］はダイニング・ルームの日本の色刷り版画に興味を示した。(65)

一八六九年七月三日　W・M・ロセッティの日記。トリローニがダイニング・ルームの日本の版画に夢中になった。(66)

［「トリローニは一七九二年十一月生まれである」という記述があるので、作家、探検家であり、P・B・シェリーやバイロンの友人であったエドワード・ジョン・トリローニ（一七九二―一八八一、Edward John Trelawny）のことと思われる。］

一八七〇年三月三日　W・M・ロセッティの日記。サウス・ケンジントンに実物大の見事な虎の日本画があるらしい。(67)［サウス・ケンジントンとはヴィクトリア・アンド・アルバート博物館の前身であるサウス・ケンジントン博物館。］

一八七〇年四月十九日　W・M・ロセッティの日記。サウス・ケンジントンにすばらしい日本の虎の絹絵を見に行った。作者は「ガンコ」（Ganko）、およそ一七〇〇年頃。見事な逸品。(68)［江戸時代後期の画家である岸駒（がんく、一七五六―一八三八）を指すと思われる。］

一八七二年三月十一日　W・M・ロセッティの日記。日本人の「サンジョウ」（Sanjo）と再会した。(69)

一八七二年四月十五日　W・M・ロセッティの日記。ヒューイットの店で絹のハンカチを数枚買う。日本の文物の売れ行きは増しているらしい。(70)

一八七二年十二月十八日　D・G・ロセッティよりW・M・ロセッティ宛書簡。ヒューイットの店に行くことがあったら、どんな日本の屏風があって、値段がいくらか、高さはどれぐらいか、何枚組かを知らせてほしい。チェルシーの自宅には屏風が二双あるが、低すぎて使いものにならない。一つは本物だが、もう一つは粗悪な複製だ。リヨンに東洋風の品物を製造する工場があると聞いた。(71)

一八七七年　リバティの店に行ったところ、店主のアーサー・リバティ（一八四三―一九一七、Sir Arthur Lasenby Liberty）より「ロンドンにおける日本美術の草分け」という言葉をもらう。正確にはそうとは言えないが、そのようにみなされるのは嬉しい。(72)

ロセッティ兄弟が編集と執筆に協力したギルクリストの『ウィリアム・ブレイク伝』の初版は、一八六三年に出版された。一八七四年にはW・M・ロセッティが『ウィリアム・ブレイク詩集』を刊行する。また、D・G・ロセッティは一八七五年十一月三十日付W・M・ロセッティ宛書簡に「海沿いを歩いて行くと、フェルパムでブレイクが住んだ家まで簡単に行けるようだ。まだ行っていないが、行くつもりだ」と書いた(73)。ギルクリストの『ウィリアム・ブレイク伝』の改訂版が出るのは、一八八〇年である。これらの事実を並べてみると、ロセッティ兄弟がジャポニスムとブレイクの両方に同じ時期に夢中になっていたことがわかる。

前章ですでに見たように、ヴィクトリア朝英国社会の堅気な銀行員生活から逃れるようにして日本へやってきたリーチには、既存の規範からの自由を求めるという意味でボヘミアンに対する憧憬があった。リーチがロンドンで師匠のように接したオーガスタス・ジョンも、ボヘミアン的要素を大いに持ち合わせており、それはジョンがリヴァプールで親しく接したジョン・サンプソンにまで遡ることができた。サンプソンは『ウィリアム・ブレイク詩集』の編者であるとともに、ボヘミアンという概念の起源の一つとなったロマの研究者でもあった。神は人の個性を通して顕現すると主張し、個性の自由な発現に価値を置いたブレイクと、社会規範からの逸脱という意味で自由の代名詞でもあったボヘミアンという概念に、リーチやジョンやサンプソンが共通して関心を持ち続けたことは、当時ブレイクがどのような意味を帯びていたのかを暗示する。ブレイクとボヘミアンは反抗と逸脱の象徴だった。

王立美術院と英国美術の現状に満足できずに、反抗者の道を選んだD・G・ロセッティがブレイクに引き寄せられた事情も、この延長線上で理解することができる。W・M・ロセッティはD・G・ロセッティについて次のような言葉を残した。

彼はいわゆるボヘミアンではなかった。彼は酒を飲まなかったし、賭け事をしなかったし、煙草も吸わなかったし、粗雑な振る舞いをしておもしろがることもなかった。しかし、他人に調子を合わせたり、「上流階級」に迎合することに汲々としているお上品な連中とは一線を画していた。(『D・G・ロセッティ——家族宛書簡集』(74))

D・G・ロセッティにボヘミアンを意識した振る舞いはなかったとは言え、ヴィクトリア朝英国社会の平均的な日常生活からはずいぶんと逸脱した暮らしをしていたようだ。この逸脱ぶりは、一八六二年にロセッティ兄弟、A・C・スウィンバーン、ジョージ・メレディス(一八二八—一九〇九、George Meredith)が始めた共同生活に見ることができる。

庭園にはアルマジロ、ネズミ、ハリネズミ、オオヤマネ、マーモット、リス、ウォンバット、ワラビーをはじめ、ジェシーとボビーという名の二匹の梟、さらには孔雀まで遊んでいて、ロセッティは眺めては倦むことを知らない。これに磁器の青と、モデルたちの髪の赤毛が加わって、常軌を逸した色彩の取合わせになるのがうれしいのだ。動物たちは、庭園のみならず家のなかをも自由に徘徊している。このロセッティのお気に入りたちのおかげで盛りあがった一夜のことを、ホイッスラーが回想している。「コーヒーと葉巻が出されるのと同時に、テーブルにはウォンバットが連れてこられ、メレディスがさかんに話をしているかと思うと、スウィンバーンがホイットマンの『草の葉』を大声で朗読する。しかしメレディスは輝かしい才能の持主であるとともに機智に富んだ人物で、好んでロセッティをその機智の標的としたため、二、三人の顧客を招いていた手前、ロセッティは彼の冗談を快くは思わなかった。夕食が終わるとウォンバットは姿を消したが、あとで葉巻の箱のなかで死んでいるのが発見された」。(ジャック・ド・ラングラード『D・G・ロセッティ』(75))

バーナード・リーチ、オーガスタス・ジョン、ジョン・サンプソンというブレイク愛好家の系譜を、サンプソンにブレイク詩集の編集を持ち掛けたフレデリック・ヨーク・パウエルにまで遡った時、ブレイクとジャポニスムという取り合わせが見えてきた。ロセッティ兄弟の興味の持ち方と破天荒な暮らしぶりを見る限り、ボヘミアンとブレイクとジャポニスムが兄弟の中であまりにも見事に融合しているようだが、ロセッティ兄弟にとってブレイクとジャポニスムはどのような意味を持ったのだろうか。

すでに見たように、W・M・ロセッティはブレイクを「幼児が有するような幸せな無意識の本能」の人として、また「直観」の芸術家として論じた。

ブレイクの能力の本質、つまり彼が作品を作り上げた力は直観だった。これは彼の芸術作品にあてはまることであり、また詩についても同じことが言える。（「序文」）[76]

ブレイクは視覚、聴覚、触覚、嗅覚、味覚という五感を信頼せず、「直観」の導きに従った。それは「幻視」という言葉でブレイクによって表現されたが、別の言い方をするならば啓示であり、「直観」であるとW・M・ロセッティは言う。[77]

ブレイクとジャポニスムに同時に夢中になったW・M・ロセッティは、当然のように日本美術論も書いている。そして、日本美術を論じるにあたってW・M・ロセッティが用いた言葉は、スウィンバーンがブレイクを論じる際に多用した「本能」だった。W・M・ロセッティは『回想録』の中で、D・G・ロセッティとともに日本美術に熱狂した頃を振り返りながら、歌川広重（一七九七―一八五八）に匹敵する芸術家としてターナー（一七七五―一八五一、Joseph

Mallord William Turner）を挙げ、他に誰がいるだろう、と問いかける。葛飾北斎（一七六〇―一八四九）よりも素晴らしい画家がいるだろうか。岸駒ほどに虎を知り尽くした者がいるだろうか。北尾重政（一七三九―一八二〇）や高嵩嶽と肩を並べられるぐらいに花鳥画を描いた者がいるだろうか。このような見事な手仕事の前にはヨーロッパの絵画のほとんどは色褪せて見える、とW・M・ロセッティは書く。[78]日本の浮世絵を激賞した後、W・M・ロセッティは日本の芸術には欠点があるが、それを言うならば、ジォット（一二六六／六七／七六―一三三七、Giotto）にも、アンジェリコ（一四〇〇?―五五、Fra Angelico）にも、ファン・アイク（一三七〇頃―一四二六、Hubert van Eyck）にも、マンテーニャ（一四三一―一五〇六、Andrea Mantegna）にも、ペルジーノ（一四四六―一五二三、Perugino）にも欠点があると続けた。重要なのは欠点がないことではなく、芸術を芸術として見分ける霊感、すなわち「直観」であり、日本の浮世絵版画はそのような力の産物である、とW・M・ロセッティは論じた。なぜ浮世絵版画は「直観」の芸術なのか。W・M・ロセッティによると、それは日本人が「半未開人」（semi-barbarians）だったからである。

半未開人として、日本人は他の人種の芸術家よりも本能的だった。彼らが好んで描いた狐や兎や鶴に彼らは近かったのだ。未開人がヨーロッパ人よりも視覚や聴覚において優っているように、日本人は文明が進み過ぎた人々よりも、観察や手さばきにおいて優っていた。このように本能的であるがゆえに、彼らは自然の中の本能的な存在を驚くほど真に迫って描き出す。虫、蛸、蛙、魚、永遠界にいるかのように雄大に長々とうねる蛇、空から舞い降りる威厳に満ちた鷲、羽ばたきする雀、首をひねるめんどり、背がぴんと伸びた優美な鹿、鼠に嚙み付いた猫。砕け散る海の波しぶき、土砂降りの雨、富士山の笠雲。男性の動物的な激しい感情、女性のしなやかな媚態、火山の噴火のような武士の怒り、勇者の冒険の興奮。この本能的な特質は、奇怪な存在においても見事な輝きを放つ。取るに足りないものを除いて、悪魔、妖怪、怪物、竜、そして風変わりで馬鹿げた気味の悪いもののすべてにほとばしる酔狂で優美な味わい。これらに関してヨーロッパの芸術家は、時代と国を問わず、日本の名匠の足下にも及ばない。(『W・M・ロセッティの回想録』)[79]

W・M・ロセッティは日本人を文明から遠く動物に近い存在と位置付け、文明の影響下にあれば失われてしまうような動物的「本能」を日本人は保持しており、それゆえに文明国の芸術家には描き得ないような絵を描いたと論じた。奇怪、興奮、感情、「本能」を日本人に結び付けたW・M・ロセッティの議論に、ヨーロッパにとって肯定的な価値を持つ理性や秩序を「西洋」の属性とし、否定的な価値を持つ感情や無秩序を「東洋」に投影する思考を見ることができるかもしれない。ただし、理性と秩序からなる王立美術院の芸術観に反抗したロセッティ兄弟にとって、感情や「本能」は肯定的な意味を帯びていた。だから彼らは、彼らが感情と「本能」の芸術とみなした日本美術に熱狂した。それはW・M・ロセッティが「半未開人」という言葉を用いることについて、「もしそれが適切な言葉であるならば[80]」という断り書きを添えたところに見てとることができる。しかし、それでも日本美術に向けられた視線は日本美術の生産者にまで及んでおらず、鑑賞すべき美的対象を取り上げただけで、そこに生きる人々に対する想像力が働いていない、という批判が成り立つかもしれない。負の価値を持つ諸概念を「東洋」に付与して帝国主義政策を推進する姿勢と、同じ諸概念に正の価値を持たせて「東洋」を讃美する姿勢は、どちらも視線の先にある対象を生きた人々としてとらえようとせず、観察者の恣意的な解釈の枠組みを押し付けているだけだ、という批判も想定できるだろう[81]。

W・M・ロセッティにおいて日本美術がどのような意味を持ったのかを公正に判断するためには、既存の思考の枠組みに安易に寄り掛かることなく、W・M・ロセッティのテクストを慎重に読み解く努力が必要である。W・M・ロセッティが「半未開人」という言葉を使用しながら、日本の木版画を「本能」の芸術として論じたのは、一九〇一年に出版された『回想録』においてである。これはW・M・ロセッティが若い頃を振り返りながら書いた思い出の記録であり、日本の木版画を初めて目にした時に彼が示した新鮮な反応を、この『回想録』から引き出すことはできない。これに対してW・M・ロセッティが一八六三年に発表した北斎の木版画論には、実物を目の前にして湧き上がってくる感想が忌憚なく書き綴られている。[82] この木版画論は一八六三年の十月から十一月にかけて『リーダー』誌（*The Reader*）に掲載され、「日本の木版画――日本から到来した絵本」という表題が付けられた。W・M・ロセッティは日本の木版画において鳥が首をひねったり、魚が泳いだり、蛇が胴体をくねらせたりする一瞬が見事なまでに描き出されていることを賞讃した。日本の芸術家は瞬間を捕捉する知覚とそれを表現する技において、どの時代のヨーロッパの芸術家よりも高度な水準に達していると述べ、日本の木版画に類似する芸術家としてティツィアーノやデューラー（一四七一―一五二八、Albrecht Dürer）の名を挙げた。また、木版画に描かれた相撲を説明するために、アメリカの東インド艦隊司令官マシュー・ペリー（一七九四―一八五八、Matthew Perry）の著書『ペリー艦隊日本遠征記』（一八五六）より相撲の描写を引用しているので、W・M・ロセッティは同書をすでに読んでいたと思われる。[83] この木版画論は後に改稿され、『現代美術評論集』の一部として一八六七年に出版された。なお、谷田博幸によると、W・M・ロセッティを驚嘆させた「この北斎の絵本というのは、天保七年（一八三六）に刊行された『和漢絵本魁』という絵手本で、古今の英雄・武将などを三一図に描き、勢いのある勇猛な人物像の描き方を教えるものだった」。[84]

W・M・ロセッティが一八六三年に書き、一八六七年に改訂した木版画論と、一九〇一年の『回想録』における日本美術論を比較して明らかなのは、一八六三年および一八六七年の木版画論には「半未開人」という言葉は見当たらず、また動物の真に迫る絵画表現を「本能の芸術」と位置付ける姿勢も見られないということである。このテクストから浮かび上がってくるのは、日本の木版画を見て感嘆するW・M・ロセッティの姿である。三十一枚の図版を丹念に精読して事細かに記述する様子は、ラファエル前派の特色の一つである写実重視の姿勢と重なる。W・M・ロセッティは日本語が読めないために『和漢絵本魁』の性質を的確に把握することができず、ギリシア神話の英雄テーセウスの冒険やフランスの騎士道物語のローランの歌のように、勇者の伝説に取材した絵物語と誤解しながらも、怪物の描写や暴力的な場面についても淡々と叙述する。三十一枚の図版を詳細に紹介し、残忍な情景が随所に見られることを指摘した後、W・M・ロセッティはこの論考を次のように締めくくった。

道徳的な説教をすることは、我々の役目でもなければ、そのような柄でもない。なぜこれらの特徴［残酷な描写］が日本美術に存在するのか、美術だけでなく実生活でもそうなのか、という問題は、ここで我々が扱うべきことではない。ただ、このような特徴が我々の目の前にある見事な絵を一段と引き立たせているということは、この図版集を広く読者に知らしめる上で言い忘れてはならない事実である。最後にこのような本をもっとたくさん見てみたいし、また、これらの本に出会った人々には、現在のヨーロッパ美術よりも見るべきものがあるということを認識してほしいと思う。（「日本の木版画」[85]）

W・M・ロセッティのこれらの言葉に対して、日本美術の生産者である日本人に対する想像力が欠けているという批判を向けることに、果たしてどこまで意味があるだろうか。W・M・ロセッティによって書かれた一八六三年および一八六七年の木版画論は、日本語能力の欠如に起因する誤解が含まれてはいるが、審美的対象を審美的対象として扱うことによって、安直な文化論に堕することを免れた。それはW・M・ロセッティ自身が述べたように、話題を目の前にある木版画の読解に限定し、「道徳的な説教をすること」について自己抑制をしたからであろう。自分が接している情報はごく狭い時代と領域に限定されており、そこから一般的な文化論を展開することは、おこがましく傲慢な行為であるという自覚こそが、対象に対する公正な理解を保証する。限られた情報から主観的な一般論を組み立てるのは、全集を読み切っていないにもかかわらず、一部のテクストをもとに作家論や詩人論を披露しようとして破綻する様子に似ている。なお、同じような意味で、朝鮮美術をめぐる柳の議論が批判される原因は、柳が審美的対象を審美的対象として見ずに、「悲哀の美」を投影してしまったところにあるのではないか。

純粋な木版画論に徹したW・M・ロセッティの一八六三年および一八六七年の論考とは対照的に、日本美術、特に装飾芸術の特質から生産者の知的水準へと想像力をめぐらした一本の論考がある。この論考の著者であるフランシス・パルグレイヴ（一八二四―九七、Francis Turner Palgrave）は、英文学における名詩のアンソロジー『黄金詞華集』[86]（一八六一）の編者として名高い。パルグレイヴは『サタデー・レヴュー』誌（*The Saturday Review*）に書きためた美術評論を一冊にまとめて『美術評論』（一八六六）を出版した。この評論集には、王立美術院の展覧会、ウィリアム・ホルマン・ハント、フォード・マドックス・ブラウン（一八二一―九三、Ford Madox Brown）、ジョージ・クルックシャンク（一七九二―一八七八、George Cruikshank）などに関する論考とともに、日本美術論が収録されている。パルグレイヴは「日本美術」と題したこの論考を、画家であり装幀家であったジョン・レイトン（一八二二―一九一二、John Leighton）の日本美術論を紹介することから始めて、不規則と不均整を日本美術の特徴として指摘する。この指摘自体はレイトンが一八六三年五月一日に王立科学研究所（The Royal Institution）において行った講演「日本美術について」[87]の内容の焼き直しであり、特に目新しい部分はない。しかし、パルグレイヴは続けて、「東洋」の作品は素晴らしくはあるが、結局のところ二流の水準にとどまっている、と述べるのである。

もう少し正確に定義をするならば、次のように言えるだろう。東洋の芸術作品は、自然の姿を様式に則ってなぞる以上のことをせず、感情や知性の働きがあまり見られない。したがって、技量が見事であるにしても、本質的には二流品でしかない。（「日本美術」[88]）

さらに、パルグレイヴは「東洋」の芸術が二流である理由を、「本能」という言葉を用いて説明した。

実際、東洋の芸術の本質、すなわち、その気取りのない素朴さ、ささやかで子どものような優しさ、色彩における見事な手並みは、人の精神活動の発露というよりは、むしろ、我々が漠然とではあるが、しかし、明瞭に本能の賜物とみなすものである。あるいはそのようなものに見えるのである。（「日本美術」[89]）

パルグレイヴの「日本美術」をW・M・ロセッティは読んだようだ。これはW・M・ロセッティの『現代美術評論集』に収録された「パルグレイヴ氏と非専門家的美術批評」という評論が、パルグレイヴの著書『美術評論』の事実上の書評であることから確認できる。この書評においてW・M・ロセッティは「芸術は、詩と同じように、専門家から構成される特殊な審査員に対してではなく、広く世に向けて提示されなければならない[90]」というパルグレイヴの主張に一定の理解を示しながらも、パルグレイヴには一度結論を出したらその結論に執着するところがあると記した。W・M・ロセッティによると、パルグレイヴはギリシア美術を偏愛し、ギリシア美術のように完璧であることや完成されていることを求める傾向が強い。したがって、これらの規準を満たさないものをパルグレイヴは二流品とみなしてしまう。

芸術の別の展開や別の発展のあり方へと考えをめぐらせなければならない時に、パルグレイヴ氏はギリシアにこだわりすぎるように思う。ギリシア美術を検討する時と同じぐらいに徹底して、これらの芸術のモチーフを吟味しようとはせずに、ギリシアの完成度を手本として導き出された、彼にとっての理想的な完結性を、それらの芸術に必死になって見出そうとするのだ。しかし、そのような完結性は、現代美術においては、ほとんど望むべくもないのである。(「パルグレイヴ氏と非専門家的美術批評[91]」)

W・M・ロセッティはそれとは明言しなかったものの、日本美術を二流品であると位置付けたパルグレイヴの判断を、ギリシア美術に偏向した芸術観の産物とみなしたようである。そしてこのW・M・ロセッティによるパルグレイヴ批判に、日本美術に対する両者の姿勢の違いが現れているように見える。パルグレイヴにとっては、合理的知性によって計算された秩序こそが美の完成形だった。それがギリシア美術だった。不規則や不均整は美ではなかった。秩序からの逸脱を美と認識する発想は、パルグレイヴには理解できなかった。このような芸術観を持つパルグレイヴが「英語における最高の歌と叙情詩」のアンソロジーと銘打った『黄金詞華集』一八六一年版にも、一八九七年の改訂版にも、ブレイクの詩を一切収録しなかったことは、何かを暗示しているのかもしれない。ブレイクは「ギリシアは数学的な形である」と述べ、また別の箇所には「ギリシアのミューズは記憶の女神であって、霊感や想像力の女神ではなく、崇高な着想の作り手ではない」と記して、ギリシア美術に価値を見出さなかった[92]。ブレイクにとって、ギリシア美術の幾何学的な秩序美は、神から授けられた個性の表現ではなかった。神の顕現としての個性の発露は、理性によって制御されるようなものではなかった。このようなブレイクの芸術観は、日本美術と同様に、パルグレイヴにとっては受け入れ難いものだったと思われる。逆にW・M・ロセッティは、ほぼ同じ時期にブレイクと日本美術に対して「直観」の芸術という理解を示して、これらに高い評価を与えた。なぜか。

三　「直観」、あるいは「本能」とは何か――伝統に対抗する戦略

一八五〇年にラファエル前派の機関誌として『ジャーム』誌（*The Germ*）が刊行される。第一号は七百部が印刷さ

れたが売れ行きは悪く、第二号は五百部に減じ、第三号では表題を『芸術と詩』と改めたが効果はなく、第四号で打ち切りになった。一九〇一年にファクシミリ版として復刻された時、W・M・ロセッティは序文を寄せ、ラファエル前派の活動を回顧して次のように記した。

一八四八年の英国画壇は全く活気を失っていた。偉大な比類なき天才ターナーはその一人だった。彼は老いて盛りを過ぎていた。他にも力のある者はいた――エティとデイヴィッド・スコットはどちらも晩年にさしかかっていた。マクリース、ダイス、コウプ、マルレディ、リンネル、プール、ウィリアム・ヘンリー・ハント、ランドシア、レズリー、ワッツ、コックス、J・F・ルイスなどもいた。ウォード、フリス、エッグのように一際器用な者もいた。ペートン、ギルバート、フォード・マドックス・ブラウン、マーク・アンソニーは充分な力量を示したが、まだ若かった。全体として英国画壇はホガース、レノルズ、ゲーンズバラ、ブレイクの時代よりはるかに低迷していた。平凡であることが褒め言葉となり、愚かと言っても言い過ぎにならないような有様だった。

一八四八年の夏も終わりかけた頃、王立美術院に在籍中、あるいは修了したばかりの四人の若者がいた。彼らには、芸術の現状が不快で浅ましく恥ずべき状態にある、と見えた。四人の名は画家のウィリアム・ホルマン・ハント、ジョン・エヴェレット・ミレー、D・G・ロセッティと彫刻家のトマス・ウルナーだった。年齢は二十二歳から十九歳まで様々で、ウルナーが最年長でミレーが最年少だった。彼らは青年にちょっと毛が生えた程度であり、当然のように芸術の理論についても実践についても、それほど深くわかっているわけではなかった。しかし彼らは自由な眼と心を持っており、よいものと悪いもの、つまり自分たちが好きなものと嫌いなものを見分けることができた。彼らは制作意図が欠落した芸術や特色のない芸術を嫌った。前者は馬鹿馬鹿しく空虚であり、後者は浅はかで偽りの代物だった。彼らは滑らかでこぎれいでしかない作品や、匠の技を装ってはいるが、ぞんざいで粗雑なもの、ラファエル前派の用語で言うならば「安っぽい」[sloshy] ものを嫌った。さらに嫌ったのは、芸術家は表現したり解釈したりすることができるようになるまでは、個人的な衝動に従ったり、自分の認識に基づいて行動したり、自然を研究したり、対象を吟味したりするべきではなく、他人を見習うように努力をし、画風や技法を模倣し、BやCの実践からAによって体系化された月並みな規範を応用すべきである、という考えだった。彼らは正確にその逆をやろうと決意した。これらの若者の気質は、数年間の形式的な芸術教育を受けたために、反逆者の気質となっていた。彼らは反抗することを目指し、革命を起こした。ラファエル前派と名付けたからといって、彼らがラファエルの作品を心底嫌ったと考えるならば、それは間違いである。彼らが嫌ったのは、ラファエルを取り巻く凡庸な人々によって制作された作品だった。彼らは自分たちの力量や順応性がどのようなものであるかを、ラファエルや他の誰かの芸術をもとに作られた仰々しい規範に縛られずに、個人的な研究と実践によって見極めようと心に決めた。彼らは自分たちの心と手以外に、自分たちで直接自然を研究すること以外に、師を持つということをしなかった。(「序文」[93])

ラファエル前派の若者たちは王立美術院の芸術教育の方針に反抗し、我が道を行くことを選んだ。我が道を行くためには、既存の権威に背を向ける必要があった。そのための拠りどころは自分たちの「眼と心」だった。しかし「眼と心」を拠りどころとして選んだだけでは不充分であり、「眼と心」に既存の権威に対抗できるだけの力を付与しなければならなかった。そこで彼らは芸術教育において規範として教えられてきた作法を、芸術家が描こうとする対象と芸術家との間に介在する二義的な存在とみなし、「自分たちの心と手」によって「直接自然を研究すること」を理想的な制作態度とした。W・M・ロセッティの言葉を援用するならば、他人を見習わず、画風や技法を模倣せず、規範を応用せず、個人的な衝動に従い、自分の認識に基づいて行動し、自然を研究し、対象を吟味することを目指した。

このような彼らの態度は、およそ百年前に王立美術院の芸術教育に対して同じように反旗を翻し、「幻視」に基づく詩と絵画を制作したブレイクの姿勢と一致する。ブレイクは一八〇三年七月六日付トマス・バッツ宛書簡に「私は書記以外の何者でもない。作者は永遠界にいるのです[94]」と記しており、W・M・ロセッティはこの言葉を参照しながら、ブレイクは「直観」に従って創作した、と述べた。ただし、ブレイク自身は「直観」という言葉をほとんど用いておらず、神は個性として人に宿るという独自のキリスト教観に基づいて、神の意志の表出として自らの芸術活動を位置付けたまでである。W・M・ロセッティはブレイクの宗教と芸術が一体化した活動を、より世俗的な言葉に翻訳して「直観」の芸術という表現を用いた。それを「幻視」と呼ぼうと、啓示、霊感、「直観」という言葉で表そうと、既存の画風や技法を意に介することなく、自らが信じるままに創作を行うという点では違いはなかった。そのような意味で「直観」とは、権威や規範を飛び越えるための踏み切り板の役割を果たした。英国美術に革命を起こそうとしたロセッティ兄弟にとって、ブレイクは王立美術院に抵抗した頼もしい反逆者だった。だから、彼らはブレイクを「直観」の芸術家として高く評価した。

ロセッティ兄弟が日本美術に寄せた関心も同じように説明することができる。W・M・ロセッティは日本の浮世絵版画の真に迫る動植物の図像に驚嘆して、その感動を「日本の木版画」論に書き記した。ラファエル前派が絵画の主題となる部分と従属的な部分とを描き分けることをせずに、すべてを緻密に描き込み、中心部と周縁部に明暗をつけることもせずに、すべてを同じ光の下に描いたことを思えば[95]、同じように精密で鮮明な動植物を描いた日本の木版画に、ロセッティ兄弟がただならぬ関心を持ったことは容易に理解することができる。彼らにとって「太陽はすべてのものを照らし、彼らは彼らが見たままを描いた[96]」のであり、同じように見たままを描いた芸術として、彼らは日本の浮世絵版画に魅力を感じた。彼らにとって重要だったのは、自分たちの芸術観に呼応する芸術が英国画壇とは無関係の場所で花開いていたという事実であり、それは王立美術院の権威と教育方針を批判的に見直すための足場となった。

ヨーロッパ絵画の伝統から遠く離れたところに位置する日本美術に、自分たちが目指す方向と合致する絵画表現がある以上、ラファエル以降に確立された芸術観を絶対視しなければならない理由は消失する。このように考えた時、王立美術院の画風と技法は、彼らにとって、芸術表現の対象である自然と芸術家との間に介在する人為的な規則の総体と化した。これはブレイクが教会を神と人との間に介在する障害と位置付けて、糾弾した構造と同一である。ブレイクにとって教会が神と人とを遮断する人為的な制度であったように、ロセッティ兄弟にとって王立美術院は自然と芸術家とを分断する人為的な制度だった。この人為的な障害を取り払うためには、ブレイクが神と人との直接の交流を説いたように、芸術家が直接自然に触れ、自分たちの「自由な眼と心」で研究し、その結果を「自分たちの心と手」で表現する環境を整える必要があった。ヨーロッパ絵画の伝統の外部にあると想定された日本美術は、「直接自然を研究すること」を具現化した格好の存在だった。もちろん浮世絵版画には浮世絵版画特有の様式化された表現技法があったはずであり、文脈は異なるものの人為的な規則の束縛から自由ではあり得なかったはずである。また、日本美術がヨーロッパ絵画と全く無縁であったわけではないことは、江戸中期にヨーロッパ絵画の透視図法や明暗法を研究した秋田蘭画と呼ばれる一派が存在したことからも明らかである[97]。しかし、おそらくロセッティ兄弟は浮世絵版画について、そこまでの詳しい知識を持ち合わせていなかっただろうし、必要ともしていなかった。彼らが必要としたのは、王立美術院の権威に対抗するための手段だった。ブレイクと日本の木版画を説明するために彼らが用いた「直観」や「本能」という概念は、かつては神という言葉で語られ、後には意志によって制御され得ない無意識の領域で作動するとされた超越的な力と結び付くことによって、人為的に構築された制度と伝統を相対化する効果を持った。そしてそれゆえに彼らは「ラファエルや他の誰かの芸術をもとに作られた仰々しい規範」を振りほどき、「自分たちの心と手」に権威を取り戻すことができた。ブレイクを「直観」の芸術と位置付けたように、浮世絵版画に「本能」の芸術という概念を投影して、英国画壇における革命遂行の一助とすることを彼らは目指した。直線の組み合わせから構成され、規則性と対称性を特徴とするギリシア的な様式とは異なり、ブレイクと日本美術は曲線と不規則性と非対称性に特徴があるとされ、その異質性によって新たな局面をもたらす可能性を含んでいた。実際、英国におけるアール・ヌーヴォーは、ブレイクと日本美術の影響下で育まれた。[98]

「直観」とは何か。

ロセッティ兄弟やスウィンバーンやシモンズと同じように、柳もまたブレイクを論じるにあたって「直観」という言葉を多用した。例えば柳は『ヰリアム・ブレーク』において「直観」を次のように説明した。

直観とは実在の直接経験である。

直観とは主客の間隔を絶滅した自他未分の価値的経験である。そこには差別記号である何等の名辞すらない。只活きた実存する一事実がある。

直観的経験は新創 Novelty の経験である。何ものか未知の世界を味識する経験である。従つて直観の方向は未来に在りその作用は創造的である。理性には反復があり制約があつて自由がなく創造がない。一切の直観的経験は創造的経験である。思惟が吾々に与へる結果は只叙述であり分析であり比較である。過去に決定せられた事象に対する反省に過ぎない。未来の創造新創を吾々に与へるものは只直観である、純粋経験である、個性を経由した具像的事実である、法悦である、只鋭い霊感の力である。(『ヰリアム・ブレーク』[99])

「直観」とは、ブレイクが有したと自己主張する特殊な能力なのかもしれない。「直観」という言葉を好んで用いた柳自身も、美を見抜く「直観」の持ち主として語られることが多い。しかし、「直観」とはどのような能力なのかという問いを立てるよりも、「直観」という言葉はどのような効用を持つのか、という問いを立てた方が実りの多い議論になるように思われる。柳の説明を応用して、「直観」とは対象を直接把握する精神の力であると定義して差し支えないとすれば、考察すべきなのは、対象を直接把握するとはどのような理解を意味するのかという問いではなく、「直観」という言葉を用いて対象を直接把握することの重要性が論じられるのは、どのような状況においてであるか、という問いである。このように考えてみると、「直観」という概念が持ち出される時には、介在物が対象を取り巻いてその本質を覆い隠しており、その介在物を除去する必要があるという認識が、その前提として存在することがわかる。ブレイクは「直観」という言葉をほとんど用いなかったが、永遠界に真の作者を想定し、自らをその代筆者に位置付けることによって、レノルズと王立美術院という地上の権威にとらわれることなく、自由な芸術活動を行った。同じように王立美術院に反抗したラファエル前派も、W・M・ロセッティの言葉を借りるならば、「自分たちで直接自然を研究すること以外に、師を持つということをしなかった」。ブレイクにとってもラファエル前派にとっても、王立美術院に象徴されるヨーロッパ絵画の伝統が、芸術家と対象との間に存在する介在物であり、自分たちが目指す芸術活動を行うためには、介在物である既存の規範を取り除く必要があった。そしてそうすることによって、ブレイクもラファエル前派も新しい境地を切り開いた。「直観」を「新創」や「未知の世界」と結び付け、「その作用は創造的である」と論じた柳は、「直観」という言葉が担う機能を実践的に理解していたと言える。[100]「直観」と既存の権威とが対立関係にあることについて、柳は後に次のように記した。

> 往年日本の国家は「喜左ヱ門井戸」を国宝に指定したが、それは歴史的に有名だから国宝にしたので、直かにその美を見届けての上ではあるまい。何故なら、同じ程度の又近い性質の美しい民器が他に夥しくあつても、歴史的に

有名でないために、決して国宝等には指定しない。それ故既定評価にのみたよる危険は、自分の直観で見届ける事がむづかしくなることである。併し既に有名なものだけを「結構結構」と云つて有難がつてゐるのでは、見方に自主的権威がない。まして之に創造的開発が伴はぬ。残念なことに、日本の国宝指定には創造的見方が極めて乏しい。一つは歴史性に囚はれたり、又余りにも世評を考慮したりする為であらう。（「東山御物と民藝館の蔵品」[101]）

「歴史性」や「世評」に縛られることなく、「直観」を駆使して「自主的権威」を保持した人々として柳が賞讃したのは、初期の茶人だった。茶道がまだ制度として確立されていなかった頃に、初期の茶人は日用品の飯盛り茶碗で茶を喫することに、美と味わいを見出した。初期の茶人の大胆な遊び心と、先人の手本を模倣することしかできない次の世代の優等生的な精神とを比較して、茶道の停滞の一因を柳は次のように説明する。

いろいろ原因はあらうと思ふが、茶器に型が出来てしまつて、かへつて自由な選択が行はれなくなつたためと思へる。初期の茶人たちは型によつて、ものを集めたのではない。自在な選択力こそは、名器を創作した力なのである。（「『茶』の改革」[102]）

同じことは柳が展開した民藝運動そのものにも当てはまる。柳は「直観」と民藝について次のように書いた。

例へば、いくら民藝品が美しいからと云つても、民藝美を見届ける力は直観であつて、民藝といふ「概念」ではない。それ故民藝はかくかくのものだといふ判断から民藝品を見るとしたら、決して民藝美を、そのままの相で見てはゐない事になる。（「直観について」[103]）

詮ずるに「民藝」をいつも、活々したものとして受取り度い。それには民藝美の本質たる自由性を見失つてはならぬ。自由を欠けば何ものも美しくはならぬ。その自由美を不自由な見方に封じてはすまぬ。だから民藝に執する者は、民藝を見失ふ者である事を、お互によく誡めたい。（「改めて民藝について」[104]）

民藝が持つこのダイナミズムは柳宗理（一九一五―二〇一一）に受け継がれた。宗理はバラの剪定鋏や実験用蒸発皿に美を見出し、手工藝と機械工藝という区別を乗り越える必要を主張した[105]。工業デザイン研究会を組織し、横浜市営地下鉄の駅構内設備や関越トンネルのデザインを手掛けた宗理の活動には、父宗悦の仕事を手本としてこれを模倣するのではなく、民藝を発展させようとする姿勢が明白である。「未来の創造新創を吾々に与へるものは只直観である」という宗悦の言葉を思い起こすならば、工業デザイナーとして活躍した宗理は、「自在な選択力」を発揮して「未来の創造新創」へ向かって前進したと言えるだろう。その時宗理にとって、「直観」によって除去すべき介在物と映ったのは、ひょっとしたら宗悦の時代に確立され、宗悦の時代の状態で固定化されかねなかった民藝という概念そのものだったのかもしれない。

進取の気性に富んだ決断と「直観」とは表裏一体である。未だ評価されていない対象を初めて評価の俎上に載せ、しかも肯定的な価値を与えるためには、勇気と信念が必要である。勇気と信念が必要なのは、それまでに蓄積された知識と経験から離脱して、未知の領域に一歩を踏み入れるからである。切り開きつつある新しい領域に切り開くだけの意味があるのかどうかを検証する作業は、木喰仏の研究や民藝運動において柳が行ったように、論理的にかつ実証的に実施される必要があるが、論理的で実証的な検証作業をただ積み重ねるだけでは、新たな境地は開拓されない。柳が「『知』からは『見』は出て来ぬ[106]」と言ったのはそういうことである。既存の「知」から離陸するためには揚力が必要であり、その実態が何であれ、その揚力こそが「直観」である。

直観は「私なき直観」である。私を挿む余暇なき直観である。私は私の立論をかゝる基礎の上に置かねばならぬ。否、幸か不幸か私は直観以外に見方の持ち合わせがないのである。私は工藝に関する私の思想を歴史学や経済学や化学によつて構成して来たのではない。私は知るよりも先に観たのである。（『工藝の道』）[107]

柳が「私なき直観」という言い方をしたところに注目したい。初期の柳はウィリアム・ジェイムズの心理学と、リチャード・バックやエドワード・カーペンターらの疑似科学的神秘主義思想を研究した。そして、人の心を意志で制御できる領域と意志で制御できない領域に区分し、意志で制御できない領域に啓示や霊感が宿るとする考え方に強い関心を示した。意志で制御できない領域とは利己心が介入しない領域であり、「私なき直観」が活動する場と言い換えることができる。この枠組みはブレイクの「自己寂滅」という概念に遡ることができるし、柳は『ヰリアム・ブレーク』に「自己寂滅」とは「自己と宇宙との合一である」[108]と記した。

ロセッティ兄弟が「直観」と人知を越えた超越的存在をどこまで結び付けて考えていたかは不明だが、少なくともブレイクにとっては、それは宗教的な概念だったし、柳にとってはブレイクを心理学的、宗教学的に研究した末に見えてきた構図だった。ブレイクと柳にとって「直観」とは、神や、各個人を包摂する人類全体の意志や、万物の生の営みが構成する宇宙全体の意志として想定される超越的存在とつながっていた。それは、言い換えるならば、神秘主義思想という共通の廊下を通じて、人類全体や宇宙全体という言葉で語られる公共性へ向かって開いていた。柳がブレイクのテクストから取り出してみせた「対立の思想」と「肯定的世界観」は、社会において革命が果たす積極的な意義と、「私なき直観」が切り開く公共性という文脈で理解する必要がある。それまでに蓄積された伝統や制度を御破算にして新しい地平へと飛躍を試みることが、ブレイクや柳が展開した活動の特徴であるとするならば、「直観」という言葉は、人為を超越した力を連想させることによって、既存の権威とそれに基づく序列と差別を覆すための強力な梃子として働いたのである。

第III部　ブレイクによるキリスト教の相対化

第七章　悪とは何か
――『天国と地獄の結婚』とキリスト教

柳は『ヰリアム・ブレーク』の冒頭に「『天国と地獄との婚姻』を読んだ時自分は驚いた。それはバーナード・リーチ氏が貸してくれた詩集の中にあつた」[1]と書いた。当時リーチが『天国と地獄の結婚』に関心を持っていたことは、第五章で確認したように、リーチが『白樺』五巻四号に随筆「ヰリャム・ブレイクに就いて」を発表し、『天国と地獄の結婚』を適宜引用しながら、欲望肯定論を展開したことから明らかである。柳は『ヰリアム・ブレーク』において、ブレイクの作品中でおそらく最も読みやすいと思われる『無垢と経験の歌』にはあまり関心を示さずに、『天国と地獄の結婚』について熱く論じた。また、日本民藝館所蔵の柳宗悦旧蔵書には、ブレイクの「彩飾印刷」本の複製として『ヨーロッパ』、『アメリカ』、『アルビオンの娘たちの幻想』がそれぞれ一点ずつ含まれるのに対し、『天国と地獄の結婚』の複製は一八六九年版、一九一一年版、一九二七年版の三点が確認できる。[2]これは柳が『天国と地獄の結婚』に特に興味を持ったことの物的証拠と言えるだろう。これほどまでに柳を魅了したブレイクの『天国と地獄の結婚』とは、どのようなテクストなのだろうか。

一　神が悪魔か、悪魔が神か――変容する地獄の業火

十八世紀に英国が直面したアメリカ独立戦争、産業革命、ドーヴァー海峡の対岸で勃発したフランス革命は、人と人、人と物の関係から神秘性を除去しようとする動きであったという点で、同じように自然界から神秘性を除去しようとした近代科学の流れと軌を一にする。最後の魔術師とも近代科学の父とも称されるアイザック・ニュートン（一六四二―一七二七、Sir Isaac Newton）は、物と物との関係を方程式に還元しようとし、ニュートンに続くようにして登場したアダム・スミス（一七二三―九〇、Adam Smith）は、人と人、人と物との関係を同じように数字で説明しようとした。数字を媒体とすることによって、物理学と経済学はそれを志す者であれば誰もが近付くことのできる学問として成立した。神秘性の除去とは特権構造の解体と言い換えることができる。その意味では王権神授説によって囲い込まれてきた政治も、当事者間の合意に基づく契約という概念を鍵にすることによって、その門戸がより広く一般の人々に対して開かれようとしていた。アメリカ独立戦争とフランス革命は、このような展開を最も極端な形で表現したということができるし、キリスト教も同じような神秘性の除去という波にさらされつつあった。

『天国と地獄の結婚』は一七九〇年頃に制作された。短詩「梗概」（'The Argument'）、匿名の語り手が神や善悪に関して議論を展開する無題の散文、「悪魔の声」（'The voice of the Devil'）と題された論説、語り手「私」が語る「記憶すべき幻想」（'A Memorable Fancy'）という断片的な物語、ことわざのような短文の集積からなる「地獄の格言」（'Proverbs of Hell'）など、韻文と散文の入り混じった多様な表現形態が組み合わされており、ブレイクの作品の中でも特に異彩を放つ。

冒頭に置かれた「梗概」は、ブレイクが創造した神話的人物の一人リントラ（Rintrah）が前触れもなく登場すると

ころに見られるように、必ずしもわかりやすい梗概ではないが、人としてのイエスと制度宗教としてのキリスト教とを区別し、後者を堕落した宗教の形態とみなすという『天国と地獄の結婚』の主旨が記された。「梗概」に続いて「対立なくして進歩なし」という言葉とともに、理性と活力、愛と憎しみ、善と悪などの二項対立は、どちらか一方が他方を排除するのではなく、二項対立が二項対立として存在し、全体として肯定されることが必要であるというブレイクの「対立の思想」が提示される。さらに「悪魔の声」では、精神を肉体の上位に置こうとする考え方は誤謬であり、聖書はこの誤った考えの源となったという告発がなされた。「悪魔の声」によると、この誤った考えに基づいて、ミルトンは理性の権化のようなキリスト像を造形してしまったのだが、ミルトンが『失楽園』で生き生きと描き出した、絶対者としての神に反抗するサタンこそが、実は本来の救世主であり、サタンの描写が優れているのは、ミルトンが「真の詩人であって、知らず知らず悪魔の側にあったからである」[3]。「記憶すべき幻想」では、語り手「私」によって地獄で収集された格言が披露され、聖職者組織の誕生とともに人々は人の心に神が宿ることを忘れてしまったという指摘がなされた後、「私」と天使が神をめぐって問答を始める。神を絶対的な審判者として受け入れようとしない「私」を、天使は地獄行きを示唆して圧倒しようとするが、「私」は自己の信念を堅持して譲らず、天使に反駁する。「記憶すべき幻想」の最終部では、天使と悪魔の対話が「私」の眼を通して語られる。悪魔の見解によると、神は人の才能を通して地上に姿を現すのであり、善と悪を人為的に定めた律法は神にとって無に等しく、したがって神の顕現として地上に降臨したイエスは、神の意志としての内的衝動に基づいて行動し、律法に従わなかった。悪魔の主張に対して返答ができなくなった天使は、炎に包まれて昇天する。この天使が悪魔に転生して「私」の友人となり、二人で聖書を「地獄の、あるいは悪魔的な意味で」読んでいることが、最後に「私」によって報告される。

『天国と地獄の結婚』がスウェーデンボリ神学のパロディーという側面を持つことは、すでに指摘されている。ブレイクは一七八八年の冬までにスウェーデンボリの新エルサレム教会に興味を持ち、スウェーデンボリの著作の中から『天界と地獄』（一七八四）と『神智と神愛』（一七八八）の英訳を入手した。(4) 一七八九年四月十三日に開催された新エルサレム教会総会の出席者一覧には、ブレイクとその妻キャサリンの署名が見られる。しかし、ブレイクが新エルサレム教会に信徒として参加し続けた形跡はなく、そもそもブレイクは教会と呼ばれるような組織に身を置くことは生涯を通してなかった。(5)

ブレイク独自のキリスト教がどのようにして形成されたのかという問題は、ブレイクが幼年期にどのようなキリスト教に触れる機会があったのかという問題として、ブレイク研究における主要なテーマの一つである。一九九三年にE・P・トムソンにより、ブレイクの母親が清教徒の一派であるマグルトン派（Muggletonian）に属しており、マグルトン派には教団組織がなく、神と個人が直接交流することを目指し、したがってブレイクのキリスト教観に合致するという説が提出された。(6) トムソンが著名な歴史家であったこともあり、トムソンの説がブレイク研究に与えた影響は大きかったが、一九九九年にケリー・デイヴィスが正確な資料に基づく研究結果を季刊学術雑誌『ブレイク』誌に発表し、トムソンの説に誤りがあることが明らかになった。二〇〇四年には同誌に追加情報が掲載され、ブレイクのキリスト教の源流をブレイクの母親側へと遡る場合、それはマグルトン派ではなく、モラヴィア教会と呼ばれる一派に行き着くというのが現在の定説である。(7)

ブレイクの母親が属したキリスト教の宗派が突き止められたからといって、ブレイクの宗派が自動的に決まるわけではない。あくまでも幼年期にブレイクが接触した可能性のあるキリスト教の宗派の一覧から、マグルトン派が削除されてモラヴィア教会が追加されたということである。スウェーデンボリの新エルサレム教会は、古くからブレイクのキリスト教理解に連なる源流の一つとみなされており、これはおそらく今後も変わることはないだろう。

一六八八年にストックホルムに生まれたエマヌエル・スウェーデンボリは、数学、博物学、天文学を修め、英国、オランダ、フランス、ドイツを訪れて知見を広めた。(8) 帰国後は鉱山局に勤務し、技師として三十年を過ごす。そして一七四四年にキリストの「幻視」を見たことを契機として、霊的世界を探求する生活に入った。スウェーデンボリは神を「天界における一切中の一切」[9]と定義し、この「一切中の一切」からエネルギーが流出して、地上の万物を存在させると考えた。つまり、森羅万象のそれぞれについて、その存在を可能たらしめる源が天界に存在するのであって、両者は「照応」(correspondence)の関係にあるとされた。一方、地獄は「諸種の怨恨・報復・譎詐・欺偽・不仁・残虐」[10]に満ちており、その原因は「我執の念」にある。地獄とは、「我執の念」に囚われているために、神と一体化することができない者の住処である。

天界と自然界が「照応」の関係にあるというスウェーデンボリの考え方は、永遠界に真の作者を想定し、自己をその書記とみなしたブレイクの芸術観に通じるところがあるし、また、天界は統一体として一人の人の姿を形作るというスウェーデンボリの主張も、不和と闘争が存在しない理想的な状態では、万物は一人の人の姿となって立ち現れる、と唱えたブレイクの宗教観と一致する。スウェーデンボリの言葉と、それに対応するブレイクの言葉とを並べてみると次のようになる。なお、スウェーデンボリのテクストの日本語訳についてはラテン語原典からの翻訳が出版されているが、ブレイクが『天界と地獄』、『神智と神愛』、『神慮論』(一七九〇)の英訳を所蔵していたことと[11]、柳が学習院高等学科在学中に鈴木大拙と接点があったことを考慮して、本書では英訳からの重訳である鈴木大拙訳より引用する。

十二　如上の次第によりて、次の理は今や明かなるべし。曰く、主は、天界の天人と共に、自家存在の中に住せり、故に主は天界における一切中の一切なり、そは、主より出で来る善とは天人と共に居給ふ主自らなるによる、何となれば主より来るものは主自らなるべければなり、是の理を推して天人より見れば、天界の天界たる所以は、主より出づる善即ち之を然らしむるものにして、天人自らよりするものと相関渉せざるを知るべし、と。(スウェーデンボリ『天界と地獄』[12])

大いなる永遠界では、あらゆる個別の形はそれ自身の固有の光を生み出す
あるいは流出させる、そしてその形は神の幻である
そしてその光は衣である。これがあらゆる人の中に存在するエルサレムであり、
相互寛恕という天幕であり幕屋である、男性と女性の衣服である。（ブレイク『エルサレム』[13]）

五十九　全世界を統一して、之を見るときは、一個の人に類することは、未だ世間に知られざる密意なれども、天界には十分に知れをれり。（スウェーデンボリ『天界と地獄』[14]）

私たちは一人の人として生きる、というのは私たちの無限の感覚を収縮すると
私たちは多数を見る、あるいは拡張すると、私たちは一人として見るからだ
一人の人として全ては全てを含む家族であり、その一人の人を
私たちはキリスト・イエスと呼ぶ、そして彼は私たちの中にあり、私たちは彼の中にあって、
完全な調和のうちに生命の園エデンで生きる、
与えながら、受け取りながら、そして互いの過ちをゆるしながら。（ブレイク『エルサレム』[15]）

五百九十一　［中略］天界にをるものは皆善にをるものなるが故に、善は天界より流れ出で、地獄にをるものは皆悪にをるものなるが故に、悪は地獄より流れ出づ。天界よりする善は総て主よりす、何となれば天界の諸天人は我執の念を離れて主の自我の中に住せり、而して主の自我は善の自体なればなり。されど地獄にある凶霊は皆各自の我執の念に住せり、而して此我執の悪念ならざるはなし、既に悪ならざるなければ、是れ即ち地獄なり。（スウェー

デンボリ『天界と地獄』)[16]

否定があり、対立がある
対立を救い出すためには否定は破壊されなければならない
否定は幻魔である、人の中の理屈を説く力である
これは偽りの肉体であり、私の不滅の霊の上にかぶせられた
外被である、利己心である、それは脱ぎ棄てられて滅却されなければならない
自己反省によって私の霊の顔を清めるために。(ブレイク『ミルトン』)[17]

これらの言葉を並べただけでも、ブレイクがスウェーデンボリから影響を受けたことは明らかである。しかしその一方で、『天国と地獄の結婚』がスウェーデンボリ神学のパロディーとして書かれたことも、『天界と地獄』を意識した表題から容易に見てとれる。スウェーデンボリを嘲笑する言葉は、『天国と地獄の結婚』に次のように書き込まれた。

見よ、スウェーデンボリは墓に腰掛ける天使であり、彼の著作は丸められた亜麻布の衣である。[18]
単純な事実を聞くがよい、スウェーデンボリは新たな真理を一つとして書かなかった、さらに言うならば、古くからのあらゆる誤謬を書いたのだ。[19]

機械的な才能のある者であれば誰であれ、パラケルススやヤコブ・ベーメの著作から、スウェーデンボリの著作と同等のものを一万冊も生み出すことができるだろう。（『天国と地獄の結婚』）[20]

ブレイクはスウェーデンボリの何が気に入らなかったのだろうか。

ブレイクとスウェーデンボリとの関係については、すでに多くの先行研究が存在する。その古典的な一例としてJ・G・デイヴィスの言葉を引用する。なお、柳はデイヴィスの著書について「此本中々よいのに感心した」[21]と寿岳文章に宛てて書いている。

彼のスウェーデンボリ批判は様々な理由で展開された。スウェーデンボリは、第一に道徳を強調して善のために悪を排除しようとし、第二に理性を過度に重視し、第三に尊大であり、さらに、独創性に欠けるとして非難された。ブレイクがスウェーデンボリを拒否した理由は、これらの四点に集約できる。（『ウィリアム・ブレイクの神学』）[22]

デイヴィスがいみじくも指摘した「善のために悪を排除しようとし」たという論点は、その後の『天国と地獄の結婚』に関する研究において、様々な言葉で言い換えられながら受け継がれた。ブレイクがスウェーデンボリを糾弾した理由として、スウェーデンボリ神学が善と悪を固定した二項対立から成ること、スウェーデンボリ神学の善と悪の静的な関係を、ブレイクは動的な「対立の思想」に置き換えたこと、新エルサレム教会は従来の教会と同じ排他性を備えていることなどが指摘されてきた。[23]この他にも『天国と地獄の結婚』の制作年代が一七九〇年頃であることに注目して、フランス革命との関連を探る研究もある。[24]

これらの研究が明らかにしたように、『天国と地獄の結婚』が教会を攻撃し、スウェーデンボリ神学を嘲笑するのは、それらが悪であるからではない。善か悪かという点についてだけ言えば、むしろ両者は善を体現している。問題はこれらが悪を切り捨てることによって成立した善であり、自らの正義を信じてこれを疑おうとしないところにある。

『天国と地獄の結婚』が攻撃する制度宗教としての教会においては、ひとたび宗教的権威が確立されると、それに対する批判が抑圧され、指導者と信奉者が制度の中で固定される。この時制度内での新陳代謝は停止し、組織の保全が最優先事項となる。そこでは排他的な原理が全体を支配しており、教会の構成員の中に教義に違反する者があれば、これを発見し、糾弾し、排除しようとする力が作動する。教会の教義を相対化する個人の主観や想像力に対して、教会は一貫して敵対的な態度を示す。『天国と地獄の結婚』に記された「善は受動的であり、理性に従う。悪は能動的であり、活力から生じる」という言葉は、善と悪を巧みに使い分けることで信者を管理する聖職者組織の特質を端的に表している。なお、組織が個人の想像力を抑圧するという主題は、ロマン主義文学に多く見られる特徴である[25]。

権力機構と化した教会やスウェーデンボリ神学の独善的で排他的な体系に対して、『天国と地獄の結婚』は「地獄の叡智」(Infernal wisdom)を提出する。しかし、それは『天国と地獄の結婚』に記された内容を教義として奉じることを意味しない。すでに先行研究が指摘するように、『天国と地獄の結婚』は何よりも「神は書物の中にいるのではない」と訴えた[26]。『天国と地獄の結婚』が喚起する批判精神は、『天国と地獄の結婚』自身に対しても向けられる仕掛けになっており、それゆえに『天国と地獄の結婚』は対抗勢力によくありがちな教条主義を回避する。『天国と地獄の結婚』の特色は、非とする他によって是とする自が逆説的に支えられていることを自覚しているところにある。

したがって『天国と地獄の結婚』に、革新的な善悪の規準の提示を期待することはできない。他を非とし自を是とする対抗図式に則って『天国と地獄の結婚』を理解しようとすると、その対抗図式そのものを覆そうとする『天国と地獄の結婚』の力に直面することになる。その反発力は、秩序の固定化がその体系に死をもたらすと説く『天国と地獄の結婚』を、固定した秩序の中に押し込もうとしたことに起因する。別の言い方をすれば、『天国と地獄の結婚』

の狙いは規準を定めることではなく、新陳代謝を促すことにある。『天国と地獄の結婚』に書き込まれた「対立なくして進歩なし」という言葉は、諸力が対立して初めて新しい局面が開けるという意味以外に、完全な統制によって達成された静的な秩序には、もはや生命の息吹きは存在しないという主張を含む。

聖書を嘲笑するかのような「悪魔の声」、語り手「私」による幻想的な旅を叙述した一連の「記憶すべき幻想」、旧約聖書「箴言」のパロディーとしての「地獄の格言」、そして匿名の語り手が語る哲学的考察の断片が、オーケストラを構成する楽器のように、それぞれの立場からそれぞれの主張を展開し、結果として『天国と地獄の結婚』は異説を禁じることによって成立した閉鎖的な体系を解体し、開放的な秩序を生成することを促す。ブレイクの作品群を読み解くために運動体という鍵言葉が設定できるとすれば、『天国と地獄の結婚』は運動体的言説である。(27)

『天国と地獄の結婚』の運動体としての特質は、その表題が示すように天国と地獄を切り離すのではなく、結婚させたところに象徴される。それは、例えば、天界に帰属する火と地獄に帰属する火との間の境界線を、『天国と地獄の結婚』が曖昧にしたところに見ることができる。旧約聖書において火は神が駆使する道具として記述された。人にとって管理するのが難しいとされる火を自在に操ることによって、神は全知全能の力を保持することを効果的に示す。(28)ちょうどギリシア神話におけるゼウスが敵対者を屈服させるために雷を武器として用いたように、旧約聖書の神は神の掟に違反する者を罰するために、燃焼エネルギーの塊である火を使う。例えば「エゼキエル書」では、神に背いたエルサレムの民に対して、神は次のように告げる。

それゆえ、主なる神はこう言われる。わたしが薪として火に投げ込んだ、森の木の中のぶどうの木のように、わたしはエルサレムの住民を火に投げ入れる。わたしは顔を彼らに向ける。彼らが火から逃れても、火は彼らを食い尽くす。わたしが顔を彼らに向けるとき、彼らはわたしが主なる神であることを知るようになる。わたしはこの地

を荒廃させる。彼らがわたしに不信を重ねたからである。（「エゼキエル書」十五章六―八節）

神は堕落した都市を火で破壊し、神の恵みと保護があるにもかかわらず、神を蔑ろにするイスラエルの民を異邦人の侵略にさらすことによって懲らしめる。侵略者たちは町に火を放ち、略奪の限りを尽す。異邦人の手によって放たれた火は、「イザヤ書」においても、神の怒りの表現とされる[29]。そのように語るのは預言者である。預言者は町を襲った戦乱と荒廃の中に神の怒りの声を聞きとり、神に背いた民を正しい方向へ導こうとする。堕落した都市を再び「正義の都、忠実な町」（「イザヤ書」一章二十六節）へと復興するために、預言者は神の意志を代弁した。堕落と背信を焼き尽くす激しい火は神の裁きの表現であり、神の怒りが火である以上、預言者の言葉もまた火と関連付けられる[30]。

旧約聖書において火は神の秩序を乱す者を焼き払う。神の怒りの火は破壊のための火であり、処罰のための火である。神に背く者は火の罰を受ける。このような処罰のための火の一例を、『天国と地獄の結婚』で言及されるミルトンの『失楽園』にも見ることができる。天界からまっさかさまに墜落したサタンが我れに帰って辺りを見回すと、周りには呻吟する仲間たちの姿があり、彼らは炎に圧倒されて逃げ惑っている[31]。地獄に放たれた火は、神に反逆したサタンとその一党を苦しめるための装置である。麾下の軍勢を鼓舞するために地獄を歩き回るサタンの足取りは、ミルトンによって次のように描き出された。

円蓋のようにただ火、火、火で
掩われた焦熱の世界が、これでもかといわんばかりに、彼の体を
苛んだ。にもかかわらず、彼はそれに堪えに堪え、ついに、
焔をあげて燃えている火の海の岸辺に辿りつき、すっくと

図９　ブレイク『天国と地獄の結婚』（Copy F, 1794），第４プレート，13.6×10.1 cm，モーガン図書館・美術館.

立ちはだかり、依然として天使の姿を保っている麾下の軍勢に、
大声で呼びかけた。（ミルトン『失楽園』第一巻、二九五―三〇一行）㉜

火はサタンの身を苛む。サタンはその灼熱に耐えながらよろよろと歩む。サタンは火に対して無力であり、火を消すどころかその勢いを弱めることすらできない。火は神に属しており、反逆者である地獄の住人は火がもたらす苦痛を耐えるのみである。㉝

これに対して『天国と地獄の結婚』の第四プレートに描かれた悪魔の様子は、『失楽園』のサタンの様子と趣が異なる（図９）。どちらも火炎地獄の中に置かれているが、『天国と地獄の結婚』の悪魔が火から苦しみを受けている形跡はない。悪魔を取り巻く火は、悪魔の重心の移動と呼応してプレートの右側から左側へ向かう動きを示し、左側に位置する幼児を抱いた天使を焼き尽くそうとするかのように、巨大な炎がめらめらと立ち上っている。炎の大きさと激しさを見る限り、この火もまた制御を離れた火であり、神が地獄に放った火であることは間違いない。しかし、『失楽園』においてサタンを苦しめた火とは異なり、『天国と地獄の結婚』の火は悪魔と敵対関係にはない。むしろ「活力は永遠の喜びである」㉞という「悪魔の声」を、燃焼エネルギーの塊である火が支援するかのようである。つまり、この挿絵では神の裁き、あるいは神の怒りの表現としての火が、悪魔に対して親和性を持つ火に変容している。同じように、本来は神の審判の道具である火がその効力を失ってしまった事例として、「記憶すべき幻想」の語り

手「私」と火との関係を挙げることができる。語り手「私」は「地獄の格言」を収集した経緯について、第六プレートで次のように語る。

私は地獄の火の中を、天才の楽しみを味わいながら喜んで歩いていた時、そして、その様子は天使たちには苦痛と狂気と見えるようなのだが、私は地獄の格言を収集した。ちょうどある国で用いられる格言がその国の特徴を表すように、地獄の格言は、建物や衣服を描写するよりも、地獄の叡智の性質をわかりやすく示すと思ったからである。（『天国と地獄の結婚』(35)）

考えるべき点は二つある。第一に、ここで取り上げられた地獄の火は、語り手「私」を苛むものではもはやなく、むしろ「私」に快楽をもたらすものとされたことである。火炎地獄を歩く自らの姿が天使たちにはどのように見えるか、という部分まで語ってしまう「私」の言葉には、地獄の火を苦しみのもととしてしか見ることができない天使たちを嘲笑するかのような響きがある。燃焼エネルギーを浴びながら「天才の楽しみ」に歓喜する「私」の姿は、理性による統制を唱える天使に対して、生命の源は活力にこそあると主張した「悪魔の声」と重なる。第二に、燃え盛る炎の真っ只中を歩く人物がその灼熱にもかかわらず害を受けないという設定は、神の超越的な力を物語るために旧約聖書でよく用いられる。例えば「ダニエル書」第三章でバビロンの王ネブカドネツァルは、自らが建立した黄金の像を拝もうとしない者たちを縛り上げ、燃え盛る炉の中に投げ込む。

間もなく王は驚きの色を見せ、急に立ち上がり、側近たちに尋ねた。
「あの三人の男は、縛ったまま炉に投げ込んだはずではなかったか。」

彼らは答えた。

「王様、そのとおりでございます。」

王は言った。

「だが、わたしには四人の者が火の中を自由に歩いているのが見える。そして何の害も受けていない。それに四人目の者は神の子のような姿をしている。」（「ダニエル書」三章二十四―二十五節）

「記憶すべき幻想」の語り手「私」が楽しそうに炎熱地獄を歩き回る場面を、この「ダニエル書」のくだりと関連付けて考えると、『天国と地獄の結婚』の手の込んだパロディーの構造が見えてくる。ネブカドネツァルによって灼熱の炉に放り込まれた人々が、全く無傷なままでいるのはなぜか。それは彼らが「主なる神」への信仰を持ち続けたからであり、「主なる神」が彼らを守ったからである。「主なる神」は彼らを火から守ることで自らが神であることを示し、ネブカドネツァルの神がただの偶像にすぎないことを悟らせた(36)。この構造を、地獄の火の中で「地獄の格言」を収集した語り手「私」の事例にあてはめると、どのようなことになるだろうか。語り手「私」が火の中にあっても平気でいられるのは、神の加護があるからである。それは「私」にとっての神こそが真の神だということを意味する。この真の神は「私」を保護することによって、地獄という炉を作り上げた者たちに彼らの誤りを悟らせようとした。地獄という炉を作り上げたのは誰か。それはサタンを追放した『失楽園』の神であり、教会の頂点に君臨する審判者としての神である。つまり、権力組織と化した教会が奉じる神とは、実は他ならぬネブカドネツァルではないのか、すなわち地上の圧制者ではないのか、と『天国と地獄の結婚』は言いたいのだ。地獄の業火の中を平然と歩く語り手「私」の場面は、天国と地獄、天使と悪魔の位置付けを巧妙に入れ替え、唯一絶対の審判者としての神という伝統的な考え方を相対化してしまう(37)。

支配者としての神を相対化する作業は、火を神の独占から解放することによって達成された。次に引用するのは、語り手「私」が「地獄の格言」を収集して帰宅する場面である。

帰宅すると、五感の深みの淵に、そこには側面が平らになった急斜面が現世を睥睨しているのだが、黒い雲に包まれた大きな悪魔が、岩の側面のところを宙に浮いているのを私は見た。悪魔は腐食性の火で、現在人々の心で知覚され、地上で読まれる次のような文を書いた。

天空を切るあらゆる鳥が喜びの巨大な世界ではないと、
五感に閉ざされた状態で、どのようにして知ることができるというのか。（『天国と地獄の結婚』[38]）

悪魔は自らの言葉を火で岩に刻み付ける。悪魔がここで使用した「腐食性の火」（corroding fires）と銅版画師が銅板を加工するのに用いる酸とを関連付ける研究はすでに存在するが[39]、この場面は神が十戒を岩に刻み付けてモーセに与える「出エジプト記」の逸話（二十四章十二―十八節）のパロディーと解釈できる。旧約聖書の神が身を潜めていた雲は悪魔を取り巻く雲に書き換えられ、「主なる神」の栄光の象徴である火は悪魔の道具と化した。火を用いて悪魔が記す言葉は、禁止の命令で構成される十戒とは異なり、聞く者を挑発するかのような修辞疑問である。この修辞疑問は「地獄の格言」に収録された言葉と呼応し、五感に閉ざされた状態を解体することを目指す。五感に閉ざされた状態とは、ブレイクの文脈では、想像力が働いていない状態を指す。想像力が働かない限り、感覚器官を通して知覚できないものを認識することはできない。悪魔の言葉の狙いは、想像力を働かせることによって、認識できる世界の範囲を広げることにある。十戒が授与される場面をパロディーにすることによって、悪魔は、外部から与えられた命令に従順である限り、個性として宿る天賦の才を活用することはできないと訴える。

悪魔が提示する修辞疑問は、神を頂点に戴きモーセを代理人とする上意下達型の教会と、それを支える信者の側の思考停止という状態に大きな疑問符を付ける。これは価値体系再編の試みであり、「地獄の印刷所」で行われる作業として第十五プレートで叙述される。「地獄の印刷所」は五つの部屋に分かれており、第四の部屋と第五の部屋の様子は次のとおりである。

> 第四の部屋には燃え盛る炎のライオンたちがいて、咆哮しながら金属を溶かして生きた液体にしていた。
> 第五の部屋には名前のない者たちがいて、金属を天空へ流し込んでいた。
> それらは第六の部屋にいる人々によって受け取られた。そして本の形態をとり、図書室に並べられた。（『天国と地獄の結婚』）(40)

神の意志を表現するための道具であった火は、ここでは神の意志とされた宗教の体系を解体し、組み直すために用いられる。金属を融かして鋳造しなおすという作業は、文字化された情報の最小単位である活字そのものの作り直しであり、活版印刷を通して伝播された価値体系の再編を意味する。

この作業そのものも旧約聖書の神の怒りのパロディーとみなすことができる。「エゼキエル書」第二十二章第十七節から第二十二節にかけて、逸脱者たちを「金滓」と呼び、不純な金属を精製し直すかのように、彼らを炉に投げ込んで溶融しようとする神の怒りの言葉が記されているが、『天国と地獄の結婚』に従えば、「金滓」として溶融されなければならないのは、反抗や反逆を禁止する審判者としての神という概念である。『天国と地獄の結婚』の神は、教会の頂点に君臨する絶対的な審判者ではない。第二十二プレートと第二十三プレートの「記憶すべき幻想」に記されたように、『天国と地獄の結婚』における神は人間の才能の発現を通して顕現する。

神を敬うことは、他人の中にある才能を、その才能に応じて互いに尊ぶことであり、最も偉大な人を最もよく愛することである。偉大な人を妬んだり中傷したりすることは神を憎むことである。なぜならそれ以外に神はないからである。（『天国と地獄の結婚』[41]）

『天国と地獄の結婚』によれば、他人の才能に敬意を払う者は、まさにそうすることによって神を讃美するのであり、嫉妬と中傷は神を嫌悪することを意味する。審判者としての神が悪を駆除するために用いた火という道具を逆手に執ることで、『天国と地獄の結婚』は神のとらえ直しをはかる。

図 10　ブレイク『天国と地獄の結婚』(Copy F, 1794), 表紙, 15.2×10.3 cm, モーガン図書館・美術館.

『天国と地獄の結婚』の表紙には、悪魔の道具としての火が描かれた（図10）。炎は地獄と思われる頁の左下隅から右上に向かって吹き上げており、複数の人物像がその炎の中を、あたかも炎の波に乗るかのようにして移動中である。炎の先端に位置する地上と思しき空間は荒涼とした風景を呈しており、木々は葉を一枚もつけておらず、枯れ木のような姿で立つ。幹はたわみ、梢も枝も重く頭を垂れている。『天国と地獄の結婚』の内容全体を考えるならば、この生気を失った地上は審判者としての神が君臨する空間である。生気が無いのは、対立する存在が一掃されてしまったからだ。『天国と地獄の結婚』の主張に従えば、対立物が共存する時に生じる緊張状態が生気をもたらす。この緊張状態を回復するために、『天国と地獄の結婚』は審判者としての神によって地獄に封じ込められた悪を解き放つ。解き放たれた悪は地獄の火として視覚化された。現在進行形の化学反応としてしか存在し得ない火は、動的な状態の象徴である。審判者としての神が用いる火が処罰のための破壊する火であり、静的な秩序を志向するのに対し、旧約聖書をパロディーにする形で『天国と地獄の結婚』に描かれた悪魔の火は、対象を変質させる火であり、絶え間ない生成を示す運動体としての動的な火である。

『天国と地獄の結婚』の火は、一貫性と明証性と統一性を示す体系を、自己矛盾を含んだ異質なものに変容させ、そうすることによって硬直を防ぐと同時に豊かな生命力を回復しようとする。体系にまとまりを与える正しさという要素が、いかにその体系を閉鎖的にして内部の新陳代謝を抑制し、結果として体系全体を停滞へ導いてしまうかということを、『天国と地獄の結婚』は神の火と悪魔の火を用いて示した。では、『天国と地獄の結婚』が解き放つ悪とは、どのようなものなのだろうか。

二　「地獄の格言」――旧約聖書「箴言」のパロディー

『天国と地獄の結婚』における旧約聖書のパロディーは、神の火を悪魔が簒奪し、神が十戒を岩に刻んだように、悪魔が地獄の叡智を岩に刻んだということだけにとどまらない。そもそも『天国と地獄の結婚』が主題として取り上げた抑圧とは、個人が価値観を形成する際の基盤となる判断の主体性が、物理的、精神的圧力によって無力化されることから発生する。したがって『天国と地獄の結婚』における抑圧からの解放とは、真理として語られ受容されているものが、ある個人ないし団体の恣意的な創造物にすぎないと指摘することから始まる。『天国と地獄の結婚』は善と悪、天国と地獄という二項対立の図式を、聖職者組織が信者を管理するために設けた仕掛けであるとみなし、そうすることによって教会から権威を剝ぎ取り、「すべての神性は人の胸に宿る」[42]ことを確認する。ブレイクにおいては「知識は推論によってではなく、知覚あるいは感覚によって直接得られる」[43]とされており、価値判断を教会に委ねるのではなく、個人の「知覚の扉」を清めて、知覚した内容を判断する主体性を個人の中に確立することが求められる。

『天国と地獄の結婚』第四プレートの「悪魔の声」には、次のような言葉が記された。

すべての聖書や神聖な法典は、次の誤りの原因となってきた。
一、人は二つの実在の原理、すなわち肉体と霊魂を持つということ。
二、活力は悪と呼ばれ、肉体にのみ由来し、理性は善と呼ばれて霊魂にのみ由来するということ。
三、神は、活力に従ったことを理由に、人を永遠に責めさいなむであろうということ。
しかし、これらと相反する次のことは真実である。
一、人は霊魂とは別に肉体を持つわけではない、というのは肉体と呼ばれるものは五感によって識別される霊魂の一部、つまりこの世での霊魂の主な入口だからである。
二、活力は唯一の生命であり、肉体に由来する、そして理性は活力を取り巻く境界線、あるいは外周である。
三、活力は永遠の喜びである。（『天国と地獄の結婚』[44]）

きわめて論理的な連関を持つこれらの命題は、『天国と地獄の結婚』が抑圧の根源をどこに見出そうとしているのか、そしてその理由は何であるかを簡潔に示している。語り手が「誤り」と断定する前半の三つの命題のうち、命題二と命題三で登場する「活力」（energy）という単語は、当時フランス革命の恐怖を語るためにしばしば用いられており、[45]この単語はそれを見る者の立場の相違に応じて異なる印象を喚起する。語り手にとっては、後半で述べられるように、「活力は唯一の生命」であり「永遠の喜び」であって、能動性と自主性を表す肯定的な価値を持つものとして認識されるが、前半で語られる世界観の下では、命題三が示すように神の怒りを招く要因とみなされる。なぜ「活力」が神による懲罰に直結するのかをたどる語り手は、命題二で恣意的な善悪の価値規準の導入を指摘し、その価値規準を絶対化するためのからくりを、命題一にあるように、肉体と霊魂の分離に見出す。つまり語り手が指摘するのは、暴力のような目に見える抑圧の上にではなく、内面支配という目に見えない抑圧の上に成立する権力機構の存在であり、霊魂を知覚器官である肉体の上位に置き、かつ霊魂の救済に関する権限を一手に掌握することによって、神と個人との間に介入し、世界観と価値観を管理しようとする企てである。[46]

『天国と地獄の結婚』の第七プレート以降で提示される「地獄の格言」は、「すべての聖書や神聖な法典」をもとに構築された内面支配の構造を突き崩し、判断の主体性を個人の中に回復するための装置として機能する。「地獄の格言」の素材が、先行する文学作品をはじめとして、ブレイクが読んだことが確認されているスイスの神学者ラーヴァーター（一七四一―一八〇一、Johann Kaspar Lavater）のアフォリズムや民間伝承の諺に至るまで、きわめて幅広い領域にわたることはすでに指摘されているが、[47]旧約聖書「箴言」との類似と相違を考察することによって「地獄の格言」の特質を明らかにしようとする試みは、語句やレトリックにおける類似を指摘する研究はあるものの、充分にはなされていない。本節では、特に神という概念の扱い方、「知恵ある者」と「愚か者」という対比の作り方に注目しながら、旧約聖書「箴言」と「地獄の格言」を比較してみたい。

「ヨブ記」、「伝道の書」とともにいわゆる「知恵文学」（Wisdom literature）の一つに数えられる旧約聖書「箴言」は、「主を畏れよ」という教えを主軸とする世俗的な知恵と宗教的な教訓から構成される。[48]これらの教訓は、親が子に与える忠告、擬人化された「知恵」による教え、ソロモンの箴言、古代の賢人の言葉という形態をとって語られており、人が生きていく上で心に留めなければならない道徳律として、勤勉と自制と神への従順が提示される[49]。一つ一つの箴言は独立した短い句の組み合わせから成っており、その構造上の特徴に注目すると、対立する複数の内容を持つ句を組み合わせる形式、共通の内容を持つ句を組み合わせる形式、前半部に不完全ないし不可解な句を置き、後半部にその説明となる句を配置する形式の三つに分類することができる[50]。

『天国と地獄の結婚』の「地獄の格言」も、知恵や教訓や風刺が含まれた短く平易な複数の句の組み合わせから構成されており、旧約聖書「箴言」と共通する部分が多い。すでに指摘されている事例を二つ挙げる[51]。

獅子の咆哮、狼のうなり、嵐の海の怒濤、破壊的な剣は、永遠の一部であり人の目には偉大すぎる。（「地獄の格言[52]」）

わたしにとって、驚くべきことが三つ
知りえぬことが四つ。
天にある鷲の道
岩の上の蛇の道
大海の中の船の道
男がおとめに向かう道。（「箴言」三十章十八―十九節）

貯水池はたたえる、泉はあふれる。（「地獄の格言[53]」）

あなた自身の井戸から水を汲み
あなた自身の泉から湧く水を飲め。
その源は溢れ出て
広場に幾筋もの流れができるであろう。（「箴言」五章十五―十六節）

これら以外にも、小動物を用いた寓意的な表現や抽象概念の擬人化などの点において、「地獄の格言」と「箴言」には明らかな類似が認められる。しかし、このような類似は両者の思想上の相違を強調する働きがあり、特に「神」という概念の位置付けと、「知恵ある者」と「愚か者」という対比において、両者は鮮やかに異なる。

議論を進める前に、本書で参照する聖書について補足しておく。日本語による聖書の引用はすべて新共同訳による。また、ブレイクのテクストと対比させる英訳聖書としては、一六一一年にジェイムズ一世の命によって編纂された欽定訳聖書を使用する。ブレイク研究では、アレクサンダー・ゲッデス（一七三七―一八〇二、Alexander Geddes）が一七九二年から一八〇〇年にかけて刊行した英訳聖書から、ブレイクが大きな影響を受けたとする説があるが、[54]本書で欽定訳聖書を参照する理由は主に二つある。第一に、ブレイクが一七九四年に制作したとされる『ユリゼンの書』では、欽定訳聖書を意識した二段組みのページレイアウトが採用されており、『天国と地獄の結婚』を制作した一七九〇年代には、ブレイクが欽定訳聖書に注目していた可能性が高い。第二に、欽定訳聖書が登場した背景には、宗派によって訳し方の異なる複数の種類の英訳聖書が出版されており、乱立する英訳聖書を統一することが英国国教会にとって急務だったという事情がある。[55]つまり、欽定訳聖書が達成した最大の功績は、キリスト教と国家を強力に結合し、ブレイクが自由を奪う制度として弾劾した「国家宗教」（state religion）の礎を築いたところにあった。以上の二点を考慮するならば、『天国と地獄の結婚』と比較すべき英訳聖書には、英国国教会の指定テクストである欽定訳聖書を用いるのが適当と思われる[56]。

欽定訳聖書「箴言」では、神を指す単語として「主」(LORD)が八十ヶ所以上で用いられたのに対し、「神」(God)は十ヶ所ほどで用いられているに過ぎず、圧倒的に「主」が多く使われた。この「主」という言葉は明らかな上下関係を前提としており、「箴言」において神は、人にとって文字通りの主人と位置付けられたことがわかる[57]。「箴言」を構成する格言は、それが真理であることを含意する現在形の動詞で断定されることが多く、理由や根拠の論証はあまり見られない[58]。絶対的な支配者とは、被支配者が思考を停止し、支配者の言葉を誤謬の可能性のない命令として受け入れることによって絶対化される。「箴言」に記された「主」と人との関係において、人が自主的な判断をしないように奨励される様子は、例えば「心を尽くして主に信頼し、自分の分別には頼らず／常に主を覚えてあなたの道を歩け。／そうすれば／主はあなたの道をまっすぐにしてくださる」(「箴言」三章五―六節)という言葉に見られる。人が何を行うべきなのか、あるいは何を行うべきではないのか、という問題について「主」は逐一指示を出すので、「人間は心構えをする。／主が舌に答えるべきことを与えてくださる」(「箴言」十六章一節)という言葉が示すように、人はひたすら「主」の命に従って行動することが期待される[59]。このような神のとらえ方は知恵のあり方にも影響を及ぼす。「箴言」において「知恵ある者」とは何よりも「主」を畏れて[60]、その指示に従う者であり[61]、怒りや激情に走ることはなく[62]、慎重を旨とする存在である[63]。逆に「愚か者」とは「主」の指示に耳を傾けることなく[64]、ひたすら我が道を行き[65]、怒りや情熱を抑制することを知らない存在として描かれる[66]。つまり「箴言」における神の秩序は、信賞必罰の制度によって維持されており、神に対する服従と不服従によって「知恵ある者」と「愚か者」の別が決まる[67]。

これに対して「地獄の格言」では、神を指す単語として「神」のみが用いられており、「主」は使われていない。さらに「地獄の格言」で語られる「神」の性質は、「箴言」で描かれる「主」と明らかに異なる。

孔雀の高慢は神の栄光である。
山羊の淫欲は神の賜物である。
獅子の怒りは神の知恵である。
女の裸は神の作品である。(68)

狐は自分のために備えをする、しかし神は獅子のために備えをする。(69)

鋤が言葉に従う如く、その如く神は祈りに報いる。（「地獄の格言」(70)）

「箴言」では「愚か者」の属性とされ、「主」が忌み嫌うとされた四つの要素（高慢、淫欲、怒り、裸）が、「地獄の格言」では「神」に関連付けられた。「地獄の格言」では善悪や優劣の区別が「箴言」ほどに厳格ではなく、高慢、淫欲、怒り、裸のような「活力」と関係のある、したがって「箴言」では否定的に扱われる要素も「神」が創造したものとして肯定的な価値が付与された。つまり、「地獄の格言」における「神」とは、善と悪や「知恵ある者」と「愚か者」を分離する絶対者ではなく、地上に存在するすべての根源として位置付けられているようである。しかしこのことから、「地獄の格言」に描かれる「神」を生命力の源としてのみ把握しようとするならば、その試みは後に続く格言によって崩されることになる。「獅子のために備えをする」神は、狐よりも獅子にえこひいきをする不公平な神、すなわち生きとし生けるものに序列をつけて審判をする神であり、別の格言では、祈りに報いるという「箴言」の「主」を彷彿とさせるような支配者としての側面が顔を出す。これら六つの格言から、その矛盾する部分を捨象せずに、ある一貫した「神」の像を導き出すのは困難であり、「神」の性質を一元的に定義しようとする試みは、テクストが提示する矛盾の前で挫折せざるを得ない。

同じような矛盾は、「知恵ある者」と「愚か者」をめぐる格言にも見ることができる。

愚か者は知恵ある者が見る木と同じ木を見ない。(71)

愚かさの時刻は時計で計られる、しかし知恵の時刻はどんな時計も計り得ない。(72)

もし愚か者が彼の愚かな行為に固執するなら、彼は賢くなるだろう

愚行は悪行の外衣である。(73)

利己的なにこにこ顔の愚か者、そしてむっつりとしたしかめ面の愚か者が、両方とも賢いと考えられるだろう、彼らが一つの鞭となるように。(74)

愚か者の批判に耳を傾けよ！　それは王者にふさわしい堂々としたものだ！(75)

もし他の人々が愚か者でなかったら、われわれがそうなるだろう。(「地獄の格言(76)」)

最初の二つの格言を見る限り、「箴言」の規準とは異なるにせよ、「地獄の格言」にも「知恵ある者」と「愚か者」を選別するための明確な規準があるように見えるが、残りの五つの格言はむしろその境界をあえて曖昧にし、首尾一貫した教義が引き出されることを拒むかのようである。これらの格言によると、「知恵ある者」と「愚か者」という区分は、ある条件によって明確に規定される評価ではなく、流動的な性質を持つ指標である。見かけの愚かさの下に「悪行」がしばしば潜んでいることを指摘する格言は、愚かさを愚かさとしてしか見ないことの危険性、あるいは「知恵ある者」と「愚か者」を一つの原理として規定してしまうことの危うさを戒める。また、「知恵ある者」という評価が必ずしも個人の能力や人格に直結したものではないということは、「愚かな行為」に徹することによって賢くなるという格言で示される。個人が不当だと感じる事象に対して怒りの声を上げる時には、「知恵ある者」と「愚か者」という区別はない。さらに「知恵ある者」と「愚か者」という区分そのものが、「われわれ」と「他の人々」という排他的な差別の思想によって引き起こされること、つまり、時として宗教的価値判断が社会的要因によって行われることが指摘され、多数派が少数派に対して押す烙印として「愚か者」という言葉が使用される可能性が示される。

このように「神」の性質や「知恵ある者」と「愚か者」という区別の規準は、「地獄の格言」では矛盾に満ちており、明確に定義することは難しい。この曖昧さをどのように理解するべきなのだろうか。

読者はテクストを読み始める時、解釈の方向を決定するための何らかの期待をテクストに対して形作る。[77] この期待はテクストを読み進むにつれて獲得する新しい情報によって常に修正を迫られ、語り手、登場人物、筋、読者の想像力が織りなす遠近法の中で、様々な情報が前景化したり後景化したりしながら、読むという行為が展開する。「地獄の格言」というテクストについても事情は同じである。「地獄の格言」という表題は旧約聖書「箴言」を知る読者に対して、そこに記述された内容が「箴言」のパロディーであろうという期待を抱かせる。読み進むにつれて次第に明らかになる「神」に関する矛盾した記述と、「知恵ある者」と「愚か者」の区別を曖昧にする格言は、当初読者が抱いた期待に対して修正を迫る。「地獄の格言」が提示する内容は、「箴言」において肯定的な価値が付与された事象が否定的に扱われ、否定的に扱われた事象が肯定的に扱われるという単なる価値の逆転ではなかった。この時点で読者は、「地獄の格言」という表題が暗示する「箴言」のパロディーという方向性に従いながら、価値の転倒以外の方法でパロディーが行われているのではないかと疑い始める。「地獄の格言」が抱え込んだ自己矛盾、このような矛盾にこそ何らかの意味が含まれるのではないかと考える時、「箴言」に対するパロディーは実はこの矛盾の提出という方法によってなされている、ということが見えてくる。相互矛盾に満ちた「地獄の格言」は「箴言」とは異なり、どのようにすれば「知恵ある者」になることができるか、という一貫した教えを提示することはしない。「地獄の格言」は矛盾を通して一つ一つの格言について考えることを促し、そうすることによって「神」や「知恵ある者」と「愚か者」が一元的に規定されることを拒絶する。ここに『曖昧の七つの型』においてウィリアム・エンプソン（一九〇六―八四、Sir William Empson）が六番目のタイプとして分類した、矛盾によって読者の自発的な解釈を誘発する「曖昧」（ambiguity）を見ることができるかもしれない[78]。あるいはハーンが英文学講義で指摘した、禅僧のように読者に問いを投げかけるというブレイクの特色を、「地獄の格言」に見てもいいのかもしれない。いずれにせよ、旧約聖書では読者が「箴言」を真理として奉じることを前提にして、異なる解釈の余地のあり得ない、明瞭なある一つの伝達内容を持つ格言が一貫して記されたのに対し、「地獄の格言」では読者が意味を紡ぎ出さなければならないような格言が並べられた。記述された格言を真理として無批判に記憶するのではなく、考える主体としての自己を確立するように、「地獄の格言」は働きかけてくる。

このように読者を挑発する「地獄の格言」は、ページ上に見られる次の二つの工夫によって、その効果がさらに強化された。一つは個々の格言の配列の仕方であり、もう一つはページレイアウトである。「地獄の格言」に含まれる一連の格言は必ずしも明確な前後関係を構成しておらず、異なる主題の格言が無造作に並べられただけで、全体として「地獄の格言」という寄木細工を形作っているにすぎない。もちろんこの寄木細工に一定の論理的構造が密かに隠されている可能性は否定できないが、個々の格言が自由な解釈に対して開かれていることを思えば、その脈絡の無さは結果としてある特殊な効果をもたらす。

相互矛盾を抱えた格言が前後関係にあまり頓着せずに雑然と並べられているという「地獄の格言」の表現形態は、その脈絡の無さゆえに、善悪に関する物語としての教典を相対化する装置として浮かび上がってくる。構文的、論理的順序を持たない寄木細工としての「地獄の格言」は、ある世界観によって秩序が決定されていない状態、価値体系の束縛から自由な状態を提示しており、首尾一貫した物語性を拒否することによって、善悪の物語である「すべての聖書や神聖な法典」が、決して絶対的なものではないということを訴える。そして、価値判断の拠りどころを、読者がそれぞれの自主的な作業によって構築することを促す。

寄木細工としての「地獄の格言」は『天国と地獄の結婚』の第七プレートから第十プレートに印刷されており、ここには他のプレートには見られないページレイアウト上の特徴が二つ認められる。第一に、これらの四枚のプレートの上部には、「地獄の格言」という文字列がヘッダーとして配置された。第二に、『天国と地獄の結婚』の他のプレートではもっぱら筆記体が使用され、その流れるような文字の先端はしばしば木や鳥や人などの挿絵の一部と一体化するのに対し、「地獄の格言」はすべて生硬で直立した活字体で印刷された。これらの特徴は「地獄の格言」が記された四枚のプレートに対して、活版印刷で印刷されたページのような外見を与えており、結果として活版印刷のパロディーとなっている。つまり、疑似活版印刷の外観を帯びた「地獄の格言」は、本物の活版印刷ではなく偽物であるがゆえに、活版印刷が持つ特権性を突き崩す。

活版印刷の特権性とは何か。第一に、パーソナル・コンピュータとインターネットが存在しなかった時代においては、出版業者や印刷業者の協力を得ないで個人が意見を公表することはきわめて難しく、そのような意味で活版印刷は特別な人々にのみ利用することが許された技術だった[79]。第二に、欧文の活版印刷では水平方向に並んだ文字の規則的な配列でページが満たされる傾向があり、ウォルター・オングの言葉を借りれば、「印刷は、奇妙にも、物理的な不完全さに不寛容なのである」[80]。印刷された文字列と比べて手書きの文字列が「物理的な不完全さ」を呈することは、ページの余白に施される書き込みや落書きと、印刷された本文とを比較すると一目瞭然であり、手書きが手紙や日記やメモのような私的領域に属するとすれば、印刷は公的領域に属した。文字列が整然と印刷されたページは、「テクストのなかに見いだされるものが、ある終わりによって区切られ、ある完成の状態に達しているという感覚」を読者に与え、「印刷とともにあらわれたのが、公教要理書や『教科書』である」[81]とオングは指摘した。つまり、活版印刷の文字列はその外見上の完全さゆえに、正しさという概念と結び付く。さらに、左から右へ、上から下へと整序されて提示される情報は、整序されるというまさにそのことによって因果関係を自動的に内包しており、結果として活版印刷のページは、そこに記された世界認識を正しさという含意とともに読者に提示する[82]。

このような意味で活版印刷と製本を想起させる「地獄の格言」のページレイアウトは、既存の教典の形態上のパロディーと見ることができる。すなわち、ここに示されたのは教典を制作するのに用いられたアルファベット、つまり活字という交換可能な部品をそのまま組み換えることによって、全く内容と性質の異なる教典が編纂されたかもしれないという可能性であり、「地獄の格言」の文字列とそのページレイアウトは、あり得たかもしれない教典のあり方を提示することによって、これまで真理として信じられてきたものを批判的に点検する視座を提供する。

ここで重要なのは、「地獄の格言」そのものが新たな教典として位置付けられてはならないということである。「すべての聖書や神聖な法典」を誤りの原因であるとして糾弾し、聖職者による支配からの自立を図るのであれば、同じように「地獄の格言」からも自立しなければならない。圧制を打倒した革命勢力が新たな圧制を始めるのは、リベラルを標榜する者が権力を志向するのと同じぐらい滑稽な、そして関係当事者にとっては迷惑な戯画である。この悪循

図 11　ブレイク『天国と地獄の結婚』(Copy F, 1794)，第 10 プレート，15.0×10.2 cm，モーガン図書館・美術館．

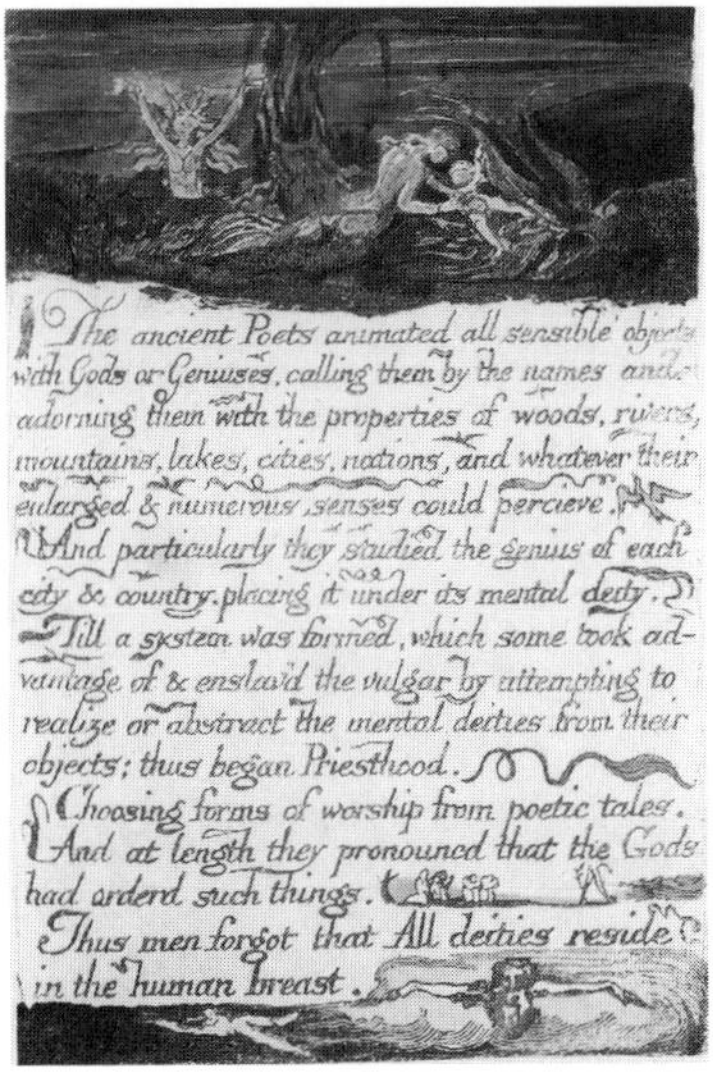

図 12　同左，第 11 プレート，15.0×9.9 cm．

環を避けるためではないか、と考えたくなる仕掛けが、「地獄の格言」の末尾に施された。「地獄の格言」を締めくくるのは、「充分、あるいは多すぎる」[83]という文言である。結びの言葉として定着した The End や Finis が完結した状態を示唆するのに対し、「充分、あるいは多すぎる」という言葉は否定的な響きを持ち、「地獄の格言」の集積はもうたくさんだ、と言わんばかりである。この奇妙にねじれた結びの言葉からは、判断の主体性を確立するためには、「地獄の格言」からも卒業しなければならない、という意味を読みとることができる。「地獄の格言」の最終ページにあたる第十プレートと、新しい話題が始まる第十一プレートが一組として制作されたことは、すでに研究によって明らかにされており[84]、これらの二枚のプレートが作り出すページレイアウト上の対比はこの解釈を裏付ける。「充分、あるいは多すぎる」という「地獄の格言」の最終行が印刷された第十プレートの下部には、悪魔によって広げられた巻物を一心に筆写する人々の姿が描かれた（図11。図11と12は英語文献のページの順に配置した）。彼らは顔を上げることなく、筆写する作業に没頭している。彼らは外界を認識して判断する力が各個人にあることを忘れ、判断を教典とその解釈者に委ねているから、思考を停止してひたすら下を向いて筆写する作業を行う。つまりこの挿画は、真理が書物の中にあると信じ、教典の教えに従順な心的状態を表す[85]。一方、第十一プレートの上部には、太陽、泉、植物が擬人化されて描かれた（図12）。これは『天国と地獄の結婚』で言うところの「知覚の扉」が清められた時に見えてくる世界であり、「生きとし生けるものはすべて神聖である」という言葉に集約される。この世界観に到達するためには、善と悪、天国と地獄という二元論から離脱しなければならない。第十プレートの上部には「地獄の格言」が置かれ、プレートの下部に筆写する人々の図像が描かれた。これに対して、第十一プレートの上部には擬人化された自然が挿画として配置され、下部には聖職者組織の成立とともに「人々はすべての神性が人の胸に宿ることを忘れてしまった」という主張が文字で刻まれた。これらの二枚のプレートの視覚的な構図と意味内容の対比が鮮やかである。

「地獄の格言」で展開される教典解体の試みは、判断の主体性はある特定の集団にではなく、個人に帰属するべきであるという立場に立脚する。したがって『天国と地獄の結婚』によれば、「知恵ある者」や「愚か者」というレッテルを貼ったり貼られたりすることによって、あるいは「善」と「悪」や「天国」と「地獄」などの賞罰の規定によって、ある価値観が強制されることは、個人の尊厳の侵害にほかならない。『天国と地獄の結婚』の後半には「神は、存在するもの、あるいは人の中でのみ活動し存在する[86]」という言葉と、「神を敬うことは、他人の中にある才能を、その才能に応じて互いに尊ぶことである[87]」という言葉が記された。つまり、ある価値観を受け入れるか否かの決定権、あるいは新しい価値観を生み出す権利は、神の代理人としての聖職者にではなく、各個人にある。神は教会の専有物ではない。テクストが提示する世界を「読み手みずからに展開させること[88]」が解釈であるならば、すなわち、解釈するという行為は自己の内部に認識の主体性が堅持されて初めて可能になることを思えば、矛盾した記述を含む文字テクスト、その一貫性を欠いた配列、冒すべからざる神聖さを備えた教典をパロディーにするようなページレイアウトを通して、読者を解釈作業へ積極的に誘う「地獄の格言」は、外部から倫理規範を強制されることを拒否し、価値判断の主体性を個人の中に確立することを訴えた『天国と地獄の結婚』の全体の主旨に合致する。『天国と地獄の結婚』において「地獄の格言」は、対象を直接認識し、判断する個人として自立することを読者に促すための触媒として機能している。

第八章　神は人の心に宿る
――非キリスト教文化圏へ広がる想像力

日本民藝館には、柳が『ヰリアム・ブレーク』を執筆するにあたって定本として使用したジョン・サンプソン編『ウィリアム・ブレイク詩集』（一九一三）が保管されており、閲覧を申し込んだところ許可をいただいた。冒頭に置かれたサンプソンの序文では作品名に赤鉛筆で下線が引かれ、余白にその作品の制作年代が記され、各パラグラフの横には柳が設定したと思われる見出しが黒鉛筆で書き込まれていた。サンプソンの序文をもとに、柳がブレイクの全体像を把握しようとしたことが伝わってくる。ブレイクのテクストを収録した本文の余白には、スウィンバーン、サンプソン編『ブレイク詩集』一九〇五年版、ベルジェ、ギルクリスト、シモンズ、ロセッティなどのように、柳が「主要参考書」に掲げた評伝や評論の著者名と、それぞれの参考書の関連する頁数が黒鉛筆で追加されており、評伝や評論との相互参照を可能にすることで、柳がサンプソンの定本にブレイク研究の情報を集約しようとしたことがわかる。また、難解とされるブレイクの後期預言書の余白には、それぞれのテクストの内容を簡潔にまとめた言葉が英語で書き込まれていた。例えば『アメリカ』については「革命の預言書、オークは自由と反逆の英雄」、『ヨーロッパ』では「『アメリカ』と『ヨーロッパ』はどちらも革命の歌である、前者は野性的で後者はより精神的である」、『ユリゼンの書』では「ユリゼンは束縛と禁止と節制の神」、『ロスの歌』には「法と宗教に対する攻撃」という書き込みが見られる。このように夥しい書き込みが施されたサンプソン編『ブレイク詩集』の中で、全体が薄い紅色に見えるぐらいに赤線が集中して引かれているのが、『天国と地獄の結婚』を収録したページである。「地獄の格言」では「山羊の淫欲は神の賜物である」や「獅子の怒りは神の知恵である」という言葉のように、欲望や怒りを肯定する格言や、「りんごの木がブナの木にどのように成長するのかを尋ねることはない、同じようにライオンが馬にどのように獲物を獲ればよいかを尋ねることもない」という言葉のように、それぞれの存在にはそれぞれの個性が宿ると主張する格言に下線が引かれた。また、神は人に宿り、人の活動を通して顕現するという言葉や、神を崇めるとは人に宿る才能を尊ぶことであるという言葉にも赤鉛筆で線が引かれている。そして『天国と地獄の結婚』の末尾には、W・M・ロセッティの次のような言葉が黒鉛筆で転写されていた。

天国と地獄の結婚は素晴らしい作品であり、作家としてのブレイクの才能のまさに最高の記念碑とみなすことができるだろう。この作品はきわめて驚くべきものであり、読者に注意深く考えながら読むことを要求する。もしこの要求がかなえられるならば、この作品を理解し、噛みしめることができるだろう。その主題は善と悪の性質であり、両者が相互補完の関係にあって互いに互いを必要とするということである。(『ウィリアム・ブレイク詩集』[1])

W・M・ロセッティの指摘は、「肯定の思想」という鍵概念に象徴される柳のブレイク理解と基調を同じくしており、柳が『天国と地獄の結婚』のどこに反応したのかがよくわかる。

既存の善と悪を入れ替えるのではなく、善悪二元論の枠組みそのものを問い直すという『天国と地獄の結婚』の基本姿勢は、必然的にキリスト教を相対化する効果を伴う。それは、キリスト教とキリスト教以外の諸宗教との関係をとらえ直すことを意味する。本章では、『天国と地獄の結婚』におけるキリスト教の相対化という問題を、ジョン・バニヤンの『天路歴程』を参照しながら考えてみたい。また、十八世紀英国の聖書研究の動向を検証し、キリスト教を絶対的な真理としてではなく、諸宗教の一つとして見る視点が生まれた歴史的な背景も明らかにしたい。

一　『天路歴程』と地獄の巡礼──教えからの逸脱と自立への道

英国国教会と対立して迫害された清教徒の一人にジョン・バニヤンがいる。鋳掛屋だったバニヤンは清教徒革命（一六四二―四九）で議会軍に参加し、除隊した後に結婚して信仰に目覚め、平信徒の説教者として活動を始めた。しかし、一六六〇年の王政復古の後に英国国教会以外の宗教行事を催したことを咎められ、十二年間を牢で過ごす。一六七二年の非国教徒寛容令により出獄したバニヤンは説教活動を再開し、一六七五年に再び投獄された。『天路歴程』第一部（一六七八）はこの入牢期間に書かれた。

『天路歴程』は寓意物語である。主人公の「クリスチャン氏」（Mr Christian）は一冊の書物を読み、自分の暮らす町が神に滅ぼされる運命にあることを知り、「破滅の都市」（The City of Destruction）から脱出して「天上の都市」（The Celestial City）へ向けて巡礼の旅を始める。「クリスチャン氏」は途中で「世俗の知恵氏」（Worldly Wiseman）、「お喋り氏」（Talkative）、「無知氏」（Ignorance）などと出会い、時には誘惑に打ち勝ち、またある時は誘惑に屈するものの間もなく懺悔をし、「伝道者」（Evangelist）らに導かれて旅を続ける。怪物アポリオン（Apollyon）や巨人「絶望」（Giant Despair）との闘いに勝利を収め、「落胆の沼」（Slough of Despond）、「死の影の谷」（Valley of the Shadow of Death）、「虚栄の市」（Vanity Fair）などを経て、最終的に「天上の都市」へ到着する。聖書に基づいた寓意物語であるとはいえ、「クリスチャン氏」の旅の描写には写実的な魅力があり、それは、例えばルイザ・オルコット（一八三二―八八、

Louisa May Alcott）の小説『若草物語』（一八六八）において、四人姉妹が寝室で『天路歴程』ごっこをするくだりに見ることができる。[2] 道中双六的な面白さがあると言えるかもしれない。

ブレイクはバニヤンの作品に親しんでいた。一七九四年にブレイクは『天路歴程』の一部に取材した《解釈者邸の掃除》（*The Man Sweeping the Interpreter's Parlor*）と題する版画を制作し、一八一〇年制作と推定される『最後の審判の幻想』では、寓意物語（Allegory）と「幻視」（Vision）について論じながらバニヤンに言及した。一八二四年には『天路歴程』第一部を題材にした水彩画の制作を始めている。また、ブレイク研究が進むにつれて、ブレイク神話において永遠界と地上の世界との中間地帯を指す「ビューラ」（Beulah）という用語と概念の起源の一つとして『天路歴程』が想定されることや、ブレイクの『両性のために――楽園の門』（一八二六頃、*For the Sexes: The Gates of Paradise*）の中に『天路歴程』と類似した場面設定と用語が存在することなどが明らかになった。[3]

『天国と地獄の結婚』もまた『天路歴程』との関連が想定できる作品の一つである。その兆しは、作品の冒頭に置かれた短詩「梗概」に見ることができる。

梗概

リントラは咆哮し、重苦しい大気の中で火を振り回す
飢えた雲は大海にのしかかる

かつてはおとなしく、そして危険な道を
正しき人は歩みを進めた

死の谷に沿って。
棘の茂るところに薔薇が植えられ
不毛な荒野に
蜜蜂が歌う。

それから危険な道に草木が植えられた、
そして川、そして泉
あらゆる断崖と墓に、
そして風雨にさらされた白骨には
赤い土が生じた。

ついに悪漢が安楽の道を捨てた、
危険な道を歩き、
正しき人を不毛の地に追い払うために。

今や卑劣な蛇が歩く
穏やかな謙虚を装って。
そして正しき人は怒る
獅子が徘徊する荒野で。

リントラは咆哮し、重苦しい大気の中で火を振り回す
飢えた雲は大海にのしかかる。（『天国と地獄の結婚』）[4]

リントラが何者なのかという問題は第三節で考えることにして、ここでは冒頭と結びをリントラの怒りという額縁で囲まれた、「正しき人」と「悪漢」が織りなす物語に注目したい。「危険な道」や「死の谷」という表現は、「正しき人は歩みを進める」という表現と連動して、『天路歴程』に描かれた「危険」という名の道や「クリスチャン氏」が旅する「死の影の谷」を連想させる。[5] また、「梗概」で描写される川、泉、墓、死者の骨という旅路の風景は、すべて『天路歴程』に登場する風景でもある。しかし、『天路歴程』を意識させる工夫を凝らしながら「梗概」が描くのは、「正しき人」がたどる旅路ではない。巡礼が誘惑という試練にさらされる『天路歴程』とは異なり、ここで語られるのは「正しき人」の歩む道筋が「悪漢」によって簒奪されてしまったという別の話である。そして「卑劣な蛇」とも形容されるこの簒奪者が何者なのかという問題は、『天国と地獄の結婚』の研究史における大きなテーマの一つである。[6]

『天国と地獄の結婚』第十一プレートでは、短詩「梗概」と同じように、「ついに」（Till）という語を転回点として宗教のあり方の変容が語られた。

古代の詩人たちはすべての知覚できる対象を、神々や精霊の名で呼ぶことによって、それらに生命を吹き込んだ。森、川、山、湖、都市、国、そして詩人の多感な感覚で認識できるあらゆるものを属性として付与して、それらに装飾を施した。

そして詩人たちは特にそれぞれの都市や国の精霊を研究し、心に宿る神の下位にそれを位置付けた。ついに制度が形作られた。ある人々は制度をうまく利用した。彼らは知覚できる対象から神々を抽出し具現化することによって、一般の人々を隷属せしめた。このようにして聖職者組織が始まった。礼拝の形式を詩的物語から選んだ。

そしてついに彼らは神々がそのように命じたのだと宣言した。

こうして人々はすべての神々が人の胸に宿ることを忘れた。（『天国と地獄の結婚』[7]）

第十一プレートに記された聖職者組織（Priesthood）成立の歴史と「梗概」を重ね合わせて読むならば、巡礼の道の簒奪者が聖職者組織であることが見えてくるし、『天国と地獄の結婚』の批判の標的として、スウェーデンボリ神学とその硬直した教会組織を位置付けた従来の研究はこの延長線上にある。これらの先行研究を踏まえつつ本節で提示したいのは、『天国と地獄の結婚』の諷刺の標的には、バニヤンが書いた『天路歴程』も含まれるのではないか、という説である。

『天国と地獄の結婚』と『天路歴程』との間には、短詩「梗概」に見られる表現上の類似に加えて、構造上の類似が存在する。『天路歴程』は「クリスチャン氏」の旅路を叙述する散文の部分と、その旅路の一場面に基づいて教訓を述べる韻文の部分から構成される。『天国と地獄の結婚』も同じように、「記憶すべき幻想」の語り手「私」が経験する旅路と、その経験に即して語られる哲学的考察から成り立っており、『天路歴程』の散文部分と韻文部分がそうであるように、これらは交互に配置されている。また、『天路歴程』と『天国と地獄の結婚』のどちらにおいても、旅が主要な骨格をなし、旅人を導こうとする人物と旅路を阻む怪物が登場するという点でも共通する。これらの構造上の類似に着目して、（一）『天路歴程』における「解釈者」と「クリスチャン氏」との対話と『天国と地獄の結婚』

における「天使」と語り手「私」との対話、（二）『天路歴程』における怪物アポリオンと『天国と地獄の結婚』における怪物リヴァイアサンとの類似点と相違点、（三）『天路歴程』における「まっすぐな道」の強調と『天国と地獄の結婚』における「曲がりくねった道」の強調、の三点について両者を比較してみたい。

『天路歴程』において「解釈者」は、「世俗の知恵氏」の誘惑に屈して定められた道から逸脱し、それゆえに「伝道者」から厳しい叱責を受けた「クリスチャン氏」に対して、二度と道を逸脱することがないように幻を通して教訓を与える。この幻は、（一）壁に掛かったとても厳かな顔をした人の肖像画、（二）ほこりのたまった大きな応接間、（三）椅子に腰掛けた二人の幼児、（四）壁の前で燃えている火、（五）手に油壺を持ち、ひそかに油を火に注ぎ続ける男、（六）見るも美しい宮殿、（七）剣を抜き、兜を頭にかぶり、道を切り開く男、（八）鉄の檻に閉じ込められた男、（九）ベッドから起き上がり、衣服を身に付けながら身体を震わせる男、の九つの情景から構成される。ここではそれぞれの幻の意味よりも、これらの幻に対する「クリスチャン氏」の態度に注目したい。それぞれの幻を見せられた時に「クリスチャン氏」が示した反応を以下に列挙する。括弧内の数字は幻の番号に対応する。

（一）すると、クリスチャン氏が言った。これはどういうことですか。
（二）すると、クリスチャン氏は言った。これはどういうことですか。
（三）すると、クリスチャン氏は解釈者に言った。このことをもう少し詳しく説明して下さい。
（四）すると、クリスチャン氏は言った。これはどういうことですか。
（五）すると、クリスチャン氏は言った。これはどういうことですか。
（六）すると、クリスチャン氏が言った。私どもはあそこへ行くことができましょうか。
（七）すると、クリスチャン氏はにっこりと笑って言った。私にはこの意味がよくわかるように思われます。

（八）すると、クリスチャン氏は言った。これはどういうことですか。
（九）すると、クリスチャン氏は言った。なぜこの人はこのように震えているのですか。（『天路歴程』第一部[8]）

「クリスチャン氏」が繰り返し発する「これはどういうことですか」という問いかけは、世界には正解が存在し、ある特定の人々のみがそれを把握することができる、という前提を「クリスチャン氏」が持っていることを暗示する。引用（九）に明らかなように、「クリスチャン氏」には自分が知覚した事象を独力で判断して、その事象の意味を探求しようとする意志はない。「クリスチャン氏」は、権威ある存在から正解を教授されることを、ひたすら期待する。引用（六）は「クリスチャン氏」が権威に対して従順であり、その是認なり否認なりを受けない限り、安心して行動できないことを示す。また、引用（七）において「わかります」と言い切るのではなく、「わかるように思われます」と留保を付したところには、権威に対する依存度の大きさを読みとることができる。[9]

与えられた教えを正解として受け入れる「クリスチャン氏」は、指導者から悪であると教えられたものを無条件に悪とみなす。「美の宮殿」（The Palace Beautiful）において「クリスチャン氏」は、「分別」（Discretion）、「敬虔」（Piety）、「慎重」（Prudence）、「慈悲」（Charity）に言われるままに鎧と甲を身に付けるが、[10]これは彼女たちが危険とみなすものを「クリスチャン氏」もまた危険とみなすことに同意した、ということを意味する。だから「クリスチャン氏」は怪物アポリオンと遭遇すると、「アポリオン、振る舞いに心せよ、私は『王』の保護の下にある天下の公道、聖浄の道にいるのだ。だから、おまえ自身に心するがよい」と宣言して、真っ向から闘いを挑む。[11]異なる視点に立てば、怪物とされるアポリオンも別の姿に見えるかもしれないという発想は、「クリスチャン氏」にはない。[12]

指導者の指示を忘れて「クリスチャン氏」と仲間の巡礼たちが道を逸脱すると、必ず指導者がどこからともなく現れて彼らに叱責を加える。怒りをみなぎらせた「伝道者」が天から言葉と火を降らせて「クリスチャン氏」の逸脱を糾弾する場面[13]、「善意」(Good Will) による訓戒の場面[14]、「輝ける者」(a shining One) が道をはずれた巡礼たちを鞭で打って懲らしめる場面がこれに該当する。[15] 指導者の一人である「善意」は「クリスチャン氏」を次のように戒める。

前をご覧なさい。この狭い道が見えますか。あれがあなたの行かなければならない道です。それは族長たち、預言者たち、キリスト、そしてその弟子たちによって作られました。それは定規で引くことができる限り真っ直ぐになっています。これがあなたが行かなければならない道です。(『天路歴程』第一部[16])

「しなければならない」という意味を持つ助動詞 must が多用されたこの指示の中で、「定規」という言葉が『天路歴程』における指導者たちの役割をはっきりと表している。『天路歴程』における指導者たちは、巡礼たちに正解を教える教師であるだけではない。彼らは必要に応じて巡礼たちの「曲がりくねった道」を、真っ直ぐなものに矯正する文字通りの「定規」でもある。実際「クリスチャン氏」は「定規で引くことができる限り真っ直ぐ」な道を歩いている間は、災難に遭うことはない。「困難の丘」(The hill Difficulty) の麓で枝分かれする三本の道の中から、「門から真っ直ぐに続いて来た道」であり「丘を真っ直ぐに登る狭い道」を選択した「クリスチャン氏」は、険しい道に苦労はするが無事に丘を越えることに成功する。[17]

一方「曲がりくねった道」は破滅と結び付けられた道である。「困難の丘」の麓で丘を迂回する二本の道を選んだ「形式主義者氏」(Formalist) と「偽善者氏」(Hypocrisy) は、それぞれ森と暗い山の中へ迷い込んで行方不明となる。『天路歴程』の後半で巡礼たちが「無知氏」と遭遇するのも、「曲がりくねった道」においてである。「うぬぼれの国」(The Country of Conceit) から「曲がりくねった細い道」を通って巡礼たちの道筋へ合流した「無知氏」は、「クリスチャン氏」から「神の言葉は、人の道は曲がったものであり、善いものではなく、邪なものである、と言っています」とたしなめられる。そして、定められた道を通らなかった以上「天上の都市」へ受け入れられることはないだろう、と「クリスチャン氏」が警告した通り、「無知氏」は目的地を目前にしながら、「輝ける者」によって手足を縛られ「地獄への道」へ放り込まれてしまう。[19]

『天路歴程』における巡礼たちの価値判断の最終的な拠りどころは、「伝道者」や「解釈者」や「輝ける者」といった指導者の側にあって、巡礼たち自身の中にはない。困難に直面した時に、「クリスチャン氏」が正解をまず記憶の中に探し求めようとするのは、きわめて象徴的である。巡礼たちにとって、意志決定の際に必要となる価値判断の規準は、自らの力で作り上げるものではなく、権威を有した存在から下賜されるものである。下賜された教えを正しく記憶することを巡礼たちは期待されており、忘却は致命的な結果につながる。指導者の指示に従って「真っ直ぐな道」を歩む者は「天上の都市」へ迎えられ、指示に従わずに「曲がりくねった道」を歩む者は「地獄への道」へ放逐される。善は指導者への従順と同一視され、不服従は悪とみなされて罰が科される。結果として、巡礼たちが自立して行動することはなく、ただひたすら指示を待ち続ける。『天路歴程』が提示するのは、相互排他的な善悪二元論であり、この世界観の下では、神と神の代理人である聖職者の指示に従って、天国と地獄、善と悪を峻別しなければならない。[20]

『天路歴程』の構造を『天国と地獄の結婚』の「記憶すべき幻想」に重ね合わせてみるならば、語り手「私」は旅人であり、「天使」は指導者であり、リヴァイアサンは怪物の役回りにある。『天路歴程』で「伝道者」や「輝ける者」が道からはずれた「クリスチャン氏」を厳しく咎めたように、『天国と地獄の結婚』第十七プレートで「天使」は「私」に向かって、次のように警告する。

天使がやって来て言った。ああ、情けない愚かな若者よ。ああ、恐ろしい。ああ、ぞっとするような状態だ。汝が永遠の未来に向けて用意しつつある、熱く燃える土牢を考えるがよい。そこへ向かって汝はまっしぐらに進みつつあるのだ。（『天国と地獄の結婚』）[21]

「地獄の格言」を収集し、イザヤとエゼキエルと会食をし、「地獄の印刷所」を視察した「私」を、「天使」は「情けない愚かな若者」と断じ、「伝道者」や「輝ける者」が巡礼たちに対して行ったように、「私」の行状を糾弾し、その「曲がりくねった道」を真っ直ぐなものにしようとする。だから「天使」は、ちょうど「解釈者」が「クリスチャン氏」に様々な幻を見せたように、「私」に幻を見せる。「天使」に先導された「私」は、「馬小屋」、「教会」、「粉ひき場」、「洞窟」、「果てしない虚空」を通り、「黒と白の蜘蛛」の幻を見せられた後、最終的に怪物リヴァイアサンと対峙する。この過程が西欧文明の歴史の縮図であることや、[22]「黒と白の蜘蛛」が銅版画職人の汚れた両手と重なることはすでに指摘されているが、[23]ここでは幻の内容よりも、「私」が幻に対してどのような反応を示したか、というところに注目したい。

そして私たちは見た、それはリヴァイアサンの頭だった。その額には虎のように緑と紫の縞模様が入っていた。まもなく私たちは、その口と赤いえらが、荒れ狂う泡のちょうど上のあたりで、黒い海原を血の筋で染めながら、霊的存在の怒りを露わにして、私たちの方へ向かってくるのを見た。

私の友人の天使は、今いる場所からよじ登って粉ひき場へ入った。私は一人でその場にとどまった。するとこれまで見えていたものはもはや消えてしまい、気が付くと私は月の光に照らされて川の側の楽しい岸辺に座り、竪琴に合わせて歌う竪琴弾きの歌に耳を傾けていた。彼の主題は、自分の意見を決して変えない者は澱んだ水に似ており、爬虫類のような心を生み出す、というものだった。

しかし私は立ち上がって、粉ひき場を探し、そこで天使を見つけると、彼は驚いて私に尋ねた、どのようにして逃げたのか、と。

私は答えた。私たちが見たものはすべてあなたの形而上学のなせるわざだった。というのはあなたが逃げた時、私は岸辺で月明かりに照らされながら、竪琴弾きの調べに耳を傾けていることに気が付いたからだ。しかし、私たちが私の永遠の運命を見たからには、私があなたの運命をお見せしようか。(『天国と地獄の結婚』[24])

『天路歴程』の「クリスチャン氏」とは異なり、『天国と地獄の結婚』の語り手「私」は「これは何を意味するのですか」という質問を発しない。「これは何を意味するのですか」という問いを口にすることは、「これ」で指示されるものがその質問者にとって何らかの意味を持つという前提を、その質問者が受け入れたことを意味する。「これは何を意味するのですか」という質問を口にしない「私」は、「天使」が提示した幻を黙殺し、「天使」の「形而上学」を共有することを拒否する。そうすることによって「私」は、「天使」が怪物リヴァイアサンとみなすものであっても、「私」にとっては必ずしも怪物ではないということを示唆する。「私」は「天使」と対等な位置に立つ。「私」は「天使」に権威を認めない。「天使」が提示する幻は、「私」にとって、数ある世界観のうちの一つにすぎない。「私」がそれを受け入れなければならない理由はどこにもなく、また「私」はそれを受け入れるつもりもない。「天使」の世界観はそれを受け入れる者に対してのみ効力を持つのであって、それを受け入れようとしない「私」に対しては、何の影響力も持たない。だから、『天路歴程』において、何らの疑念を抱くことなく怪物アポリオンに立ち向かった「クリスチャン氏」とは対照的に、『天国と地獄の結婚』の「私」はリヴァイアサンと闘う準備すらしないのである。

ここに描かれたのは異なる二つの世界観の対立であって、『天路歴程』の「伝道者」や「解釈者」に見られるように、一方が他方を教え導くという構造ではない。むしろ、教えるという行為が時として暴力性を持つのではないのか、という問いかけをここに読みとることができる。「天使」には怪物リヴァイアサンと見えるものが、語り手「私」にとっては竪琴弾きであったというこの挿話は、「天使」に象徴される聖職者組織というものが自らの正当性を過信するあまり、物事を多面的に理解する力を喪失し、「自分の意見を決して変えない者は澱んだ水に似ており、爬虫類のような心を生み出す」と自省を迫る声を、怪物リヴァイアサンと見立ててこれまで抑圧してきたのではないか、という告発を含んでいる。この告発は、『天国と地獄の結婚』の別の箇所に書き込まれた、「天使たちは自分たちを賢明な唯一の存在として語る虚栄心を持っている、彼らには体系的な論証から生じる自信に満ちた傲慢さがある」[25]という言葉と呼応する。

『天路歴程』に頻出する「曲がりくねった道」と「真っ直ぐな道」という比喩も、「地獄の格言」では次のように書き換えられた。

改良は真っ直ぐな道を作る、しかし改良のない曲がりくねった道は天才の道である。（「地獄の格言」[26]）

この格言は『天路歴程』に対する三つの批判を含む。第一に、『天路歴程』において教訓は「伝道者」や「善意」らを通して示されるのに対して、この格言は「地獄の格言」の一つであり、教訓は天より下されるものであるという『天路歴程』の前提を覆す。つまり、この格言の出処それ自体が、天国にあるものが正解であり、地獄にあるものは不正解であるという二元論的分別に対する挑戦である。第二に、この格言は『天路歴程』で推奨された、従順で素直な学習者を良しとする態度に疑問符を付ける。『天路歴程』では従順が何よりの美徳であり、自分自身の判断で意志決定を行うことは破滅へ至る道として斥けられた。ところが「地獄の格言」は、指導者から下賜された知恵ではなく、語り手「私」が自主的に収集したものである。「私」は次のように言う。

私は地獄の火の中を、天才の楽しみを味わいながら喜んで歩いていた時、そして、その様子は天使には苦痛と狂気と見えるようなのだが、私は地獄の格言を収集した。（『天国と地獄の結婚』）[27]

「私は地獄の格言を収集した」という言葉には、「天使」からどのような否定的な烙印を押されようと、自分で判断して行動する自立した個人であろうとする「私」の姿が見える。それは自主性と独立性の強調であり、指導者の判断を仰がなければ行動することのできない「クリスチャン氏」とは対照的な態度である。第三に、『天路歴程』において破滅と結び付けられた「曲がりくねった道」が、「地獄の格言」では「天才の道」として規定し直された。つまり、正解を授与することによって「真っ直ぐな道」を作ろうとする「改良」（improvement）は、授与される側が本来持っていた「天才」を破壊する行為であり、『天路歴程』の素直で従順な巡礼たちは、指導されることに慣れ切ってしまったために虚弱になり、精神的自立が不可能になった存在ととらえ直されたのである。

これらの三つの批判の共通項こそが、『天国と地獄の結婚』が『天路歴程』に対して提示する疑義の核であり、それを一言でまとめるならば、世界には正解が存在し、それを知らない者はそれを知っている者に教えを請わなければならない、という世界観への批判である。ある特別な人々にのみ正解を知ることが許されるという前提は、その性質上常に不正解を産出し、不正解に分類されたものを排除しようという動きを促す。『天路歴程』の内部で作動しているのは、正解をフィルターにした殺菌消毒のメカニズムである。

天国から下される教訓に対して「地獄の格言」を用意した『天国と地獄の結婚』には、それ自身の表題が示すように、従来の伝統的なカテゴリーを解体して混沌を作り出し、善悪複合体としての世界像を確立しようという意志がうかがえる。「天使」が怪物リヴァイアサンとして認識し、「私」が竪琴弾きとして認識した歌の主題は、「私」によれば次のようなものだった。

自分の意見を決して変えない者は澱んだ水に似ており、爬虫類のような心を生み出す。（『天国と地獄の結婚[28]』）

世界を認識するために、知覚された事物を自分自身の価値観に従って一定の秩序に配列することは、おそらく誰にとっても必要な手続きである。ただし、その秩序は不都合が生じた場合に白紙撤回することができ、新たな秩序へと再編できるものでなければならない。ある価値観を正解として固定し、別の価値観を不正解として斥ける時、秩序の絶対的な安定は保証されるが、同時に硬直と停滞が進行し始める。「地獄の格言」によれば、「澱んだ水には毒がある[29]」。『天国と地獄の結婚』の関心は、毒を除去することよりも、水が澱まない状態を作り出すことにある。そのために『天国と地獄の結婚』は、地獄というカテゴリーに押し込められたものを再生することによって、「澱んだ水」を攪拌しようとする。『天国と地獄の結婚』が提出するのは、『天路歴程』に欠落している発想、すなわち、その構成要素が動的な緊張を維持し続けることによって、常に変化に対して開かれている秩序こそが望ましいという思想である。それは対立する存在を否定することではない。「天国」によって「地獄」を否定することではない。ブレイクは後に長詩『エルサレム』に、「否定は対立ではない、対立するものは互いに存在する。否定するものは存在しない[30]」と記した。対立とは、対立する二要素の相互のせめぎ合いを意味する。そしてそのせめぎ合いこそが、『天国と地獄の結婚』によれば、進歩の原動力なのである。

対立なくして進歩なし。引力と反発力、理性と活力、愛と憎しみは人の存在にとって必要である。（『天国と地獄の結婚[31]』）

多様性を圧殺して画一化を図ることは、ブレイクによると、神の意志に反する。なぜなら、「ライオンと牛に同じ一つの掟を課すことは抑圧である」（『天国と地獄の結婚』[32]）からであり、ブレイクが自作のスケッチの余白に書き込んだ言葉に見られるように、「あらゆる天才は異なっている、だから悪魔は多様であり、天使はすべて似ている」[33]。多様性とは多様な個性の共存を前提としており、多様な個性の共存は対立を肯定することによって保証される。皮肉なことに『天路歴程』では、「世俗の知恵氏」や「無知氏」のように、誘惑者の個性はまさに多様であるのに対して、「伝道者」や「輝ける者」に個性の差異は認められない。これは『天路歴程』が寓意物語という形式で書かれたことと関連する。ブレイクは『天路歴程』に言及しながら、『最後の審判の幻想』に次のように記した。

最後の審判とは、寓話［Fable］でも寓意物語［Allegory］でもなく、幻視［Vision］である。寓話あるいは寓意物語は全く異なる低劣な種類の詩である。幻視あるいは想像とは、永遠に、実際に、そして変わることなく存在するものの表現である。寓話あるいは寓意物語は記憶の娘たちによって作り上げられる。想像は霊感の娘たちによって囲まれており、彼女たちは総称してエルサレムと呼ばれる。寓話とは寓意物語である。しかし批評家たちが寓話と呼ぶものは幻視そのものである。ヘブライ語の聖書とイエスの福音は寓意物語ではなく、存在するすべてのものの永遠の幻視であり、想像である。ここで注意してほしい。寓話あるいは寓意物語に幻視が含まれないことは稀である。天路歴程は幻視に満ちている。（『最後の審判の幻想』[34]）

これらの言葉を注意深く読むならば、ブレイクにおいて寓意物語は低劣な種類の詩であると位置付けられたものの、ブレイクが詩の生命とみなす「幻視」を含むことが少なくなく、『天路歴程』がその好例として言及されたことがわかる。

ブレイクが寓意物語に低い評価を与えたのは、寓意物語が教条主義的な性格を持つからだと言えるかもしれない。寓意物語の一つの典型は、善、悪、美、醜などの抽象概念を擬人化して表現することであり、そこでは一義的な解釈しか許されない[35]。すでにバニヤン研究において指摘されたように、『天路歴程』では巡礼たちがたどる道筋だけでなく、読者の解釈の方向も厳しく管理される[36]。

「伝道者」や「輝ける者」が巡礼たちに繰り返して説いて聞かせる善悪二元論は、寓意物語という形式によって強化された。指導者に対する疑義や反対や批判は、『天路歴程』では許されない。確かに「伝道者」たちは、魂の救済は律法を遵守することではなく、神を信じることによって達成される、と説いた。しかし、彼らは彼らなりの掟を巡礼たちに課しており、「クリスチャン氏」は「伝道者」や「輝ける者」に対してひたすら恭順の意を表す。「伝道者」たちは、巡礼たちに如何なる権威にも服さず、自由であり自立することを促すが、しかし同時に彼らの権威には服し、彼らの指示に従って行動することを求める。皮肉なことに、巡礼たちに自立的であることを奨励する「伝道者」たちは、厳しい叱責と指導により、巡礼たちから自立心を奪ってしまう。一方巡礼たちは、彼らの権威を受け入れることによって、彼らが権力者として振る舞うことを容認する。巡礼たちは自主性を放棄することによって、「伝道者」たちが上意下達型の権力組織を作り上げることに協力し、その組織の底辺に自分たちのための安全な居場所を確保した。正意地悪な言い方をするならば、「伝道者」たちと巡礼たちは共同して、検閲を基盤とする聖職者組織を構成した。正解を知っている者がこの世に存在し、彼らからその正解を教えてもらうことによって正しい世界観が身に付くとする『天路歴程』では、対立は認められない。『天路歴程』の世界とは、便宜上二元論によって世界を説明した後に、一方を排除することによって成り立つ一元論的な世界である。それは創造力を抑制し、思考停止を招く。逸脱を認めず、地獄を逸脱者のための牢屋と位置付ける『天路歴程』のキリスト教は、生きとし生けるものはすべて神聖であり、神は個性として地上に顕現する、と主張したブレイクのキリスト教と相容れるものではない。

『天路歴程』の作者バニヤンが生きた時代とは、政治的、宗教的寛容の兆しが現れ始めた時代であり、国王の独裁的権力は弱体化し、政治における議会の発言権が強まりつつあった。(37) バニヤンはさらなる自由を求めて、国家宗教としての英国国教会から離脱して宗教活動を行い、そのために牢獄につながれた。バニヤンは政教一致の社会において、国家権力と一体化した英国国教会に潜む反キリスト的性格を非難し、(38) 信仰を自由に持つ権利を主張し、(39) 神と人との直接の交流を訴えた。(40) 世俗の権力を忌避するバニヤンの態度は、『天路歴程』において領主、商人、紳士淑女が「クリスチャン氏」の敵役とされたところに見ることができる。『天路歴程』は英国社会で制度的に疎外された非国教徒のための叙事詩であり、そのような意味でバニヤンは「英文学において階級を最も強く意識した作家の一人」(41) である。したがって「あらゆる残酷さの根源である国家宗教」(42) を糾弾し、「神は、存在するもの、あるいは人の中でのみ活動し存在する」と説いたブレイクは、宗教と社会との関係をめぐる議論に関して、バニヤンに共感するところが多かったと思われる。

しかし、バニヤンはブレイクが見逃すことのできない過ちを犯した。無律法主義を説き、ある特定の個人や団体によって管理されることのない精神の自由を主張しておきながら、バニヤンは「伝道者」や「善意」や「輝ける者」を審判者とする、新たな聖職者組織を『天路歴程』の中に作り上げてしまった。『天路歴程』に描かれたのは、権力が個人の価値判断に介入し、個人の考える自由を抑圧する機構である。そこには対立と、それに伴う対話によって、新たな思想が育まれる可能性がない。『天路歴程』は、作者によって読解の道筋が明確に規定された寓意物語という形式を通して、指導者の決定に従順に従うことを奨励する。つまり、ブレイクの言葉を援用するならば、バニヤンは聖書から「プラトンやギリシア人やすべての軍人の基盤である道徳」を抽出し、「道徳が罪を告発し、他者に対する戦争と支配を永遠に促し続ける」(43) ような物語を作り上げてしまったのである。『天路歴程』に描かれたのは、「天上の都市」へ通じる安定した道筋かもしれないが、ブレイクの観点から見るならば、それは停滞へ通じる道筋であった。『天路歴程』に典型的に描き出されたように、ある共同体内で動的な二項対立が再生産されなくなると、既存の秩序を維持するための約束事が絶対化されて、それ以上の変化が不可能となる。この時秩序を混乱させることによって対立を作り出し、停滞した状況を活性化して自由を回復することが、ブレイクにおいて芸術家が果たすべき使命とされた。ブレイクにとって、イエスはそのような意味での芸術家であり、キリスト者とはイエスを圧制からの解放と自由の回復を唱えた改革者として理解し、その後に続く者でなければならなかった。ブレイクは『エルサレム』と『ラオコーン』（一八二六、*Laocoön*）に、次のような言葉を記した。

想像力という神聖な技を行使するための身体と精神の自由以外に、如何なるキリスト教も如何なる福音も私は知らない。（『エルサレム』）[44]

イエスと彼の使徒たち、弟子たちはすべて芸術家であった。（『ラオコーン』）[45]

『天路歴程』の「クリスチャン氏」と、彼の指導者である「伝道者」と「善意」たちは、ブレイクにとってキリスト者ではなかったのである。

古くなった知識を新しい知識と入れ替えるのではなく、すでに持っている知識を批判的に点検すること。外部から新しい考え方を輸入するのではなく、手持ちの価値観を鍛錬し直すこと。ここに対立の効用がある。『天国と地獄の結婚』には「反対することは真の友情である」[46]という言葉が書き込まれた。敵対者を打倒することを説く『天路歴程』とは異なり、『天国と地獄の結婚』の語り手「私」は、敵対する「天使」を「私の友人である天使」[47]と呼ぶ。『天国と地獄の結婚』によれば、対立こそが思想を鍛えるのだ。

二　反省する旧約聖書の預言者たち――神々が共存する世界

『天国と地獄の結婚』で展開された旧約聖書「箴言」と『天路歴程』のパロディーは、十八世紀後半の英国で本格化し始めた聖書研究の動向と無関係ではない。この時代の聖書研究は、一六一一年にジェイムズ一世の命によって編纂された欽定訳聖書の改訂をめぐる動きとして現れ、英国国教会と非国教会の双方の側で活発に行われた。『天国と地獄の結婚』における聖職者批判はこのような時代思潮を反映している。「地獄の格言」の次に置かれたプレートには、聖職者組織が成立する過程が簡潔に記述された。再度引用する。


古代の詩人たちはすべての知覚できる対象を、神々や精霊の名で呼ぶことによって、それらに生命を吹き込んだ。森、川、山、湖、都市、国、そして詩人の多感な感覚で認識できるあらゆるものを属性として付与して、それらに装飾を施した。

そして詩人たちは特にそれぞれの都市や国の精霊を研究し、心に宿る神の下位にそれを位置付けた。

ついに制度が形作られた。ある人々は制度をうまく利用した。彼らは知覚できる対象から神々を抽出し具現化することによって、一般の人々を隷属せしめた。このようにして聖職者組織が始まった。

礼拝の形式を詩的物語から選んだ。

そしてついに彼らは神々がそのように命じたのだと宣言した。

こうして人々はすべての神々が人の胸に宿ることを忘れた。（『天国と地獄の結婚』[48]）

「古代の詩人たち」は想像力を駆使することで、万物に畏怖と畏敬の念を抱き、その源に神を見た。しかし、万物と神との有機的な関係が断たれ、神が超越的な絶対者に祭り上げられて、その神に仕える特別な集団が形成されると、個人に心の安らぎを与えるという宗教の本来の機能が低下し、社会に介入してその構成員を管理する権力機構としての側面が強くなった。十八世紀後半を生きたブレイクにとって、政教一致の社会を構成し、宗教差別を合法化する基盤となった英国国教会は、典型的な権力機構としての聖職者組織と映ったことだろう。神の多様なあり方を否定し、神を絶対化する仕組みを作り出すことによって、堅固な聖職者組織が誕生するとすれば、英国国教会という組織が国家宗教として成立するためには、統一教科書である欽定訳聖書の編纂は必要不可欠な事業だった。

一五三四年の国王至上法（The Act of Supremacy）により、国王が教会の首長であると定められ、政治権力と宗教権力が合体して英国国教会が誕生した。それまでは複数の異なる英訳聖書が存在し、それぞれの訳者とその訳者が所属する宗派に応じて、聖書解釈と訳語の選択に偏りが見られた。例えばウィリアム・ティンダル（一四九四―一五三六、William Tyndale）が訳した聖書は、教会の権威を脅かすような語彙を選択したとしてトマス・モア（一四七八―一五三五、Thomas More）に厳しく批判された。一方、ジュネーヴ版聖書は反カトリックの態度と親カルヴァン主義思想が鮮明であるとして、清教徒たちに歓迎された[49]。欽定訳聖書はこのような混乱に統一を与え、英国国教会の権威と教義を不動のものにすることを目的として編纂されており、一六一一年に刊行されると「欽定訳聖書は購入可能な唯一の英訳聖書として事実上競合する相手はいなかった」[50]。清教徒革命の勃発により、英国国教会の力は一時的に後退したが、断頭台で命を落としたチャールズ一世は、一六六〇年の王政復古で殉教者とみなされ、一六六二年の礼拝統一法（The Act of Uniformity）と一六七三年の審査法（The Test Act）により、英国国教会と国家は名実ともに一体化した。非国教徒は大学と公職から排除され、欽定訳聖書は教会と国家の権威の礎となった。

したがって、その後聖書研究が進展して、欽定訳聖書のテクストを改訂する必要が生じた時、英国国教会は不可謬とされた権威に誤謬を認めなければならないという矛盾に直面することになった。この矛盾に取り組み、欽定訳聖書の権威を維持しながら改訂作業を進めようとしたのが、カンタベリー大主教を務めたトマス・セッカー（一六九三―一七六八、Thomas Secker）である。[51] セッカーはオックスフォード主教在任中に聖書学者ベンジャミン・ケニコット（一七一八―八三、Benjamin Kennicott）の仕事に関心を寄せ、ヘブライ語聖書の写本を収集して分析し、聖書の原典を復元しようという彼の試みを積極的に支援した。ケニコットが出版した『ヘブライ語旧約聖書註解』全二巻（一七七六、一七八〇）は、字句にこだわりすぎるという批判はあったが、おおむね好意的に受け入れられた。[52] なかでも『ジェントルマンズ・マガジン』誌は、同書がローマとジュネーヴの双方によって温かく評価されたと報じ、この不思議な合同評価ほど奇妙で喜ばしいことはないと記した。[53]

『ヘブライ語旧約聖書註解』がカトリックとプロテスタントの両方から歓迎されたという事実は、ヘブライ語聖書を復元しようとする試みが、宗派を越えてキリスト教全体に大きな利益をもたらす可能性がある、と受け止められたことを意味する。別の言い方をするならば、ヘブライ語聖書に回帰することで、宗派の対立が解消される可能性が見えてきた。ケニコットの仕事は図らずも、聖書として流通している書物が写本に写本を重ねた二次的な産物であり、神聖視されるべきものでは決してなく、改訂が可能であることを示し、結果として欽定訳聖書を相対化するという作用を伴った。

英国国教会を代表する地位にあったセッカーは、ケニコットの仕事を欽定訳聖書を改訂するために必要な準備作業と位置付けたが、改訂作業そのものは英国国教会の監督下で行うことを目指した。セッカーは「オックスフォードとカンタベリー教区の聖職者に宛てた八箇条の諭示」において、「現行の翻訳に相当の不都合がない限り、聖書のテクストに新しい翻訳や意味を与えることは、聴衆を惑わせることにしかならず、疑念を持たせることになるだろう[54]」と述べ、英国国教会の許可を得ずに、聖書の新たな解釈や翻訳を聖職者が紹介することを禁止した。セッカーにとって欽定訳聖書の改訂作業は、個々の聖職者が独自に行った修正案の集積としてではなく、英国国教会の指揮の下で組織的に行われる作業でなければならなかった。そうすることによって、英国国教会の権威を維持できる、とセッカーは考えた。

したがって、セッカーは欽定訳聖書改訂作業を念頭に置きながらも、英国国教会の権威に疑義を唱える動きに対しては、断固とした対抗策をとった。一七六六年に「告解、あるいはプロテスタント教会における信仰と教義の制度的告白を確立することの権利、有用性、啓発と成功に関する完全かつ自由な考察」[55]と題するパンフレットが匿名で出版され、聖書の解釈は個人の良心に委ねられるべきであり、英国国教会に見られる信仰規約の同意のような制度は廃止されるべきであるという主張がなされた時、セッカーは英国国教会の情報網を駆使して、著者がヨークシャーのクリーヴランド大執事フランシス・ブラックバーン（一七〇五―八七、Francis Blackburne）であることを突き止め、昇進差し止めの措置を取るとともに、反論のパンフレットを刊行して英国国教会の大義名分を擁護した。また、ジョン・ウェズリー（一七〇三―九一、John Wesley）によって創始され、やがて独立分派するメソジストに対しても、セッカーは組織的かつ合理的な対応をして、その動きを封じ込めようとした[56]。

ケニコットに支援の手を差し伸べたセッカーは、ロンドン主教を務めた聖書学者ロバート・ラウス（一七一〇―八七、Robert Lowth）とも親交があった。ラウスは『ヘブライの聖典講義』[57]（ラテン語版一七五三、英語版一七八七）の中で、歴史的文脈に基づいて聖書を研究することの重要性を説き、ケニコットが収集したヘブライ語聖書の断片を比較して、最も信頼できる資料を選び出し、その資料に基づいて英訳聖書を編纂した。一七七九年の『イザヤ書新訳』の序文にラウスは次のように書いた。

原著者が意味するところを忠実に厳正に表現することが、訳者の必要不可欠な義務なので、訳者は合理的な解釈の方法に従い、公正な批評原則に則って作業を進めるように注意を払うべきである。（「序文」）[58]

ラウスにとって、聖書は神の言葉を記録した神聖な書物ではなかった。それはヘブライ民族が彼らの宗教を記述した書物であり、したがって古代ヘブライに関する歴史的知識を参照して初めて、ヘブライ語聖書の復元は可能になるはずだった。ラウスはラテン語聖書に特権的な地位を与えたローマ・カトリックを批判した。ラウスによれば、ラテン語に翻訳された時点で聖書テクストの誤訳が始まっており、回帰すべき目的地はヘブライ語聖書でなければならなかった。[59]さらに、ラウスによれば、ケニコットによって収集されたヘブライ語聖書の断片を分析するためには、神に反応する「直観」などではなく、根拠をもとに推論を組み立てていく合理的知性が必要であった。ラウスが情報を客観的に整理することによって、ヘブライ語聖書を復元しようとしたところに注目したい。ラウスは、いわば、科学的に聖書を研究したのである。

英国国教会のロンドン主教の地位にあったラウスから、その合理的な聖書研究の方法を受け継いだのは、皮肉にもカトリックのアレクサンダー・ゲッデスだった。ゲッデスは『聖書新訳の内容説明』（一七八六）において、従来の様々な英訳聖書の欠陥を指摘し、ラウスがその立場上批判を慎まざるを得なかった欽定訳聖書を、英国国教会の教義に沿うように歪曲された書物である、と糾弾した。そしてゲッデスは、よい翻訳とは原文に忠実であり、明快であり、正確であり、文体に統一性があり、原文の独自性が保持され、公正でなければならないと主張した。[60]また、ゲッデスは『予約購読によって聖書の新訳を出版するための提案書』（一七八八）の中で、キリストの死後千七百年以上の年月が経過する間に写本に写本を重ねた聖書は、結果として多くの誤解と写し間違いを抱え込むに至ったと述べた。[61]ゲッデスの英訳聖書は一七九二年にその一部が完成し、『聖書、あるいはユダヤ教徒とキリスト教徒によって神聖視された書物』という表題で出版された。この表題そのものに聖書を相対化する態度がはっきりと現れており、ラウスと同じようにゲッデスにとっても、聖書とは神の言葉ではなく、ヘブライ民族の歴史と神話を記録した文献としてとらえられた。モーセ五書において渾然一体となっている神学と法学は、聖書が編纂されつつあった時代の文化、風俗、慣習などを踏まえて理解される必要があり、ゲッデスは、ギリシアの歴史研究と同様に、聖書は本文批評の原則に従って研究されなければならない、と序文に記したのである。[62]

ラウスとゲッデス以外に、同じような聖書研究の流れの中にあった学者として、ジョージ・キャンベル（一七一九―一九六、George Campbell）、ウィリアム・ニューカム（一七二九―一八〇〇、William Newcome）、ジョン・シモンズ（一七三〇―一八〇七、John Symonds）の名前を挙げることができる。シモンズが一七八九年に出版した『四福音書と使徒言行録の現行英語訳を改訂することの是非に関する考察』というパンフレットには、この時代の聖書研究の空気を伝える次のような文章が含まれている。

何世紀もの間、ヨーロッパを覆っていた無知という雲は、過去と現在を学問的にかつ自由に探究することによって、すっかり消し去られてしまったように思われる。異端の誇りを恐れずに断言してもよいことは、古代のすぐれた文章というものは、我々が自己を形成し、鑑識眼と知識の両方を鍛えるための最高の手本である、ということだ。古代の文章を研究することは、神学者にとって誉れとなるだけでなく必要でもある。そして文法は、その文学的探究において重要な位置を占めるのである。（『四福音書と使徒言行録の現行の英語訳を改訂することの是非に関する考察』）[63]

十八世紀聖書学の「過去と現在を学問的にかつ自由に探究する」という姿勢は、ジョゼフ・ジョンソンが一七八八年に創刊した『アナリティカル・レヴュー』誌において高く評価された。『アナリティカル・レヴュー』誌は、新しい英訳聖書の必要性を説くパンフレットと新しい英訳聖書が出版されるたびに、好意的な書評を掲載した。それらが英国国教会の権威に疑義を呈して、合理的、実証的、自由主義的な議論を展開していればいるほど、『アナリティカル・レヴュー』誌はそれだけ高く評価した。

例えばキャンベルは『四福音書、ギリシア語版からの翻訳』（一七八九）を出版し、英訳聖書において最も重要なことは、訳語が簡潔であり、適正であり、明快であることだ、と述べた。[64] さらにキャンベルは、複数の英訳聖書が存在すると混乱の原因となり、英訳聖書は教会が正しいと認めた一冊に限られるべきだという英国国教会の議論を、自発的な精神活動である宗教は、法や権力に基づく強制と本来相容れないものである、と一蹴した。キャンベルの『四福音書』について『アナリティカル・レヴュー』誌は、次のような判断を下した。

要するに本書は、あらゆる真っ当なキリスト者にとって、楽しみながら読んで資するところの多い貴重な本である。すべての聖書注釈者は本書を手本とすべきであろう。（『アナリティカル・レヴュー』）[65]

また、『アナリティカル・レヴュー』誌は、ゲッデスの英訳聖書の第一巻が一七九二年に出版された時、十二ページを割いてその内容と翻訳理論を紹介し、ゲッデスの本文批評の方法を高く評価した。[66]

『アナリティカル・レヴュー』誌が詳細に報じた当時の聖書研究とその成果には、二つの特徴が見られる。第一に、聖書研究とは聖書の原典を回復するための営みであり、第二に、その方法論として合理的分析に基づく歴史研究が有効であるとされたことである。これらは聖書を神の言葉が記された神聖な書物としてではなく、古代ヘブライ民族の古文書として理解するということを意味した。ゲッデスの英訳聖書の副題に象徴されるように、聖書の神聖さが棚上げにされ、聖書は歴史資料として客観的に吟味される対象になったのである。

『アナリティカル・レヴュー』誌の発行人であったジョンソンは、ブレイクに商業用の銅版画の制作を数多く発注した出版業者であり、ジョンソンを通じてブレイクが様々な芸術家、思想家、文人と出会い、その知的刺激を受けて作品群が生まれたことは、ブレイク研究においてすでに定説となっている。ブレイクとジョンソンとの交流を念頭に置くならば、『アナリティカル・レヴュー』誌に紹介された英訳聖書改訂に関する議論を、ブレイクが全く知らなかったと想定するのは無理がある。むしろ、欽定訳聖書の権威が失墜し、神と人との関係や聖書と教会の役割をとらえ直す流れの中で、ブレイクの『天国と地獄の結婚』は構想され、旧約聖書「箴言」やバニヤンの『天路歴程』のパロディーが生まれたと考えられる。

『天国と地獄の結婚』において「地獄の格言」に続いて配置された「記憶すべき幻想」には、旧約聖書に登場するイザヤとエゼキエルが、語り手「私」と対話をする場面が記された。ここで繰り広げられる会話も十八世紀聖書学の動向を反映していると考えられる。

　預言者イザヤとエゼキエルは私と会食をした。私は彼らに、神が彼らに話しかけた、とどうしてそんなにはっきりとあえて主張したのか、誤解されてペテン師扱いされるとはその時思わなかったのか、と尋ねた。

　イザヤは答えた。私は限りある知覚器官で神を見たり聞いたりしたのではない。しかし、私の感覚はあらゆるものに無限を見出した。そして、正直な怒りの声は神の声である、と納得し確信していたので、結果を気にすることなく書いたのだ。(『天国と地獄の結婚』)(67)

合理的、実証的、自由主義的な聖書研究を支持する『アナリティカル・レヴュー』誌の知識人たちは、神より霊感を受けたと主張する預言者の言葉を、奇想、夢想、空想の類として斥けることが多かった。例えばジョンソンの盟友とも言うべきジョゼフ・プリーストリー（一七三三―一八〇四、Joseph Priestley）は『新エルサレム教会員に宛てた書簡』（一七九一）でスウェーデンボリと新エルサレム教会を批判して、確たる証拠に基づかない信仰は妄想以外の何ものでもなく、正しい信仰と誤った妄想は理性の判断によって識別できる、と書いた。(68)「記憶すべき幻想」の語り手「私」がイザヤとエゼキエルに向けたぶっきらぼうな質問は、神の啓示をめぐるこれらの議論を踏まえたものと思われる。

この質問に対して『天国と地獄の結婚』のイザヤは、ぶっきらぼうな答えを返す。神の啓示を語るのに根拠は必要なく、正直な怒りの声こそが神の声である、とイザヤは言う。神が話しかけたと言い切るための根拠を「私」が求めたのに対して、預言とはそもそも感情の言語であるとイザヤが切り返したところに注目したい。この言葉の裏にあるのは、宗教に対して合理的な説明を求めること自体が間違っているという考えである。『天国と地獄の結婚』のイザヤは、神の言葉を客観的な分析の対象としてではなく、個人の主観的な信念の問題として処理する。

預言者の言葉は預言者個人の感情のほとばしりであるという見方は、ブレイク独自のものではない。十八世紀聖書学のおそらく第一人者といってもいい前述のロバート・ラウスは『ヘブライの聖典講義』において、ヘブライ語の韻文はAからB、BからCという論理的なつながりよりも、音のつながりと言葉の連想によって畳み掛けるように意味を伝える傾向がある、と述べた。彼はその例として預言者の言語に注目し、預言者の言葉が「着想の雄大さ」、「激情」、「熱狂」から成り立つことを指摘した。(69)ラウスによると、旧約聖書の預言者たちは自らの内部に湧き起こった感情を、神から受けた啓示として語った。飾らない言葉で、激しく、情熱的であればあるほど、預言者の言葉は効果的だった、とラウスは言う。ラウスは怒りという感情を重視し、怒りを表現することほど偉大で壮大なことはない、と記した。(70)ブレイクが『天国と地獄の結婚』のイザヤに言わせた「正直な怒りの声は神の声である」という言葉は、ラウスの説明と見事に呼応する。

「記憶すべき幻想」の語り手「私」はイザヤの回答に満足せず、なおも食い下がる。

それから私は尋ねた。ある事柄がそうであるという固い信念は、その事柄をそのようにあらしめるのか。

彼は答えた。すべての詩人はそうだと信じているし、想像力の時代にはこの固い信念は山を動かした。しかし、多くの人々は固い信念を持つことができなくなっている。(『天国と地獄の結婚』[71])

イザヤは相変わらず預言者魂として信念の強さを繰り返すのみだが、注目すべきは彼が「この固い信念は山を動かした」と語ったことである。これは新約聖書にイエスの発言として記された「もし、からし種一粒ほどの信仰があれば、この山に向かって、『ここから、あそこに移れ』と命じても、そのとおりになる。あなたがたにできないことは何もない」(「マタイによる福音書」十七章二十節)という言葉に由来する。[72] つまり『天国と地獄の結婚』のイザヤは、新約聖書の知識を持っていることになる。別の言い方をするならば、彼は旧約聖書のイザヤと同一人物ではない。時間の流れが逆行しない限り、旧約聖書の預言者であるイザヤが新約聖書のイエスの言葉を知ることはない。『天国と地獄の結婚』のイザヤは旧約聖書のイザヤとは異なり、旧約聖書以降のキリスト教の歴史を知る人物として造形された。語り手「私」と会食をしたもう一人の預言者エゼキエルは、さらに過激な発言をする。

それからエゼキエルは言った。東洋の哲学は人の認識の第一原理を教えた。ある民族は一つの原理を根源的なものとみなし、別の民族は別の原理を根源的なものとみなした。我々イスラエル民族は詩的精霊(今あなた方がそう呼んでいるように)が第一原理であり、他のすべての原理はそれから派生したものにすぎないと教えた。そしてそれが原因で我々は他の国々の聖職者や哲学者を軽蔑し、すべての神々は我々の神に由来し、詩的精霊から流れ出した支流であることが最終的に証明されるだろう、と預言したのだ。(『天国と地獄の結婚』[73])

旧約聖書においてエゼキエルは、神に背いたイスラエルの民を厳しく断罪した。迷えるイスラエルの民を真っ直ぐな正しい道へ戻すために、預言者として神の怒りを代弁した。しかし、『天国と地獄の結婚』のエゼキエルは、神を讃えることもしなければ、自らの宗教が唯一絶対の真理であると説くこともしない。それどころか「ある民族は一つの原理を根源的なものとみなし、別の民族は別の原理を根源的なものとみなした」という宗教の起源について多元論ともとれる言葉を口にし、旧約聖書の預言者たちがなぜ異教を攻撃したのか、という問題について考えをめぐらせる。そしてブレイクのエゼキエルは、一神教である自分たちの神を守るためには、他の神々とそれに準じる存在をすべて斥ける必要があったのだ、と説明する。

我々は我々の神をとても愛していたので、隣国のすべての神々を彼の名前の下に呪詛し、それらの神々が反乱を起こしたのだと主張した。これらの見解から、一般の人々は、すべての民族は最終的にユダヤ民族に従うだろう、と考えるようになった。(『天国と地獄の結婚』[74])

エゼキエルの言葉の底には、キリスト教が今日の地位を築くに至ったのは、宗教と宗教との対立において勝利を収めてきたからだ、という冷めた分析が潜んでいる。そのような意味で、旧約聖書に登場する情熱的なイザヤとエゼキエルとは異なり、『天国と地獄の結婚』のイザヤとエゼキエルは、もはや預言者として活動をしておらず、過去の言動を反省するのみである。彼らはキリスト教史を論じる批評家と化しており、彼らの自由主義的な態度と明晰な分析は、自由主義的な態度と合理的な説明を志向する十八世紀聖書学の特徴を想起させる。

もし、旧約聖書のイザヤとエゼキエルを、舞台の上で自分の役柄を忠実に演じている役者であるとするならば、『天国と地獄の結婚』のイザヤとエゼキエルは、楽屋でインタヴューを受けている素顔の役者にたとえることができる。語り手「私」によって行われたインタヴューの中で、『天国と地獄の結婚』のイザヤとエゼキエルは、旧約聖書のイザヤとエゼキエルの言動を冷静に分析して合理的な説明を加えた。『天国と地獄の結婚』のイザヤとエゼキエルの言葉は、情熱的な預言者の言葉ではない。彼らは預言者としての情熱が何をもたらしたのかを反省し、その反省をもとにキリスト教を相対化する。これはラウスやゲッデスらの仕事によって、十八世紀聖書学が到達した地点でもあった。

『天国と地獄の結婚』のイザヤとエゼキエルが十八世紀聖書学の論者たちと異なるのは、宗教をめぐるこの自由主義的な議論を、キリスト教内における宗派争いを解決するための手段と位置付けるのではなく、キリスト教と非キリスト教の対立を解消する手掛かりとしたところにある。別の言い方をするならば、『天国と地獄の結婚』のイザヤとエゼキエルは、キリスト教によって悪魔の烙印を押されて地獄に落とされた異教の神々に、神々としての名誉を回復する機会を用意した。エゼキエルが述べた「ある民族は一つの原理を根源的なものとみなし、別の民族は別の原理を根源的なものとみなした」という言葉と似た内容を、ブレイクは『天国と地獄の結婚』を制作する数年前に、『すべての宗教は一つである』（一七八八頃、*All Religions are One*）という小冊子に次のように記した。

すべての民族の［多様な］宗教は、あらゆるところで預言の精神と呼ばれている詩的精霊を、それぞれの民族が異なる受け取り方をしたことに由来する。（『すべての宗教は一つである』）[75]

原文には「多様な」に相当する単語は含まれていないが、「宗教」が複数形で記されたことを日本語訳に反映させるために補った。ブレイクにとって、多種多様な宗教が地上に存在するのは、「預言の精神と呼ばれている詩的精霊」をそれぞれの民族が多種多様に解釈したからであり、キリスト教、イスラム教、ユダヤ教、その他の様々な宗教の中で、どの宗教が正しい宗教で、どの宗教が迷信であるという議論は意味を持たない。それぞれの宗教はそれぞれの民族の解釈に応じて組み立てられた体系として存在するのであって、そこに正邪の別はない。『天国と地獄の結婚』とは、そのような意味で、キリスト教と異教との融和の可能性を探る作品となっており、その先には宗教多元論と文化相対主義に基づく共存の世界が見えている。

三　リントラの怒りとインド――異教の神の義侠心

『天国と地獄の結婚』の冒頭に置かれた短詩「梗概」では、「正しき人」の歩んでいた道が「悪漢」によって簒奪されたという寓意物語が語られた。『天国と地獄の結婚』が旧約聖書「箴言」やバニヤンの『天路歴程』をパロディーにしたことを考えあわせるならば、聖職者組織の成立とともにキリスト教が本来あるべき姿を失ってしまった、という見解を読みとることができる。宗教は個人の魂に安らぎを与える役割を担うはずであったが、ブレイクが生きた十八世紀英国は政教一致の社会であり、英国国教会と行政が一体化したことによって、宗教は権力機構の一部であった。上意下達型の組織を形成し、その頂点に神を戴き、その代理人として国王を仰いだ英国国教会は、ブレイクによれば、宗教の堕落した形態だった。「正しき人」の道を奪った「悪漢」とは、政治と結び付いたキリスト教だったと言える。

　本分を忘れたキリスト教のあり方を告発する短詩「梗概」の始まりと終わりには、次の二行の同一の詩句が配置された。

リントラは咆哮し、重苦しい大気の中で火を振り回す
飢えた雲は大海にのしかかる。（『天国と地獄の結婚』）[76]

『天国と地獄の結婚』というテクスト全体が生成する意味を考えると、リントラの咆哮と火は怒りの表現であり、その怒りは「正しき人」の道を奪った「悪漢」に向けられていると読むことができる。では、怒りの主であるリントラとは何者なのか。

現在のブレイク研究では、『天国と地獄の結婚』は一七九〇年頃に制作されたと考えられている。同じ時期のロンドンでは、「東洋学者」としてその名を知られたウィリアム・ジョーンズ（一七四六―九四、Sir William Jones）が、インドの古代詩人カーリダーサ（Kalidasa）の戯曲『シャクンタラー』の英訳を出版した。[77] 正確には一七八九年にカルカッタ版が出て、一七九〇年にロンドン版が続いた。訳者の名前が明記されなかったために、その真贋をめぐって無用の憶測を招くことになったのだが、この戯曲にリントラにつながる手掛かりがある。

『シャクンタラー』は七幕からなる戯曲である。ドゥフシャンタ王は狩猟に出掛けた先で仙人の娘シャクンタラーと出会い、相思相愛の仲になって結ばれる。王はシャクンタラーに形見の指輪を与えて宮廷に帰り、夢見心地のシャクンタラーは仙人に仕えることを怠ったために呪いを受けてしまう。身ごもったシャクンタラーは宮廷に出向いて王と面会するが、呪いのために王はシャクンタラーを覚えていない。しかもシャクンタラーは王から受け取った形見の指輪を、旅の途中で川に落として失ってしまっていた。シャクンタラーが失意のうちに宮廷を去った後、漁師が捕えた魚の腹から指輪が発見され、王は記憶を取り戻す。行方不明のシャクンタラーを想って落胆していた王は、神々の一人であるインドラ神（Indra）より悪魔の征伐を依頼され、これを達成する。困難な事業を成し遂げた王は、褒美としてシャクンタラーと息子に会うことがかなえられる。

『天国と地獄の結婚』の短詩「梗概」に登場するリントラのモデルとしてインドラを見る研究はすでに存在し、インドラの怒りがリントラの怒りと呼応することが指摘されている。[78]ただし、もう少し厳密に考えるならば、リントラとインドラをつなぐ接点は怒りだけではない。『シャクンタラー』第二幕には「インドラの雷」という言葉が見え、第六幕ではインドラ神の御者マータリが王を「インドラの戦車」(chariot)に乗せ、悪魔を征伐するための怒りを王に吹き込む。[79]第七幕で二人は「インドラの戦車」で大空を飛翔し、戦車につながれたインドラの馬は稲妻のように輝く。[80]悪魔を打倒した王の弓は「インドラの雷」にたとえられ、王と結婚するシャクンタラーには「汝の夫がインドラのようでありますように」という祝福の言葉が与えられる。[81]

古代インドの戯曲『シャクンタラー』に登場するインドラは、怒りという感情と結び付けられただけでなく、武器として雷を用い、その戦車は天空を翔る。『天国と地獄の結婚』のリントラは、「咆哮し、重苦しい大気の中で火を振り回す」。インドラにまつわる複数の属性がブレイクのリントラの特徴と一致するのは、単なる偶然とは言い難い。しかし、リントラのモデルがインドラであるかどうかについては、これらの状況証拠以外に根拠となる事実がなく、これ以上議論を進めることはできない。ただし重要なのは、キリスト教のあり方について疑義を呈する内容を持つ短詩「梗概」の冒頭と結びに、異教の神を連想させる神話的人物の怒りが配されたことである。この工夫が持つ意味は、一七九〇年に『シャクンタラー』のロンドン版が出版されると同時に、文芸雑誌各誌に続々と掲載された『シャクンタラー』に関する書評の動向を確認すると、鮮明に浮かび上がってくる。

『シャクンタラー』のおそらく最初の書評は『アナリティカル・レヴュー』誌一七九〇年八月号に掲載された。[82]『アナリティカル・レヴュー』誌は一七七八年に創刊され、自由主義的で非国教徒寄りの論調を特徴とし、一七九九年まで続いた。廃刊に追い込まれたのは、ジョゼフ・ジョンソンが扇動文書を出版した容疑で一七九八年に逮捕されたことが原因だった。著名な寄稿者としてメアリ・ウルストンクラフト、ヘンリー・フューズリ、伝記作家のジョン・エイキン（一七四七―一八二二、John Aikin）、詩人のアンナ・バーボールド（一七四三―一八二五、Anna Laetitia Barbauld）などが挙げられる[83]。また、ブレイクは銅版画職人としてジョンソンから多くの仕事を請け負った。

『アナリティカル・レヴュー』誌に掲載された十二ページに及ぶ『シャクンタラー』の書評は、一貫して好意的である。訳者の名前が公開されなかったにもかかわらず、評者はウィリアム・ジョーンズを訳者と推定し、その序文に基づいて『シャクンタラー』が古代インドでもてはやされた芝居であることを述べ、作品の背景にある神話について説明した後、七幕の内容をそれぞれ要約し、第四幕と第七幕の一部を見本として引用した。作中に含まれる倫理観はきわめて純粋であり、芝居そのものも飾り気がなく素朴である、と評者は肯定的な言葉を添えて記事を締めくくった。なお、評者はメアリ・ウルストンクラフトである可能性が研究によって示唆されている[84]。

『ジェントルマンズ・マガジン』誌一七九〇年十一月号にも書評が出たが、こちらは『アナリティカル・レヴュー』誌に比べてずいぶんと素っ気ない[85]。一七三一年に創刊された『ジェントルマンズ・マガジン』誌は、多忙な男性読者のための情報の集約雑誌として登場したので、素っ気ないのは同誌の特徴なのかもしれない[86]。評者はカーリダーサを「インドのシェイクスピア」と呼んだが、これはジョーンズが序文で述べた表現を単に繰り返しただけである。評者はその後も序文を長々と引用した後、インドの神話の体系は難しすぎて理解できないと述べ、それ以上の解説をしない。評者のやる気のなさは、「翻訳はクーパー氏の自家製の新しいインクで美しく印刷されている」と述べた最終段落で最高潮に達する。『シャクンタラー』の作者、登場人物、場面、あらすじにほとんど言及することなく、印刷が鮮明であることを指摘して締めくくられた『ジェントルマンズ・マガジン』誌の書評は、共感にあふれた『アナリティカル・レヴュー』誌の書評と好対照を成す。

穿った見方をするならば、『シャクンタラー』は古代インドの詩人の作であるという説明が序文でなされたとはいえ、それを裏付ける客観的な証拠が無いことから、作品そのものの信憑性が疑われ、まともに取り上げられなかったのかもしれない。古代ゲール族の伝説的詩人オシアンの作という触れ込みで詩集が刊行されたにもかかわらず、その大部分は訳者を名乗るスコットランドの詩人ジェイムズ・マクファーソン（一七三六—九六、James Macpherson）の創作であったという事件が、『シャクンタラー』が出版される三十年前に起きていた。[87]『シャクンタラー』がオシアンのように贋作ではないか、と疑われたとしても無理はない。

『クリティカル・レヴュー』誌一七九一年一月号の書評は、『シャクンタラー』を贋作ではないかと疑う姿勢が濃厚である。[88]一七五六年に創刊された『クリティカル・レヴュー』誌は、書評の他に海外事情と絵画や彫刻に関する記事を掲載することで、先行する『マンスリー・レヴュー』誌との差別化を図った。論調は保守的であり、既存の価値観を堅持することを目指した。トーリー党系の地主と英国国教会関係者を主な読者とし、デイヴィッド・ヒューム（一七一一—七六、David Hume）、ヴォルテール（一六九四—一七七八、Voltaire）、ルソー（一七一二—七八、Jean-Jacque Rousseau）の著作に対しては容赦の無い攻撃を加えた。[89]

『クリティカル・レヴュー』誌の評者は『シャクンタラー』の信憑性が疑われる根拠として、紀元前一世紀当時に先進国であったギリシアから物理的に離れた場所に位置するにもかかわらず、悲劇的な展開を経て最終的な解決に至るカタストロフィーという構造や、超自然的な力が突然介入するデウス・エクス・マキナという工夫など、ギリシア悲劇を思わせるような特徴が『シャクンタラー』に見られることを指摘する。評者はあらすじを要約した後、この戯曲には「ほとんどすべての東洋の詩のように」美と欠点が混在すると記し、神々の描き方と神々と人との関係に矛盾があると述べ、次のように記事を結んだ。

もてなしの作法を損なわないように未知の客人に心を込めて接することは、特に大切な客人の場合には必要なことだった。だから、ここまでこの劇を注意深く検討してきた。なぜなら、この劇は暮らしの様子が充分にわからない人々と、交流が進むにつれて徐々に広まっていったと思われる宗教や慣習を描き出しているからだ。このような観点から、アリストテレスの法則に従って劇の価値を判定することは控えて、劇を考察してきたつもりである。しかしながら、すでにそれとなく記したように、この芝居は思ったよりも整然とした構造を持っており、ほんの少し手を加えるならば、序文で示唆されたように、舞台で上演することができるかもしれない。(『クリティカル・レヴュー』)[90]

文化の異なる地域から客人が到来した時には、宗教、習慣、風俗の違いに留意してもてなす必要がある、という注意深い態度が表明された。しかし、それにもかかわらず、結局のところ『シャクンタラー』を評価するにあたって、評者はアリストテレスの法則に頼らざるを得ない。評者は『シャクンタラー』を構成する諸要素のうち、相互に関連付けのある場面や整然と展開される筋立てのように、アリストテレスの三一致の法則として知られる劇の規準と合致する特徴については評価した。しかし、その評価の根底にあるのは、「この芝居は思ったよりも整然とした構造を持って」いるという言葉に見られるように、あるいは「ほとんどすべての東洋の詩のように」美と欠点が混在するという意見に象徴されるように、「東洋」にはヨーロッパに比べて秩序と論理が欠如しているという先入観である。『シャクンタラー』とは、評者にとって、ギリシア悲劇に近い性質を持ち合わせているとはいえ、感傷的な人々のために書かれた感傷的な戯曲だった。

『クリティカル・レヴュー』誌が競争相手とみなした『マンスリー・レヴュー』誌は、一七四九年に創刊された。創刊当初は教会と国家に対して批判的な姿勢を取ったが、また、そのような政治色が逆に保守的な『クリティカル・レヴュー』誌の誕生を促したと思われるが、まもなく中道保守的な色合いに落ち着いた。[91] おそらくこのような論調の変化が、自由主義色の強い『アナリティカル・レヴュー』誌が生まれる遠因となったのだろう。

『マンスリー・レヴュー』誌一七九一年二月号に掲載された『シャクンタラー』の書評では、『クリティカル・レヴュー』誌の書評を引き継ぐかのように、ヨーロッパの「我々」が理性の人であるのに対し、「東洋」の「彼」は感情の人であるという議論が展開された(92)。評者はカーリダーサに関する基本的な情報を序文に即して提示し、あらすじを要約した後、次のような感想を記した。

インド人をたちまち涙にくれさせるこの劇は、我々によって冷静に吟味されなければならない。彼にとっては単純だが、我々には理解し難い。彼は情熱で反応し、我々は知力で接する。この劇は彼の心に狙いが定められているが、我々に関しては、ただ頭脳に働きかける。彼がたちまち歓喜で恍惚となるのに対し、我々はそれが言わんとするところを理解した後は、ただ驚くほかないのである。(『マンスリー・レヴュー』(93))

評者は見事なまでに「彼」(he)と「我々」(we)を対照的に語ってみせた。『シャクンタラー』は、「彼」にとってはわかりやすく、情熱に訴えかけ、心を動かして陶酔させるのに対し、「我々」にとってはわかりにくく、知力と頭脳で理解しようとするとただ驚くしかない。原文で「彼」の述語として用いられた「溶ける」(melt)という動詞は、インドの観客が『シャクンタラー』に感動して感情の制御が不可能になる様子を表し、しかも評者は、なぜインドでこの戯曲がそこまで人気があったのかが理解できないと言う。評者の前提としてあるのは、感情に対する理性の優位であり、「東洋」とヨーロッパの間に越えられない隔たりを想定する世界観である。さらに、感情と「彼」、理性と「我々」が結び付けられたことによって、この『シャクンタラー』評はヨーロッパを上位に置き、「東洋」をその下位に位置付ける文明評に近い。

同じような西と東のステレオタイプは、『アニュアル・レジスター』誌三十三号(一七九一)の書評にも認められる(94)。

評者はギリシア悲劇に言及するが、『クリティカル・レヴュー』誌とは異なり、アリストテレスの『詩学』に照らし合わせて『シャクンタラー』の評価を定めることはしない。むしろ、評者は劇の世界に浸る体験談をもって書評に代えようとする。

たまらない魅力が次々と押し寄せ、我々の想像力を力強く刺激し、気が付かないうちにうっとりとしてしまうので、我々が何に魅了されたのかを考える時間もなければ、そうしようという気持ちもなくなるぐらいである。魔法の効果が止んだ時に初めて我々に理性が戻り、判断することができるようになる。(95)（『アニュアル・レジスター』）

評者は「たまらない魅力」（irresistible graces）、「次々と」（rapid succession）、「気が付かないうちに」（imperceptibly）、「魅了され」る（enamoured）という一連の表現を用いて、『シャクンタラー』の官能的な美に圧倒される様子を述べ、あわせてその美が理性を麻痺させ、論理的分析を不可能にすることを暗示する。戯曲の魅力を魔法と関連付けることによって、評者は『シャクンタラー』を感情と情熱の文学と位置付けた。評者はさらに「過度な」（extravagant）という言葉を繰り返し使用し、『シャクンタラー』は「常軌を逸した思い付きの無秩序な寄せ集め」であり、「空想によるまばゆいばかりの装飾」が施されていると論じた。評者によると、ギリシア悲劇の規準である三一致の法則を、インドの戯曲が遵守することは期待できない。同じように、慎しみのある文学というヨーロッパの伝統的な試金石で、アジアの過剰な美を判断することも理にかなってはおらず、ヨーロッパでは見られないような幻想、放縦、奇想こそが『シャクンタラー』の特徴である。評者は過剰で官能的な美を強調し、西と東の文明の差異を浮き彫りにして、おそらく『千夜一夜物語』を基盤の一つとして育まれた「東洋」のステレオタイプを見事になぞってみせた。(96)

さて、これらの書評から何が見えるだろうか。

『シャクンタラー』の英訳ロンドン版は一七九〇年に出版された。同年八月には『アナリティカル・レヴュー』誌、十一月に『ジェントルマンズ・マガジン』誌、翌年の一七九一年一月に『クリティカル・レヴュー』誌、二月に『マンスリー・レヴュー』誌と立て続けに書評が出たことから、『シャクンタラー』に高い関心が寄せられたことがうかがえる。しかし、文化は異なっても変わることのない人情の機微を『シャクンタラー』に見出し、これを肯定的に評価したのは、『アナリティカル・レヴュー』誌に掲載された書評のみであって、他の雑誌の評者たちはヨーロッパと「東洋」における風俗、習慣、宗教、価値観の相違を強調し、異文化理解が如何に困難であるかを一様に語った。『シャクンタラー』を論じるにあたって、「東洋」を感情優位の文化とみなし、ヨーロッパを理性に重きを置く文化とみなした評者たちの態度から、インドとアラブの文学全体を合わせてもヨーロッパの図書室の本棚一つにも値しない、と記したヴィクトリア朝の文化人トマス・マコーレー（一八〇〇―五九、Thomas Babington Macaulay）の「東洋」観まで、あと一歩の距離である。[97] しかし、そうは言っても、『クリティカル・レヴュー』誌と『アニュアル・レジスター』誌のように、ギリシア悲劇の作法に従って古代インドの戯曲を評価することに、自制心を働かせようとしたところは確認しておく必要がある。この時代の英国は、世界にはキリスト教以外の複数の宗教が存在し、ギリシア・ローマとは異なる複数の文明が各地で開花したという事実に直面して、文明や宗教の複数性をどのように理解すべきなのかという問題に頭をめぐらせていた。一部の人々はキリスト教以外の宗教をキリスト教の堕落した形態とみなして、十九世紀の帝国主義と植民地主義へ向けて一斉に駆け出そうとしていたが、一方ではウィリアム・ジョーンズのように、インドとヨーロッパの神話に共通点が見られるのは、かつて共通の過去を有したからであり、すべては「共通の源から生じた」と考える者もいた。[98] ジョーンズは明言こそしなかったが、キリスト教とそれ以外のあらゆる宗教を同列に考えていた形跡があり、キリスト教とヨーロッパ文明を相対化する視点を有していたようである。[99]

興味深いのは、ジョーンズのインド研究の趣旨に寄り添うようにして『シャクンタラー』の好意的な書評を掲載したのが、『アナリティカル・レヴュー』誌であったという事実である。すでに先行研究で指摘されたように、評者がメアリ・ウルストンクラフトであったとするならば、ウルストンクラフトの『実話に基づく物語集』のためにブレイクが挿画を制作したのは一七九一年のことであり、ウルストンクラフトが『シャクンタラー』の書評を書き、ブレイクが『天国と地獄の結婚』を制作した一七九〇年頃には、ジョンソンを介して二人の間に接点があった可能性がある。また、『アナリティカル・レヴュー』誌は、ジョーンズが会長を務めるベンガル・アジア協会の機関誌『アジア研究』の書評も、同じ時期に精力的に掲載した。『アジア研究』第一巻（一七八八）の書評は『アナリティカル・レヴュー』誌第五巻（一七八九）、第六巻（一七九〇）、第七巻（一七九〇）の三回に分けて掲載され、『アジア研究』第二巻（一七九〇）の書評は『アナリティカル・レヴュー』誌第十二巻（一七九二）、『アジア研究』第三巻（一七九二）の書評は『アナリティカル・レヴュー』誌第十八巻（一七九四）にそれぞれ掲載された。なかでもジョーンズの比較宗教論ともいうべき論文「ギリシア、イタリア、インドの神々について」と、プラトンとピタゴラスの哲学は古代インド哲学と共通の源から派生したとする論文「ヒンドゥーの人々について」は、どちらも『アジア研究』第一巻に収められていた。つまり、ブレイクが『天国と地獄の結婚』にキリスト教を相対化する言説を書き綴った同じ時期に、インドで一次資料を収集しながらジョーンズがまとめ上げた比較宗教論、比較思想論、比較言語論は、カルカッタで出版された『アジア研究』に収録されてロンドンに流れ込んでいた。しかもその書評が、ブレイクと縁の深い出版業者ジョゼフ・ジョンソンの主宰する『アナリティカル・レヴュー』誌に、続々と掲載されたということになる。これらの事実を踏まえるならば、ブレイクはインドについて最新の情報を得ることのできる環境にあったと考えることができる。また、キリスト教中心主義からも、ヨーロッパ中心主義からも、一定の距離を置いた観のあるジョーンズの比較文化論は、制度宗教として聖職者組織が管理するキリスト教からイエスの言葉を切り離し、善と悪という枠組みを見つめ直して、「天国」と「地獄」を結婚させようとしたブレイクの思想と通じるところが多い。

これらを確認した上で、『天国と地獄の結婚』の冒頭に置かれた短詩「梗概」に戻るならば、「正しき人」の道を簒奪した「悪漢」をめぐる寓意物語の前後に額縁のように配された、天空で火を振り回して咆哮するリントラは、雷を武器とするヒンドゥーの神インドラの怒りを連想させ、慰藉ではなく畏怖を与える権力組織と化したキリスト教のあり方について、異教の神が憤慨しているような印象を与える。『天国と地獄の結婚』を制作する二年前の一七八八年に、ブレイクは『すべての宗教は一つである』において、世界に複数の異なる宗教が存在するのは、預言の精神をそれぞれの民族がそれぞれの方法で理解し体系化したからである、と述べた。これはジョーンズが「ギリシア、イタリア、インドの神々について」で示した、ヨーロッパの神話とインドの神話は共通の源泉から拡散したという見解と本質的に同じである。この論文が収録された『アジア研究』第一巻は一七八八年に出版された。同じ年にブレイクは『すべての宗教は一つである』を制作したと推定されており、『アナリティカル・レヴュー』誌に『アジア研究』第一巻の書評が出たのは一七八九年のことである。そして一七九〇年頃に制作されたと考えられる『天国と地獄の結婚』にも、ブレイクは複数の異なる宗教が一つの起源から派生したという議論を書き込んだ。これらの事実はジョーンズとブレイクとの間に何らかの影響関係があった可能性を示唆するが、この点については今のところ裏付けとなる事実が見つかっていない。ただ、ジョーンズとブレイクが、キリスト教をキリスト教の外部から見直す視点を持っていたことは明らかである。そしてそれが『天国と地獄の結婚』の場合、異教の神インドラを連想させるリントラの怒りとして表現された。

ブレイクは一七八九年に詩集『無垢の歌』を制作し、その中の「神の姿」（'The Divine Image'）と題する詩に次のように書いた。

慈悲と憐憫と平和と愛に

苦悩の中にある者は皆祈る
またこれらの喜ばしい美徳に
感謝の念を返す。

というのは慈悲と憐憫と平和と愛は
我らの親愛なる父なる神であり、
慈悲と憐憫と平和と愛は
神の子であり神が心に掛ける人だからだ。

というのは慈悲は人の心を
憐憫は人の顔を
そして愛は神のような人の姿を
そして平和は人の衣服を持っているから。

だからあらゆる国のあらゆる人で
苦悩の中で祈る者は
神のような人の姿に祈るのだ
愛と慈悲と憐憫と平和に。

そしてすべての者は愛さなければならない、
異教徒、トルコ人、ユダヤ人の中にある人の姿を。
慈悲と愛と平和が住むところには
そこには神もまた住んでいるのだ。（「神の姿」[100]）

『天国と地獄の結婚』の一年前に書かれたとされる「神の姿」には、『天国と地獄の結婚』と同じように、神は人に宿り、神は人の活動を通してその姿を現すというブレイクの神人一致思想を読みとることができる[101]。注目すべきなのは、さらにその一年前の『すべての宗教は一つである』に記されたように、ブレイクがキリスト教以外の宗教にも神の存在を認めたことである。最終連の「トルコ人」はイスラム教徒と読み替えることができ、異教徒にもイスラム教徒にもユダヤ教徒にも神が宿るという視点は、人の心の中にある「慈悲と愛と平和」を末端に据え、その源流として神を想定し、神へ向かって遡及することによって可能となった。ジョーンズとブレイクが共有した宗教観とは、超越的存在に感応する力はあらゆる人々の中にあり、それぞれの人がそれぞれの解釈に基づいて組み立てた理解の体系が、複数の異なる宗教という形で地上に存在するというものだった。この発想は、異なる宗教に属する人と人とを、「愛と慈悲と憐憫と平和」という共通項に着目することによって接合しようとする試みであり、異文化間の対話の可能性を模索するものである。

『天国と地獄の結婚』におけるリントラの怒りは、ブレイクのイザヤとエゼキエルが反省してみせたように、真理の名のもとに自分たちの神を絶対化し、異文化との対話と共存を拒否した聖職者に向けられた。インドで活動したジョーンズは、ヒンドゥー文化を理解するために、差異を強調して溝を深くするのではなく、類似を手掛かりにして歩み寄ることを目指した。『シャクンタラー』を好意的に紹介した『アナリティカル・レヴュー』誌の評者も、同じ態度を持ち合わせていた。ブレイクが『天国と地獄の結婚』で示した脱キリスト教中心主義の姿勢は、このような環境の中で育まれたと考えられる。そして、ブレイクにとって宗教とは「教派的信仰」ではなく「独立神教」[102]である、と看破した柳が『天国と地獄の結婚』に夢中になった理由もこのあたりにあるであろう。

ただし、一七九〇年代のブレイクはインドについて詳しい知識を有したわけではない。『ロスの歌』（一七九五）に「リントラは抽象哲学を東洋のバラモンに与えた」[103]という謎めいた一節があるぐらいで、ブレイクがインドや「東洋」について積極的な関心を持っていたことを示す根拠は乏しい。この時代のブレイクがオリエンタリズム的な言葉を残さなかったことをもって、ジョゼフ・ジョンソンを中心とする人脈からブレイクが疎外されていた、そしてそれはブレイクの熱狂的な人柄と知識人たちの理性的な態度とが相容れなかったからだ、とする研究があるが[104]、本書はこの議論には与さない。本章で論じたように、『アナリティカル・レヴュー』誌に掲載された英国国教会を相対化する聖書研究の動向とインド関連の情報は、『天国と地獄の結婚』の内容と密接に関連しており、ジョンソンを中心とする文化人の人脈とブレイクとが無関係だったとは考えにくいからだ。ブレイクは『アナリティカル・レヴュー』誌の書評等を通じて異文化について知識を得る機会はあったものの、インドや「東洋」に対する関心そのものはまだ稀薄であったというのが実情のように思われる[105]。ブレイクがインド文化に対して積極的な関心を持つのは一八〇〇年以降のことであり、従来の研究においてブレイクの敵役と位置付けられてきた文人ウィリアム・ヘイリーが大きな役割を果たすことになる。

第Ⅳ部　ブレイクとインド哲学との出会い

第九章　ブレイクのパトロン、ウィリアム・ヘイリー
――インドへのまなざし

生前はそれなりにその名前が知られてはいたが、死後は急速に忘れ去られてしまった十八世紀英国の文化人の一人にウィリアム・ヘイリーがいる。サセックス州チチェスターの地主の子として生まれたヘイリーは、イートン校からケンブリッジ大学へ進み、文学で身を立てることを志した。劇作家を目指したがその夢はあえなく破れ、詩人に転向した後は『歴史論』[1]（一七八〇）や『叙事詩論』[2]（一七八二）を韻文で発表し、好評を博した。これらが広く読まれた理由として、ロバート・サウジー（一七七四―一八四三、Robert Southey）は『クォータリー・レヴュー』誌の記事で、ヘイリーの韻文が時代の趣味にちょうど合致していたこと、また脚注に当時としては珍しいぐらいに多様な文学の知識が盛り込まれており、特にスペインとイタリアの文学に関して豊富な情報が含まれていたことを指摘した。[3] ギリシア、ローマの古典に精通していたヘイリーは、詩人としての才能よりも、その博学な教養と社交を通して文化人としての地位を築いた。彼は歴史家のエドワード・ギボン（一七三七―九四、Edward Gibbon）、画家のジョージ・ロムニー（一七三四―一八〇二、George Romney）、詩人のウィリアム・クーパー、彫刻家のジョン・フラックスマンと親しい交わりを持った。しかし一方では、同時代の著名な芸術家、歴史家、詩人を讃美する詩を書き、これを当人に献呈するとい

うへイリーの社交術は、一部の人々に阿諛追従とみなされて反感を買った。バイロンは『イングランドの吟遊詩人とスコットランドの批評家たち』（一八〇九）でヘイリーに触れ、ヘイリーの文体は弱々しく、退屈で、救いようがないと嘲笑した。④　リー・ハント（一七八四―一八五九、Leigh Hunt）は風刺詩『詩人たちの饗宴』（一八一四）の中で、ヘイリーは韻文を作るよりも、讃辞をひねり出すことに言葉と時間を浪費する詩人であると記した。⑤　ウィリアム・ハズリット（一七七八―一八三〇、William Hazlitt）は『英国詩人講義』（一八一八）で、ヘイリーの作品を読む者は今や誰もいないと切り捨てた。⑥『ジェントルマンズ・マガジン』誌に掲載された死亡記事では、世渡り上手な「応接間の詩人」⑦という異名が与えられた。

ブレイクの最初の伝記を書いたアレクサンダー・ギルクリストも、ヘイリーに対して冷淡だった。そもそもギルクリストがブレイク伝を著した目的は、ブレイクが忘れ去られつつある、あるいは誤解されたまま記憶に留められている現状を改善することにあったので、ブレイクの敵とみなされる存在には容赦の無い攻撃を加えた。ギルクリストはヘイリーに言及するにあたって、引用符付きで「詩人」という言葉を使用し、自称「詩人」という揶揄を込めた。⑧　さらにギルクリストは、「ヘイリーは文人としてではなく、文学好きの地主と理解されるべきである。つまり文学愛好家であって、考えるよりも数千倍滑らかに言葉が流れ出る人であった」と記し、弁舌のさわやかさに比して中身の無さを暗示した。⑨　さらにギルクリストによると、ヘイリーは善意が常によい結果をもたらすと信じて疑わず、「ありふれた日常茶飯事について、晴れたり曇ったりする自己欺瞞の愚者の天国に住んでおり、温和という霧を通して人と物事を解してばかりいた⑩」ので、それがうまく働いた時には、例えば困窮する詩人ウィリアム・クーパーのために経済的支援を貴族から引き出すことに成功したが、当事者同士の相性が悪かった時には、悲劇的なすれ違いに終わった。ギルクリストはヘイリーを評するのに烈しい言葉を選んだ。

頑迷固陋で、時として言動が愚かであり、人に賞讃を与えることに吝かではないかわりに、賞讃を得ようと気を遣い、大仰な物言いを好み、控えめにするということがなく、人付き合いがよく、親切で寛容ではあったが、やることなすことに虚栄心が入り混じっており、わざわざ人助けをしようとして、善意に基づく軽率な企画を始めてしまう。（『ウィリアム・ブレイク伝』⑪）

ヘイリーがブレイクのパトロンとなったのは、一八〇〇年から一八〇三年にかけての三年間である。結果的には、それはブレイクにとって善意の押し売りに近かった。思想的にも芸術的にも保守的なヘイリーが、我が道を行くブレイクとうまくいくはずはなかったからである。ロンドンで独自の創作活動を行いながら、複製銅版画職人として日々の糧を得ていたブレイクは、フラックスマンを介してヘイリーと出会う。一人息子であるトマス・アルフォンゾ・ヘイリー（一七八〇―一八〇〇、Thomas Alphonso Hayley）を病で失ったばかりのウィリアム・ヘイリーは、イングランド南部フェルパムにブレイク夫妻を招いて住居と工房を提供し、経済的な保護を与えた。一八〇一年と一八〇二年は二人はきわめて良好な関係にあった。ヘイリーが友人知人に宛てて書いた書簡には、ブレイクを賞讃する言葉が多く見られる。一八〇一年の書簡では、ヘイリーはブレイクを「気立てのよいブレイク⑫」、「情に厚い芸術家⑬」、「見事な才能を備えた素晴らしい存在」、「私の書斎でいつも仕事をしている律儀な芸術家⑭」、「私の傍らにいる親切で情熱的な銅版画師⑮」、「疲れを知らないブレイクは私の側で毎日仕事をしている⑯」と表現した。同じように一八〇二年の書簡にも、「立派な友人ブレイク⑰」、「熱心で疲れを知らないブレイク⑱」、「私の傍らで毎日仕事をしている仲が良く熱心な銅版画師⑲」、「毎日私の目の前で、見事なまでに勤勉に働く、仲の良い熱心な芸術家⑳」、「私の勤勉な友人である銅版画師ブレイク㉑」、「私の側にいる仲の良い芸術家㉒」、「私の側にいる親切で勤勉なブレイク㉓」などの言葉を記した。しかし、一八〇二年の後半になると、ヘイリーはブレイクに触れることをやめてしまう。それはあまりにも唐突な変化だったので、ヘイリーの友人であるジョン・ジョンソン（John Johnson）はヘイリー宛の書簡の中で次のように尋ねた。

ところで、我々の親愛なるブレイクは死んでしまったのですか。あなたは彼についてまるで牡蠣のように口を閉ざしてしまった[24]！

ブレイクの側の言い分は、ブレイクが一八〇三年一月十日にトマス・バッツ宛に書いた書簡に見ることができる。

私の不幸の原因は、あまり追究しすぎると私の金銭的事情を悪くしかねないところから生じています。私は銅版画の制作、とくにH氏のために請け負っている銅版画の制作で報酬を得ているので、それらの単純作業以外の仕事をすることには差し障りがあり、これだけに集中しなければ、食べていけなくなるかもしれないのです[25]。

さらにブレイクは同じ年の四月二十五日付トマス・バッツ宛の書簡に、次のように書いた。

さて、おそらく余人には洩らすべきではないことを、あなたに対しては書いてしまってもお許しいただけると思います。つまり、私は幻視の研究をロンドンでなら邪魔されずに続けることができ、永遠界の友人たちと対話ができるだろうということです。幻視を見たり、夢を見たり、預言を、寓話を語っても、注目を浴びることもなく、他人から怪しまれることもなく、自由でいられるのです。怪しむのはおそらく親切心から出ているのでしょう。しかし怪しむことはいつも有害なのです。特に友人を怪しむ時には。キリストはこの点についてはっきりしています。「私と共にいないものは私の敵である」。中庸とか中間はないのです。そして、もしある人が私の物質的な意味での友人であるふりをしながら、私の精神世界の敵であるならば、彼こそが真の敵なのです[26]。

同じ書簡でブレイクはフェルパムで過ごした三年間を「大西洋の岸辺で過ごした三年間の居眠り」と呼び、この後まもなくロンドンへ帰って行った。

ヘイリーとブレイクがうまくいかなくなった原因の一つは、ヘイリーがブレイクを売れる芸術家に育て上げようとしたところにある。ヘイリーはブレイクに細密肖像画家になることを薦めた。ヘイリーはブレイクを近隣の地主たちに紹介し、注文が取れるように手配りもした。しかし、ブレイクはこの企画に乗らなかった。写実に徹する細密肖像画家の技法と、ブレイクが「幻視」と呼ぶ想像力によって紡ぎ出された映像を描き出す手法とでは、その芸術観に大きな隔たりがある。ヘイリーの忠告は、ブレイクにとって、わずらわしいものであったにちがいない。

ギルクリストがヘイリーを厳しく扱ったように、モナ・ウィルソンは『ウィリアム・ブレイク伝』の中で、ブレイクの『ミルトン』に登場するサタンが部分的にヘイリーをモデルに造形されたことを指摘し、ヘイリーはブレイクの詩人としての才能と芸術家としての才能の抑圧者であったと断罪した[27]。ただし、フェルパムでの三年間をブレイク自身は仮眠の状態で過ごしたと言っているが、フェルパムに来るまでブレイクはロンドンより出たことがなく、田園での生活も海も体験したことがなかったことを思えば、それなりに実りのある三年間であったはずだ、とウィルソンは述べている[28]。

ブレイク本人がヘイリーに対する不快な気持ちを書簡や作品で露わにしたこともあって、ブレイク研究史においてヘイリーは敵役を割り振られてきた。このようなヘイリー像に修正を加えたのが、モーチャード・ビショップの『ブレイクのヘイリー』[29]（一九五一）である。ビショップはブレイクとヘイリーの関係を二人が交わした書簡をもとに洗い直し、二人の間に仕事の関係以上の交流があったことを証明した。ギルクリストがヘイリーに与えた否定的な評価を、ビショップはヘイリーに対する偏見であると一蹴し、ギルクリストやスウィンバーンがヘイリーを「小うるさく、尊大で、自惚れ屋で、金持ちのディレッタント」[30]とみなしたのは、ブレイクの感情的な言葉だけを参照して、ヘイリーの側の情報を充分に調査しなかったからだと批判した。ビショップのヘイリー研究は、ノースロップ・フライやジョゼフ・アンソニー・ヴィトリッヒ・ジュニアなどのブレイク研究者に影響を与え、例えばフライは『叙事詩論』の著者であるヘイリーから、ブレイクが叙事詩について知識を授けられたことを指摘し、ヴィトリッヒはブレイクの『ミルトン』にヘイリーの『叙事詩論』と『ミルトン伝』（一七九六）との関連が見られる、と述べている[31]。

本章におけるブレイクとヘイリーをめぐる研究も、これらの細々としたヘイリー再評価の流れの中にある。ヘイリーとともに過ごした三年間は、ブレイクにとって不毛な時間だったのだろうか。注意しなければいけないのは、ヘイリーとブレイクとの間に隙間風が吹き始めたのが一八〇二年後半以降のことであり、それまでヘイリーはブレイクを賞讃し、ブレイクはヘイリーのもとでくつろいでいる様子を友人宛の書簡に書き綴った。ヘイリーとともに過ごした三年間を、ブレイクが「大西洋の岸辺で過ごした三年間の居眠り」と呼んだからといって、それを真に受けるのは危険である。少なくとも二人が良好な関係にあった頃は、幅広い教養を持つヘイリーを通して、ブレイクが様々な知的刺激を受けたことが予想される。本章では、特にインドに関する知識がヘイリーを経由してブレイクへ流れ込んだ可能性を検討する。考察対象として、ヘイリーが一八〇二年に私家版として出版した『一連のバラッドに寄せる挿画』[32]を取り上げる。この作品はヘイリーが詩を書き、ブレイクが挿画を担当したという意味で、ヘイリーとブレイクの合作である。また、『一連のバラッドに寄せる挿画』にはインドにまつわるモチーフが多く含まれており、これらのモチーフがそもそも何に由来するのかという問題を、ブレイクが制作した挿画を検討しながら考えてみたい。

一　エドワード・ギボン――ウィリアム・ヘイリーとウィリアム・ジョーンズの仲介者

一七九四年四月二十七日、カルカッタ高等法院判事であり、インド＝ヨーロッパ語族という概念を提唱した言語学者であり、インド学の父とも言われるウィリアム・ジョーンズがカルカッタ郊外の自宅で病のために亡くなった。ジョーンズ死去の知らせは年末近くになるまで英国には届かず、『ジェントルマンズ・マガジン』誌の一七九四年補遺号に簡単な死亡記事が載り、一七九五年四月号に正式な追悼記事が出た。[33] 同じ年にジョーンズの死を悼む追悼詩が二篇発表された。一篇は「東洋学者」であり、ジョーンズの友人で後継者とも目されたトマス・モリス（一七五四―一八二四、Thomas Maurice）による『サー・ウィリアム・ジョーンズの遺徳を偲ぶ叙事詩的追悼詩』[34] であり、もう一篇はヘイリー作の『サー・ウィリアム・ジョーンズの死に寄せる追悼詩』[35] だった。ジョーンズの親しい友人とも言えないヘイリーが、すでに追悼詩が発表された後に第二の追悼詩を発表したのはやや奇妙であり、ヘイリーが追悼詩の「公告」（Advertisement）に、もし自作の追悼詩が完成する前にモリス作の追悼詩を見ていたならば、追悼詩作成作業を途中で放棄していただろう、と言い訳がましいことを書いたのは、奇妙に思われるだろうということを本人が自覚していたからかもしれない。[36] なぜ、それほどまでにしてヘイリーはジョーンズに捧げる第二の追悼詩を書かなければならなかったのか、という点については、憶測の域を出ないが、ジョーンズの伝記を書きたくてそのきっかけを作ろうとした、と解することもできなくはない。実際、ジョーンズ夫人はヘイリーの追悼詩を気に入り、伝記の執筆をヘイリーに依頼する気持ちがあったようだが、この案は伝記を出版する企画の責任者であり、ジョーンズが一七六五年から一七七〇年まで家庭教師を務めたオールソープ子爵ジョージ・ジョン・スペンサー（一七五八―一八三四、第二代スペンサー伯爵、George John Spencer, Viscount Althorp and later second Earl Spencer）によって却下され、伝記の執筆は初代ティンマス男爵ジョン・ショア（一七五一―一八三四、John Shore, first Baron Teignmouth）に委嘱された。(37) ショアはベンガル総督を務め、ジョーンズの友人でもあり、ジョーンズの死後はベンガル・アジア協会の会長職を引き継いでいたので、スペンサーの人選は妥当だったと言える。なお『ブレイクのヘイリー』の著者ビショップは、ヘイリーの追悼詩にはスペンサーに接近しようという意図が込められていたと指摘している。(38)

ヘイリーに「応接間の詩人」としての世俗的な打算があったとしても、ヘイリーとジョーンズとの間に接点が無かったわけではない。ギボンは一七八一年にヘイリー宛の書簡の中で少なくとも二度ジョーンズに言及しており、状況証拠から判断して、ヘイリーがジョーンズに注目するようになったきっかけは、歴史家のエドワード・ギボンによってもたらされたと考えられる。

ヘイリーは一七八〇年に出版した『歴史論』を手紙とともにギボンに献呈した。その書簡によると、『ローマ帝国衰亡史』第一巻におけるキリスト教の扱い方についてギボンが書評等で批判を受け、批判に答えるためにギボンは『ローマ帝国衰亡史第十五章および第十六章の叙述に関する弁明書』を出版したのだが、ヘイリーはこの『弁明書』を読んで共感し、これに触発されて『歴史論』を書いたという。ヘイリーはギボンを擁護する側に回り、これを機縁としてギボンとヘイリーとの交流が始まった。(39) ヘイリーの回想録によると、英国有数の保養地であるバースでヘイリー夫人はギボン夫妻の知遇を得ており、ヘイリー夫人はロンドンにいる夫に宛てた書簡でギボン夫妻をしばしば話題に取り上げた。(40) また、ギボンがロンドンでヘイリーと会って愉快な一日を過ごしたことは、一七八一年十一月二日付のギボンから妻に宛てた書簡に記されている。(41)

この頃ギボンはウィリアム・ジョーンズの親しい友人の一人だった。一七八一年六月十三日にギボンはジョーンズから書簡を受け取り、今後の人生の進路について相談を受ける。この書簡でジョーンズはインドを訪れたいと熱く語り、しかし、自分の政治的見解が原因でインド駐在の官職を得ることは難しいだろう、と述べた。(42) ジョーンズは政治的にはホイッグ党左派に近く、アメリカの独立を支持しており、独立阻止を目指して植民地戦争を戦った英国政府に気に入られるはずもなかった。(43) ギボンは「東洋学者」としてのジョーンズの才能を高く評価しており、『ローマ帝国衰亡史』第二巻（一七八一）の古代ペルシアに関する叙述の脚注に、「ジョーンズ氏が東洋研究を中断してしまったことは、社会的に憂慮すべきことである」と記した。(44) しかし、その後まもなく運命の歯車が回り始め、一七八三年にジョーンズはベンガル高等法院判事としてインドに赴任する。

ヘイリーとジョーンズの接点は、ギボンが『ローマ帝国衰亡史』第二巻をヘイリーに送ったことで生じたようだ。ギボンは当時を振り返って次のような言葉を残している。

ヘイリー氏が歴史に関する書簡集［『歴史論』］に私の名前を書き込むまで、私はあの愛想が良く優雅な詩人［ヘイリー］とは知り合いではなかった。その後彼は第二巻と第三巻について韻文で礼状をくれた。そして、一七八一年の夏にローマの鷲（光栄な肩書だ）は、チチェスター近郊のアーサムの林に囀るイングランドの雀の招待を受けたのである。（「回想録」(45)）

ヘイリーはギボンに宛てた韻文による招待状の冒頭で、自らを「イングランドの雀」になぞらえ、ギボンを「ローマの鷲」と呼んだ。(46)「応接間の詩人」の面目躍如といったところであり、なぜヘイリーが同時代の著名な芸術家や歴史家と親しく付き合うことができ、また同時に一部の人々から忌避されたのかを如実に示す一例である。しかし、重要なのは、ヘイリーが『ローマ帝国衰亡史』第二巻をギボンから献呈されており、ジョーンズが「東洋」の研究を中断せざるを得なかったことについてギボンが表明した憂慮の念を、ヘイリーは同書を読むことで知る機会があったということである。これは小さな事実かもしれないが、あとでもう一度触れたい。

ヘイリーとジョーンズの第二の接点は、再びギボンによってもたらされた。一七八一年にジョーンズは、かつて家庭教師を務めたオールソープ子爵ジョージ・ジョン・スペンサーの結婚を祝うために、『召喚されしミューズ、オールソープ子爵閣下とラヴィニア・ビンガム嬢の結婚に寄せるオード』[47]を書く。花嫁の父である初代ルーカン伯爵チャールズ・ビンガム（Charles Bingham, first Earl of Lucan）は、ホレス・ウォルポール（一七一七―九七、Horace Walpole）にこのオードを印刷するように依頼し、八月十一日までに二百五十部が印刷され、ゴシック小説の著者として知られたウォルポールの人脈を通じて配布された。[48] この私家版のオードを受領した一人がヘイリーだった。ヘイリーは一七九五年六月二十六日付のサミュエル・ローズ（一七六七―一八〇四、Samuel Rose）宛の書簡に、「ルーカン伯爵夫人が、我々の友人ギボンの要望に応じて丁重に私に送って下さった」と記した。[49] ヘイリーがジョーンズの名に注目するきっかけは、このようにしてギボンによってもたらされたと考えられる。

では、ヘイリーはジョーンズに関心を持ったのだろうか。翌年の一七八二年にヘイリーは『叙事詩論』を出版する。『叙事詩論』は五つの書簡体詩から構成されており、その「第四の書簡体詩」には次のような一節がある。

おお、汝、輝かしい精霊よ、アジアの女神が
汝をその芳しい露にやさしく浸していた
そして汝の早生の歌、あの心の饗宴の上に
女神は荒れた東洋の芳香を吹きかけた
自由な栄誉の高度な力が
詩歌から汝の熱い魂を引き離したのだから、
さらなる望みをもって信念の座を求めるために

その希望に祝福あれ、そしてその退却が幸せであるように！
しかし英国の詩人は皆それを残念な思いで眺める
汝を失ったことで途方に暮れて嘆かなければならないのだ。（『叙事詩論』[50]）

ジョーンズ研究者のガーランド・キャノンは、ここに引用した詩行には、ジョーンズが叙事詩執筆の計画を放棄したことに対するヘイリーの遺憾の念が込められている、と説明した。[51] ジョーンズが「発見されしブリテン」（'Britain Discovered'）という叙事詩を一七七〇年に構想していたことは、他の研究者も指摘するところであるが、この一節をジョーンズが叙事詩の執筆を断念したことと結び付けるためには、さらなる根拠が必要である。しかし、キャノンは解釈を提示したのみで、根拠となる事実を示していない。確かにこれらの詩行からは、「アジア」の文学あるいは文化に魅せられ、「アジア」をテーマに詩作を行っていた者が、何らかの理由のために詩歌を作ることを断念し、新たな境地を求めようとしていることと、その者の前途が開けることを願う詩人の祝福とを読みとることができる。また当時「東洋」を主題とする詩を盛んに発表し、ヨーロッパの文学は「東洋」の想像力から多くを学ぶべきだ、と主張したのがジョーンズであったことを思えば、ジョーンズを意識した詩行であるとも言えるだろう。しかし、ヘイリーはジョーンズがどのような作品を構想していたかを知るぐらいに、ジョーンズと親しかったのだろうか。

一八二三年に出版された自伝『ウィリアム・ヘイリー氏の生涯と著作に関する回顧録』に、ヘイリーは画家のロムニー、彫刻家のフラックスマン、歴史家のギボン、詩人のクーパーらとの交わりを誇らしげに書いた。もし、ヘイリーがジョーンズと親しい友人として付き合っていたのであれば、おそらく間違いなくヘイリーはジョーンズとの交流について自伝に記したはずである。一方では、例えば後に総理大臣となるウィリアム・ピットとバースで出会ったことを書き留め、あるいは無名の銅版画職人でしかなかったブレイクと『一連のバラッドに寄せる挿画』を共同制作したことを注意深く書き記しながら、他方でジョーンズとの交流を割愛するというのは、「応接間の詩人」としてのヘイリーの人柄を考えるならば、あまりありそうにもないことである。そもそもヘイリーは、自作の追悼詩の「公告」において、ジョーンズと親しい交わりがあったなどとは一言も書かなかった。これらの状況証拠から推測すると、ヘイリーはジョーンズと個人的に親しかったというよりも、著作を通じてジョーンズを「東洋学者」として、また詩人として知っていたというのが実情に近いのではないだろうか。つまり、先の引用部分においてヘイリーが嘆いたのは、インドへ赴任するための官職を得ようとして、ジョーンズが詩人としての活動を中断したことだと考えられる。ヘイリーの『叙事詩論』の出版が一七八二年であり、ジョーンズがインドに赴任するのが一七八三年であることも、この仮説の妥当性を裏付ける。

『叙事詩論』にはジョーンズと関連すると思われる箇所がもう一つある。「第五の書簡体詩」にヘイリーは次のように書いた。

アジアからの戦利品がヨーロッパの王国を満たしているが、
東洋の豊かさは今もなお略奪されずに残っている。
天才は名誉ある道を進み、
汚れのない栄冠が得られるだろう。（『叙事詩論』[52]）

これらの詩行の脚注にヘイリーは、ヨーロッパの叙事詩の伝統はインドの神話から新たな刺激を得ることができるだろうと記し、異文化融合を試みた一例として「古来から存在する純粋なバラモンの教義とキリストの教えとを両立させようとしたホウエル氏の努力[53]」に言及した。ジョン・ゼファニア・ホウエル（一七一一―九八、John Zephania Holwell）はベンガル総督であり、『ベンガル州とインドスタン帝国に関する歴史秘話集』[54]の著者である。『歴史秘話集』の第一部は一七六五年、第二部は一七六七年、第三部は一七七一年に出版された。ヘイリーはインドの宗教について論じながらホウエルの名前を出しているので、ホウエルの『古代バラモンの宗教的道徳的原則に関する考察』[55]が念頭にあったのかもしれない。ヘイリーがどのようにしてホウエルの著作に興味を持ったのかはわからないが、「東洋」の文化を研究することによって、ヨーロッパ文学は新しい境地を切り開くことができるというヘイリーの主張は、実はジョーンズの「東洋」観と一致する。ジョーンズは「東方諸民族の詩について」と題する論考において、ヨーロッパの文学は同じような比喩表現と寓話を使い回しており、新味に乏しく、停滞を打破するためには「東洋」の諸言語を学習し、「東洋」の名作に出会うことによって視野を広げる必要があると論じ、この論考を『主にアジア諸言語の翻訳からなる詩集』[56]（一七七二）に収録して出版した。ヘイリーの主張とジョーンズの主張が一致を見せているのは偶然の産物かもしれないし、あるいは影響関係があったのかもしれないが、事実として確認できることは、ヘイリーの蔵書にジョーンズの『主にアジア諸言語の翻訳からなる詩集』の一七七七年版が含まれていたということである。

ロバート・ハーディング・エヴァンズが編集した『故ウィリアム・ヘイリー氏のきわめて貴重で多岐にわたる蔵書目録』[57]（一八二一）によると、ヘイリーはこの他にジョーンズの著書や訳書として、ペルシア語の文法書、ギボンが『ローマ帝国衰亡史』第二巻で言及したイラン皇帝ナーディル・シャーの伝記、アラビア語の訳詩集、ギリシアの雄弁家イサイオスの演説集、古代インドの詩人カーリダーサの戯曲『シャクンタラー』の英訳、ベンガル・アジア協会の機関誌『アジア研究』第三巻を所蔵していた[58]。ヘイリーはジョーンズと友人ではなかったかもしれないが、著作を通じてジョーンズの活躍を熟知していたようである。別の言い方をするならば、ヘイリーの蔵書にジョーンズの著書や訳書が相当数含まれるのは、それだけヘイリーがジョーンズの仕事に興味を持っていたからであろう。エヴァンズの目録の表題が示すように、ヘイリーの蔵書は「貴重」でかつ「多岐にわたって」おり、ヘイリーの図書室は、いわば、時代と地域を越えた文化情報の収蔵庫だった。一八〇〇年から一八〇三年までヘイリーの傍らで日々を過ごしたブレイクが、この図書室で多様な情報に接触する可能性があったということは、心に留めておく必要がある。

二　『一連のバラッドに寄せる挿画』第一作「象」――人命救助の物語

『一連のバラッドに寄せる挿画』は、ヘイリーの言葉を借りれば、ブレイクに経済的な支援を行うことを目的として、ヘイリーが自作の詩を提供し、ブレイクが挿画を制作することによって、無名の銅版画職人であるブレイクの才能を世間に知らしめるための企画であった。(59) 当初の計画では、ヘイリーが毎月一篇の詩を用意し、それにブレイクが三枚の挿絵を付けて半クラウンで販売し、全体として十五回で完結する予定だった。第一作の「象」は一八〇二年六月に制作され、七月には「鷲」、八月には「ライオン」が続いた。しかし、通常の商業用出版物の経路ではなく、ヘイリーの知人や友人の人脈を通して頒布するという変則的な方法を採ったため、世間の注目を集めることもなく、反響としては短い批評記事が『ヨーロピアン・マガジン』誌と『ポエティカル・レジスター』誌に掲載されたぐらいである。『ヨーロピアン・マガジン』誌は、これらのバラッドは「優美で、上品であり、心を動かす作品である」と記し、『ポエティカル・レジスター』誌は「優美で素朴な文体で書かれている」と評した。(60) 興味深いのは、『ヨーロピアン・マガジン』誌が『一連のバラッドに寄せる挿画』には二篇のバラッドが収録されていると記したのに対し、『ポエティカル・レジスター』誌は「三篇の詩が含まれており、象、ライオン、鷲である」と説明したことである。これは『一連のバラッドに寄せる挿画』がヘイリーと親しい限られた人々にのみ配布されたことを暗示しており、ベントリーが指摘したように、ブレイクは第四作の「犬」をロンドンの書店にほとんど送らなかったと思われる。(61)「象」と「犬」はどちらも動物による恩返しの物語である。「象」では恩人の命を間一髪で象が救い、「犬」では主人を助けるために忠犬が犠牲となる。「鷲」と「ライオン」では動物に悪役が割り振られたが，どちらも人命救助の物語であることには変わりはなく，「鷲」では若い母親が鷲にさらわれた子どもを身体を張って救出し，「ライオン」では弓矢の巧者である勇敢な妻が夫の命を救う。特に「象」と「犬」の舞台がインドに設定されたことは注意に値する。

第四作までで未完に終わった『一連のバラッドに寄せる挿画』は，その三年後に『動物の逸話に基づくバラッド』（一八〇五）として完成し，ロンドンのリチャード・フィリップスから出版された。[62]『一連のバラッドに寄せる挿画』で第四作だった「犬」が『動物の逸話に基づくバラッド』では冒頭に置かれ，「犬」の挿画が詩集全体の口絵を飾った。旧版では十二枚あった挿画のうち九枚が削除され，三枚が改訂され，新しい図版が二枚追加された。図版の改訂も追加もブレイクの手による。また，『一連のバラッドに寄せる挿画』の口絵であった「動物を命名するアダム」とチチェスター大聖堂の図版も，新版では削除され，序文に「本書は若い読者を念頭に置いている」と新たに明記された。[63]十五篇のバラッドのほとんどは動物を題材とした感傷的な物語詩であり，恩返しをする蛇，雛とともに死を選ぶコウノトリ，赤ん坊の命を救う白鳥の話などが追加された。

私家版として制作された旧版とは異なり，通常の出版経路を通して頒布された『動物の逸話に基づくバラッド』は，旧版よりも多くの読者を獲得したようである。『ポエティカル・レジスター』誌は「不用意なところもあるが，詩は滑らかだ」[64]と評し，十五篇のうち二篇は一八〇二年版に既出である，と指摘した。『エクレクティック・レヴュー』誌は，動物に対する感受性が詩集全体の主題であり，ともすれば動物をいじめることのある子どもたちに，思いやりの心を教えるための教本となる，と評価した。また，五枚の銅版画は制作者の芸術家としての才能を示しており，十五篇の詩に一枚ずつ挿画が付されていたならば，若い読者の心をこの上なく動かしたことだろう，と記した。[65]このように好意的な書評が出た一方で，否定的な評価もあった。『アニュアル・レヴュー』誌は，比類のないほど馬鹿馬鹿しい平凡な駄作であると酷評した[66]。ベントリーによると、評者は詩人のロバート・サウジーであり、『クォータリー・レヴュー』誌でもサウジーは「もし、馬鹿らしさという規準で珍書を収集するのであれば、本書は収集するに値する」と皮肉な感想を述べている[67]。

『一連のバラッドに寄せる挿画』についても、それを発展させた『動物の逸話に基づくバラッド』についても、ヘイリーに対する偏見が根強かったためもあり、充分な研究がこれまでなされてこなかった。『ブレイク伝』の著者ギルクリストは、ヘイリーのバラッドを「全く無味乾燥という、悪い意味で素朴であることを除いて、詩的に価値のない、くどく、単調な、中身のない作品」と評し、『無垢の歌』の作者であるブレイクはこの代物をどのように思っただろうか、と記した[68]。確かに二作とも英文学史に名を留めることもなく消え去った作品であり、顧みられる価値のない駄作なのかもしれない。散文的で説明的な言い回しが散見され、詩としての完成度は決して高くない。しかし、ヘイリーが一八〇二年に『一連のバラッドに寄せる挿画』を制作し、未完のままに放置することなく必要な改訂と追加を行い、一八〇五年に『動物の逸話に基づくバラッド』として完成させたのは紛れもない事実である。また、旧版でも新版でも、挿画を制作したのはブレイクだった。

なぜヘイリーは、これほどまでに『一連のバラッドに寄せる挿画』にこだわったのだろうか。さらに、なぜヘイリーは詩の順序を入れ替えて、旧版では第四作であった「犬」を新版の冒頭に持ってきたのだろうか。そもそも『一連のバラッドに寄せる挿画』は、なぜ市販されることなく、ヘイリーの友人知人の人脈を通して頒布されるという変則的な形をとったのか。手掛かりは『一連のバラッドに寄せる挿画』の口絵を飾った若者の姿にある。複数の動物に囲まれて木の根元に腰を下ろす若者の挿画は、現在では「動物を命名するアダム」と呼ばれることもあるが、ジョン・ジョンソンに宛てた一八〇二年五月六日付のヘイリーの書簡によると、若者は動物を名付けているのではなく、動物に囲まれているだけである[69]。若者と動物たちはのんびりとくつろいでおり、万物の霊長としての人類が他の動物に名前を与える旧約聖書「創世記」の緊張感からは程遠い。この口絵に描かれたのは上下関係というよりは一体感であり、むしろ同じ旧約聖書「イザヤ書」十一章六節から九節において、狼が子羊とともに暮らし、豹が子山羊と寝転び、仔牛とライオンがともにあって、争いも殺戮もなく、すべてが平穏な楽園の風景を想起させる。では、アダムと呼ばれた裸体の若者は一体誰なのだろうか。この謎を解くためには、『一連のバラッドに寄せる挿画』を構成する「象」、「鷲」、「ライオン」、「犬」の四つの詩を、ウィリアム・ヘイリーとその子息トマス・アルフォンゾ・ヘイリーの伝記的事実と関連付けながら読んでいく必要がある。

トマス・アルフォンゾ・ヘイリーは一七八〇年十月五日にウィリアム・ヘイリーを父として生まれた。母はヘイリー夫人イライザ（Eliza）ではなく、ヘイリーの乳母セアラ・ベッツ（Sarah Betts）の娘だった[70]。この事実はヘイリーの自伝では巧みに隠蔽された。自伝には、イライザの精神的不安定のために結婚生活が破綻し、二人はやむを得ず別居を選択し、その後もヘイリーはイライザに経済的援助を行ったにもかかわらず、イライザの側に夫に対する愛情と理解が欠如していた、と記された。ヘイリーにつきまとう負の評判の一端は、このあたりにも原因があるのかもしれない。ヘイリーは一人息子のトマス・アルフォンゾを自邸で養育した。ヘイリーがラテン語とフェンシングを教え、フランス人の家庭教師がフランス語を教えた。トマス・アルフォンゾが別居中のイライザ・ヘイリーを母として親しみ、しばしば手紙を書き、時には別居先を訪問し、イライザがトマス・アルフォンゾにアーチェリーを教えた様子は、ヘイリーの自伝とヘイリー執筆のトマス・アルフォンゾの伝記に記されている[71]。

トマス・アルフォンゾは一七九五年にロンドン在住の彫刻家ジョン・フラックスマンのもとに弟子入りをした。ヘイリーと長年の友人であったフラックスマンは、トマス・アルフォンゾが住み込みで修業をすることを快く許した。しかし、トマス・アルフォンゾは一七九八年に背骨が湾曲するという奇病を患い、彫刻家の修業を断念してアーサムの父のもとに戻る。その二年後の一八〇〇年五月二日にトマス・アルフォンゾは世を去った。ヘイリーは我が子をアーサム近郊に埋葬し、フラックスマンが制作した記念碑を設置し、父の手によって墓碑銘が刻まれた。ヘイリーは同じ年に韻文による『彫刻論』[72]（一八〇〇）を著し、トマス・アルフォンゾの肖像画を挿画としてあしらった。この挿画はフラックスマン制作の円形浮彫肖像メダルをもとに、ブレイクが刻んだ銅版画である。なお、ブレイクは一八〇〇年四月一日付ヘイリー宛の書簡でトマス・アルフォンゾの回復を祈り、五月六日付の書簡では子息を亡くしたヘイリーに弔意を表し、あわせて十三年前に弟ロバートを失った自らの体験を書き記した。[73]

ヘイリーがブレイクをフェルパムに招いたのは、トマス・アルフォンゾを失ったことによる心の傷を紛らわせるためだったのかもしれない。ブレイクはフェルパムへ移住することを心から楽しみにしていたらしく、一八〇〇年九月十二日付フラックスマン宛の手紙に「現在の幸せはすべてあなたのおかげです」と書き、フェルパム行きの準備はほとんど完了したと述べ、「親友ジョン・フラックスマンに寄せて」という韻文を用意し、「フラックスマンがその友人ヘイリーを私に与えてくれた」と感謝の言葉を記した。[74] 同じようにキャサリン・ブレイクも一八〇〇年九月十四日付アン・フラックスマン宛の手紙に、フラックスマン夫妻にきちんと礼を言わずにフェルパムに発つわけにはいかないと書き、ブレイク作「アン・フラックスマン夫人に寄せて」を同封した。[75] この詩の中でブレイクはフェルパムを天国になぞらえ、聖なる「隠者」が戸口に立っている、と書いた。「隠者」(Hermit) とは、ヘイリーが雅号として手紙の署名に用いた単語であり、ブレイクがヘイリーを指すのに「隠者」を用いたことから、ヘイリーにそのような習慣があったことを知るぐらいには、ブレイクはヘイリーをよく知っていたらしい。また、「隠者」という、見方によっては鼻持ちならないぐらいに気障な雅号をブレイクが素直に受け容れたところから、ブレイクがヘイリーに対して、少なくともこの時点では、好意的な態度で接していたことも見てとることができる。さらに、フラックスマン夫妻にブレイク夫妻が丁重なまでに感謝の気持ちを表したのは、フラックスマンの計らいによってフェルパム行きが実現したからであろうし、ヘイリーの庇護下で暮らすことを心からありがたく思っていたからであろう。

一八〇一年と一八〇二年にかけて、ヘイリーが友人や知人に宛てて送った書簡においてブレイクについて熱く語ったことは、本章冒頭ですでに述べた。ブレイクも一八〇一年五月十日付トマス・バッツ宛の書簡に「ヘイリー氏は貴族のようにふるまっている。私はすっかりくつろいでいる」[76]と書いた。ブレイクのこの書簡から「貴族のように」という言葉だけを取り上げて、ヘイリーに対する不満を読みとるのは牽強付会というものである。ブレイクがはっきりと書いたように、ブレイクはフェルパムで「くつろいで」いたのである。この蜜月時代の最後の頃に私家版『一連のバラッドに寄せる挿画』が企画され、ヘイリーが詩を書き、ブレイクが図版を制作した。

一八〇二年六月に制作された第一作の「象」は、象の恩返しの物語詩である。主人公の象は毎日水飲み場まで、象使いに連れられて歩いて行く。途中に庭師の小屋があり、庭師は象がやってくるといつも野菜を与え、象は庭師の子どもたちを背中に乗せて遊ばせた。ある日いつものように庭師の小屋にさしかかった象は、突然庭師を鼻で高く抱え上げて、猛烈な勢いで走り始めた。人々は象の暴走におびえて逃げ惑うが、象はやがて庭師を少し離れた建物の二階の窓に静かに降ろす。生きた心地のしなかった庭師が後ろを振り返ると、音もなく忍び寄っていた虎が姿を現しており、虎に襲われるところを象によって助けられたことを知った。この物語詩の舞台はインドである。

恩人に危害を加えるかのように見えた象は、実は恩人の生命の危機を救った。しかも事情は恩人が安全な場所に置かれるまで、誰も知ることはなかった。このように恩返しの行為が誤解された状態で遂行され、その誤解が最後になってようやく解けるという筋書きには、緊張の高まりとその弛緩が含まれており、「象」は感傷的な作品である。この感傷的な筋立てはヘイリーが好むところであり、一部の手厳しい批評の原因となる臭味でもあったのだが、ヘイリーは「象」を書くための材料をどこで仕入れたのだろうか。

ヘイリーの蔵書目録によると、ヘイリーはオリヴァー・ゴールドスミス（一七二八頃―七四、Oliver Goldsmith）の『博物誌』一七七四年版を所蔵していた。[77]『博物誌』第四巻の第八章「象について」には、象は興奮すると人を長い鼻で巻き上げ、空中に放り投げて足で踏みつぶすことがあるという記述が見られる。同書の説明によると、象は怒らせると恐ろしいが、普段はおとなしくて気立てが良く、慣れ親しんだ人を鼻で撫でることもある。インド人と黒人は野生の象を捕まえて馴らすのが巧みであり、「象の主な餌は野菜である」[78]。さらに、第八章「象について」に含まれる次の挿話は、ヘイリーが「象」を構想するにあたって大きな手掛かりとなったと考えられる。

アズミアの象は市場を通ることがあり、象は通りかかる時、いつも薬草売りの女から野菜を一口もらった。ある日のこと、象は狂気の発作を起こし、足枷を壊し、市場に走り込み、群衆は逃げ散った。なかでもこの女は慌てたあまり、子どもを屋台に置き去りにしてしまった。象は恩人がいつも座っていた場所を覚えており、幼児を鼻でやさしく抱き上げると、安全なところまで運んでいった。(『博物誌』[79])

ヘイリーの「象」とゴールドスミスの『博物誌』の「象について」には、象に野菜を与える恩人、突然暴れ始める象、恩人あるいはその関係者を鼻で救出する象という明らかな共通項が認められる。おそらく「象について」のこの一節をもとに、ヘイリーは『一連のバラッドに寄せる挿画』第一作「象」を書いたのだろう。

ブレイクは「象」のために挿画を三枚制作した。一枚は庭師を鼻で空中に高く掲げた象の図版である(図13)。この図版には、タージ・マハルとおぼしき三つの大きなドーム、屋台、店先に置かれた複数の籠が描かれた。鼻に巻き上げられた男性はターバンを巻いており、タージ・マハルの図像と共に舞台がインドであることを示す。男性も象も写実的に描かれており、ブレイク特有の画風は見られない。興味深いのは、ヘイリーが書いた「象」という詩には、市場を表す言葉もタージ・マハルを示唆する表現も含まれないことである。つまり、ブレイクはヘイリーのテクストよりも、ゴールドスミスの『博物誌』の記述に準拠して挿画に市場の風景を描き込んだ可能性が高い。これがヘイリーの指示によるものなのか、ブレイク独自の工夫なのかはわからないが、明らかに言えることは、ブレイクが図版を制作するにあたって、ヘイリーの図書室に所蔵されたゴールドスミスの『博物誌』から「象について」のくだりを参照したに違いないということである。

タージ・マハルにも注目したい。現在広く用いられているタージ・マハル（Taj Mahal）の綴りの初出は、『オックスフォード英語辞典』によると、ウィリアム・ハワード・ラッセル（一八二〇―一九〇七、William Howard Russell）が記した一八五八年十月十四日付の日記ということになっている。ラッセルはジャーナリストで、一八五七年に『タイムズ』紙（*The Times*）の特派員としてインドに赴任した。その折りに彼が日記に書き留めたタージ・マハルの綴りが現行の英語表現として定着しているが、それ以前には Taje Mahel という綴りが用いられた。例えばこの綴りは一七八九年に作者不明で印刷された小冊子『アグラ市のタージ・マハルの風景』[80]で使用されており、また一七九三年に風景画家ウィリアム・ホッジズ（一七四四―九七、William Hodges）が出版した『インド旅行記』[81]にもその使用例が見られる。

図 13　ブレイク『一連のバラッドに寄せる挿画』（1802）より「象」，口絵，14.2×9.8 cm，ハンティントン図書館・美術館．

ブレイクが制作した「象」の挿画では、三つのドームの側に市場がある。ヘイリーの「象」の詩には市場の話は出てこないし、ゴールドスミスの『博物誌』の逸話には市場が出てくるが、タージ・マハルは出てこない。しかし、ホッジズの『インド旅行記』には、タージ・マハルの側に市場があったことが記されている。しかもヘイリーの蔵書にはホッジズの『インド旅行記』が含まれていた。[82] つまり、「象」の挿画を制作す

図14　ブレイク『一連のバラッドに寄せる挿画』（1802）より「象」，章頭飾り，7.4×11.0 cm，ハンティントン図書館・美術館.

るにあたり、ブレイクがゴールドスミスの『博物誌』とホッジズの『インド旅行記』を参照して、タージ・マハルの手前に市場の風景を描いたと考えるならば、すべての辻褄が合う。

「象」の二枚目の図版には、建物の二階のベランダにかろうじて逃れた庭師と獲物を取り逃がした虎が描かれた（図14）。「象」を購読したヘイリーの知人の一人は、象が描かれていないので、庭師がどのようにして二階に昇ったのかがわからない、という批判をヘイリーに書いて寄越した。しかし、この図版に象を描き込んだならば、構図の収拾がつかなくなったことだろう[83]。遠景に描かれたタージ・マハルは、市場の場面からの時間的経過と物理的距離を暗示し、右手前の蔓が絡みついた樹木は、ブレイクが『無垢と経験の歌』の挿画で多用した図案でもある。建物の一階の入口はゴシック様式を思わせるアーチ型をしており、玄関を構成する柱は装飾の施された丸い部分と四角い部分の組み合わせから成り立っている。なぜインドの風景にゴシック風の建築物をブレイクは配したのか。ホッジズの『インド旅行記』に次のような記述がある。

> 東洋の建築とゴシック建築の様式と装飾は、岩山の多い地域に見られるような、見事に刳り貫いて造られた洞窟式住居に由来する。（『インド旅行記』[84]）

ホッジズによると、「東洋の建築」と「ゴシック建築」は「洞窟式住居に由来する」という共通点を持つ。庭師が逃げ込んだゴシック風の建物は、ヘイリーの図書室に所蔵されたホッジズの『インド旅行記』の記述を参考にして描かれたのかもしれない。一方、同じ図版に描かれた虎は、頭を低い位置に下げて背中を丸め、獲物に跳びかかろうとしているが、あまり虎らしくは見えない。この図版を批判するのであれば、象の不在よりも虎が虎らしくないことに注目すべきであろう。『無垢と経験の歌』に収録された「虎」の挿画もあまり虎らしくはなく、ブレイクは果たして実物の虎を見る機会があったのかという議論もあるが、少なくとも「象」の図版に描かれた虎に関して言えることは、これは限りなく猫に近いということである。そもそも虎は獲物に向かって忍び寄り、突進する動物であり、跳びかかる寸前に背中を丸める姿勢は、虎よりも猫に見られる特徴である。この猫のような虎をブレイクがどのようにして描いてしまったのかという問題は、ヘイリー父子ともインドとも関係がないので議論の本筋からはそれるが、諸資料によると当時ブレイクは猫を飼っていたらしい。ヘイリーの友人であるジョン・マーシュ（John Marsh）は、一八〇二年四月五日付の日記に次のように書いた。

我が家の白猫が仔猫を四匹産んだ。そのうちの一匹をフェルパムのブレイク氏（ヘイリー氏の友人）のためにとっておくことにした。しかし育てるのがとても難しく、ほとんどミルクを飲まないようだ。（「マーシュ日記」[85]）

ブレイクの友人であった画家ジョン・リンネル（一七九二—一八八二、John Linnell）の夫人は、「ブレイク氏は、ペットとして犬よりも猫のほうがはるかにいい、なぜなら猫のほうが愛情表現が穏やかだから、とよく言っていた[86]」という証言を残している。「象」の図版に描かれた虎は、猫をモデルに造形された可能性が高い。

「象」の挿画の三枚目は浮彫細工の象から写し取られた図版であり、図版の下部には「骨董品の宝石から／一八〇

図15　ブレイク『一連のバラッドに寄せる挿画』(1802) より「象」, 章末飾り, 6.3×8.4 cm, ハンティントン図書館・美術館.

二年六月、フェルパムのW・ブレイク作」という文字列が見られる(図15)。楕円形の宝石に彫り込まれた、全体としてもっさりとした短足の象の側面図であり、牙があることと耳が小さめであること以外には特徴はない。これらの三枚の図版を並べてみると、三枚目だけ奇異な観がある。一枚目と二枚目にはヘイリーの詩の内容に即した写実的な挿画が用意されたのに対し、なぜ三枚目にそれほど芸術的価値が高いとも思えない骨董品の浮彫細工から、象の図像が制作されなければならなかったのか。この問いを考えるためには、再びヘイリー父子の伝記的事実に戻らなければならない。

三　トマス・アルフォンゾ・ヘイリーと象の浮彫細工――夭折せし息子のためのレクイエム

ウィリアム・ヘイリーがウィリアム・ジョーンズの追悼詩を書いた一七九五年は、トマス・アルフォンゾ・ヘイリーがジョン・フラックスマンに弟子入りをした年でもあった。ヘイリーとフラックスマンは画家ジョージ・ロムニーの仲介で一七八三年に出会って以来、友人として長い付き合いを続けており、フラックスマンはトマス・アルフォンゾを住み込みの弟子として引き受けるに当たり、入門料や授業料を免除し、ロンドンにおけるトマス・アルフォンゾの後見人たることを父ヘイリーに約束した。[87] 一七九五年一月にトマス・アルフォンゾはロンドンへ移り、フラックスマンのもとで彫刻家の修業を始める。フラックスマンはイタリアから帰国したばかりで、多くの公的私的記念碑の制作依頼を受けて多忙を極めていたが、この時委嘱された仕事の一つが、オックスフォードのセント・メアリ教会に設置されることになっていた、ウィリアム・ジョーンズの記念碑を制作する仕事だった。一七九六年一月四日にトマス・アルフォンゾは父ヘイリーに宛てて、次のように書いた。

数日前にモリス氏（『インド古事風物誌』とサー・ウィリアム・ジョーンズ追悼詩の著者）が、サー・ウィリアムの記念碑を見るために来られました。光栄なことにインド古事風物誌と追悼詩を一部下さいました。また御丁寧にもノートン街のお宅にお茶に招待して下さり、図書室を見せていただくことになりました。図書室には主に芸術と古代の文物に関する貴重な書物が並んでいます。(88)

モリス氏とはウィリアム・ジョーンズの友人であった「東洋学者」のトマス・モリスである。ジョーンズ追悼詩の作者であったモリスが、第二の追悼詩の作者であるヘイリーの子息トマス・アルフォンゾに興味を持ったとしても不思議ではない。モリスはジョーンズ追悼詩の第二版の「公告」に、初版についてウィリアム・ヘイリーより様々な感想と助言を得たことを感謝の念とともに記しているので、モリスとヘイリー父子は良好な関係にあったものと思われる。トマス・アルフォンゾがモリスとどのような話題を共有し、どのような書物をモリスの図書室で繙いたかは不明だが、トマス・アルフォンゾがインド駐在の英国人やインドそのものに対して強い関心を抱いたことは間違いなさそうである。一七九六年四月四日付トマス・アルフォンゾ宛の手紙に、父ヘイリーが「シャーロット・スミスが、ロムニーの手になる御自身の肖像の写しを、インド駐在の御子息に送りたがっているのは母としてきわめて自然な気持ちだろう。御子息の孝心によって生計の手段がようやく整ったのだから」と書いた時、トマス・アルフォンゾは、自分でよければ肖像の写しを喜んで制作するし、フラックスマン先生も決して反対はされないでしょう、と返信に記した[89]。また、一七九六年八月一日にトマス・アルフォンゾは、ウィリアム・ジョーンズ記念碑の型ごしらえをフラックスマンより任されたことを喜々として父に報告した。

明日の朝、フラックスマン先生の代わりに、サー・ウィリアム・ジョーンズの浅浮彫りを実物大で始めることになりました。これは型ごしらえとして大きな仕事になるでしょう[90]。

作業は順調に進んだようだ。同じ年の十一月四日付の父親宛の手紙において、トマス・アルフォンゾはフラックスマンがジョーンズの浅浮彫りを終えたことを知らせている[91]。

翌年の一七九七年には、トマス・アルフォンゾはジョーンズ夫人アンナ・マリア（Anna Maria）の知遇を得た。同年五月十四日付の父宛の書簡に、トマス・アルフォンゾは次のように書いた。

父上にとっては未知の友人である、あるお優しい方のためにいくつか伺いたいことがあります。つまり、ジョーンズ夫人のことです。とてもやさしい方だと思います。きっと私と同じように好感を持たれることでしょう。というのは、いつも父上のことをお尋ねになり、是非お目にかかりたいと言われるからです[92]。

さらに、五月二十二日付の書簡にトマス・アルフォンゾは書いた。

明日の朝、父上の御指示に従い、医者の友人のところに行って、体調を説明することにします。でも、医者の助けは要りませんし、要らないだろうと思います。また、ロンドンの礼儀作法で許されるならば、月曜の朝にでもジョーンズ夫人宅を訪問する予定です(93)。

トマス・アルフォンゾが言及した医者の友人とは、父の友人であるロンドン在住のレーサム医師（Dr Latham）である。ヘイリーはトマス・アルフォンゾ宛の前便で、治療の必要がないかどうかを確認するためにレーサム医師に診てもらうように、と息子に指示を出した。トマス・アルフォンゾの健康状態は一七九六年から急速に悪化しており、フラックスマンはヘイリーに手紙を書いて様子を知らせ、ヘイリーは息子を連れ戻しにロンドンへやって来る。その後しばらくの間、トマス・アルフォンゾはロンドンで修業をしながら、休息をとるためにアーサムへ戻るという二重生活をしていたのだが、一七九八年にはロンドンに戻ることが不可能となり、彫刻家の修業を断念して父とともにアーサムで暮らし始める。

トマス・アルフォンゾがトマス・モリスやジョーンズ夫人と知り合い、海の彼方のインドについて新しい知識を得たのとほぼ同じ時期に、健康が悪化して行動が不自由になったのは皮肉な運命のめぐり合わせである。トマス・アルフォンゾの病は当初ホームシックの一種であり、背中を曲げて行う作業が多かったことに起因する心理的身体的不調と診断されたが、脊髄の彎曲から生じた合併症だったらしい。今となってはそれ以上の詳しい原因はわからない。一七九七年には、トマス・アルフォンゾは歩行も乗馬も可能だったが、慎重に身体を動かさないと呼吸困難に陥ることがあった。病状が進行するにつれて、まず立つことが不可能になり、やがて下半身が動かなくなった。両足が腫れ上がって激しい痛みに苦しんだが、特別にあつらえた椅子を馬に引かせることで外出することはできた。しかしそれも不可能になった後は、特別注文の車椅子を使って邸内を動き回っていたという。

父ヘイリーはこれらの特別な器具や装置を用意しただけではなく、定期的にロンドンを訪れて病院を巡り、新しい薬と新しい知見を求め続けた。ヘイリーがロンドンより息子に宛てて送った手紙を読むと、二人が病気以外にどのようなことに関心を持っていたのかがわかる。例えば一七九八年十二月一日付トマス・アルフォンゾ宛の書簡に、父ヘイリーは次のように書いた。

忘れずに言わないといけないことがある。今日、ある御婦人からおまえ宛にすてきな贈り物を預かった。御婦人はすでにおまえのことを御存知で、気に入って下さっているらしく、サセックスに来る時にはおまえと仲よくなりたいと望まれている。つまり、L夫人のことだ。お目にかかるごとに、フラックスマンと私は尊敬の念を強くしている。［中略］贈り物とは数枚のダニエル作のインドの版画だ。息子のために持って帰ろうと思って、あの見事な版画を数枚選びました、とたまたま話したら、即座にL夫人は御自分が選んだ版画を何枚か見せてくれて、私が持っていなかった二枚を持って帰るように、と言われたのだ。(94)

ダニエルとは風景画家トマス・ダニエル（一七四九―一八四〇、Thomas Daniell）と、その甥であり同じく風景画家であったウィリアム・ダニエル（一七六九―一八三七、William Daniell）のことである。ダニエルたちは風景画家として名を挙げるために、一七八五年にインドへ向けて出発した。インド滞在中に素描、線画、水彩画を数多く制作し、一七九四年に帰国すると、一組が二十四枚の銅版画から構成されるインドの風景版画集を二組用意し、一七九五年三月に販売を開始した。版画集はたちまち人気の的となり、第三集、第四集が続いて制作された。(95)ヘイリーが書簡で触れたダニエルのインドの版画とは、一七九五年三月から一七九七年一月にかけて刊行された『東洋の風景――ヒンドスタン二十四景』の第一集か、あるいは一七九七年八月から一七九八年十二月にかけて刊行された第二集のいずれかと思われる。

ヘイリーの書簡の日付が十二月一日なので、ヘイリーが言及した版画はまさに同じ月に完結した第二集のことなのかもしれない。しかし、この書簡から読みとれる重要な事実は、ヘイリーが息子のためにインドの版画集を求めたということであり、これはトマス・アルフォンゾがロンドンを去った後も、インドに関心を持ち続けたことを示している。一七九八年十二月四日付の返信に、トマス・アルフォンゾは「父上が手に入れてくださったダニエルの版画と、父上のおやさしいお知り合いが光栄にも下さった贈り物を楽しみにしています(96)」と書いた。つまり、インドに関心を持っていたのは、ジョーンズの追悼詩を書いたウィリアム・ヘイリーだけではなかった。師匠のフラックスマンを通じて「東洋学者」トマス・モリスやジョーンズ夫人と知り合いになったトマス・アルフォンゾも、インドの文物に強い興味を抱いていた。ひょっとすると、トマス・アルフォンゾの心の中でインド関連の文物は、病のために断念せざるを得なかったロンドンでの彫刻家修業の日々の思い出と結び付いていたのかもしれない。

インド関連の話題の他に、トマス・アルフォンゾと父ヘイリーが交わした書簡には、宝石に浮彫細工として刻まれた象の図像に関する記述が含まれている。トマス・アルフォンゾの病状が重くなった一七九九年四月二十五日に、父ヘイリーはいつものようにロンドンから手紙を送った。

おまえには、私の封印から、どこかへ行ってしまったと思っていたあのお気に入りの象の彫刻細工を、私が運良く取り戻したことがわかるだろう。これを手に入れるに際して、商人はずいぶんと親切にしてくれた。私はおまえからの贈り物だと思って言葉にできないぐらいに大事にするつもりだ。というのは、おまえの名義の手形で支払ったからだ。フラックスマンによると、ライオンよりもずっといい細工だということだ。我々の友人のクラッチロード氏（Mr. Cracherode）はあれに六十ギニーを払った。以前はこのような飾り物はそれほど好きではなかったのだが、特殊な事情が色々と重なって、今はいいものだと思うようになった。それにあの象の細工は、長く辛い試練を耐え続けているおまえの心情、つまり、心のやさしさと精神力を見事に表している。[97]

ヘイリー父子は象の浮彫彫刻が施された宝石細工と一度は出会い、何らかの理由で購入する機会を逸し、その後それを探し求めていたらしい。トマス・アルフォンゾ名義の手形で支払ったという記述と「おまえからの贈り物」という言葉から、息子の病気の治療法と薬を求めてロンドンへ出かけていく父に、トマス・アルフォンゾが感謝の気持ちを表すために自分名義の手形を預けたのだろうということが推測される。そしてトマス・アルフォンゾ名義の手形で購入した象の宝石細工は、息子の手形で支払ったからこそ、父ヘイリーにとって特別な意味を持つことになった。それは闘病生活を続けるトマス・アルフォンゾを象徴する品となった。そして象の浮彫細工を封印として使うことによって、取り戻すことができないと思っていたものを取り戻すことができたことを確認すると同時に、象の浮彫細工を取り戻したように、息子が健康を取り戻すことを願ったのかもしれない。ヘイリーが象で封印をした書簡のいくつかは、現在ケンブリッジのフィッツウィリアム美術館で見ることができる。[98]

「象」に付帯された三枚の図版のうち、写実的な象を描いた二枚に対して、一枚だけが浮彫細工を銅版画に仕立てた図版であり、明らかに整合性がとれていない。しかし、順序を逆にして、浮彫細工の象を図版として用いたかったからこそ、象が主題として選ばれたのだと考えることはできないだろうか。浮彫細工の象が挿画に使われたということは、一八〇二年になってもヘイリーが象の宝石細工を大切に持ち続けたことを意味する。なぜか。なぜなら、象の宝石細工には夭折したトマス・アルフォンゾの思い出が詰まっていたからだ。物語の舞台がインドに設定されたのも、トマス・アルフォンゾとインドとがヘイリーの記憶の中で結び付いていたからである。虎に襲われて命を落とす寸前を象によって救出されるという筋書きと、その象がトマス・アルフォンゾの象徴としての浮彫細工に由来するという事実は、『一連のバラッドに寄せる挿画』第一作「象」の性質を暗示する。つまり、この作品は父ヘイリーが息子に捧げた追悼詩ではなかったか。

第十章　トマス・アルフォンゾ・ヘイリーに捧げる追悼詩
――ヘイリーとブレイクの共同作業

一　『一連のバラッドに寄せる挿画』第四作「犬」――健康な青年という幻影

第四作「犬」は第一作「象」と同じぐらいに感傷的な内容を持つ。「犬」には忠犬ファイドウ（Fido）、その飼い主である少女ルーシー（Lucy）、ルーシーの恋人である青年エドワード（Edward）が登場する。物語はエドワードがルーシーに別れを告げに来る場面から始まる。軍人であるエドワードにインド駐在の命令が下ったのだ。悲しみに沈むルーシーはエドワードにファイドウを連れて行くように頼み、ファイドウにエドワードを何があっても守るようにと言いきかせる。インドに到着したエドワードは、暑くて乾燥した気候のため、一日の勤めが終わると川で水浴することを日課としていた。ある日いつものように衣服を脱ぐと、ファイドウがうるさく吠えながら走り回って邪魔をする。しびれを切らしたエドワードは犬を打擲し、川へ飛び込もうとした瞬間、エドワードの前にファイドウが割って入り、川へ身を投げた。ファイドウが落ちていく先には大きなワニが口を開けており、エドワードはファイドウの自己犠牲によって命を救われたことを知る。ファイドウの死の知らせを受けたルーシーは悲嘆に暮れ、ルーシーを慰めるために匿名の彫刻家がファイドウの彫刻を制作し、その彫刻はルーシーの部屋に置かれた。インドから帰国したエドワードは、大理石のファイドウに見守られながら、ルーシーと結婚する。

『一連のバラッドに寄せる挿画』第四作「犬」は、一八〇五年の『動物の逸話に基づくバラッド』の冒頭に再録され、詩人ロバート・サウジーから「比類のないほどくだらない」と酷評された。サウジーが嫌悪した感傷的な臭味はさておき、この詩には考えるべき問題が二つある。忠犬ファイドウとは何者なのか。エドワードとは誰なのか。

ファイドウは欧米で飼い犬に付ける名前としてありふれているが、ヘイリーが実際にスパニエルを飼っており、その名前がファイドウであったことを知るならば、ありふれた名前では済まなくなる。父ヘイリーとトマス・アルフォンゾが交わした書簡では、ファイドウがしばしば話題に上った。一七九五年十月十一日付の書簡でヘイリーはトマス・アルフォンゾに次のような出来事を知らせた。

夕暮れの頃合いに、フェルパムへの道を半分ほど進んだところで、私の前を十三歳ぐらいの少年が砕けた石の上を踏んで行ったのだが、まるで私の馬の足を取ろうとしているかのように見えた（ただし、実際には、その子にはそんなつもりはなかった）。機敏なファイドウはその子の動きを見るや、たちまち矢のようにイダルゴ［馬の名前か］の前に飛び出し、虎のように激しく（まったく穏やかな性質なのだが）その子に跳びかかり、子どもは怖がってわめきたてた。ファイドウが危害を加えることはないということを男の子にわからせるのにずいぶん苦労したが、男の子が私に危害を加えるつもりはないということをファイドウにわからせるのにも苦労した。しかし、なんとかファイドウと男の子を引き離し、夕暮れの道を進んだ。私の従者の愛情深い心根にほれぼれとした。(1)

スパニエルに対して「虎のように激しく」という表現はご愛敬だが、ヘイリーがファイドウに抱いた愛情はよく伝わってくる。トマス・アルフォンゾはこの一件でファイドウが示した忠節を称えて、ファイドウの肖像画を描いた。板に等身大で描かれたファイドウは、地元のパブの看板として用いられたという。②

「犬」に登場するファイドウは、ワニの口に身を投げることによって主人の命を救い、その勇敢な自己犠牲を記念して大理石の像が造られた。パブの看板と大理石の彫刻とでは大きな違いがあるが、ファイドウの石像を制作するという企画そのものは、別の文脈でヘイリー父子の往復書簡に出てくる。

一七九六年五月にヘイリーはフェルパムの所有地に館を建設する計画を立てた。ヘイリーはいずれ息子にアーサムの自邸を譲り、自分はフェルパムに建てた別邸に隠居しようと考えていた。③当時、トマス・アルフォンゾはロンドンで彫刻家を目指して修業中だったので、父子は別邸の建築計画をめぐって書簡で意見交換を行った。ヘイリーは新しい館の玄関の扉の上に、眠れるファイドウの石像を飾りとして取り付ける案を示した。これに対してトマス・アルフォンゾは一七九六年十二月七日付の返信で、「扉の上にファイドウを置くのはいい考えだと思います。でも、フラックスマン夫人が、父上の眠れるファイドウに修正案を提案したいと言っています、つまり、ファイドウを眠りから起こして下さいとのことでした④」と書いた。五日後、さらにトマス・アルフォンゾは「アーサムに父上がお持ちの大きな石から、私がファイドウの彫刻を作ることができるかもしれません」と書き送った。⑤一七九七年四月十五日には、トマス・アルフォンゾの手によって別邸建築のための礎石が据えられた。⑥しかし、この頃から、トマス・アルフォンゾの健康状態が悪化の一路をたどったことはすでに見た通りである。

「犬」におけるファイドウの大理石像と関連がありそうな逸話がもう一つある。一七九七年一月一日にトマス・アルフォンゾは父に宛てて手紙を出し、自作の女神ミネルヴァの大理石像をアーサムに向けて発送したと知らせた。⑦ヘイリーは一月五日付の返信にミネルヴァ像を図書室に置いたと記し、さらに一週間後には「ファイドウは実にミネルヴァに仕える犬だ。毎日夕方にファイドウが命じられなくても像の所にいるのを見ると、おまえも愉快に思うだろ

図 16　ブレイク『一連のバラッドに寄せる挿画』(1802) より「犬」, 章末飾り, 13.1×9.4 cm, ハンティントン図書館・美術館.

図 17　同右, 口絵, 15.1×11.9 cm.

う」と書いた[8]。

ヘイリー父子の往復書簡に記されたこれらの事実から、「犬」に描かれた大理石像のファイドウは、トマス・アルフォンゾにまつわる思い出から紡ぎ出されたと考えることができる。「犬」の挿画の一枚には大理石像の傍らに立つルーシーが描かれており、ヘイリーが息子に宛てた手紙に記したように、この構図は女神ミネルヴァの大理石像の傍らにうずくまるファイドウの姿と重なる（図16）。女神ミネルヴァが、ヘイリーの想像力によって、ルーシーに置き換えられたのではないか。また、青年エドワードの命を救ったファイドウが、どのような種類の犬であるかは詩の中で語られていないにもかかわらず、ワニに身を投げるファイドウは黒と白の斑のスパニエルとして挿画に描き出された（図17）。「犬」に登場するファイドウのモデルがヘイリー家で飼われていたスパニエルであったことは、作者ヘイリーと挿画担当のブレイクの間では暗黙の了解事項だったのかもしれない。では、ファイドウが自らの命を捨てて助けた青年エドワードとは、誰なのか。

エドワードとトマス・アルフォンゾとは何の関係もなさそうに見える。エドワードはインド駐在の軍人であり、水泳を嗜み、健康で快活な若者であって、献身的な婚約者と結婚する。一方、トマス・アルフォンゾは身体の弱い芸術家であり、海外に出ることもなく、二十歳を目前にして病気で夭折した。しかし、ファイドウが両者をつなぐ接点であると考えるならば、エドワードにトマス・アルフォンゾの影を読みとることができる。

ヘイリーが住んでいたアーサムは、ロンドンとポーツマスを結ぶ街道沿いの町チチェスターに近い。ヘイリーの自伝には、インドへ向けて旅立つ若者とポーツマスまで見送りに付き添う家族の話題がしばしば登場する。例えばヘイリーの友人であり、細密肖像画家であったエレミア・マイヤー（一七三五―八九、Jeremiah Meyer）は、ポーツマスへ向かう途中にヘイリーの館に宿泊した。マイヤーは長男をポーツマスまで見送りに来たのだが、インド行きの船の出航準備が整うまでヘイリー宅で過ごした。マイヤーは当時三歳だったトマス・アルフォンゾの肖像画を描き、ヘイリーはマイヤーの長男がインドで活躍することを祈念して詩を書いた。[9] ヘイリーはこの逸話を『ジョージ・ロムニー伝』（一八〇九）に記しており、この時ポーツマスからインドへ旅立った青年ジョージ・マイヤーは、その後「東洋学者」として名を成したということである。[10] また、すでに述べたように、ヘイリーの友人であったシャーロット・スミスが、インドに駐在する子息に自分の肖像画の素描を送ることを思い立った時、協力を申し出たのはトマス・アルフォンゾだった。この他にも、ヘイリーが個人的に親しかった英国陸軍の若い将校が、インドより帰国する途中に船が難破して行方不明になったことや、遭難の事実確認ができるまでに二年を要したことなどがヘイリーの自伝に書き留められている。[11]

港町として知られるポーツマスの近くに住んでいたために、ヘイリーはインドへ向かう多くの若者を見送った。トマス・アルフォンゾもいつの日か人生の第一歩をインドへ向かって踏み出すことだろう、と父ヘイリーは思ったのかもしれない。ヘイリーはトマス・アルフォンゾを学校へは送らなかったが、紳士が持つべき教養を身に付けさせた。

知識人であったヘイリーは自らが家庭教師となってギリシア、ローマの古典の手ほどきをし、紳士の嗜みとしてフェンシングを教えた。当初ヘイリーはトマス・アルフォンゾが医者に向いているのではないかと考えたようだが、やがてフラックスマンのもとで彫刻を学ばせる。この頃までにヘイリーは、トマス・アルフォンゾが父とは異なり、虚弱体質であることに気が付いていたのかもしれない。特にヘイリーは、トマス・アルフォンゾが水泳を苦手とすることを知った時には、落胆の色を隠せなかった。

ヘイリーは水泳を好んだ。一七九五年九月六日付トマス・アルフォンゾ宛の書簡において、ヘイリーは水泳を学ぶ必要性と重要性を懇々と説き、水泳を好まないトマス・アルフォンゾを穏やかにたしなめた⑫。ヘイリーによると、水泳を学ぶためには、まず水の中にあっても沈着冷静でなければならず、そのような鍛錬を通して培われた心の強さは、どのような分野に進んでも応用が利く資質となる。ヘイリーは率先して海水浴に励んだ。一七九六年十月十六日付の書簡に「今の季節で一番冷たい海に入り、厳しい北風の中を馬で走り、ちょうど図書室に戻ったところだ⑬」と書き、その五日後には「朝の海水浴でまだ頭がぬれたまま、おまえに今手紙を書いている⑭」と記した。ヘイリーは海水浴の効用を頑固なまでに信じた。健康状態が悪化したために、ロンドンでの彫刻家の修業を断念してアーサムへ帰郷したトマス・アルフォンゾを、ヘイリーは海へ連れ出したことがある。ヘイリーは脊髄が彎曲するという奇病を、海水が治してくれることを期待した⑮。果たして効果があったのか、あるいは病状を悪化させただけだったのかはわからないが、ヘイリーが海水浴に執着していたことは明らかである。ヘイリーはトマス・アルフォンゾの伝記に次のような言葉を記した。

どの季節であっても、父にとっては健康によい海水浴が、気候が暖かい短い季節を除いて、彼の身体には合わなかった。彼は水と相性が悪かった。もっとも、彼の穏やかな意志の強さと手先の器用さをもってすれば、立派な船乗りになっただろうが。海水浴をすると、彼はすぐに寒がってしまった。だから、数年にわたって時々海辺にやって来ては父とともに海水浴をしたが、父があれほど熱心に教えようとした水泳を習得することはなかった。（『トマス・アルフォンゾ・ヘイリーの伝記』[16]）

トマス・アルフォンゾは水が苦手だった。海水浴も水泳も不得手であり、それは父ヘイリーにとって失望の種だった。息子の身体の弱さと健康の悪化は、父ヘイリーにとって受け入れがたい現実だった。日に日に病状が重くなる息子を目の前にして、ヘイリーは無力感に苛まれる。一七九八年二月二十八日付の日記にヘイリーは次のように書いた。

彼の顔を見ると、生きることができないのではないか、と不安に駆られる。彼を失うことは、生き甲斐をすべて失うことだと思わざるを得ない。このような試練にあって、宗教以外にすがることのできるものは何もない。（『トマス・アルフォンゾ・ヘイリーの伝記』[17]）

トマス・アルフォンゾの死から二年後、『一連のバラッドに寄せる挿画』第四作「犬」には、エドワードという快活な青年が登場し、インドに赴任して水泳を楽しんだ。エドワードに健康な身体と水泳好きという特徴が与えられたのは、単なる偶然だろうか。エドワードはヘイリーにとっての若者の理想像を体現しており、それはトマス・アルフォンゾがこの世で成し得なかった姿である。トマス・アルフォンゾはインドへ派遣されることもなく、水泳を嗜むこともなく、ファイドウに助けられることもなかった。トマス・アルフォンゾとエドワードは全く正反対といってもいいぐらいに異なる。しかし、だからこそ、ヘイリーはトマス・アルフォンゾを自作の詩の中に甦らせ、理想的な身体と未来を与えたとは言えないだろうか。ヘイリーは「犬」の最後の部分で、ファイドウの大理石像に見守られながら、

図18　ブレイク『動物の逸話に基づくバラッド』(1805) より「犬」, 11.2×7.1 cm, ハンティントン図書館・美術館.

ルーシーとエドワードが結婚するという幸せな結びを用意した。これは忠犬の自己犠牲によって主人公に幸せがもたらされるという感傷的な物語の陳腐な結末であり、その意味では、サウジーが下した取り柄のない駄作という評価は正しいのかもしれない。だが、夭折した子を悼むために父が書いた追悼詩であったことを前提にするならば、その平凡さゆえに「犬」はきわめて皮肉な色調を帯びてくる。トマス・アルフォンゾは「犬」に描かれたような陳腐な人生さえも歩むことを許されなかった。彼が生きた短い人生こそが波乱に満ちており、予測不可能であり、劇的だった。しかし、父としてはトマス・アルフォンゾに、むしろ予測可能で陳腐なありふれた人生を生きてほしかったのではないだろうか。その思いが忠犬ファイドウに劇的な最期を与え、エドワードに平凡な幸せを約束したとは言えないだろうか。父ヘイリーが目にすることがかなわなかった理想的な未来が、作中のエドワードに託された。トマス・アルフォンゾの思い出が散りばめられた第四作「犬」は、第一作「象」に劣らず、父ヘイリーがトマス・アルフォンゾに捧げた追悼詩なのである。

最後に、ワニの図像に触れておきたい。一八〇二年版では、忠犬ファイドウが身を投げた先にいるワニは、口を大きく広げ、上顎と下顎の先端を垂直に近い姿勢で水上に突き出し、身体の残りは水面下に沈んで見えないように描かれた（図17）。一八〇五年の改訂版では、ワニの頭部の半分が水面上に出るように修正され、鋭い歯の列が強調された（図18）。しかし実のところ、どちらの挿画もV字型に開いた口を強調するのみで、ワニとして知られる爬虫類を忠実に描いたとは言い難い。このワニはどこからやって来たのだろうか。

ヘイリーが所蔵するゴールドスミスの『博物誌』には、ワニの説明と図版が掲載されており、ブレイクが挿画を制作する際に参考資料として用いた可能性がある。しかし、『博物誌』に収録されたワニの図版は側面図を描いており、ワニというよりは岩の上にへばりついた貧相なトカゲに近い。より忠実なワニの図版は、ヘイリーが所有し、ブレイクが挿画の一部を制作したジョン・ステッドマン（一七四四―九七、John Stedman）の『スリナムの黒人奴隷暴動に対する五年間の遠征記』（一七九六）に含まれるが、図版の見出しはワニ（crocodile）ではなく、「スリナムのアリゲーター（Alligator）あるいはカイマン（Cayman）」である。現在の分類では、ワニとアリゲーターはきわめて近い生物とされるが、ステッドマンは本文中で、ワニとアリゲーターは名称だけでなく、姿と性質において異なる生物であると説明した[18]。ブレイクはステッドマンの「ロンドンにおいて最も信頼する友人[19]」であり、おそらくステッドマンの説明をそのまま受け入れて、ワニとアリゲーターが類似するとは考えもしなかったのではないだろうか。いずれにせよ、ブレイクの挿画に描かれた水中に住む怪物のようなワニの姿は、ステッドマンの説明からは出てこない。では、洗濯ばさみを開いたようなブレイクのワニは、一体どこから来たのか。

ブレイクの図版により近いワニの描写は、ベンガル・アジア協会の機関誌『アジア研究』第三巻に収録された論考の一つに見られる。なお、『アジア研究』第三巻はヘイリーの蔵書目録に含まれる[20]。この論考は「エジプトとカリ河、あるいはエチオピアのナイルに隣接するその他の国々について」と題され、著者フランシス・ウィルフォード（Francis Wilford）は、ヒンドゥーの古書に基づいてワニを次のように説明した。

その圧制ゆえに、ラフは河に住む巨大な竜、あるいはワニ、あるいは四つの爪を持つ伝説上の怪物グラバにたとえられる。グラバは鷲掴みにするという意味を持つ語根から派生した。この単語は一般的にバンガ、すなわちサメを意味する。しかし、辞書によっては、ナクラ、すなわちワニと同義語とされる。そして『プラーナ』では詩的空想

の生物であるようだ。(「エジプトとカリ河、あるいはエチオピアのナイルに隣接するその他の国々について」)(21)

圧制者がその圧制ゆえにどのような生物に喩えられるかという話から、ウィルフォードはヒンドゥーの古書でワニとサメが同一視されたことを指摘する。「巨大な竜」、「サメ」、「詩的空想の生物」をワニと結び付けるのは大胆な連想であるが、この奇想天外な組み合わせからであれば、ブレイクの図版に刻まれた水中の怪物としてのワニの姿を紡ぎ出すことができそうである。なお、ウィルフォードのこの論考は、ブレイクが相互寛容の仕組みを着想する上で重要な役割を果たした可能性のある資料であり、詳細については後で触れる。いずれにせよヘイリーの蔵書を適宜参照しつつ、ブレイクが挿画を制作したことは間違いない。

二　『一連のバラッドに寄せる挿画』第二作「鷲」と第三作「ライオン」
——トマス・アルフォンゾ・ヘイリーの思い出を偲んで

『一連のバラッドに寄せる挿画』をトマス・アルフォンゾの追悼詩として読むならば、相互に無関係に見える象の浮彫細工、インドという場所、ファイドウという犬、犬の大理石像、水泳好きのエドワードなどが、トマス・アルフォンゾの思い出という一本の糸でつながり始めた。また、「象」も「犬」もともに人命救助の物語詩であるのは、喪失体験を克服しようとするヘイリーの精神状態が反映されたからかもしれない。第二作「鷲」と第三作「ライオン」にはインドのモチーフは登場しないが、人命救助の物語詩であるという点では「象」や「犬」と共通しており、トマス・アルフォンゾの思い出が埋め込まれたという点でも同様である。

「鷲」という表題が与えられてはいるが、主人公は若い母親である。舞台はインドではなくスコットランドである。主人公のジェシー(Jessy)は幼い男の子と赤ん坊とともに小さな小屋に住んでおり、夫は海に仕事に出掛けて留守である。ある日のこと、一羽の鷲が舞い降りてきて、赤ん坊をさらって飛び去ってしまった。男の子に小屋から出ないようにと言いきかせた後、母ジェシーは鷲を追って断崖をよじ登る。鷲の巣にたどり着いたジェシーは背後から鷲に跳びかかり、格闘を始めた。組んずほぐれつの闘いがしばらく続いた後、鷲とジェシーはともに地面に落下する。男の子は母と赤ん坊が無事であり、鷲が死んだことを知る。詩の最終連では母の強さについて一般論が語られ、子を守ろうとする母の勇気を称えて詩は終わる。

「鷲」の語り手は、この詩は若い羊飼いから聞いたスコットランドの話に基づいている、と述べる。ヘイリーが若い頃に友人を訪ねてスコットランドを旅行したことは、自伝から確認できる。一七六七年四月二十四日にヘイリーはニューカースルに向けて出立し、エディンバラで友人と合流し、グラスゴーとスターリングを訪れ、七月中旬にロンドンへ戻った[22]。しかし、この旅行中にスコットランドで子どもをさらう鷲の話を聞いたという記述はない。もちろん、書かなかっただけで実際には聞いたのかもしれないが、それを確かめる術はなさそうである。

「鷲」の語り手の説明とは一致しないが、材源の一つとして考えられるのはゴールドスミスの『博物誌』である。すでに確認したように、ヘイリーは「象」を書き上げる上で『博物誌』を参照したと考えられる。そうであれば、同じように『博物誌』から手掛かりを得て、ヘイリーが「鷲」を創作したとしても不思議ではない。なぜなら『博物誌』には、鷲について次のような記述があるからだ。

鷲はまた野ウサギや子羊や子山羊をさらった。時には子鹿や仔牛を襲って血をすすり、肉片を巣に持ち帰ることもある。幼児も誰かが傍についていない時には、この猛禽類にやられることがある。おそらくそのようにして、ガニュメデスが鷲にさらわれて天界へ連れて行かれる話が生まれたのだろう。

スコットランドには二人の子どもが鷲にさらわれた記録がある。しかし幸運にも途中で傷を負わされることはな

図19　ブレイク『一連のバラッドに寄せる挿画』(1802) より「ライオン」，章末飾り，5.7×8.3 cm，ハンティントン図書館・美術館.

かった。鷲は追跡され、子どもたちは鷲の巣から無傷で救出されて、恐れおののいていた両親のもとに戻された。（『博物誌』）[23]

『一連のバラッドに寄せる挿画』第一作「象」がゴールドスミスの『博物誌』を参考資料として書かれたと考えられる以上、第二作「鷲」も同じ『博物誌』をもとに構想された可能性が高い。ヘイリーは鷲と闘う勇敢な母親を造形し、母の愛情と不屈の精神を盛り込んで、元の逸話を感傷的な物語詩に仕立て上げた。

第三作「ライオン」も勇敢な女性を扱った物語である。舞台はアフリカであり、主人公バウラ（Boulla）は牛飼いの妻である。ある日、夫と息子がいつものように牛の群れを谷に連れて行くと、そこで巨大なライオンと遭遇する。牛はたちまち逃げ散り、男は手近な木によじ登って、息子に妻の所へ走って行くように命じた。息子から一部始終を聞いた妻は弓と矢を手にして現場に向かい、夫がしがみついている木の下から動こうとしないライオンを射殺し、夫の命を救う。

この物語詩に関して三つの問いを立てることができる。第一に、なぜライオンが選ばれたのか。第二に、ライオンに矢が射込まれた瞬間を描いたブレイクの挿画の風景は、どのようにしてできあがったのか。第三に、なぜ主人公の妻は弓の名手なのか。

第一の問いについては、「ライオン」に添えられた三枚目の挿画に手掛かりがある。「象」の場合と同じように、詩の内容を写実的に描いた二枚の挿画とは異なり、三枚目だけが浮彫細工のライオンの図像を転写した図版である（図

19）。銅版画の下部には「骨董品より」という文字列が記され、T・Hという署名がある。これはこの図版の下絵がトマス・アルフォンゾ・ヘイリーによって制作されたことを意味する。[24] どのような「骨董品」をもとにトマス・アルフォンゾがこの下絵を制作したかは不明であるが、ヘイリーが一七九九年四月二十五日付の手紙の中で、象の浮彫細工が施された宝石と比較するために引き合いに出した、ライオンの図像が刻まれた宝石と何らかの関わりがあるのかもしれない。そうであるならば、なぜライオンが詩の題材として選ばれたのかも説明できる。象の浮彫細工と同じように、ライオンの浮彫細工を転写した下絵は、トマス・アルフォンゾの遺品だった。トマス・アルフォンゾが生前にライオンの浮彫彫刻を写した下絵は、ブレイクによって銅版画に仕上げられ、父ヘイリーの詩の挿画として世に送り出された。ここにもトマス・アルフォンゾの思い出が潜んでいたのである。

第二の問いに移る。ライオンが射殺される挿画の風景は、どのようにしてできあがったのか。

木によじ登った男とその下で踏ん張るライオンを描いた図版について、その下絵との比較から、ヘイリーがブレイクに指示して下絵を描き直させたとする研究がある。[25] ブレイクの下絵ではライオンが写実的に描かれているが、挿画として採用された図版のライオンはより大きく存在感があり、その存在感は写実を捨てて図案化したことに由来する。図案化されたライオンは、トマス・アルフォンゾが下絵を制作した浮彫細工のライオンに似ており、挿画制作の過程にヘイリーが介入して、トマス・アルフォンゾの思い出の品を図版に埋め込ませた可能性が考えられる。しかし、より重要なのは、矢を放った妻と矢を射込まれたライオンの背後に広がる風景である（図20）。ライオンはサバンナのような乾燥した平原に生息するのに対して、挿画では谷間に突き出した崖の上に立っている。しかもライオンの傍らには大きな椰子の木が生えており、男は椰子の木によじ登って危険を回避したわけだが、これは西インド諸島の風景にアフリカの猛獣を配した奇妙な合成画というほかない。おそらくブレイクは、ライオンの生態について正確な知識を持っていなかった。しかし、ブレイクがヘイリーの図書室で参考書として活用したに違いないゴールドスミスの

図 20　ブレイク『一連のバラッドに寄せる挿画』(1802) より「ライオン」, 口絵, 15.5×12.7 cm, ハンティントン図書館・美術館.

『博物誌』も、その意味では正確な情報を載せていなかったのである。『博物誌』にはライオンに関して次のような記述がある。

> ライオンのうち、より穏やかな気候や、寒く険しい山の頂に近いところに生息するものはおとなしく、あるいはより正確に言うならば、灼熱の谷間に生息するものに比べてはるかに危険が少ない。頂上が万年雪で覆われたアトラス山のライオンは、平原が熱砂で覆われているアフリカ北部やサハラのライオンのような力強さと獰猛さを持ってはいない。（『博物誌』[26]）

「ライオン」の挿画に谷間が描き込まれたのは、妻が弓矢で対決したライオンが谷間に生息する獰猛なライオンであることを示したかったからかもしれない。そうすることによって、妻の勇気を強調したかったのかもしれない。ブレイクの銅版画もゴールドスミスの記述も、一部のライオンが山岳や谷間に生息すると想定したという意味で、ライオンの生態に関してともに不正確ではあるが、この不正確さがゴールドスミスの『博物誌』とブレイクの挿画を結び付ける。ブレイクが「ライオン」の図版を制作するにあたってヘイリーの図書室を利用し、本棚に並んでいた『博物誌』を参考書として用いたからこそ、ライオンの生態に関するゴールドスミスの誤った記述が、そのままブレイクの図版に反映されたのではないか。

第三の問いである。なぜ勇敢な妻は弓矢の名手なのか。手掛かりは「ライオン」の第十六連にある。

彼女は子どもに折に触れ
　弓矢を教えたことを思い出した。
そして彼女は弓を使うことを心に決めた、
　勇気をもって子どもの父親を救うために。（「ライオン」）[27]

子どもに弓矢を教えた母の姿は、実はヘイリーの妻イライザと重なる。ヘイリーの説明によると、ヘイリーは一七六九年にチチェスター大聖堂主任司祭の娘イライザ・ボール（一七五〇―九七、Eliza Ball）と結婚したが、イライザの精神的な不安定が原因で結婚は間もなく破綻し、一七八九年より別居の生活が始まった。ただし、イライザの側の説明が残っていないので、原因がどこにあったかを客観的に判断することは難しい。イライザの母が精神疾患を患っており、同じ病を患うのではないかとイライザ自身が極度に恐れたことは『オックスフォード人名辞典』にも記されているが、ヘイリーの不義がイライザの精神的不安定を誘発したのか、イライザの精神的不安定がヘイリーの不義を誘発したのかは不明である。不義の相手がヘイリーの乳母の娘であったというところに、乳母も含めたヘイリー家の特殊な事情が潜んでいるのかもしれない。あるいはヘイリーが自伝においてトマス・アルフォンゾが婚外子であることを巧妙に隠蔽してしまったという事実が、何かを示唆するのかもしれない。しかし、裏付けとなる資料が乏しいので、この件についてはこれ以上立ち入ることができない。したがって、ヘイリーがトマス・アルフォンゾに対して、出生についてどのような説明をしたのかも不明である。ただ明らかなのは、トマス・アルフォンゾがイライザを母として接したことと、イライザもトマス・アルフォンゾを優しく受け入れようと努力したことである。

一七八九年に別居した後、イライザとヘイリーは定期的に書簡の交換をし、一七九一年にはダービーで暮らすイライザのもとをトマス・アルフォンゾが訪問した。イライザはヘイリー宛の手紙において、ダービーでアーチェリーの競技会が開催されることを知らせ、トマス・アルフォンゾが参加してはどうかと提案した。さらに一七九一年九月十日付ヘイリー宛の書簡にイライザは次のように書いた。

彼にふさわしい弓と矢を持たせてください。私は緑の外套を進呈したいと思います。外套には金の矢の刺繡を施し、ダービーの射手のボタンを付けましょう。ベストは牛革製で、リボンで月桂樹の葉をあしらいます（私はあなたとあなたのお友達のために何かをしてあげることに慣れているので）。この作業には少し時間がかかるでしょう。ですから、もし来週末頃に彼を寄越してくだされば嬉しく思います。(28)

ヘイリーは、双方にとって大いに満足できる滞在になった、と『回顧録』に記しているので、トマス・アルフォンゾはイライザの監督の下で、アーチェリーの競技会を楽しんだと思われる。(29)「ライオン」の主人公が弓矢の巧みな女性として描かれたのは偶然ではなく、トマス・アルフォンゾがイライザの導きでアーチェリー競技会に出場した事実を下敷きとして踏まえたものであろう。また、「ライオン」では夫を救出する勇敢な妻が描かれ、「鷲」では子どもを助けるために身を挺して鷲と格闘する母の姿が描かれたのも、トマス・アルフォンゾを裏返すようにして、理想の青年エドワードが造形されたように、理想の母であり妻である女性をヘイリーが創造し、それを作中に書き込んだと考えられる。ヘイリーは『気質の勝利』(30)（一七八一）で、女性の価値は外見の美しさではなく気立てのよさにあると論じ、不機嫌を克服して、穏やかな心を陶冶する必要を説いた。この教訓詩は女性の読者の支持も得て、十四版を重ねた。(31)ヘイリーにとっての良妻賢母とは、夫と子を守るためには身を投げ出し、感情に左右されることなく、夫の権威を損なわない範囲で精神的に自立した女性だった。「ライオン」と「鷲」に登場する妻と母は、ヘイリーの自伝において、情緒が不安定で頼りなく、理性で感情を制御できない女性として描写された妻イライザとまるで正反対の姿に描かれた。四篇の詩のいずれにもトマス・アルフォンゾの思い出が散りばめられたように、これらの二篇の詩はイライザの影の下で書かれたのではないだろうか。

『一連のバラッドに寄せる挿画』として制作された「象」、「鷲」、「ライオン」、「犬」の四篇の詩の内容と挿画の特色を、ヘイリー父子の伝記的事実と照合して分析すると、随所に埋め込まれたトマス・アルフォンゾの思い出が鮮明に浮かび上がってきた。インドにまつわるモチーフが多く見られるのは、病に倒れた後もトマス・アルフォンゾがインドに興味を持ち続けたからだった。「象」の挿画として浮彫細工の象の図版が用いられ、同じように「ライオン」の挿画として浮彫細工のライオンの図版が使用されたのも、トマス・アルフォンゾの思い出を盛り込むためだった。

図 21　ブレイク『一連のバラッドに寄せる挿画』（1802）より口絵，15. 9×13. 1 cm，ハンティントン図書館・美術館．

『一連のバラッドに寄せる挿画』とは、父ヘイリーがトマス・アルフォンゾのために書いた追悼詩であり、この企画そのものがきわめて私的な性格を持っていた。だから私家版として制作され、ヘイリーの友人知人の人脈を通して頒布された。『一連のバラッドに寄せる挿画』全体の口絵として制作された「動物を命名するアダム」は、エデンの園に座るアダムを動物たちが取り囲んでいるように見えるが、実は天国にいるトマス・アルフォンゾを意識した図版であり、ヘイリー家の故郷にあるチチェスター大聖堂の図版が添えられたのも、トマス・アルフォ

図22　ブレイク『一連のバラッドに寄せる挿画』(1802) より［チチェスター大聖堂］,
4.2×12.6 cm，ハンティントン図書館・美術館.

ンゾを哀悼するためだったと考えられる（図21、22）。

一八〇五年に十二篇の詩が新たに追加されて『動物の逸話に基づくバラッド』として市販された時、私的な色彩が濃厚な「動物を命名するアダム」とチチェスター大聖堂の二枚の図版は削除された。もともと「犬」と「鷲」に用意された六枚の挿画より、ワニの口へ身を投げる犬の図版と、鷲の巣に乗り込んだ母の図版が選び出され、商業用出版にふさわしくなるように人物の姿勢や構図に修正が加えられた。新版の『動物の逸話に基づくバラッド』は、ヘイリーがその序文に記したように、若い読者に思いやりの心を育むことを目的としたので、旧版と同様に動物の恩返しや人命救助の物語が繰り返されたが、トマス・アルフォンゾとの関連性は薄められた。しかし、新版に収録された十六篇の詩の中で、詩集の冒頭を飾ったのは旧版第四作の「犬」だった。忠犬ファイドウと水泳好きの青年エドワードと許嫁のルーシーが登場して、若い二人の結婚で締めくくられる「犬」は、トマス・アルフォンゾの思い出が特に濃厚な一篇だった。市販するために追悼詩としての性格を抑えたとはいえ、新版の冒頭にこの詩を置かずにはいられなかったところに、子に先立たれた父ヘイリーの思いがにじみ出ている。

三　ヘイリーに庇護された実り豊かな三年間——異文化に向けて開かれた窓

本章の議論において、詩人ヘイリーと銅版画師ブレイクの共同制作による『一連のバラッドに寄せる挿画』が、ヘイリーの一人息子であるトマス・アルフォンゾ・ヘイリーの追悼詩集であったことが明らかになった。なぜヘイリーは、この個人的な、そしてそれ故にヘイリーにとってきわめて重要な意味を持つ詩集の挿画制作を、無名の銅版画職人であるブレイクに委嘱したのだろうか。

ヘイリーは一八〇〇年に六篇の書簡体詩から成る『彫刻論』を刊行する。序文によると、同書はイタリア留学を終えて一七九四年に帰国したフラックスマンを祝福し、長年にわたるヘイリーとの友情を記念する目的で企画されたが、トマス・アルフォンゾの病気のために構成の変更を余儀なくされた。第一の書簡体詩はフラックスマンの帰国を祝い、第二の書簡体詩から第四の書簡体詩ではアジア、エジプト、ギリシア、ローマの彫刻の歴史を概観し、第五の書簡体詩ではプリニウス、パウサニアス、ヴィンケルマンなどの芸術論を参照しながら、彫刻が道徳に与える影響を讃美した。第六の書簡体詩では、病気のために芸術家修業を断念せざるを得なかった若者が、不屈の精神で苦痛と闘い、師匠の活躍を祈る様子が歌われた。序文の末尾に記された日付は一八〇〇年四月十九日であり、トマス・アルフォンゾが死去したのは五月二日のことなので、ヘイリーが草稿を仕上げたのはトマス・アルフォンゾの余命が十日余りの頃だったと思われる。第六の書簡体詩の結びには、「ジョン・フラックスマンの弟子／トマス・ヘイリー」と題された図版が添えられた（図23）。トマス・アルフォンゾの横顔を写し取ったこの図版の下部には、制作した銅版画職人の名前としてBlake Wという文字列が見える。ブレイクはフラックスマンが制作したトマス・アルフォンゾの浮彫肖像メダルをもとに銅版画を刻み、その下絵を一八〇〇年四月一日にヘイリーに送った。ヘイリーがこれを病床に伏す

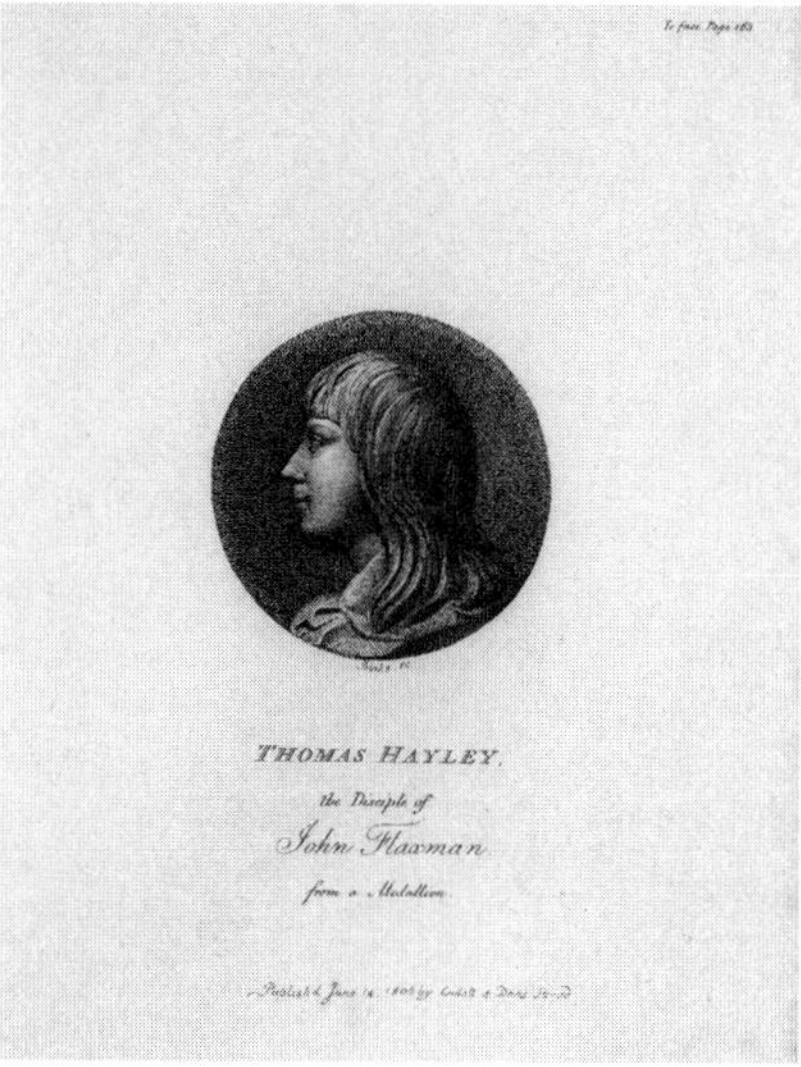

図23　ブレイク「ジョン・フラックスマンの弟子／トマス・ヘイリー」，銅版画，直径 6.5 cm，ウィリアム・ヘイリー『彫刻論』(1800).

トマス・アルフォンゾとともに吟味し、その出来栄えに満足しなかった様子は、ヘイリーが四月二日付で友人のサミュエル・ローズに送った書簡に見ることができる。おそらくその後まもなくブレイクは修正版をヘイリーに送り、ヘイリーは四月十七日付ブレイク宛の書簡でさらなる修正を求めた[32]。五月二日にトマス・アルフォンゾが死去した。ブレイクは五月六日にヘイリーに宛てて手紙を送り、一七八七年に弟ロバートを病気で失った体験を語って、ヘイリーの悲しみに寄り添おうとした[33]。

ブレイク夫妻がロンドンを離れてフェルパムに移住し、ヘイリーの庇護下で暮らし始めたのは一八〇〇年九月十六日のことである。ヘイリーがブレイクをフェルパムに招く気になったのは、ブレイクが『彫刻論』の挿画として、トマス・アルフォンゾの肖像画を銅版画に仕上げたことが機縁であったのかもしれない。一七九七年よりヘイリーがトマス・アルフォンゾと建設計画を練っていたフェルパムの別邸は一八〇〇年に完成していたが、トマス・アルフォンゾがアーサムの館に住み、父ヘイリーはフェルパムに隠居するという当初の計画は、トマス・アルフォンゾの死によって頓挫した。それにもかかわらずヘイリーがアーサムを去ってフェルパムで暮らすことを決心したのは、トマス・アルフォンゾが死を迎えたアーサムの館が悲しい思い出で満ちていたからであろう[34]。その意味では、トマス・アルフォンゾの肖像画を銅版画に刻んだブレイクをフェルパムに呼び、別邸の側に住居を用意して仕事を与えたのは、トマス・アルフォンゾについて語る相手が欲しかったからなのかもしれない。

すでに明らかにしたように、ヘイリーが書いた四篇の詩にふさわしい挿画を制作するために、ブレイクがオリヴァー・ゴールドスミスの『博物誌』とウィリアム・ホッジズの『インド旅行記』を参照した可能性はかなり高い。ゴールドスミスとホッジズの著作以外にも、ヘイリーの蔵書にはウィリアム・ジョーンズやトマス・モリスの著作が多く含まれており、ブレイクはフェルパム滞在中にこれらの蔵書を閲覧することができたと思われる。ブレイクはフェルパム別邸の図書室を装飾するために、ウィリアム・クーパー、エドマンド・スペンサー、ウィリアム・シェイクスピア、ジョン・ドライデン、キケロ、ヴォルテール、サッフォーなどの古今東西の文人の肖像画とトマス・アルフォンゾの肖像画の制作をヘイリーより委嘱されており、[35] 実際に図書室にも出入りしていたらしく、一八〇一年九月十一日付トマス・バッツ宛の書簡にブレイクは次のように書いている。

あなたとフェルパムでお目にかかって、ヘイリー氏の図書室をお見せしたいと心から思います。図書室は未完成ですが、まもなく作業が終わるでしょうし、いい感じに仕上がっています。[36]

ブレイクがフェルパムに滞在した最初の二年間は、ヘイリーとブレイクの仲が良好であった時期であり、それはヘイリーが友人知人に送った書簡できわめて好意的にブレイクに触れたことから明らかである。ヘイリーはブレイクにギリシア語とラテン語の手ほどきもした。ヘイリーは一八〇一年十一月八日付ジョン・ジョンソン宛の書簡に次のように記した。

ブレイクと私は毎晩イリアッドを一緒に読んでいます。セント・ポールのあなたと同名の人が親切にも送ってくれました。この一冊と、初版、ギリシア語版とを突き合わせながら読み進めています。できるだけ早くオデッセイも見ることができたら、私たちは嬉しいのですが㊲。

イリアッドとはトロイア戦争を描いたホメロスの叙事詩『イーリアス』の英訳であり、この時期にヘイリーがクーパーの伝記を執筆していたことを考えあわせると、それはクーパーの手による英訳だった可能性が高い。また「セント・ポールのあなたと同名の人」とは、ロンドンのセント・ポール寺院の近くで出版業を営み、ブレイクともヘイリーとも交流のあったジョゼフ・ジョンソンであろう。ジョンソンはクーパー訳の『イーリアス』を一七九一年に刊行し、一八〇二年に第二版、一八〇九年に第三版を出版した。ヘイリーとブレイクがギリシア語版と照合しながら読んでいたという『イーリアス』は、発売間近のクーパー訳第二版だったのかもしれない。その後もブレイクはギリシア語の勉強を続けたらしく、ヘイリーとの仲がすでにこじれていた一八〇三年一月三十日付の兄ジェイムズ・ブレイク宛書簡には、ヘイリーに対する不信と不満の言葉以外に次のような文言が見られる。

私はギリシア語とラテン語を楽しく続けています。とてもやさしいとわかったので、言語の学習をもっと若い頃に始めなかったことをとても残念に思います。今はヘブライ語を勉強しています。アレフ・ベース・ギメル［ヘブライ語のアルファベットの最初の三文字］。私はギリシア語をオックスフォードの学者と同じぐらいすらすらと読んでいます㊳。

ヘイリーがブレイクとうまくいかなくなった原因はいくつか考えられるが、一つの原因は、すでにブレイク研究で指摘されたように、ブレイクにギリシア語を教えるのと同じような熱心さで、ヘイリーがブレイクを細密肖像画家の道へ導こうとしたからであろう。兄ジェイムズ・ブレイク宛の同じ書簡に、ブレイクは画家としての考え方がヘイリーと私とでは正反対だと記し、彼は私を肖像画家にしたがっているが、地獄の悪魔を総動員してもそんなことはできない、と激しい言葉を書き連ねた。この点ではヘイリーはブレイクにとって抑圧者であった。しかし、ヘイリーとブレイクが仲良く机を並べて仕事をしていた頃、そしてヘイリーがブレイクに細密肖像画家という職業を初めて紹介した頃は、ブレイクはこの新しい技術の習得を楽しんでいたし、一八〇一年九月十一日付トマス・バッツ宛の書簡には、ブレイクは細密肖像画家として腕を上げつつあることを喜々として報告しており、認められる喜びを書き記している。[39]つまり、パトロンとしてのヘイリーがブレイクの詩や絵画に様々な示唆や提案や注文を付けるようになり、独立心の強いブレイクがそれを次第に我慢できなくなったことは充分に考えられるし、ブレイクがロンドンへ帰ることを決めた主な理由はそこにあると思われるが、同時にブレイクがヘイリーから多くの新しい知識や技術を授けられたことは否定できない。ヘイリーのもとを去った後にブレイクが制作した作品には、例えば中国、日本、インドという固有名詞が登場する。これらの固有名詞は、ヘイリーと出会う以前にブレイクが制作したテクストには見当たらない。また一八〇九年の『解説目録』では、《バラモン》（*The Bramins*）という水彩画の説明の中で、ブレイクはチャールズ・ウィルキンズ（一七四九―一八三六、Charles Wilkins）が英訳した『バガヴァッド・ギーター』（一七八五）に言及する。[40]これらの事実は一八〇〇年から一八〇三年にかけてヘイリーと過ごした日々において、ブレイクがヘイリーとの雑談やヘイリーの蔵書を通して宗教や文化の多様性を具体的に認識し、その認識が一八〇四年以降に発表された作品に反映されたことを示している。ヘイリーの図書室は、ブレイクにとって、英国の外部へ通じる窓だった。そして、その窓を通して、ブレイクは非キリスト教文化圏の宗教や哲学に接し、ブレイク独自のキリスト教理解に磨きをかけたものと思われる。

第十一章　ゆるしの宗教と「利己心」
——敵も隣人も愛するために

一七九〇年代にブレイクはジョゼフ・ジョンソンの人脈と『アナリティカル・レヴュー』誌を通して、インドに関する最新情報に接する機会を持ち、キリスト教を相対化する言葉を『天国と地獄の結婚』に書き込んだ。また、一八〇〇年から一八〇三年にかけてウィリアム・ヘイリーの庇護下で暮らすことにより、ブレイクはヘイリー父子のインド熱の残滓とでも言うべきものに触れ、トマス・アルフォンゾ・ヘイリーを追悼する詩集の挿画を制作しながら、インドの文化や宗教に関する知識を積極的に身に付けることになった。二度にわたるインド文化との接触を通して、ブレイクの異文化理解は深まったと考えられるが、結果として独自のキリスト教を構築したとはいえ、ブレイクはキリスト者であり続けた。ブレイクにとっての神とはキリスト教の神であり、イエス・キリストはブレイクの宗教観において最も重要な位置を占めた。ただし、ブレイクのキリスト教はきわめて個人的なものであった。ブレイクは、ブレイク派として新たな宗派を起こすつもりはなかった。ブレイクにとってのキリスト教は、ブレイクにとってしか意味を持たなかった。ブレイクのキリスト教を考える上で重要なのは、ブレイクが宗教とは本来個人的なものではないか、と考えていた節があるということである。つまり、ブレイクにとって、宗教とは組織として機能するべきものではなかった。信者としての個人と信仰の対象としての神とが直接結び付けばよかったのであり、聖職者は不要であった。信者数の増加と組織の拡大を宗教活動の目標とすることは、ブレイクの宗教観では本末転倒であり、だからブレイクは聖職者組織を非難する言葉を書き続けた。

ブレイクは『解説目録』と『エルサレム』において、「イエスの宗教」(the Religion of Jesus) という概念を導入し、これを「永遠の福音」であり、「罪のゆるし」であると定義した。(1) 新約聖書の四福音書は、罪人や娼婦や取税人などの社会的周縁に位置付けられた人々に救いの手を差し伸べて、慈悲と憐憫を実践するイエスの姿を描いており、「罪のゆるし」に注目するブレイクの「イエスの宗教」にはとりたてて新味は無さそうに見える。しかし、イエス没後にキリスト教がたどった歴史を振り返った時、聖職者組織としての教会がイエスの教えにどこまで忠実であったかは疑問であり、十字軍を引き合いに出すまでもなく、「汝の敵」に対して容赦をしなかった。この意味でブレイクの「イエスの宗教」とは、新約聖書に記述されたイエスの言動をキリスト教の要諦に置き直す作業であり、聖職位階制度を備え、規範と罰則で信者を管理する組織としての教会のあり方と対立する。本章では、ブレイクにおけるイエス像を確定し、ブレイクの「イエスの宗教」がどのようなものであったのかを明らかにする。

一　革命家としてのイエス――教会からの自立

イエスが「汝の敵を愛せ」と説いたにもかかわらず、聖職者が指揮する組織としてのキリスト教が異教徒との戦争と異端者の弾圧を繰り返し、血腥い歴史を持ったことは皮肉な事実である。一般的に、ある宗教が他の宗教に対して攻撃的になる時の大きな要因の一つは、自分たちの神こそが正しい神であり、自分たちの神以外に神は存在せず、自分たちの使命は真理を広め、誤った宗教と迷信を駆逐することである、という独善的な正義感にあるのかもしれない。

ある原理原則を議論の余地のない真理として神聖化してしまう教条主義的な態度は、旧約聖書の神と預言者との関係にすでに現れており、ブレイクはこれをパロディーにして『天国と地獄の結婚』の第十二プレートを書いた。『天国と地獄の結婚』の語り手「私」と会食した預言者イザヤとエゼキエルは、旧約聖書「イザヤ書」と「エゼキエル書」に記された過去の言動を反省し、当時自分たちは他国の聖職者や哲学者を軽蔑しており、「すべての神々は我々の神に由来」すると確信していた、と告白する。[2] ブレイクはイザヤとエゼキエルに、旧約聖書の預言者たちが他の神々を攻撃したのは、自分たちの神をあまりにも愛し過ぎたからであり、神の名において他民族の神々を呪詛してしまった、と語らせた。旧約聖書の預言者たちにとっては、自分たちの神こそが唯一絶対の神であったので、彼らの神に従おうとしない他民族は、神に対して「反乱を起こした」とみなされた。彼らが「反乱」という言葉を用いたのは、自分たちこそが正統であるという前提があったからである。ブレイクの『天国と地獄の結婚』は、イザヤとエゼキエルに懺悔をさせることによって、旧約聖書の預言者が体現した独善性と排他性を明らかにし、民族の数だけ神があるということを示して、宗教的寛容への道を開こうとした。

ブレイクのキリスト教理解が宗教における革命を志向することは、『天国と地獄の結婚』という挑発的な表題からも明らかであるが、新約聖書に記されたイエスの言動からも、同じような過激な傾向を見てとることができる。そもそもイエスはユダヤ教の聖職者組織の権威を否定した。イエスの言行録は律法学者やファリサイ派や祭司たちとの軋轢の記録であり、田川建三の言葉を引くならば、「イエスは宗教支配の社会に対して抗った男」である。[3] イエスは二つの点で聖職者の権威を否定した。第一に、イエスは厳格で神聖な最高の審判者としての神という考え方を否定し、神とは慈愛に満ちた父である、と述べた。「マタイによる福音書」にはイエスの言葉として次のように記されている。

求めなさい。そうすれば、与えられる。探しなさい。そうすれば、見つかる。門をたたきなさい。そうすれば、開かれる。だれでも、求める者は受け、探す者は見つけ、門をたたく者には開かれる。あなたがたのだれが、パンを欲しがる自分の子供に、石を与えるだろうか。魚を欲しがるのに、蛇を与えるだろうか。このように、あなたがたは悪い者でありながらも、自分の子供には良い物を与えることを知っている。まして、あなたがたの天の父は、求める者に良い物をくださるにちがいない。(「マタイによる福音書」七章七節―十一節)

旧約聖書の神は「出エジプト記」の十戒に象徴されるように、律法を課し、神の意志に沿わない行動を人がとった場合は、天変地異によって罰を加える恐ろしい裁判官であった。イエスが説く慈悲と憐憫に満ちた神の姿は、旧約聖書の神を否定することにつながり、旧約聖書を聖典として奉じる聖職者組織にとって容認できるものではなかった。さらに、イエスは神に関する自分自身の見解を語ることによって、神を論じる権利が一人一人の個人にあると身を以て主張したことになり、神と人との仲介者を自認する聖職者の存在意義をも否定してしまった。これがユダヤ教の組織にとって、第二の権威の冒瀆であった。イエスは神に関する従来の理解を問い直しただけでなく、神を独占する聖職者組織というあり方そのものに対しても疑問を呈したのである。

イエスが説いたとされる「隣人」についての教えも、イエスが生きた宗教社会にあっては、聖職者組織に対する辛辣な挑戦であった。「ルカによる福音書」十章で「隣人」の定義を尋ねられたイエスは、盗賊に襲われた旅人の話をする。たまたま通りかかった祭司もレビ人もこの旅人を助けようとしなかったのに対し、サマリア人は傷の手当てをし、宿へ連れて行って介抱した。イエスは三人のうちで誰が旅人の「隣人」になったかと問い、旅人に親切にした者が「隣人」であるという答えを得ると、「行って、同じようにしなさい」[4]と述べた。田川建三はサマリア人がユダヤ王朝に征服された被支配者であり、被差別対象であったことを指摘した後、イエスのこの逸話について次のように説明する。

単に、心やさしくサマリア人を受け入れましょう、という主旨の発言ではない。自分たちを日常覆っているところの宗教性こそが、たとえばサマリア人に対する差別をつくり出すものなのだ、という批判なのである。

「だれが我々の隣人なのか」と「隣人」の範囲を宗教的に規定しようとする時に、サマリア人はそこから排除される。従ってイエスは律法学者のこの問いに、そのまま答えて、「隣人」の範囲を定めることはしなかった。たとえ正統的律法学者よりも「隣人」の範囲を広くひろげようと、その範囲を定めようとしている限り、本質においては変らない。範囲の外にいる人は隣人ではなくなってしまうからである。(『イエスという男』[5])

「隣人」とは宗教や価値観を共有する者ではない。「隣人」とは宗教や階級や民族とは関わりなく、助けを必要とする者に助けの手を差し伸べる者を指し、助けの手を差し伸べることによって人は人の「隣人」になる。誰が誰の「隣人」であるかを決定する権利は聖職者にはなく、「隣人の唯一の条件は、私に近いということ、私が関わるということである」[6]。別の言い方をすれば、イエスは「隣人」という言葉の用法を変えることによって、祭司やレビ人やファリサイ派が内面化していた非「隣人」に対する差別を可視化し、差別を前提とする宗教社会の是非について一石を投じた。

「汝の敵を愛せ」というイエスの言葉は、「隣人」の議論の延長線上にある。

あなたがたも聞いているとおり、「隣人を愛し、敵を憎め」と命じられている。しかし、わたしは言っておく。敵を愛し、自分を迫害する者のために祈りなさい。あなたがたの天の父の子となるためである。父は悪人にも善人にも太陽を昇らせ、正しい者にも正しくない者にも雨を降らせてくださるからである。(「マタイによる福音書」五章四

十三節―四十五節）

「隣人」を愛せ、という言葉には、「隣人」とみなされる存在と「隣人」とみなされない存在との間に明確な境界線を引け、という命令が含まれる。そこには潜在的な差別の構造と攻撃性が内包されている。その差別の構造を無意味なものにするために、イエスは「汝の敵を愛せ」と言った。愛を実践することによって、「隣人」と非「隣人」の境界線を消してしまうことをイエスは目指した。加藤隆が言うように、イエスの活動は「何よりもまず、ユダヤ教の改革運動として捉えられるべき」[7]であり、「地上のイエスがその比較的短い公活動のあいだに中心的に取り組んだのは、ユダヤ人社会内部の差別の撤廃の問題であった」[8]。しかし、イエスの言葉は、イエスが生きた時代を越えて普遍的な意味を持った。「マタイによる福音書」五章四十五節に示されたように、「悪人」にも「善人」にも、「正しい者」にも「正しくない者」にも、神は分け隔てなく慈しみを施すのであれば、善悪や正邪の区別を誰が何のためにどのようにして決めるのか、という問題が浮かび上がってくる。外部の敵を前にした時に組織というものが団結力を強めるとすれば、宗教団体は正統性と権威を維持するために常に敵を必要とするのかもしれず、組織としての勢力を保ち続けるためには、教会は逆説的に異教徒と異端者に依存すると言えるのかもしれない。そのように考えるならば、「正しくない者」とは「正しい者」という範疇を作り出すために必要不可欠な枠組みである。組織の運営に都合の悪い人々を「正しくない者」とみなして排除し、組織の権威に従順な人々に「正しい者」という称号を与え、かつ「正しい者」に対しても、心掛け次第では「正しくない者」という烙印を押される可能性があることをちらつかせることによって、教会は緊張感と秩序を効果的に維持する。イエスが生きた宗教社会の秩序は、差別の構造を抱え込むことによって成立したが、本来宗教というものが苦しむ人々に救済を与える役割を担うのであれば、善と悪に関する認定権を独占的に掌握することによって信者を管理しようとする聖職者組織は、宗教という名称にふさわしいとは言えない。

「マタイによる福音書」には、イエスが既存の聖職者に対して放った激しい言葉が記されている。

律法学者たちとファリサイ派の人々、あなたたち偽善者は不幸だ。杯や皿の外側はきれいにするが、内側は強欲と放縦で満ちているからだ。ものの見えないファリサイ派の人々、まず、杯の内側をきれいにせよ。そうすれば、外側もきれいになる。

律法学者たちとファリサイ派の人々、あなたたち偽善者は不幸だ。白く塗った墓に似ているからだ。外側は美しく見えるが、内側は死者の骨やあらゆる汚れで満ちている。このようにあなたたちも、外側は人に正しいように見えながら、内側は偽善と不法で満ちている。（「マタイによる福音書」二十三章二十五節—二十八節）

神の代理人を自認する聖職者組織の権力欲をイエスは糾弾した。そしてイエスは神を聖職者の手から取り戻すために、審判者としての神を否定し、慈愛に満ちた神の姿を前面に打ち出した。ユダヤ教の社会において、イエスは体制を転覆しようとする革命家だった。

ブレイクは『天国と地獄の結婚』において、革命家としてのイエスに注目した。『天国と地獄の結婚』の悪魔は、イエスについて次のような見解を披露する。

イエスが十戒をどのように認識したかを聞くがよい。彼は安息日を無視し、安息日の神を蔑ろにし、彼の為に殺された人々を殺したではないか。姦淫をして捕まった女に律法を適用しなかったではないか。彼を支えるために他人の労働を盗んだではないか。ピラトの前で弁明しなかったことで偽証をしたではないか。弟子たちのために祈りをする時、また、宿を貸すことを拒否した人々の家を出る際には、足の塵を払い落とすように弟子たちに命じる時、彼は隣人の物を欲したではないか。私は言っておく。これらの十戒を破ることなく如何なる徳もあり得ない。イエスのすべてが徳だった。そして律法によってではなく、衝動によって行動したのだ。（『天国と地獄の結婚』）⑼

悪魔はイエスが十戒を守らなかったことを強調する。旧約聖書「出エジプト記」でモーセが神より受け取った石板には、「安息日を心に留め、これを聖別せよ」、「殺してはならない」、「姦淫してはならない」、「盗んではならない」、「隣人に関して偽証してはならない」、「隣人のものを一切欲してはならない」⑽などの十項目の戒律が記されていた。これらの十戒を守ることが、旧約聖書の神と地上における神の代理人である聖職者に従うことを意味した。しかし、『天国と地獄の結婚』の悪魔によると、イエスの言動はことごとく十戒を破るものであった。悪魔は言う。イエスは安息日に麦の穂を摘み、ファリサイ派に咎められると、「人の子は安息日の主なのである」⑾と言った。イエスは弟子に対して迫害を予告し、結果として死へ追いやった。⑿姦通を犯した女性を石打刑から救うことによって、十戒を無視した。⒀漁師や徴税人を自分の弟子にすることによって、彼らから労働の時間を盗んだ。⒁ピラトの前で証言することを拒否し、偽証を成立させた。⒂弟子たちに人々が宿を提供してくれることを期待することによって、イエスは隣人の物を欲した。⒃イエスは十戒をあからさまに破ることによって、自分を取り巻く宗教社会に対して反旗を翻した。その意味では、律法の遵守を掲げる聖職者組織の視点から見れば、イエスは悪の側に分類され、したがって『天国と地獄の結婚』では、革命家としてのイエスの代弁者を悪魔が務める。悪魔によれば、イエスは十戒を拒否し、「衝動」に従って行動した。

悪魔はなぜ「衝動」という言葉を用いたのだろうか。律法学者やファリサイ派の側から見れば、神聖な律法を守ろうとしないイエスは、自制心に欠けるという意味で「衝動」の人である。彼らの教義を破壊するイエスの言動は、予測不可能で常軌を逸しており、非論理的な「衝動」という言葉でしか説明できない。しかし、同時にその「衝動」は、体制の価値観を共有しないがゆえに強い独立性を保持しており、悪魔は「イエスのすべてが徳だった」と述べることで、その独立性に肯定的な評価を付与した。

イエスが聖職者組織に敵対したというブレイクの理解は、『聖書の擁護』に対する書き込み」にも見ることができる。この書き込みはランダフ主教リチャード・ワトソン（一七三七—一八一六、Richard Watson）の著書『聖書の擁護』[17]（一七九六）の余白にブレイクが記した感想の断片であり、その一部に次のような言葉がある。

聖書を信じ、自らをキリスト者と公言して憚らない私にとって、神からの命令という口実で何千人も殺害するイスラエルの人々は邪悪であり、これを擁護することは全く忌まわしく、神を蔑ろにする行為である。なぜキリストは来たのか。それはユダヤ教の欺瞞を廃するためではなかったのか。キリストが殺されたのは、ユダヤ教の教典の教えに反して、神はすべての人を愛し、神はすべての人の父であり、世俗の繁栄を求めるすべての争いを禁じた、と教えたからではなかったのか。（「『聖書の擁護』に対する書き込み」[18]）

同じ「『聖書の擁護』に対する書き込み」の別の箇所で、ブレイクはイエスが闘わなければならなかった宗教の形態を「国家宗教」と呼び、「殺人者と復讐者」から構成される、と記した[19]。宗教と政治が結び付いた政教一致の社会では、宗教上の違反はそのまま刑事罰の対象となる。イエスは、ブレイクの視点から見ると、政治権力を握る聖職者組織に逆らったために殺されたのだ。

ブレイクは『エルサレム』にイエスが殺された理由について簡潔に記した。

イエスは死んだ、なぜなら

この運命の車輪に抗ったからだ、その名は
カヤパであり、闇の説教師、死と
罪と悲しみと罰を説くのだ。（『エルサレム』[20]）

カヤパとは洗礼者ヨハネがヨルダンで説教をしていた頃の大祭司であり、祭司長たちや長老たちが集まってイエスを殺す計略を相談した時に、その中心にいたとされる人物である。[21]「死」、「罪」、「悲しみ」、「罰」という言葉からは、大祭司カヤパが悩みを抱える人々に心の平安をもたらす救済者ではなく、告発と懲罰によって人々を支配する権力者と位置付けられたことがわかる。そして『エルサレム』は、「闇の説教師」カヤパと対比させてイエスを描く。

しかしイエスは生を説く光の説教師、
この灼熱の律法から自然を創造する
自己否定と罪のゆるしによって。（『エルサレム』[22]）

ブレイクは一八〇九年の『解説目録』で「イエスの宗教」という表現を用いた。「イエスの宗教」とは何か。

すべての人々は本来一つの言語と、一つの宗教を有していた。これがイエスの宗教であり、永遠の福音だった。（『解説目録』[23]）

過去形が用いられたのは、「イエスの宗教」は失われてしまった宗教であるからだ。「一つの」という言葉に、イエスが攻撃した聖職者組織と同等の独善的な性格を読みとることができそうだが、ブレイクの理解では、「イエスの宗教」とは差別なく万人を包み込むという意味で「一つの宗教」として出現する。『エルサレム』には次のような説明がある。

私たちは一人の人として生きる、というのは私たちの無限の感覚を収縮すると
多が見えてきて、拡張すると一として見えるからだ
一人の人として、全世界的な家族として、そしてその一人の人を
イエス・キリストと呼ぶ、そして彼は私たちの中にあり、私たちは彼の中にある

全き調和の中で、生命の土地エデンに生きる
互いに過ちを犯したり、蒙ったり、そして許したりしながら。
彼はよき羊飼いであり、主であり、主人である、
彼はアルビオンの羊飼いであり、すべてにおいてすべてである、
エデンにおいて、神の園において、神聖なエルサレムにおいて。（『エルサレム』[24]）

多様な構成要素がそれぞれに刺激を与えながら、その多様性を保持しつつ、全体として一つのまとまりを作り上げている状態を、ブレイクは「イエス・キリスト」と呼び、それを可能たらしめる原理を「イエスの宗教」とした。キリスト教の種々の用語が用いられたという意味では、キリスト教中心主義的と言えるかもしれないが、ここに示されたのは神が万物に宿るという思想であり、異教徒と異端者を弾劾する排他的な思想ではない。「彼は私たちの中にあ

り、私たちは彼の中にある」という表現は、「わたしたちが神の内にとどまり、神もわたしたちの内にとどまってくださる」という「ヨハネの手紙一」四章十三節の文言に基づいており、イエスが主であり「すべてにおいてすべてである」という言葉も、「コリントの信徒への手紙一」十五章二十八節の「神がすべてにおいてすべてとなられる」という表現を踏まえたものと思われる。なお、ブレイクの原文の英語表現は欽定訳聖書の英語表現と一致するところが多い。

ブレイクは権力機構の頂点に君臨する審判者としてではなく、万物に平等に宿る神聖な存在として神を理解した。神をめぐるブレイクの思考は、聖職位階制度に象徴されるような垂直方向ではなく、神の前における平等という意味で水平方向に働いており、その基底には相互寛容という鍵概念があった。「互いに過ちを犯したり、蒙ったり、そして許したりしながら」という言葉には、人を不完全な存在として受け入れようという姿勢が見られる。不完全な存在であるから、過ちを犯してもそれは仕方がないことであり、仕方がないことであるから、互いの過ちに対して寛容になることができる。

イエスの精神とは絶え間ない罪のゆるしである。救世主の王国、すなわち神聖な身体に入る前に正しくあろうと待つ者は、決してそこに入ることはないだろう。（『エルサレム』[25]）

ブレイクにおいてイエスとは罪のゆるしを体現する。「マタイによる福音書」には、「わたしが来たのは、正しい人を招くためではなく、罪人を招くためである」（九章十三節[26]）というイエスの言葉が記された。自分にはやましいことは一つもないと主張する「正しい人」よりも、自分の罪深さを自覚して懺悔する「罪人」にイエスは期待する。正しさに拘泥する律法学者やファリサイ派の人々は、「外側は人に正しいように見えながら、内側は偽善と不法で満ちている」[27]とイエスは言う。そしてどれほど完全に見える人であっても、神の前では不完全であるという認識を受け入れるならば、人は人に対して寛容になることができるはずであり、イエスはこの論理を用いて姦通した女を石打刑から救った。[28]「正しさ」に拘泥することは「正しくない」ことに対する攻撃性を含むという意味で、告発と弾劾へ向けて一歩を踏み出すことであり、ゆるしという発想からは程遠い。

ブレイクは相互寛容の思想を、おそらく新約聖書から引き出したと思われるが、その寛容の程度は新約聖書よりも徹底している。例えば「マタイによる福音書」には、「もし人の過ちを赦すなら、あなたがたの天の父もあなたがたの過ちをお赦しになる。しかし、もし人を赦さないなら、あなたがたの父もあなたがたの過ちをお赦しにならない」（六章十四―十五節）とあり、聖書において相互寛容は「天の父」からゆるしを得るための条件として位置付けられる。[29]ブレイクの場合、神は「天」にいるのではなく万物に内在するので、条件が満たされたかどうかを監視する存在は前提とされない。ブレイクの神は新約聖書をもとにしながらも、それをより一層水平方向に押し広げる形でとらえ直され、多様な個性の存在を肯定する根拠として、その遍在性に力点が置かれた。ブレイクのキリスト教がキリスト教文化圏では異教的とみなされ、非キリスト教文化圏の宗教との親和性を指摘されたのも当然と言えるかもしれない。

相互寛容を可能にする能力を、ブレイクは想像力とみなした。相互寛容の第一歩が互いに相手の立場になって考えることであるならば、知覚器官で捕捉できない物事を推し量る能力として想像力は必要不可欠である。ブレイクは『エルサレム』に「想像力、それは主イエスの神聖な身体である」[30]と記した。また『エルサレム』第四章の冒頭に置かれた「キリスト者に」という散文には、ブレイクがキリスト教とみなすものと、一般的にキリスト教と考えられているものとを区別して、次のような言葉が書き込まれた。

想像力という神聖な技を行使するための身体と精神の自由以外に、如何なるキリスト教も如何なる福音も私は知らない。（『エルサレム』[31]）

ブレイクにとって、想像力を駆使するために必要な心身の自由こそがキリスト教であり、これらの自由が保証されない社会にあっては、身体的精神的自由を得ようと活動する者がキリスト者である。律法に基づく政教一致の社会体制を批判し、差別のない社会を模索して「罪のゆるし」を説いたイエスとその弟子たちは、目の前に存在しない美を造形する芸術家と同じぐらいに想像力を活発に駆使した。だからブレイクは、アメリカの独立戦争とフランス革命に思想的支柱を提供したトマス・ペインをキリスト者とみなし、[32]晩年の作である『ラオコーン』に「キリスト教とは芸術である」と記し、「イエスと彼の使徒たち、弟子たちはすべて芸術家であった[33]」と書いた。イエスが革命家であったように、ブレイクにとってキリスト者とは自由を擁護し、相互寛容という基盤の上に多様な個性が共存できる社会を目指して活動する者でなければならなかった。

この点でブレイクは容赦をしない。ブレイクは『エルサレム』に「イエスの宗教」だけが真の意味での宗教であって、それ以外の宗教は「サタンの宗教」である、と書いた。

人は何らかの宗教を持たなければならないし、また持つことになるだろう。もし彼がイエスの宗教を持たないのであれば、彼はサタンの宗教を持つことになり、サタンの会堂を建て、この世の王を神と呼び、サタンを拝もうとしない人々を神の名の下に滅ぼすだろう。神の名の下にサタンを拝む人々などどこにいるのか、そんな人々はどこにいるのか、と言う人がいるかもしれない。聞くがよい。罪に対して復讐を説く宗教はすべて敵と復讐者から成る宗教であって、罪をゆるす者の宗教ではなく、彼らの神はサタンなのだ。（『エルサレム』[34]）

ここで注目すべきは、「サタンの宗教」がキリスト教の側から見ていわゆる異教に該当する宗教を指すわけではないということである。『エルサレム』の定義に従えば、教条主義的な教義で信者を支配し、過ちを糾弾して罰を加える宗教は、たとえそれが一般的にキリスト教の一派とみなされるものであったとしても、すべて「サタンの宗教」ということになる。「サタンを拝もうとしない人々を神の名の下に滅ぼす」というくだりには、異教徒と異端者に対して激しい攻撃と弾圧を加えたキリスト教の歴史が批判的に圧縮されているし、勢力拡大のために政治権力と結合し、結果として争いの種を蒔き続けたキリスト教のあり方が、「サタンの宗教」という名の下に断罪されたと言えるだろう。「サタンの宗教」とは、ブレイクにとって、政教一致の社会を構成してイエスを十字架に掛けた宗教であり、十八世紀英国において政治的社会的差別を合法化する礎であった英国国教会でもあった。ブレイクは『最後の審判の幻想』と『エルサレム』に次のように記した。

現代の教会はキリストを頭を下にして磔にしている。（『最後の審判の幻想[35]』）

地獄ではすべてが独善性に終始する。罪のゆるしのようなものはそこにはない。罪をゆるす者は罪人の幇助者として十字架に掛けられる。どのような形であれ慈悲を実践する者は罰せられ、嫉妬や憎悪や悪意によってではなく、自分が神に仕えていると考える独善性によって滅ぼされる。その神とはサタンである。（『最後の審判の幻想[36]』）

イエスの宗教は罪のゆるしであって、戦争の原因になることもなく、一人の殉教者を生み出すこともない。（『エルサレム[37]』）

正義を盾に違反者を糾弾する宗教のあり方が、ブレイクの言う「サタンの宗教」である。そのような意味で、ブレイクにとって、十字軍と異端審問で血塗られたイエス没後のキリスト教は「サタンの宗教」であり、ブレイクが復興しようとした「イエスの宗教」とは逆の性質を持つ。では、ブレイクの眼から見て「現代の教会」が「サタンの宗教」と化し、「キリストを頭を下にして磔にしている」状態になってしまった原因は、どこにあるのだろうか。

二　分裂による堕落と独善性——「利己心」を滅却するということ

ブレイクがイエスを革命家として見る視点を手に入れることができたのは、旧約聖書と新約聖書を同時代の英国社会に直結する書物として読んだからであろう。日曜日の朝に教会へ行って道徳や倫理について説教を聞き、月曜日から土曜日までは世俗の論理で日々の暮らしを営み、宗教と日常生活との間にあまり接点がないという、おそらく十八世紀から十九世紀の英国に多く見られた（そして今日も英国に限らず多く見られると思われる）宗教との付き合い方と比べると、ブレイクの宗教観は特殊で異質に見える。宗教と日常生活が一体化していたという意味では、ブレイクは模範的なキリスト者であり、稀有なキリスト者であったと言えるかもしれない。そのようなブレイクにとって、当時の英国は必ずしも住み心地の良い社会ではなかったと思われるが、ブレイクは自らが経験する様々な困難の原因を宗教的かつ人類史的に説明しようとした。

ブレイクによると、キリスト教においてアダムとイヴが神に背いたことに由来するとされる人類の「堕落」とは、神が創造した原初の統一性に亀裂が入ったことを意味する。ブレイクは人類の「堕落」を統一体の分裂として語り直す。ブレイク神話において、統一体は男性と女性とに分裂し、男性原理は「幻魔」（Spectre）、女性原理は「流出」（Emanation）と名付けられた。理性と関連付けられた「幻魔」と、同情や憐憫などの感情と結び付けられた「流出」

は、それぞれがそれぞれに対して支配欲を持ち、相手を屈服させようと手練手管を尽くして死闘を展開する。両者の戦いは未完に終わった『四つのゾア』や、『四つのゾア』を発展させたと考えられる『ミルトン』と『エルサレム』で語られた。例えば『エルサレム』では、原初の統一体が両性具有の存在として描かれる。

アルビオンの息子たちが激しい戦争と審判によって骨になる一方、
両性具有の凝縮体がナイフで分割され
かたくなな形が嫉妬と哀れみによって切り離される。

理知的な哲学と数学的証明が
快楽と愛情の陶酔の中で分割される
相反する二者は激しく血みどろの争いを繰り広げ、
ロスは両者を金床の上に固定して、絶え間なく打つ。
彼は両者を力強く打つ、石と材木を並べながら、
死の世界から生成の世界を創造するために、
男性原理と女性原理を分割しつつ。なぜなら
アルビオンとルーヴァの幻魔の混合体は両性具有だったからである。（『エルサレム』[38]）

「アルビオンの息子たち」とは擬人化されたブリテン島の歴史であり、不毛な戦争によって硬直した英国社会の現状は「骨になる」という比喩で表現された。この場合の「戦争」は政治的、宗教的、社会的な争いを包含する概念で

あり、人が人を支配しようとして繰り返してきた殺戮一般を指す。なお、原文で用いられたbonifyという単語は、従来のブレイク研究が指摘するように、「骨」を意味する単語（bone）の自動詞としてブレイクが作った造語と解釈したい㊴。ブレイク神話によると、両性具有であった統一体が分裂した瞬間、それぞれの分裂体は支配権をめぐって争いを始めた。鍛冶屋の比喩で描写される神話的人物ロスは、分裂の結果生じた争いを鎮めるための努力を象徴し、「死の世界」とは争いの絶えない状態であり、「生成の世界」とは悲しみや苦しみは存在するが、一定の秩序が保たれた現世を意味する。「喪失」という意味の英単語を連想させるロス自身も堕落した状態にあり、ロスの努力は現世で達成可能な試みに限られる。したがって、ロスがどれほど努力しても、「堕落」以前の統一体を回復することはできないわけだが、それでも分裂状態にまとまりを与えようとむなしい努力を続けるのがロスという存在である。

独自の固有名詞を導入しておきながら、それらに関する説明を省略し、韜晦に韜晦を重ねるような表現を畳み掛けることで、結果として「ヨハネの黙示録」を思わせるような叙述が構成された。これはおそらくブレイクが意図的にこらした工夫でもあったのだろうが、この茫漠としてとらえどころのない文字列からぼんやりと見えてくるのは、一言で言うならば、分裂が不幸の原因であるという世界観である。

善と悪という二つの概念も、ブレイクによると、分裂によってもたらされた。ブレイクは理想的な「楽園」にある住人について、次のように書いた。

ここでは、人々は何が善で何が悪であるか、何が正しく何が誤っているかについて議論することも、サタンの迷宮で苦悩することももはやなく、人の想像力の中に存在するとおりの永遠の実在と会話をしているのである。（『最後の審判の幻想』㊵）

「堕落」以前の統一状態では、善と悪という区別そのものが存在しなかったのに対して、分裂によって善悪の別が生じたことを、ブレイクは《善天使と悪天使》という絵画で視覚的に表現した[41]（図24）。波の上に立ち、両手で子どもを抱える男性の白い裸像は善天使を表し、左足首を鎖でつながれ、両手を水平に広げて燃え盛る炎を背にする赤銅色の男性の裸像は悪天使を表すと解釈できる。ただし、これは穏やかさや白さを善と結び付け、激しさや炎を悪と結び付ける伝統的な枠組みに従って解釈した時の話であって、ブレイクがどちらの天使に共感を抱いたかは別の問題であり、また迫力という点から言えば、悪天使とされる左側の赤銅色の男性裸像のほうが見る者に強い印象を与える。注目すべきはどちらの像に対しても、「天使」という呼称がブレイクによって与えられたことであり[42]、善と悪は一方に肯定的な価値を与え、他方に否定的な価値を与える、一組のラベルのようなものとして用いられたことがわかる。つまり、元来は「天使」という同じ種族であったにもかかわらず、何らかの規範が導入されることにより、統一体としての「天使」が分断された。この絵画の簡略版のような挿画は、『天国と地獄の結婚』の第四プレートに見ることができる。『天国と地獄の結婚』は、肉体と精神、情熱と理性を切り離し、精神を肉体の上位に置き、理性を肯定して情熱を否定する善悪二元論を批判した。善悪二元論に密接に結び付いた天国と地獄という概念を「結婚」させることが、ブレイクにおいては「堕落」以前の統一状態を回復するための第一歩であった。社会的宗教的差別を廃して融合を目指したイエスを芸術家と呼んだように、ブレイクは芸術こそが善悪の垣根を取り払うための唯一の手段であると信じた。

図24　ブレイク《善天使と悪天使》（1795），銅版画および水彩，44.5×59.4 cm，テート・ブリテン．

しかし、ブレイクにとって皮肉なことには、十八世紀英国の芸術界も分裂状態にあった。ジョシュア・レノルズが設立した王立美術院では、画家が芸術家とみなされたのに対して、銅版画職人は芸術家の作品を複製するだけの機械工にすぎないとされ、正会員の資格が与えられなかった[43]。この差別は、どのような絵を描こうかと考える段階（構想 conception）と、それを実行する段階（制作 execution）が本来は一体化していたのに対して、職人は「制作」の段階にのみ関わることが期待され、「構想」に口出ししてはならないとされたことに原因がある、とブレイクは考えた。つまり「自作の版画を彫り、革新的な技術を追求した印刷業者としてのブレイクの生き様は、慣習的な分業に対する反抗であった」[44]。これは、すでに先行研究が指摘するように、分業という概念が労働に持ち込まれた十八世紀後半の産業革命という時代思潮と関連する[45]。別の言い方をするならば、分裂による「堕落」とは、ブレイクにとっては、宗教上の問題であるだけでなく、日常生活においてもきわめて切実な意味を持っていた。

分裂はなぜ争いを招くのか。それは分裂したそれぞれの部分が他者に対する自己の優位を主張し、自己の優位を確立するために他者を圧倒しようとするからである。このような心的状態をブレイクは「利己心」（Selfhood）の産物とみなし、一八〇〇年代以降に制作された『最後の審判の幻想』、『ミルトン』、『エルサレム』において、「利己心」の制御を作品の主題の一つに掲げた。なお、「利己心」という用語は、抵抗と革命を基調とする一八〇〇年以前のブレイクのテクストには見られない。「利己心」はブレイクにおいて一貫して否定的に扱われており、偽善、サタン、傲慢、残酷と関連付けられ、好戦的で致命的であるとされた。例えばブレイクによると、『失楽園』を書いた詩人ミルトンは「利己心」にとらわれており、ゆるしをもたらす存在としてではなく、対抗勢力を討伐する暴力的で権威主義的な存在として神とキリストを描いてしまった。ブレイクの長詩『ミルトン』では、ブレイクによって創造された主人公ミルトンが、詩人ミルトンの過ちを訂正するために地上に降臨する。ブレイクによれば、詩人ミルトンが神として描いた存在は「利己心」の権化であり、サタンである。また『エルサレム』においては、想像力に価値を認めず、すべては理性で説明されるとする態度を「幻魔」が象徴し、その「幻魔」について次のような説明が付された。

彼は偉大な利己心であり
サタンである。地上の大いなる者たちによって神として崇められている（『エルサレム』[46]）

ミルトンが『失楽園』で神として描いた存在は、反抗する堕天使たちを地獄に叩き落とそうと戦いを繰り広げた。『エルサレム』の「幻魔」は、理性を最上位の能力と位置付け、それ以外の能力を理性の支配下に抑え込もうとする。分裂した各部分の個性を尊重しながら融和を目指すのではなく、自己以外の多様な個性を抑圧することによって分裂状態に秩序をもたらそうとした点では、ミルトンの神も『エルサレム』の「幻魔」も共通する。つまり、ブレイクにとって、異教と異端との戦いに終始したキリスト教の歴史と、十八世紀英国の啓蒙主義時代における理性偏重の時代思潮とは、自らが絶対視する価値以外の価値を認めようとしない排他性において同質に見えた。「利己心」にとらわれた宗教と哲学が破滅をもたらす様子は、『エルサレム』で次のように語られる。

ああ、幻魔よ、ヨーロッパとアジアを覆って
人の姿を枯らす、罪のための犠牲という律法と
貞節と禁忌という律法によって、私はすっかり枯れてしまう。
すべてが純潔で神聖である天国を創ろうと努力して、
利己心にとらわれて、生まれながら利己的な貞節にとらわれて、憐憫を追放し
大事な相互寛容を追放してしまう、そして一つの偉大なサタンになる

最も強大な利己心に隷属して、神聖な人間性を殺害する（『エルサレム』[47]）

すでに述べたように、ブレイクは『最後の審判の幻想』に「地獄ではすべてが独善性に終始する。罪のゆるしのようなものはそこにはない[48]」と書き込んだ。また、ブレイクは『ミルトン』において、詩人ミルトンの過ちを訂正しようと地上に降臨した主人公ミルトンに、「私は天国と地獄の前に明らかにするために来た／すべての偽善的な下劣さに潜む独善性を[49]」と言わせた。『エルサレム』では、神話的人物の一人であるロスが、自分自身から分裂した「幻魔」に対して、「おまえは私の傲慢な心であり独善性である[50]」と話しかけた。「幻魔」は分裂することにより、統一体としてかつて保持していた他の能力との相互作用を失い、感情を持たずに理性のみが抽出された状態で存在するために、他者の喜びや悲しみに共感する能力を欠き、結果として合理的に冷徹に「利己心」の赴くままに行動する。[51]「利己心」から「独善性」(Self-righteousness) が生まれ、罪と罰を特色とする「サタンの宗教」の礎を形作る。「独善性」という概念も、「利己心」という言葉と同じように、一八〇〇年代以降に制作されたブレイクのテクストに見られる鍵言葉の一つである。

宗教において異教や異端が悪として排斥されるのは、そうすることによって聖職者組織が自己の正当性と秩序の安定を確認できるからであった。この場合、善と従順は同一視され、善良で従順な構成員に支持されることにより、聖職者組織は社会的宗教的権威を保持し続ける。ここにあるのは個人の心の救済を目指す宗教ではなく、教会という組織が自己保存を図るための仕組みであり、ブレイクによれば「利己心」から出たものに他ならない。異教や異端を徹底して糾弾する宗教のあり方や、喜怒哀楽という感情を劣位に置いて合理性を重視する産業革命期の時代思潮は、ブレイクによると「利己心」で凝り固まった「独善性」のなせるわざだった。

したがって、ブレイクにおいては、「利己心」は滅却されなければならない。ただし「利己心」を滅却するとは、それを破壊することではない。ブレイク研究によって指摘されてきたように、問題なのは「利己心」に恐ろしいまでに取り憑かれてしまった状態であって、(52)「利己心」そのものではないのである。他者を支配しようと突出した「利己心」は、破壊されるのではなく、救済されるべき対象とみなされる。ブレイク神話において、理性の専横の権化であり、権威主義的な宗教組織の象徴として造形されたユリゼンが、古い自己を脱ぎ捨てて「輝く若者」(53)として再生する理由はここにある。サタンを神として描いてしまったミルトンも、過ちを認めることで救済される。悔い改めたミルトンは、「利己心」を滅却する必要を次のように説く。

否定があり、対立がある
対立を救い出すためには否定は破壊されなければならない
否定は幻魔である、人の中の理屈を説く力である
これは偽りの肉体であり、私の不滅の霊にかぶせられた
外被である、利己心である、それは脱ぎ棄てられて、滅却されなければならない
自己反省によって私の霊の顔を清めるために。

生命の川で水浴をするために、人間的でないものを洗い落とすために
私は自己寂滅と壮大な霊感に包まれて来た
救い主を信じることによって、理知的な証明を捨てるために
霊感によって、記憶という汚いぼろ切れを捨てるために
ベーコン、ロック、ニュートンをアルビオンの外被から捨てるために

アルビオンの汚れた衣服を脱がせ、想像力を着せるために
霊感ではないすべてのものを詩から捨て去るために（『ミルトン』[54]）

ブレイク神話の最終段階では、「利己心」が無害化され、抑圧者を抑圧するかわりに、ゆるしと共存が達成される。では、このゆるしを可能とする思考の枠組みはそもそものようなものであり、また、ブレイクはそれをどのようにして形作ったのだろうか。

第十二章　相互寛容を求めて
――「イエスの宗教」の復興

一　「状態」と「個人」を区別せよ――ゆるしのメカニズム

キリスト教における罪のゆるしをめぐる議論の中でおそらく最も広く知られた説明は、「ローマ人への手紙」五章十一節に見られる。すなわち、イエスは堕落した人類の罪を一身に背負って十字架に掛かったので、イエスの存在そのものが究極的なゆるしを体現するというものである。これに対してブレイクは、ゆるしを可能とする実践的な思考の枠組みを構築するために、「状態」(State)と「個人」(Individual)という概念を『四つのゾア』で導入した。『四つのゾア』で注目すべき点は、サタンが魔物としてではなく、衣服のように着脱が可能な「状態」として描かれたことである。『四つのゾア』で神話的人物ロスは、独善的な聖職者組織を象徴するラハブ(Rahab)に対して、「状態」と「個人」を区別する重要性を繰り返し説く。罪と正義は「個人」に帰せられるべきであり、「個人」はその罪や正義に応じた罰や報いを受けるべきだと主張するラハブに向かって、ロスは次のように言う。

サタンと名付けられた状態がある、ああ、ラハブよ、区別するようにせよ
状態とそれらの状態にある個人とは違うということを
サタンと名付けられた状態は、永遠界において救済されることはないのである。（『四つのゾア』[1]）

『四つのゾア』では「状態」と「個人」に関してこれ以上の説明はなされないが、同じ趣旨の言葉は『ミルトン』にも記された。

それゆえ状態と、それらの状態にある個人とを区別せよ。
状態は変化する、しかし個人の本質が変化することはないし、なくなることもない。（『ミルトン』[2]）

「一八一〇年に」という副題が付いた『最後の審判の幻想』には、「状態」と「個人」についてもう少し詳しい説明がある。

人は通過するが、状態は永遠にそのままである。人は状態を、通り過ぎた場所がもはや存在しないかのように考える旅人のように、通り過ぎる。ちょうど人が、通過した状態はもはや存在しないかのように考えるのと同じように。
（『最後の審判の幻想』[3]）

「個人」という言葉が「人」（Man）という言葉に置き換えられたが、『最後の審判の幻想』に記された「状態」と「人」とを区別するという議論は、ブレイクが『四つのゾア』と『ミルトン』に記した考え方と同じである。この考

え方によれば、ある「個人」がある特定の時期に保持する価値観や意志は、すべてその個人が置かれた「状態」に由来する。その「状態」から別の「状態」へ「個人」が移行すると、その「個人」のありようもその移行にあわせて変化する。「状態」という概念を用いることで、ある時点で「個人」が行う言動と、永遠に変化することのない「個人」という存在そのものを切り離して考えることが可能になった。また、この「状態」と「個人」の枠組みに従えば、「生きとし生けるものはすべて神聖である」(『天国と地獄の結婚』)にもかかわらず、なぜ人は「堕落」するのか、という問題を論理的に説明することができるし、聖職者組織に負の烙印を押されてしまった罪人に対しても、ゆるしを与えることが可能になる。簡潔に言うならば、ブレイクは罪と罪人を分けて考えるための工夫を導入した。責められるべきは罪であって、その「状態」にある「個人」ではない。『ウィリアム・ブレイク預言的著作集』全二巻(一九二六)の編者であるD・J・スロスとJ・P・R・ウォリスは、「状態」について次のような解説を付した。

それゆえ、状態の教義を神秘的に啓示することにより、ブレイクは悪の存在を認め、悪事を糾弾し、同時に悪事を行った者をゆるす手段を見出したのである。それゆえ「絶えざるゆるし」という教義は状態の存在を認めることなのである。(『ウィリアム・ブレイク預言的著作集』)[4]

ブレイク神話で律法の制定者として描かれるユリゼンは、「出エジプト記」のモーセを意識して造形された神話的人物であるが、ブレイクの『最後の審判の幻想』では、モーセは歴史上実在した「個人」としてではなく、「状態」として語られる。同じようにイエスの裁判を主宰した大祭司カヤパとユダヤ総督ピラトも、「神聖と正義という口実の下で中傷をなし殺害を行うようなすべての人々が置かれている二つの状態」[5]とされた。ブレイクの宗教観では、カヤパとピラトは罪と罰から構成される「サタンの宗教」の権化であり、ゆるしを特色とする「イエスの宗教」の敵なのだが、「状態」と「個人」を区別することによって救済の対象に含まれた。これを可能にしたのは、カヤパとピラトという二人の「個人」は、訴追と弾劾を旨とするカヤパとピラトという「状態」の中にあったために、イエスを十字架に掛けるべきだという判断をしてしまったという論理である。もし二人が悔い改めて、自らが所属する組織の維持と拡大を目指す代わりに、人の心に慰めを与える宗教のあり方を志向するのであれば、つまり「利己心」と「独善性」にとらわれた古い自己と訣別するのであれば、『ミルトン』において主人公ミルトンが過去の自分を脱ぎ捨てたように、「個人」としてのカヤパとピラトは、カヤパとピラトという「状態」から脱出して、新しい自己に生まれ変わることができるはずなのである。

『エルサレム』にも「状態」と「個人」に関して同じ発想が記された。ここではサタンは「死の状態」と位置付けられ、「個人」がこの「状態」に入ってしまうとサタンと呼ばれることになる。

しかし彼らに罪はない、罪は彼らが入ってしまった状態にのみ
帰せられるべきである、彼らが救済されるために。
サタンは死の状態であり、人のような存在ではない。
しかしルーヴァはサタンと名付けられた、なぜなら彼はその状態に入ってしまったからだ。
人が生まれながらにして人の敵となる世界
なぜなら悪は状態という形で創造されるからだ
人々が繰り返し永遠に救済されるために。アーメン。
それゆえ、ああ姉妹たちよ、区別するようにせよ、
石のような火のかたまりの間を、喜びと悲しみに交互に包まれながら歩き回る永遠の人と

精霊が旅をして通り抜ける状態あるいは世界とを。
これが敵をゆるすための唯一の手段である。（『エルサレム』[6]）

引用箇所の最後の一行は、「状態」と「個人」を区別するという工夫が、なぜブレイクにおいて導入されなければならなかったかを明示する。汝の敵をゆるせというイエスの教えを実践するために、ブレイクが導き出した「状態」と「個人」を区別するという論理は、ブレイク神話でも敵役の神話的人物を救済するために用いられた。『エルサレム』において、罪と罰は「個人」に帰せられるべきであると主張した聖職者組織の代弁者のようなラハブは、ラハブという「個人」ではなく、ラハブという「状態」にあるとされた。

自然道徳や自然宗教を説く者は、人類の友人になることはできない。そのような者は裏切りをし、暴君の傲慢とバビロンの律法を永続させようと企むおべっか使いである。しかも、バビロンの律法が、いずれ本物の剣によってではなく、精神的な剣によって滅ぼされるだろうということを、彼は予見しているのだ。そのような者はラハブと名付けられた状態にあり、その状態を脱ぎ捨てて初めて彼は人類の友人になることができるのである。（『エルサレム』[7]）

「状態」と「個人」の関係を、旅する土地と旅行者に喩えるレトリックも、『エルサレム』において繰り返された。

巡礼が通り過ぎても、国はそのままいつまでも残るように
人は通り過ぎるが、状態は永遠にそのまま残る。（『エルサレム』[8]）

サタンの「状態」にある者も、その「状態」に入ってしまった時と同じ蓋然性で、その「状態」から出ることができる。では、サタンの「状態」から出ることを阻む要因は何か。

しかし復讐の念は加害者の胸に宿る神の恩寵と悔い改めを破壊する
そのようにして聖なる子羊は残酷にも殺された。
降臨せよ、ああ、神の子羊よ、そして罪を個人に帰する考え方を取り除け、
状態を創造し、個人を永遠に救済することによって、アーメン（『エルサレム』(9)）

「聖なる子羊」や「神の子羊」がイエスを指すことは言うまでもない。イエスが殺されたのは、ブレイクによれば、権威の保持と秩序の維持を最優先にする聖職者組織の「復讐の念」のためであり、「復讐の念」は「利己心」と「独善性」の産物である。「復讐の念」が存在する限り、報復の連鎖が生まれ、加害者が悔い改めるということもない。イエスの再臨とは「復讐の念」を一掃して、ゆるしの宗教を地上にもたらすことを意味し、そのようなものとして『エルサレム』では祈りが捧げられる。この祈りは次のように応えられる。

そして聖なる声が溶鉱炉より響いた、数知れぬ多くの者の声として
永遠界の数え切れないぐらいの多くの者の声
そして一人の人の姿が溶鉱炉の中に見えた。
彼は罪を犯した者たちを律法の罰から救い出す、

（刑罰を与えたがる者が永遠の死という状態にあることを哀れみながら）
そして愛という穏やかな忠告によって罪から罪人を遠ざける。

アルビオンは永遠の死へ向かう、私の中ですべての永遠は
糾弾を通り抜け、墓を超えて目覚めなければならない！
如何なる個人もこれらの律法を守ることはできない、というのはこれらの律法は
人のあらゆる活力にとって死であり、生命の跳躍を禁じるからだ、
アルビオンはサタンの状態に入ってしまった！　永遠にそのままであれ、ああ状態よ！
汝は永遠に呪われよ！　アルビオンが再び立ち上がることができるように。
汝は状態として創造されるがよい、私は行って創ることにしよう
状態を、永遠に個人を救済するために、アーメン。（『エルサレム』[10]）

『エルサレム』では、イエスが「状態」と「個人」を区別する思想を地上にもたらす。もちろん「状態」と「個人」を区別するという工夫は、ブレイクが作品中に導入した枠組みであるが、ブレイク神話ではイエスが着想して実践する思想として描かれる。

相互寛容を可能にする仕組みは、ブレイクにおいて、「状態」と「個人」を区別するという工夫と、「利己心」の滅却という二本柱から構成された。「状態」と「個人」を区別することは、罪と罪人を切り離し、罪人を救済するための道を開いた。そして救済されるためには、忌まわしい「状態」の外へ出る必要があり、「状態」の外へ出るためにはその「状態」の内にあったことの非を認めて、悔い改めなければならない。そのためには「独善性」を捨て、「独

善性」の源である肥大化した「利己心」を制御しなければならない。『ミルトン』と『エルサレム』で繰り返し述べられたように、サタンの「状態」とは肥大化した「利己心」にとらわれた状態であり、この状態から出るためには、『天国と地獄の結婚』に記された言葉を用いるならば、「生きとし生けるものはすべて神聖である」ということを肝に銘じる必要がある。一つの価値観を絶対視して、その価値観を共有しない人々に政治的、社会的、宗教的圧力を掛けることの愚を悟りさえすれば、「独善性」と「利己心」の滅却が始まり、相互寛容と相互理解の可能性が開ける。『エルサレム』の末尾ではブレイク神話におけるユートピアが到来し、万物は人の姿になって融合する。

そして私はエホバが話すのを聞いた
聖なる場所から厳かに、そして神聖な相互契約の言葉を見た
黄金と宝石でできた二輪の戦車の上に、きらきらと輝きあらゆる色に燃え上がる
種々の生き物とともに、獅子、虎、馬、象、鷲、鳩、蠅、芋虫、
そして宝石と豊かな衣装をまとった驚くべき大蛇が人となるのを見た
エホバの契約により罪がゆるされて。
［中略］
すべては人の姿をとった、木や金属や大地や石さえも。
すべては人の姿をとった、疲れて行きつ戻りつしながら
年と月と日と時間からなるこの世の生活へ向けて、休息をしながら、
そしてそれからエホバの胸の中で目覚めて永遠の命を得るのである。
そして私は彼らの流出の名前を聞いた　彼らはエルサレムと呼ばれる（『エルサレム』）[11]

図25　ブレイク『エルサレム』（Copy E, c. 1821），第 99 プレート，22.7×15.4 cm，イェール大学英国美術研究センター.

図26　同右，第 76 プレート，22.4×16.3 cm.

『エルサレム』を締めくくる第九十九プレートには、神が燃え上がる炎の中で裸体の人をかき抱く様子が挿画として描かれた（図25）。人の図像は髪が長いということ以外には性別につながる特徴を備えておらず、男性としても女性としても解釈が可能である。実際、従来のブレイク研究にあるように、人の裸像に分裂体の一つである女性原理を読み込んで、統一体の回復が表現されたとみなすこともできるだろう[12]。確かに統一体の回復の視覚表現であるという点については間違いないと思われるが、人の裸像について性別を決める必要が果たしてあるだろうか。注目したいのは、神の図像として描かれた存在が、白い長衣と白髪と白い顎髭を持っていることであり、これはブレイク神話において専制的な神と上意下達型の宗教組織を象徴するユリゼンの身体的特徴と酷似している。一方、両腕を上方に伸ばした人の裸像は、『エルサレム』第七十六プレートに描かれた若者の図像と重なる（図26）。

第七十六プレートでは、磔刑に処せられたイエスの下方で若者が両腕を水平方向に広げており、両者の姿勢に明らかな相似が見られる。この図版に救済の予兆を読みとる研究もあるが[13]、第七十五プレートで権力組織と化した宗教を象徴するラハブがエルサレムを破壊した話が記され、第七十七プレートの「キリスト者へ告ぐ」と題された散文に「想像力という神聖な技を行使するための身体と精神の自由以外に、如何なるキリスト教も如何なる福音も私は知らない」[14]という言葉が含まれることを考えるならば、これらの文字テクストにはさまれた第七十六プレートの図版は、肯定的な意味よりも否定的な意味を生成するように思われる。[15]十字架上のイエスと、その下で両腕を広げる若者との姿勢の相似は、まさに似ていることによって両者の距離をかえって際立たせる。つまり、ゆるしの象徴的表現として磔刑に処せられることを選んだイエスと、イエスが説いたゆるしの重要性を摑みきれずに、権力機構としての宗教組織を作り上げてしまった人との乖離が、視覚的に描かれたとは読めないだろうか。もしそうであるならば、第九十九プレートでユリゼン的神をかき抱く若者の裸像は、聖職者組織から神を取り戻した人の姿を表しているのではないだろうか。別の言い方をするならば、聖職者たちによって権威主義的な宇宙の支配者に作り替えられ、慈悲と憐憫と寛容を奪われてしまった神は、『エルサレム』の最終部分で人間性を与えられ、ようやく神としての統一体を回復したのである。『天国と地獄の結婚』以来ブレイクが追究してきた神と人との関係は、「状態」と「個人」を区別するという工夫が導入されることによって相互寛容への道が整えられ、神人一致という形でここに決着を見たと言えるだろう。

二　ブレイクと新プラトン主義――時宜を得ぬ出会い

「状態」と「個人」を切り離す考え方は、多くのブレイク研究者によって、ブレイクにおける相互寛容という鍵概念の根幹をなすものと考えられてきた。[16]しかしブレイクがどのようにして「状態」と「個人」を区別するという着想を得たのかという問題については、まだ充分に検討されていない。

ブレイクのテクストに「状態」という単語が登場するのは、『無垢と経験の歌』（一七九四）が年代的に最初の事例と思われるが、「状態」と「個人」を区別するという重い意味はまだ込められていない。「状態」と「個人」という単語が一組になって現れるのは、「利己心」という概念と同様に、一八〇〇年代以降にブレイクが制作したテクストである。[17]『四つのゾア』では、『セルの書』に登場した神話的人物ルーヴァが「ルーヴァと呼ばれる状態」として再登場した。[18]サタンも「状態」の一つとして言及され、着脱可能な衣服のように叙述された。[19]また同じ『四つのゾア』では、神話的人物は一つの「状態」から別の「状態」へ移行する存在として語られ、「過去の状態」という表現も登場した。[20]これらの事例は、未完に終わった『四つのゾア』において、相互寛容を可能にする工夫として「状態」と「個人」の区別が試されつつあったことを示している。ではブレイクは「状態」と「個人」を区別するという発想を、そもそもどのようにして得たのだろうか。

先行研究によれば、スウェーデンボリからの影響を考えることができる。[21]スウェーデンボリは「状態」という言葉を、時間と記憶という概念とともに、天国と地獄を体系的に説明するために用いた。ブレイクがスウェーデンボリ神学に傾倒し、やがて離れたことはブレイク研究において周知の事実であり、[22]またブレイク自身もスウェーデンボリに対する複雑な心境を『天国と地獄の結婚』に記した。あるいはブレイクとドルイド教との関係を探った研究によれば、ドルイド教徒は輪廻転生を信じており、堕落した魂はその堕落の程度に応じて、一つの「状態」から別の「状態」へ移行すると考えられた。そしてドルイド教でそのように考えられたという情報は、一七九四年当時の英国においてある程度流布していたようである。[23]これら以外にブレイクに影響を与えた可能性がある材源として、カバラ主義哲学者であるアグリッパ・フォン・ネッテスハイム（一四八六―一五三五、Agrippa von Nettesheim）、[24]静止と運動という「状態」に基づいて力学を組み立てたニュートン、[25]銅版画職人としてブレイクが見慣れていたと想定される、一つの「状態」から別の「状態」へ銅板が薬品によって変化する様子、[26]巡礼が様々な「状態」をくぐり抜けて最終的に天国へ到達するバニヤンの『天路歴程』[27]などが指摘されてきた。

なかでも有力な説の一つと思われるのは、ブレイクがトマス・テイラー（一七五八―一八三五、Thomas Taylor）の著作を通して馴染みがあったとされる新プラトン主義である。ピーター・F・フィッシャーは、新プラトン主義における魂の「堕落」と再生の過程が、ブレイクの「状態」と「個人」の区別に似ており、テイラーが一八一六年に翻訳して出版したプロクロス（四一〇?―四八五、Proclus）の『プラトンの神学』をブレイクが参照した可能性を指摘した。[28]しかし、ブレイクは副題に「一八一〇年」と記した『最後の審判の幻想』において「状態」と「個人」という用語をすでに用いており、一八一六年のテイラー訳を材源と想定すると、影響を与えた発動者と影響を与えられた受容者との制作年代が逆転して整合性がとれなくなる。それでもフィッシャーの議論の趣旨を尊重するならば、テイラー訳『プロクロスの哲学的数学的評釈集』全二巻[29]（一七八八―八九）が材源として該当するのかもしれない。同書によると、魂は元来知的な「状態」にあるが、やがて「堕落」して分裂状態になる。[30]魂が原初の「状態」に回帰するためには、「悔い改めることが、魂を再上昇させる特別な力を有している」[31]のであり、どのような邪悪な「状態」に魂が入ろうと、「状態」が魂の本質を破壊するようなことはない、とされた。

さらに、テイラーは神と自然と魂の不滅についての対話から構成される『プラトンのクラチュロス、パイドン、パルメニデス、ティマイオス』[32]（一七九三）を出版した。同書でテイラーは、冥界の神ハーデースにさらわれてその妻となり、その後ゼウスの計らいによって、春から秋にかけて地上に戻ることが許されたギリシア神話のペルセポネーに関して、「状態」という単語を用いて注釈を付けた。[33]また同書の別の箇所には、統一性が失われて分裂した「状態」に関する記述が見える。[34]

翌年にテイラーは『プロティノス五書』[35]（一七九四）を出版し、魂とその輪廻転生についてより詳細な解説を発表した。例えば同書の序文で、特別な理由もないのに特定の動物を恐れる人々は大勢いる、とテイラーは述べ、その理由として次のように記した。

前世の状態において、これらの動物に苦しんだことを覚えているから、という以外に満足できる原因を挙げることは不可能である。(『プロティノス五書』[36])

これら三冊のテイラーの訳書には、「堕落」した魂が様々な「状態」を通過するという記述が含まれる。輪廻転生に関する新プラトン主義の理論は、ブレイクが説いた「状態」と「個人」の区別に明らかに類似しており、「状態」が「個人」の本質に対して影響を及ぼし得ないとする点でも共通する。プロクロスの訳書に述べられたように、魂が「堕落」するのは魂そのものが変質するからではなく、邪悪な「状態」に入ってしまったからであり、その「状態」から脱出しさえすれば、原初の至福の「状態」に戻ることができる。

ブレイクと新プラトン主義との類似は、「状態」という概念にのみ見られるわけではない。ブレイク神話において統一体が男性原理と女性原理に分裂した時、男性原理が「幻魔」と呼ばれたのに対して、女性原理は「流出」と名付けられたが、この「流出」という用語も新プラトン主義の理論に登場する。例えばプロクロスでは、宇宙はその創造者から「流出」して生成されたとみなされ、物質は無限そのものからの「流出」によって存在すると考えられた[37]。またテイラー訳のプラトン対話篇では、知性には男性原理、魂には女性原理が割り振られ、それぞれ太陽と月に関連付けられた。なぜなら、太陽から光が「流出」し、その光を吸収することによって月は輝くからであり、男性原理と女性原理も同じような関係にあるからだ、と説明された[38]。

ブレイクと新プラトン主義との関連を探る研究は、ブレイク研究史においても長い歴史を持つ。一九二八年にフレデリック・パースは、ブレイクとテイラーが使用する用語に共通点が見られることを指摘し、「影」(shadow)、「無」

(non-entity)、「生成」(generation)、「幻魔」(spectre)、「葡萄搾り器」(wine-press)、「植物」(vegetation)、「宇宙殻」(mundane shell)、「ポリプ」(polypus)を根拠となる事例として列挙した。[39] キャサリン・レインは、『無垢と経験の歌』に収録された「失われた少女」と「見つけられた少女」が、新プラトン主義の影響下で書かれたブレイク版ペルセポネーの物語であると述べた。[40] ジョージ・ハーパーは『ウィリアム・ブレイクの新プラトン主義』[41] において、ブレイクはプラトン哲学と新プラトン主義を知っており、トマス・テイラーが主たる仲介者であったと論じた。ハーパーは、万象を包括する統一体の象徴としてイエスを位置付けるというブレイクの発想も、プロクロスが唱えた神聖な一という概念から影響を受けた可能性があると指摘した。また、ブレイクのテクストに見られる新プラトン主義的概念がテイラーの翻訳に基づくと考えられる理由として、ハーパーは、ブレイクのテクストで新プラトン主義的概念が登場するのは、テイラーの一連の翻訳が出版された後のみであり、テイラーに特有の用語と語法がブレイクのテクストでも使用されていることを挙げた。[42] その後さらに研究が進み、ブレイクはテイラーとおそらく一七八三年に出会っており、[43] テイラーはブレイクに数学の手ほどきをしたと現在では考えられている。[44] また最近の研究では、ブレイクがテイラー訳『神秘主義への手引き』(一七八七)を所有していたことも明らかにされた。[45]

　したがって、テイラーと彼の訳書を通して、ブレイクが新プラトン主義に触れる機会があったことはおそらく間違いないだろうし、この説に付け加えるべきことは特にない。しかし、ブレイクとテイラーとの交流に関する日付と、テイラーの一連の翻訳が出版された日付を年代順に並べてみると、今まで見落とされてきた問題が一つ残っているように思われる。なぜ「状態」と「個人」を区別するという工夫は、一八〇〇年代以降に制作されたブレイクのテクストにのみ見られるのか。一七八三年にブレイクがテイラーと知り合いになり、一七九〇年代にプロクロスやプラトンやプロティノスの翻訳を読んだのであれば、なぜもっと早い時期にブレイクは新プラトン主義の影響下で、相互寛容を可能にする論理を構築しなかったのか。なぜ「状態」と「個人」という一組の概念は、一八〇〇年代以降になるまでブレイクのテクストに出現しなかったのか。

同じ問いはブレイクの「流出」という用語の使い方についてもあてはまる。ブレイク研究において、分裂体としての女性原理「流出」が議論される時は、もう一つの分裂体である男性原理「幻魔」と組み合わせて考察されることが多い。実際、ブレイク神話では、感情を失って理性のみの存在と化した「幻魔」は、共感する能力を欠いたために合理性の暴走を抑えることができなくなり、同じように理性を失って感情のみの存在と化した「流出」は、感情に訴えることによって他者を支配しようとする。そのような意味で「流出」と「幻魔」を一対の概念として論じることは適切であるが、トリスタン・コノリーが指摘したように、「流出」という用語は『四つのゾア』で初めて用いられたのに対し、「幻魔」は『フランス革命』、『アメリカ』、『ヨーロッパ』にすでに現れており、そこでは魔物を意味した。(46) つまり、「状態」と「個人」という概念がブレイク神話に導入された時に初めて、男性原理の「幻魔」と対になる形で「流出」に女性原理が割り振られ、原初の統一体が「堕落」して生じた分裂体の一つという位置付けが与えられたのである。では、なぜブレイクは最初から「堕落」を分裂ととらえ、男性原理と女性原理の反目をブレイク神話に書き込まなかったのか。ブレイクが新プラトン主義的概念をテクストに導入した時期と、ブレイクがテイラーと出会い、テイラーの翻訳を読んだとされる時期との間に、なぜ十年にも及ぶ隔たりがあるのだろうか。

一七九〇年代のブレイクは反抗者と圧制者との間で繰り広げられる闘いを書くことに夢中になっており、反抗者が専制者を打倒した後に何が起きるかということについては、充分に考える余裕がなかったのかもしれない。あるいはフランス革命の進行状況を観察していたブレイクは、旧体制を倒した革命勢力が、やがて派閥に分裂するとともに主導権をめぐって激しい争いを始め、かつての旧体制と同じような冷酷さで対抗勢力を次々と断頭台に送るのを見て、革命を讃美するだけでは不充分だという思いに至ったのかもしれない。この仮説の弱点は、一七九三年にフランスで始まった恐怖政治が一七九四年には一応の終息を見たのに対し、同じ時期に制作された『アメリカ』と『ヨーロッパ』では、革命勢力が肯定的に描かれており、そこには慈悲も憐憫もゆるしも見られないということである。フランス革命の未来について十年間考え続けたブレイクが、ある日突然ゆるしの重要性に開眼したと考えるのは、いささか説得力に欠けるだろう。同じようにブレイクがテイラーの一連の翻訳を十年間読み続けて、最終的に「流出」と「状態」という概念を借用することにしたという説明も、やや無理があるように思われる。テイラーからブレイクへ新プラトン主義が直接流れ込んだと考えるよりも、一七九〇年代にブレイクは新プラトン主義に接していたものの、まだそれほど積極的な興味を持ってはおらず、一八〇〇年代以降になってから、新プラトン主義に対するブレイクの関心が何らかのきっかけで燃え上がり、その結果『最後の審判の幻想』と『ミルトン』と『エルサレム』に相互寛容を可能にする仕組みとして「状態」と「個人」の区別が書き込まれた、と考える方が理に適っているように思われる。もしこの仮説が妥当であるならば、一八〇〇年代以降にブレイクの関心を新プラトン主義に導くきっかけとなったものは、何だったのだろうか。

三　ブレイクの「東洋的色調」——インド哲学からの影響

『ミルトン』と『エルサレム』の原形の一部であり、未完のまま終わった『四つのゾア』は、一七九六年から一八〇七年にかけて執筆されたと考えられている[47]。つまり『四つのゾア』の制作年代は、ブレイクがフェルパムに滞在して、ヘイリーから様々な刺激を得た時期と部分的に重なる。特に重要なのは、「状態」と「個人」を区別するという枠組みが初めて登場する『四つのゾア』の「第八夜」が、一八〇四年またはそれ以降に書かれたと推定されることである[48]。そうであるならば、一八〇〇年から一八〇三年までのフェルパム滞在中に得た知識をもとにして、ブレイクが「状態」と「個人」の区別を着想し、相互寛容を可能にする仕組みとして『四つのゾア』、『ミルトン』、『エルサレム』

に書き込んだ、という仮説を立てることができる。すでに論証したように、ヘイリーの庇護下にあった一八〇〇年から一八〇三年にかけて、ブレイクがヘイリーの図書室に出入りしてその蔵書に触れた可能性はきわめて大きく、なかでもトマス・アルフォンゾ・ヘイリーの追悼詩として制作された『一連のバラッドに寄せる挿画』の図版を制作するにあたり、ヘイリーが所有するインド関連の書籍と版画をブレイクが参照したことはほぼ間違いない。ヘイリーの傍らで、ヘイリーの助言を仰ぎながら、一連の挿画を制作したブレイクは、どのような知識をヘイリーから得たのだろうか。「状態」と「個人」という鍵概念につながるような手掛かりを、ブレイクがヘイリーの蔵書に見出した可能性はないのだろうか。

ヘイリー父子にとってインド文化は大きな意味を持っていた。夭折したトマス・アルフォンゾ・ヘイリーは、「東洋学者」であり、ウィリアム・ジョーンズの後継者と目されたトマス・モリスの友人だった。父ウィリアム・ヘイリーはインド旅行記を出版した風景画家ウィリアム・ホッジズの友人であり、またジョーンズの死に際しては、モリスに続いて追悼詩を書いた。これらの事実を踏まえた上で、R・H・エヴァンズが編集したウィリアム・ヘイリー旧蔵書目録を繙くならば、「整理番号一六四、アジア研究第三巻、カルカッタ、一七九二」、「整理番号一三五八、モリスのインド古事風物誌、全五巻、一七九四」、「整理番号一三五九、モリスのインド古事風物誌、全三巻、一七九四」が調査すべき資料として浮かび上がってくる㊾。

ブレイクは『一連のバラッドに寄せる挿画』第四作「犬」の挿画を制作し、ワニを水中に住む怪物のように描いた。第十章で見たように、ヘイリーの蔵書目録に含まれる『アジア研究』第三巻には、ヒンドゥーの古書においてワニが河に住む竜やサメと同一視されたという報告が掲載されており、ブレイクの挿画制作に影響を与えた可能性が考えられる。ブレイクが『アジア研究』第三巻を参照したとすれば、その仲介をしたのはヘイリーであるだろうし、また、もしヘイリーが『アジア研究』第三巻をブレイクに紹介したのであれば、ヘイリーはこの雑誌をすでに読んでいたはずである。ヘイリーは『アジア研究』第三巻を読んでいたのだろうか。それを知るための手掛かりは、ヘイリーが一七九六年に出版した『ミルトン伝』の一節にあった。同書でヘイリーは音楽に心を和ませる効果があることを論じ、その補助資料として『アジア研究』第三巻に収録されたウィリアム・ジョーンズの論考に言及しているのである。

食後に音楽を聞いて心を和ませるというこの大詩人の習慣は、睡眠によい効果を及ぼし、害はなく、心によいと最近高く評価された。高く評価したのは、ミルトンのように詩の情熱と才能と多岐にわたる勤勉の習慣をあわせ持つ、ある著名な学者である。サー・ウィリアム・ジョーンズは『アジア研究』第三巻で、自分自身の体験をもとにしてミルトンのこの習慣を奨めている。彼は音楽を聞いてから書斎に戻り、八時に軽い夕食をとり、九時に床についた。

（『ミルトン伝』(50)）

もちろんヘイリーが『アジア研究』第三巻のすべてに目を通したのか、あるいは拾い読みをしただけなのかはわからないが、ヘイリーが自著で『アジア研究』第三巻に言及したという事実は、『一連のバラッドに寄せる挿画』のためにヘイリーと机を並べて図版を制作していたブレイクに、ヘイリーがこの雑誌の存在を知らせた可能性を高めるものである。この点を確認した上で、同じ『アジア研究』第三巻に収録されたウィルフォードの論考「エジプトとカリ河、あるいはエチオピアのナイルに隣接するその他の国々について」を読み直すと、そこにはワニをめぐる記述以外に、「状態」と「個人」の区別を着想するにあたって、ブレイクが参考にしたかもしれない内容が見つかった。ウィルフォードは論考の中で、古代インドの神話から次のような逸話を紹介する。

カマの息子は狼狽するかわりにその巨人に打ちかかり、苦闘を制して殺した。しかし、血が流れる死体から美しい若者がグランダルヴァ、すなわち天上の合唱隊員の姿形をとって立ち上がるのを見て驚いた。若者は姿を消す前に次のように言った。「私は天上の宮殿からしばらくの間追放されており、大きな過ちを犯した罰として、変幻自在の力を持った巨人の姿で現世の状態を通り抜けるように、刑を言い渡されていた。私の罪は死ぬことによって贖われた」。(「エジプトとカリ河、あるいはエチオピアのナイルに隣接するその他の国々について」)(51)

巨人の死体から美しい若者が立ち上がる箇所は、『四つのゾア』で雪を払い落とし、外套を脱ぎ捨てて、若者の姿になって昇天するユリゼン再生の場面を想起させる。(52) どちらの場合も再生が可能なのは、「状態」と「個人」が区別されたからであり、ウィルフォードの原文でも「状態」というブレイクが用いたものと同じ英単語が用いられている。巨人は前世の「状態」において何らかの罪を犯し、その罰として巨人という「状態」に入ってしまったわけだが、その本質が巨人であるわけではない。この場合殺されるという痛みと苦しみを伴う体験が、悔い改めの身体的表現とみなされ、苦痛という代価を支払うことによって、本来の若者の姿を取り戻して天上へ帰還したことになる。この逸話において「状態」が「通り抜ける」場として記述されたことにも注意しておきたい。

「個人」が罪を犯しても、最終的に神と一体化することによって、その罪がゆるされるとするブレイクの思想は、例えば、バニヤンが『天路歴程』に記したキリスト教観からは出てこない。天使が見せたリヴァイアサンを怪物として受け入れることを拒否した『天国と地獄の結婚』の語り手「私」とは異なり、『天路歴程』の「クリスチャン氏」は怪物アポリオンを悪の権化としてとらえ、これと闘って退治することによって天上の都市への道を進んだ。また、「クリスチャン氏」を誘惑しようとした登場人物たちは、最終的にことごとく地獄へ落とされた。巡礼に敵対する者たちの運命が示すように、違反者に対する非寛容と排他性がバニヤンの寓意物語の特徴であり、この特徴はブレイクが影響を受けたもう一人の詩人であるジョン・ミルトンにも見ることができる。

ゆるしを可能とするブレイクの「状態」と「個人」という枠組みが、ミルトンやバニヤンに代表される明快な善悪二元論に基づくキリスト教観よりも、ウィルフォードが引用した古代インドの神話と共通点を持つことは明らかである。相互寛容を目指すブレイクの思想もインドの神話も、罪を「個人」から切り離すことに成功しており、皮肉な言い方をするならば、イエスがその言動を通して強調した最も重要な理念である罪のゆるしが、キリスト教そのものではなく、誤りに満ちた迷信としてキリスト教によって斥けられてきた異教の中に生きていたということになる。イエスが罪と罪人を分けて考えることによってゆるしを実践したのと同じように、古代インドの神話における輪廻転生も罪のゆるしを可能にする。

ヘイリーが読んだことが確認でき、『一連のバラッドに寄せる挿画』の図版を制作する際にブレイクが参照した可能性の高い『アジア研究』第三巻には、検討に値する論考がもう一本収録されている。「ペルシアとヒンドゥーの人々の神秘詩について」[53]と題する論考において、ウィリアム・ジョーンズはヨーロッパの神学とインドやペルシアの宗教との間に類似が見られると主張した。ジョーンズは、プラトンがイタリアとエジプトを旅して異教の神学をその源泉において学んだ、というフランスの教会史家クロード・フルーリ（一六四〇―一七二三、Claude Fleury）の見解に対して、プラトンの世界観はイタリアやエジプトではなく、ペルシアとインドへ遡ることができると反論した。[54]ジョーンズは自説を支持するために二つのテクストを引用する。一つは「宗教的回心により当時の最も深遠な神学者にならなかったならば、最高の数学者になったであろうバロウ氏」[55]の著作からの引用である。ジョーンズは詳しい書誌情報を示していないが、著者はケンブリッジ大学ルーカス講座初代教授アイザック・バロウ（一六三〇―七七、Isaac Barrow）と推定され、ジョーンズが引用したテクストは『アイザック・バロウ著作集』第一巻の「講話二三、神の愛について」と同第三巻の「講話十一、永遠の歓喜」のそれぞれ一部である。[56]バロウはトリニティ・カレッジで数学を教え、アイザック・ニュートンの師であり、神学者であった。ジョーンズはこれらのテクストを長々と引用した後、神と人との関係に関してヨーロッパの神学とアジアの神学は類似しており、どちらの神学も創造者と被創造物との究極的な合一を愛とみなした、と指摘する。もし両者が異なるとすれば、それは「ヨーロッパの花と果実が、香りと風味の点で、アジアの花と果実と異なるようなものだ」[57]とジョーンズは言う。続いてジョーンズは「高名なネッケル氏の作品」[58]からテクストを引用する。ここでもジョーンズは必要な書誌情報を明らかにしていないのだが、テクストを注意深く追っていくと、著者はスイス生まれのフランスの財政家であり、フランス東インド会社総督にも任命されたことのあるジャック・ネッケル（一七三二—一八〇四、Jacques Necker）と推定できる。引用箇所はネッケルの『宗教的意見の重要性について』の第五章「宗教的原則が幸福に及ぼす影響」に基づく。ジョーンズが引用した英文のテクストは、当時刊行された英訳書と逐語的に一致するわけではないので、ジョーンズはフランス語の原文を自分で英訳して引用したのかもしれない。いずれにせよ、ジョーンズはネッケルのテクストの中で、生物は無限の存在からの流出であり、万物の性質は神聖な存在に由来する粒子から構成されるという部分をイタリックで強調した[59]。バロウとネッケルからそれぞれテクストを引用した後、ジョーンズは次のような意見を述べる。長くなるがそのまま引用する。

もし、これらの二つの抜粋がサンスクリットやペルシア語に翻訳されたならば、ヴェーダンタ哲学者やスーフィ教徒は自分たちが共有する体系を要約したものだ、ときっと思うことだろう。なぜなら彼らの信じる内容は一致するからである。彼らは次のように考えた。人の魂はその程度において無限の違いがあるが、種類に関しては全く違いはなく、聖なる精神から流出した粒子であり、究極的にはその聖なる精神と一体化する。神の精神は宇宙に遍在して創造物に直接宿り、したがって常に存在する。神のみが完全な仁愛であり、完全な真理であり、完全な美である。神を愛することだけが真実の愛であり、その他の対象を愛することは愚かな錯覚である。自然の美しさとは、鏡に映った像のように、神聖な美のはかない記憶である。未来永劫にわたって、最高の仁愛は幸福を授けたり、幸福を得るための手段を授けようとし続けており、人は創造主との原初の契約を果たすことによってのみ、その幸福を得ることができる。心あるいは精神以外に純粋で絶対的な存在はなく、無知な人々が物質的存在と呼ぶものは、永遠の芸術家によって心に次々と投影される灰色の映像にすぎず、そのような幻に執着せずに、神にのみ心を向けるように気を付けなければならない。なぜなら、私たちが神の中に存在するように、神は私たちの中に存在するからである。また、愛する神から切り離された哀れな状態にあっても、天上の美のイデアと原初の誓いの記憶を私たちは保持しており、甘美な音楽、やさしいそよ風、かぐわしい花は、絶えず原初のイデアをよみがえらせ、私たちの薄れゆく記憶を活性化し、やさしい愛情で私たちを和ませる。私たちはこのような愛情を育み、神以外のすべてから、つまり虚栄から魂を遠ざけることによって、神の本質に近づき、神との最終的な合一という至福に向かわなければならない。彼らが共通して信じるこれらの原理から、夥しい数の比喩と詩的表現が流れ出し、ペルシアとヒンドゥーの聖なる詩を満たした。ちょうど彼らの言語が語法において異なるように、彼らの思想は実質的に同じ内容を意味しており、表現方法が異なるにすぎないのである。（「ペルシアとヒンドゥーの人々の神秘詩について」）[60]

ジョーンズの議論によれば、魂は神から流出した粒子であり、神との究極的な合一を求め続ける。神以外の愛はすべて欺瞞であり、幻影にすぎない。物質の罠にとらわれないようにするためには、人は自らの心の導きに従わなければならない。たとえ、神から分離して忌まわしい分裂の「状態」にあるとしても、原初の「状態」に回帰することは可能である。なぜなら「私たちが神の中に存在するように、神は私たちの中に存在する」からである。さらに、ジョーンズは、このような宗教哲学がそれぞれの民族の言語に翻訳されさえすれば、それぞれの民族によって共通の体系として受け入れられるだろう、と述べた。

なぜジョーンズがアイザック・バロウとジャック・ネッケルの論考に「ヨーロッパの神学」を代表させたのかはわ

からないが、ジョーンズが行ったヨーロッパと「東洋」に関する比較宗教学的考察は、両者の間に明らかな類似が認められるというジョーンズの発見に基づいて展開された。ジョーンズによれば、異教の神話が奇妙に見えるのは、異なる用語と文法によって記述されているからであり、奇妙な神話の構造そのものが抽出されて適切に翻訳されたならば、類似性が浮かび上がってくる。「ヨーロッパの神学」とインドやペルシアの神話は、外見が異なるものの内容は似ているという発見から、ジョーンズは古代のギリシア人は「東洋」の哲学を学び、それをギリシアへ持ち帰ったと結論付けた。

ジョーンズの結論の妥当性については、本書では判断できない。しかし、注目したいのは、ジョーンズが採用した方法論である。比較宗教学的な観点からヒンドゥー文化を理解しようとするジョーンズの立場は、独自のものだったのだろうか。実のところ十八世紀の「東洋学者」の間では、インドやペルシアの神話を新プラトン主義と結び付けることは、異文化理解の常套手段の一つであった(61)。例えばジョーンズの後継者とみなされるトマス・モリスも、新プラトン主義の枠組みを用いてヒンドゥー神話を説明しようとした。ヘイリーの蔵書にはモリスの『インド古事風物誌』が含まれており、インド関連のモチーフや風景を多く含む『一連のバラッドに寄せる挿画』の制作に関わったブレイクが、ヘイリーの図書室でモリスの『インド古事風物誌』を手に取った可能性は高いと思われる。

『インド古事風物誌』第一巻で、モリスはインドの宗教について次のように説明した。

ダウ大佐に仕えるヒンドゥー学者が翻訳した古代のサストラ、あるいはヴェーダの注釈書には、インドの人々が抱いていた神に関する崇高な、しかし、粗雑な考えが記されており、おそらくこれらがヒンドスタンの神話に巨大な奥行きと壮大さを与えたと考えられる。「ブラフマン、すなわち、最高神は無限の諸相を帯びて無限の過去から存在しており、ブラフマーはこの根本原理の流出にすぎない。天地を創造しようとする時、彼は、立ち上がれ、ああ、ブラフマーよ！　と言った。まもなく炎の色を帯びた精霊が神から流れ出した。それは四つの頭と四つの手を持っていた。」これは私には四元素と世界の四方を象徴するように思われる。（『インド古事風物誌』第一巻）[62]

モリスが「インドの人々が抱いていた神に関する崇高な、しかし、粗雑な考え」という表現を用いたところから、ジョーンズほどにはモリスがヒンドゥー神話に友好的ではなかった様子がうかがえるが、「流出」という新プラトン主義の用語を用いてヒンドゥー神話を説明したという点では、モリスとジョーンズは共通している。さらに興味深いのは、「四つの頭と四つの手」や「四元素と世界の四方」のように、四という数字が繰り返し用いられたことである。一八〇〇年に出版された『インド古事風物誌』第七巻で、モリスは彷徨する魂を慈悲によって最終的に救済する神について説明し、この存在を「千の太陽よりも眩しく輝く光に包まれて、四つの顔を持った畏るべきブラフマー」[63]と記した。

従来のブレイク研究において、ブレイク神話における四という数字と、ヒンドゥー神話との間に類似性が認められるという指摘はなされてきたが、[64]ブレイクがヒンドゥー神話と接触した可能性の有無や、影響関係の具体的な経路については議論されてこなかった。「東洋学者」モリスの論述と、「幻視」の詩人ブレイクのテクストとを直接結び付ける客観的な根拠は未発見なので、両者の影響関係を実証することはできない。しかし、四という数字を中心にブレイク神話の原形となる『四つのゾア』をブレイクが執筆していたのは、ヘイリーの庇護下でフェルパムに滞在し、ヘイリーの図書室でインド関連の文献にブレイクが接触した時期であったことをここで強調しておきたい。なお、ウィリアム・ジョーンズやトマス・モリスという固有名詞はブレイクのテクストに見当たらないが、当時の「東洋学者」の一人であるチャールズ・ウィルキンズの名前は、ブレイクがヘイリーのもとを去った後に制作した一八〇九年の『解説目録』の中に、「ギーターを翻訳したウィルキン氏[65]」と誤記されて出てくることを付け加えておく。

『インド古事風物誌』第二巻において、モリスは輪廻転生について説明する。輪廻転生はギリシアで創始された説であると一般的には考えられているが、それは誤りであり、実際にはインドで最初に広く信じられていたとモリスは記し[66]、輪廻転生は動物に対する愛情を育む効果があると述べた。動物には罪を犯したために動物の「状態」を通過しつつある人の魂が宿っており、動物を虐待することは人の魂を虐待することになるので、動物の虐待をしてはならない。モリスは輪廻転生と神との合一についてさらに議論を展開し、参考資料として当時「東洋」に関心を持つ者の間で広く読まれた三冊の英訳文献に言及する。すなわち、ヒンドゥー教の聖典の一つである『バガヴァッド・ギーター』[67]（一七八五）、サンスクリットの寓話集である『ヒトーパデーシャ』[68]（一七八七）、インドの古代詩人カーリダーサ作の戯曲『シャクンタラー』である。例えばモリスは『バガヴァッド・ギーター』の「第二講、魂の性質と思弁的原理について」より一部を引用し、輪廻転生の原理は「堕落」した魂を浄化する作用を持ち、魂に褒美と罰を与える制度である、と述べた。魂は原初の完全な「状態」に回帰するために、「状態」から「状態」へと生まれ変わる体験を繰り返し、それは古い衣服を捨てて新しい衣服に着替える様子に似ている、とモリスは言う。

「人が古い衣服を捨てて新しい衣服を身に付けるように、魂は古い現世の身体を捨てて、新しい他の身体へと入るのである。」「生まれる定めを持つすべてのものに死は必ず訪れ、死すべき定めにあるすべてのものは生まれ変わるのである。」「前世の状態は不明であり、中間の状態は明らかであるが、未来の状態を知ることはできない。」（『インド古事風物誌』第二巻[69]）

魂が通過する段階が「状態」という言葉で表され、かつ生まれ変わりを説明するために衣服を着替えるという比喩が用いられたところに注目したい。これらは『四つのゾア』において、ユリゼンが「古い外套を脱ぎ棄てて」輝く若者の姿になって生まれ変わる様子を描いたテクストを連想させる。[70]「堕落」した魂は地獄のような領域を通過することもあるが、「ヒンドゥー教の体系は未来永劫の苦難という教義を認めていないので、地獄で永遠に苦しむ運命にはない。ある一定期間を過ぎると、違反者たちは再び呼び戻されて試練の旅を再開し、最終的にはすべてのものが幸福になる」。[71] モリスによると、輪廻転生の教義は永遠の罰という考え方を否定し、罪のゆるしを可能にする。モリスはさらに『ヒトーパデーシャ』と『シャクンタラー』からそれぞれ一節を引用し、人が地上でどのような人生を送るかは、前世でどのような一生を送ったかによって決まるのであり、「死すべき存在に付随する病気、悲しみ、苦悩、つまり、束縛と罰は、肉体的な存在にとって、違反という木に実る果実である」と述べた。[72]

モリスによると、輪廻転生の教義において最も恐ろしい罰の一つは、魂が植物の中に封じ込められることである。『インド古事風物誌』第六巻で、モリスは「輪廻転生と最後の至福」について論じ、魂は動物だけでなく、植物や鉱物をも「状態」として通過すると述べた。

輪廻転生の教義はきわめて奇妙なものであり、魂の旅路を人間と動物だけに限定しない。さまよえる魂は植物の中に監禁されることもあれば、鉱物の奥深くに投げ込まれることもある。（『インド古事風物誌』第六巻[73]）

植物は魂が「監禁」（imprison）される場と位置付けられた。モリスは第六巻に続いて『インド古事風物誌』第七巻でも、輪廻転生の教義における動物と植物の役割について詳細に解説する。モリスによると、魂が次の世において通過しなければならない「状態」は、前世において犯した罪の程度によって決まる。例えば、ライオンや虎は、怒りと復讐に取り憑かれてしまった魂のために用意されており、虚栄心や欲望を制御できない魂は汚くて貪欲な鳥に入るとされた。爬虫類は自己中心的で恥知らずな魂が宿る場であり、「植物と鉱物は、ある種の魂に対して、牢獄として割り当てられた」[74]。ヘイリーの蔵書目録には記載がないが、『アジア研究』第四巻（一七九五）に収録されたトマス・ショー大尉の論考でも輪廻転生の説が紹介されており、「現世である種の罪を犯した魂には、植物界に閉じ込められるという罰が与えられる」[75]と記されている。

テイラー訳の新プラトン主義とブレイクとの影響関係を探る従来の研究では、新プラトン主義において植物が生と死の境にある「状態」とされたことと、ブレイクが植物に対して否定的な意味を与えたこととの間に共通点があると考えられてきた。ブレイクにおいて、植物を意味する一連の単語（vegetable, vegetation, vegetative, vegetate）は「堕落」した世界を表すために用いられ[76]、これらの単語は『アハニアの書』、『四つのゾア』、「一八〇〇年十月二日付トマス・バッツ宛書簡」、『解説目録』、「ブレイクのチョーサー――内容説明書」（一八〇九、[*Blake's Chaucer: Prospectus*]）、『最後の審判の幻想』、『ミルトン』、および『エルサレム』に見られる。このうち「ブレイクのチョーサー」と『アハニアの書』で用いられた「植物」（vegetable）と「植生」（vegetation）は、どちらも文字通りの意味で使われていて、ブレイク神話における象徴的意味は付与されておらず、したがってこれらを除外して考えるならば、ブレイクのテクストにおいて、植物に関する一連の単語が、想像力を欠き、神との合一が不可能な物質界に封印された「状態」という否定的な意味で使われ始めるのは、ヘイリーの庇護下で過ごした三年間以降のことである。ヒンドゥー神話において植物が魂の牢獄として位置付けられたこと、ブレイク神話において永遠界との接触が断たれた「状態」が植物で象徴されたこと、そしてブレイクがフェルパム滞在中にインド関連の文献を閲覧したことは、それぞれ相互に関係があるのではないだろうか。

種々の「状態」を通過して長い旅路を終えた魂は最終的に救済の段階に入る。モリスは参考文献として『ヒトーパデーシャ』を挙げながら、この究極の「状態」を次のように定義した。

最終的に、ウィルキンズ氏が説明するように、救済とは「神の宇宙精神との合一、あるいは生と死の円環からの最終的な解脱」である。（『インド古事風物誌』第二巻[77]）

魂の最終目的地は天上であり、そこで魂は神と一体化する。別の言い方をするならば、それぞれの魂はそれぞれが流出した源である神という存在へと回帰する。モリスはヒンドゥー神話における神を、「バガヴァッドが定義するように、常にあらゆる所に存在する世界霊魂、あるいは世界の魂[78]」と定義した。モリスはさらに、ヒンドゥー神話の世界観を次のように簡潔にまとめた。

彼らの聖典によると、宇宙全体は広大で堂々とした空間であり、無数の存在にとって試練の場である。多くの魂が天使のような高い栄光の地位から墜落し、様々な程度の労苦と苦難を経ながら昇っていくように定められている。そしてついに彼らは、堕落以前に享受していた完全と幸福からなる至高の領域に到達するのである。（『インド古事風物誌』第二巻[79]）

モリスの説明は、イエスを画面の中央上方に配置し、魂がその左側を上昇し、右側を下降する様子を視覚化したブレイクの絵画《最後の審判の幻想》（一八〇八、図27）の評釈であるかのように聞こえる[80]。モリス自身もヒンドゥー神話の世界観とキリスト教の世界観の一部とが類似することに気が付いていた。ブラフマンの教義とキリスト教は基本的な世界観を共有すると指摘した初代インド総督ウォーレン・ヘイスティングズ（一七三二―一八一八、Warren Hastings）の言葉と、ブラフマーとアブラハムは同一人物を指すかもしれないと述べた「東洋学者」トマス・ハイド（一六三六―一七〇三、Thomas Hyde）の名前を挙げながら、モリスは、ノアとその息子たちがヒンドゥー神話の創設者で

図27　ブレイク《最後の審判の幻想》(1808), インクおよび水彩, 51×39.5 cm, ナショナル・トラスト, ペットワース・ハウス, サセックス.

あり、長い年月とともに現在の偶像崇拝へと堕落したのだ、と結論付ける。[81] モリスによると、輪廻転生の教義がペルシア、インド、エジプトに共通して見られるのは、それらに共通の源があり、その共通の源から堕落した宗教として様々な異教が発生したからである。[82] そしてその共通の源とは、モリスにとって、キリスト教だった。

ジョーンズとモリスの決定的な相違は、ジョーンズがヒンドゥー神話を比較宗教学的に位置付けようとしたのに対し、モリスは同じ作業をキリスト教中心主義的に行ったところにある。ジョーンズの研究態度は、ベンガル・アジア協会でジョーンズが行った「ヒンドゥー民族について――一七八六年二月二日、三周年記念講演」の中で、「ピタゴラスとプラトンは彼らの崇高な理論を、インドの賢人たちと同じ泉から引き出した」[83]と述べたところからも推し量ることができる。ジョーンズはヨーロッパ中心主義の立場をとらず、ヒンドゥー神話を「堕落」した宗教の一形態とはみなさなかった。[84] 異教とキリスト教が類似した世界観を共有するのは、ジョーンズの説によると、人類史において生じた歴史的事件が、異なった言語によって、異なった語法と比喩を用いて、記録されたからにほかならない。いわゆる異教がキリスト教の堕落した形態であるのではなく、異教もキリスト教も等しく人類史の記録であり、記録のされ方が異なるだけである。ジョーンズのこのような態度は、英国国教会という制度の下で、政教一致の社会を構成していた十八世紀末の英国において、深刻な問題を引き起こしかねず、一八〇四年にジョーンズの伝記が刊行された時、生前のジョーンズがキリスト教徒で

あり、政治的にも穏健であったという印象を読者に与えるために、収録された書簡の一部が改竄されたという。(85)

ジョーンズとモリスの研究態度は、このように本質的に大きく異なるが、二人はその著作を通して、新プラトン主義の世界観とヒンドゥー神話との間に、特にその構造に関して、著しい類似が見られることを十八世紀の読者に教えた。より正確に言うならば、これらの二人の「東洋学者」は、一見奇想天外に見える異教の神話を少しでも理解しやすい形で説明するために、新プラトン主義という枠組みを用いてヒンドゥー神話を紹介した。ジョーンズとモリスは新プラトン主義を道具として用いることによって、キリスト教と異教の両方を、人類史の中に矛盾することなく位置付けようとしたのである。

すでに述べたように、ブレイク研究史において、新プラトン主義とブレイクとの影響関係を探る研究は長い歴史を持っている。ブレイクと新プラトン主義を結ぶ上で欠けているものがあるとすれば、それはブレイクがテイラー訳を通して新プラトン主義に触れた時期と、ブレイクが新プラトン主義的用語や概念を作品中で使い始める時期との間に、十年以上の隔たりがあることである。

一七九〇年代のブレイクが、抑圧者との闘争とその打倒を主題として作品を書いたのに対して、一八〇〇年代以降のブレイクは他者との共存に視点を向け、「状態」と「個人」を鍵概念とする相互寛容の論理を提示した。プラトンやプロティノスやプロクロスのテクストで用いられた「状態」、「流出」、「植物」という用語と概念は、ブレイクが新プラトン主義関連の文献に接したと思われる時期から十年以上が経過した後、ブレイクの『四つのゾア』、『ミルトン』、『エルサレム』に出現した。この十年の空白期間を説明するためには、ブレイクは一七九〇年代にテイラー訳を通して新プラトン主義と出会ってはいたが、それはいわば時宜を得ない出会いであり、一八〇〇年代以降になって新プラトン主義に対する関心が再燃した、と考えるのが最も合理的と思われる。そして、ブレイクの新プラトン主義に対する関心が再燃したきっかけは、ジョーンズやモリスのインド関連の著作との出会いだったのではないだろうか。

トマス・アルフォンゾ・ヘイリーはトマス・モリスやジョーンズ夫人と友人関係にあり、父ヘイリーはジョーンズの死に際して追悼詩を書いた。ヘイリーの図書室にはジョーンズやモリスの著作が収蔵され、『一連のバラッドに寄せる挿画』のための図版を制作するにあたって、ブレイクはヘイリーが所蔵するインド関連の文献をヘイリーに導かれるようにして渉猟した。『アジア研究』や『インド古事風物誌』のページをめくりながら、あるいはそれらの資料に関する解説をヘイリーから聞きながら、ブレイクはヒンドゥー神話と新プラトン主義との間に類似があることに強い印象を受けたのではないだろうか。もちろん当時の「東洋学者」は、ヒンドゥー神話を説明するために新プラトン主義の枠組みを用いただけであって、両者が学術的にどのような関係にあるのかは別の問題であり、そのような意味では新プラトン主義とヒンドゥー神話は類似しているのではなく、これらの「東洋学者」によって類似しているように説明されたにすぎないのかもしれない。しかし、当時の読者はそこまで詮索しなかったし、また詮索できるだけの学術的な資料の蓄積もまだ充分にはなかった。新プラトン主義とヒンドゥー神話に共通点が多くあると示されれば、額面通りに受け取ったことだろう。実際、一七九五年の『アナリティカル・レヴュー』誌は、モリスの『インド古事風物誌』の書評を掲載し、古代のギリシア哲学はインドに由来すると記した(86)。おそらくブレイクもそのような読者の一人であったにちがいない。

したがって、新プラトン主義関連の英訳を出版したトマス・テイラーから、新プラトン主義がブレイクに直接流れ込んだのではなく、ジョーンズやモリスのヒンドゥー神話の新プラトン主義的解釈に誘発されて、ブレイクが「状態」と「個人」という枠組みを着想し、相互寛容の可能性を作品中に書き込んだ、と考えた方が無理がないように思われる。ブレイクのゆるしを基調とする「イエスの宗教」は、異教の教義から取り出された概念を基礎として構築されたのであり、キリスト教の用語を用いてはいるが、結果として非キリスト教文化圏に親和性を持つような独自のキリスト教に仕上がった。

A・C・スウィンバーンやアーサー・シモンズのような初期のブレイク研究者たちが、ブレイクには「東洋」思想に通じる部分がある、と指摘したのは正しかった。そして、柳が『ヰリアム・ブレーク』において、マックス・ミューラー訳の『ウパニシャッド』に言及しながら、「ブレークの思想が一見して東洋的色調をおびてゐる事は事実である」と記したのは、牽強付会な恣意的な解釈ではなく、きわめて適切なブレイク理解だった。柳はブレイクに「東洋」思想を投影したのではない。ブレイクのテクストに埋まっていた「東洋」の哲学を柳は正しく発見したのである。

第V部　異文化理解とは何か

第十三章　柳宗悦とローレンス・ビニョン
——比較文化研究の実践者

ブレイクに「東洋の汎神論的な詩」[1]との類似を読みとったのはスウィンバーンだった。シモンズも影響関係の有無にまでは踏み込まなかったが、ブレイクと『バガヴァッド・ギーター』に共通点を見てとった。[2]柳はブレイクと『ウパニシャッド』を並べてみせた。[3]ブレイクに不要な干渉をしたパトロンとして、ブレイク研究史において敵役を演じさせられてきたウィリアム・ヘイリーは、実はブレイクとインドをつなぐ重要な仲介者だった。ブレイクとインド哲学との間に接点があったことが確認できた以上、スウィンバーンやシモンズや柳の指摘を恣意的な解釈として斥けることはできない。むしろ、ブレイクとインド哲学との間に接点があるとはとても考えられなかった頃に、両者の関連の可能性に注目した彼らの慧眼を高く評価するべきであろう。

ロセッティ兄弟がどこまでブレイクの「東洋」的な宗教観に反応したかどうかはわからないが、彼らはブレイクと日本美術に同時に夢中になり、両者から刺激を受けつつラファエル前派運動を展開した。同じようにブレイクと「東洋」に同時に関心を寄せた英国側の人物として、詩人であり美術史家であるローレンス・ビニョンを挙げることができる。本章では、ビニョンと柳を比較文化研究の実践者と位置付け、二人の足跡をたどってみたい。

一　大英博物館東洋部長ローレンス・ビニョン――日本美術論とブレイク論の二重奏

ビニョンは一八六九年にイングランド北西部のランカスターで生まれた(4)。オックスフォード大学を卒業後、一八九三年に大英博物館に職を得て、版画・絵画部（The Department of Prints and Drawings）に所属し、英国水彩画と線描画の収集と研究に携わった。学芸員としての仕事をしながら、ビニョンは『サタデー・レヴュー』誌に美術評論を発表し、異端の画家として敬遠されがちだったオーガスタス・ジョンを高く評価した。また、チャールズ・リケッツ（一八六六―一九三一、Charles Ricketts）、リュシアン・ピサロ（一八六三―一九四四、Lucien Pissarro）、エドマンド・デュラック（一八八二―一九五三、Edmund Dulac）などの画家や、オスカー・ワイルド（一八五四―一九〇〇、Oscar Wilde）、W・B・イェイツ、エズラ・パウンド（一八八五―一九七二、Ezra Pound）などの文人と交流を持った。なお、ビニョンの従兄弟の一人は『ツバメ号とアマゾン号』のシリーズで知られる児童文学作家アーサー・ランサム（一八八四―一九六七、Arthur Ransome）であり、ランサムは若い頃にロンドンでビニョンからビリヤードを習ったことを自伝に記している(5)。

大英博物館の学芸員として、ビニョンは『英国人画家と英国で活躍した外国人画家による素描目録』全四巻（一八九八―一九〇七）、『ウィリアム・ブレイク木版画集ファクシミリ復刻版』（一九〇二）、『ウィリアム・ブレイクによるヨブ記挿画集』（一九〇六）などを刊行した(6)。また、版画を研究する中で東アジアの絵画に注目するようになったビニョンは、『極東の絵画』（一九〇八）、『日本の芸術』（一九〇九）、『竜の飛翔』（一九一一）を出版し、英語圏の読者に向けて中国や日本の美術を精力的に紹介した(7)。一九一三年に版画・絵画部に東洋部門が創設されると、ビニョンは初代東洋部長に就任した。この時ビニョンの片腕として活躍したのが、『源氏物語』の英訳で知られるアーサー・ウェイリーである。[8] この間にビニョンは一九一二年に設立されたブレイク協会に会員として名を連ねており、ちょうどロセッティ兄弟がブレイクと日本美術に同時に関心を持ったように、ビニョンもまたブレイクと日本美術の研究を並行して進めた。なお、ビニョンが編集した『ウィリアム・ブレイクによるヨブ記挿画集』は、柳の『ヰリアム・ブレーク』に「主要参考書」の一冊として登録されている。また一九一四年四月に発表された柳の論文「ヰリアム・ブレーク」には、ビニョンの同書について「完全な約百記の挿画の複製である」[9] という説明があるので、柳は同書を閲覧したものと思われる。

『ウィリアム・ブレイクによるヨブ記挿画集』の解説において、ビニョンはブレイクを「生まれながらの反逆者」[10] と評した。これはロセッティ兄弟やスウィンバーンのブレイク理解と軌を一にしており、特に目新しさはない。ビニョンのブレイク論の独自性は、スウィンバーンが指摘したブレイクの創作活動と「東洋」との関連を、さらに広く探求したところに見られる。例えばビニョンは、ブレイクの想像力は古代の「東洋」にまで及んだと述べ、「『エルサレム』では人の頭を持った牛が、まるでアッシリアの宮殿の入り口にいるかのように闊歩している」[11] と記した。これはおそらく『エルサレム』第三十三プレートと第四十六プレート（図28）の挿画に関する意見であろう。さらにビニョンは、ブレイクに類似する日本の画家として、曾我簫白（一七三〇—八一）の名前を挙げる。

図 28　ブレイク『エルサレム』(Copy E, c. 1821), 第 46 プレート, 22.5×16.3 cm, イェール大学英国美術研究センター.

日本の同時代人である曾我簫白は、ブレイクとの奇妙な類似を呈している。簫白は困窮の中で暮らし、狂人とみなされ、孤立して仕事をした。ちょうどブレイクがレノルズを軽蔑して貶めたように、同時代に高名で人気のあった応挙の自然主義を、簫白は軽蔑して貶めた。そして、簫白は十五世紀の巨匠たちの理想主義に回帰して、曾我蛇足の再来と自称した。しかし、簫白は初期の画風の壮大さを復活させることはできず、彼の情熱と力は奇怪で過度な技巧に走るきらいがある。（『ウィリアム・ブレイクによるヨブ記挿画集』[12]）

曾我蛇足は室町後期の画家であり、曾我簫白は奇抜な絵画で知られる江戸中期の画家である。簫白の絵とブレイクの絵とを並べた時、「奇妙な類似」を見出すことは難しいと思われるが、ビニョンは画風ではなく画家としての生き方に着目して、両者に「奇妙な類似」を見た。同時代人の無理解ゆえに貧しい生活を強いられ、また同じく無理解ゆえに「狂人」のレッテルを貼られ、芸術の世界からはじき出され、しかし自分の芸術観を堅持して権威に屈することがなかった異才という共通点を、ビニョンはブレイクと簫白に認めた。

ビニョンが後に初代東洋部長に就任することを知った上でこの説明を読むならば、ブレイクと簫白という組み合わせに虚を衝かれたような印象を受けるものの、ビニョンならではの解説として受け入れることができる。しかし、『ウィリアム・ブレイクによるヨブ記挿画集』が刊行されたのは一九〇六年であって、大英博物館にはまだ東洋部門そのものが誕生していなかった。ビニョンがブレイク研究者であり、「東洋」美術の研究者であるということを知らずに同書を手に取った読者は、なぜここでブレイクと日本の画家とが比較されなければならないのだろうか、と不思議に思ったことだろう。ビニョンが日本を引き合いに出したのは、日本美術を研究していたから、という単純な理由だけではなさそうである。ビニョンは同書の解説でブレイクの詩を「霊感を受けた子どもの歌」であると論じ、「教育によって子どもの心を駆逐し、中年が持つような冴えない野心を追求して無垢な喜びを窒息させること」は「我々の文明の大いなる欠点である」[13]と嘆じた。そして次のように続けた。

ヨーロッパの人々は日本人のような民族に対して、どれだけの哀れみと侮蔑を抱いてきたことだろう。彼らにとって自然のままの美は、生涯にわたって無垢な幸福の大切な源泉なのである。我々は彼らを子どもの国と呼んだ。そして今、明晰な意志と効率的な力によって我々をしのぐ勇敢な人々を見よ。我々には学ぶべきことが多くあることを感謝しようではないか。（『ウィリアム・ブレイクによるヨブ記挿画集』[14]）

ビニョンの言葉の背景にあるのは、一九〇四年に勃発した日露戦争である。一九〇五年三月の奉天会戦、五月の日本海海戦を経て、同年九月にアメリカのポーツマスで講和条約が結ばれた。一八八五年にウィリアム・ギルバート（一八三六―一九一一、Sir William Schwenck Gilbert）とアーサー・サリヴァン（一八四二―一九〇〇、Sir Arthur Sullivan）の喜歌劇『ミカド』（一八八五）で戯画的に描かれた日本人が、国力をぎりぎりまで疲弊させつつもロシアを打ち破ったという知らせは、一九〇二年に日英同盟を締結した英国にとっては朗報であると同時に、英国が日本に対して抱いていた「優越意識に裏打ちされた寛容と保護者意識の観念」[15]を見直す契機となった。それは国際社会において、日本が警戒すべき競争相手とみなされるようになったことを意味したが、やや唐突に日本に言及したビニョンのブレイク論には、富国強兵と殖産興業が進行中だった日本に対する幻滅や嫌悪よりも、研究対象である日本にようやくそれなりの光が当たり始めたことを慶賀しようという気持ちがにじみ出ている。植民地主義に過敏な論者であれば、「東洋」を「子ども」扱いした上で、そのような「子ども」である「東洋」からも「学ぶべきことが多くある」と唱えることによって、欺瞞的な公平性に自己陶酔しながら、自分たちの優秀さを確認しようとするヨーロッパ中心主義を、ビニョンの言葉に読み込もうとするかもしれない。しかし、それはあまりにも牽強付会な解釈というものだ。ビニョンは日本に「子ども」を投影していない。日本を「子どもの国」とみなして「哀れみと侮蔑」のまなざしを向けてきたのは「ヨーロッパの人々」であり、ビニョンは「我々」という一人称の複数形を用いて、異文化を見下す態度そのものを反省しようと訴えているのである。

ビニョンの訴えの意味を適切に理解するためには、ヴィクトリア朝とエドワード七世時代の英国社会がどのような価値観で覆われていたかを思い出す必要がある。十九世紀後半はスマイルズの『自助論』（一八五九）がベストセラーになった時代だった。「時代をリードする人格は、勤勉、精励、自己能力の開発、自制力、節制、倹約、そしてとりわけスティーヴンソン流の忍耐と、有効な時間の利用によってこそ形成されるのだ」[16]と考えられ、文学は敵視された。蒸気機関車の実用化に貢献した鉄道技師ジョージ・スティーヴンソン（一七八一―一八四八、George Stephenson）に象徴されるように、実用的な知識が重視され、想像力は不要とされた。このような功利主義に基づく教育の弊害を、ディケンズは『ハード・タイムズ』（一八五四）で批判的に描き出した[17]。ディケンズが造形した工場主であり、教育者であるトマス・グラドグラインドは想像力に意味を認めず、事実しか尊重しない教育を子どもたちに施し、結果として息子と娘を破滅的な人生へと追い込んでしまう。また、父ジェイムズ・ミル（一七七三―一八三六、James Mill）に実用的な英才教育を施されたジョン・スチュアート・ミル（一八〇六―七三、John Stuart Mill）は、精神的な危機に瀕することによって、そして好奇心から手にしたワーズワスの詩から予期しない慰藉を得ることによって、実用重視の教育が心に歪みをもたらすことを身を以て証明した[18]。「教育によって子どもの心を駆逐し、中年が持つような冴えない野心を追求して無垢な喜びを窒息させる」というビニョンの言葉は、このような時代思潮を反映している。ビニョンがブレイクの作品を「霊感を受けた子どもの歌」と讃美したのも、想像力や感性を子どもの属性とし、想像力や感性に左右されない理性と秩序を成熟の証とみなす風潮に対して、異議を唱えるためだったと考えられる。

詩人を文明社会における半野蛮人と断じ、時代遅れの慣習や迷信と結び付ける議論は、例えば、トマス・ラヴ・ピーコック（一七八五―一八六六、Thomas Love Peacock）によって一八二〇年に発表された。この論考は詩人シェリーの「論争魂」[19]に火を付け、シェリーは翌年の一八二一年に『詩の弁護』を著し、詩人は社会改革を推進する預言者である、と反論した。シェリーは『詩の弁護』の続篇を書くつもりでいたが、一八二二年にナポリ湾で帆走中に嵐に遭遇して溺死したためにそれはかなわず、また論考を掲載する予定だった雑誌が廃刊になったこともあり、『詩の弁護』が世に出たのは一八四〇年のことだった。[20]ちなみにその五年後にエンゲルス（一八二〇―九五、Friedrich Engels）による『英国における労働者階級の状態』（一八四五）が刊行され、さらに一八四八年にはマルクス（一八一八―八三、Karl Marx）とエンゲルスの連名で『共産党宣言』が発表された。これらの事実は、貧困を自己責任に直結させ、合理性と効率を追求する競争社会の問題点が、一八四〇年代には充分に浮き彫りになっていたことを示している。

このような時代背景を踏まえてビニョンの言葉に戻るならば、「教育によって子どもの心を駆逐し、中年が持つような冴えない野心を追求して無垢な喜びを窒息させる」こと、すなわち、想像力や感性を軽視する価値観に対して反省を迫ろうという態度が、日本を唐突に引き合いに出したビニョンのブレイク論に透けて見える。ビニョンはブレイクを論じながら、ちょうど柳がそうしたように、ビニョン自身の信念を熱く語る。

我々の文明の物質主義に内在する残酷さ――つまり心に根差す物質主義――は情緒によって和らげられることもなければ、慈善家のその場しのぎの努力によって矯正されることもないだろう。富める人々の気前のよい慈善活動は、想像力によって導かれた人生に比べるならば、無に等しい。なぜなら、想像力は民族の調和と生命としての人類の全体性を実現しようとするからだ。愛なくして我々は理解することはできないし、理解することは愛の最善の形である。想像力は愛と理解を融合する。（『ウィリアム・ブレイクによるヨブ記挿画集』[21]）

想像力と愛と理解をめぐるビニョンの主張に従えば、想像力を未熟と関連付けてこれを貶めること、そして同じ理由でブレイクを貶めることは、「我々の文明の物質主義に内在する残酷さ」によってなされる誤った判断であり、日本を「子どもの国」と呼んで「哀れみと侮蔑」の対象にすることも、「民族の調和と生命としての人類の全体性」を意識することに背を向けた誤った行為である。ビニョンはブレイクと日本について論じながら、想像力を軽視することと、人であれ、集団であれ、文化であれ、相手に対して「愛」と「理解」を欠いた態度で接することの二点を戒めた。

ビニョンの関心の行き着く先が「愛」と「理解」であることを裏付けるように、そのどちらにも恵まれなかった芸術家として、ビニョンは簫白とブレイクを組み合わせた。ビニョンはこの組み合わせがよほど気に入ったらしく、二年後に出版された『極東の絵画』の「第十六章　十八世紀と十九世紀の新たな動き」において円山応挙と曾我簫白を扱った時にも、簫白とブレイクとを並べてみせた[22]。ビニョンはどのようにして簫白を知ったのだろうか。『極東の絵画』の序文でビニョンは、日本の絵画は中国の絵画との関連で研究する必要があり、さらにインドに起源を持つ宗教の影響を考慮に入れなければ適切な理解を得ることは難しいと述べ、「アジア」の全体像を圧縮して論述した有益な参考書として岡倉天心の『東洋の理想』（一九〇五）を挙げた。『東洋の理想』の「徳川時代後期――一七〇〇年～一八五〇年」と題された章には、次のような記述がある。

ここには、民衆詩〔俳句〕に挿絵をそえることによって、新様式をくみ立てようと努めた蕪村がいた。光琳の様式を復活させようとした始興、また、ブレークにも似た本能により、足利時代の蛇足から示唆されて、奔放なイメージの饗宴にふけった簫白もいた。さらには、一種狂熱の徒として、どこにもありそうにない鳥の姿を好んで描いた若冲がいた。（『東洋の理想』佐伯彰一他訳[23]）

簾白とブレイクとを並べることをビニョンが思い付いた背景の一つには、岡倉の『東洋の理想』があったのかもしれない。同書以外に有益な参考文献としてビニョンが言及した資料には、一八八九年に創刊され、当時は英語版も刊行されていた美術雑誌『国華』、パリ万国博覧会での展示をきっかけとしてパリで出版された『日本美術史』[24]（一九〇〇）、田島志一編『真美大観』（日本仏教真美協会、一八九九―一九〇八）全二十巻、『マンスリー・レヴュー』誌に掲載されたアーサー・モリソン（一八六三―一九四五、Arthur Morrison）の論文「日本の画家」（一九〇二、'The Painters of Japan'）、フランク・ブリンクリー（一八四一―一九一二、Frank Brinkley）の日本関連の著作が含まれる[25]。また、ビニョンは『極東の絵画』の序文に、古筆了任（一八七五―一九三三）から日本と中国の美術について多くを学んだと記した。古筆了任とは一九〇二年から一九〇三年にかけて、大英博物館でウィリアム・アンダーソン・コレクションの調査に従事した人物である[26]。ウィリアム・アンダーソン（一八四二―一九〇〇、William Anderson）は一八七三年から一八八〇年まで、東京の帝国海軍医学校教授を務め、解剖学、生理学、外科、内科を教えた。滞在中にアンダーソンが精力的に収集した日本の美術品は、その後大英博物館に寄贈され、後にビニョンが初代の部長に就任する東洋部門の礎を築いた。この膨大なコレクションを整理する役割を、大英博物館は代々古筆鑑定に携わってきた古筆家第十五代の古筆了任に依頼したのである。

ビニョンが列挙した参考文献と日本人協力者の氏名から、ビニョンが日本美術論を書き上げたおおまかな過程を推測することができる。しかし、ここで注目したいのは、異文化である日本美術を英語圏の読者に少しでもわかりやすく紹介するために、英国文化と比較するという手法をビニョンが用いたことである。簾白にブレイクを引き付けたように、ビニョンは在原業平をバイロンになぞらえた。壮大な画風と弟子の多さに着目して、狩野永徳とルーベンスを比較した。浮世絵を説明するために、日常生活を題材にしたヨーロッパの風俗画を取り上げた。また、ホイッスラー

図 30　歌川広重『名所江戸百景』より「京橋竹がし」(1857)，木版画，35.8×24.5 cm，岩崎コレクション．

図 29　ホイッスラー《ノクターン――青と金，オールド・バタシー・ブリッジ》(1872-75)，油彩，66.6×50.2 cm，テート・ブリテン．

の「バタシー橋」に、広重のモチーフと構図の影響が見られることも指摘した[27]（図29、30）。

『極東の絵画』は日本と中国の美術を紹介した書物ではあるが、ビニョンのブレイク論にビニョン自身の価値観が埋め込まれたように、異文化理解や創造行為一般に関するビニョンの見解が随所に散りばめられている。ビニョンは『極東の絵画』執筆の目的を序文に次のように記した。

> 私の主要な関心は、作者や考古学的な問題を議論することにはない。これらの東洋の絵画が西洋の我々に対して、どのような美的価値と意義を持つのかを探ることにある。（『極東の絵画』[28]）

ビニョンがここに表明した立場は、夏目漱石が唱えた「自己本位」型の研究態度とほぼ同じである。異文化を手本として仰ぐのではなく、そこから自分たちにとっての「美的価値と意義」を引き出そうとする姿勢は、柳が英文学や欧米の哲学に対してとった立場とも共通する。ヨーロッパ美術とは異なるところの多い「東洋の絵画」の「美的価値と意義」を理解するために、ビニョンは比較文化の視点を導入し、東アジアとヨーロッパを対比させた。例えばビニョンは、日本にとっての中国は「我々」にとってのイタリアとギリシアに相当すると説明し、ギリシア文化とローマ文化が古典としてヨーロッパ各地に浸透したように、中国を起源とする技法、材料、主題が東アジアに拡散したと述べる。ヨーロッパと東アジアの文化史的類似点を指摘した後、ビニョンは相違点に目を向け、ヨーロッパでは自然を画布の上に忠実に再現することが芸術の根幹であると考えられてきたのに対し、中国では「律動」(Rhythm)、すなわち万物の生命を描くことが芸術の使命とされたと論じる。ビニョンによると、東アジアの芸術家にとって事物の外観を模倣することはそれほど重要ではなく、内的な精神を絵画としてどのように表現するかというところにその力量が発揮される。このように、ヨーロッパとは異なる芸術観のもとで制作された絵画に触れる時には、芸術観は文化によって多様であることを認識する必要があるが、観者が自文化の芸術観にあまりにも慣れ親しみすぎていると、自文化を規準にして異文化を判断してしまうため、例えば「中国や日本の絵画には遠近法がない」[29]という誤解を導いてしまう、とビニョンは続けた。そして「東洋」の絵画を研究することの意義について、次のように述べた。

　東洋の絵画を研究することから、我々は次のようなことを学ぶことができる。それぞれの素材がどのような効果をもたらすように使われているのか、また、その絵が本当に魂に訴えかけてくるかどうかを問うのではなく、その絵が対象を正確に描いているかどうかを問うような、輝かしい科学の時代の影響を受けて、外的で客観的な規準を設定しようという趨勢に対して、我々は疑念を持つことができるようになるだろう。(『極東の絵画』[30])

ブレイクは『天国と地獄の結婚』において、旧約聖書の預言者イザヤとエゼキエルに自己反省をさせ、自分たちの神を愛しすぎたがゆえに、他の神々を悪魔とみなして迫害した、と述べさせた。同じようにビニョンは、異文化を誤解する大きな原因の一つが、自文化に愛着を持ちすぎることにあると指摘し、絵画に科学的正確さを求めるのではなく、科学的正確さからかけ離れた技法によって観者に強い印象を与える絵画表現も、芸術のあり方の一つとして認められなければならない、と主張した。そうすることによって、「我々」は慣れ親しんだ芸術観を相対化し、より豊かな芸術理解へ向けて一歩を踏み出すことができるだろう。十九世紀末から二十世紀初頭にかけて、新しい芸術様式としてアール・ヌーヴォーがヨーロッパを席巻しており、しかもアール・ヌーヴォーを誘発した契機の一部として日本美術とブレイクが想定されることを思い出すならば、まさに進展しつつあった芸術界の動きにビニョンが敏感であったことがわかる。またそれはビニョンが、芸術はある様式で固定化されるべきものではなく、常に新たな刺激を受けて進化すべきものである、と考えていたことを示す。ある一つの芸術観を絶対視することが排他性に伴う停滞を招くのに対し、複数の芸術観がそのようなものとしてそれぞれ容認される時、それらの相互作用の結果から新しい境地が生まれ得る。ビニョンは「極東」の芸術をヨーロッパの芸術と比較して、その絶対的な優劣を論じるのではなく、多様な芸術の一形態として「極東」の芸術を紹介した。新しい可能性に向かって開かれたビニョンの態度が、ブレイクの「対立なくして進歩なし」という言葉を想起させることは言うまでもない。

「極東」の芸術に見られる特徴は、自然を模倣することではなく、自然に宿る生命を主観に基づいて描くことにある、と論じたビニョンは、第二の特徴として風景の重視を挙げる。ビニョンによると、人物像を中心に画面が構成されがちなヨーロッパ美術に比べて、日本や中国の絵画は人を風景の一部として扱うことが多い。なぜ、このように鮮やかな相違があるのか。ビニョンはその原因を再びそれぞれの芸術観の違いに求め、ヨーロッパの絵画では人物像を画面の前面に押し出して、それらの人物の姿勢や表情に託してその絵の主題が描き出されるが、中国や日本の絵画では主題はほのめかされるにとどまっており、画面に暗示された手掛かりをもとに絵全体を解釈する作業は観者に委ねられる、と論じた。[31] その一例として宋の絵画を取り上げ、ビニョンは次のように述べる。

一粒の砂に世界を見て
一輪の野の花に天国を見るために

我々のブレイクの言葉は、宋の詩人兼画家たちの心にあるものを、私のどんな言葉よりも的確に明瞭に言い当てている。（『極東の絵画』[32]）

ビニョンは英語圏の読者に「宋の詩人兼画家たち」の芸術をわかりやすく伝えるために、ブレイクの詩の一節を引いた。これは「無垢の予兆」と題された詩の冒頭二行であり、「手のひらに無限を、そして一時間に永遠をつかむがよい[33]」という命令形が続く。柳もまた「宗教的時間」という論考で、「無垢の予兆」の冒頭を「瞬間」と「永劫」を論じるために引用し、「即如の種々なる理解道」という論考では、これらの詩行を参照しながら「神の象徴」を説明した。[34] ブレイクの「無垢の予兆」の冒頭四行は、想像力や「直観」で不可視の領域に迫ろうとする努力を簡潔に表現しており、柳は神秘主義思想を研究するための手掛かりをそこに見出した。またブレイクのこの詩句は、想像力によって紡ぎ出された意味を風景に託して主観的に描く芸術のあり方とも合致しており、ブレイク自身が想像力の産物を「幻視」として描く芸術家でもあったため、ビニョンはここでブレイクの詩句を引いたものと思われる。ビニョンにとって日本の絵画のおもしろさは「暗示」（suggestion）にあった。ビニョンは足利時代の絵画を論じながら、次のように言う。

絵画とは以心伝心の火花だった。だから、我々は西洋的な考え方でやりがちなように、画家の技量や技術をくどく
どと論じながら、仕上がり具合の完成度によって絵画を判断してはならない。芸術作品における技量や技術は、わ
れわれ自身、すなわち見る者に尊く力強い感情を喚起する手段であるということ以外に、それ自体としては何らの
価値はないのである。そしてこれらの画家たちは、緻密に描き込むよりも、暗示することによって、より直接的に
心に訴えかけることができると悟ったのだ。（『極東の絵画』[35]）
日本の絵画の技法として「暗示」に注目したのは、ビニョンが初めてではない。ビニョンが依拠した岡倉天心の『東洋の理想』には、足利時代の美を論じた箇所に「あらわに示すのではなく、暗示することこそ、無限に通ずる秘訣である」[36]という言葉が見られる。しかしここで重要なのは、誰が「暗示」の効果に初めて注目したかということではなく、ビニョンが岡倉の影響を受けつつ、「西洋的な考え方」を相対化したことである。ビニョンは「西洋的な考え方」で日本の絵画を判断することを慎しみ、「西洋的な考え方」では未完成や未熟とみなされてしまう要素に積極的な意義を見出した。ビニョンの言葉は、W・M・ロセッティが初めて北斎の木版画を前にした時に、安易にその価値判断を行うことを避け、目の前に置かれた図案の一つ一つによって呼び起こされる印象をひたすら書き綴った様子を想起させる。あるいはギリシア美術の完成度を判断の規準とすることによって、「東洋」の美術に二流品の烙印を押したパルグレイヴの日本美術論と好対照をなす。自文化で軽んじられる要素が異文化では重視されることを発見して、それを肯定的に評価し、その上で自文化を顧みて進化や変化の可能性を探るというビニョンの姿勢は、相手を「哀れみと侮蔑」の対象に据えることがないという意味で、異文化理解の健全なあり方の一つと言えるのではないか。

『極東の絵画』の結論部でビニョンは浮世絵に戻り、浮世絵は十七世紀のオランダ風俗画と同じように生活に密着した芸術であると述べ、次のような問いを読者に投げかけた。

ヨーロッパにおける今日の我々の芸術がうまくいっていないのは、まさにこの点ではないだろうか。我々の芸術は日常生活から遊離し、実用品であることから切り離され、美術館と展覧会のための代物になりつつある。(『極東の絵画』)[37]

ビニョンはそのような傾向の実例として、食器として使うには美しすぎるので、装飾品として壁に掛けられたままの皿を引き合いに出し、美術館を美しい作品で満たすことには汲々としているが、それらを日常生活の一部に組み込もうという努力は乏しい、と指摘する。そしてビニョンは「芸術はそれ自体が目的ではなく、生活に美をもたらす手段なのだ」[38]と主張し、生活と芸術とが有機的に統合される必要性を訴えて同書を締めくくった。

『極東の絵画』の翌年に出版された『日本の芸術』では、ビニョンは哲学や芸術における「東洋」と「西洋」の相違は対立するものとしてではなく、相互に補完し合うものとして受けとめられるべきだという見解を披露した[39]。また、日本と中国の美術論である『竜の飛翔』には「偏見と先入観を取り除くことが、美をありのままに味わうためには不可欠な条件である」[40]と記し、競争の原理に基づいて役に立たないとみなされたものを踏みにじってきた結果、「我々」は何かを失ってしまったのではないのか、とビニョンは問う。ビニョンは特に人と自然との関係に注目し、人を自然の征服者と位置付けるのではなく、「東洋」の風景画に見られるように、人を自然の一部と見る視点の重要性を説いた。このような視点は決して「東洋」独自のものではなく、英国にも見受けられるものであり、ビニョンはその具体例としてワーズワスが唱えた「賢明な受動性」(wise passiveness)という言葉や、キーツ(一七九五―一八二一、John Keats)が書簡に記した「知性を強化する唯一つの手段は心を無にすることです」、「花のように葉を開いて、受け身になろう」、「詩的性質は自己というものを持ちません、それは全てであり無なのです」などの言葉を挙げた[41]。一九一六年には『大英博物館版画・絵画部東洋部門所蔵の日本と中国の木版画目録』を出版し、商人が台頭したオランダにおいて日常生活を題材とする絵画が登場したように、日本では浮世絵が人気を博し、なかでも大津の絵師は伝説上の英雄、歴史上の人物、鬼などを手早く描いては安価な値段で販売し、地元の伝統産業を作り上げた、とビニョンは書いた(42)。また『英詩と絵画や諸芸術』(一九一八)では、中世を教会と封建制によって社会生活に統一と調和がもたらされた理想的な時代と位置付けた(43)。

ビニョンの研究対象であるブレイクが、非キリスト教文化圏に向けて広がる想像力を持ち合わせており、したがってキリスト教を相対化し得たことを思えば、ビニョンの文化相対主義的な議論の背後にブレイクからの影響を見ることは充分に可能である。さらにここで注目したいのは、ビニョンが『極東の絵画』で示した「自己本位」型の研究態度、人よりも自然を中心とする「東洋」の芸術観、「暗示」という間接的な芸術表現、生活と芸術の乖離に関する議論などは、柳の外国文学研究や芸術論と重なる部分が多いということである。「東洋」と「西洋」との間に相互補完的な関係を構築しようとするビニョンの姿勢は、リーチや柳や『白樺』の人々が目指した方向でもある。対象へ積極的に働きかけるのではなく、対象からの働きかけを受け取ることに重きを置こうというビニョンの主張も、妙好人をめぐる柳の議論を彷彿とさせるし、柳が河井寛次郎を評するのに用いた「受取方の名人」という言葉に通じるところがある。柳は「聖貧に就て」(一九二七)で、ブレイクの「感謝して受ける者は豊な収穫を有つ」という言葉を引用しながら、「来るべき世には『受動哲学』が樹立されねばならぬ」と書いた(44)。

これだけ多くの類似点が見つかると、ビニョンと柳との間に影響関係を想定したくなるのだが、それを実証できるだけの充分な事実は今のところ揃っていない。一九一〇年代の柳とビニョンとを結ぶ接点は、柳が『ヰリアム・ブレーク』の「主要参考書」欄に挙げたビニョンの編集による『ウィリアム・ブレイクによるヨブ記挿画集』であり、これ以外に両者をつなぐ手掛かりはなさそうである。例えば『柳宗悦全集』に柳よりビニョンに宛てた書簡は見当たらない。筆者は大英図書館でローレンス・ビニョン・アーカイヴを調査したが、柳からビニョン宛てに送られた書簡や、ビニョンから柳に宛てた書簡の控え等は見つかっていない。日本民藝館所蔵の柳宗悦旧蔵書に、ビニョンの『極東の絵画』一九一三年版が含まれることは確認できたが、『極東の絵画』にも『ウィリアム・ブレイクによるヨブ記挿画集』にも柳の書き込みは見られず、これらの著書が柳にどれほどの影響力を持ったのかは不明である。ビニョンの著書がきっかけで、柳の関心がヨーロッパ美術から東アジアの美術へと回帰し、民藝を着想し、初期大津絵の研究に着手した、という説を立ててみたいところではあるが、根拠となる事実がないところに砂上の楼閣のような仮説を組むことは控えたい。ブレイク研究に続いて朝鮮民族美術館の建設へと向かい、朝鮮陶磁器収集の旅を重ねる中で木喰上人の仏像との出会いがあり、実用品としての木喰仏に美が宿るという発見から民藝という概念が誕生する道筋が、あまりにも首尾一貫しているからだ。

しかし、柳とビニョンとの間に接点が確認できないのは一九一〇年代のことであって、一九二九年にロンドンを訪れた柳はビニョン宅に招かれて昼食を共にする。この運命的な出会いについては次節で詳しく見ることにして、ビニョン・アーカイヴの資料をもとに、ビニョンの交友関係のうち本書の議論と関わりのある部分を復元しておきたい。

『東洋の理想』の著者岡倉天心は、一九〇八年五月二十日にビニョンに宛てて書簡を送り、もっと会って話をしたいところだが滞在期間が短くて残念だ、と書いた。もう一度博物館を訪れてさよならを言いたいのだが、できるかどうかわからないと追伸にあるので、岡倉がロンドンを訪れた時に大英博物館でビニョンと会い、その後滞在中のホテルで認めた書簡と考えられる[45]。

アーネスト・フェノロサ（一八五三―一九〇八、Ernest Fenollosa）は一八七八年に来日し、東京大学で哲学や政治学を教える一方、日本画や能に関心を持ち、東京美術学校の創設に尽力した。晩年フェノロサはロンドンを訪れ、一九〇八年九月十日付で滞在先のホテルからビニョンに宛てて面会を希望する書簡を送った[46]。今回の滞在は短いのであまり何もできないが、来年の夏には再びロンドンに来たい、とフェノロサは記したが、その十一日後にロンドンで客死した。フェノロサの遺稿はエズラ・パウンドに預けられ、さらにW・B・イェイツの手元に回って、能に触発された数々の芝居をイェイツが書くことになる。

イェイツとビニョンとの間には当然のように交流があり、例えばイェイツは一九二四年一月二十九日付ビニョン宛書簡で、ロンドンで会った時に『日本美術における伝説』という本を薦めてくれたが、著者の名前を知らせてほしいと書いた。ビニョンは一月三十一日に返信を送り、アンリ・ジョリ著『日本美術における伝説』は有益な参考書になるだろうと答えている[47]。

京都帝国大学文科大学教授として中国哲学、中国語学、中国文学を担当した狩野直喜（一八六八—一九四七）は、一九一二年九月からヨーロッパに留学し、「北京からロシアを経由してパリに着いたが、一年有余の間にスイス、イタリア、オーストリア、ドイツ、ベルギー、オランダ、イギリスなど各国を精力的に駆けめぐった」[48]。ビニョン・アーカイヴに保管された資料によると、この間に狩野はロンドンでビニョンと会っている。狩野は一九一三年九月十四日付ビニョン宛書簡で、大英博物館で中央アジアの貴重な品々を調査し、楽しい時間を過ごすことができたと感謝し、英文学を専門とする友人がロンドンへ出発したので紹介したいと記した[49]。ビニョンが本人から受領した書簡によると、狩野がビニョンに託した若者は、ビニョンの指導の下でヨーロッパ美術を研究した模様である。

東京帝国大学で英文学を教えていた詩人のロバート・ニコルズ（一八九三—一九四四、Robert Nichols）は、一九二三年十月三十日にビニョンに宛てて書簡を送り、関東大震災で大学図書館が甚大な被害を受け、新たに図書を購入すべく二名の教授が渡英する予定なので力を貸してほしいと依頼した[50]。ニコルズは一九二一年に東京帝国大学英文科に着任し、一九二四年まで英文科主任を務めた。ニコルズの帰国が間近であったことは、ニコルズの書簡の九日前に滝精一（一八七三—一九四五）がビニョンに宛てて送った書簡からうかがえる。

東京帝国大学美術史教授であり、美術雑誌『国華』の編集責任者でもあった滝は、英文科主任のニコルズ教授が来年の三月で帰国の予定であり、英語学の市河三喜（一八八六―一九七〇）教授と相談してビニョンをその後任として一年間招聘したいのだが、どうだろうか、と書いた。給与は往復旅費込みで一万一千円（千百ポンド）だった。大火で大学の大部分が被害を受けたのでこれ以上の給与を出せないのが残念だ、もし引き受けてもらえるならば電信で知らせてほしい、また齋藤勇助教授がロンドンに滞在中なので、不明な点は彼に聞いてほしい、もし引き受けてもらえないならば、適任者を三年契約で推薦してほしい、と滝は書き添えた。(51) ビニョンが滝にどのような返事を送ったかはわからないが、この話はまとまらず、ニコルズの後任として東京に赴任したのは、英国の詩人、批評家として知られるエドマンド・ブランデン（一八九六―一九七四、Edmund Blunden）だった。

ブランデンは一九二四年から一九二七年まで東京帝国大学で教鞭を執った。一九二七年一月二十一日付の書簡でブランデンはビニョンに、ある学生が『極東の絵画』を日本語に翻訳したいという希望を持っているので許可してくれないか、と尋ねた。(52) しかし、同年四月十九日にブランデンがビニョンに送った書簡によると、この企画はうまくいかなかったらしい。なお、ブランデンは、東京は退屈で、東京からは遠いが京都と特に奈良がいい、という感想を同じ書簡に記している。(53)

ビニョン・アーカイヴに保管された資料から判断する限り、ビニョンが最も頻繁に書簡のやりとりをした日本人は矢代幸雄である。矢代は一九一五年に東京帝国大学文科大学英文科を卒業した後、東京美術学校で教鞭を執り、一九二一年にヨーロッパに渡った。ロンドンでの研究を経てイタリアへ赴き、フィレンツェで美術史家バーナード・ベレンソン（一八六五―一九五九、Bernard Berenson）に師事した。研究を終えて日本へ帰国した一九二五年には、ロンドンの出版社から英語による著書『サンドロ・ボッティチェリ』全三巻を刊行する。ビニョン・アーカイヴには、矢代がビニョンに宛てて送った書簡が十通あまり保管されており、そのうちの一通によると、フィレンツェに到着した矢代はベレンソンを紹介してくれるようにビニョンに依頼したようだ。[54]

これらの書簡から、ビニョンが欧米と日本をつなぐ窓口の役割を果たしていたことが見えてくる。[55] ビニョンは日本側の求めに応じて適切な英国の研究者を日本へ送り出し、日本から英国へやってくる留学生をその希望に応じて適切な研究者に引き合わせた。ビニョンの人脈はアメリカにも伸びており、例えばラングドン・ウォーナーからビニョンに宛てた書簡では矢代幸雄が話題に上っている。[56] ビニョンは、いわば、日本と欧米との文化交渉の十字路で交通整理をしていたと言えるだろう。このビニョンの人脈に柳がいつ頃から加わったのかはわからないが、一九二九年五月に柳はアメリカへ向かう途中にロンドンに立ち寄り、ビニョンと会う。

二　ハーヴァード大学の柳宗悦――「比較しつゝ話して行く方法」

一九二九年の柳に目を向ける前に、『ヰリアム・ブレーク』を出版した後、柳がどのようにブレイクと関わったかを整理しておく。柳はブレイクについて著書を刊行するだけでなく、ブレイクの作品を広く世に知らしめるために展覧会を積極的に企画した。一九一四年の『白樺』五巻十一号に「ブレーク展覧会に就て」という広告が掲載され、ブレイクの複製画を約六十点展示するという告知がなされた。また、これだけの数の複製画を展示することは「Dr. Fredk Hollrer［ママ］氏の非常な好意によつて」可能になったという説明があり、翌月の『白樺』には「ブレークの絵は無事についた」という報告が載った。[57]『白樺』六巻二号（一九一五年二月）に掲載された「第七回美術展覧会」によると、「ブレークの着色版及び写真版の複製六十余枚の外に、なほ兼々好い機会に於て展覧しやうと思つてゐたミケランゼロ、レムブラント、ゴヤの素画の複製百余枚」が、一九一五年二月二十日から二十八日まで、日比谷美術館における『白樺』主催「ブレーク並に素画展覧会」で展示された。[58]

柳が言及した「Dr. Fred^{K}Hollrer 氏」とは誰か。一九〇八年に柳が志賀直哉に送った葉書に手掛かりがある。

> 御依頼のワッツの画を売つてる所を御知らせ致すのを今迄忘念致し申しわけ無之候
> 宛名は、
> Freak. Hollyer.［ママ］
> 番地は
> 9. Pembroke Square, Kensington. London.
> 画家は
> Watts, Rossetti, Burne-Jones, Holbein 等にて御座候(59)

ワッツとはジョージ・ワッツ（一八一七―一九〇四、George Frederic Watts）という英国の画家であり、列挙された画家の一覧から、柳と志賀がラファエル前派に関心を持っていたことがわかる。これらの画家の名前にブレイクが含まれていないが、『キリアム・ブレーク』の巻末では、柳はブレイクの複製画の入手先として「Mr. Frederick Hollyer. 9 Pembroke Square, Kensington, London W. C.」を挙げ、購入可能な複製画の目録と価格を示した。

フレデリック・ホリヤーという人物は二人おり、フレデリック・ホリヤー（一八三八―一九三三、Frederick Hollyer）とその長男フレデリック・トマス・ホリヤー（Frederick Thomas Hollyer）である。父ホリヤーは銅版画職人であり、動物画で有名なエドウィン・ランドシア（一八〇二―七三、Sir Edwin Henry Landseer）の作品の複製版画を制作したりしていたが、一八六〇年に写真家として活動を始める。一八七〇年にはケンジントンに工房を構え、銅版画と写真技術を用いた精巧な複製画を制作して販売した。ホリヤーが手掛けた複製画には、フレデリック・レイトン（一八三〇

一九六、Frederic Leighton)、エドワード・バーン=ジョーンズ、アルバート・ムーア（一八四一—九三、Albert Joseph Moore)、D・G・ロセッティ、フォード・マドックス・ブラウン、ウィリアム・ホルマン・ハントなどが含まれる。ホリヤーは一八九二年に、写真という新しい表現形式に芸術の地位を与えようと有志の写真家が結成した「リンクト・リング」(Linked Ring）に参加した。「リンクト・リング」は会長も役員も置かず、会則もなく、毎月例会を開いて、写真の技術的発展と社会的地位の向上を目指すための団体だった。ホリヤーは伝統的な格式を重んじる肖像画とは異なり、被写体が日常生活の中でくつろぐ様子を肖像写真として撮影し、第一線で活躍する創造的な写真家の一人と目された。ホリヤーが撮影した肖像写真には、D・G・ロセッティ、バーン=ジョーンズ、ワッツ、レイトン、ウォルター・クレイン（一八四五—一九一五、Walter Crane）などの画家に加えて、ウィリアム・モリスやジョン・ラスキンが含まれる。ホリヤーは一九一三年に引退し、ケンジントンの工房をフレデリック・トマス・ホリヤーとアーサー・サミュエル・ホリヤー（Arthur Samuel Hollyer）という二人の息子に任せた。[60]

柳が交流を持ったフレデリック・ホリヤーは、父と子のどちらのホリヤーなのだろうか。ロンドンのブレイク協会第一回例会の模様を記録した一九一二年の小冊子には、ブレイクの複製画をフレデリック・ホリヤー氏の工房で見ることができるという文言が印刷されている。[61] また、フレデリック・ホリヤーとフレデリック・T・ホリヤーの連名による『ホリヤー氏の白金写真版複製画目録』（一九〇二）には、バーン=ジョーンズ、ワッツ、D・G・ロセッティ、ホルバインに続いて、その他の作品としてブレイクの複製画が四点登録されている。[62] 目録が連名で刊行されたということは、おそらく一九〇二年には父子で工房を切り回し、息子ホリヤーは来るべき父の引退の日に備え始めていたのだろう。父ホリヤーは一九一三年に隠居するので、柳がブレイクの複製画に関して取引をした相手は、写真家として知られた父ホリヤーではなく、二代目フレデリック・ホリヤーだったと考えられる。また、この推論が正しいことは、一九二〇年代にロンドンを訪れてフレデリック・ホリヤーと会った山宮允の次のような言葉から確認できる。

氏は日本の柳氏から沢山註文を受けたと云ふこと、氏の版画の製作は弟と一緒に自ら手を下してやつて居ると云ふこと、製版印刷に手が係り暇が入るので多くは百部位しか作らぬと云ふことを私に語つた。（『ブレイク論稿』）[63]

一九一四年に『ヰリアム・ブレーク』を出版し、一九一五年にブレイク展を開催した柳は、その後もブレイクと密接に関わり続けた。一九一五年にリーチに宛てて「ブレークの研究からキリスト教神秘主義に深い興味を抱くようになりました」[64]と書いたように、柳はキリスト教神秘主義と禅の研究を進め、神、無限、即如、聖貧などを表題に含む論考を次々と発表しつつ、一九一九年九月三日から十日まで信州各地で、十一月七日から十一日まで東京神田流逸荘で、十八日から二十二日まで京都帝国大学基督教青年会館で、ブレイクの展覧会を開催した。この展覧会のために柳は『ヰリアム・ブレーク複製版画展覧会目録』（一九一九）を出版し、それぞれの図版について詳細な解説を施した。[65]また、柳はこれらの展覧会でブレイクの複製画の注文を受け付けており、購入希望者に対する案内が『白樺』に三度にわたって掲載された。『白樺』十一巻五号（一九二〇年五月）の「ブレークの絵を註文された方に」では、「ホリヤー氏から手紙が届いて、去る三月七日に書留で荷を出した」という報告がなされ、いくつかの複製画は新しく印刷しなければならないので、もう一ヶ月程待ってほしいというお願いと、「ホリヤー氏から、かくも多くの註文が日本から来た事を非常に驚き且つ大変嬉しく感じたと云つてきました」[66]という言葉が記された。また七月の『白樺』に柳は「ブレークの画を註文された方に再び」を載せ、ホリヤーから送られた荷物の約半分が手元に届いたところで、残りの荷物が届くのを待ってから品物を購入者に発送する予定である、と知らせた。「之は小生の落度ではなく、全く郵便上の関係で遅れてゐるのですから悪からずお思ひ被下い」という文言があるので、購入希望者から柳のもとに問い合わせがあったのかもしれない。[67]九月の『白樺』に掲載された「三度ブレークの絵を申込まれた方に」からは、「残りが未だに届かず非常に困つてゐます」、「小生の方からホリヤー氏に催促しました[68]」という苦労の様子が見える。しかし、この騒動は何とか無事に決着したらしく、柳は十月の『白樺』の「編輯室にて」に「ブレークの絵の発送をほゞ終つて安心した。もう中に入つて絵を註文するのはよそうと思ふ」と書いた[69]。

一九一九年から一九二〇年の『白樺』の「編輯室にて」には、ブレイクの絵の販売に関するやりとり以外にもう一つ重要な情報が含まれている。柳はこの時期に『ヰリアム・ブレーク』の改訂版を刊行することを考えていたらしい。一九一九年二月の『白樺』に、柳は「自著『ヰリアム・ブレーク』（洛陽堂発行、原価三円）が売切でないので五六冊程自分で買ひたい。売りたい方は直接私宛に価格を云つて知らせてほしい、千葉県我孫子町、柳宗悦宛[70]」と記した。さらに同年八月の『白樺』に、柳は「久しく絶版だつた『ブレーク』の再版を出す為に、その増補を企てようと思ひ立つた[71]」と書いた。さらに次のように続けた。

初版は凡そ二年足らずして絶版になつた。丁度その頃から起つた大戦の余弊が凡ての経済界に変調を来した。余の本もその原価に於て出版する事が不可能になり然もそれは多大な費用を要した。最近三年の間、未知の人々から屢々本の捜索を要求された。余は古本屋にも依頼し、又古本の買戻しを「白樺」でも広告したが応じてくれる人は一人もなかつた。話によれば今古本の市価は原価の倍になつた。自分は止むなく再版を出す事に決定した。（「赤倉温泉から[72]」）

この「未知の人々から屢々本の捜索を要求された」具体例として、どのような事例があったのかについては後で触れる。同じ八月のリーチ宛の書簡で柳は「まだブレークで忙しくしています。本の改訂というのは、思いの外、時間と労力を必要とするものですね[73]」と書いているので、赤倉温泉で改訂作業を精力的に行ったようである。ただし、この改訂版が世に出ることはなかった。しかし、改訂版の出版元となるはずであった叢文閣から一九二一年に『ブレークの言葉』が刊行されるので、改訂版を出す代わりにブレイクを翻訳することを柳は選んだのかもしれない。柳は一九一四年の『白樺』に発表した「ブレークの言葉」を大幅に拡充して、同書を編集した。翻訳として収録されたテクストにはブレイクの手紙、ブレイクが蔵書に施した書き込み、『自然宗教は存在しない』、『すべての宗教は一つである』、『天国と地獄の結婚』、『エルサレム』、『解説目録』、『最後の審判の幻想』、『ラオコーン』、ヘンリー・クラブ・ロビンソン（一七七五―一八六七、Henry Crabb Robinson）の日記からの抜粋が含まれ、末尾には「ヰリアム・ブレーク略年譜」が置かれた。柳は、例えば、次のような言葉をブレイクのテクストから選び出して翻訳した。

私はそれ等の作品を私のものだと呼ぶが、然し彼等が私のものでない事をも知つてゐる。(74)

眼は心が知るよりも多くを見る。(75)

地上の一切のものは神の言葉であり、その本質に於ては神である。(76)

対立なくば進歩はあらぬ。引力と反発、理性と精力、愛と憎。凡て人類の存在に須要である。(77)

地上に住む吾々は、吾々自身に於て何事をもなす事は出来ぬ。宛ら消化又は睡眠に於けるが如く、一切のものは精霊によつて導かれてゐる。(78)

芸術と学問とは暴虐と悪政との打破である。何故一つの善き政府はその主要者たり支持者たるものを抑へようとするのであるか[79]。

国家が芸術を鼓舞する等とは云ふべき事ではない。芸術を鼓舞するものは芸術だ。芸術と芸術家とは精神的なものであつて、いつか死滅する偶然事に対しては只笑つてゐる。国家の力は教へを教へず、教へを妨げてゐる。丁度彼等の力は人を殺すばかりで、人を造る事を知らないのと同じである[80]。（『ブレークの言葉』）

柳の関心が利己心にとらわれない精神のあり方を模索することにあり、そのような観点から柳がブレイクを読み、「肯定の思想」に共鳴し、無我の境地で創作活動に携わることを芸術家にとっての理想とみなし、芸術を政治権力の暴走に対する抑制装置として社会に位置付けようとしたことが、柳が選択したブレイクの言葉によく表れている。特に「国家」と「芸術」に関するブレイクの言葉を拾い上げたことと、『ブレークの言葉』を刊行した同じ一九二一年に柳が朝鮮民族美術館の設立に向けて動き始めたこととは、おそらく密接な関連があると言えるだろう。また、一九二一年に英国の哲学者バートランド・ラッセル（一八七二―一九七〇、Bertrand Russell）が来日した時、柳は慶応義塾大学で開催された講演を聴いて、リーチに宛てて「日本の軍国主義が終わりを告げるのも間近だと思います[81]」と書いた。この言葉も柳の関心の方向性を明確に示している。

『ブレークの言葉』が出版されたのは一九二一年十一月のことであるが、この年の一月五日から八日まで柳は長野メソジスト教会でブレイクについて講義をした。テキストに指定されたサンプソン編『ウィリアム・ブレイク詩集』は丸善に八十冊が注文され、講演後にはさらに三十冊が追加注文されたという[82]。

一九二二年一月に朝鮮民族美術館の開設準備のためにソウルに到着した柳は、十四日と十五日に「ヰリアム・ブレークに関する講演会並に展覧会」を開催した。一九二三年の関東大震災の後、一九二五年に柳は家族とともに京都市上京区吉田神楽岡へ転居する。同志社大学の教員となった柳は、四月五日に最初の講義を行った。講義題目は「ウイリアム・ブレークに就て」だった。一九二七年四月二十九日には、京都市立絵画専門学校（現京都市立芸術大学）が開催したブレイクの展覧会で「ブレークに就て」という講演を行う。また同年十二月十日から十六日まで、寿岳文章、山宮允とともに京都博物館で「百年忌紀念ブレイク作品文献展覧会」を催し、十日には「ブレイクと信仰」という題で講演をした。この講演の要旨は「中外日報」に十二月十三日、十四日、十五日の三回に分けて掲載された。

一九二九年三月二十日に柳はリーチに宛てて次のように書いた。

何と！　ついに貴兄に英国でお会いする機会ができました。濱田と一緒に行きます。ですから、この手紙が届いてから少なくとも一カ月以内に僕は貴兄に会えて、貴兄は僕に会えるのです。僕の心は、もう子供のように跳んではねて空を駆けます。ウォーナー氏の好意で突然思いもかけぬこのチャンスを与えられました。一週間前彼から、マサチューセッツ州ケンブリッジのフォッグ美術館が一年間の予定で僕を招聘するとの電報がきたのです(83)。

柳は一九二九年三月に同志社大学講師と同志社女学校専門部教授を辞職し、四月二十二日に濱田庄司とともにシベリア鉄道でヨーロッパへ向かった。車内の食事が高くてあまりうまくないので、停車駅で焼き鳥、焼き豚、燻製の魚を買って食事にしたことや、食堂で日本人会があったことなど、活き活きとした報告が柳兼子宛の書簡に見られる(84)。モスクワ、カザン、ワルシャワ、オステンドを経由して、五月十日の夕方にロンドンのヴィクトリア駅に到着した。柳よりウォーナーに宛てた五月二十二日付の書簡を引用する。

濱田と僕は、単調ながらも印象深い満州とシベリア横断の長旅を終え、五月十日にロンドンに到着しました。嬉しいことにリーチとバーゲンが駅まで迎えに来てくれました。この大都市では時間が短く感じられ、もっぱら博物館や美術館の見学、著名な工藝家との面会に時を費しております。二、三日前、ビニオン氏のお宅で思いがけなくサックス氏にお会いしましたが、私には実に感じの良い方でした。[85]

ヘンリー・バーゲン（一八七三―一九五〇、Henry Bergen）はアメリカの陶磁器収集家で、ロンドンでの柳の連絡先だった。柳がバーゲン宅に居候をしたのではなく、ピカデリーにまず下宿を見つけ、七月にチェルシーに移ったことは、兼子宛の書簡に逐一記されている。[86] 滞在先が定まらないことを前提にして、バーゲンを郵便物の受取人に指定したということだろう。ポール・サックス（一八七八―一九六五、Paul J. Sachs）は投資銀行ゴールドマン・サックスの会長を務めたサミュエル・サックス（一八五一―一九三五、Samuel Sachs）の長男であり、当時フォッグ美術館の副館長だった。ウォーナー宛の書簡とほぼ同じ内容を、柳は五月二十四日付吉田正太郎宛書簡に次のように記した。

美術館はさすがに素敵でした。見たいと思つてゐた幾多のものを目前に見て心の飢えを満してゐます。ブレークのものも既に数多く見ました、ビニオンにも呼ばれて色々話しました。[87]

柳とビニョンが話し合った内容については、残念ながら情報がない。しかし、この会見が互いにとって刺激的であったことは、ビニョンの側の資料からうかがうことができる。柳がウォーナーに宛ててビニョンと会ったことを知らせたように、ビニョンもまた一九二九年五月二十日付ウォーナー宛の書簡に、昨日ポール・サックスと柳と昼食を共にした、柳とは滞英中にもっと会いたいと思う、と書いているのである。[88] 書簡の日付から、ビニョンと柳とサックスが会食したのは五月十九日と推定される。

七月十五日には、柳は寿岳文章に宛てて次のように書いた。

度々お便り感謝、グロリアから「書誌」が届かないので、ケインズ博士を未だに訪ねず、もうロンドンにゐるのはあと半月なので、気をもんでゐます。(89)

「グロリア」とは神戸の出版社「ぐろりあそさえて」を指し、「書誌」とは寿岳が同年に同社から刊行したばかりの『ヰルヤム・ブレイク書誌』である。柳は寿岳の『書誌』を、その基盤となった『ウィリアム・ブレイク書誌』（一九二一）の著者であるジェフリー・ケインズに届けるつもりだったようだ。

この後、柳はパリ、ベルリン、ストックホルムを訪問する。アルトゥール・ハゼリウス（一八三三―一九〇一、Artur Hazelius）がストックホルムに創設した生活用品を展示する北方民族博物館と野外博物館スカンセンに柳が感心し、日本民藝館の建設に向けて重要な手掛かりを得たことは、すでに先行研究で指摘されている。ただ、あまり注目されてこなかったように思われる事実は、パリとベルリンに行くにあたり、柳が飛行機を使用したことである。柳は志賀直哉に次のような葉書を送った。

ロンドンに来てもう二ヶ月半たつて了つた。とも角色々の刺激が多い。美術館は皆それ〴〵に甚だいゝ。こないだ巴里に飛行器で出かけた。味をしめて来月早々伯林迄飛ぶ事にしてゐる。(90)

柳は兼子にもう少し詳しく「飛行器」について紹介しており、運賃が高いが危険は鉄道よりも少なく、ロンドンとパリの間には一日に四便が就航している、と書いた[91]。ちなみに柳の飛行機好きは帰国した後も続き、一九三八年十二月から一九三九年一月にかけて沖縄を訪問した時、往復ともに空路を選んだ。一九三九年十二月から一九四〇年一月にかけて三度目の沖縄訪問では、帰京するのに飛行機を利用した。また、同年五月に鳥取で「民藝の動向」という講演を行った際には、その帰りに飛行機に乗っており、河井寛次郎に宛てて次のように書いた。

旅では色々と有り難う、米子から東京の飛行機は素晴らしかつた、日本中の最もいゝ空路かと思ふ、大山、琵琶湖、富士、横浜等々新しい姿だつた[92]。

和風建築の日本民藝館の創設者と最先端の科学技術の結晶である飛行機という乗り物とは、組み合わせとして意外な印象を与えるかもしれない。しかし、繰り返しになるかもしれないが、ブレイク研究にせよ、木喰仏の発見にせよ、民藝運動にせよ、柳の活動はいずれもその新しさに特徴がある。柳は後に民藝館の活動について、「他の美術館が既に定評のあるものに依つているのに対して、本館が殆んど全く無定評のものを相手にしているのは、甚だ対遮的だと云へよう」と書いた[93]。一九五五年十二月には旧来の作法にとらわれない新たな試みとして「民藝館茶会」を開催し、一九五六年十二月には「コーヒーによる試みの茶会」を行った。柳の面白さは一箇所に留まらずに殻を破り続けようとするところにある。

一九二九年に話を戻す。当初はリヴァプールからアメリカへ向かう予定だったが、ヨーロッパ各地を旅行した都合で、柳は八月十七日にフランスのル・アーヴルで船に乗り、二十七日にボストンに到着した。大西洋を渡る船旅について、柳は濱田庄司に宛てて「満員の船客中、唯一の日本人であるのみか、唯一の東洋人で、話相手がない[94]」と書いたが、興味深い出来事がなかったわけではない。柳が寿岳文章に送った書簡に次のような記述がある。

所で今日deckのarmchairにかけ乍ら、本を読んでゐると、隣りにも西洋人が一冊の本を読んでゐるのです。しばらくしてふと見ると其の頁にブレイクの肖像画が出てゐるので、興味を感じ話しかけました。そうして日本ではブレイクがよく知られてゐること、最近君が非常に厚い本を書かれたこと等を話したら、その人も非常に興味を感じて聞いてゐました。話がとぎれて又お互に本を読みだしました。すると急に其の人が『不思議だ、此の本の中に丁度「日本」の字が出てきた。』さう云つて僕に本を手渡したのです。僕も妙なことだと思ひ其の個所を読み出しました。それは日本人のブレイクに付て書いた手紙の引用なのです。所が読んでゐると遥かに記憶が甦つてきました。それは十年近くも前に小生自身が書いた手紙の一節なのです。誰宛に書いたかは一寸思ひ出せません。併し疑ひもない自分の手紙なので、其の偶然さに驚きました。大洋の上で、一人として知人のない船の上で、それも偶然に隣り合せた未知の人が、偶然に持つてゐた本の中に、又偶然に僕の眼が止つた其の本の中に、僕自身の手紙を見ようとは。

面白い旅のepisodeなので、お知らせします。本の名は次の如くです。或は君のbibliographyに既に載つてゐるかと思ひますが、念の為おしらせします。（君の本は直接米国に送つて了つて今手許にありません。）

A. Edward Newton: A Magnificent Farce and other Diversions of a Book-Collector. Chapter XI A Sane View of William Blake. pp. 196–221. With Illustrations. The Atlantic Monthly Press, 1921,（4th impression 1922.）Cr. 800.

著者は本好きの人と見え、別にAmenities of Book-Collectingと云ふ本があります。

右は口絵にBook of Urizenからとつた色摺があり、その他に十数枚の挿絵をブレイクからとつてゐます。本は色々なessaysを集めたものです。中にWhitmanと云ふchapterもありました。(95)

アルフレッド・エドワード・ニュートン（一八六四—一九四〇、Alfred Edward Newton）はアメリカの本の収集家であり、特に十七世紀と十八世紀の英文学の初版本を精力的に集めたことで知られる。柳が言及した『素敵な茶番劇と愛書家のその他の気晴らし』はニュートンの第二随筆集であり、一九二一年に出版されると一週間で一千部が売れ、二ヶ月のうちに三刷を出したという。「素敵な茶番劇」は巻頭に収録された随筆の表題でもあり、残りの十一編の随筆を「その他の気晴らし」という表題で総括したのだろう。柳が指摘したように、第八章は「ウォルト・ホイットマン」と題されており、「ウィリアム・ブレイクに関する健全な見解」は同書の第十一章に位置する。絵画よりも詩を愛する英国でブレイクは正当な評価を得ていないという話題に続けて、ニュートンは次のように記した。

しかし私が数か月前に日本から受け取った手紙の抜粋を聞いて欲しい。「ある友人に、ウィリアム・ブレイクについて書いた私の著書を、あなたに送るように頼まれました。あなたのブレイク作品の素晴らしいコレクションに、私のささやかな著書を加えていただけるのであれば、それは私にとって少なからぬ喜びです。しかし、一九一四年に出た私の著書はすべて売り切れて絶版になっており、出版社からも本屋からも手に入れることができませんし、古書店で見つけることもほとんど不可能です。私の手元には一冊しか残っていません。しかし、私が現在作業を進めている改訂第二版が年末までには出る予定なので、それをあなたにお送りすることにします。本国の人々には長い間見過ごされてきたブレイクが、ここ日本では若い人々の間で最も人気のある芸術家の一人であることをおわかりになれば、きっと驚かれることでしょう。」（『素敵な茶番劇と愛書家のその他の気晴らし』[96]）

柳が寿岳に宛てて「それは十年近くも前に小生自身が書いた手紙の一節なのです」と報告したこのくだりは、まさに十年前の一九一九年に柳が『白樺』に記した内容と見事なまでの一致を見せる。一九一九年二月の『白樺』の「編輯室にて」に柳は、「自著『ヰリアム・ブレーク』（洛陽堂発行、原価三円）が売切でないので五六冊程自分で買ひたい」ので連絡がほしいという広告を載せた。同年八月の『白樺』で柳は詳しく事情を説明し、自著の買い戻しを希望したのは「最近三年の間、未知の人々から屢々本の捜索を要求された」ためであったが、結局一冊も買い戻すことができず、改訂版を出すことに決めた、と書いた。また、八月六日にはリーチに宛てて、本の改訂は予想以上に大変な作業だ、と柳は書いている。これらの事実は、ニュートンが「日本から受け取った手紙の抜粋」として紹介した内容ときれいに符合する。なお、ブレイクに関するこの随筆をニュートンがいつ頃書いたのかは特定できないが、この随筆集の序文に、著者がグロリエ・クラブでブレイクについて講演をするためにニューヨークへ行ったという話が出てくる。ニューヨークのグロリエ・クラブは一八八四年に設立された愛書家の団体であり、一九一九年十二月五日から一九二〇年一月十日までブレイクの展覧会を開催した(97)。この展覧会の行事としてニュートンの講演会が企画されたとすれば、そしてその時の講演原稿が「ウィリアム・ブレイクに関する健全な見解」としてこの随筆集に収録されたと仮定すれば、ニュートンが「数か月前に日本から受け取った手紙」は一九一九年の秋頃に日本で投函されたことになり、一九一九年の八月に柳が改訂版の準備をしていたという事実と辻褄が合う。残念ながらこの仮説を立証する資料は未発見であるが、いずれにせよ柳が『白樺』に記した『ヰリアム・ブレーク』を求める「未知の人々」には、この随筆集の著者アルフレッド・エドワード・ニュートンが含まれていたと言えるだろう。ちなみに柳の『ヰリアム・ブレーク』の扉を写真版で大きく掲載したジェフリー・ケインズの『ウィリアム・ブレイク書誌』は、グロリエ・クラブを発行元として一九二一年に出版された。第一章で明らかにしたように、サンプソンは一九一九年十一月五日付ケインズ宛書簡に柳の著書を転送すると記し、ケインズは十一月九日付の返信で無事に受け取った旨を報告した。ケインズの『ブレイク書誌』がまだ世に出ていない時期に、ニュートンがどのようにして柳の著書の存在を知ったのかは不明だが、英米のブレイク愛好家たちの間で、日本でブレイクの研究書が出版されたという知らせが、おそらく驚きとともにまたたく間に広がった様子が想像できる。

偶然手にした本の中で自分が過去に書いた手紙と再会するという劇的な体験はあったが、「満員の船客中、唯一の日本人であるのみか、唯一の東洋人で、話相手がない」という柳の大西洋ひとりぼっちの旅はおよそ十日間続いた。八月二十六日朝にニューヨークに到着した柳は、まずメトロポリタン美術館を見学し、同日夜に出発してボストンに到着したのは二十七日のことだった。[98] 柳は十月に始める講義の題目を「一つは美術に現れた大乗仏教の精神、一つは日本に於ける美の標準」[99]と定める。講義を始めたばかりの頃に、柳は濱田庄司に宛てて次のように書いた。

米国での生活は至つて規則正しく、朝九時から五時迄、美術館で仕事をし、夕方宿に帰る。講義は毎週一回、慣れない英語でやつてゐるが、大勢の人からこんないゝ講義は聞いた事がない等と云はれるので、そうかなあと思ひ、段々楽に話せる様になつてきた。何しろ「大乗仏教の芸術」と云ふ様な題なので、大に骨が折れる。併し僕のキリスト教特に中世紀の神学に対する知識は大に役に立つた。比較しつゝ話して行く方法は、西洋人には非常にいゝのだと云ふ事が分つた。[100]

柳が「比較しつゝ話して行く方法」を効果的だと考えたところが興味深い。比較するという方法について、柳は十二月の書簡でさらに詳しく述べる。

僕は今迄二種類の講義をやつたが、一方では、東西両洋が、その宗教的経験の極致に於て如何にパラレルに進み、如何に其間に調和があるかを話した。此方法は東洋を感心させるに慥に有力な一つの方法だつた。之に反し第二の講演では東西心理の対峙をはつきり話す様に努めた。対峙と云ふのは、不調和と云ふ意味に於てゞはなく二つの極と云ふ意味に於て話していつた。此方法は、如何に将来両極の結合が必要かと云ふ思想を高上させるのに大に役立つ。そうして之は東洋への知識欲をもやさせる一つのいゝ方法なのを知つた。東洋を只賞めるとか、それによつて西洋をけなすとか云ふやり方は何ものをも齎らさない。[101]

一つの文化を別の文化圏に紹介しようとする時、類似点と相違点を際立たせ、類似点については親近感を育むための手掛かりとし、相違点については価値判断を控えながら、その相違点の長所と短所を考察し、異文化間における相互補完の可能性へと話を開いていく。柳が講義に採用した議論の組み立て方は、優越感や劣等感とは無縁なところで異文化理解を達成するためには、きわめて具体的、かつ実践的な方法だったと言えるだろう。しかもこの方法は、ビニョンが『極東の絵画』や『竜の飛翔』などの著書で、日本美術を英語で紹介する時に用いた方法でもあったのだ。もちろんアメリカで日本文化について講義をするにあたって、柳がビニョンから教授法を授けられたわけではあるまい。大学での講義に関しては、同志社や関西学院で実績を積んだ柳の方がビニョンよりも経験が豊富だったはずである。講義を準備し、実践し、聴衆の反応を見ることによって、比較文化の視点が有効であることを柳自身が体得したと考えるのが、柳に対してもビニョンに対しても公平であろう。しかし、だからといって、ロンドンで二人が昼食を共にした時に、異文化理解の方法が話題にならなかったと決めつける必要もなく、むしろ、異文化理解をめぐって活発な意見交換がなされたと考えることができる。なぜならビニョンも柳と同様に、異文化理解の現場に乗り込もうとしていたからだ。柳がアメリカから寿岳文章に宛てて送った手紙には、次のような言葉が見られる。

其後御消息如何、Binyon 氏に逢はれるのもまもなくと思ひます、London より通信あり八月半頃「書誌」がやつと

つきし由、B氏 Keynes 氏の留守宅へそれぐ〳〵届けし由。(102)

柳は七月十五日の寿岳宛の書簡で、寿岳の『ヰルヤム・ブレイク書誌』が発行元の「ぐろりあそさえて」から送られてこない、だからケインズを訪問できない、とこぼした。この『書誌』がついにロンドンに到着し、柳の手配に従ってビニョンとケインズの留守宅に届けられたようである。しかし、柳とビニョンの比較文化論を考える上で重要な情報は、柳が寿岳に向けて書いた「Binyon 氏に逢はれるのもまもなくと思ひます」という一文である。これは何を意味するのだろうか。

三　東京帝国大学のローレンス・ビニョン——「詩と絵画を並べて扱うという方法」

一九二九年五月にロンドンで柳と会って、もっと色々と話がしたいという感想をウォーナーに書き送ったビニョンは、同じ年の十月から東京帝国大学で英国美術を講義することになっていた。この企画はすでに帰国して東京の美術研究所の所長だった矢代幸雄が中心となり、東京帝国大学文学部長の滝精一が協力して一九二八年に具体化した。旅費と滞在費を募るためにビニョン招聘委員会が設立されて、金銭的問題は解決した。(103) 一九二九年十一月の『英語研究』に掲載された記事によると、委員会には東京帝国大学関係者だけでなく、政界と財界に影響力を持つ伯爵や男爵が名を連ねた。

這回英国詩壇の重鎮にして美術批評家を兼ぬる Laurence Binyon 氏が夫人帯同日本に来遊された。氏の来遊は牧野伯、団男、大倉男、市河博士、瀧博士等 Binyon 氏と親交ある有志家の招待によるもので、滞在中各地の日本美術の collection を巡覧調査する傍、東京帝国大学及び京都帝国大学に於て英国の美術並に文学に関する講演を行ひ、上野美術研究所に於て同氏将来の英国名家の水彩画を展覧に供するのが主な目的である。（M・S・生「ビニョン氏将来英国名家水彩画展覧会に就て[104]」）

ビニョン夫妻は西廻り航路をとった。柳より一足早く八月十日にサウサンプトンを出発し、大西洋を渡り、八月二十九日にヴァンクーヴァーから再び船の人となり、十一日後に横浜に到着した。その数時間後には別の船で神戸に向かい、下関を経て朝鮮半島へ渡り、朝鮮と中国各地を歴訪した後、東京に着いたのは十月一日のことだった。ビニョン・アーカイヴに保管された手書きの予定表によると、十月五日（土）にレセプションがあり、七日（月）、十日（木）、十二日（土）、十四日（月）、二十一日（月）、二十四日（木）の六回にわたって東京帝国大学文学部の三十一番教室で講義が行われた。第一回の講義の後、聴衆の一人であった岡倉由三郎（一八六八―一九三六）は、講義に感動したとビニョンに宛てて書いている[105]。

この時の講義録は『イギリスの美術と詩における風景』と題して一九三〇年に研究社より出版され、翌年にロンドン版が出た[106]。ビニョンはまえがきで「本書の講義は今年［一九二九年］十月に東京帝国大学で行なわれた[107]」と述べ、詩と絵画を相互に関連付けながら講義をすることの利点について次のように語った。

ここで採用したイギリスの詩と絵画を並べて扱うという方法が、訪れたことのない国の実際の情景を思い浮かべることができない英文科の学生にとって有益であることを、またイギリス絵画の例として取り上げたものが、イギリスの文化のさまざまな側面と、それぞれの時代において美術と詩の内実であり続けた理想とを説明するものであることを、そしてそれらがそれ自体としても興味深いものであることを、私は願っています。（『イギリスの美術と詩における風景』)[108]

日本人学生にとって親しみのない英国文化を、どこまでもわかりやすく紹介しようというビニョンの姿勢がよく伝わってくる。『極東の絵画』でも『竜の飛翔』でもビニョンは抽象的な観念論に陥ることなく、根拠となる事実に基づいて議論を組み立てる具体性の感覚をはずさなかった。東京帝国大学で行った六回の講義でもビニョンは同じ姿勢を貫いた。

「講義一」では、人を自然の一部に位置付ける「東洋」の思想に対し、「西洋」では人を中心として文明が発展したという持論が述べられた。ビニョンによると「ヨーロッパ文明は概して地中海文明[109]」であり、地中海文明は人を中心とする文明だった。イタリアの芸術ではミケランジェロに代表されるように、「人間の栄光、人間の情熱は、最も生き生きとして表現力豊かな象徴、すなわち人の裸体で表現される[110]」。したがって、中国や日本と比較すると、ヨーロッパでは風景画の発達は遅かった。一方、ヨーロッパ北部の民族には、ラテン民族とは異なり、自然の一部として人を見る視点があった。英国は地中海文明とヨーロッパ北部の世界観が融合する場であり、自然をより重視した。

「講義二」でビニョンは引き続き英国における自然重視の姿勢を論じた。ビニョンはミルトンとアンドルー・マーヴェル（一六二一—七八、Andrew Marvell）を取り上げ、庭園を歌ったマーヴェルの詩から英国式庭園とフランス幾何学式庭園の相違へと話を進める。型と秩序からなる幾何学式庭園に対して、人工的な要素を極力抑えた英国式庭園は、ビニョンによると、「一種の自然に対する歓迎と招待であり、厳格な秩序にも、野放しの自由にも、どちらにも偏ることのない中間的な土地[111]」であって、日本の庭園との類似が認められる。自然のありのままの状態に敬意を払う英国式庭園と同じ発想によって、水彩画を中心とする英国風景画の伝統は育まれた。水彩画を描いた素人画家は「色彩をほとんど使わず、墨やセピアと呼ばれる茶色のインクを好み[112]」、日本で文人画と呼ばれるものと共通点があるとビニヨンは言う。

水彩画の話題は「講義三」に続く。英国の画家たちは歌川広重のように各地を旅して、産業革命の進展とともに失われつつある田園風景を描いた。ビニョンは先駆者としてポール・サンドビー（一七二五―一八〇九、Paul Sandby）を挙げ、ガーティン（一七七五―一八〇二、Thomas Girtin）とターナーによって風景画は大成されたと説明する。また、これらの風景画家が共有した自然観はワーズワスの詩に顕著に見られる。「ワーズワスにおいて、詩はついに人を含む万物に遍く宿る一つの生命という大きな概念に到達(113)」し、このような自然観は禅の世界観や宋と足利時代の風景画に通じるところがある、とビニョンは述べた。

「講義四」の主題は十八世紀である。十八世紀という理性の時代には、芸術にも様々な遵守すべき規範が導入されたが、それは同時に反動を生み、クリストファー・スマート、トマス・チャタトン（一七五二―七〇、Thomas Chatterton）、ブレイクのような特異な詩人を生んだ。ビニョンは画家のトマス・ローランドソン（一七五六―一八二七、Thomas Rowlandson）とブレイクを比較し、ブレイクが想像力によって紡ぎ出された夢や心の内的風景を描いたのに対し、ありふれた日常生活を写実的に描いたローランドソンの絵画は日本の浮世絵に近いと論じる。また、ブレイクは現実とかけ離れた独自の世界を作り上げたが、「彼の精神には東洋的な精神との著しい類似がある(114)」とビニョンは指摘した。

「講義五」でビニョンはブレイク、ワーズワスに続いてシェリーを取り上げる。ビニョンによると、シェリーもまた自然に深く共感し、光と大気を詩に読み込んだ。同じように光と大気を絵に描いたのがターナーである。ヨーロッパ各地を旅したターナーは幻想的な光と色彩の画家であり、フランス印象派の先駆である、とビニョンは言う。ターナーとは対照的に、ジョン・コンスタブル（一七七六―一八三七、John Constable）は写実的な英国風景画の鼻祖となった。

「講義六」ではラファエル前派、ホイッスラーと印象派、十九世紀ヨーロッパ絵画における日本美術の影響、ホイッスラーと広重などが話題になった。ビニョンはテニスン、マシュー・アーノルド（一八二二―一八八八、Matthew Arnold）、ロバート・ブリッジズ（一八四四―一九三〇、Robert Bridges）を論じ、キーツの言葉を引きながら次のように述べた。

「私たちは花のように葉を開くべきである。そして受動的、受容的であるべきだ」と彼［キーツ］は言います。そのようにワーズワスも「賢明な受動性」を育むことについて述べています。これらの言葉や、他の言葉においても、キーツは道教の教義、すなわち無為の哲学に近いように見えます。（『イギリスの美術と詩における風景』）[115]

これはすでにビニョンが『竜の飛翔』で論じた内容の繰り返しではあるが、この講義でもビニョンはロマン派詩人の自然観と「東洋」の哲学をつなげてみせた。一九〇六年に『ウィリアム・ブレイクによるヨブ記挿画集』の解説に、ヨーロッパが日本に「哀れみと侮蔑を抱いてきたこと」について反省を促す一文を書いたビニョンは、その後一貫して「東洋」と「西洋」の類似点と相違点を明らかにし、類似を手掛かりに異文化に対する親しみを育み、相違を手掛かりに異文化から学習することの大切さを訴えてきた。東京帝国大学でビニョンが行った講義は英文学と英国美術史を主題としたが、その意義は異文化理解の可能性を模索する作業を教室で実践したところにあった。しかもビニョンが採用した異文化紹介の方法は、柳がハーヴァード大学の講義において有効性を認めた「比較しつゝ話して行く方法」だった。ビニョンは「愛なくして我々は理解することはできないし、理解することは愛の最善の形である」[116]と述べ、柳は「東洋を只賞めるとか、それによつて西洋をけなすとか云ふやり方は何ものをも齎らさない」[117]と書いた。二人が異郷の地でそれぞれ実践した異文化紹介は、「哀れみと侮蔑」やその裏返しとしての「崇拝とその模倣」[118]とは無縁のきわめて理性的なものだった。柳とビニョンが講義で心掛けた態度にあまりにも共通点が多いことの原因を、ロンドンで二人が会食した事実に帰することは簡単だが、また、ボストンと東京でそれぞれ予定されていた異文化紹介の講義が二人の間で話題になった可能性はかなり高いと思われるが、もう一歩踏み込んで考えるならば、柳とビニョンがともにブレイクに共感し、ブレイクから多くの叡智を引き出したというところに、二人にとっての異文化理解の基盤があったと言えるだろう。ブレイクは多様な個性を尊重することの重要性を繰り返し説いた。

りんごの木がブナの木にどのように成長するのかを尋ねることはない、同じようにライオンが馬にどのように獲物を獲ればよいかを尋ねることもない。（『天国と地獄の結婚』[119]）

羊が犬のように歩こうとしたり、牛が馬のようにだく足で歩もうとするのを見るのは、どれほど馬鹿馬鹿しいことか。それとちょうど同じぐらい馬鹿馬鹿しいのは、一人の人が他の人を模倣しようと努力するのを見ることである。人はそれぞれ異なっており、その相違は異種の動物間の相違よりも大きい。（「『ジョシュア・レノルズ集』への書き込み」[120]）

ブレイクのレトリックに和風の味付けを施したかのような言葉で、柳もまた多様性を肯定した。

梅は梅たることでよいが、桜を誇つたりそれを否定したりしたら愚かであらう。両方あつて少しも差し支へない。又両方が両方を認め合つて、自然を美しくする方がよい。（「私の宗教」[121]）

仮に世界の各国が自国の言葉を棄てゝ共通語のエスペラントを選ぶとしたら、世界は果して幸福でせうか。一国の言語は自然や歴史や性情や風習の有機的な結合から成るのです。言語はそれ等の固有性の直接な表現なのです。仮に琉球の人が其の美しい歌を琉語ではなしに標準語に訳して唄つたとしませう。どこに味ひがあり余韻が残るでせう。言葉を棄てることは独自の文学を失ひ音楽を失ふことなのです。一地方が特色ある而も正系の言語を所有することは、其の地方の大きな名誉であると云はねばなりません。（「琉球の富」[122]）

ビニョンはブレイクが重視した想像力の働きを、異なる世界を理解する能力と言い換えて、想像力が必要不可欠である理由について次のように説明した。

兵士、法律家、科学者、労働者、芸術家、実業家が生きる世界が、互いにどれほど異なっているかを考えてみてほしい。それぞれの世界はほとんど互いに触れ合うこともなく、それぞれが抱く人生観はあまりにも異なっている。しかも互いに自分の世界を他に押し付けたがるのだ。（『ブレイク詩集』[123]）

柳もビニョンも「自己本位」型の研究態度でブレイクを読み、生きるための知恵として「対立の思想」と「肯定的世界観」に基づく多様な個性の尊重という鍵概念をブレイクから引き出した。これを異文化理解に応用した時、それぞれの文化間の類似と相違を明らかにし、類似に注目することによって異文化に対する親近感を育み、相違に注目することによって異文化間における相互補完の可能性を模索するという、平和的、実践的な異文化理解の方法が誕生した。ブレイクの言葉が多様性の尊重という普遍的な原理を示したのに対して、柳とビニョンの言葉には二十世紀初頭の世界情勢が反映されている。柳とビニョンが到達した地点は、そのような意味では、互いに情報交換をした結果の賜物であったにせよ、インド哲学と出会うことによってキリスト教を相対化したブレイクの思想的な延長線上にあったと言えるだろう。

ビニョンは東京でこれらの六回の講義の他に、十月十九日には日本英文学会第一回大会で「今日の英詩と演劇」という題目で講演をした。無名の若者だった頃のオスカー・ワイルドとイェイツにまつわる思い出話から始めて、ロバート・ブリッジズとT・S・エリオットに触れ、科学と戦争が文学に及ぼした影響についてビニョンは語った。ビニョンは一九二九年を「変化と実験の時代」と位置付け、イェイツ、トマス・スタージ・ムーア（一八七〇―一九四四、Thomas Sturge Moore）、ゴードン・ボトムリー（一八七四―一九四八、Gordon Bottomley）らが能を参考にしながら新しい詩劇を書きつつあることを紹介し、このような活動から優れた作品が生まれることだろうと結んだ[124]。この講演でもビニョンは、異なる文化や分野が相互に刺激を与えながら、新しい局面を開いていくことに価値を置いた。

ビニョンの旅程表によると、ビニョンは十月三十一日に東京を発って奈良へ向かった。奈良では正倉院を見学し、法隆寺の百済観音に魅了され、新納忠之介に複製の制作を依頼した[125]。この時作られた複製は現在大英博物館で見ることができる。十一月六日の欄には京都大学という記載があるので、この頃に京都へ移動したのだろう。京都滞在中は精力的に寺社を巡り、琵琶湖畔の石山寺を見学し、御所と二条城を訪れ、同志社大学にも足を運んだ。大阪では文楽を鑑賞した。なお、京都でビニョンが寿岳と会ったことは、寿岳が『ブレイクとホヰットマン』の「雑記」に記した思い出より確認できる[126]。また、ビニョンが家族に宛てて書いた手紙によると、保津川下りを楽しんだようだ[127]。十一月十九日には列車で広島県の宮島へ向かう。日本三景の一つを堪能した後、夜行列車で京都へ戻り、醍醐寺、平等院、大覚寺を訪れた。十一月二十六日の夜行列車で東京へ戻った後、さらに列車を乗り継いで仙台へ向かう。仙台では東北帝国大学で講義を行い、松島を訪問し、二十九日の夜行で東京へ戻った。この慌ただしい旅行中にビニョンが書いた詩は、一九三二年に『高野山――日本からの四篇の詩』として出版された。この詩集には「高野山」、「松島」、「宮島」、「箱根」の四篇の詩が収録されている。[128]

ビニョン・アーカイヴには「大仏供養」と「班女」の二冊の能の床本と、歌舞伎座の英語版プログラムが保管されており、演目として吉田絃二郎作『大谷刑部』、木村錦花作『寛永の旗本』、河竹黙阿弥作『河内山』、岡本綺堂作『権三と助十』が挙がっている。ビニョンは東京滞在中にこれらの能と歌舞伎を鑑賞したのだろう。[129]

ビニョン夫妻は十二月九日に神戸を出航し、帰国の途に就いた。途中、上海に立ち寄って中国の美術品を眺め、ベトナム南部のホーチミン（旧称サイゴン）に上陸した時は、アンコールワットの遺跡を訪れるために九〇〇キロに及ぶ自動車旅行を敢行した。十二月三十一日はスリランカ（旧称セイロン）のゴムと茶の農園を見学して過ごし、ロンドンに戻ったのは一九三〇年一月十九日のことだった。[130]

柳がアメリカへ向かう途中にロンドンに立ち寄って、ヨーロッパ各地を飛び回ったように、ビニョンは東京に落ち着く前に朝鮮半島と中国を訪れ、日本では東京を本拠地として奈良、京都、広島、仙台へと足を伸ばし、帰国の途上では上海、カンボジア、スリランカに立ち寄った。異文化間の類似と相違に着目することによって公平な理解を目指そうとする二人の姿勢は、彼らの弾むような好奇心と行動力に裏打ちされていたと言える。柳は一九一五年にリーチに宛てて次のように書いた。

　僕はこの東西の隔たりという観念を一掃したいと思います。それは我々が理屈でつくりだした人工的な考えにすぎません。だから、東と西の真の出会いはその懸橋にではなく、想定された隔たりの観念を破壊することにあるのだと僕は思います。[131]

類似と相違に注目するとはいえ、まず類似点を見出して共感するところから、柳とビニョンの異文化理解は始まった。自分に似た部分を相手に見ることは、そうすることによって、相手を自分と対等な位置に置くことを意味する。同じだという認識が対話の可能性を開く。別の言い方をすれば、類似の確認があって初めて相違が意味を持つ。それを可能にするのが想像力であり、共感する力であろう。これに比べて、あなた方は我々とは違う、あるいは彼らは我々とは違うという言葉は、二者の間に大きな断絶を生み、対話の拒否へとつながりかねない。ブレイクを読み、キリスト教神秘主義を研究し、朝鮮民族美術館を設立し、木喰仏に実用と美が融合する可能性を見た柳は、「隔たりの観念を破壊すること」の重要性を身にしみて感じていたと思われる。同じようにブレイクと日本美術に対する偏見を払拭しようと地道な努力を重ねたビニョンも、類似に目を向けることの効能がよくわかっていたことだろう。ビニョンは東京帝国大学での講義録『イギリスの美術と詩における風景』を次のように結んだ。

私がお見せした絵画を、イギリス人が楽しむように、皆さんが楽しむことは不可能です。皆さんには私たちの連想がありません。しかしこれらの絵画を通して、皆さんが日本を愛するように私が愛する我が祖国について、何らかの印象を皆さんに持っていただけたことと思います。また、私たちが互いに地球の反対側になるように隔てられていて、まったく異なる精神的な遺産をもっていながら、芸術においては同じような理想を共有し、互いに理解できる言語で話していることを明らかにできたと思います。（『イギリスの美術と詩における風景』）(132)

「連想」とはややわかりにくい用語だが、連想によって生じる暗示的意味を指す。例えばキリスト教文化圏で子羊が喚起する「連想」は、非キリスト教文化圏の者にはあまり切実に迫ってこない。あるいは黄色い水仙の花に対して英国人が抱く感情を、英国で暮らしたことのない日本人が想像することは不可能に近い。しかし、英国において春の到来を告げるのは水仙の開花であるという説明を受けたならば、桜を手掛かりにして水仙の花の文化的位置付けを類推することは可能である。ビニョンと柳がそれぞれ東京帝国大学とハーヴァード大学で行った講義は、異文化理解の実践講座だった。類似点を確認することで互いに歩み寄り、相違点を見ることで多様な個性が存在することを知り、互いに互いの個性を尊重することを学ぶ。一九二九年という同じ年に示し合わせたように西廻りで地球を一周した柳とビニョンは、筋金入りの比較文化研究者であり、国際的な教育者だった。

終章　「肯定の思想」という潮流に乗って

一　ブレイク研究から民藝へ

ブレイクに触発されて進めたキリスト教神秘主義の研究から、大乗仏教の研究へと柳が舵を切り始めたのは、一九二〇年代後半ではなかったかと思われる。『宗教とその真理』（一九一九）、『宗教的奇蹟』（一九二一）、『宗教の理解』（一九二二）、『神に就て』（一九二三）などの著作において、禅を参照しながらキリスト教神秘主義を考察した柳は、『木喰五行上人の研究』（一九二五）を出した翌年の一九二六年に「民藝に関する最初の叙述として記念すべき文章」[1]である「下手ものゝ美」を発表する。この論考とその改訂版である「雑器の美」（一九四二）の一節を比較してみたい。無心に作業する職人と信仰心の篤い信者との共通点を論じたくだりである。

名号は既に人の声ではなく神の声だと云はれてゐるが陶工の手も既に彼の手ではなく、自然の手だと云ひ得るであらう。（「下手ものゝ美」[2]）

名号は既に人の声ではなく仏の声だと云はれてゐるが、陶工の手も既に彼の手ではなく、自然の手だと云ひ得るであらう。（「雑器の美」）[3]

「雑器の美」が収録された『私の念願』の「後記」によると、「下手もの」という言葉が誤解を招くので「雑器」に改めたとあるが[4]、それ以外にも改訂された箇所は多い。なかでも「雑器の美」では「名号は既に人の声ではなく仏の声」と記された箇所が、十六年前の「下手ものゝ美」では「神の声」だったことに注目したい。これは、一九二六年の段階では、柳にとっての超越的存在が「神」であったのに対し、一九四二年には「仏」に変わったことを暗示する。より厳密な言い方をするならば、一九二六年の時点で「名号」という言葉が用いられたところに、仏教に対する柳の関心をうかがうことができるが、それまで柳が進めてきたキリスト教神秘主義の研究の名残りが、「神の声」という表現として「下手ものゝ美」に現れたということになるだろう。

ブレイクを通して柳が理解した神とはどのような存在だったのか。柳は繰り返し好んで読んだという『無垢の歌』から「神の姿」（'The Divine Image'）を引用して、次のように述べた[5]。

彼にとつて人性は神性だつた。吾々が神を慕ふのは吾々に神が住むからである。神が凡ての光輝である様に、幸福と歓喜と愛と平和とは吾々の内に輝いてゐる。（『ヰリアム・ブレーク』）[6]

ブレイクにとって、神は人を支配する天上の絶対者ではなく、人の魂に宿る存在であった。神の働きは人が「利己心」を滅却したとき、最も純粋な形でその人の個性として現れる。柳はブレイクの「私はその作品を私のものだと云ふが、私は彼等が私のものでない事をも知つてゐる」[7]という言葉をその根拠として引用した後、次のようにまとめた。

ブレークは只神の命のまゝにその筆を運んだのである。彼の製作は既に彼の製作ではなかつた。神の作品そのものであつた。（『ヰリアム・ブレーク』[8]）

ここにはすでに民藝に通じる言葉遣いが見られる。「ブレーク」を「無名の職人」に、「神」を「伝統」に置き換えるならば、そのまま民藝を述べた文章になる。例えば柳は「下手ものゝ美」や『初期大津絵』に次のように記した。

あの驚く可き筆の走り、形の勢ひ、あの自然な奔放な味ひ。既に彼が手を用ゐてゐるのではなく、何者かゞそれを動かしてゐるのだ。自然の美が生れないわけにはゆかぬ。（「下手ものゝ美」[9]）

美しく描かうとする意識が、彼の作を守護してゐるのではない。彼の反復と伝統への帰依とが、美を保証してゐるのである。彼が描くと云ふよりも、描かされてゐるに過ぎぬ。（『初期大津絵』[10]）

神が芸術家の手を動かしており、神は個性を通して顕現するというブレイクの思想と、「伝統」が職人の手を司り、そこに現れる「地方性」こそが民藝の生命であるとする思想は同じ構造を持つ。ブレイク論においても、民藝論においても、柳は作り手としての人に作為がないことを強調した。初期の柳が研究した心理学と神秘主義思想では、心を意志で制御できる領域と制御できない領域に分けて、後者に神が現れるとした。ブレイクも、民藝品の作り手も、柳によれば、意志で制御できない領域に身を委ねて活動する人々であり、心を無にして創作する人々だった。心を無にするとは、例えば「美しく描かうとする意識」にとらわれないことであり、それは既存の美の規準を相対化することを意味した。そのような意味で柳がブレイクに読みとった「肯定の思想」は、「反抗」や「反逆」や「革命」に通じる性質を備えていた。柳はブレイクについて次のように語った。

ブレークが憤つた暴虐者はその国家でもなくその富者でもない。人々の霊を支配する宗教と道徳だつた。彼が開放と自由とを心に追つたのはその時代が教義の抑圧に凡ての若い生気を奪つてゐたからである。(『ヰリアム・ブレーク』)(11)

ブレイクは十八世紀英国の政教一致体制の背後に、イエスが説いた「敵を愛せ」という教えとは裏腹の宗教差別を合法化する仕組みを見た。『天国と地獄の結婚』はこの仕組みからの「開放と自由」を求めるテクストだった。柳はこの仕組みを「人々の霊を支配する宗教と道徳」という言葉で表現したが、この言葉を柳の活動という文脈で考えるならば、柳のブレイク理解が柳自身の人生に密着したものであったことが見えてくる。ブレイク研究に続いて朝鮮民族美術館の設立、木喰仏の研究、日本民藝館の開設、琉球文化の擁護など、柳は多岐にわたる活動を展開したが、これらの原点は「人々の霊を支配する宗教と道徳」からの離脱という一点にこそある。柳はブレイクを読みながら、事物を自分の眼で見て判断することを妨げる一切の力について考えていたのだ。「人々の霊を支配する」とは個人に考えることを禁止し、眼と精神を個人から取り上げることである。だからブレイクは、個人を思考停止の状態に置こうとする抑圧的な制度に対して「霊の戦ひ」の必要を訴え、柳はそれを受けて「服従は停滞を意味し、謹慎は萎縮を意味する」(12)と解説した。

柳はブレイクに「服従」とも「謹慎」とも無縁の「直観」の人を見た。「直観」の人とは、既存の価値体系を無批判に受け容れて物事の意味付けを行うのではなく、自分自身の感性と個人的な経験の蓄積をもとにして物事を判断する人のことである。ブレイクの『アルビオンの娘たちの幻想』を論じた章に、柳は次のように書いた。

アルビオンの娘等の声は甦つた新しい生命の叫びである。此預言書の上にモットーとして次の句が書いてある。「見る眼は知る心よりも勝る」。

具像的な此肉体は事実であり抽象的な法則は只概念である。人生の第一事は切実な経験であつて架空な虚想ではない。（『ヰリアム・ブレーク』[13]）

見るという個人的な経験がまずあって、それから考えるという知の作業が始まる。これは終生柳の行動を貫いた姿勢であり、柳がいろいろな著作において繰り返しその重要性を説いた思想である。晩年病床に伏してから柳が書き始めた『心偈』には、次のような言葉がある。

見テ　知リソ
　知リテ　ナ見ソ（『心偈』[14]）

見るとは「直観」を意味し、知るとは概念を意味する。まず自分の眼で物事を眺め、自分の「直観」によって獲得したものを、概念や知識を用いて整理せよ、ということである。これを逆にして、知ってから見る、つまり、知識から「直観」を得ようとしても得ることはできない。「直観」は、その実態が何であれ、意志で制御できない心の領域に神の声が宿るという発想と同じように、既存の知識や常識を相対化する働きを持つ。そのような意味で「直観」には新たな知識を生む可能性があるが、知識から「直観」は出てこない。「直観」はすべてをありのままに見ようとするが、知識はすべてを限定する。ブレイクが『アルビオンの娘たちの幻想』に書き込んだ「見る眼は知る心よりも勝る」を彷彿とさせるこの言葉は、民藝の原点でもあった。柳の民藝はブレイクの思想によって支えられ、成長した。

二 民藝に宿る宗教性

柳は「工藝美論の先駆者に就て」という随筆の冒頭で、「私は私の工藝美に関する思想に於て極めて孤独である。幸か不幸か私は先人に負ふ所が殆どない」[15]と書き、次のような但し書きを添えた。

私がラスキンやモリスを熟知するに至つたのは実に最近の事に属する。近時出版された大熊信行氏の好著「社会思想家としてのラスキンとモリス」が、両思想家に対する私の注意を一層新にせしめた事を、感謝を以て玆に銘記したい。(「工藝美論の先駆者に就て」)[16]

柳研究の中には「ラスキンやモリスを熟知するに至つた」という柳の言葉を、ラスキンとモリスをほとんど知らなかったと読み替えて、その信憑性に疑問符を付けるものがある。リーチの友人である富本憲吉は一九一二年の『美術新報』に「ウイリアム・モリスの話」を発表しており[17]、リーチと懇意にした柳がラスキンとモリスを知らなかったはずがないという議論である。この議論によると、我孫子時代の柳が富本に言及しなかったのは、英国に留学した富本がアーツ・アンド・クラフツ運動を体験しており、リーチと仲がよかったことを柳が嫉妬していたからだということになるのだが、果たしてそうなのか[18]。

すでに指摘されているように民藝の起源は、千葉県我孫子の柳邸内にリーチが窯を設置して活動していた一九一七年から一九二〇年の間に遡ることができる。[19] 武者小路実篤と志賀直哉は頻繁に柳とリーチを訪れ、彼らの間では陶芸の技術的な情報に加えて、工藝の社会的意義やウィリアム・モリスなどが話題に上った。また一九二二年に柳が発表した「李朝窯漫録」には「無心」、「自然」、「無技巧の技巧」、「人工的作為が少ない」などの民藝の鍵概念が見られる。[20] では、なぜ柳は民藝をラスキンとモリスの系譜の中に位置付けなかったのか。

『ヰリアム・ブレーク』巻末の「主要参考書」一覧に象徴されるように、柳は研究対象について根拠の乏しい憶測を披露することは稀であり、事実と先行研究を踏まえて実証的、論理的な議論を展開した。それは柳の旧蔵書にブレイク、ホイットマン、キリスト教神秘主義に関して、夥しい数の文献が含まれることから明らかである。ところがラスキンとモリスについては、柳はいつものように網羅的に文献を集めた形跡がない。

その彼の蔵書中ラスキンやモリスの書物が少なく、全集もない、ということは、柳が彼らのことを体系的に学ぼうという気持ちを持っていなかった、もう少し正確にいうと、体系的に学ぶ必要性を感じていなかった、ということであろう。それは彼がラスキンやモリスに出会ったときには、すでに自分の美と社会とに関する考え方の思想がある程度固まっていたからだと思う。（草光俊雄「柳宗悦と英国中世主義[21]」）

民藝の起源はラスキンやモリスではないという柳の主張は、小野二郎が言うように「自身の独自性の主張のための言葉ではない[22]」。柳が富本のモリス論に触れなかったのは、岡倉天心、ラフカディオ・ハーン、岩村透、富本憲吉、大槻憲二という日本におけるモリス受容の人脈が、柳の民藝とやや距離があったからだと考える方が、柳が富本に嫉妬していたという説よりも、当時の事情をよく説明するように思われる。[23] 民藝は英国で発展したアーツ・アンド・クラフツ運動の亜流というよりは、『白樺』の人々と一部のキリスト者を中心として、柳が学習院時代に関心を持った「心の問題」の探求の延長線上にあった。物議を醸すことの多い柳の職人をめぐる議論のうち、比較的明快な一節を引用する。

職人達の無学とか無知とか、無個性とか云ふ事に、美を生む力があるのではない。だが自然に従順である為、自然が彼等に美を保証してくれるのである。民藝の美は他力的な美である。自然な材料、自然な工程、素直な心、之が美を生む本質的力になる。（『工藝の道』[24]）

柳は職人に無学であれ、とは言っていない。ここで言われたことは、作り手の金銭欲や自己顕示欲を満たすためではなく、素材の特質を活かすことにのみ専心してもの作りをする時、意図しない美が生まれやすい、ということである。もちろん職人には営むべき日々の生活があり、経済的にも社会的にもよほど恵まれた環境にいない限り、もの作りだけに純粋に集中することは難しい。そのような意味で柳の職人をめぐる議論は、結局のところ「ホワイトカラーではなく、（理想化された）職人」[25]を想定しており、皮肉なことにも生活から遊離しているとさえ言えるのかもしれない。しかし、それは同時に、柳の民藝がラスキンやモリスとは性質を異にすることの傍証でもある。柳が『工藝の道』に記した言葉の中で、「自然」を「神」や「永遠界」という表現に置き換えると、ブレイクの言葉になる。「宇宙意識」という用語を代入すれば、リチャード・バックの神秘主義思想になる。「他力的な」という表現が意志によって制御されない心の領域を含意することを思い出すならば、ウィリアム・ジェイムズの心理学が背景に見える。柳の民藝論と柳が初期に著した文章とを比較すると、ブレイクや心理学や神秘主義思想の研究と民藝との間に滑らかなつながりがあることが見えてくる。

ブレイクは、多様な個性が相互に闘争を繰り広げて、征服に基づく静的な秩序を築くのではなく、多様性を維持したまま動的に共存するためには「自己寂滅」が必要だ、と訴えた。それが『ミルトン』や『エルサレム』でブレイクが表現しようとした相互寛容の仕組みだった。ブレイクによれば、神から授けられた個性が顕現するためには、自己中心的な「利己心」は克服されなければならなかった。同じように柳は、作り手の「利己心」が無と化した時、作られたものに意図しなかった美が宿り、美を目指して製作されるわけではない大量生産の日用品にそのような事例が多く見られる、と主張した。民藝にはブレイク思想とキリスト教神秘主義の具象化という一面がある。そして、民藝をラスキンやモリスと比べた時に際立って見えてくる特徴は、民藝の地下水脈として心を無にするという宗教性が流れていることである。この宗教性は、例えばキリスト者である外村吉之介が柳の『工藝の道』を読んで感動し、民藝をキリスト教の実践活動と位置付けて、これに積極的に関わったという事実からも見てとることができる。(26) 柳自身もやがて浄土真宗と妙好人の研究へと向かい、『美の法門』(一九四九)、『南無阿弥陀仏』(一九五五)、『無有好醜の願』(一九五七)、『美の浄土』(一九六〇)、『法と美』(一九六一)などを次々と著した。柳が職人の「無学」や「無知」を強調する時は、職人に「無学」であり「無知」であることを推奨しているというよりは、最新の理論と最新の知識を誇示したがる人々を牽制するために、戦略的にそのような物言いをしているのだ、と考えた方がよさそうである。

三　「肯定の思想」による個性の相互保障

日用品に美を見出すことを妨げた力は、実用的な日用品は美しいものとして作られたわけではないという知識だった。異文化理解を阻む力は、ビニョンが指摘したように、「哀れみと侮蔑」であり、「哀れみと侮蔑」の発生源は対象に対する「偏見と先入観」だった。柳の言う「直観」とは、これらの知識や先入観を外す努力である、と言い換えることができる。もちろん、虚心坦懐に物事を見ることは不可能かもしれない。しかし、その重要性を知り、そのように努力をすることそれ自体におそらく意味がある。知識や先入観に左右されずに、自分の眼で見て判断しようとする時、想像力が働き始める。判断の材料となる情報に欠落しているところはないか。むしろ、欠落があるかもしれないと思って判断する方が無難ではないのか。そのように考えて、自分には見えていない部分があるかもしれないということを意識すると、対象に対して一方的な決め付けをしにくくなる。知識や先入観に縛られて不当な評価をしないように努力をし、対象から伝わってくるものに耳を澄まして判断することが「直観」の働きであるならば、それはビニヨンがロマン派の詩人から引き出した「賢明な受動性」という概念につながる。柳が妙好人の研究へ進んで行ったのも、「賢明な受動性」の極端な形を妙好人に見たからだと言えるかもしれない。

多様な個性が共存するためには、個性の序列化が回避されなければならない。そのためには、ブレイクが唱えたように、個性の源に神を想定してそれぞれの個性を神聖化する方法は有効かもしれないが、信仰の時代が終わるとともに説得力を失った。その代わりに、横並びの共存を保証する実践的な解決策として浮かび上がってきたのが、「利己心」の制御だった。ジェイムズの心理学とキリスト教神秘主義とブレイクの「肯定の思想」を土台として柳が築いた他力の思想は、「利己心」を克服するために受動性を重視したところに特徴がある。ただし、この受動性は神や指導者の言いなりになるという意味ではない。もちろん自己犠牲が推奨されるわけでもない。この場合の受動性とは、自己と異なる存在をそのまま肯定し、受け入れる能力である。そして、そうすることによって、雑多な個性の複数性の中に自己を位置付ける能力である。自己を位置付けるためには、位置付けることができるだけの確固とした自己が必要である。それが柳が言うところの「箱書き」に左右されない眼である。この確固とした自己は、いかなる権威の支配も受けずに物事を自主的に判断し、自立した個人として社会生活を営むための根幹をなす。つまり、判断する個人としての主体性をしっかりと保持したまま外部に対して自己を開いていき、自己とは異なる存在を受けとめて自己自身をゆっくりと変容させていく力が、柳やビニョンが注目した受動性なのだ。この時受動性は自己中心的な姿勢の否定、すなわち「利己心」の否定という形をとる。

英国ロマン派の詩人たちの中には、同じように受動性に可能性を見出した者がいた。人工的な知識よりも、自然からの刺激に身を委ねる「賢明な受動性」を歌ったワーズワスはその一人であり、「受動的、受容的であるべきだ」と説いたキーツもそうだった。しかし、これだけでは不充分である。多様な個性が共存する状態を成り立たせるためには、本来の意味での百花斉放と百家争鳴という混沌と無秩序を、整理整頓したくなる誘惑に打ち勝ちながら、そのまま受け入れる力が必要である。これもまた受動性が効力を発揮する場であり、ビニョンははっきりとは言及しなかったが、例えば、不確実でよくわからないものを分析することなく、そのまま受け入れる能力としてキーツが名付けた「消極的能力」（negative capability）[27]がこれに該当するだろう。あるいは柳が注目した、すべてを感謝して受け取ってしまう妙好人の力を、ここに見てもいいのかもしれない。この先には他の存在に迷惑を掛けない限り、干渉されずに個性を発揮し続ける権利としての自由が想定されるだろうし、十八世紀啓蒙主義思想やロマン主義を研究しつつ政治哲学の議論を展開したアイザイア・バーリン（一九〇九―九七、Sir Isaiah Berlin）の「消極的自由」（negative liberty）[28]という概念へと線を引くことができるのかもしれない。柳は言う。

考へると、世界の平和は東西両洋の相互敬意に見出されねばならない。世界を一色にする事で平和を得ようとしても無理であらう。自然が違ひ歴史が違ふからである。東を西に化して了ふことで、平和が来るのではない。寧ろ東と西とに別れてゐることに特別な意義を見出すべきである。（「仏教に帰る」[29]）

徒らに西洋に追従するなら、要するに模倣と追随との生活を出ず、東洋人としての存在理由がなくならう。西洋に生れゝば尚幸だつたといふやうな事にならう。併し私達が東洋に生を受けたといふことは、一つの命数であつて、何かそこに特別の意味がなければならぬ。（「東洋文化の教養」(30)）

言語が文化を生み、文化が教養を育む。言語を捨てることは文化を捨てることであり、教養を捨てることである。一つの価値観、一つの文化、一つの言語が世界を覆うことに、柳は未来を見出さなかった。様々な分野において画一化が進行しつつある時に、その流れに逆らって踏みとどまるためには知恵と勇気が必要である。国家総動員法と大政翼賛会の時代にあって、地方色の尊重を唱えて各地を旅した柳の中には、ブレイクの「肯定の思想」が生きていた。序章で引用したブレイクの言葉をもう一度引く。

羊が犬のように歩こうとしたり、牛が馬のようにだく足で歩もうとするのを見るのは、どれほど馬鹿馬鹿しいことか。それとちょうど同じぐらい馬鹿馬鹿しいのは、一人の人が他の人を模倣しようと努力するのを見ることである。人はそれぞれ異なっており、その相違は異種の動物間の相違よりも大きい。（「『ジョシュア・レノルズ集』への書き込み(31)」）

十九世紀初頭に古代インド哲学と出会ったブレイクは、不和の原因となる「利己心」を制御するために「自己寂滅」という鍵概念を設定し、流血の歴史を持つキリスト教をゆるしを基調とする「イエスの宗教」へと変換し、相互寛容の仕組みを打ち立てた。ブレイクの思想は一九〇〇年代の英国社会に閉塞感を抱いた人々によって受け継がれ、その一人であったリーチの来日とともに柳に伝播した。柳はブレイク思想とインド哲学との親近性を的確に見抜き、ブレイク研究とキリスト教神秘主義研究の延長として民藝運動を創始し、心を無にするという他力の思想に到達した。

ブレイクの「対立なくして進歩なし」という「対立の思想」と、「生きとし生けるものはすべて神聖である」という「肯定的世界観」は、その思想的支柱をインド哲学とイエスの言葉に遡ることができ、その影響は柳の民藝に及んだ。一方、英国ではブレイクと日本美術に魅了されたビニョンが、人と自然との関わり方を問い直し、環境に働きかけるのではなく、環境から働きかけられる存在として人をとらえ、人の鋭敏な感受性に価値を置いた。インドを出発点として十八世紀のロンドンを経由し、二十世紀の東京に流れ込んだ西廻りの「肯定の思想」は、様々な仲介者を経てブレイクから柳へと手渡されながら、柳の中で大乗仏教という東廻りの「肯定の思想」と合流し、時空を超えた円環状の思想の潮流を形作った。二十世紀という「利己心」が衝突した戦争の時代に、柳とビニョンはブレイクを起点として、多様な個性が共存する多元的世界を模索し、自他の個性をともに守るための戦略として、受動性に積極的な意義を見出した。個としての主体性を確立した上で、他に対して自己を開いていくこと。ただし、これを可能にするためにはルール作りが必要であり、ルールを共有しない者と対峙した時の対処法も含めて、考えておかなければならないことが多い。そのような意味で、受動性に基づく個性の相互保障という案がどこまで実効性を持つかどうかはわからないが、競争と征服を繰り返してきた歴史に区切りをつけて、新たに進むべき方向の一つを示している。

あとがき

本書は京都大学博士論文 "'The Voice of honest indignation is the voice of God": Freedom from Oppression in William Blake' (2001) の一部 (本書七章、八章) と、ロンドン大学博士論文 'William Blake and Multiculturalism: Between Christianity and Heathen Myths' (2008) の一部 (本書九章、十章、十一章、十二章) を加筆修正し、その後に行った研究を組み合わせたものである。柳とブレイクに関する各章は日本学術振興会科学研究費補助金基盤研究 (C) 「ウィリアム・ブレイクと柳宗悦に関する比較文学比較文化的研究」 (二〇五二〇二一一) および「十九世紀末英国におけるウィリアム・ブレイク研究と日本研究との相関関係の探究」 (二四五二〇二七三) の研究成果の一部である。二〇一一年度と二〇一二年度には二年にわたって公益財団法人稲盛財団より研究助成を受けた。ロンドン、リヴァプール、ケンブリッジで行った度重なる調査は、これらの研究助成がなければ不可能だった。また、本書を刊行するにあたり、日本学術振興会平成二十六年度科学研究費補助金 (研究成果公開促進費) の交付を受けた。出版助成に応募する日程の都合により、本書の最終稿を二〇一三年九月に確定したことを記しておく。

公益財団法人日本民藝館には『全集』未収録の柳の書簡を公開することを快く御許可いただいた。また、柳宗悦旧蔵書を閲覧する機会も頂戴した。御理解と御配慮を賜った日本民藝館と杉山享司学芸部長に厚く御礼申し上げる。

京都大学文学部英語学英米文学専攻の卒業論文でブレイクの『無垢と経験の歌』について考えて以来、ブレイクを読み続けて二十年になる。同じ頃にアルバイトで貯めた貯金をはたいて『柳宗悦全集』を購入したので、柳を読み続けた二十年でもある。今となっては嬉しい偶然だが、私は柳と同様に『天国と地獄の結婚』に夢中になり、『天国と地獄の結婚』を中心に京都大学博士論文を組み立てた。その後ブレイクにおけるキリスト教の相対化と異文化受容を次の研究テーマに設定し、従来のブレイク研究では類似が指摘されるのみであったブレイクと「東洋」の思想について、具体的な仲介者を探究することによってその影響関係を実証することを試みた。この研究はブレイクに不要な干渉をしたパトロンとして否定的な烙印を押されていた十八世紀の文人ウィリアム・ヘイリーを、ブレイクの文化的情報源の一人として評価し直すという副産物を伴い、ロンドン大学博士論文に結実した。本書に収録するにあたり大幅な修正と追加を行ったので、原形をとどめていないものも多いが、各章に関連する論文等は次の通りである。

序章

「"It is not in Terms that Reynolds & I disagree": William Blake と Sir Joshua Reynolds」、『神戸大学文学部紀要』三十号（二〇〇三）

「ウィリアム・ブレイク小伝」、『詩界』六十号（日本詩人クラブ、二〇一三）

第一章

「明治・大正期のウィリアム・ブレイク書誌学者たち――柳宗悦、寿岳文章、山宮允」、『超域文化科学紀要』十六号（東京大学大学院総合文化研究科超域文化科学専攻、二〇一一）

「柳宗悦よりジョン・サンプソンに宛てた『全集』未収録の書簡について――明治・大正期のウィリアム・ブレイク書誌学者たち（補遺）」、『日本ジョンソン協会年報』三十六号（二〇一二）

第三章

「柳宗悦に於けるテムペラメント――『ヰリアム・ブレーク』（一九一四）の基底音」、『比較文学』五十五号（日

本比較文学会、二〇一三）

第四章

「柳宗悦『ヰリアム・ブレーク』——革命の精神と個性の尊重」、『イギリス・ロマン派研究』三十九号（イギリス・ロマン派学会、二〇一三）

第五章

「一九〇〇年代のブレイク愛好家の系譜——バーナード・リーチ、オーガスタス・ジョン、ジョン・サンプソン」、『超域文化科学紀要』十八号（東京大学大学院総合文化研究科超域文化科学専攻、二〇一三）

第七章

「"I saw a Devil in a flame of fire"：『天国と地獄の結婚』における「火」の役割」、『ロマン派文学のすがたⅡ』（英宝社、二〇〇四）

'Creative Contradiction in Proverbs of Hell: On the Media and Contents of *The Marriage of Heaven and Hell*', *Studies in English Literature: English Number 2000*（日本英文学会、二〇〇〇）

第八章

'The Devil's Progress: Blake, Bunyan, and *The Marriage of Heaven and Hell*',『英文学研究』七十八巻二号（日本英文学会、二〇〇一）

'Prophets Interviewed in *The Marriage of Heaven and Hell*: Blake, Religion and Relativism', in *Voyages of Conception: Essays in English Romanticism*（Tokyo: Japan Association of English Romanticism, 2005）

'India in London: *Sacontala*（1790）and the British Reviewers'、『開かれた広域共同体の倫理システム創成研究報告』（神戸大学文学部、二〇〇六）

第九章、第十章
'Blake, Hayley and India,' in *The Reception of Blake in the Orient* (London: Continuum, 2006)
第十三章
「ロレンス・ビニョンと柳宗悦――ブレイク研究者による比較文化研究」、『超域文化科学紀要』十九号（東京大学大学院総合文化研究科超域文化科学専攻、二〇一四）
終章
「見テ知リソ、知リテナ見ソ――柳宗悦とWilliam Blake」、『東北学院大学英語英文学研究所紀要』二十八号（一九九九）

テクストを精読しない文学研究はありえない。しかし、精読しかしない研究は読書感想文の域を出ない。文学の研究にはテクストを取り巻く社会的文化的状況に対する地道な調査が不可欠であり、それが新たな知見の発見につながる。なぜ、ある特定の時代に、ある特定の詩人、芸術家、思想家が、ある特定の傾向を持つテクストを生み出すのか。文学と歴史、文学と芸術を並べて考えると見えなかったものが見えてくる。文学研究とは、私にとって、テクストの精読を基礎とした歴史研究である。

柳宗悦の活動に対して逆風が吹き始めて久しい。柳が行ったことは、美術をそれを生み出した人々から切り離して鑑賞するという文化的搾取の一形態である、という批判があるようだ。しかし、『柳宗悦全集』を精読するならば、言葉の使い方に不注意なところがあるにせよ、柳の視線の先に作り手があったことは確認できる。また、柳の朝鮮半島を見る視線には、欧米が「東洋」に負の印象を投影したオリエンタリズムと同じ構造が見受けられるという批判もあるらしいが、『朝鮮とその芸術』に「多くの外国の宣教師は自らを卓越した民だと妄想してゐる。然し同じ醜さが優秀だと信じる吾々の態度にもある事を私は感ぜずにはゐられない」（『全集』六巻、四九頁）と柳が書いたことを思い出しておきたい。もちろん柳が帝国主義と植民地主義の時代に生きた人である以上、種々の差別意識を内面化していたことは事実であろう。しかし、そのような制約を抱えながらも、それでも柳が何を成し遂げたかに目を向けることこそが、未来を生き抜くために過去を活用するという作業ではないのか。第二次世界大戦中の日本の国策と民藝とを結び付けて、柳を戦争協力者に位置付けようとする動きもあるようだが、オリエンタリズムやポストコロニアリズムの立場から柳を批判する論者の多くは、これらの理論の「優等生」になろうとするあまり、当時の日本が治安維持法の支配下にあり、言論と行動の如何によっては生命が脅かされる体制であったことを都合よく忘れているように見える。柳と同時代を生きた鶴見俊輔は雑誌『工藝』について、「今日の若い読者は、反戦の絶叫がここにないことをせめるだろうか。状況の悲惨から眼をそらさぬ姿勢をたもつことに、『工藝』が守りとおした役割があった」（「解説　時代への視線」、『全集』二十巻、六九六頁）と記した。鶴見の言葉にはその時代を体験した者だからこそ持ち得る重みがある。二十一世紀の価値観で柳を断罪して、論者自身のポリティカル・コレクトネスを誇示するような議論には、私は興味はない。

『キリアム・ブレーク』が世に出た一九一四年からその余熱が続いた一九三〇年代にかけて、柳が欧米のブレイク研究者とどのような交流を持ったのかという問題については、実はまだ明らかではないことが多い。これを明らかにするためには、柳宗悦旧蔵書の目録と柳が受領した欧文書簡の差出人一覧が、学術的正確さを備えた形で刊行される必要がある。しかし、二〇一四年現在どちらも存在しない。日本民藝館の御配慮により柳旧蔵書の一部を閲覧する機会をいただいたが、ブレイク研究をめぐる人脈については、英国で収集することができた資料に依拠している。なかでもリヴァプール大学図書館のジョン・サンプソン・アーカイヴ、ケンブリッジ大学図書館のケインズ・コレクション、大英図書館に保管が委託されているローレンス・ビニョン・アーカイヴは宝の山だった。今後柳旧蔵書目録と柳宛欧文書簡差出人一覧が整備され、新事実が明らかになったとしても、本書の研究は英国側の資料に基づいているので、研究結果を大幅に修正しなければならなくなる可能性は小さいはずだ。

このような形で研究がまとまるまで、多くの先生方に御導きをいただいた。

京都大学では鈴木雅之先生に教えを受けた。先生は人間・環境学研究科で教鞭を執られており、私は文学研究科の大学院生だったので、先生の御指導を受ける権利は私にはなかったのだが、御厚意により論文の草稿を見ていただけることになり、研究室へ伺う日々が始まった。修業は厳しかった。歯医者に通う心境に似ていたかもしれない。しかし、治療の痛みというものは、手遅れになることに比べれば物の数ではないのである。先生は後に、教員が院生にしてやれることは、とことんダメ出しをすることだ、それで嫌われようと他に何ができるのか、と呟かれたことがある。あの時に厳しく鍛えていただいたことを感謝したい。なお、当時、佐藤がブレイクを選んだのは、ブレイクの専門家が京大にいないからだ、という噂が一部で流れて迷惑した。これが悪意に満ちた中傷であることは、他部局の院生であったにもかかわらず、ブレイクが御専門の鈴木先生に御指導をいただいたという事実から明らかである。この場を借りて自分で自分の名誉を回復しておく。

留学先のロンドン大学は風通しのいい環境で、幸せな時間を過ごすことができた。ロンドン大学クイーン・メアリ・アンド・ウェストフィールド校修士課程（現クイーン・メアリ校）ではアンドルー・リンカーン教授（Prof. Andrew Lincoln）とマークマン・エリス教授（Prof. Markman Ellis）、ロンドン大学バークベック校博士課程ではマイケル・バロン博士（Dr Michael Baron）の御指導を受けた。一次資料を広く読み込みながら、テクストを歴史の中に置き直していく作業の重要性とおもしろさを私はロンドン大学で学んだ。ロンドンに行かなかったら、大英図書館で一次資料を探索して発見を重ねることの意義を知らないままだったら、欧米の研究を整理して並べ替えるだけで研究したつもりになっていたかもしれない。先生方の研究室で行われた演習と大英図書館のカフェで行われた論文指導は楽しい思い出である。トロント大学のG・E・ベントリー・ジュニア名誉教授（Prof. G. E. Bentley Jr）には、折に触れ、ユーモアに溢れた助言をいただいた。十年前に大英図書館のカフェでベントリー教授より頂戴した*Blake Records Second Edition*は、ブレイク研究のための必須文献であり、私の研究の基盤であり続けている。ノッティンガム・トレント大学のデイヴィッド・ウォレル教授（Prof. David Worrall）とロンドン大学クイーン・メアリ校のポール・ハミルトン教授（Prof. Paul Hamilton）には、博士論文の審査委員として詳細な講評をいただいた。私はロンドンが好きだ。

最初の勤務先である東北学院大学文学部英文学科では、日本で英文学者としてやっていくためには、日本英文学会の全国大会で研究発表をして、論文を『英文学研究』に投稿することだ、という助言をいただいた。ともすれば斜めになりかねない年頃に、真っ直ぐな道を示していただいた。原英一東京女子大学教授と遠藤健一東北学院大学教授には、仙台で公私にわたり御導きをいただいた。学術雑誌のコレクションの充実度では、日本でおそらく五指に入ると思われる東北学院大学図書館は、私にとって貴重な情報源だった。四年を過ごした仙台は私の記憶の中ですっかり美化されている。

伝統と実績のある東京大学比較文学比較文化研究室に、縁もゆかりもない私が教員として加わるきっかけを作って下さったのは、日本比較文学会前会長の井上健東京大学名誉教授である。同僚の今橋映子教授には、本書の出版へ向けて暖かい励ましと御力添えをいただいた。また、卒業論文の相談会、題目発表会、中間発表会、修士論文と博士論文の中間発表会、日本比較文学会全国大会前に研究室行事として開催される学会発表予行演習、年末恒例の東大比較文学会主催若手奨励研究コロキアムから私は多くを学んだ。教員と学生が交わす熱のこもった質疑応答は示唆に満ちており、研究室の談論風発の雰囲気に後押しされるようにして私の研究も進んだ。比較文学比較文化研究室に受け継がれている（と私には見える）歴史の底を打つような実証研究の伝統と、新たな地平を切り開こうとする冒険精神に、私は随分と育てていただいた。第二章に組み込んだラフカディオ・ハーンのブレイク講義に関する考察は、二〇一二年度東京大学大学院総合文化研究科の演習「ラフカディオ・ハーンの英文学講義を読む」に基づく。また、同じく二〇一二年度に教養学部比較日本文化論コースおよび比較文学比較芸術コースで開講した「ウィリアム・ブレイク『天国と地獄の結婚』を読む」(夏学期)と「柳宗悦の仕事を考える」(冬学期)でも、楽しい議論をすることができた。受講生の皆さんに感謝する。

京都大学人文科学研究所の横山俊夫名誉教授には、本書のもととなった研究計画に関心を寄せて下さり、過分の激励をいただいた。草光俊雄東京大学名誉教授には、院生の頃に様々な刺激と寛大な御配慮を頂戴した。思えば仙台でも駒場でもロンドンでも、見ず知らずの先生方にお引き立てをいただく幸運に恵まれた。ありがたいことである。

東京大学出版会の小暮明氏と笹形佑子氏には、千三百枚を超える原稿にもかかわらず、削るのはやめましょう、このままで出しましょう、と励ましていただいた。全体の構成についても的確な助言をいただいた。校正と索引作成について、笹形さんにはすっかりお世話になった。こちらもありがたいことである。なお、柳宗悦『ヰリアム・ブレーク』の奥付には「大正三年十二月廿三日発行」とある。大正三年は一九一四年であり、ちょうど百年後の十二月に本書のあとがきを書いている。実務的な作業日程による偶然の結果なのだが、『ヰリアム・ブレーク』刊行百年記念に合わせるようにして、本書が世に出ることになった。

最後にある同僚の印象的な言葉を引用したい。学会で研究発表をして論文を書き、著書を刊行する教員の後ろ姿を見て、学生は育つものです。本書が教育効果を持ち得たかどうか。気分はまな板の上の鯉である。

二〇一四年十二月　駒場にて

佐藤　光

著者紹介
1969 年　大阪生まれ
1991 年　京都大学文学部卒業
京都大学博士（文学），ロンドン大学 PhD (English)
東京大学大学院総合文化研究科准教授（比較文学比較文化研究室）
専門は英文学，比較文学

主要著書・論文
'The Devil's Progress: Blake, Bunyan, and *The Marriage of Heaven and Hell*',『英文学研究』78 巻 2 号（2001），日本英文学会第 24 回新人賞受賞
'Blake, Hayley and India', in *The Reception of Blake in the Orient* (London: Continuum, 2006)
「千家元麿とウィリアム・ブレイク——無垢な『楽園の詩人』」,『揺るぎなき信念——イギリス・ロマン主義論集』（彩流社，2012）所収

柳宗悦とウィリアム・ブレイク
環流する「肯定の思想」

2015 年 1 月 23 日　初　版

[検印廃止]

著　者　佐藤《さとう》　光《ひかり》

発行所　一般財団法人　東京大学出版会
代表者　渡辺　浩
153-0041 東京都目黒区駒場 4-5-29
http://www.utp.or.jp/
電話 03-6407-1069　Fax 03-6407-1991
振替 00160-6-59964

印刷所　株式会社三陽社
製本所　誠製本株式会社

ISBN 978-4-13-086048-2　Printed in Japan

人名索引

あ 行

浅野和三郎(1874-1937) 64, 65, 68, 70, 74, 75
イェイツ, ウィリアム・バトラー(William Butler Yeats, 1865-1939) 23, 46, 50, 52, 56, 57, 78-80, 83, 158, 171, 418, 434, 459
イェイツ, ジャック(John Butler [Jack] Yeats, 1871-1957) 178
ウィルキンズ, チャールズ(Sir Charles Wilkins, 1749-1836) 357, 406
ウォーナー, ラングドン(Langdon Warner, 1881-1955) 166, 436, 443, 444
歌川広重(1797-1858) 202, 426, 455, 456
ウルストンクラフト, メアリ(Mary Wollstonecraft, 1759-97) 6, 7, 72, 289, 290, 296
エマソン, ラルフ・ウォルド(Ralph Waldo Emerson, 1803-82) 110, 131, 132, 134
エンプソン, ウィリアム(Sir William Empson, 1906-84) 249
岡倉天心(覚三, 1862-1913) 166, 424, 425, 430, 433, 469
『東洋の理想』(*The Ideals of the East*, 1905) 424, 425, 430
岡倉由三郎(1868-1936) 453
オリファント, マーガレット(Margaret Oliphant, 1828-97) 71, 72, 81, 82

か 行

葛飾北斎(1760-1849) 197, 198, 203, 205, 430
狩野直喜(1868-1947) 434
カーペンター, エドワード(Edward Carpenter, 1844-1929) 110-114, 124, 136, 144, 218
カーリダーサ(Kalidasa)
『シャクンタラー』(*Sacontalá*) 288-296, 315, 407, 408
河井寛次郎(1890-1966) 33, 432, 446
キーツ, ジョン(John Keats, 1795-1821) 431, 456, 473
ギボン, エドワード(Edward Gibbon, 1737-94) 303, 310-313
『ローマ帝国衰亡史』(*The History of the Decline and Fall of the Roman Empire*, 1770-81) 310, 311
キャンベル, レジナルド(Reginald John Campbell, 1867-1956) 118-120, 122-126, 131, 140, 145-147,
『新神学』(*The New Theology*, 1907) 118, 119, 122-126, 131, 145-147
ギルクリスト, アレクサンダー(Alexander Gilchrist, 1828-61) 5, 32, 94, 110, 171, 173, 184, 185, 187, 188, 200, 304, 318
栗原基(1876-1967) 64, 65, 68, 70, 74, 75
ケインズ, ジェフリー(Sir Geoffrey Keynes, 1887-1982) 26, 31, 37-43, 48-52, 57, 172, 449, 452
ゲッデス, アレクサンダー(Alexander Geddes, 1737-1802) 244, 279, 280
ケニコット, ベンジャミン(Benjamin Kennicott, 1718-83) 277-279
幸徳秋水(伝次郎, 1871-1911) 148-150
ゴーガン, ポール(Paul Gauguin, 1848-1903) 137, 138, 159
ゴス, エドマンド(Sir Edmund Gosse, 1849-1928) 66, 67, 71
ゴッホ, ヴィンセント・ヴァン(Vincent van Gogh, 1853-90) 136
ゴールドスミス, オリヴァー(Oliver Goldsmith, 1728 頃-74)
『博物誌』(*An History of the Earth, and Animated Nature*, 1774) 321-324, 343, 345, 346, 348, 355

さ 行

齋藤勇(1887-1982) 32, 46, 59, 435
サウジー, ロバート(Robert Southey, 1774-1843) 303, 318, 336
サックス, ポール(Paul J. Sachs, 1878-1965) 444
山宮允(1890-1967) 27, 31, 46, 49, 51-53,

56-59, 79, 80, 438
サンプソン，ジョン(John Sampson, 1862-1931)　27, 33, 38, 41-46, 48-50, 115, 170-175, 177, 179-181, 200, 202, 255, 449
志賀直哉(1883-1971)　35-37, 75, 127, 144, 165, 437, 445, 469
シモンズ，アーサー(Arthur Symons, 1865-1945)　22, 23, 79, 86-88, 115, 174, 189, 190, 414, 417
ジェイムズ，ウィリアム(William James, 1842-1910)　92-94, 100-102, 104-110, 113, 115, 123, 124, 128, 130, 136, 139, 140, 191, 470, 472
『プラグマティズム』(*Pragmatism*, 1907)　92-94, 106, 139
『宗教的経験の諸相』(*The Varieties of Religious Experience*, 1902)　104-110, 123, 124
シェリー，パーシー・ビッシュ(Percy Bysshe Shelley, 1792-1822)　96, 175, 183, 423, 455
寿岳文章(1900-92)　20, 27, 31, 51-61, 70, 71, 80, 157, 158, 445, 446, 451, 459
ジョン，オーガスタス(Augustus John, 1878-1961)　27, 165, 167-171, 179, 181, 198, 200, 202
ジョーンズ，ウィリアム(Sir William Jones, 1746-94)　288, 290, 295-297, 299, 309-315, 328, 355, 399, 400, 402-406, 411-413
ジョンソン，ジェゼフ(Joseph Johnson, 1738-1809)　6, 72, 280, 282, 289, 290, 296, 300, 356, 359
スウィントン，ウィリアム(William Swinton, 1833-92)　25, 63, 66
スウィンバーン，アルジャーノン・チャールズ(Algernon Charles Swinburne, 1837-1909)　22, 23, 32, 47, 50, 95, 188-192, 194, 201, 414, 417, 419
スウェーデンボリ，エマヌエル(Emanuel Swedenborg, 1688-1772)　6, 68-70, 225-230, 283, 393
スマイルズ，サミュエル(Samuel Smiles, 1812-1904)　181, 422
スワン，ジョン(John Swan, 1847-1910)　165, 166
セインツベリ，ジョージ(George Saintsbury, 1845-1933)　66-68, 71
セザンヌ，ポール(Paul Cézanne, 1839-1906)　135
セッカー，トマス(Thomas Secker, 1693-1768)　277, 278
曾我簫白(1730-81)　419, 420, 424, 425

た　行

ダウデン，エドワード(Edward Dowden, 1843-1913)　66, 67, 71, 81, 83
高村光太郎(1883-1956)　164-167
滝精一(1873-1945)　434, 452
田部隆次(1875-1957)　73
ダニエル，ウィリアム(William Daniell, 1769-1837)　330
ダニエル，トマス(Thomas Daniell, 1749-1840)　330
坪内逍遥(雄蔵, 1859-1935)　64-66, 68, 70
テイラー，トマス(Thomas Taylor, 1758-1835)　394-398, 409, 412, 413
テトラッツィーニ，ルイザ(Luisa Tetrazzini, 1871-1940)　147, 148
テーヌ，イポリット(Hippolyte Taine, 1828-93)　25, 63, 66, 71,
富本憲吉(1886-1963)　164, 468, 469

な　行

長与善郎(1888-1961)　47, 57, 82
夏目漱石(金之助, 1867-1916)　35-37, 75, 148, 176, 426
新納忠之介(1868-1954)　166, 459
ニコルズ，ロバート(Robert Nichols, 1893-1944)　434
ニュートン，アルフレッド・エドワード(Alfred Edward Newton, 1864-1940)　448, 449
ネトルシップ，ジョン・トリヴェット(John Trivett Nettleship, 1841-1902)　170, 198

は　行

バイロン，ジョージ・ゴードン(George Gordon Byron, 1788-1824)　304, 425
ハインド，ルイス(C. Lewis Hind, 1862-1927)　131, 133, 134, 137, 138, 140
パウエル，フレデリック・ヨーク(Frederick York Powell, 1850-1904)　27, 175,

177–179, 182, 202
ハウスマン, ローレンス(Laurence Housman, 1865–1959)　95, 172
バック, リチャード・モーリス(Richard Maurice Bucke, 1837–1902)　102–105, 108–115, 124, 128, 130, 136, 191, 218, 470
『宇宙意識』(*Cosmic Consciousness*, 1901)　112, 113, 115, 124
バザイア, ジェイムズ(James Basire, 1730–1802)　6, 86
バッツ, トマス(Thomas Butts, 1757–1845)　16, 33, 212, 306, 321, 355, 357
バニヤン, ジョン(John Bunyan, 1628–88)　104, 257, 258, 261, 272, 273, 401
『天路歴程』(*The Pilgrim's Progress*, 1678)　257, 258, 260–265, 267–274, 401
ハネカー, ジェイムズ(James Huneker, 1857–1921)　78–80, 96
濱田庄司(1894–1978)　33, 443, 446, 450
バーリン, アイザイア(Sir Isaiah Berlin, 1909–97)　473
パルグレイヴ, フランシス(Francis Turner Palgrave, 1824–97)　207–209, 430
ハーン, ラフカディオ(Lafcadio Hearn, 1850–1904)　52, 68–76, 163, 165, 167, 249, 469
バーン＝ジョーンズ, エドワード(Sir Edward Burne-Jones, 1833–98)　187, 438
ビアズリー, オーブリー(Aubrey Beardsley, 1872–98)　19, 130, 131, 136
ピット, ウィリアム(William Pitt, 1759–1806)　14, 60, 313
ビニョン, ローレンス(Laurence Binyon, 1869–1943)　27, 28, 49, 56, 57, 417–436, 444, 451–461, 471–473, 475
『極東の絵画』(*Painting in the Far East*, 1908)　418, 425–427, 429–433, 451
『竜の飛翔』(*The Flight of the Dragon*, 1911)　431, 451
『イギリスの美術と詩における風景』(*Landscape in English Art and Poetry*, 1930)　453, 456, 461
フェノロサ, アーネスト(Ernest Fenollosa, 1853–1908)　433
藤澤古雪(周次, 1875–1945)　64, 65, 68, 70, 74, 75
フラックスマン, ジョン(John Flaxman, 1755–1826)　6, 303, 313, 319, 320, 326–329, 353
ブラングウィン, フランク(Sir Frank Brangwyn, 1867–1956)　165
ブランデン, エドマンド(Edmund Blunden, 1896–1974)　435
ブルック, ストップフォード(Stopford Brooke, 1832–1916)　66, 71
ブレイク, ウィリアム(William Blake, 1757–1827)
《悪魔を縛める天使ミカエル》(*The Angel Michael Binding Satan*, 1805)　107
『アメリカ』(*America*, 1793)　12, 18, 19, 223, 255, 397
『アルビオンの娘たちの幻想』(*Visions of the Daughters of Albion*, 1793)　7, 174, 223, 467, 468
『エドワード三世』(*King Edward the Third*, 1783)　65–68
『エルサレム』(*Jerusalem*, 1804–20)　14, 16, 17, 228, 274, 367–373, 375, 378–380, 386–392, 398, 419
『解説目録』(*A Descriptive Catalogue*, 1809)　357, 368, 406
「公衆への訴え」('Public Address', 1809–10頃)　151, 152
《最後の審判の幻想》(*The Vision of the Last Judgment*, 1808)　410
『最後の審判の幻想』([*A Vision of the Last Judgment*], 1810)　99, 271, 373, 376, 380, 384, 398
『詩的素描』(*Poetical Sketches*, 1783)　53, 64–68, 70
『ジョシュア・レノルズ集』への書き込み(Annotations to *The Works of Sir Joshua Reynolds*)　10, 457, 474
『すべての宗教は一つである』(*All Religions are One*, 1788頃)　286, 297, 299
「『聖書の擁護』に対する書き込み」(Annotations to *An Apology for the Bible*)　367
《善天使と悪天使》(*The Good and Evil Angels*, 1795)　377
『月の中の島』(*An Island in the Moon*, 1784)　53, 173
『天国と地獄の結婚』(*The Marriage of*

Heaven and Hell, 1790 頃)　4, 17, 18, 24, 28, 70, 100, 107, 140, 159, 161-164, 223-254(7 章), 255-300(8 章)359, 361, 365, 366, 377, 392, 457
「地獄の格言」　235, 237, 240-254(7 章 2 節), 256
『ミルトン』(*Milton*, 1804-11 頃)　15, 16, 229, 378, 380, 384, 398
『無垢と経験の歌』(*Songs of Innocence and of Experience*, 1794)　24, 66, 69, 70, 125, 396
『無垢の歌』(*Songs of Innocence*, 1789)　21, 65, 72, 100, 173, 185, 186, 190, 297
「無垢の予兆」('Auguries of Innocence')　186, 188, 429
『ユリゼンの書』(*The Book of Urizen*, 1794)　12, 244
『ヨーロッパ』(*Europe*, 1794)　12, 18, 19
『四つのゾア』(*The Four Zoas*, 1796 頃-1807 頃　14, 383, 384, 393, 398, 401, 406, 407
《ヨブ記の挿画》(*Illustrations of the Book of Job*, 1826)　38, 184
『ラオコーン』(*Laocoön*, 1826)　17, 274, 372
ヘイリー, イライザ(Eliza Hayley, 1750-97)　319, 349-351
ヘイリー, ウィリアム(William Hayley, 1745-1820)　14, 15, 28, 72, 303-333(9 章), 335-357(10 章), 359, 398—400, 402, 405, 406, 409, 413, 417
『一連のバラッドに寄せる挿画』(*Designs to a Series of Ballads*, 1802)　308, 316-319, 321, 322, 332, 336, 344, 351, 353, 399, 400, 402, 413
第一作「象」('The Elephant')　316, 317, 321-325, 332
第二作「鷲」('The Eagle')　316, 317, 344-346, 351
第三作「ライオン」('The Lion')　316, 317, 346, 348-351
第四作「犬」('The Dog')　316, 317, 335-338, 341, 342, 352
『動物の逸話に基づくバラッド』(*Ballads Founded on Anecdotes Relating to Animals*, 1805)　317, 318, 336, 352
『歴史論』(*An Essay on History*, 1780)　310, 311
『叙事詩論』(*An Essay on Epic Poetry*, 1782)　312-314
『彫刻論』(*An Essay on Sculpture*, 1800)　320, 353, 354
『ミルトン伝』(*The Life of Milton*, 1796)　400
ヘイリー, トマス・アルフォンゾ(Thomas Alphonso Hayley, 1780-1800)　305, 319, 320, 326-333(9 章 2 節), 336-357(10 章), 359, 399, 413
ペイン, トマス(Thomas Paine, 1737-1809)　67, 141, 372
ホイッスラー, ジェイムズ(James McNeill Whistler, 1834-1903)　165, 197, 201, 425, 456
ホイットマン, ウォルト(Walt Whitman, 1819-92)　34, 53, 70, 83, 95, 97, 98, 102, 104-106, 110-113, 115, 129, 159, 178, 191, 201
ホッジズ, ウィリアム(William Hodges, 1744-97)　323-325, 355, 399
『インド旅行記』(*Travels in India*, 1793)　323-325, 355
ホリヤー, フレデリック(Frederick Hollyer, 1838-1933)　437, 438
ホリヤー, フレデリック・トマス(Frederick Thomas Hollyer, 1870-1952)　57, 437-439
ボロー, ジョージ(George Borrow, 1803-81)　167, 171

ま　行

マイヤー＝グレーフェ, ユリウス(Julius Meier-Graefe, 1867-1935)　127
マティス, アンリ(Henri Matisse, 1869-1954)　138
ミルトン, ジョン(John Milton, 1608-74)　15, 16, 225, 233, 378, 379
『失楽園』(*Paradise Lost*, 1667)　15, 225, 233, 234, 236, 378, 379
ミレー, ジョン・エヴェレット(Sir John Everett Millais, 1829-96)　194-196, 210
武者小路実篤(1885-1976)　36, 98, 131, 132, 165, 469
モリス, ウィリアム(William Morris, 1834-

96)　165, 178, 438, 468-471
モリス, トマス(Thomas Maurice, 1754-1824)　309, 327, 355, 399, 405-413
『インド古事風物誌』(*Indian Antiquities*, 1794-1800)　405-408, 410, 413

や　行

矢代幸雄(1890-1975)　46, 57, 435, 436, 452
柳宗理(1915-2011)　217
柳宗悦(1889-1961)
「赤倉温泉から」(1919)　440
「改めて民藝について」(1958)　217
「オーブレー・ビアーズレに就て」(1911)　130, 131, 150
「革命の画家」(1912)　27, 131-139, 150
「『喜左衛門井戸』を見る」(1931)　34
「近世に於ける基督教神学の特色」(1910)　118-120, 126, 145
「下手ものゝ美」(1926)　463-465
『工藝の道』(1928)　218, 470, 471
「工藝美論の先駆者に就て」(1928)　468
「雑器の美」(1942)　464
『初期大津絵』(1929)　465
「神秘道への弁明」(1917)　108
「生命の問題」(1913)　99
「『茶』の改革」(1956)　216
「直観について」(1963)　216
「哲学に於けるテムペラメント」(1913)　90-92, 94, 98
「東洋文化の教養」(1952)　474
「杜翁が事ども」(1911)　145, 146
「西の便りより」(1911)　148
「民藝館の生立」(1936)　33
『民藝の趣旨』(1933)　1
『美の法門』(1949)　2
「東山御物と民藝館の蔵品」(未発表論稿)　216
「仏教に帰る」(1955)　473
『ブレイクとホヰットマン』(1931-32)　33-35, 53-56, 150, 459
『ブレークの言葉』(1921)　152, 441, 442
「墳水」(未発表論稿)　147-150
「琉球の富」(1939)　458
「ルノアーと其の一派」(1911)　127-129, 150
「吾が有を歌はしめよ」(1913)　140
「［私の宗教］」(未発表論稿)　457
『ヰリアム・ブレーク』(1914)　20, 22-28, 31, 32, 37, 38, 41, 42, 45, 48, 49, 59, 61, 63, 80, 81, 83, 85-89, 100, 101, 114-118, 141-143, 145, 150, 151, 157, 163, 164, 175, 177, 189, 191, 214, 223, 414, 440, 449, 464-467
「ヰリアム・ブレーク」(1914)　32, 38, 39, 81, 89
山縣五十雄(1869-1959)　63

ら　行

ラウス, ロバート(Robert Lowth, 1710-87)　278, 279, 283
ラスキン, ジョン(John Ruskin, 1819-1900)　178, 197, 438, 468, 469, 471
ラッセル, アーチボルド・ジョージ(Archibald George Blomefield Russell, 1879-1955)　42, 44, 46
ラッセル, バートランド(Bertrand Russell, 1872-1970)　442
ラム, ヘンリー(Henry Lamb, 1883-1960)　168, 169
リーチ, バーナード(Bernard Leach, 1887-1979)　21, 25-27, 39, 52, 97, 99, 113, 115, 158, 159-169(5章1節), 170, 179, 181, 200, 202, 223, 443, 444, 468, 469, 474
『回顧 1909 年—1914 年』(1915)　161-164
リバティ, アーサー(Sir Arthur Lasenby Liberty, 1843-1917)　199
ルノワール, ピエール＝オーギュスト(Pierre-Auguste Renoir, 1841-1919)　128, 136
レイトン, ジョン(John Leighton, 1822-1912)　207
レノルズ, ジョシュア(Sir Joshua Reynolds, 1723-92)　7-10, 19, 195, 215, 378
『芸術教育論集』(1778)　7
ローリー, ウォルター(Sir Walter Alexander Raleigh, 1861-1922)　27, 175-177, 181
ロッジ, オリヴァー(Sir Oliver Lodge, 1851-1940)　120-122
ロセッティ, ウィリアム・マイケル(William Michael Rossetti, 1829-1919)　27, 110, 170, 171, 183-209(6章1節, 2節), 210, 212, 256, 430
ロセッティ, ダンテ・ゲイブリエル(Dante

Gabriel Rossetti, 1828-82)　27, 64, 65, 152, 170-172, 182, 183-209(6章1節, 2節), 210, 438
ロレンス, ジョン(John Lawrence, 1850-1916)　46, 47, 57, 82
ロンブローゾ, チェーザレ(Cesare Lombroso, 1836-1909)　96

わ 行

ワーズワス, ウィリアム(William Wordsworth, 1770-1850)　422, 431, 455, 456, 473
和辻哲郎(1889-1960)　64, 76-80, 117

事項索引

引用文献

ウィリアム・ブレイク

一次資料

Blake, William, *Blake: The Complete Poems*, ed. by W. H. Stevenson, 3rd edn (Harlow: Pearson/Longman, 2007)

——, *The Complete Graphic Works of William Blake*, ed. by David Bindman (New York: G. P. Putnam's, 1978)

——, *The Complete Poetry and Prose of William Blake*, ed. by David V. Erdman (New York: Doubleday, 1988)

——, *The Complete Writings of William Blake*, ed. by Geoffrey Keynes (London: Nonesuch Press, 1957)

——, *The Engravings of William Blake*, ed. by A. G. B. Russell (London: Grant Richards, 1912)

——, *The Letters of William Blake*, ed. by A. G. B. Russell (London: Methuen, 1906)

——, *The Lyrical Poems of William Blake*, ed. by John Sampson (Oxford: Clarendon Press, 1905)

——, *The Poems and Prophecies of William Blake*, ed. by Max Plowman (London: Dent, 1927)

——, *The Poems of William Blake*, ed. by W. B. Yeats (London: Lawrence & Bullen, 1893)

——, *Poems of William Blake*, ed. by W. B. Yeats (London: George Routledge & Sons, 1905)

——, *The Poetical Works of William Blake*, ed. by Edwin J. Ellis, 2 vols (London: Chatto and Windus, 1906)

——, *The Poetical Works of William Blake: Including the Unpublished French Revolution Together with the Minor Prophetic Books and Selections from The Four Zoas, Milton and Jerusalem*, ed. by John Sampson (London: Oxford University Press, 1913)

——, *The Poetical Works of William Blake, Lyrical and Miscellaneous*, ed. by William Michael Rossetti (London: G. Bell, 1874)

——, *The Poetical Works of William Blake: A New and Verbatim Text from the Manuscript Engraved and Letterpress Originals with Variorum Readings and Bibliographical Notes and Prefaces by John Sampson*, ed. by John Sampson (Oxford: Clarendon Press, 1905)

——, *The Poetry and Prose of William Blake*, ed. by David V. Erdman (New York: Garden City, 1965)

——, *The Prophetic Books of William Blake: Jerusalem*, ed. by E. R. D. Maclagan and A. G. B. Russell (London: A. H. Bullen, 1904)

——, *The Prophetic Books of William Blake: Milton*, ed. by E. R. D. Maclagan and A. G. B. Russell (London: A. H. Bullen, 1907)

——, *The Prophetic Writings of William Blake*, ed. by D. J. Sloss and J. P. R. Wallis, 2 vols (Oxford: Clarendon Press, 1926)

——, *Selections from the Writings of William Blake. With an Introductory Essay by Laurence Housman,* ed. by Laurence Housman (London: Kegan Paul, 1893)
——, *William Blake: The Complete Illuminated Books,* ed. by David Bindman (London: Thames & Hudson, 2000)
——, *William Blake: The Continental Prophecies,* ed. by D. W. Dörrbecker, Blake's Illuminated Books Volume 4 (London: The Tate Gallery and the William Blake Trust, 1995)
——, *William Blake: The Early Illuminated Books,* ed. by Morris Eaves, Robert N. Essick and Joseph Viscomi, Blake's Illuminated Books Volume 3 (London: The William Blake Trust and the Tate Gallery, 1993)
——, *William Blake: Jerusalem,* ed. by Morton Paley, Blake's Illuminated Books Volume 1 (London: The Tate Gallery and the William Blake Trust, 1991)
——, *William Blake: Milton,* ed. by Robert N. Essick and Joseph Viscomi, Blake's Illuminated Books Volume 5 (London: The Tate Gallery and the William Blake Trust, 1993)
——, *William Blake: Songs of Innocence and of Experience,* ed. by Andrew Lincoln, Blake's Illuminated Books Volume 2 (London: The Tate Gallery and the William Blake Trust, 1991)
——, *William Blake: The Urizen Books,* ed. by David Worrall, Blake's Illuminated Books Volume 6 (London: The Tate Gallery and the William Blake Trust, 1995)
——, *The Works of William Blake, Poetic, Symbolic and Critical,* ed. by Edwin John Ellis and W. B Yeats (London: Bernard Quaritch, 1893)
——, *The Writings of William Blake,* ed. by Geoffrey Keynes, 3 vols (London: Nonesuch Press, 1925)
Butlin, Martin, *The Paintings and Drawings of William Blake,* 2 vols (New Haven and London: Yale University Press, 1981)
Essick, Robert N., *William Blake's Commercial Book Illustrations: A Catalogue and Study of the Plates Engraved by Blake after Designs by Other Artists* (Oxford: Clarendon Press, 1991)
Palmer, Samuel, *The Letters of Samuel Palmer,* ed. by Raymond Lister, 2 vols (Oxford: Clarendon Press, 1974)
ウィリアム・ブレイク「ああ日ぐるまや」蒲原有明訳，『明星』6号（1902年6月），25–26頁
——「反響の野」大和田建樹訳，『欧米名家詩集』（博文館，1894）上巻，66–69頁
——『対訳ブレイク詩集』松島正一編訳（岩波文庫，2004）
——『ブレイク詩集』土居光知訳（平凡社ライブラリー，1995）
——『ブレイク抒情詩抄改訳』寿岳文章訳（岩波文庫，1940）
——『ブレイク全著作』梅津濟美訳，全2巻（名古屋大学出版会，1989）
——『ブレイクの手紙』ジェフリー・ケインズ編，梅津濟美訳（八潮出版社，1970）
——「無心の歌」，山宮允訳『早稲田文学』167号（1919年10月），17–32頁

二次資料

Ackroyd, Peter, *Blake* (London: Sinclair-Stevenson, 1995)
Ault, Donald D., *Visionary Physics: Blake's Response to Newton* (Chicago and London: The University of Chicago Press, 1974)
Bassalik-de Vries, J. C. E., *William Blake in his Relation to Dante Gabriel Rossetti* (Basel:

Buchdruckerei Brin & Cie, 1911)

Behrendt, Stephen C., 'Blake's Bible of Hell: Prophecy as Political Program', in *Blake, Politics, and History,* ed. by Jackie Disalvo, G. A. Rosso, and Christopher Z. Hobson (New York and London: Garland, 1998), pp. 37–52

——, *Reading William Blake* (Basingstoke: Macmillan, 1992)

——, '"Something in My Eye": Irritants in Blake's Illuminated Texts', in *Blake in the Nineties,* ed. by Steve Clark and David Worrall (Basingstoke and New York: Macmillan and St. Martin's Press, 1999), pp. 78–95

Bentley Jr., G. E., *Blake Books* (Oxford: Clarendon Press, 1977)

——, *Blake Records Second Edition* (New Haven and London: Yale University Press, 2004)

——, *The Stranger from Paradise: A Biography of William Blake* (New Haven and London: Yale University Press, 2001)

——, and Martin K. Nurmi, *A Blake Bibliography: Annotated Lists of Works, Studies, and Blakeana* (Minneapolis: University of Minnesota Press, 1964)

——with the assistance of Keiko Aoyama, *Blake Studies in Japan: A Bibliography of Works on William Blake Published in Japan 1893–1993* (Tokyo: Tsurumi Shoten, 1994)

Bindman, David, *Blake as an Artist* (Oxford: Phaidon, 1977)

Blake Society, *The First Meeting of the Blake Society: Papers Read before the Blake Society at the First Annual Meeting, 12th August, 1912* (Olney: Thomas Wright, 1912)

Bloom, Harold, *Blake's Apocalypse: A Study in Poetic Argument* (Garden City: Doubleday, 1965)

Bronowski, Jacob, *William Blake 1757–1827: A Man without a Mask* (London: Secker & Warburg, 1944)

Cardinale, Philip, and Joseph Cardinale, 'A Newly Discovered Blake Book: William Blake's Copy of Thomas Taylor's *The Mystical Initiations; or, Hymns of Orpheus* (1787)', *Blake/An Illustrated Quarterly,* 44 (2010), pp. 84–102

Connolly, Tristanne J., 'The Authority of the Ancients: Blake and Wilkins' Translation of the *Bhagvat-Geeta',* in *The Reception of Blake in the Orient,* ed. by Steve Clark and Masashi Suzuki (London: Continuum, 2006), pp. 145–158

——, *William Blake and the Body* (Basingstoke: Palgrave Macmillan, 2002)

Cunningham, Allan, *The Lives of the Most Eminent British Painters, Sculptors, and Architects,* 6 vols (London: John Murray, 1830), II, pp. 143–188

Damon, S. Foster, *A Blake Dictionary: The Ideas and Symbols of William Blake* (Providence: Brown University Press, 1965; repr. Hanover and London: University Press of New England, 1988)

——, *William Blake: His Philosophy and Symbols* (Boston and New York: Houghton Mifflin, 1924)

Davies, J. G., *The Theology of William Blake* (Oxford: Oxford University Press, 1948; repr. 1966)

Davies, Keri, 'William Blake's Mother: A New Identification', *Blake/An Illustrated Quarterly,* 33 (1999), pp. 36–49

——and Marsha Keith Schuchard, 'Recovering the Lost Moravian History of William Blake's

Family', *Blake/An Illustrated Quarterly,* 38 (2004), pp. 36–42

——and David Worrall, 'Inconvenient Truths: Re-historicizing the Politics of Dissent and Antinomianism', in *Re-Envisioning Blake,* ed. by Mark Crosby, Troy Patenaude and Angus Whitehead (Basingstoke: Palgrave Macmillan, 2012), pp. 30–47

De Selincourt, Basil, *William Blake* (London: Duckworth, 1909)

Eaves, Morris, 'Blake and the Artistic Machine: An Essay in Decorum and Technology', *PMLA,* 92 (1977), pp. 903–927

——, 'A Reading of Blake's *Marriage of Heaven and Hell,* Plates 17–20: On and Under the Estate of the West', *Blake Studies,* 4 (1972), pp. 81–116

——, *William Blake's Theories of Art* (Princeton: Princeton University Press, 1982)

Edwards, Gavin, 'Repeating the Same Dull Round', in *Unnam'd Forms: Blake and Textuality,* ed. by Nelson Hilton and Thomas A. Vogler (Berkeley: University of California Press, 1986), pp. 26–48

Eliot, T. S., *The Sacred Wood: Essays on Poetry and Criticism* (London and New York: Methuen, 1920; repr. 1986)

Ellis, Edwin J., *The Real Blake* (London: Chatto & Windus, 1907)

Erdman, David V., *Blake: Prophet against Empire,* 3rd edn (Princeton: Princeton University Press, 1977)

——, *The Illuminated Blake* (New York: Dover, 1974)

——, ed., *Blake and his Bibles* (West Cornwall: Locust Hill, 1990)

——, Tom Dargan and Marlene Deverell-Van Meter, 'Reading the Illuminations of Blake's *Marriage of Heaven and Hell',* in *William Blake: Essays in Honour of Sir Geoffrey Keynes,* ed. by Morton D. Paley and Michael Phillips (Oxford: Clarendon, 1973), pp. 162–207

Essick, Robert N., *William Blake and the Language of Adam* (Oxford: Clarendon Press, 1989)

Fisher, Peter F., 'Blake and the Druids', in *Blake: A Collection of Critical Essays,* ed. by Northrop Frye (Englewood Cliffs, N. J.: Prentice-Hall, 1966), pp. 156–178

Frye, Northrop, 'Notes for a Commentary on *Milton',* in *The Divine Vision: Studies in the Poetry and Art of William Blake,* ed. by Vivian de Sola Pinto (London: Victor Gollancz, 1957), pp. 97–137

Gilchrist, Alexander, *Life of William Blake,* 2 vols (London: Macmillan, 1863)

——, *Life of William Blake,* A New and Enlarged Edition, 2 vols (London: Macmillan, 1880)

Grolier Club, *William Blake an Exhibition* (New York, 1919)

Hagstrum, Jean H., *William Blake, Poet and Painter* (Chicago: The University of Chicago Press, 1964)

Harper, George Mills, *The Neoplatonism of William Blake* (Chapel Hill: The University of North Carolina Press, 1961)

Helms, Randel, 'Why Ezekiel Ate Dung', *English Language Notes,* 15 (1978), pp. 279–281

Heppner, Christopher, *Reading Blake's Designs* (Cambridge: Cambridge University Press, 1995)

Heringman, Noah, *Romantic Rocks, Aesthetic Geology* (Ithaca, N. Y.: Cornell University Press, 2004)

Holstein, Michael E., 'Crooked roads without Improvement: Blake's "Proverbs of Hell"', *Genre,* 8 (1975), pp. 26–41

Howard, John, 'An Audience for *The Marriage of Heaven and Hell', Blake Studies,* 3 (1970), pp. 19–52

Huneker, James, *Egoists: A Book of Supermen* (New York: Charles Scribner's Sons, 1909)

Keynes, Geoffrey, *A Bibliography of William Blake* (New York: The Grolier Club of New York, 1921)

Lansverk, Marvin D. L., *The Wisdom of Many, The Vision of One: The Proverbs of William Blake* (New York: Peter Lang, 1994)

Larrissy, Edward, 'Blake's Orient', *Romanticism,* 11 (2005), pp. 1–13

Makdisi, Saree, *William Blake and the Impossible History of the 1790s* (Chicago and London: The University of Chicago Press, 2003)

Matthews, Susan, 'Blake, Hayley and the History of Sexuality', in *Blake, Nation and Empire,* ed. by Steve Clark and David Worrall (Basingstoke: Palgrave, 2006), pp. 83–101

McGann, Jerome J., 'The Idea of an Indeterminate Text: Blake's Bible of Hell and Dr. Alexander Geddes', *Studies in Romanticism,* 25 (1986), pp. 303–324

Mee, Jon, *Dangerous Enthusiasm: William Blake and the Culture of Radicalism in the 1790s* (Oxford: Clarendon Press, 1992)

Mitchell, W. J. T., 'Blake's Composite Art', in *Blake's Visionary Forms Dramatic,* ed. by David V. Erdman and John E. Grant (Princeton: Princeton University Press, 1970), pp. 57–81

——, *Blake's Composite Art: A Study of the Illuminated Poetry* (Princeton: Princeton University Press, 1978)

Moskal, Jeanne, *Blake, Ethics, and Forgiveness* (Tuscaloosa and London: The University of Alabama Press, 1994)

Nanavutty, Piloo, 'William Blake and Hindu Creation Myths', in *The Divine Vision: Studies in the Poetry and Art of William Blake,* ed. by Vivian de Sola Pinto (London: Victor Gollancz, 1957), pp. 163–182

Niimi, Hatsuko, 'The Proverbial Language of Blake's *Marriage of Heaven and Hell', Studies in English Literature* (1982), pp. 3–20

Norvig, Gerda S., *Dark Figures in the Desired Country: Blake's Illustrations to The Pilgrim's Progress* (California: University of California Press, 1993)

Nurmi, Martin K., *Blake's Marriage of Heaven and Hell: A Critical Study* (New York: Haskell, 1972)

——, *William Blake* (Kent: The Kent State University Press, 1976)

Ostriker, Alicia, *Vision and Verse in William Blake* (Madison and Milwaukee: The University of Wisconsin Press, 1965)

Paley, Morton D., *Energy and the Imagination: A Study of the Development of Blake's Thought* (Oxford: Clarendon Press, 1970)

——, '"A New Heaven is Begun": William Blake and Swedenborgianism', *Blake/An Illustrated Quarterly,* 13 (1979), pp. 64–90

Phillips, Michael, 'William Blake's *Songs of Innocence* and *Songs of Experience* from Manuscript

Draft to Illuminated Plate', *Book Collector,* 28 (1979), pp. 17–59
Pierce, Frederick E., 'Blake and Thomas Taylor', *PMLA,* 43 (1928), pp. 1121–1141
——, 'Taylor, Aristotle, and Blake', *Philological Quarterly,* 9 (1930), pp. 363–370
Pierce, John B., 'Bunyan at the Gates of Paradise', *Blake/An Illustrated Quarterly,* 23 (1990), pp. 198–200
Preston, Kerrison, *Blake and Rossetti* (London: The De La More Press, 1944)
Raine, Kathleen, 'The Little Girl Lost and Found and the Lapsed Soul', in *The Divine Vision: Studies in the Poetry and Art of William Blake,* ed. by Vivian de Sola Pinto (London: Victor Gollancz, 1957), pp. 19–63
——, *Blake and Tradition,* 2 vols (Princeton: Princeton University Press, 1968)
Raleigh, Walter, 'Introduction', in *The Lyrical Poems of William Blake,* ed. by John Sampson (Oxford: Clarendon Press, 1905; repr. 1921), pp. vii-li
Rix, Robert, *William Blake and the Cultures of Radical Christianity* (Aldershot and Burlington: Ashgate, 2007)
Rose, Edward J., 'Blake's Metaphorical States', *Blake Studies,* 4 (1971), pp. 9–31
Rothenberg, Molly Anne, *Rethinking Blake's Textuality* (Columbia and London: University of Missouri Press, 1993)
Rowland, Christopher, *Blake and the Bible* (New Haven and London: Yale University Press, 2010)
Sabri-Tabrizi, G. R., *The 'Heaven' and 'Hell' of William Blake* (New York: International Publishers, 1973)
Schock, Peter A., '*The Marriage of Heaven and Hell*: Blake's Myth of Satan and its Cultural Matrix', *ELH,* 60 (1993), pp. 441–470
Swinburne, Algernon Charles, *William Blake: A Critical Essay* (London: John Camden Hotten, 1868)
——, *William Blake: A Critical Essay,* A New Edition (London: Chatto & Windus, 1906))
Symons, Arthur, *The Symbolist Movement in Literature* (London: Archibald Constable, 1908)
——, *William Blake* (London: Archibald Constable, 1907)
Tannenbaum, Leslie, *Biblical Tradition in Blake's Early Prophecies: The Great Code of Art* (Princeton: Princeton University Press, 1982)
——, 'Blake's News from Hell: *The Marriage of Heaven and Hell* and The Lucianic Tradition', *ELH,* 43 (1976), pp. 74–99
Thompson, E. P., *Witness against the Beast: William Blake and the Moral Law* (Cambridge: Cambridge University Press, 1993)
Tomory, Peter, 'A Blake Sketch for Hayley's Ballad "The Lion" and a Connection with Fuseli', *Burlington Magazine,* 117 (1975), pp. 377–378
Villalobos, John, 'William Blake's "Proverbs of Hell" and the Tradition of Wisdom Literature', *Studies in Philology,* 87 (1990), pp. 246–259
Viscomi, Joseph, *Blake and the Idea of the Book* (Princeton: Princeton University Press, 1993)
Wada, Ayako, 'Blake's Oriental Heterodoxy: Yanagi's Perception of Blake', in *The Reception of Blake in the Orient,* ed. by Steve Clark and Masashi Suzuki (London: Continuum Press, 2006),

pp. 161-171
Wills, James T., 'An Additional Drawing for Blake's Bunyan Series', *Blake Newsletter,* 23 (Winter 1972-73), pp. 63-67
Wilson, Mona, *The Life of William Blake* (Oxford: Oxford University Press, 1971)
Wittreich Jr, Joseph Anthony, *Angel of Apocalypse: Blake's Idea of Milton* (Madison: The University of Wisconsin Press, 1975)
——, 'Domes of Mental Pleasure: Blake's Epic and Hayley's Epic Theory', *Studies in Philology,* 69 (1972), pp. 101-129
Yeats, William Butler, *Ideas of Good and Evil* (London: A. H. Bullen, 1903)
青山恵子「日本におけるウィリアム・ブレイク受容の一断面（2）――白樺派と柳宗悦によるブレイク受容のあり方」,『学習院女子短期大学紀要』33 号（1995），1-32 頁
P. アクロイド『ブレイク伝』池田雅之監訳（みすず書房，2002）
W. B. イェイツ「ウィリアム・ブレイクと想像」山宮允訳,『未来』1 輯（1914 年 2 月），121-130 頁
磯部直希「『キルヤム・ブレイク書誌』にみる民藝運動の揺籃期――その装幀における形式と意匠」,『多摩美術大学研究紀要』22 号（2007），123-133 頁
大熊昭信『ウィリアム・ブレイク研究――「四重の人間」と性愛，友愛，犠牲，救済をめぐって』（彩流社，1997）
佐藤光「ウィリアム・ブレイクから三木露風へ――『無垢と経験の歌』の変奏曲」,『比較文学』53 巻（日本比較文学会，2011），7-20 頁
――「千家元麿とウィリアム・ブレイク――無垢な『楽園の詩人』」，新見肇子，鈴木雅之編『揺るぎなき信念――イギリス・ロマン主義論集』（彩流社，2012），381-397 頁
――「なぜ『煙突』を訳さなかったのか――山宮允訳『ブレーク選集』と明治・大正期のブレイク理解」,『イギリス・ロマン派研究』35 号（イギリス・ロマン派学会，2011），1-14 頁
山宮允『ブレイク論稿』（三省堂，1929）
潮江宏三『銅版画師ウィリアム・ブレイク』（京都書院，2000）
寿岳文章『キルヤム・ブレイク書誌』（ぐろりあそさえて，1929）
鈴木雅之「ウィリアム・ブレイクとグノーシス主義」，大貫隆他編『グノーシス　異端と近代』（岩波書店，2001），174-186 頁
――『幻想の詩学――ウィリアム・ブレイク研究』（あぽろん社，1994）
土居光知「キルヤム・ブレイク書誌」,『英語青年』61 巻 8 号（1929），287 頁
久守和子「ブレイク受容史の一断面――バーナード・リーチ氏に聞く」,『ウィリアム・ブレイク』（牧神社，1977），168-179 頁
ローレンス・ビニョン「詩人としてのウィリアム・ブレイク」山宮允訳,『鈴蘭』2 輯（1923 年 1 月），2-16 頁
J. ブロノフスキー『ブレイク――革命の時代の預言者』高儀進訳（紀伊国屋書店，1976）
松島正一「〈ブレイクと近代日本〉――柳宗悦と大江健三郎」,『学習院大学文学部研究年報』42 輯（1995），159-174 頁
――「ブレイクとホイットマン――作品とその受容（上）」,『国学院雑誌』90 巻（1989 年 2 月），77-91 頁
――「ブレイクとホイットマン――作品とその受容（下）」,『国学院雑誌』90 巻（1989 年 3

月），60-77 頁
——「ブレイクの〈誤読〉——大江健三郎のブレイク受容まで」，『国学院雑誌』85 巻（1984），59-80 頁
——『ブレイクの思想と近代日本——ブレイクを読む』（北星堂，2003）
——「柳宗悦——工芸と美」，『環境情報科学』26 巻（1997），32-33 頁
由良君美「解説　柳思想の始発駅『ヰリアム・ブレーク』」，『全集』4 巻，679-707 頁
——『椿説泰西浪曼派文学談義』（平凡社ライブラリー，2012）
和田綾子「ヴィクトリア朝におけるブレイク・リヴァイヴァル——D・G・ロセッティの果たした役割」（『鳥取大学大学教育支援機構教育センター紀要』7 巻（2010），121-131 頁

柳宗悦とその周辺

石川三四郎『石川三四郎著作集』全 8 巻（青土社，1977-1978）
——「浪」，佐伯彰一・鹿野政直監修『日本人の自伝 10——河上肇・石川三四郎』（平凡社，1982），451-528 頁
齋藤勇「内外新著　ヰリアム・ブレーク（柳宗悦著　洛陽堂発行　定価三円）」，『文明評論』2 巻 3 号（1915 年 3 月），275-277 頁
——「柳宗悦氏の大著『ヰリアム・ブレーク』及びその後のブレイク研究について」，『全集』4 巻月報 8，1-3 頁
志賀直哉『志賀直哉全集』全 22 巻（岩波書店，1999-2002）
『出版法版権法条例　附出版及版権願届書式』（敬業社，1893）
『白樺』（1910-1923）
寿岳文章，柳宗悦編『ブレイクとホヰットマン』（同文館，1931-1932）
高村光太郎『高村光太郎全集』全 21 巻（筑摩書房，1994-1998）
夏目金之助『漱石全集』全 27 巻（岩波書店，1993-2004）
長与善郎『わが心の遍歴』（1959 初版，筑摩書房，1963）
武者小路実篤『武者小路實篤全集』全 18 巻（小学館，1987-1991）
柳宗悦『柳宗悦全集』全 22 巻（筑摩書房，1980-1992）
柳宗理『柳宗理エッセイ』（平凡社ライブラリー，2011）
バーナード・リーチ「ヰリャム・ブレイクに就いて」（'Notes on William Blake'）寿岳文章訳，式場隆三郎編『バーナード・リーチ』（建設社，1934），43-53 頁
——「オーガスタス・ジョーン」柳宗悦訳，『全集』1 巻，700-705 頁
——『回顧』（*A Review 1909-1914*）
——「式場博士の伝記的質問への解答」，式場隆三郎編『バーナード・リーチ』（建設社，1934），536-565 頁
——「大正九年三月十三日夜，第三回岩村男記念美術講演会に於けるリーチの日本語演説『日本に在りし十年間』の記録」，式場隆三郎編『バーナード・リーチ』（建設社，1934），558-559 頁
——『東と西を超えて——自伝的回想』福田陸太郎訳（日本経済新聞社，1982）
和辻哲郎『和辻哲郎全集』全 20 巻（岩波書店，1961-1978）
Elton, Oliver, *Frederick York Powell: A Life and a Selection from his Letters and Occasional*

Writings, 2 vols (Oxford: Clarendon Press, 1906)

Hollyer, Frederick, and Frederick T. Hollyer, *Catalogue of Platinotype Reproductions of Pictures & c. Photographed and Sold by Mr. Hollyer No. 9 Pembroke Sqr. London W.* (London: Frederick Hollyer, 1902)

Keynes, Geoffrey, *The Gates of Memory* (Oxford: Clarendon Press, 1981)

The Keynes Collection, Cambridge University Library

Leach, Bernard, *Beyond East and West: Memoirs, Portraits and Essays* (London and Boston: Faber and Faber, 1978)

——, 'Notes on William Blake',『白樺』5 巻 4 号（1914 年 4 月），462-471 頁

Lloyd-Morgan, Ceridwen, *Augustus John Papers at the National Library of Wales* (Aberystwyth: The National Library of Wales, 1996)

Newton, A. Edward, *A Magnificent Farce and Other Diversions of a Book-Collector* (Boston: The Atlantic Monthly Press, 1921)

Sampson, Anthony, *The Scholar Gypsy: The Quest for a Family Secret* (London: John Murray, 1997)

John Sampson Archive, Liverpool University Library

Tetrazzini, Luisa, *My Life of Song* (London: Cassell, 1921)

Warner, Langdon, *Langdon Warner through his Letters,* ed. by Theodore Bowie (Bloomington and London: Indiana University Press, 1966)

Yates, Dora Esther, *My Gypsy Days: Recollections of a Romani Rawnie* (London: Phoenix House, 1953)

二次資料

阿川弘之『志賀直哉』全 2 巻（岩波書店，1994）

阿満利麿『柳宗悦――美の菩薩』（リブロポート，1987）

稲田敦子『共生思想の先駆的系譜――石川三四郎とエドワード・カーペンター』（木魂社，2000）

今井信雄『「白樺」の周辺――信州教育との交流について』（信濃教育会出版部，1975）

大原緑峯『石川三四郎――魂の導師』（リブロポート，1987）

尾久彰三「初期論文に見る後年の柳宗悦」，熊倉功夫，吉田憲司編『柳宗悦と民藝運動』（思文閣出版，2005），3-26 頁

小野二郎『ウィリアム・モリス研究　小野二郎著作集 1』（晶文社，1980）

柄谷行人「美学の効用――『オリエンタリズム』以後」，『批評空間』第 2 期 14 号（1997 年 7 月），42-55 頁

川端康雄「大槻憲二とモリス誕生百年祭」，デザイン史フォーラム編（藤田治彦責任編集）『アーツ・アンド・クラフツと日本』（思文閣，2004），17-34 頁

神田健次「初期柳宗悦の宗教論と民藝論」，『基督教論集』44 号（2001），353-378 頁

――「機織る伝道者――外村吉之介論」，『神学研究』48 巻（2001），45-74 頁

――「日本におけるキリスト教の受容の一考察――無教会運動と民藝運動を中心に」，『明治学院大学社会学・社会福祉学研究』129 号（2008），99-114 頁

草光俊雄「柳宗悦と英国中世主義」，杉原四郎編『近代日本とイギリス思想』（日本経済評論社，

1995)，123-142 頁
久野収，鶴見俊輔，藤田省三『戦後日本の思想』(1959 初版，岩波同時代ライブラリー，1995)
桑原武夫『桑原武夫集』全 10 巻（岩波書店，1980-1988）
紅野謙介『検閲と文学——一九二〇年代の攻防』(河出書房新社，2009)
——「明治期文学者とメディア規制の攻防」，鈴木登美，十重田裕一，堀ひかり，宗像和重編『検閲・メディア・文学——江戸から戦後まで』(新曜社，2012)，58-65 頁
小谷野敦『里見弴伝——「馬鹿正直」の人生』(中央公論社，2008)
齋藤昌三『齋藤昌三著作集』全 5 巻（八潮書店，1980-1981）
清水英夫『出版学と出版の自由』(日本エディタースクール出版部，1995)
寿岳文章「解説　柳宗悦と英米文学とのかかわり」，『全集』5 巻，623-629 頁
——『書物の共和国』(春秋社，1981)
——『柳宗悦と共に』(集英社，1980)
鈴木禎宏『バーナード・リーチの生涯と芸術——「東と西の結婚」のヴィジョン』(ミネルヴァ書房，2006)
竹中均『柳宗悦・民藝・社会理論——カルチュラル・スタディーズの試み』(明石書店，1999)
鶴見俊輔「失われた転機」，『全集』6 巻，677-696 頁
——「解説時代への視線」，『全集』20 巻，683-698 頁
——『柳宗悦』(平凡社，1976)
エドモンド・ドゥ・ヴァール『バーナード・リーチ再考——スタジオ・ポタリーと陶芸の現在』金子賢治，北村仁美，外舘和子訳（思文閣出版，2007）
富本憲吉『富本憲吉著作集』(五月書房，1981)
中島国彦「ブレイク移入の意味するもの——柳宗悦の感受性」，『早稲田文学』176 巻（1991），90-104 頁
中見真理「柳思想とクロポトキンの『相互補助』」，『全集』22 巻上，月報 24，2-4 頁
——『柳宗悦——時代と思想』(東京大学出版会，2003)
——『柳宗悦——「複合の美」の思想』(岩波新書，2013)
ルパート・フォークナー「民芸運動における工芸作家：新世代の誕生」安藤京子訳，『「生活と芸術——アーツ＆クラフツ展」図録』(朝日新聞社，2008-2009)』，202-208 頁
藤田治彦「ウィリアム・モリスと明治の日本」，デザイン史フォーラム編（藤田治彦責任編集）『アーツ・アンド・クラフツと日本』(思文閣，2004)，11-16 頁
法政大学図書館編『和辻哲郎文庫目録』(法政大学図書館，1994)
松井健『柳宗悦と民藝の現在』(吉川弘文館，2005)
松原龍一「日本におけるアーツ・アンド・クラフツ——民芸成立から上加茂民藝協団，三国荘を巡って」，『「生活と芸術——アーツ＆クラフツ展」図録』(朝日新聞社，2008-2009)，198-201 頁
水尾比呂志『評伝柳宗悦』(筑摩書房，1992)
Cooper, Emanuel, *Bernard Leach: Life and Work* (New Haven and London: Yale University Press, 2003)
Harker, Margaret, *The Linked Ring: The Secession Movement in Photography in Britain, 1892-1910* (London: Heinemann, 1979)

Holroyd, Michael, *Augustus John: The New Biography* (London: Vintage, 1996)
Kikuchi, Yuko, *Japanese Modernisation and Mingei Theory: Cultural Nationalism and Oriental Orientalism* (London and New York: Routledge Curzon, 2004)

英文学とその周辺

一次資料

Alcott, Louisa May, *Little Women; or, Meg, Jo, Beth and Amy* (Boston: Roberts Brothers, 1868)
The Analytical Review (London: J. Johnson, 1778–1799)
The Annual Register (London: J. Dodsley, 1758–1838)
The Annual Review (London: T. N. Longman and O. Rees, 1803–1809)
Borrow, George Henry, *Lavengro: The Scholar, the Gypsy, the Priest* (London: John Murray, 1851)
Bunyan, John, *The Pilgrim's Progress* (London, 1678)
——, *The Pilgrim's Progress,* ed. by N. H. Keeble (Oxford: Oxford University Press, 1984)
Byron, George Gordon, *English Bards and Scotch Reviewers,* in *Byron Poetical Works,* ed. by Frederick Page (London: Oxford University Press, 1970)
Carlyle, Thomas, *The Works of Thomas Carlyle,* 30 vols (London: Chapman and Hall, 1899)
The Critical Review, Series 2nd (London, W. Simpkin and R. Marshall, 1791–1803)
Darwin, Erasmus, *The Botanic Garden: A Poem* (London: J. Johnson, 1791)
Dickens, Charles, *Hard Times: For These Times* (London: Bradbury and Evans, 1854)
——, 'Old Lamps for New Ones', in *Household Words,* No. 12, 15 June 1850, pp. 265–267
The Eclectic Review (London, 1805–1868)
The European Magazine (London: John Sewell, 1782–1826)
The Gentleman's Magazine (London, 1731–1907)
Gibbon, Edward, *The History of the Decline and Fall of the Roman Empire,* 6 vols (London: Strahan and Cadell, 1770–1781)
——, *Miscellaneous Works of Edward Gibbon, Esquire. With Memoirs of his Life and Writings, Composed by Himself: Illustrated from his Letters, with Occasional Notes and Narrative by John Lord Sheffield,* 7 vols (London, 1796)
——, *A Vindication of Some Passages in the Fifteenth and Sixteenth Chapters of the History of the Decline and Fall of the Roman Empire* (London: W. Strahan and T. Cadell, 1779)
Goldsmith, Oliver, *An History of the Earth, and Animated Nature,* 8 vols (London: J. Nourse, 1774)
Hazlitt, William, *The Complete Works of William Hazlitt,* ed. by P. P. Howe, 21 vols (London and Toronto: J. M. Dent, 1930)
Hunt, Leigh, *The Feast of the Poets, with Notes, and Other Pieces in Verse* (London: James Cawthorn, 1814)
Keats, John, *The Letters of John Keats 1814–1821,* ed. by Hyder Edward Rollins, 2 vols (Cambridge: Cambridge University Press, 1958)
Macpherson, James, *Fingal, an Ancient Epic Poem, in Six Books: Together with Several Other*

Poems, Composed by Ossian the Son of Fingal. Translated from the Galic (London: T. Becket and P. A. De Hondt, 1762)

——, *Fragments of Ancient Poetry, Collected in the Highlands of Scotland, and Translated from the Galic or Erse Language* (Edinburgh: G. Hamilton and J. Balfour, 1760)

——, *Temora, an Ancient Epic Poem, in Eight Books: Together with Several Other Poems, Composed by Ossian, the Son of Fingal. Translated from the Galic* (London, 1763)

Malthus, Thomas, *An Essay on the Principle of Population, As It Affects the Future Improvement of Society* (London: J. Johnson, 1798)

Mill, John Stuart, *Autobiography* (London: Longmans, Green, Reader, and Dyer, 1873)

Milton, John, *Paradise Lost: A Poem Written in Ten Books* (London: Peter Parker, Robert Boulter and Matthias Walker, 1667)

——, *Paradise Lost,* ed. by Scott Elledge (New York and London: W. W. Norton, 1975)

——, *Paradise Regained: A Poem in IV Books* (London: John Starkey, 1671)

The Monthly Review, Series 2nd (London: R. Griffiths, 1790–1825)

Paine, Thomas, *Rights of Man: Being an Answer to Mr. Burke's Attack on the French Revolution* (London: J. S. Jordan, 1791)

Palgrave, Francis Turner, ed., *The Golden Treasury of the Best Songs and Lyrical Poems in the English Language* (Cambridge and London: Macmillan, 1861)

Peacock, Thomas Love, *The Works of Thomas Love Peacock,* ed. by H. F. B. Brett-Smith and C. E. Jones, 10 vols (New York: AMS Press, 1967)

The Poetical Register (London, 1802–1814)

The Quarterly Review (London: John Murray, 1809–1967)

Romanticism: An Anthology, 4th edn, ed. by Duncan Wu (Chichester: Wiley Blackwell, 2012)

Shelley, Percy Bysshe, *The Complete Works of Percy Bysshe Shelley,* ed. by Roger Ingpen and Walter E. Peck, 10 vols (New York: Gordian Press, 1965)

Smiles, Samuel, *Self-Help; with Illustrations of Character and Conduct* (London: John Murray, 1859)

Stedman, John, *Narrative of a Five Years' Expedition against the Revolted Negroes of Surinam, in Guiana, on the Wild Coast of South America; from the Year 1772, to 1777,* 2 vols (London: J. Johnson, 1796)

Walpole, Horace, *The Yale Edition of Horace Walpole's Correspondence,* ed. by W. S. Lewis, 48 vols (New Haven: Yale University Press, 1937–)

Williams, Edward, *Poems, Lyric and Pastoral,* 2 vols (London, 1794)

Wollstonecraft, Mary, *Original Stories from Real Life: With Conversations, Calculated to Regulate the Affection, etc.* (London: J. Johnson, 1791)

——, *A Vindication of the Rights of Woman: With Strictures on Political and Moral Subjects* (London: J. Johnson, 1792)

コナン・ドイル『シャーロック・ホームズの冒険』延原謙訳（新潮文庫，2011）

ジョン・バニヤン『天路歴程第一部』竹友藻風訳（岩波文庫，1951）

ジョン・ミルトン『失楽園』平井正穂訳，全２巻（岩波文庫，1981）

二次資料

Batson, E. Beatrice, *John Bunyan: Allegory and Imagination* (London: Croom Helm, 1984)

Benson, Eugene and William Toye, *The Oxford Companion to Canadian Literature* (Oxford: Oxford University Press, 1997)

Carlton, Peter J., 'Bunyan: Language, Convention, Authority', *ELH,* 51 (1984), pp. 17–32

Collins, A. S., *The Profession of Letters: A Study of the Relation of Author to Patron, Publisher, and Public, 1780–1832* (London: George Routledge, 1928)

Cope, Jackson I., 'The Progresses of Bunyan and Symon Patrick', *ELH,* 55 (1988), pp. 599–614

Davis, Nick, 'The Problem of Misfortune in *The Pilgrim's Progress'*, in *The Pilgrim's Progress: Critical and Historical Views,* ed. by Vincent Newey (Liverpool: Liverpool University Press, 1980), pp. 182–204

Eisenstein, Elizabeth L., *The Printing Press as an Agent of Change: Communications and Cultural Transformations in Early-Modern Europe Volumes I and II* (Cambridge: Cambridge University Press, 1997)

Empson, William, *Seven Types of Ambiguity* (London: The Hogarth Press, 1984)

Febvre, Lucien, and Henri-Jean Martin, *The Coming of the Book: The Impact of Printing 1450–1800,* trans. by David Gerard (London and New York: Verso, 1976)

Fish, Stanley Eugene, 'Progress in *The Pilgrim's Progress'*, *English Literary Renaissance,* 1 (1971), pp. 261–293

Fletcher, Angus, *Allegory: The Theory of a Symbolic Mode* (Ithaca: Cornell University Press, 1964; repr. 1995)

Furlong, Monica, *Puritan's Progress: A Study of John Bunyan* (London: Hodder and Stoughton, 1975)

Haskin, Dayton, 'The Burden of Interpretation in *The Pilgrim's Progress'*, *Studies in Philology,* 79 (1982), pp. 256–278

Heppner, Christopher, 'Under the Hill: Tyndale or Bunyan?', *Blake/An Illustrated Quarterly,* 23 (1990), pp. 200–201

Hill, Christopher, *The English Bible and the Seventeenth-Century Revolution* (Harmondsworth: Penguin, 1994)

——, *A Tinker and a Poor Man: John Bunyan and his Church, 1628–1688* (New York: Norton, 1990)

Iser, Wolfgang, *The Act of Reading* (Baltimore and London: The Johns Hopkins University Press, 1980)

——, *The Implied Reader* (Baltimore and London: The Johns Hopkins University Press, 1978)

Knott Jr, John R., 'Bunyan's Gospel Day: A Reading of *The Pilgrim's Progress'*, *English Literary Renaissance,* 3 (1973), pp. 443–461

Luxon, Thomas H., 'The Pilgrim's Passive Progress: Luther and Bunyan on Talking and Doing, Word and Way', *ELH,* 53 (1986), pp. 73–98

——, *Literal Figures: Puritan Allegory and the Reformation Crisis in Representation* (Chicago and London: The University of Chicago Press, 1995)

McLuhan, Marshall, *The Gutenberg Galaxy: The Making of Typographical Man* (Toronto:

University of Toronto Press, 1962; repr. 1995)
Mills, David, 'The Dreams of Bunyan and Langland', in *The Pilgrim's Progress: Critical and Historical Views,* ed. by Vincent Newey (Liverpool: Liverpool University Press, 1980), pp. 154–181
Ong, Walter J., *Orality and Literacy: The Technologizing of the Word* (London: Routledge, 1982; repr. 1988)
Ricœur, Paul, *From Text to Action,* trans. by Kathleen Blamey and John B. Thompson (Evanston: Northwestern University Press, 1991)
Roper, Derek, 'Mary Wollstonecraft's Reviews', *Notes and Queries,* 203 (1958), pp. 37–38
——, *Reviewing before the Edinburgh 1788–1802* (London: Methuen, 1978)
Seed, David, 'Dialogue and Debate in *The Pilgrim's Progress',* in *The Pilgrim's Progress: Critical and Historical Views,* ed. by Vincent Newey (Liverpool: Liverpool University Press, 1980), pp. 69–90
Sim, Stuart, *Negotiations with Paradox: Narrative Practice and Narrative Form in Bunyan and Defoe* (Hemel Hempstead: Harvester Wheatsheaf, 1990)
Stranahan, Brainerd P., 'Bunyan and the Epistle to the Hebrews: His Source for the Idea of Pilgrimage in *The Pilgrim's Progress', Studies in Philology,* 79 (1982), pp. 279–296
Sullivan, Alvin, ed., *British Literary Magazines: The Augustan Age and the Age of Johnson, 1698–1788* (Westport and London: Greenwood, 1983)
Thompson, E. P., *The Making of the English Working Class* (London: Victor Gollancz, 1963; repr. London: Penguin, 1991)
Turner, J. G., 'Bunyan's Sense of Place', in *The Pilgrim's Progress: Critical and Historical Views,* ed. by Vincent Newey (Liverpool: Liverpool University Press, 1980), pp. 91–110
Wardle, Ralph M., 'Mary Wollstonecraft, Analytical Reviewer', *PMLA,* 62 (1947), pp. 1000–1009
リチャード・D・オールティック『ヴィクトリア朝の人と思想』要田圭治，大嶋浩，田中孝信訳（音羽書房鶴見書店，1998）
ウォルター・J・オング『声の文化と文字の文化』桜井直文・林正寛・糟谷啓介訳（藤原書店，1991）
川西進「自伝に見る父と子——ミルとラスキン」，松村昌家，川本静子，長島伸一，村岡健次他編『英国文化の世紀 4　民衆の文化誌』（研究社，1996），47–70 頁
富山太佳夫『シャーロック・ホームズの世紀末』（青土社，1993）
マーシャル・マクルーハン『グーテンベルクの銀河系』森常治訳（みすず書房，1986）
松村昌家「セルフ・ヘルプの系譜」，松村昌家，川本静子，長島伸一，村岡健次編『英国文化の世紀 4　民衆の文化誌』（研究社，1996），3–26 頁
ポール・リクール『解釈の革新』久米博，清水誠，久重忠夫訳（白水社，1985）

英文学史

一次資料

Brink, Bernhard Ten, *History of English Literature,* 3 vols (London: G. Bell, 1895–1896)
Brooke, Stopford, *English Literature* (London: Macmillan, 1877)

Dowden, Edward, *New Studies in Literature* (Cambridge: The Riverside Press, 1895)
——, *Puritan and Anglican Studies in Literature* (London: Kegan Paul, 1900)
——, *Studies in Literature 1789–1877,* 4th edn (London: Kegan Paul, 1878; repr. 1887)
Gosse, Edmund, *A History of Eighteenth Century Literature 1660–1780* (London: Macmillan, 1889)
——, *A Short History of Modern English Literature* (New York and London: D. Appleton, 1897; repr. 1918)
Hearn, Lafcadio, *Appreciations of Poetry,* ed. by John Erskine (New York: Dodd, Mead and Co., 1916)
——, *Interpretations of Literature,* ed. by John Erskine, 2 vols (New York: Dodd, Mead and Co., 1915)
——, *Some Strange English Literary Figures of the Eighteenth and Nineteenth Centuries,* ed. by R. Tanabe (Tokyo: Hokuseido Press, 1927)
Mathew, E. J., *A History of English Literature* (London and New York: Macmillan, 1901)
Morley, John, *Studies in Literature* (London: Macmillan, 1891)
Oliphant, Margaret, *The Literary History of England,* 3 vols (London: Macmillan, 1886)
Ryland, Frederick, *Chronological Outlines of English Literature* (London: Macmillan, 1890)
Saintsbury, George, *A History of Nineteenth Century Literature 1780–1895* (New York and London: Macmillan, 1896)
——, *A Short History of English Literature* (London: Macmillan, 1898)
Swinton, William, *Masterpieces of English Literature, Being Typical Selections of British and American Authorship, From Shakespeare to the Present Time* (New York: Harper & Brothers, 1880)
Taine, Hippolyte, *History of English Literature,* trans. by H. Van Laun, 2 vols (Edinburgh: Edmonston and Douglas, 1871)
Toyama High School, *The Catalogue of the Lafcadio Hearn Library in Toyama High School* (Toyama: Toyoma High School, 1927)
浅野和三郎『英文学史』(大日本図書，1907)
栗原基・藤澤周次『英国文学史』(博文館，1907)
坪内雄蔵『英文学史』(東京専門学校出版部，1901)

二次資料

宮崎芳三『太平洋戦争と英文学者』(研究社，1999)
亀井俊介『英文学者夏目漱石』(松柏社，2011)
田部隆次『小泉八雲』(早稲田大学出版部，1914)
——『小泉八雲』第四版（北星堂，1980)

宗教，哲学，思想

一次資料

Barrow, Isaac, *The Works of the Learned Isaac Barrow, D. D. ... Being All his English Works. ...*

Published by his Grace, Dr. John Tillotson, 3 vols (London: A. Millar and J. & R. Tonson, 1741)

Bucke, Richard Maurice, 'Cosmic Consciousness', *Proceedings of the American Medico-Psychological Association,* 1 (1894), pp. 316–327

——, *Cosmic Consciousness: A Study in the Evolution of the Human Mind* (Philadelphia: Innes, 1901; repr. 1905)

——, 'Walt Whitman and the Cosmic Sense', in *In re Walt Whitman,* ed. by Horace L. Traubel, Richard Maurice Bucke and Thomas B. Harned (Philadelphia: David McKay, 1893), pp. 329–347

Campbell, Reginald J. *Christianity and the Social Order* (London: Chapman & Hall, 1907)

——, *The New Theology* (London: Chapman & Hall, 1907)

——, *New Theology Sermons* (London: Williams and Norgate, 1907)

——, *A Spiritual Pilgrimage* (New York: D. Appleton, 1916)

Carpenter, Edward, *The Art of Creation: Essays on the Self and its Powers* (London: George Allen, 1904)

——, *Civilisation: Its Cause and Cure* (London: Swan Sonnenschein, 1889)

——, *Days with Walt Whitman: With Some Notes on his Life and Work* (London: George Allen, 1906)

——, *From Adam's Peak to Elephanta* (London: Swan Sonnenschein, 1892)

——, *My Days and Dreams: Being Autobiographical Notes* (New York: Charles Scribner's Sons, 1916)

——, *Towards Democracy* (Manchester and London: John Heywood, 1883)

Emerson, Ralph Waldo, *Essays* (Boston: James Munroe, 1841)

Huneker, James, *Overtones: A Book of Temperaments* (New York: Charles Scribner's Sons, 1904)

——, *Promenades of an Impressionist* (New York: Charles Scribner's Sons, 1910)

James, William, *Pragmatism* (London: Longmans Green, 1907)

——, *Some Problems of Philosophy: Beginning of an Introduction to Philosophy* (London: Longmans Green, 1911)

——, *The Varieties of Religious Experience* (New York: Longmans Green, 1902)

——, *The Will to Believe* (New York: Longmans Green, 1897)

Lodge, Oliver, *The Substance of Faith Allied with Science: A Catechism for Parents and Teachers* (London: Methuen, 1907)

Lombroso, Cezare, *The Man of Genius* (London: Walter Scott, 1891)

Necker, Jacques, *Of the Importance of Religious Opinions. Translated from the French* (London, 1788)

Plato, *The Cratylus, Phaedo, Parmenides, and Timaeus of Plato, Translated from the Greek by T. Taylor. With Notes on the Cratylus, and an Explanatory Introduction to Each Dialogue* (London: Benjamin and John White, 1793)

Plotinus, *Five Books of Plotinus, viz. On Felicity; On the Nature and Origin of Evil; On Providence; On Nature, Contemplation, and the One; and on the Descent of the Soul:*

Translated from the Greek, with an Introduction. ... By T. Taylor (London: Edward Jeffrey, 1794)
Proclus, *The Philosophical and Mathematical Commentaries of Proclus; Surnamed, Plato's Successor, on the First Book of Euclid's Elements. And his Life by Marinus,* trans. by Thomas Taylor, 2 vols (London: T. Payne, B. White, L. Davis, J. Robson, T. Cadell, Leigh and Co., G. Nicol, R. Faulder, T. and J. Egerton, 1788–1789)
——, *The Six Books of Proclus, the Platonic Successor, on the Theology of Plato,* trans. by Thomas Taylor (London, 1816)
Rousseau, Jean-Jacques, *An Inquiry into the Nature of the Social Contract; or Principles of Political Right* (London: G. G. J. and J. Robinson, 1791)
Swedenborg, Emanuel, *A Treatise Concerning Heaven and Hell,* trans. by William Cookworthy and Thomas Hartley (London, 1784)
——, *The Wisdom of Angels, Concerning Divine Love and Divine Wisdom,* trans. by N. Tucker (London, 1788)
——, *The Wisdom of Angels Concerning the Divine Providence,* trans. by N. Tucker (London, 1790)
R. W. エマソン『エマソン論文集』酒本雅之訳，全 2 巻（岩波文庫，1972）
ウィリアム・ジェイムズ『プラグマティズム』桝田啓三郎訳（岩波文庫，1957）
――『宗教的経験の諸相』桝田啓三郎訳，全 2 巻（岩波文庫，1969）
エマヌエル・スウェーデンボリ『天界と地獄』鈴木貞太郎訳，1910 初版，『鈴木大拙全集』全 32 巻（岩波書店，1968–71）
ルソー『社会契約論』桑原武夫・前川貞次郎訳（岩波文庫，1954）

二次資料

Berlin, Isaiah, 'Two Concepts of Liberty', in *Four Essays on Liberty* (Oxford: Oxford University Press, 1969), pp. 118–172
Cachin, Marie-Françoise, '"Non-governmental Society": Edward Carpenter's Position in the British Socialist Movement', in *Edward Carpenter and Later Victorian Radicalism,* ed. by Tony Brown (London: Frank Cass, 1990), pp. 58–73
Rechnitzer, Peter A., *R. M. Bucke: Journey to Cosmic Consciousness* (Ontario: Associated Medical Services Incorporated, 1994)
Robertson, Michael, *Worshipping Walt: The Whitman Disciples* (Princeton: Princeton University Press, 2008)
Rowbotham, Sheila, *Edward Carpenter: A Life of Liberty and Love* (London and New York: Verso, 2008)
Short, S. E. D., *Victorian Lunacy: Richard M. Bucke and the Practice of Late Nineteenth-Century Psychiatry* (Cambridge: Cambridge University Press, 1986)
Tsuzuki, Chushichi, *Edward Carpenter 1844–1929: Prophet of Human Fellowship* (Cambridge: Cambridge University Press, 1980)
小川鼎三『医学の歴史』（中公新書，1964）
梶田昭『医学の歴史』（講談社学術文庫，2003）

亀井俊介『近代文学におけるホイットマンの運命』(研究社，1970)
高橋和夫『スウェーデンボルグの思想――科学から神秘世界へ』(講談社現代新書，1995)
ヂョーヂ・トロブリッヂ『スエデンボルグ――その生涯，信仰，教説』柳瀬芳意訳，第五版(静思社，1981)
――『スヴェーデンボリ――その生涯と教え』鈴木泰之訳 (スヴェーデンボリ出版，2011)
ガストン・バシュラール『火の精神分析』前田耕作訳 (せりか書房，1987)

英国美術とジャポニスム

一次資料

La Commision impériale du Japon à l'Exposition universelle de Paris, *Histoire de l'art du Japon* (Paris: Maurice de Brunoff, 1900)
Hind, C. Lewis, *The Post Impressionists* (London: Methuen, 1911)
Joly, Henri, *Legend in Japanese Art* (London: Jone Lane, 1908)
Leighton, John, 'On Japanese Art: A Discourse Delivered at The Royal Institution of Great Britain, May 1, 1863', in *The Art of All Nations 1850–73,* ed. by Elizabeth Gilmore Holt (Princeton: Princeton University Press, 1982), pp. 364–377
Meier-Graefe, Julius, *Entwicklungsgeschichte der modernen Kunst: Vergleichende Betrachtung der bildenden Künste, als Beitrag zu einer neuen Aesthetik,* 3 vols (Stuttgart: Verlag Julius Hoffmann, 1904)
――, *Modern Art: Being a Contribution to a New System of Aesthetics,* trans. by Florence Simmonds and George W. Chrystal, 2 vols (London: William Heineman, 1908)
Okakura, Kakuzo, *The Ideals of the East with Special Reference to the Art of Japan* (London: John Murray, 1905)
Palgrave, Francis Turner, 'Japanese Art', in *Essays on Art* (London and Cambridge: Macmillan, 1866), pp. 185–192
Perry, Matthew, *Narrative of the Expedition of an American Squadron to the China Seas and Japan, Performed in the Years 1852, 1853, and 1854* (Washington: Beverley Tucker, 1856)
Reynolds, Sir Joshua, *Seven Discourses Delivered in the Royal Academy by the President* (London: T. Cadell, 1778)
――, *The Works of Sir Joshua Reynolds,* ed. by Edmund Malone, 2 vols (London: T. Cadell, 1797)
――, *The Works of Sir Joshua Reynolds,* 2nd edn, ed. by Edmund Malone, 3 vols (London: T. Cadell, 1798)
――, *Sir Joshua Reynolds, Discourses,* ed. by Pat Rogers (London: Penguin, 1992)
岡倉天心『東洋の理想』,『東洋の理想他』佐伯彰一，桶谷秀昭，橋川文三訳 (平凡社，1983)，3–144 頁

二次資料

Fenton, James, *School of Genius: A History of the Royal Academy of Arts* (London: The Royal Academy of Arts, 2006)

McIntyre, Ian, *Joshua Reynolds: The Life and Times of the First President of the Royal Academy* (London: Penguin, 2003)

Rodner, William S., *Edwardian London through Japanese Eyes: The Art and Writings of Yoshio Markino, 1897-1915* (Leiden and Boston: Brill, 2012)

Spalding, Frances, *Whistler* (New York: Phaidon, 1994)

彬子女王「ウィリアム・アンダーソン・コレクション再考」,『比較日本学研究センター研究年報』4号（2008），123-132頁

浅野秀剛監修『広重名所江戸百景――秘蔵岩崎コレクション』（小学館，2007）

飯島半十郎『浮世絵師便覧』（小林文七，1893）

稲賀繁美『絵画の東方――オリエンタリズムからジャポニスムへ』（名古屋大学出版会，1999）

――「『白樺』と造形美術：再考――セザンヌ“理解”を中心に」,『比較文学』38巻（1995），76-91頁

今橋映子『異都憧憬日本人のパリ』（1993初版，平凡社，2001）

――『〈パリ写真〉の世紀』（白水社，2003）

今橋理子『秋田蘭画の近代――小田野直武「不忍池図」を読む』（東京大学出版会，2009）

高階秀爾『芸術のパトロンたち』（岩波新書，1997）

谷田博幸「英国における〈日本趣味〉の形成に関する序論一八五一――一八六二」,『比較文学年誌』22号（1986），88-117頁

――『唯美主義とジャパニズム』（名古屋大学出版会，2004）

オリーヴ・チェックランド『明治日本とイギリス――出会い・技術移転・ネットワークの形成』杉山忠平・玉置紀夫訳（法政大学出版局，1996）

ジョン・ラッセル・テイラー『英国アール・ヌーヴォー・ブック――その書物デザインとイラストレーション』高橋誠訳（国文社，1993）

ロセッティ兄弟

一次資料

Gilchrist, Anne, *Anne Gilchrist: Her Life and Writings,* ed. by Herbert Harlakenden Gilchrist (London: T. Fisher Unwin, 1887)

Rossetti, Dante Gabriel, *The Correspondence of Dante Gabriel Rossetti,* ed. by William E. Fredeman, 9 vols (Woodbridge: D. S. Brewer, 2002–2010)

Rossetti, William Michael, *Dante Gabriel Rossetti: His Family Letters with a Memoir by William Michael Rossetti,* 2 vols (London: Ellis and Elvey, 1895)

――, *The Diary of W. M. Rossetti 1870–1873,* ed. by Odette Bornand (Oxford: Clarendon Press, 1977)

――, 'Introduction', in *The Germ: Thoughts towards Nature in Poetry, Literature and Art Being a Facsimile Reprint of the Literary Organ of the Pre-Raphaelite Brotherhood, Published in 1850* (London: Elliot Stock, 1901), pp. 6–30

――, 'Japanese Woodcuts', in *Fine Art, Chiefly Contemporary: Notices Re-printed, with Revisions* (London and Cambridge: Macmillan, 1867), pp. 363–387

――, 'Japanese woodcuts: An Illustrated Story-Book Brought from Japan', *The Reader* (31

October 1863), pp. 501–503
——, 'Mr. Palgrave and Unprofessional Criticisms on Art', in *Fine Art, Chiefly Contemporary* (London and Cambridge: Macmillan, 1867), pp. 324–334
——, *Rossetti Papers 1862 to 1870* (New York: Charles Scribner's Sons, 1903)
——, *Some Reminiscences of William Michael Rossetti*, 2 vols (New York: Charles Scribner's Sons, 1906)

二次資料

Barringer, Tim, Jason Rosenfeld and Alison Smith, *Pre-Raphaelites: Victorian Avant-Garde* (London: Tate Publishing, 2012)
Cherry, Deborah, 'In a word: Pre-Raphaelite, Pre-Raphaelites, Pre-Raphaelitism', in *Writing the Pre-Raphaelites: Text, Context, Subtext*, ed. by Michaela Giebelhausen and Tim Barringer (Farnham and Burlington: Ashgate, 2009), pp. 17–51
Corbett, David Peters, '"A Soul of the Age": Rossetti's words and images, 1848–73', in *Writing the Pre-Raphaelites: Text, Context, Subtext*, ed. by Michaela Giebelhausen and Tim Barringer (Farnham and Burlington: Ashgate, 2009), pp. 81–99
Prettejohn, Elizabeth, *The Art of the Pre-Raphaelites* (London: Tate Publishing, 2000; repr. 2010)
谷田博幸『ロセッティ――ラファエル前派を超えて』(平凡社，1993)
ティモシー・ヒルトン『ラファエル前派の夢』岡田隆彦，篠田達美訳（白水社，1992)
ジャック・ド・ラングラード『D・G・ロセッティ』山崎庸一郎，中条省平共訳（みすず書房，1990)

十八世紀英国における聖書研究

一次資料

Bate, Julius, *The Integrity of the Hebrew Text, and Many Passages of Scripture, Vindicated from the Objections and Misconstructions of Mr. Kennicott* (London: E. Withers, 1754)
Blackburne, Francis, *The Confessional; or, A Full and Free Inquiry into the Right, Utility, Edification, and Success, of Establishing Systematical Confessions of Faith and Doctrine in Protestant Churches* (London: Bladon, 1766)
Campbell, George, *The Four Gospels, Translated from the Greek: With Preliminary Dissertations, and Notes Critical and Explanatory*, 2 vols (London: Strahan and Cadell, 1789)
Comings, Fowler, *The Printed Hebrew Text of the Old Testament Vindicated. An Answer to Mr. Kennicott's Dissertation in Two Parts* (Oxford: James Fletcher, 1753)
Geddes, Alexander, *The Holy Bible, or the Books Accounted Sacred by Jews and Christians; Otherwise Called the Books of the Old and New Covenants: Faithfully Translated from Corrected Texts of the Originals. With Various Readings, Explanatory Notes, and Critical Remarks*, 2 vols (London: Printed for the Author, 1792–97)
——, *Proposals for Printing by Subscription a New Translation of the Holy Bible, from Corrected Texts of the Originals; with Various Readings, Explanatory Notes, and Critical*

Observations. With Specimens of the Work (London, 1788)
——, *Prospectus of a New Translation of the Holy Bible, from Corrected Texts of the Originals, Compared with the Ancient Versions. With Various Readings, Explanatory Notes, and Critical Observations* (Glasgow and London, 1786)
Horne, George, *An Apology for Certain Gentlemen in the University of Oxford, Aspersed in a Late Anonymous Pamphlet with a Short Postscript Concerning Another Pamphlet. With a Short Postscript Concerning Another Pamphlet Lately Published by the Rev. Mr. Heathcote* (Oxford, 1756)
——, *A View of Mr. Kennicott's Method of Correcting the Hebrew Text, with Three Queries... Thereupon, etc.* (London, [1765?])
Kennicott, Benjaminus, ed., *Vetus Testamentum Hebraicum: cum variis lectionibus* (Oxonii: E typographeo Clarendoniano, 1776, 1780)
——, *A Word to the Hutchinsonians: or Remarks on Three Extraordinary Sermons Lately Preached before the University of Oxford by... Dr. Patten,... Mr. Wetherall and... Mr. Horne.* (London, 1756)
Lowth, Robert, *De Sacra Poesi Hebræorum Prælectiones Academicæ Oxonii Habitæ. ... Subjicitur Metricæ Harianæ Brevis Confutatio: et Oratio Crewiana* (Oxonii, 1753)
——, *Isaiah. A New Translation; with a Preliminary Dissertation, and Notes Critical, Philological, and Explanatory* (London: Dodsley and Cadell, 1779)
——, *Lectures on the Sacred Poetry of the Hebrews,* trans. by G. Gregory, 2 vols (London: J. Johnson, 1787)
Pollard, Alfred W., ed., *Records of the English Bible: The Documents Relating to the Translation and Publication of the Bible in English, 1525–1611* (London, New York, Toronto, and Melbourne: Oxford University Press, 1911)
Priestley, Joseph, *An History of the Corruptions of Christianity in Two Volumes* (Birmingham: J. Johnson, 1782)
——, *Letters to the Members of the New Jerusalem Church* (Birmingham: J. Thompson, 1791)
Secker, Thomas, *The Autobiography of Thomas Secker Archbishop of Canterbury,* ed. by John S. Macauley and R. W. Greaves (Lawrence: University of Kansas Libraries, 1988)
——, *Eight Charges Delivered to the Clergy of the Dioceses of Oxford and Canterbury. To Which Are Added Instructions to Candidates for Orders; and a Latin Speech Intended to Have Been Made at the Opening of the Convocation in 1761* (London: Rivington, 1769)
Symonds, John, *Observations upon the Expediency of Revising the Present English Version of the Four Gospels, and of the Acts of the Apostles* (London, 1789)
Watson, Richard, *An Apology for the Bible, in a Series of Letters, Addressed to Thomas Paine* (London: T. Evans, Cadell and Davies, P. Elmsley, J. Debrett, J. Robson and R. Faulder, 1796)
——, *An Apology for Christianity in a Series of Letters Addressed to Edward Gibbon, Esq., Author of "The Decline and Fall of the Roman Empire"* (Cambridge, 1776)

二次資料

Alter, Robert, *The Art of Biblical Poetry* (Edinburgh: T & T Clark, 1985)

——and Frank Kermode, eds., *The Literary Guide to the Bible* (Cambridge: The Belknap Press of Harvard University Press, 1987)

Barnard, Leslie W., *Thomas Secker: An Eighteenth Century Primate* (Sussex: Book Guild, 1998)

Beasley, James R., Clyde E. Fant, E. Earl Joiner, Donald W. Musser and Mitchell G. Reddish, eds, *An Introduction to the Bible* (Nashville: Abingdon, 1991)

Heschel, Abraham J., *The Prophets,* 2 vols (New York: Harper and Row, 1962)

Lewis, Jack P., *The English Bible from KJV to NIV: A History and Evaluation* (Michigan: Baker, 1982)

Mandelbrote, Scott, 'The English Bible and its Readers in the Eighteenth Century', in *Books and their Readers in Eighteenth-Century England: New Essays,* ed. by Isabel Rivers (London and New York: Leicester University Press, 2001), pp. 35–78

Metzger, Bruce M. and Michael D. Coogan, eds, *The Oxford Companion to the Bible* (Oxford: Oxford University Press, 1993)

Preuss, Horst Dietrich, *Old Testament Theology,* trans. by Leo G. Perdue, 2 vols (Edinburgh: Westminster John Knox, 1995–96)

Rivers, Isabel, 'Dissenting and Methodist books of practical divinity', in *Books and their Readers in Eighteenth-Century England,* ed. by Isabel Rivers (New York: Leicester UP, 1982), pp, 127–164

Rowden, Alfred W., *The Primates of the Four Georges* (London: Murray, 1916)

Scott, R. B. Y., *Proverbs/Ecclesiastes* (New York: Doubleday, 1965)

Toorn, Karl van der, Bob Becking and Pieter W. van der Horst, eds, *Dictionary of Deities and Demons in the Bible* (New York: E. J. Brill, 1995)

Westermann, Claus, *Roots of Wisdom: The Oldest Proverbs of Israel and Other Peoples* (Louisville, Kentucky: Westminster John Knox, 1995)

加藤隆『新約聖書の誕生』(講談社選書メチエ，1999)

——『新約聖書はなぜギリシア語で書かれたか』(大修館書店，1999)

坂口ふみ『〈個〉の誕生——キリスト教教理をつくった人々』(岩波書店，1996)

田川建三『イエスという男——逆説的反抗者の生と死』(三一書房，1980)

ウィリアム・ヘイリー

一次資料

Evans, R. H., *A Catalogue of the Very Valuable and Extensive Library of the Late William Hayley, Esq.* (London: W. Bulmer and W. Nicol, 1821), in *Sale Catalogues of Libraries of Eminent Persons,* ed. by A. N. L. Munby, 12 vols (London: Mansell and Sotheby, 1971), II, pp. 83–171

Hayley, William, *Ballads Founded on Anecdotes Relating to Animals, with Prints, Designed and Engraved by William Blake* (London: Richard Phillips, 1805)

——, 'A Card of Invitation to Mr. Gibbon, at Brighthelmstone. 1781', in *Poems: Consisting of Odes, Sonnets, Songs, and Occasional Verses* (Dublin, 1786)

——, *Designs to a Series of Ballads, Written by William Hayley* (Chicheter: J. Seagrave, P.

Humphry, and R. H. Evans, 1802)
——, *An Elegy on the Death of the Honourable Sir William Jones* (London: T. Cadell, Jr and W. Davies, 1795)
——, *An Essay on Epic Poetry: In Five Epistles to the Revd. Mr. Mason* (London: J. Dodsley, 1782)
——, *An Essay on History: In Three Epistles to Edward Gibbon, Esq.* (London: J. Dodsley, 1780)
——, *An Essay on Sculpture: In a Series of Epistles to John Flaxman, Esq. R. A.* (London: T. Cadell Jr and W. Davies, 1800)
——, *The Life of George Romney, Esq.* (London: T. Payne, 1809)
——, *The Life of Milton, in Three Parts* (London: T. Cadell, Jr and W. Davies, 1796)
——, *Memoirs of the Life and Writings of William Hayley, Esq. The Friend and Biographer of Cowper, Written by Himself. With Extracts from his Private Correspondence and Unpublished Poetry. And Memoirs of his Son Thomas Alphonso Hayley, the Young Sculptor,* ed. by John Johnson, 2 vols (London: Henry Colburn and Simpkin and Marshall, 1823)
——, *The Triumphs of Temper; a Poem in Six Cantos* (London: J. Dodsley, 1781)

二次資料

Bishop, Morchard, *Blake's Hayley: The Life, Works, and Friendships of William Hayley* (London: Victor Gollancz, 1951)
Chan, Victor, *Leader of My Angels: William Hayley and his Circle* (Edmonton: The Edmonton Art Gallery, 1982)

十八世紀英国におけるインド研究

一次資料

The Bhagvat-Geeta, or Dialogues of Kreeshna and Arjoon, trans. by Charles Wilkins (London: C. Nourse, 1785)
The Heetopades of Veeshnoo-Sarma, in a Series of Connected Fables, Interspersed with Moral, Prudential, and Political Maxims, trans. by Charles Wilkins (London: C. Nourse and J. Marshall, 1787)
Hodges, William, *Travels in India, during the Years 1780, 1781, 1782, & 1783* (London, 1793)
Holwell, John Zephaniah, *Interesting Historical Events, Relative to the Provinces of Bengal, and the Empire of Indostan. ... Part I* (London: T. Becket and P. A. De Hondt, 1765)
——, *A Review of the Original Principles, Religious and Moral, of the Ancient Bramins: Comprehending an Account of the Mythology, Cosmogony, Fasts, and Festivals, of the Gentoos, Followers of the Shastah* (London: D. Steel, 1779)
Jones, Sir William, *The Collected Works of Sir William Jones,* ed. by Garland Cannon, 13 vols (Richmond: Curzon Press, 1993)
——, *The Muse Recalled, an Ode, Occasioned by the Nuptials of Lord Viscount Althorp and Miss Lavinia Bingham, Eldest Daughter of Charles, Lord Lucan* (Strawberry Hill, 1781)
——, 'On the Hindus: The Third Anniversary Discourse, Delivered 2 February 1786, By the

President', in *Asiatick Researches; or Transactions of the Society, Instituted in Bengal, for Inquiring into the History and Antiquities, the Arts, Sciences, and Literature, of Asia,* 1 (1788), pp. 415-431

——, 'On the Mystical Poetry of the Persians and Hindus', in *Asiatick Researches; or Transactions of the Society, Instituted in Bengal, for Inquiring into the History and Antiquities, the Arts, Sciences, and Literature, of Asia,* 3 (1792), pp. 165-208

——, 'On the Poetry of the Eastern Nations', in *Poems, Consisting Chiefly of Translations from the Asiatick Languages* (Oxford: Clarendon Press, 1772), pp. 163-190

Kalidasa, *Sacontalá or, the Fatal Ring: an Indian Drama,* trans. by William Jones (London: Edwards, 1790)

Macaulay, Thomas Babington, 'Indian Education: Minute of the 2nd of February, 1835', in *Macaulay: Prose and Poetry,* ed. by G. M. Young (Cambridge, Massachusetts: Harvard University Press, 1967), pp. 719-730

Maurice, Thomas, *An Elegiac and Historical Poem, Sacred to the Memory and Virtues of the Honourable Sir William Jones* (London: The Author, 1795)

——, *Indian Antiquities: or, Dissertations Relative to the Ancient Geographical Divisions, the ... Primeval Theology, the Grand Code of Civil Laws, the Original Form of Government, and the ... Literature of Hindostan, Compared ... with the Religion, Laws, Government and Literature of Persia, Egypt and Greece. The Whole Intended as Introductory to ... the History of Hindostan,* 7 vols (London, 1794-1800)

Shaw, Thomas, 'On the Inhabitants of the Hills near Rájamahall', in *Asiatick Researches: or, Transactions of the Society, Instituted in Bengal, for Inquiring into the History and Antiquities, the Arts, Sciences, and Literature, of Asia,* 4 (1795), pp. 45-107

The Upanishads, trans. by F. Max Müller (Oxford: Clarendon Press, 1879)

Views of the Taje Mahel at the City of Agra, in Hindoostan. Taken in 1789

Wilford, Francis, 'On Egypt and Other Countries adjacent to the Ca'li' River, or Nile of Ethiopia. From the Ancient Books of the Hindus', in *Asiatick Researches; or Transactions of the Society, Instituted in Bengal, for Inquiring into the History and Antiquities, the Arts, Sciences, and Literature, of Asia,* 3 (1792), pp. 295-468

二次資料

Archer, Mildred, *Early Views of India: The Picturesque Journeys of Thomas and William Daniell 1786-1794* (London: Thames and Hudson, 1980)

Cannon, Garland, 'Jones's "Sprung from Some Common Source": 1786-1986', in *Sprung from Some Common Source: Investigations into the Prehistory of Languages,* ed. by Sydney M. Lamb and E. Douglas Mitchell (Stanford: Stanford University Press, 1991), pp. 23-47

——, *The Life and Mind of Oriental Jones: Sir William Jones, the Father of Modern Linguistics* (Cambridge: Cambridge University Press, 1990)

——, *Sir William Jones: A Bibliography of Primary and Secondary Sources* (Amsterdam: John Benjamins B. V., 1979)

Caracciolo, Peter L., 'Introduction: "Such a store house of ingenious fiction and of splendid

imagery"', in *The Arabian Nights in English Literature,* ed. by Peter L. Caracciolo (London: Macmillan, 1988), pp. 1-80
Drew, John, *India and the Romantic Imagination* (Oxford: Oxford University Press, 1987)
Franklin, Michael J., ed., *Sir William Jones: Selected Poetical and Prose Works* (Cardiff: University of Wales Press, 1995)
Fynes, Richard, 'Sir William Jones and the Classical Tradition', in *Sir William Jones 1746-1794: A Commemoration,* ed. by Alexander Murray (Oxford: Oxford University Press, 1998), pp. 43-65
Kejariwal, O. P., *The Asiatic Society of Bengal and the Discovery of India's Past 1784-1838* (Oxford: Oxford University Press, 1988)
Marshall, Peter James, ed., *The British Discovery of Hinduism in the Eighteenth Century* (Cambridge: Cambridge University Press, 1970)
森本達雄『ヒンドゥー教——インドの聖と俗』(中公新書，2008)

ローレンス・ビニョン

一次資料

Binyon, Laurence, *Catalogue of Drawings by British Artists and Artists of Foreign Origin Working in Great Britain, Preserved in the Department of Prints and Drawings in the British Museum,* 4 vols (London: The British Museum, 1898-1907)
——, *A Catalogue of Japanese & Chinese Woodcuts Preserved in the Sub-Department of Oriental Prints and Drawings in the British Museum* (London: The British Museum, 1916)
——, 'English Poetry & Drama of To-Day and To-Morrow',『英文学研究』10巻2号 (1930年4月)，1-15頁
——, *English Poetry in its Relation to Painting and the Other Arts* (London: Oxford University Press, 1918)
——, *The Flight of the Dragon: An Essay on the Theory and Practice of Art in China and Japan, Based on Original Sources* (London: John Murray, 1911)
——, *Japanese Art* (London: T. Fisher Unwin, 1909)
——, *Koya San. Four Poems from Japan* (London: Red Lion, 1932)
——, *Landscape in English Art and Poetry* (Tokyo: Kenkyusha, 1930)
——, *Painting in the Far East: An Introduction to the History of Pictorial Art in Asia Especially China and Japan* (London: Edward Arnold, 1908)
——, *William Blake. Being All his Woodcuts Photographically Reproduced in Facsimile* (London: Unicorn Press, 1902)
——, *William Blake Volume I. Illustrations of the Book of Job* (London: Methuen, 1906)
——, ed., *Poems of Blake* (London: Macmillan, 1931)
Laurence Binyon Archive, The British Library
ローレンス・ビニョン『イギリスの美術と詩における風景』茅原道昭訳 (南雲堂フェニックス，2009)

二次資料

Arrowsmith, Rupert Richard, *Modernism and the Museum: Asian, African, and Pacific Art and the London Avant-Garde* (Oxford: Oxford University Press, 2011)

——, 'The Transcultural Roots of Modernism: Imagist Poetry, Japanese Visual Culture, and the Western Museum System', *Modernism/Modernity,* 18 (2011), pp. 27-42

Hatcher, John, *Laurence Binyon: Poet, Scholar of East and West* (Oxford: Clarendon Press, 1995)

Huang, Michelle Ying Ling, 'The Influence of Japanese Expertise on the British Reception of Chinese Painting', in *Beyond Boundaries: East and West Cross-Cultural Encounters,* ed. by Michelle Ying Ling Huang (Newcastle upon Tyne: Cambridge Scholars Publishing, 2011), pp. 88-111

M・S・生「ビニヨン氏将来英国名家水彩画展覧会に就て」,『英語研究』22 巻 8 号（1929 年 11 月），890-891 頁

高田時雄「狩野直喜」，礪波護，藤井讓治編『京大東洋学の百年』（京都大学学術出版会，2002），3-36 頁

アーサー・ランサム『アーサー・ランサム自伝』神宮輝夫訳（白水社，1984）

図版一覧

図 1　ブレイク『アメリカ』(Copy H, 1793)，第 10 プレート，大英博物館．William Blake, *William Blake: The Complete Illuminated Books,* ed. by David Bindman (London: Thames & Hudson, 2000).

図 2　ブレイク『アメリカ』(Copy H, 1793)，第 12 プレート，大英博物館．William Blake, *William Blake: The Complete Illuminated Books,* ed. by David Bindman (London: Thames & Hudson, 2000).

図 3　ブレイク『ヨーロッパ』(Copy B, 1794)，口絵，23.4×16.9 cm，グラスゴー大学図書館．William Blake, *William Blake: The Complete Illuminated Books,* ed. by David Bindman (London: Thames & Hudson, 2000).

図 4　柳宗悦『ヰリアム・ブレーク』(洛陽堂，1914) に記された献呈の辞，ケンブリッジ大学図書館 (Reproduced by kind permission of the Syndics of Cambridge University Library, FD. 952: 08. 5).

図 5　柳宗悦よりジョン・サンプソンに宛てた 1915 年 8 月 10 日付書簡 (『柳宗悦全集』未収録)，リヴァプール大学図書館ジョン・サンプソン・アーカイヴ (By courtesy of University of Liverpool Library, SP2/1/3/250).

図 6　『白樺』4 巻 1 号 (1913 年 1 月) 表紙，複製版 (臨川書店，1969-72).

図 7　ブレイク《悪魔を縛める天使ミカエル》(c. 1805)，水彩，35.9×32.5 cm，ハーヴァード大学附属フォッグ美術館．Martin Butlin, *The Paintings and Drawings of William Blake,* 2 vols (New Haven and London: Yale University Press, 1981).

図 8　ミレー《両親の家におけるキリスト》(1849-50)，油彩，86.4×139.7 cm，テート・ブリテン．Tim Barringer, Jason Rosenfeld and Alison Smith, *Pre-Raphaelites: Victorian Avant-Garde* (London: Tate Publishing, 2012).

図 9　ブレイク『天国と地獄の結婚』(Copy F, 1794)，第 4 プレート，13.6×10.1 cm，モーガン図書館・美術館．William Blake, *William Blake: The Complete Illuminated Books,* ed. by David Bindman (London: Thames & Hudson, 2000).

図 10　ブレイク『天国と地獄の結婚』(Copy F, 1794)，表紙，15.2×10.3 cm，モーガン図書館・美術館．William Blake, *William Blake: The Complete Illuminated Books,* ed. by David Bindman (London: Thames & Hudson, 2000).

図 11　ブレイク『天国と地獄の結婚』(Copy F, 1794)，第 10 プレート，15.0×10.2 cm，モーガン図書館・美術館．William Blake, *William Blake: The Complete Illuminated Books,* ed. by David Bindman (London: Thames & Hudson, 2000).

図 12　ブレイク『天国と地獄の結婚』(Copy F, 1794)，第 11 プレート，15.0×9.9 cm，モーガン図書館・美術館．William Blake, *William Blake: The Complete Illuminated Books,* ed. by David Bindman (London: Thames & Hudson, 2000).

図 13　ブレイク『一連のバラッドに寄せる挿画』(1802) より「象」，口絵，14.2×9.8 cm，ハンティントン図書館・美術館．William Blake, *The Complete Graphic Works of William*

Blake, ed. by David Bindman (New York: G. P. Putnam's, 1978).

図14　ブレイク『一連のバラッドに寄せる挿画』(1802) より「象」，章頭飾り，7.4×11.0 cm，ハンティントン図書館・美術館．William Blake, *The Complete Graphic Works of William Blake,* ed. by David Bindman (New York: G. P. Putnam's, 1978).

図15　ブレイク『一連のバラッドに寄せる挿画』(1802) より「象」，章末飾り，6.3×8.4 cm，ハンティントン図書館・美術館．Robert N. Essick, *William Blake's Commercial Book Illustrations: A Catalogue and Study of the Plates Engraved by Blake after Designs by Other Artists* (Oxford: Clarendon Press, 1991).

図16　ブレイク『一連のバラッドに寄せる挿画』(1802) より「犬」，章末飾り，13.1×9.4 cm，ハンティントン図書館・美術館．William Blake, *The Complete Graphic Works of William Blake,* ed. by David Bindman (New York: G. P. Putnam's, 1978).

図17　ブレイク『一連のバラッドに寄せる挿画』(1802) より「犬」，口絵，15.1×11.9 cm，ハンティントン図書館・美術館．William Blake, *The Complete Graphic Works of William Blake,* ed. by David Bindman (New York: G. P. Putnam's, 1978).

図18　ブレイク『動物の逸話に基づくバラッド』(1805) より「犬」，11.2×7.1 cm，ハンティントン図書館・美術館．William Blake, *The Complete Graphic Works of William Blake,* ed. by David Bindman (New York: G. P. Putnam's, 1978).

図19　ブレイク『一連のバラッドに寄せる挿画』(1802) より「ライオン」，章末飾り，5.7×8.3 cm，ハンティントン図書館・美術館．Robert N. Essick, *William Blake's Commercial Book Illustrations: A Catalogue and Study of the Plates Engraved by Blake after Designs by Other Artists* (Oxford: Clarendon Press, 1991).

図20　ブレイク『一連のバラッドに寄せる挿画』(1802) より「ライオン」，口絵，15.5×12.7 cm，ハンティントン図書館・美術館．William Blake, *The Complete Graphic Works of William Blake,* ed. by David Bindman (New York: G. P. Putnam's, 1978).

図21　ブレイク『一連のバラッドに寄せる挿画』(1802) より口絵，15.9×13.1 cm，ハンティントン図書館・美術館．William Blake, *The Complete Graphic Works of William Blake,* ed. by David Bindman (New York: G. P. Putnam's, 1978).

図22　ブレイク『一連のバラッドに寄せる挿画』(1802) より [チチェスター大聖堂]，4.2×12.6 cm，ハンティントン図書館・美術館．William Blake, *The Complete Graphic Works of William Blake,* ed. by David Bindman (New York: G. P. Putnam's, 1978).

図23　ブレイク「ジョン・フラックスマンの弟子，トマス・ヘイリー」，銅版画，直径6.5 cm，ウィリアム・ヘイリー『彫刻論』(1800)．Robert N. Essick, *William Blake's Commercial Book Illustrations: A Catalogue and Study of the Plates Engraved by Blake after Designs by Other Artists* (Oxford: Clarendon Press, 1991).

図24　ブレイク《善天使と悪天使》(1795)，銅版画および水彩，44.5×59.4 cm，テート・ブリテン．Martin Butlin, *The Paintings and Drawings of William Blake,* 2 vols (New Haven and London: Yale University Press, 1981).

図25　ブレイク『エルサレム』(Copy E, c. 1821)，第99プレート，22.7×15.4 cm，イェール大学英国美術研究センター．William Blake, *William Blake: The Complete Illuminated Books,* ed. by David Bindman (London: Thames & Hudson, 2000).

図26　ブレイク『エルサレム』(Copy E, c. 1821)，第76プレート，22.4×16.3 cm，イェール

大学英国美術研究センター．William Blake, *William Blake: The Complete Illuminated Books,* ed. by David Bindman (London: Thames & Hudson, 2000).

図 27　ブレイク《最後の審判の幻想》(1808)，インクおよび水彩，51×39.5 cm，ナショナル・トラスト，ペットワース・ハウス，サセックス．本作品の表題は Butlin に準拠した．Martin Butlin, *The Paintings and Drawings of William Blake,* 2 vols (New Haven and London: Yale University Press, 1981).

図 28　ブレイク『エルサレム』(Copy E, c. 1821)，第 46 プレート，22.5×16.3 cm，イェール大学英国美術研究センター．William Blake, *William Blake: The Complete Illuminated Books,* ed. by David Bindman (London: Thames & Hudson, 2000).

図 29　ホイッスラー《ノクターン――青と金，オールド・バタシー・ブリッジ》(1872-75)，油彩，66.6×50.2 cm，テート・ブリテン．Frances Spalding, *Whistler* (New York: Phaidon, 1994).

図 30　歌川広重『名所江戸百景』より「京橋竹がし」(1857)，木版画，35.8×24.5 cm，岩崎コレクション．浅野秀剛監修『広重名所江戸百景――秘蔵岩崎コレクション』(小学館，2007) ．

明治・大正期におけるウィリアム・ブレイク関連文献参考年譜

寿岳文章『キルヤム・ブレイク書誌』および山宮允「日本ブレイク文献目録」に基づいて佐藤光が作成した．拙論「明治·大正期のウィリアム·ブレイク書誌学者たち――柳宗悦，寿岳文章，山宮允」（『超域文化科学紀要』16）に収録した年譜の改訂版である．なお，国立国会図書館近代デジタルライブラリーの書誌データと日本近代文学館で閲覧可能な現物の書誌情報との間に齟齬がある場合は，現物の奥付に印刷された情報を優先した．

年/著者	訳者	論考，章等	書籍·雑誌	ブレイク訳詩等	Blake 原詩等
1893　明 26					
山田武太郎［美妙］		（六二）ぶれえく（William）	『万国人名辞書』（博文館，1893 年 7 月），上巻 118-119		
1894　明 27					
	大和田建樹		『欧米名家詩集』（博文館，1894 年 1 月），上巻 66-69	反響の野	The Ecchoing Green
1895　明 28					
上田敏		故ペエタアの遺稿	『帝国文学』1 巻 5 号（1895 年 5 月），108-113		
1896　明 29					
1897　明 30					
1898　明 31					
ツェザアレ·ロムブロゾオ［Cesare Lombroso］	畔柳都太郎抄訳	第一章　天才の特性|第三節　天才に潜在する神経病分子と狂気性分子	『天才論』（普及舎，1898 年 2 月），48		
1899　明 32					
1900　明 33					
1901　明 34					

<table>
<tr><th>年/著者</th><th>訳者</th><th>論考，章等</th><th>書籍・雑誌</th><th>ブレイク訳詩等</th><th>Blake 原詩等</th></tr>
<tr><td>坪内逍遥</td><td></td><td>第五編　近代の文学|第七章其の他の詩人|ブレーク</td><td>『英文学史』（東京専門学校出版部，1901 年 6 月），607-608</td><td></td><td></td></tr>
<tr><td>上田敏</td><td></td><td>ヲルタア，ペイタア［故ペエタアの遺稿，1895 初出］</td><td>『文芸論集』（春陽堂，1901 年 12 月），325-326</td><td></td><td></td></tr>
<tr><td>1902　明 35</td><td></td><td></td><td></td><td></td><td></td></tr>
<tr><td></td><td>蒲原有明</td><td></td><td>『明星』6 号（1902 年 6 月），25-26</td><td>ああ日ぐるまや</td><td>Ah! Sun-Flower</td></tr>
<tr><td>1903　明 36</td><td></td><td></td><td></td><td></td><td></td></tr>
<tr><td>Kakuzo Okakura</td><td></td><td>Later Tokugawa Period (1700-1880 A. D.)</td><td>The Ideals of the East with Special Reference to the Art of Japan (London: John Murray, February 1903), 201</td><td></td><td></td></tr>
<tr><td></td><td>蒲原有明</td><td></td><td>『独絃哀歌』（白鳩社，1903 年 5 月），90-91</td><td>ああ日ぐるまや</td><td>Ah! Sun-Flower</td></tr>
<tr><td>1904　明 37</td><td></td><td></td><td></td><td></td><td></td></tr>
<tr><td></td><td>小野竹三</td><td></td><td>『対訳英米名家詩抄第一集　薄もみぢ』（内外出版協会，1904 年 11 月），12</td><td>夕づゝに</td><td>To the Evening Star</td></tr>
<tr><td>1905　明 38</td><td></td><td></td><td></td><td></td><td></td></tr>
<tr><td></td><td>若月保治</td><td></td><td>『対訳英米名家詩抄 第二集　三人の歌女』（内外出版協会，1905 年 2 月），19-21</td><td>罪なの［ママ］蘆</td><td>Introduction [SoI]</td></tr>
<tr><td>1906　明 39</td><td></td><td></td><td></td><td></td><td></td></tr>
<tr><td></td><td>小原要逸</td><td></td><td>『対訳英米名家詩抄 第三集　虹のかげ』（内外出版協会，1906 年 2 月），11-12</td><td>無心の蘆</td><td>Introduction [SoI]</td></tr>
</table>

	蒲原有明		『明星』午歳第2号（1906年2月）, 2-3	蒼蠅	The Fly
1907　明40					
浅野和三郎		第九篇　革命時代|（五）　第二期の新派詩人|ブレーキ	『英文学史』（大日本図書, 1907年2月）, 425-426		
栗原基・藤澤周次		第七編　十九世紀の文学|第二章　ヴヰクトリア朝以前の詩歌|ブレーク	『英国文学史』（博文館, 1907年2月）, 225-226		
夏目漱石		第三編　文学的内容の特質|第一章　文学的Fと科学的Fとの比較一汎	『文学論』（大倉書店, 1907年5月）, 288-293, 298-299		The Crystal Cabinet/Broken Love（Seven of my sweet loves thy knife）
夏目漱石		第四編　文学的内容の相互関係|第一章　投出語法	『文学論』（大倉書店, 1907年5月）, 312-313		Extracts from *Gwin, King of Norway*
	無名氏［生田長江］		『明星』未歳第10号（1907年10月）, 69	病める薔薇	The Sick Rose
1908　明41					
	蒲原有明		『有明集』（易風社, 1908年1月）, 191-193	蠅（原題「蒼蠅」1906初出）	The Fly
	宮森麻太郎 小林安太郎		『英米百家詩選』（三省堂, 1908年7月）, 282-285	虎（第六連欠落）	The Tyger
1909　明42					
1910　明43					
	岩野泡鳴	英詩訳解	『文章世界』5巻7号（1910年5月）, 103-109	失なはれたる少女/発見されたる少女	The Little Girl Lost/The Little Girl Found
1911　明44					
和辻哲郎		象徴主義の先駆者ヰリアム・ブレエク	『帝国文学』17巻2号（1911年2月）, 1-13		

年/著者	訳者	論考,章等	書籍·雑誌	ブレイク訳詩等	Blake 原詩等
1912　明 45·大元					
厨川白村		第四講　近代の思潮（其二）|四　文芸上の南欧北欧及び英国	『近代文学十講』（大日本図書, 1912 年 3 月）, 203		
バーナード·リーチ［Bernard Leach］	柳宗悦	オーガスタス·ジョーン	『白樺』3 巻 3 号（1912 年 3 月）, 112-121		
1913　大 2					
Bernard Leach			『白樺』4 巻 1 号（1913 年 1 月）, 表紙		The Tyger より冒頭 2 行
柳宗悦		表紙画に就て	『白樺』4 巻 1 号（1913 年 1 月）, 269-271		The Tyger
Bernard Leach			『白樺』4 巻 2 号（1913 年 2 月）, 表紙		The Tyger より冒頭 2 行
Bernard Leach			『白樺』4 巻 3 号（1913 年 3 月）, 表紙		The Tyger より冒頭 2 行
Bernard Leach			『白樺』4 巻 4 号（1913 年 4 月）, 表紙		The Tyger より冒頭 2 行
Bernard Leach			『白樺』4 巻 5 号（1913 年 5 月）, 表紙		The Tyger より冒頭 2 行
Bernard Leach			『白樺』4 巻 6 号（1913 年 6 月）, 表紙		The Tyger より冒頭 2 行
Bernard Leach			『白樺』4 巻 7 号（1913 年 7 月）, 表紙		The Tyger より冒頭 2 行
武者小路実篤		「或る画に就て」及其他感想	『白樺』4 巻 7 号（1913 年 7 月）, 132-166		

長与善郎		芸術家の小心	『白樺』4巻7号（1913年7月），172-179		
武者小路実篤		本号の挿画に就て	『白樺』4巻7号（1913年7月），180-188		
Bernard Leach			『白樺』4巻8号（1913年8月），表紙		The Tyger より冒頭2行
Bernard Leach			『白樺』4巻9号（1913年9月），表紙		The Tyger より冒頭2行
柳宗悦		生命の問題	『白樺』4巻9号（1913年9月），1-74	一粒の砂にも世界の真を認め	To see a World in a Grain of Sand
Bernard Leach			『白樺』4巻10号（1913年10月），表紙		The Tyger より冒頭2行
Bernard Leach			『白樺』4巻11号（1913年11月），表紙		The Tyger より冒頭2行
Bernard Leach			『白樺』4巻12号（1913年12月），表紙		The Tyger より冒頭2行
1914　大3					
高村光太郎		よろこびを告ぐ	『詩歌』4巻1号（1914年1月），22-26		
W·B·イェイツ［W. B. Yeats］	山宮允	ウィリアム·ブレークと想像	『未来』1輯（1914年2月），123-130		
川路柳虹		フラグマン	『未来』1輯（1914年2月），363		
			『新思潮』1巻1号（1914年2月），表紙	【図版】SPACE（BLAKE）	【図版】The Ancient of Days
			『新思潮』1巻2号（1914年3月），表紙	【図版】SPACE（BLAKE）	【図版】The Ancient of Days
	服部嘉香		『現代詩文』2年4号（1914年4月），1	迷へる児	The Little Boy Lost

年/著者	訳者	論考,章等	書籍・雑誌	ブレイク訳詩等	Blake 原詩等
			『白樺』5 巻 4 号（1914 年 4 月），表紙，挿画，裏絵	【図版】別注参照	【図版】別注参照
柳宗悦		ヰリアム・ブレーク	『白樺』5 巻 4 号（1914 年 4 月），1-137	別注参照	別注参照
Bernard Leach		Notes on William Blake	『白樺』5 巻 4 号（1914 年 4 月），462-471		Extracts from *The Marriage of Heaven and Hell*
同人		編輯室にて	『白樺』5 巻 4 号（1914 年 4 月），571		
柳宗悦		編輯室にて	『白樺』5 巻 4 号（1914 年 4 月），572-573		
柳宗悦		肯定の二詩人（未定稿）	『白樺』5 巻 5 号（1914 年 5 月），150-176		
	山宮允	ブレークの詩集より	『未来』2 輯（1914 年 6 月），55-65	春/笑の歌/土塊と小石/虎/神像/病める薔薇/無心の卜徴	Spring/Laughing Song/The Clod and the Pebble/The Tyger/The Divine Image/The Sick Rose/Auguries of Innocence
W. B. Yeats	山宮允	ウィリアム・ブレークとその神曲の挿画	『未来』2 輯（1914 年 6 月），125-155		
	服部嘉香		『現代詩文』2 年 7 号（1914 年 7 月），1-5	保姆の歌/病める薔薇/蠅/あゝ，向日葵	Nurse's Song [SoI]/The Sick Rose/The Fly/Ah! Sun-Flower

木村荘八		ブレークに就て	『現代の洋画』28号（1914年7月），1-7［『木村荘八全集』（講談社，1982年），1巻92-107に再録］	【図版】愚なる童女と智き童女/自分の預想を神の前に告白してゐるヨブ/赤裸なる嬰児の如き哀れみ/火車の中なるエリヤ/埋葬	The Parable of the Wise and Foolish Virgins/Job Confessing His Presumption to God Who Answers from the Whirlwind/Pity/God Judging Adam/The Entombment
	柳宗悦	ブレークの言葉	『白樺』5巻7号（1914年7月），98-109	「スエデンボルグ」傍註より/「ラヴェーター」傍註より/レイノールヅ傍註より/「目録解説」より/「公開状」より/「最後の審判」より	Extracts from Annotations to Swedenborg/From Annotations to Lavater/From *A Descriptive Catalogue*/From [Public Address]/From *A Vision of the Last Judgment*
柳宗悦		不愉快なる出来事に就て	『白樺』5巻7号（1914年7月），122-124		
	山宮允	ブレークの言葉	『新思潮』1巻6号（1914年7月），95-97		
	山宮允		『アララギ』7巻7号（1914年8月），8-9	悪魔の声―ウイリアム・ブレーク―	Extracts from *The Marriage of Heaven and Hell*/From *Milton*
桜井鷗村			『英詩評釈』（丁未出版社，1914年9月），61-64, 280-282	秋/朝/歌//猛虎行	To Autumn/To Morning/Song(Fresh from the dewy hill, the merry year)//The Tyger
山宮允		象徴画家ウイリアム・ブレーク	『みづゑ』116号（1914年10月），6-9		
柳宗悦		The Art of Bernard Leach	『白樺』5巻11号（1914年11月），245-255		Extracts from *Jerusalem*

年/著者	訳者	論考, 章等	書籍·雑誌	ブレイク訳詩等	Blake 原詩等
柳宗悦		ブレーク展覧会に就て	『白樺』5 巻 11 号 (1914 年 11 月), 272		
Cesare Lombroso	辻潤	第一篇　天才の特徴| 第三章 天才に潜在せる神経病と精神病	『天才論』(植竹書院, 1914 年 12 月), 57	【図版】ブレイク (William Blake)	
柳宗悦			『ヰリアム·ブレーク』(洛陽堂, 1914 年 12 月), 1-754	別注参照	別注参照
柳宗悦		我孫子から　通信一	『白樺』5 巻 12 号 (1914 年 12 月), 72-82		
柳宗悦		ブレーク展覧会に就て	『白樺』5 巻 12 号 (1914 年 12 月), 137		
1915　大 4					
			『白樺主催第七回美術展覧会に際して』(1915 年 2 月), 1-10, 寿岳		
柳宗悦		哲学的至上要求としての実在 (上)	『白樺』6 巻 2 号 (1915 年 2 月), 1-15		I give you the end of a golden string[*Jerusalem*]
柳宗悦		第七回美術展覧会	『白樺』6 巻 2 号 (1915 年 2 月), 165		
柳宗悦		「ヰリアム·ブレーク」正誤表に就て	『白樺』6 巻 2 号 (1915 年 2 月), 173		
柳宗悦		「ヰリアム·ブレーク」正誤表	『白樺』6 巻 2 号 (1915 年 2 月), 附録 1-6		
W. B. Yeats	山宮允	ウイルヤム·ブレークと想像	『善悪の観念』(東雲堂, 1915 年 3 月), 44-52	ヴアラ	Extracts from *The Four Zoas*
W. B. Yeats	山宮允	ウイルヤム·ブレークと彼の「神曲」の挿画	『善悪の観念』(東雲堂, 1915 年 3 月), 53-102	邦題なし	Extracts from The Divine Image [SoI]

			『白樺』6巻3号（1915年3月），口絵	【図版】吾れ永遠に向ひて登りゆく	【図版】I labour upwards towards Eternity
柳宗悦		哲学的至上要求としての実在（下）	『白樺』6巻3号（1915年3月），193-221		A robin redbreast in a cage
柳宗悦		挿画説明	『白樺』6巻3号（1915年3月），281		
齋藤勇		忌憚なき感謝　ウイリヤム・ブレイクを論ず	『文明評論』2巻3号（1915年3月），22-29		
齋藤勇		内外新著　ヰリアム・ブレーク（柳宗悦著　洛陽堂発行　定価三円）	『文明評論』2巻3号（1915年3月），275-277		
アーサー・シモンズ［Arthur Symons］	矢野峰人	ブレーク評伝序論	『水甕』2巻3号（1915年3月），2-9		
Arthur Symons	矢野峰人	ブレーク評伝序論	『水甕』2巻4号（1915年4月），22-31		
	花園兼定	序	『タゴールの詩と文　英和対訳詳註』（ジャパンタイムス学生号出版所，1915年5月），頁番号なし		
柳宗悦		三井甲之氏の嘲弄的批評を読んで	『白樺』6巻5号（1915年5月），112-113		
木村荘八		ブレークに就て［1914初出］	『近世美術』（洛陽堂，1915年7月），363-391		
Arthur Symons	矢野峰人	ブレーク評伝	『水甕』2巻7号（1915年7月），8-17		
Arthur Symons	矢野峰人	ブレーク評伝	『水甕』2巻8号（1915年8月），2-13		

年/著者	訳者	論考,章等	書籍·雑誌	ブレイク訳詩等	Blake 原詩等
岡島狂花		六　英吉利の絵画｜一　第一期（一八五〇——一八七〇）｜一　現代風絵画の初期	『現代の西洋絵画』（丙午出版社, 1915 年 9 月）, 156		
柳宗悦		我孫子から（通信第二）	『白樺』6 巻 9 号（1915 年 9 月）, 181-190		
洛陽堂編纂		キリアム·ブレーク	『泰西の絵画及び彫刻』（洛陽堂, 1915 年 11 月）, 絵画篇, 2 巻 30-33	【図版】別注参照	【図版】別注参照
松浦一		第三講　霊数三	『文学の本質』（大日本図書, 1915 年 11 月）, 260		
1916　大 5					
柳宗悦		宗教的無限	『白樺』7 巻 1 号（1916 年 1 月）, 258-275		
高安月郊		第一　叙情詩｜其五　象徴詩人	『東西文学比較評論』（高安三郎, 1916 年 5 月）, 上巻 296-307	別注参照	別注参照
			『白樺』7 巻 10 号（1916 年 10 月）, 挿画	【図版】埃及への逃避—ブレーク	【図版】Flight into Egypt
1917　大 6					
ダンテ［Dante Alighieri］	中山昌樹		『ダンテ神曲地獄篇』（洛陽堂, 1917 年 1 月）, 挿画	【図版】盗賊と蛇ブレエク	【図版】The Thieves and the Serpents
	山宮允		『現代英詩鈔：訳註』（有朋館, 1917 年 2 月）, 扉	砂粒の中に世界を見	To see a World in a Grain of Sand
富田砕花		ウイルヤム·ブレークと其時代—チエスタアトンに拠る—	『詩人』2 巻 3 号（1917 年 3 月）, 17-23		
柳宗悦		宗教的究竟語	『白樺』8 巻 4 号（1917 年 4 月）, 1-24		

柳宗悦		挿絵に就て	『白樺』8巻4号（1917年4月），226	【図版】別注参照	【図版】別注参照
柳宗悦		神秘道への弁明（二）	『白樺』8巻10号（1917年10月），1-10		God becomes as we are, that we may be as He is
吉田絃二郎		ブレークよりワイルドへ	『六合雑誌』37巻10号（1917年10月），23-31		
1918　大7					
小泉鉄編	柳宗悦	井リアム・ブレークの手紙	『天才の手紙』（阿蘭陀書房，1918年1月），227-253	別注参照	
柳宗悦		即如	『白樺』9巻1号（1918年1月），151-166		
W. B. Yeats	記載なし	William Blake 評伝	『英語文学』1巻3号（1918年3月），48-53		
MH生		ウキリアム・ブレークの蘇れる作品	『早稲田文学』149号（1918年4月），75-76		
W. B. Yeats	記載なし	William Blake 評伝	『英語文学』1巻5号（1918年5月），54-57		
W. B. Yeats	記載なし	William Blake 評伝	『英語文学』2巻3号（1918年9月），50-54		
柳宗悦		種々なる宗教的否定（一）	『白樺』9巻9号（1918年9月），67-79		God appears, and God is light
1919　大8					
	福原麟太郎	ブレイクが仔羊の歌	『英語青年』40巻7号（1919年1月），212	仔羊 【図版】The Lamb	The Lamb
柳宗悦		宗教的時間	『宗教とその真理』（叢文閣，1919年2月），208		To see a World in a Grain of Sand

年/著者	訳者	論考,章等	書籍·雑誌	ブレイク訳詩等	Blake 原詩等
柳宗悦		哲学的至上要求としての実在	『宗教とその真理』(叢文閣, 1919年2月), 473, 531		I give you the end of a golden string[*Jerusalem*] /A Robin Red breast in Cage
		キリアム　ブレークの肖像画	『白樺』10巻3号 (1919年3月), 巻頭	【図版】自画像	
竹内逸		挿絵解説	『制作』1巻4号 (1919年3月), 扉, 114-115	【図版】Mans desires are limited by his perceptions/ 死の扉	【図版】*There is No Natural Religion*/Door of the Death
生田春月	蒲原有明, 生田長江, たそがれ	キリアム·ブレエク	『泰西名詩名訳集』(越山堂, 1919年4月), 7-8	蒼蠅の歌 (1906初出)/病める薔薇 (1907初出)/野花の歌	The Fly/The Sick Rose/ The wild flowers song
柳宗悦		即如の種々なる理解道	『白樺』十周年記念号 (1919年4月), 267-338		What to others a trifle appears/I each particle gazed/I give you the end of a golden string[*Jerusalem*]
			『白樺』十周年記念号 (1919年4月), 挿画	【図版】白馬に乗れる死	【図版】Death on the Pale Horse
小日向定次郎		第一講　現代美文研究	『現代英文学講話』(研究社, 1919年5月), 19		
小日向定次郎		第二講　現代詩人に就いて	『現代英文学講話』(研究社, 1919年5月), 37-38, 47, 48, 52, 66, 96	一粒の砂に世界を	To see a World in a Grain of Sand

	河田汎徳	詩二つ(ブレーク)	『新しき村』2年6月号(1919年6月),11-12	汝等の枝が吾等の枝ともつれあひ/如何に私は心を奪はれ野から野へ彷徨歩るき	Song(Love and harmony combine)/Song(How sweet I roam'd from field to field)
山本知洞		ブレイクの無心の歌と経験の歌	『英語青年』41巻5号(1919年6月),150-151	邦題なし/邦題なし/嬰児の喜び	Introduction[SoI]/The Lamb/Infant Joy
山本知洞		ブレイクの無心の歌と経験の歌	『英語青年』41巻6号(1919年6月),181-182	煙突掃除夫/黒奴の子	The Chimney Sweeper [SoI]/The Little Black Boy
山本知洞		ブレイクの無心の歌と経験の歌	『英語青年』41巻7号(1919年7月),219	邦題なし	The Night
柳宗悦		赤倉温泉から	『白樺』10巻8号(1919年8月),100-101		
			『新進詩人』2巻8号(1919年9月),山宮		
柳宗悦		展覧会	『白樺』10巻10号(1919年10月),303		
	山宮允		『早稲田文学』167号(1919年10月),17-32	無心の歌	*Songs of Innocence*
柳宗悦		目録解	『キリアム　ブレーク　複製版画展覧会目録』(1919年11月),1-22,寿岳	【図版】別注参照	【図版】別注参照
山宮允		ウイルヤム・ブレークの思想	『新潮』31巻5号(1919年11月),7-13	別注参照	別注参照

年/著者	訳者	論考,章等	書籍·雑誌	ブレイク訳詩等	Blake 原詩等
			『白樺』10 巻 11 号（1919 年 11 月·12 月合本），挿画	【図版】笑へる子供（巻頭）/飢饉(41)/『欧羅巴書』から(81)/ネブカトネザールのスケッチ(121)/姦淫の女(161)/『ヴァージルの牧歌』から（扉）	【図版】Frontispiece to SoI/「飢饉」は目次にのみ記載あり /From *Europe*/Nebuchadnezzar (Rossetti MS)/The Woman Taken in Adultery/From *The Pastorals of Virgil*
柳宗悦		今月号の挿絵	『白樺』10 巻 11 号（1919 年 11 月·12 月合本），180		
木村荘八		一　偉い学生とその国|その三　ドイツとイギリス	『少年芸術史　ニール河の艸』（洛陽堂，1919 年 12 月），212-214	【図版】天帝（ブレーク作）	【図版】The Ancient of Days
			『芸術』2 巻（1919 年），挿画，寿岳	【図版】ブレイク作 Young: Night Thoughts	
1920　大 9					
	山宮允	四季に与へる歌（ブレーク）	『現代詩歌』3 巻 1 号（1920 年 1 月），6-8	春に/夏に/秋に/冬に	To Spring/To Summer/To Autumn/To Winter
柳宗悦		編輯室にて	『白樺』11 巻 1 号（1920 年 1 月），211-212		
			『アダム』2 年 1 号（1920 年 2 月），扉	【図版】天帝	【図版】The Ancient of Days
	垣沼隆三郎		『アダム』2 年 1 号（1920 年 2 月），92-93	夢の国（目覚めよ．目覚めよ．わしのいとし子）	The Land of Dreams

ラフカディオ・ハーン [Lafcadio Hearn]	浜林生之助訳注	Life of Blake from Interpretations of Literature　詩人ブレイク小伝	『英語研究』13巻4号（1920年4月），326-329		
井上康文編	山宮允	附録泰西名詩選	『日本現代名詩集』（春陽堂，1920年5月），附録1-2	嬰児の喜び/迷へる小児/救はれし小児/羊飼ひ/花	Infant Joy/The Little Boy Lost/The Little Boy Found/The Shepherd/The Blossom
			『アダム』2年2号（1920年5月），口絵	【図版】余は若く汝は老いたり	【図版】I am Young & Ye are very old
Lafcadio Hearn	浜林生之助訳注	Life of Blake from Interpretations of Literature 詩人ブレイク小伝	『英語研究』13巻5号（1920年5月），413-416		
柳宗悦		ブレークの絵を註文された方に	『白樺』11巻5号（1920年5月），126		
			『制作』2巻7号（1920年6月），挿画	【図版】ロス（ウリゼン第一書より）	
中井愛子		挿絵について	『制作』2巻7号（1920年6月），88-89		
小泉鉄編	柳宗悦	即如の種々なる理解道	『白樺十周年紀念集』（白樺社，1920年7月），297, 319-325		What to others a trifle appears/I each particle gazed/I give you the end of a golden string[*Jerusalem*]
柳宗悦		ブレークの絵を註文された方に再び［目次には記載なし］	『白樺』11巻7号（1920年7月），147		
柳宗悦		三度ブレークの絵を申込まれた方に	『白樺』11巻9号（1920年9月），126		

年/著者	訳者	論考,章等	書籍·雑誌	ブレイク訳詩等	Blake 原詩等
			『詩』1 巻 8 号（1920 年 10 月），表紙,裏絵	【図版】「ロスの歌」の表紙/「無垢の歌」の表紙	
千家元麿		夕の詩,其他	『白樺』11 巻 11 号（1920 年 11 月），84-93		
齋藤勇		緒論|四 『サウル』の宗教的意義	『サウル』（岩波書店,1920 年 12 月），63		
夏目漱石		蔵書の餘白に記入されたる短評並に雑感	『漱石全集別冊』（漱石全集刊行会,1920 年 12 月），57-59		
夏目漱石		漱石山房蔵書目録	『漱石全集別冊』（漱石全集刊行会,1920 年 12 月），左 6		
Cesare Lombroso	辻潤	第一篇 天才の特徴|第三章 天才に潜在せる神経病と精神病	『天才論全訳』訂正 9 版（三星社出版部,1920 年 12 月），57	【図版】ブレイク（William Blake）	
1921 大 10					
			『詩』2 巻 1 号（1921 年 1 月），裏絵	【図版】ブレークの家	
新良孝平		六号雑記	『詩』2 巻 1 号（1921 年 1 月），39		
	宮坂利介		『未墾地』2 巻 1 号（1921 年 1 月），表紙,扉絵,口絵,寿岳,別注参照	【図版】無垢の歌 3-7/挿画解説 31	
			『詩の泉』1 巻 1 号（1921 年 4 月），表紙	【図版】喜ばしき日	【図版】Glad Day
新良孝平		六号雑記	『詩の泉』1 巻 1 号（1921 年 4 月），27		
柳宗悦		我孫子から	『白樺』12 巻 4 号（1921 年 4 月），81-83		

千家元麿		六号雑記	『詩の泉』1巻2号（1921年5月），31-32		
			『詩の泉』1巻2号（1921年5月），裏絵	【図版】三日月	【図版】*Jerusalem*, plate 8（部分図）
			『街』（1921年6月），口絵，寿岳	【図版】ブレイク作ナオミとルツ	【図版】Ruth and Naomi
			『カトリック』3号（1921年7月），口絵	【図版】怒りの日	
	山宮允	ブレイク「知見の歌」評釈	『英語文学』5巻9号（1921年9月），23-32	迷へる少女/復れる少女	The Little Girl Lost/The Little Girl Found
	村山顕次	ブレークより	『新しき村』4巻10号（1921年10月），18-19	宵の明星に/野の花の歌	To the Evening Star/The wild flowers song
	山宮允	ブレイク「知見の歌」評釈	『英語文学』5巻10号（1921年10月），67-74	薔薇の木/愛の園生/放浪児	My Pretty Rose Tree/The Garden of Love/The Little Vagabond
	山宮允		『早稲田文学』191号（1921年10月），83-99	知見の歌	Songs of Experience
	柳宗悦		『ブレークの言葉』（叢文閣，1921年11月），1-103	別注参照	別注参照
	山宮允	ブレイク「知見の歌」評釈	『英語文学』5巻11号（1921年11月），49-58	蠅/基督昇天節/虎	The Fly/Holy Thursday [SoE]/The Tyger
			『芸術』1巻3号（1921年12月），扉絵		【図版】*Visions of the Daughters of Albion*, pl. 3
1922　大11					
	山宮允		『ブレーク選集』（アルス，1922年3月），1-267	別注参照	別注参照
	村山顕次	ブレークの詩	『新しき村』（1922年3月），18-19	神の御前に祈りて	The Divine Image

年/著者	訳者	論考,章等	書籍·雑誌	ブレイク訳詩等	Blake 原詩等
	日夏耿之介		『白孔雀』第2輯（1922年4月），9-11	虎	The Tyger
	記載なし		『創作』1巻1号（1922年4月），1-22	天国と地獄の婚姻	*The Marriage of Heaven and Hell*
	記載なし	ブレエクの言葉	『文章倶楽部』7年4号（1922年4月），13		
	日夏耿之介	ヰリアム·ブレエク	『英国神秘詩鈔』（アルス，1922年5月），39-47	無辜の徴/虎/疾める薔薇	Auguries of Innocence/The Tyger/The Sick Rose
	日夏耿之介	英国神秘詩謡の鳥瞰景	『英国神秘詩鈔』（アルス，1922年5月），217-218		
	日夏耿之介	解説	『英国神秘詩鈔』（アルス，1922年5月），229-232		
富田砕花		井リアム·ブレークと其時代—チエスタアトンに拠る—［1917初出］	『解放の芸術』（大鐙閣，1922年5月），109-124		
	記載なし		『創作』1巻2号（1922年5月），1-5	アベルの亡霊	*The Ghost of Abel*
蒲原有明		常夜鈔	『有明詩集』（アルス，1922年6月），566	向日葵	Ah! Sun-Flower
フランシス·グリーアソン［Francis Grierson］	日夏耿之介	訳者の序	『近代神秘説』（新潮社，1922年6月），23-24		
			『私達』2年6輯（1922年6月），表紙，寿岳	【図版】ブレイク作埃及への遁走	【図版】Flight into Egypt

	市川三喜選註		『英詩愛吟集』(日英楽社, 1922年7月), 11, 12-13, 31-32		The Lamb/Infant Joy/The Tyger/Laughing Song
土居光知		芸術的形象|「見ること」の意味とその拡張	『文学序説』(岩波書店, 1922年7月), 15	余は外形を見ざる事を断言す	Extracts from *A Vision of the Last Judgment*
日夏耿之介		近代神秘詩と詩人エイ・イーの立脚地	『早稲田文学』200号 (1922年7月), 3-15		
佐藤清		ウキリアム・ブレークの恋愛詩に就て	『詩聖』12号 (1922年9月), 3-17	私の美しい薔薇/病める薔薇/アルビヨンの娘等の異象より	My Pretty Rose Tree/The Sick Rose/Ah! Sun-Flower/The Lilly/Extracts from *Visions of the Daughters of Albion*
	川添邦彦	ウキリアム・ブレエク	『恋愛英詩選集』(目白書房, 1922年10月), 70-71	恋の秘密	Never pain to tell thy love
			『生長する星の群』2年9号 (1922年10月), 裏表紙	【図版】無垢の歌表紙	
木村荘八		ブレークに就て [1914初出]	『近代絵画』(洛陽堂, 1922年11月), 517-545		
R. F. 生 [福原麟太郎]		William Blake and His Poetry	『英語青年』48巻4号 (1922年11月), 123		
	八幡関太郎		『白樺』13巻11号 (1922年11月), 95-102	詩神に寄す/老羊飼の唄へる歌/仔羊/黒人の子/夢	To the Muses/Song 3d by an old shepherd/The Lamb/The Little Black Boy/A Dream
			『生命』創刊号 (1922年), 口絵, 寿岳	約百記挿画 pl. 12	
	山宮允		『英学生の友』4巻3号 (1922年), 寿岳		Introduction[SoI]/The Shepherd

年/著者	訳者	論考,章等	書籍･雑誌	ブレイク訳詩等	Blake 原詩等
	山宮允		『英学生の友』4 巻 4 号（1922 年）, 寿岳		The Ecchoing Green
	山宮允		『英学生の友』4 巻 5 号（1922 年）, 寿岳		The Lamb
1923　大 12					
	みどり	Songs of Innocence 訳註	『新英語』（1923 年 1 月）, 寿岳		
ローレンス･ビニョン［Laurence Binyon］	山宮允	詩人としてのブレイク	『鈴蘭』2 輯（1923 年 1 月）, 2-16		
	双田穰訳注		『中等英語』（1923 年 1 月）, 寿岳		Nurse's Song
			『アダム』6 号（1923 年 3 月）, 口絵	【図版】地獄の門に立てるダンテとヴアヂル	【図版】The Inscription over Hell-Gate
バジル･ド･セリンコート［Basil de Selincourt］	鈴木光毅	ヰリアム･ブレーク	『アダム』6 号（1923 年 3 月）, 35-43		
	卞栄晩	ブレイクの詩三篇	『東明』2 巻 12 号（1923 年 3 月）, 11, 寿岳	朝鮮語訳	The Clod & the Pebble/The Sick Rose/The Fly
柳宗悦		神と吾々との関係に就て	『白樺』14 巻 4 号（1923 年 4 月）, 14-36	私は金の糸の端を貴方にあげる	I give you the end of a golden string［*Jerusalem*］
	寿岳文章	ブレイクの「想像」に就いて	『想苑』2 巻 2 号（1923 年 4 月）, 36-43	別注参照	別注参照
	卞栄晩	奇言警句	『東明』2 巻 17 号（1923 年 4 月）, 12, 寿岳	朝鮮語訳	Extracts from Proverbs of Hell［*The Marriage of Heaven and Hell*］
			『迷へる羊』4 号（1923 年 5 月）, 表紙		【図版】*Songs of Innocence*, frontispiece

			『詩』2号（1923年5月），表紙，寿岳	【図版】ブレイク作版画 Mirth and her Companions	
Basil de Selincourt	鈴木光毅	キリアム・ブレーク	『アダム』8号（1923年6月），47-55		
			『詩』3号（1923年6月），表紙，寿岳	【図版】The First Book of Urizen, pl. 2	
河原宏		ウイリアム・ブレークと幻像	『早稲田教育』2巻6号（1923年6月），70-77		To see a World in a Grain of Sand
柳宗悦		第三信　神自らと彼の神秘に就て	『神に就て』（大阪毎日新聞社，1923年7月），177		
柳宗悦		第六信　神と吾々との関係に就て	『神に就て』（大阪毎日新聞社，1923年7月），342, 362	私は金の糸の端を貴方にあげる	I give you the end of a golden string[*Jerusalem*]
	渡邊正知		『泰西詩人叢書第六編　ブレイク詩集』（聚英閣，1923年7月），1-206	別注参照	別注参照
武者小路実篤		詩三つ	『白樺』14巻7号（1923年7月），149-151		
	双田穣訳注	英詩の研究	『中等英語』11巻9号（1923年9月），722-724	夜	Night
武者小路実篤		ある画に就て	『武者小路実篤全集』（芸術社，1923年12月），10巻321, 324		
武者小路実篤		ブレークの言葉	『武者小路実篤全集』（芸術社，1923年12月），10巻477		
武者小路実篤		他人を軽蔑すること	『武者小路実篤全集』（芸術社，1923年12月），10巻490		
詩と音楽の会同人編			『詩と歌詞』（1923年），12-16，寿岳	病める薔薇/虎（山宮允訳）	The Sick Rose/The Tyger
1924　大13					

年/著者	訳者	論考, 章等	書籍・雑誌	ブレイク訳詩等	Blake 原詩等
齋藤勇			『英詩鑑賞』(研究社, 1924 年 3 月), 上巻訳詩右 9-16, 原詩左 5-8, 註解左 98-105	平和を齎らす涙	I saw a Monk of Charlemaine
武者小路実篤		花のなかゝら	『武者小路実篤全集』(芸術社, 1924 年 3 月), 9 巻 574-575		
日夏耿之介		全神秘思想の鳥瞰景	『神秘思想と近代詩』(春秋社, 1924 年 4 月), 15		
日夏耿之介		近代神秘詩と詩人エイ・イーの位相 (大 11 年 7 月『早稲田文学』初出)	『神秘思想と近代詩』(春秋社, 1924 年 4 月), 37		
	松山敏		『青春の憧憬』(聚英閣, 1924 年 5 月), 175-182	秋に与ふ/狂人小曲	To Autumn/Mad Song
小山鬼子三編		William Blake の児童詩	『英国児童詩選集』(文明書院, 1924 年 6 月), 1-28	喜い坊/笑ふ歌声/煙突掃除の子/迷ひ子/戻り子/仔羊/猛虎 (第 6 連欠落)/蠅/無心の占ひ	Infant Joy/Laughing Song/The Chimney Sweeper[SoI]/The Little Boy Lost/The Little Boy Found/The Lamb/The Tyger/The Fly/Auguries of Innocence
旭正秀		ウイリアム・ブレーク	『詩と版画』5 輯 (1924 年 6 月), 29-30, 寿岳	【図版】約百記挿画	
吉田絃二郎		旅の詩人来る, タゴール翁について(上)	「朝日新聞」(東京版, 1924 年 6 月 3 日)		
吉田絃二郎		旅の詩人来る, タゴール翁について(下)	「朝日新聞」(東京版, 1924 年 6 月 4 日)		
Yoshi Kasuya		The Mystic Strain in Blake and Wordsworth	『女子英学塾同窓会学友会々報』29 号 (1924 年 7 月), 4-11, 寿岳		

			『向日葵』1 巻 3 号（1924 年 7 月），裏絵		【図版】The Lamb
工藤好美		第二章　文芸復興	『ペーター研究』（京文社，1924 年 8 月），90		
工藤好美		第三章　希臘研究	『ペーター研究』（京文社，1924 年 8 月），175		
	西谷勢之介		『向日葵』1 巻 4 号（1924 年 8 月），3	乳母の唄	Nurse's Song[SoE]
武者小路実篤		日記の内より	『三方面』（新しき村出版部，1924 年 9 月），50		
寿岳紫朗		William Blake の「法悦の歌」	『英語研究』17 巻 6 号（1924 年 9 月），587-593		Extracts from *The Four Zoas*
小日向定次郎		第三篇　ヂヨンスン時代|第二章　十八世紀末を飾る浪漫派の四詩人|第四節　神秘詩人井リアム・ブレイク	『英文学史：ドライデン時代よりヴイクトリア王朝初期迄』（文献書院，1924 年 10 月），283-290		Song(Memory, hither come)/To see a World in a Grain of Sand/Extracts from *The Marriage of Heaven and Hell*
	大槻憲二		『向日葵』1 巻 6 号（1924 年 10 月），2	あゝ向日葵よ	Ah! Sun-Flower
新良孝平		ブレーク頌歌及び他	『向日葵』1 巻 6 号（1924 年 10 月），16-17		
	西谷勢之介		『向日葵』1 巻 6 号（1924 年 10 月），29	虎	The Tyger
			『虹』創刊号（1924 年 11 月），表紙，裏絵	【図版】最後の審判/経験の歌より	【図版】Alternative Design for the Title-Page of Robert Blair's 'The Grave': The Resurrection of the Dead/Introduction [SoE]

年/著者	訳者	論考,章等	書籍·雑誌	ブレイク訳詩等	Blake 原詩等
厨川白村		近代文学十講|第四講　近代の思潮(其二)|四　文芸上の南欧北欧及び英国	『厨川白村集』(厨川白村集刊行会, 1924 年 12 月), 1 巻 206		
	井上増吉	第一章　貧民詩訳論(英米の部)|第四節　『ウイリアム·ブレークの詩集』	『貧民詩歌史論』(八光社, 1924 年 12 月), 8-14, 165-166	煙突掃除人/聖木曜日/邦題なし	The Chimney Sweeper [SoI]/Holy Thursday [SoE]/The Human Abstract
鈴木白羊子		虹の同人となつて	『虹』2 号 (1924 年 12 月), 71-73		
			『虹』2 号 (1924 年 12 月), 表紙, 裏絵	【図版】最後の審判/経験の歌より	【図版】Alternative Design for the Title-Page of Robert Blair's 'The Grave': The Resurrection of the Dead/Introduction [SoE]
式場隆三郎		編輯室より	『虹』2 号 (1924 年 12 月), 73		
	西谷勢之介		『向日葵』1 巻 7 号 (1924 年 12 月), 28	小学生	The School Boy
J. Gemma [源馬治郎]編			*English Romantic Poems* (丸善, 1924 年 9 月), 1-9		To the Evening Star/To the Muses/Introduction [SoI]/The Lamb/The Voice of the Ancient Bard/The Fly/The Tyger/Auguries of Innocence
1925　大 14					
	山宮允		*Select Poems of William Blake* (研究社, 1925 年 1 月), 1-370		

			『虹』2巻新年号（1925年1月），表紙，裏絵，口絵2枚	【図版】最後の審判／経験の歌より／地獄の前房（ダンテ神曲地獄篇）／ダンテとスタチウス眠るヴアーヂル見守る（同煉獄篇）	【図版】Alternative Design for the Title-Page of Robert Blair's 'The Grave': The Resurrection of the Dead/Introduction [SoE]/The Vestibule of Hell and the Souls Mustering to Cross the Acheron/Dante and Statius Sleeping with Virgil Watching
宮崎丈二		冬の大地他二十二篇	『虹』2巻新年号（1925年1月），10–16		
山宮允			『英米新詩選』（宝文館，1925年2月），vii		To see a World in a Grain of Sand
厨川白村		苦悶の象徴｜第二　鑑賞論｜一　生命の共感	『厨川白村集』（厨川白村集刊行会，1925年1月），2巻751		
厨川白村		苦悶の象徴｜第三　文芸の根本問題に関する考察｜一　預言者としての詩人	『厨川白村集』（厨川白村集刊行会，1925年1月），2巻789		
	大槻憲二	天真の歌	『鉄鎚』創刊号（1925年2月），82–84，寿岳		
			『虹』2巻2号（1925年2月），表紙，裏絵，口絵	【図版】最後の審判／経験の歌より／ダンテとヴアージル（神曲天国篇）	【図版】Alternative Design for the Title-Page of Robert Blair's 'The Grave': The Resurrection of the Dead/Introduction [SoE]
千家元麿		大望他四十篇	『虹』2巻2号（1925年2月），6–17		

年/著者	訳者	論考,章等	書籍·雑誌	ブレイク訳詩等	Blake 原詩等
植田寿蔵		ドラクロア/ホイスラア及びロセッチ	『近代絵画史論』(岩波書店,1925年3月),157-159,488	【図版】約百記挿絵一部/埋葬	【図版】Then the Lord answered Job out of the Whirlwind/The Entombment
	湯山清訳注		『受験英語』(1925年3月),寿岳		The Ecchoing Green
			『虹』2巻3号(1925年3月),表紙,裏絵	【図版】最後の審判/小羊	【図版】Alternative Design for the Title-Page of Robert Blair's 'The Grave': The Resurrection of the Dead/The Lamb
山宮允		ウイルヤム·ブレイクの思想	『詩嶽に登る』(大雄閣,1925年4月),181-215	別注参照	別注参照
Laurence Binyon	山宮允	詩人としてのブレイク	『詩嶽に登る』(大雄閣,1925年4月),291-322	別注参照	別注参照
山宮允		ブレイクと其時代	『奢灞都』[サバト]2巻2号(1925年4月),39-46	詩神に寄する	To the Muses
			『虹』(1925年4月),表紙,裏絵,寿岳	【図版】Young's Night Thoughts 挿画/小羊	
式場隆三郎		春宵擬語	『虹』(1925年4月),45-49,寿岳		
式場隆三郎		編輯室より	『虹』(1925年4月),53,寿岳		
創元社編		芸術家略伝	『文芸辞典』(創元社,1925年6月),59		
	寿岳紫朗訳註		『中等英語』13巻4号(1925年7月),269,寿岳		The Lilly

	八幡関太郎	ブレーク詩六篇	『日本詩人』5 巻 8 号（1925 年 8 月），62-65	別注参照	別注参照
武者小路実篤自選		花のなかゝら（ブレークの画を思ひ）	『詩百篇』（新しき村出版部，1925 年 9 月），111-112		
一氏義良		13　現実派と自然派｜A. イギリスの自然派（English Naturalism）	『西洋美術の知識』（アルス，1925 年 9 月），321，323	**【図版】**ブレーク作ダンテの地獄篇より	**【図版】**The Serpent Attacks Buoso Donati
	八幡関太郎	預言の書（ブレイク）	『詩神』1 巻 1 号（1925 年 9 月），19-20	凡ての宗教は一つである	*All Religions are One*
	八幡関太郎	『ラオコーンの版画』より（ブレイク）	『詩神』1 巻 2 号（1925 年 10 月），15-18	『ラオコーンの版画』より	*The Laocoön*
［伊津野直］		巻頭言	*The Muse* 1 巻 1 号（アポロン社，1925 年 10 月），1-3	序詩	Introduction［SoI］
［伊津野直］		William Blake	*The Muse* 1 巻 1 号（アポロン社，1925 年 10 月），4		To the Muses
伊達俊光		第十講　英国絵画の発達と其特徴｜英国初期の絵画	『近世欧洲絵画十二講』（新潮社，1925 年 11 月），358		
野口米次郎		松の木の日本	『野口米次郎ブックレット　第三編　松の木の日本』（第一書房，1925 年 11 月），33		
岩橋武夫			『動き行く墓場』（警醒社，1925 年 12 月），252，649-650	邦題なし	The Sick Rose
ストップフォド・ブルック著，ヂォヂ・サムプスン補［Stopford Brooke, George Sampson］	石井誠	第八章　一七三〇年より一八三二年までの詩歌｜百四十一，新詩の第二期	『ブルック英文学史』（東光閣，1925 年 12 月），346-348		

年/著者	訳者	論考,章等	書籍·雑誌	ブレイク訳詩等	Blake 原詩等
ストップフォド·ブルック著,ヂォヂ·サムプスン補	石井誠	第八章　一七三〇年より一八三二年までの詩歌|百四十二,ウキリアム·クウパア	『ブルック英文学史』(東光閣,1925年12月),349		
ストップフォド·ブルック著,ヂォヂ·サムプスン補	石井誠	第九章　ヴキクトリア女王朝及び以後の文学(一八三二年以後)|百七十三,逃避の詩人	『ブルック英文学史』(東光閣,1925年12月),459		
ストップフォド·ブルック著,ヂォヂ·サムプスン補	石井誠	第九章　ヴキクトリア女王朝及び以後の文学(一八三二年以後)|百八十四,ヴキクトリア朝以後の時代	『ブルック英文学史』(東光閣,1925年12月),511		
	八幡関太郎	女王に捧ぐ(ブレイク)	『詩神』1巻4号(1925年12月),11	死の扉は黄金にてつくられ(この詩は千八百八年公刊されたブレエアの「墓」と云ふ本に入れた彼の挿画に書いたものである)	To the Queen
野口米次郎		イエーツと能	『野口米次郎ブックレット　第四編　能楽の鑑賞』(第一書房,1925年12月),92		
			『湄』[みぎわ](1925年12月),山宮		
			『詩』(1925年)1号,扉,寿岳	【図版】Young's Night Thoughts 挿画	

Laurence Binyon	山宮允	ブレイクが対立の思想［「詩人としてのブレイク」(1923) より抄録］	『研究社月報』23号（1925年），寿岳		
石河光哉編			『西欧宗教名画集　第六輯』（飯田十字館，1925年），番号なし	【図版】ヨブの家庭（素描）	
1926　大15・昭元					
齋藤勇編		Introduction	*Select Poems of Algernon Charles Swinburne*（研究社，1926年1月），xxi		
野口米次郎		写楽	『野口米次郎ブックレット　第九編　写楽』（第一書房，1926年1月），38		
雑賀忠義		英詩猛虎讃仰	『英語研究』18巻10号（1926年1月），1219-1221	虎	The Tyger
	八幡関太郎	序詩（ブレイク）	『詩神』2巻1号（1926年1月），7-9	序詩—「経験の歌」より—/放浪児	Introduction[SoE]/The Little Vagabond
福原麟太郎		ラファエル前派	『近代の英文学』（研究社，1926年2月），78		
福原麟太郎		ブレイクが仔羊の歌	『近代の英文学』（研究社，1926年2月），94-99	仔羊	The Lamb
福原麟太郎		チエスタアトンについて	『近代の英文学』（研究社，1926年2月），199		
福原麟太郎		デ・ラ・メアについて	『近代の英文学』（研究社，1926年2月），223		
野口米次郎		一五　五月雨の空柱や老が耳	『野口米次郎ブックレット　第十編　蕪村俳句選評』（第一書房，1926年2月），72		

年/著者	訳者	論考，章等	書籍・雑誌	ブレイク訳詩等	Blake 原詩等
野口米次郎		二四　春泥句集序	『野口米次郎ブックレット　第十編　蕪村俳句選評』（第一書房，1926年2月），104		
生田光太郎		ブレークのヨブ記の挿画	『アトリエ』3巻2号（1926年2月），40-45	【図版】ヨブ記挿画2枚/素描	【図版】And I only am escaped alone to tell thee/With Dreams upon my bed thou scarest me & affrightest me with Visions
寿岳文章		BLAKEと華厳	『英語青年』54巻9号（1926年2月），266	一粒の砂に世界を見	To see a World in a Grain of Sand
吉田泰司		折れた翼（三幕劇）	『折れた翼』（岩波書店，1926年3月），63		
Adrian Coates, ed.		Third Period（1680-1798）	*An Anthology, Containing One Hundred and Fifty of the Best Short Poems in the English Language from the Time of Spenser to the Present Day*（Kobe, Kawase & Sons, 1926年3月），66-67		Infant Joy/To Spring/Introduction[SoI]
			『初等英語』（1926年3月），寿岳		A Dream
厨川白村		最近英詩概論|第一章　英国近代詩壇の革新|第一節　仏国革命前後の英詩概観	『厨川白村集補遺』（厨川白村集刊行会，1926年4月），4-5		
厨川白村		最近英詩概論|第六章　ラファエル前派|第一節　詩人ロセッティ兄妹	『厨川白村集補遺』（厨川白村集刊行会，1926年4月），264		

野口米次郎		東西文芸の比較論	『野口米次郎ブックレット 第十五編 神秘の日本』(第一書房,1926年4月),98		
野口米次郎		詩嶽の頂	『野口米次郎ブックレット 第十六編 詩の本質』(第一書房,1926年5月),43		
矢野峰人		第三章 世紀末文壇の瞰望	『近代英文学史』(第一書房,1926年6月),100,101,112		
矢野峰人		第十二章 愛蘭文芸復興|第一節 愛蘭文芸復興の径路	『近代英文学史』(第一書房,1926年6月),711,732		
矢野峰人		自由詩発達の径路	『詩学雑考』(第一書房,1926年6月),99-101,106	余のはじめてこの詩篇を霊感の命ずるがままに書き取りし時	Extracts from *Jerusalem* (When this verse was first dicdated to me)
野口米次郎		俳詩雑論	『野口米次郎ブックレット 第十八編 蕉門俳人論』(第一書房,1926年6月),83		
野口米次郎		東洲斎写楽	『野口米次郎ブックレット 第二十編 春信清長写楽論』(第一書房,1926年6月),104		
	尾関岩二		『ブレーク詩集』(文英堂,1926年6月),1-134	別注参照	別注参照
伊東勇太郎		第四篇 芸術的匂ひ最も高き名詩	『英詩の味ひ方』(大同館,1926年7月),158-162	序歌	Introduction [SoI]
松山敏編		ヰリアムブレーク	『世界名詩宝玉集 英国編』(新時代文芸社,1926年7月),23-37	蒼蠅の歌(蒲原有明)/病める薔薇(生田長江)/春に与ふ(尾関岩二)/秋に与ふ(松山敏)/嬰児の悦び(渡邊正知)	The Fly/The Sick Rose/To Spring/To Autumn/Infant Joy

年/著者	訳者	論考,章等	書籍·雑誌	ブレイク訳詩等	Blake 原詩等
厨川白村		第一章　英国近代詩壇の革新|第一節　仏国革命前後の英詩概観	『最近英詩概論』(福永書店,1926年7月),5		
	松山敏		『松山敏詩集』(緑蔭社,1926年7月),1巻133-140	秋に与ふ/狂人小曲	To Autumn/Mad Song
野口米次郎		理想の家	『野口米次郎ブックレット　第二十五編　米次郎独語』(第一書房,1926年9月),41		
ジョン·マーシー［John Albert Macy］	内山賢次	第三部　十九世紀以前の近代文学|第三十三章　十八世紀のイギリス詩	『世界文学物語』(アルス,1926年10月),367-371	虎(日夏耿之介氏『英国神秘詩鈔』)	The Tyger
野口米次郎		倫敦の初印象	『野口米次郎ブックレット　第二十七編　霧の倫敦』(第一書房,1926年11月),25		
Otagiri, Y.［小田桐米作］			*Poems of Evening and Night*(北星堂,1926年11月),79-84		Night
			『生活者』1巻7号(1926年11月),口絵	【図版】登攀(ブレーク)	【図版】The Ascent of the Mountain of Purgatory
野口米次郎		愛蘭文学の回顧	『野口米次郎ブックレット　第二十八編　愛蘭情調』(第一書房,1926年12月),32		
野口米次郎		シモンズ	『野口米次郎ブックレット　第二十九編　海外の交友』(第一書房,1926年12月),69		
井東憲		第一巻　総論篇|第四章　主なる病癖と実例	『変態作家史』(文芸資料研究会,1926年12月),21		
1927　昭2					

武者小路実篤		激流よ	『人類の意志のまゝ』(春秋社, 1927 年 1 月), 195		
野口米次郎		パブロバの舞踊	『野口米次郎ブックレット　第三十二編　舞台の人人』(第一書房, 1927 年 1 月), 52		
			『鼓動』2 号 (新潟医大文芸部, 1927 年 2 月), 表紙, 寿岳	【図版】神曲挿画	
Edmund Blunden 編			*A Hundred English Poems* (研究社, 1927 年 3 月), 96-102		War and Peace (The sword sung on the barren heath)/The Tyger/Night/The Fly
佐藤清		英詩人に就ての感想 Chatterton, Blake and Keats	『英文学研究』7 巻 1 号 (東京帝国大学英文学会, 1927 年 3 月), 145-153		Infant Joy
小泉八雲	小日向定次郎	ブレイク—英国最初の神秘家	『小泉八雲全集』(第一書房, 1927 年 4 月), 14 巻 398-436	別注参照	別注参照
土居光知		ウイリアム・ブレイクの象徴主義	『改造』9 巻 4 号 (1927 年 4 月), 148-160	別注参照	別注参照
野口米次郎		ビアヅレー	『野口米次郎ブックレット　第三十四編　書斎の消息』(第一書房, 1927 年 5 月), 102		
高垣松雄		時代の転向	『アメリカ文学』(研究社, 1927 年 6 月), 133		
尾島庄太郎		詩人イェイツ|二　夢の領域	『ウイルヤム・バトラ・イェイツ研究』(泰文社, 1927 年 6 月), 80		
尾島庄太郎		詩人イェイツ|四　知覚の扉	『ウイルヤム・バトラ・イェイツ研究』(泰文社, 1927 年 6 月), 115-150		

年/著者	訳者	論考，章等	書籍·雑誌	ブレイク訳詩等	Blake 原詩等
尾島庄太郎		詩人イェイツ|五　永久に嘆息する魂	『ウイルヤム·バトラ·イェイツ研究』（泰文社，1927年6月），160		
尾島庄太郎		詩人イェイツ|六　葦間のしらべ	『ウイルヤム·バトラ·イェイツ研究』（泰文社，1927年6月），185-188	粒砂に現世を観じ	To see the world in a grain of sand
			『二年の英語』（1927年6月），寿岳		Laughing Song
佐藤清		ブレイクの神秘詩について	『開拓者』（1927年6月），35-37	私は二重のまぼろしを見る［4行，あざみまで］	For double the vision my Eyes do see
			『英語青年』57巻8号（1927年7月），表紙	【図版】William Blake Portrait by Thomas Phillips	
竹友藻風		キリアム·ブレイク	『英語青年』57巻8号（1927年7月），254-255		
	土居光知訳註		『英語青年』57巻8号（1927年7月），256-258	天国と地獄との結婚/【図版】The Argument［*The Marriage of Heaven and Hell*］	Extracts from *The Marriage of Heaven and Hell*
	齋藤勇		『英語青年』57巻8号（1927年7月），258-259	ブレイク「天真爛漫の託宣」	Auguries of Innocence
	山宮允	Poetical Sketches から	『英語青年』57巻8号（1927年7月），260-262	詩神に与ふ/小曲（絹ごろもさては晴衣の）/【図版】Death's Door	To the Muses/Song（My silks and fine array）

	岡倉由三郎	と丶まじり	『英語青年』57巻8号（1927年7月），262-263	わくご·喜/喜·ねんね/【図版】Infant Joy	Infant Joy
山宮允		Everyman's Library の Blake 集に就て	『英語青年』57巻8号（1927年7月），263		
福原麟太郎		ブレイクの詩形論	『英語青年』57巻8号（1927年7月），264-265		
Edmund Blunden		Fragmentary Notes on the Painter-Poets	『英文学研究』7巻3号（東京帝国大学英文学会，1927年7月），329-348		Extracts from *Milton*
佐藤清		Blake の Milton について	『英文学研究』7巻3号（東京帝国大学英文学会，1927年7月），349-371		Extracts from *Milton*
山宮允		英国で会った Blakeans の思ひ出	『英文学研究』7巻3号（東京帝国大学英文学会，1927年7月），372-389		
佐藤謙彰		William Blake の詩歌に於ける Imagination	『英文学研究』7巻3号（東京帝国大学英文学会，1927年7月），390-412		
Z		Blake 預言書の新研究	『英文学研究』7巻3号（東京帝国大学英文学会，1927年7月），463-468		
S		そこはかと	『英文学研究』7巻3号（東京帝国大学英文学会，1927年7月），492-494		
	竹友藻風	ブレイク詩抄	『近代風景』2巻7号（1927年8月），33-37	ミュウズに/うた——おもひでに/虎	To the Muses/Song (Memory, hither come)/The Tyger

年/著者	訳者	論考，章等	書籍·雑誌	ブレイク訳詩等	Blake 原詩等
			『現代英語』6 巻 8 号（1927 年 8 月），山宮		
			『英語研究』20 巻 5 号（1927 年 8 月），表紙	【図版】T. Philips 原画ブレイク肖像	The Human Abstract
楳垣実		神秘思想とブレイクの『想像』	『英語研究』20 巻 5 号（1927 年 8 月），498–502	［大意あり］	Now I a fourfold vision see/Each grain of sand
			『英語青年』57 巻 9 号（1927 年 8 月），表紙	【図版】ブレイクの真筆 FACSIMILE AUTOGRAPH OF WILLIAM BLAKE	
	齋藤勇		『英語青年』57 巻 9 号（1927 年 8 月），290–291	ブレイク「天真爛漫の託宣」	Auguries of Innocence
	土居光知訳註		『英語青年』57 巻 9 号（1927 年 8 月），291–292	天国と地獄との結婚/【図版】FACSIMILE OF THE THIRD PAGE OF “THE MARRIAGE OF HEAVEN AND HELL”	Extracts from *The Marriage of Heaven and Hell*
	山宮允	ブレイクの Poetical Sketches から	『英語青年』57 巻 9 号（1927 年 8 月），292–293	小曲（われこのむ愉快しき舞踏）/宵の明星に与ふ	Song（I love the jocund dance）/To the Evening Star
	岡倉由三郎	ブレイクの「迷児」	『英語青年』57 巻 9 号（1927 年 8 月），294	迷児	The Little Boy Lost/The Little Boy Found
竹友藻風		キリアム·ブレイク	『英語青年』57 巻 9 号（1927 年 8 月），295–297	おもひでよ，こゝもとに来よ	Song（Memory, hither come）
寿岳文章		ブレイク神話の輪廓	『英語青年』57 巻 9 号（1927 年 8 月），299–301		

山宮允		"The Grave" series の解説	『英語青年』57 巻 9 号（1927 年 8 月），301-302	【図版】THE SOUL HOVERING OVER THE BODY RELUCTANTLY PARTING WITH LIFE. BY WILLIAM BLAKE From Blair's "Grave"	
井上思外雄		Blake: "Songs of Experience" の闇黒と光明に就て	『英語青年』57 巻 9 号（1927 年 8 月），302-305	保姆の歌/病める薔薇/向日葵/【図版】Songs of Experience 表紙/The Sick Rose	Nurse's Song[SoI]/The Sick Rose/Ah! Sun-Flower
			『英語青年』57 巻 10 号（1927 年 8 月），表紙	【図版】The Union of the Soul and the Body	
	土居光知訳註		『英語青年』57 巻 10 号（1927 年 8 月），330-331	天国と地獄との結婚	Extracts from *The Marriage of Heaven and Hell*
竹友藻風		キリヤム・ブレイク	『英語青年』57 巻 10 号（1927 年 8 月），332-333		
	齋藤勇		『英語青年』57 巻 10 号（1927 年 8 月），334-335	ブレイク「天真爛漫の託宣」/【図版】Songs of Innocence 表紙	Auguries of Innocence
井上思外雄		Blake: "Songs of Experience" の闇黒と光明に就て	『英語青年』57 巻 10 号（1927 年 8 月），335-336, 342	迷へる少女	The Little Girl Lost
	岡倉由三郎	とゝまじり	『英語青年』57 巻 10 号（1927 年 8 月），337	黒人少年	The Little Black Boy

年/著者	訳者	論考, 章等	書籍・雑誌	ブレイク訳詩等	Blake 原詩等
寿岳文章		ブレイク神話の輪廓	『英語青年』57 巻 10 号 (1927 年 8 月), 338-339	**【図版】** Visions of the Daughters of Albion. Title-page.	
山宮允		When the morning Stars sang together 解説	『英語青年』57 巻 10 号 (1927 年 8 月), 342	**【図版】** The Sons of God. Design from the Book of Job. By W. Blake	
幡谷正雄		ブレイク死後百年—この十二日からその当日—(上)	「読売新聞」(1927 年 8 月 10 日)		
金子白夢		詩人ブレークの百年祭(上)	「中外日報」(1927 年 8 月 10 日)		
幡谷正雄		ブレイク死後百年—この十二日からその当日—(下)	「読売新聞」(1927 年 8 月 11 日)		
金子白夢		詩人ブレークの百年祭(中)	「中外日報」(1927 年 8 月 11 日)		
金子白夢		詩人ブレークの百年祭(下)	「中外日報」(1927 年 8 月 12 日)		
Edmund Blunden		Poetry of Coleridge, Shelley and Keats	Lectures in English Literature (弘道館, 1927 年 9 月), 156		
Sherard Vines		I. Poetry	*Movements in Modern English Poetry and Prose* (The Ohkayama Publishing Co, 1927 年 9 月), 54, 82, 109, 145, 146, 166, 178		
横山有策		第七章　ロマンチシズムへの過渡期|三一　多方面なブレーキ——彼も亦偉大な着手者—神秘詩人—そのリアリズム	『英文学史要』(早稲田泰文社, 1927 年 9 月), 258-262		

	中村為治	William Blake	『抒情英詩集』(研究社, 1927年9月), 162-173	春に寄す/無邪気の歌/赤児よろこび/笑ひの歌/虎/雲雀	To Spring/Reeds of Innocence[Introduction, SoI]/Infant Joy/Laughing Song/The Tyger/Extracts from *Milton*(The Lark, sitting upon his early bed, just as the morn)
			『英語青年』57巻11号 (1927年9月), 表紙	【図版】LIFE MASK OF WILLIAM BLAKE BY J. S. Deville	
山宮允		ブレイクの影響	『英語青年』57巻11号 (1927年9月), 366-367	【図版】THE CREATION OF LIGHT BY GEORGE RICHMOND	
井上思外雄		Blake: "Songs of Experience" の闇黒と光明に就て	『英語青年』57巻11号 (1927年9月), 367-368		The Little Girl Found
	岡倉由三郎	とゝまじり	『英語青年』57巻11号 (1927年9月), 369	揺籃の唄	A Cradle Song
	齋藤勇		『英語青年』57巻11号 (1927年9月), 370-371	天真爛漫の託宣	Auguries of Innocence
	土居光知訳註		『英語青年』57巻11号 (1927年9月), 372-373	天国と地獄との結婚/【図版】ブレイクの家 Nos 27, and 28, Broad Street, Golden Square, London.	Extracts from *The Marriage of Heaven and Hell*
寿岳文章		ブレイク神話の輪廓	『英語青年』57巻11号 (1927年9月), 374-375		

年/著者	訳者	論考,章等	書籍·雑誌	ブレイク訳詩等	Blake原詩等
竹友藻風		キリヤム·ブレイク	『英語青年』57巻11号(1927年9月),376-378		
			『英語青年』57巻12号(1927年9月),表紙	【図版】Facsimile of the eighth page of "The Marriage of Heaven and Hell"	
繁野天来		ブレイクの「虎」	『英語青年』57巻12号(1927年9月),402-403	虎	The Tyger
	土居光知訳註		『英語青年』57巻12号(1927年9月),403-404	天国と地獄との結婚	Extracts from *The Marriage of Heaven and Hell*
岡倉由三郎		詩人と仙人	『英語青年』57巻12号(1927年9月),405-406		
日夏耿之介		「病める薔薇」に就て	『英語青年』57巻12号(1927年9月),406-408	疚める薔薇	The Sick Rose
竹友藻風		キリヤム·ブレイク	『英語青年』57巻12号(1927年9月),409-410	邦題なし/小羊	Extracts from Laughing Song/The Lamb
山宮允		ブレイク研究図書解題	『英語青年』57巻12号(1927年9月),411-413	【図版】The Creation of Eve(Paradise Lost Series)By William Blake	
在倫敦生		ブレイクのThe Tigerの仏訳二種	『英語青年』57巻12号(1927年9月),420	Le Tigre	The Tyger
棋垣実		小泉八雲全集中の誤訳	『英語青年』57巻12号(1927年9月),422		
正富汪洋		ブレイクと其の深い理解者スウインバーン	『新進詩人』10巻8号(1927年9月),5-7	ひとつぶの砂に一つの世界を観/坊やにや名が無い	To see a World in a Grain of Sand/Infant Joy

			『太陽花』10号（1927年9月），表紙	【図版】写真版ウキリアム・ブレークのライフ・マスク	
太陽花同人		巻頭言	『太陽花』10号（1927年9月），1		
武者小路実篤		ブレークについて	『太陽花』10号（1927年9月），4-5		
千家元麿		ブレークに就いて	『太陽花』10号（1927年9月），5		
岸田劉生		ブレーク	『太陽花』10号（1927年9月），6		
高村光太郎		ブレエクのイマジネエション	『太陽花』10号（1927年9月），7		
河野通勢		ブレークに就て	『太陽花』10号（1927年9月），8-9		
大槻憲二		神秘家としてのブレーク	『太陽花』10号（1927年9月），9-10		
永見七郎		ブレークに就て	『太陽花』10号（1927年9月），11		
廣瀬操吉		回想のブレーク	『太陽花』10号（1927年9月），12		
森脇達夫		ブレークの眼	『太陽花』10号（1927年9月），13		
新良孝平		ブレークと神話	『太陽花』10号（1927年9月），14		
角田竹夫		ブレークに就て	『太陽花』10号（1927年9月），15-16	病める薔薇（生田長江訳）	The Sick Rose
瀧波善雄		全我雑筆	『太陽花』10号（1927年9月），39		

年/著者	訳者	論考, 章等	書籍・雑誌	ブレイク訳詩等	Blake 原詩等
森脇達夫		太陽花小集のことその他	『太陽花』10号（1927年9月），40		
鈴木白羊子, 森脇達夫		編輯後記	『太陽花』10号（1927年9月），41		
			『大調和』1巻6号（1927年9月），挿画	【図版】ダンテの神曲の挿画/天帝	【図版】Saint Peter and Saint James with Dante and Beatrice and with Saint John Also/The Ancient of Days
河野通勢		ブレークの為めに（詩）	「第三木曜新聞」4号（1927年9月22日），寿岳		
幡谷正雄			『ウイリアム・ブレイク』（新生堂, 1927年10月），1-241	別注参照	別注参照
	幡谷正雄	小品詩集/無心の歌/知見の歌/ロゼッティ稿本/ピカリング稿本/尺牘詩篇/雑篇/預言詩/散文抄	『ブレイク詩集』（新潮社, 1927年10月），1-268	【図版】ブレイク（ハムステッドに於ける）/ブレイク（トマス・フィリップス）/死の扉（ブレイク）/仔羊	【図版】Death's Door (Robert Blair, 'The Grave')/The Lamb
畑喜代司		英吉利詩篇|ウキリアム・ブレエクの詩	『泰西名詩の味ひ方』（資文堂, 1927年10月），16-17	蒼蠅の歌（蒲原有明）	The Fly
			『ブレイク百年記念展覧会絵画目録』（朝日新聞社, 1927年10月），寿岳		
	土居光知訳註		『英語青年』58巻1号（1927年10月），8-10	天国と地獄との結婚	Extracts from *The Marriage of Heaven and Hell*
土居光知		Sun-flower に就て	『英語青年』58巻1号（1927年10月），10		

	土居光知訳註		『英語青年』58巻2号（1927年10月），43-45	天国と地獄との結婚	Extracts from *The Marriage of Heaven and Hell*
竹友藻風		キリヤム・ブレイク	『英語青年』58巻2号（1927年10月），56-57		
森の人		"The Tyger" に就て繁野氏に再考を煩はす	『英語青年』58巻2号（1927年10月），57		
在倫敦生		ブレイクの The Tiger の独訳	『英語青年』58巻2号（1927年10月），58	Der Tiger（Helene Richter）	The Tyger
工藤直太郎		ブレークの家を訪ふ	『木星』3巻9号（1927年10月），4-9, 寿岳		
	渡邊正知		『木星』3巻9号（1927年10月），20, 寿岳		*Poetical Sketches* 3
		六号雑記	『木星』3巻9号（1927年10月），46-48, 寿岳		
西条八十		ブレークを生める時代	『愛誦』（1927年10月），寿岳		
	T. Izuno	Love's Secret	*The Muse* 5巻1号（アポロン社，1927年10月），1	つゆな語りそ君が恋	Never seek to tell thy love
島文次郎		BLAKE に就いて	*The Muse* 5巻1号（アポロン社，1927年10月），2-3		
	K. Momose	The Fly	*The Muse* 5巻1号（アポロン社，1927年10月），4	ちいさい蠅よ	The Fly
黒田正利		Blake's Illustrations to the Divine Comedy	*The Muse* 5巻1号（アポロン社，1927年10月），5-13	【図版】別注参照	
寿岳文章		Art of William Blake	*The Muse* 5巻1号（アポロン社，1927年10月），14-17		
	K. Okada	Mad Song	*The Muse* 5巻1号（アポロン社，1927年10月），1	風は猛くも泣き叫び	Mad Song

年/著者	訳者	論考,章等	書籍·雑誌	ブレイク訳詩等	Blake 原詩等
			The Japan Times (1927 年 10 月 8 日), 寿岳		
		ブレイク百年記念展覧会	「朝日新聞」(東京版, 1927 年 10 月 17 日)		
幡谷正雄		ブレイク展に就いて	「朝日新聞」(東京版, 1927 年 10 月 19 日)		
Lafcadio Hearn, 田部隆次編		Strange Figures of the Eighteenth Century | William Blake	*Some Strange English Literary Figures of the Eighteenth and Nineteenth Centuries* (北星堂, 1927 年 11 月), 3-21		Extracts from *The Four Zoas*/A Little Boy Lost/A Cradle Song/The Land of Dreams/To the Muses/The Fly/Extracts from *Tiriel*/from *The Marriage of Heaven and Hell*
Lafcadio Hearn, 田部隆次編		Appendix/Blake——The First English Mystic	*Some Strange English Literary Figures of the Eighteenth and Nineteenth Centuries* (北星堂, 1927 年 11 月), 115-140		別注参照
齋藤勇		III. 中代英語の時代(1150-1500) | iii. GEOFFREY CHAUCER	『思潮を中心とせる英文学史』(研究社, 1927 年 11 月), 43, 44		
齋藤勇		VII　擬古典主義全盛時代(1700-1798) | Pseudo-Classicism に対する不満の兆	『思潮を中心とせる英文学史』(研究社, 1927 年 11 月), 237, 239-241		To see a World in a Grain of Sand
齋藤勇		VIII. ROMANTIC REVIVAL の時代(1798-1832) | i. ROMANTICISM	『思潮を中心とせる英文学史』(研究社, 1927 年 11 月), 243, 257		
齋藤勇		IX. VICTORIA 朝(1832-1900) | ii. 評論及び史伝	『思潮を中心とせる英文学史』(研究社, 1927 年 11 月), 344		

齋藤勇		IX. VICTORIA 朝(1832-1900) | v. 懐疑詩人及び P. R. B. 等	『思潮を中心とせる英文学史』(研究社, 1927 年 11 月), 377		
齋藤勇		IX. VICTORIA 朝(1832-1900) | ix. 世紀末文学	『思潮を中心とせる英文学史』(研究社, 1927 年 11 月), 415		
	土居光知訳註		『英語青年』58 巻 3 号 (1927 年 11 月), 82-85	天国と地獄との結婚	Extracts from *The Marriage of Heaven and Hell*
竹友藻風		キリヤム・ブレイク	『英語青年』58 巻 3 号 (1927 年 11 月), 95-96		
	土居光知訳註		『英語青年』58 巻 4 号 (1927 年 11 月), 122-123	天国と地獄との結婚	Extracts from *The Marriage of Heaven and Hell*
山宮允		ブレイクの絵に就て	『近代風景』2 巻 10 号 (1927 年 11 月), 13-23		
諏訪昭史		ブレイク奇観書六種	『研究社月報』53 号 (1927 年 11 月), 1-2, 寿岳		
寿岳文章		ブレイクの「彩飾本」の由来	『書物の趣味』1 冊 (1927 年 11 月), 64-67		
			『生活者』2 巻 10 号 (1927 年 11 月), 口絵	【図版】モーゼの発見(ブレーク)	【図版】The Finding of Moses: The Compassion of Pharaoh's Daughter
中川孝		ブレイクに就て	『新潟週報』58 号 (1927 年 11 月 27 日), 6, 寿岳		
幡谷正雄		ブレイク文献考	『早稲田文学』262 号 (1927 年 11 月), 118-122		
柳宗悦		序	『百年忌紀念ブレイク作品文献展覧会出品目録』(1927 年 12 月), 1-46, 寿岳		
		新刊紹介	『英語青年』58 巻 5 号 (1927 年 12 月), 176		

年/著者	訳者	論考,章等	書籍·雑誌	ブレイク訳詩等	Blake 原詩等
倫敦　旅の人		大陸に於ける BLAKE の研究と翻訳	『英語青年』58 巻 6 号（1927 年 12 月），194-195		
雑賀忠義		THE TIGER 所感	『英語青年』58 巻 6 号（1927 年 12 月），196		
			『芸術時代』1 年 5 号（1927 年 12 月），表紙，扉，裏，挿画，寿岳	【図版】Visons of the Daughters of Albion pl. 3/Songs of Innocence, pl. 8/The Book of Thel, pl. 2/神曲挿画 2 面	
		芸術時代社主催のブレイク展覧会	「新潟毎日新聞」6450 号（1927 年 12 月 3 日），4，寿岳	【図版】ヤコブの梯子	
		ブレイク百年記念展覧会の預告	「朝日新聞」（京都版，1927 年 12 月 7 日），寿岳	【図版】Philips 原画ブレイク肖像	
記載なし		ブレイク百年祭を京都博物館で挙行する—大乗仏教的思想の彼れ—	「中外日報」（1927 年 12 月 8 日）		
		ブレイク百年記念展覧会の預告	「毎日新聞」（京都版，1927 年 12 月 9 日），寿岳	【図版】The Reunion of the Soul & the Body	
		ブレイク百年記念展覧会記事	「朝日新聞」（京都版，1927 年 12 月 11 日），寿岳		
			「越後タイムス」834 号（1927 年 12 月 11 日），寿岳	【図版】神曲挿画/百合	
柳宗悦談		仏教思想を西洋に生んだブレイクに就て	「中外日報」（1927 年 12 月 11 日）		
柳宗悦		ブレイクの信仰（上）	「中外日報」（1927 年 12 月 13 日）		

柳宗悦		ブレイクの信仰（中）	「中外日報」（1927 年 12 月 14 日）		
柳宗悦		ブレイクの信仰（下）	「中外日報」（1927 年 12 月 15 日）		
式場隆三郎		「ダンテ神曲挿画」及び「悦びの花を摘む」に就いて解説	「越後タイムス」835 号（1927 年 12 月 18 日），寿岳		
山宮允編			*Gems of English Poetry* (Printed for private circulation, 1927 年），山宮		
1928　昭 3					
		片々録	『英語青年』58 巻 7 号（1928 年 1 月），248		
楳垣実		幡谷氏訳「ブレイク詩集」	『英語青年』58 巻 8 号（1928 年 1 月），269		
土居光知		対句に就いての一考察	『英文学研究』8 巻 1 号（東京帝国大学英文学会，1928 年 1 月），138-149		Extracts from *The Book of Thel*
S		そこはかと	『英文学研究』8 巻 1 号（東京帝国大学英文学会，1928 年 1 月），163		
			『大調和』2 巻 1 号（1928 年 1 月），挿画	【図版】ブレーク（神曲挿画）	【図版】Dante Running from the Three Beasts
			「越後タイムス」836 号（1928 年 1 月 1 日），寿岳	【図版】三つの獣に襲はるるダンテ/悦びの花を摘む	
	寿岳文章訳註	ブレイクの「ラオコーン版画」	『英語青年』58 巻 9 号（1928 年 2 月），306-308	【図版】*The Laocoön*	Extracts from *The Laocoön*
	寿岳文章訳註	ブレイクの「ラオコーン版画」	『英語青年』58 巻 10 号（1928 年 2 月），345-346		Extracts from *The Laocoön*

年/著者	訳者	論考,章等	書籍·雑誌	ブレイク訳詩等	Blake 原詩等
	記載なし	[コラム]	『生活者』3 巻 2 号（1928 年 2 月）, 15	汝の心に描いて居るキリストは	Extracts from *The Everlasting Gospel*
	記載なし	[コラム]	『生活者』3 巻 2 号（1928 年 2 月）, 94	柔らかな雪（私は雪の日に遠く歩いて）	Soft Snow
宮崎安右衛門		キリアム·ブレーク（一）	『光りへ』13 号（1928 年 2 月）, 15-18, 寿岳	【図版】Europe pl. 9	
記載なし		ブレーク百年記念――谷大図書館に於て	「中外日報」（1928 年 2 月 17 日）		
山宮允		第一講　Spring（William Blake）	『英詩十講』（宝文館, 1928 年 3 月）, 14-21［Geoffrey Gwyther による楽譜付き］	春	Spring
山宮允		第十講　The Echoing Green（William Blake）	『英詩十講』（宝文館, 1928 年 3 月）, 168-173	どよみが原	The Ecchoing Green
	寿岳文章訳註	ブレイクの「ラオコーン版画」	『英語青年』58 巻 11 号（1928 年 3 月）, 382-383		Extracts from *The Laocoön*
山宮允		ブレイクの訳に就て楳垣実氏に	『英語青年』58 巻 11 号（1928 年 3 月）, 383		
	寿岳文章訳註	ブレイクの「ラオコーン版画」	『英語青年』58 巻 12 号（1928 年 3 月）, 413-414		Extracts from *The Laocoön*
花岡兼定		ブレークの見神	『英語街路』（1928 年 3 月）, 寿岳		
三木春雄		第七講　浪漫派時代|第四節コールリツヂ, 其他の詩人	『趣味の英文学』（桜木書房, 1928 年 4 月）, 285		
神田豊穂		ブレーク, ウィリアム（William Blake）	『思想家人名辞典』（春秋社, 1928 年 4 月）, 342		
E. V. Catenby		Notes on Mysticism	『英文学研究』8 巻 2 号（東京帝国大学英文学会, 1928 年 4 月）, 209-222		

Z		批評紹介│Blake 伝[Mona Wilson, The Life of William Blake]	『英文学研究』8巻2号（東京帝国大学英文学会, 1928年4月）, 277-281		
矢野禾積編		Introduction	Select Poems of William Butler Yeats（研究社, 1928年5月）, xviii		
ジョン・メーシー	内山賢次	第三十三章　十八世紀のイギリス詩	『世界文学物語』（アルス, 1928年5月）, 下巻 367-371	虎（日夏耿之介氏「英国神秘詩鈔」）	The Tyger
			『大調和』2巻5号（1928年5月）, 挿画	【図版】ザカリアに現はれたる天使	【図版】The Angel Gabriel Appearing to Zacharias
記者		挿画の説明	『大調和』2巻5号（1928年5月）, 75-76		
			『光りへ』16号（1928年5月）, 表紙, 寿岳	【図版】ブレイク生面型	
		表紙の説明	『光りへ』16号（1928年5月）, 27, 寿岳		
		柳宗悦氏訳「ブレークの言葉」抄	『光りへ』16号（1928年5月）, 15, 寿岳		
棋垣実		ブレイクの宗教思想	『同志社文学』2号（1928年5月）, 13-25	一粒の砂にひとつの世界を見/悪魔の声	To see a World in a Grain of Sand/The Voice of the Devil[*The Marriage of Heaven and Hell*]
齋藤龍太郎			『文芸大辞典』（文芸春秋社出版部, 1928年6月）, 515		
福原麟太郎編			Selections from Palgrave's Golden Treasury（Books III & IV）（研究社, 1928年6月）, 81-82, 118		Infant Joy/A Cradle Song

年/著者	訳者	論考，章等	書籍・雑誌	ブレイク訳詩等	Blake 原詩等
椋垣実		三つの幼童詩集	『近代風景』3 巻 6 号（1928 年 6 月），64-72	序詩/嬰児の喜/笑ひの歌/春	Introduction[SoI]/Infant Joy/Laughing Song/Spring
佐藤清		Blake の Colour Print, Drawing 其他	『英文学研究』8 巻 3 号（東京帝国大学英文学会，1928 年 7 月），455-466		
椋垣実		三つの幼童詩集	『近代風景』3 巻 7 号（1928 年 7 月），105-111		
椋垣実		ブレイクの小品詩篇	『近代風景』3 巻 8 号（1928 年 8 月），95-103	ミュウズに/宵の明星に/邦題なし/うた/うた/こだまする野辺	To the Muses/To the Evening Star/Song(How sweet I roam'd from field to field)/Song(Love and harmony combine)/Song (I love the jocund dance)/The Ecchoing Green
佐藤清		Blake の原版詩書 "America" に就いて	『英語と英文学』2 巻 2 号（1928 年 8 月），79-81	【図版】Linnell 原画ブレイク肖像画/From *America*	
日夏耿之介		「閃光」に於ける輪廻思想に就いて	『パンテオン』V（1928 年 8 月），26-47		
椋垣実		ウパニシャッド管見	『近代風景』3 巻 9 号（1928 年 9 月），78-85		
椋垣実		永遠の福音―ブレイクの観た基督―	『同志社文学』3 号（1928 年 10 月），40-50		Extracts from *The Everlasting Gospel*/from *The Laocoön*
寿岳文章		わが国に於けるヰルヤム・ブレイク研究の回顧	『書物の趣味』3 冊（1928 年 12 月），37-50		

			『世界美術全集』(平凡社, 1928年), 山宮		
1929　昭4					
飯田安		ノヴァーリスの断片(三)―ノヴァーリスの神秘主義とブレークの神秘主義とに就いて	『生活者』4巻2号 (1929年2月), 45-53	一粒の砂にこの世を見/粘土と小石/病める薔薇/桃金嬢の影に	To see a World in a Grain of Sand/The Clod and the Pebble/The Sick Rose/To a lovely myrtle bound
寿岳文章			『キルヤム・ブレイク書誌』(ぐろりあそさえて, 1929年4月), 1-724		
	記載なし	ブレークの幻想 (天国と地獄の結婚の一齣)	「聖化」31号 (1929年5月)		
	記載なし	ブレークの幻想 (天国と地獄の結婚の一齣)	「聖化」32号 (1929年5月)		
小日向定次郎		第一篇　詩|第九章　群小詩人の一瞥|第四節　ベドーズ, ダイ・ヴイア, ホーン, ベイリその他	『近世英文学史』(文献書院, 1929年6月), 197		
小日向定次郎		第三篇　評論と史書|第三章　ペイターとサイマンズと|第三節　ヂエフアリーズの自然の禮讃	『近世英文学史』(文献書院, 1929年6月), 549		
寿岳文章		「ブレイク書誌」補遺	『英語青年』61巻5号 (1929年6月), 177		
			「越後タイムス」910号 (1929年6月2日), 山宮		
矢野峰人		ブレイク書誌	「朝日新聞」(大阪版, 1929年6月28日)		

年/著者	訳者	論考,章等	書籍·雑誌	ブレイク訳詩等	Blake 原詩等
土居光知		キルヤム·ブレイク書誌	『英語青年』61 巻 8 号（1929 年 7 月）, 287		
			「京都帝国大学新聞」108 号（1929 年 7 月 1 日）, 山宮		
寿岳文章		ブレイクの画論	『美』23 巻 3 号（1929 年 9 月）, 55–84	【図版】「レビヤタンを御するネルスンの霊体」,「蚤の幽霊」	【図版】The Spiritual Form of Nelson guiding Leviathan/The Ghost of a Flea
山宮允		ブレイクの生涯及び思想/ブレイクの絵に就て/ブレイクの片影/ブレイクの影響/ブレイク研究図書解題/英国で相見たブレイク学者の思ひ出/ベルジエー教授訪問記/日本ブレイク学回顧	『ブレイク論稿』（三省堂, 1929 年 10 月）, 1–257		

別注

1914（大 3）

○『白樺』5 巻 4 号(1914 年 4 月)

【図版】キリアム·ブレーク（口絵）/悦ばしき日/(一)気(二)水(楽園の門より)/ネブチヤツドネツツアル(天国と地獄の婚姻より)/善と悪との天使/癩病人の家/アダムを創造せるエロヒム/イヴの創造(ジエルサレムより)/ヴアラ·ハイル及びスコフェルド(ジエルサレムより)/ケインの逃走/蚤の幽霊/解釈者の室を掃ける男/余は若し汝は老ゐたり(約百記より)/汝は愚者の審判を終れり(約百記より)/天帝/潜水者(素描)/吾れ忿りて星を分け行けり(ジエルサレムより)(表紙)/「アルビオンの娘」より(裏絵)

○『白樺』5 巻 4 号(1914 年 4 月)

【図版】William Blake/Glad Day/ (1) Air, (2) Water(*For the Sexes: The Gates of Paradise*)/Nebuchadnezzar(*The Marriage of Heaven and Hell*)/The Good and Evil Angels/The Lazar House/Elohim Creating Adam/Creation of Eve(*Jerusalem*)/Vala, Hyle and Skofeld(*Jerusalem*)/Cain Fleeing from His Parents/The Ghost of a Flea/The Man Sweeping the Interpreter's Parlour/I am Young and Ye are very Old(*The Book of Job*)/Thou hast Fulfilled the Judgment of the Wicked(*The Book of Job*)/The Ancient of Days/A Diver/The Fury of my Course among the Stars(*Jerusalem*)/From *Visions of the Daughters of Albion*

○柳宗悦「キリアム·ブレーク」,『白樺』5 巻 4 号(1914 年 4 月)

天国と地獄との婚姻/アルビオンの娘/亜米利加書/楽園の門/ゾア四書/ミルトン/ジェルサレム/永遠の福音
Song (How sweet I roam'd from field to field)/Mad Song/From *Songs of Innocence and of Experience*/The Wild Flower's Song/From *The Marriage of Heaven and Hell*/From *Visions of the Daughters of Albion*/From *America*/From *For the Sexes: The Gates of Paradise*/From *The Four Zoas*/From *Milton*/From *Jerusalem*/From *The Everlasting Gospel*/Soft Snow

○柳宗悦『キリアム・ブレーク』(洛陽堂, 1914年12月)
天国と地獄との婚姻/アルビオンの娘等の幻像/亜米利加/欧羅巴/目録解説/公開状/最後の審判の幻像/アベルの幽霊/ラオコン/レノルズ傍註/ラヴェーター傍註/スエデンボルグ傍註/自然宗教は存せず/四ゾア書
From *The Everlasting Gospel*/Song(How sweet I roam'd from field to field)/To the Evening Star/Mad Song/Song(Love and harmony combine)/From A War Song to Englishmen/From To the Muses/I love the jocund dance/From *Songs of Innocence and of Experience*/From *The Book of Thel*/The Wild Flower's Song/From *Visions of the Daughters of Albion*/From *America*/From *Europe*/From *The Book of Urizen*/From *The Book of Ahania*/From *The Song of Los*/From *The Book of Los*/From *The Four Zoas*/My hands are labour'd day and night/From The Smile/From William Bond/From Auguries of Innocence/From *Jerusalem*/From *Descriptive Catalogue*/From [Public Address] /From *A Vision of the Last Judgment*/I have mental joy, and mental health/From *The Ghost of Abel*/From *Laocoön*/From Annotations to Reynolds/From Annotations to Lavater/From Annotations to Swedenborg/From *There is No Natural Religion*/What to others a trifle appears/Abstinence sows sand all over/Soft Snow
【図版】キリアム・ブレークのマスク/天帝/アリマセアのヨセフ/喜ばしき日/戦後の晨/恐怖せる人々/羊飼(無垢の歌)/嬰児の喜び(無垢の歌)/セル書(表紙画)/埃及への逃走/(1)気(2)水(楽園の門)/(3)樹陰の児,(4)復讐(楽園の門)/譴責者/虎(経験の歌)/ネブカドネザール(天国と地獄との婚姻)/主よ,是等の霊に飛ぶことを教へ給へ/ブロミオンの洞(アルビオンの娘等の幻像)/「亜米利加書」(口絵)/「亜米利加書」の一頁/穀物の害虫(欧羅巴書)/生命の焔(ユリゼン書)/咆吼せるロス(ユリゼン書)/ロスとエニサルモンとオルク(ユリゼン書)/ニュートン/レメクと彼の二人の妻/癩病人の家/善と悪との天使/火の車に乗るエリア/アダムの創造/ヘケート/馬上の死/天の使/死(ヤングの「夜想」)/小水夫トム/ロスとエニサルモンとオルク(ミルトン)/ロバート(ミルトン)/焔の中に立つハンド(ジェルサレム)/イヴの創造(ジェルサレム)/再生者(ジェルサレム)/ヴァラとハイルとスコッフェルド(ジェルサレム)/磔刑(ジェルサレム)/吾が忿りて星を分けゆく道(ジェルサレム)/死の扉(ブレアーの「墓」)/霊と肉との合一(ブレアーの「墓」)/チョーサーのキャンタベリ歴程/ピットの霊体/カインの逃走/蚤の幽霊/害はれたる樹(ソルントンの「ヴァージールの牧歌」)/解釈者の家を掃ける男/義人は嘲り笑はれたり(約百記)/余は若く汝は老ひたり(約百記)/晨の星が共に歌う時(約百記)/汝は愚者の審判を終れり(約百記)/愛の旋風 ダンテの「神曲」/サタンを踏める基督/潜水者(素画)/老翁(素画)/キリアム・ブレーク
【図版】The Life-mask of William Blake/The Ancient of Days/Joseph of Arimathea/Glad Day/The Morning after the Battle/An Awe-struck Group/Shepherd/Infant Joy/The titlepage, *The Book of Thel*/Flight into Egypt/ (1) Air (2) Water(*For the Sexes: The Gates of Paradise*)/(3) I Found Him Beneath a Tree (4) Does Thy God, O Priest, Take Such Vengeance as This? (*For the Sexes: The Gates of Paradise*)/The Accusers/The Tyger/Nebuchadnezzar(*The Marriage of Heaven and Hell*)/Lord, Teach These Souls to Fly/Bromion's Cave/Frontispiece, *America: A Prophecy*/A page from *America*/Blight in the Corn(*Europe*)/Flames of Life (*The Book of Urizen*)/Los Howling(*The Book of Urizen*)/Los, Enitharmon and Orc (*The Book of Urizen*)/Newton/Lamech and His Two Wives/The Lazar House/The Good and Evil Angels/Elijah Mounted in the Fiery Chariot/Elohim Creating Adam/Hecate/Death on the Pale Horse/Pity/Death(Young's *Night Thoughts*)/Little Tom, the Sailor/Los, Enitharmon and Orc(*Milton*)/Robert(*Milton*)/Hand in Flames Before Jerusalem(*Jerusalem*)/Creation of Eve(*Jerusalem*)/The Regenerate Man(*Jerusalem*)/Vala, Hyle and Skofeld(*Jerusalem*)/Crucifixion(*Jerusalem*)/The Fury of my Course among the Stars(*Jerusalem*)/Death's Door(Blair's Grave)/The

Reunion of the Soul and the Body (Blair's Grave)/Chaucer's *Canterbury Pilgrims*/The Spiritual Form of Pitt/The Body of Abel Found by Adam and Eve/The Ghost of a Flea/The Blasted Tree (Thornton's *Pastorals of Virgil*)/The Man Sweeping the Interpreter's Parlour/The Just Upright Man is Laughed to Scorn (*The Book of Job*)/I am Young and Ye are very Old (*The Book of Job*)/When the Morning Stars Sang Together (*The Book of Job*)/Thou hast Fulfilled the Judgment of the Wicked (*The Book of Job*)/The Whirlwind of Lovers (Dante's Inferno)/Christ With a Bow, Trampling Upon Satan/A Diver/Head of An Old Man/Portrait of William Blake

1915(大4)
○洛陽堂編纂「キリアム・ブレーク」『泰西の絵画及び彫刻』絵画篇第二巻(洛陽堂, 1915年11月), 30-33頁
【図版】吾は永遠に向ひて登りゆく(巻頭)/天帝(挿画70)/喜ばしき日(71)/羊飼ひ(無垢の歌)(72)/虎(経験の歌)(72)/ネブカドネザール(天国と地獄の婚姻)(73)/主よ是等の霊に飛ぶことを教へ給へ(74)/「亜米利加書」の一頁(75)/穀物の害虫(欧羅巴書)(76)/咆吼せるロス(ユリゼン書)(77)/ロスとエニサルモンとオルク(ユリゼン書)(78)/レメクと彼の二人の妻(79)/善と悪との天使(80)/火の車に乗るエリア(81)/アダムの創造(82)/天の使(82)/ロバート(ミルトン)(84)/イヴの創造(85)/霊と肉との合一(ブレアーの墓)(86)/カインの遁走(87)/義人は嘲り笑はれたり(約百記)(88)/吾れは若く, 汝は老ひたり(約百記)(89)/晨の星が共に歌う時(約百記)(90)/潜水者(91)
【図版】I labour upwards towards Eternity/The Ancient of Days/Glad Day/The Shepherd [SoI]/The Tyger [SoE]/Nebuchadnezzar (*The Marriage of Heaven and Hell*)/Lord, Teach These Souls to Fly/From *America*/Blight in the Corn (*Europe*)/Los Howling (*The Book of Urizen*)/Los, Enitharmon and Orc (*The Book of Urizen*)/Newton/Lamech and His Two Wives/The Good and Evil Angels/Elijah Mounted in the Fiery Chariot/Elohim Creating Adam/Pity/Robert (*Milton*)/Creation of Eve (*Jerusalem*)/The Reunion of the Soul and the Body (Blair's Grave)/Cain Fleeing from His Parents/The Just Upright Man is Laughed to Scorn (*The Book of Job*)/I am Young and Ye are very Old (*The Book of Job*)/When the Morning Stars Sang Together (*The Book of Job*)/A Diver

1916(大5)
○高安月郊『東西文学比較評論』(高安三郎, 1916年5月)
狂歌/冥想/金の網/ウキリアム・ボンド/破れし恋/永久の福音/アベルの霊/天と地獄の結婚/ラオクウン/【図版】ゼルザレム
From Mad Song/From Contemplation/From The Golden Net/From William Bond/From My Spectre around me night & day/From *The Everlasting Gospel*/From *The Ghost of Abel*/From *The Marriage of Heaven and Hell*/From *Laocoön*/【図版】From *Jerusalem*

1917(大6)
○柳宗悦「挿絵に就て」『白樺』8巻4号(1917年4月), 226頁
【図版】生命の川(巻頭)/永へに吾れは労ふ(33)/レヴィアタンを導けるネルソンの霊体(73)/聖誕(105)/ルツとナオミ(145)/死者の間の平等(「墓」より)(177)/「ユリゼン書」より(217)/「アメリカ書」より(表)/「ヴァージルの牧歌」より(扉)/死の扉(裏)
○柳宗悦「挿絵に就て」
【図版】The River of Life/Eternally I labour on/The Spiritual Form of Nelson guiding Leviathan/The Nativity/Ruth and Naomi/From Blair's Grave/From *The Book of Urizen*/From *America*/From *Pastoral of Virgil*/Death's Door

1918（大 7）

○小泉鉄篇，柳宗悦訳「井リアム・ブレークの手紙」『天才の手紙』(阿蘭陀書房，1918 年 1 月)，227–253 頁

1799 年 8 月 16 日トラスラーユ宛/1799 年 8 月 23 日トウラスラー宛/1800 年 5 月 6 日ヘイリー宛/1800 年 9 月 21 日ジヨン・フラツクスマン宛/1802 年 1 月 10 日トマス　バツツ宛/1802 年 11 月 22 日バツツ宛/1803 年 4 月 25 日トマスバツツ宛/1804 年 10 月 23 日ヘイリー宛/1805 年 12 月 11 日ヘイリー宛/1827 年 4 月 12 日カムバーランド宛

1919（大 8）

○柳宗悦「目録解」『キリアム　ブレーク　複製版画展覧会目録』(1919 年 11 月)

【図版】1 喜ばしき日/2 嬰児の喜び/3 花/4 春/5 流浪の子/6 煙突掃除人/7「セルの歌」表紙/8「セルの歌」第四頁/9 喜びの花を摘めるオーソーン/10 主よ是等の霊に飛ぶことを教へ給へ/11 永遠に吾れは努む/12 吾れは永遠に向ひて昇る/13 オベロンとティタニア/14 聖母と羊に乗れる嬰児のイエス及聖ヨハネ/15 カルバリーからの葬列/16 イヴの誘惑/17 灰色の馬に乗れる死/18 火の車に乗れるエリヤ/19 生命の川/20 アダムとイヴとの愛行を眺むるサタンと蛇/21 地にコムパスをあてつゝある天帝/22–35 ヤング「夜の想」/36 ハーヴエーの黙想/37 妖精と舞へるオベロンとティタニアとパック/38 イサクの犠牲/39 血漏を患へる女/40 姦淫にて捕はれたる女/41 天の使/42 ルツとナオミ/43 永遠の死の海/44 エゼキエルの幻影/45 アダムとイヴと天使の首ラファエル/46 イヴの創造/47 天国に於ける一家の邂逅/48 死の扉/49 霊と肉との再合/50 審判の日/51 鰐を御すネルソンの霊体/52 チヨーサーのキヤンタベリ巡礼者/53 下画最後の審判/54–74 約百記

【図版】1 Glad Day/2 Infant Joy/3 The Blossom/4 Spring/5 The Little Vagabond/6 The Chimney Sweeper/7 Title-page of *The Book of Thel*/8 *The Book of Thel*, page 4/9 Oothoon plucking the Flower of Joy/10 ‘Lord, teach these Souls to Fly’/11 Eternally I labour on/12 I labour upwards towards Eternity/13 Oberon and Titania/14 Our Lady, with the infant Jesus on a Lamb, and St. John/15 The Procession from Calvary/16 The Temptation of Eve/17 Death on the Pale Horse/18 Elijah in the Fiery Chariot/19 The River of Life/20 Satan and the Serpent watching the Endearments of Adam and Eve/21 The Ancient of Days putting a Compass to the Earth/22–35 Young: Night Thoughts/36 Harvey’s Meditation/37 Oberon, Titania and Puck with Fairies Dancing/38 The Sacrifice of Isaac/39 The Woman with an Issue/40 The Woman taken in Adultery/41 ‘Or pity, like a naked, new-born babe’/42 Ruth and Naomi/43 The Billows of Eternal Death/44 The Vision of Ezekiel/45 Adam, Eve and Archangel Raphael/46 The Creation of Eve/47 The Meeting of A Family in Heaven/48 Death’s Door/49 Reunion of the Soul and the Body/50 The Day of Judgment/51 The Spiritual Form of Nelson guiding Leviathan/52 Chaucer’s Canterbury Pilgrims/53 Sketch: The Last Judgment/54–74 The Book of Job

○山宮允「ウイルヤム・ブレークの思想」，『新潮』31 巻 5 号(1919 年 11 月)

夜/黒ん坊の子供/仔羊/春

Night/The Little Black Boy/The Lamb/Spring

1921（大 10）

○『未墾地』2 巻 1 号(1921 年 1 月)

東京大学大学院法学政治学研究科附属近代日本法制史料センター(明治新聞雑誌文庫)所蔵の『未墾地』は同名異誌.

○柳宗悦『ブレークの言葉』(叢文閣，1921 年 11 月)

手紙より/「ラヴエーター格言集」傍註より/スエデンボルグ「天使の智慧」傍註より/「自然宗教は存せず」より/「凡ての宗教は一つである」より/「天国

と地獄との婚姻」より/「ジエルサレム」より/レノルズ「論説集」傍註より/「目録解説」より/「公開状」より/「最後の審判の幻像」より/「ラオコーン」より

Extracts from Letters/from Annotations to Lavater/from Annotations to Swedenborg's *Divine Love and Divine Wisdom*/from *There is No Natural Religion*/from *All Religions are One*/from *The Marriage of Heaven and Hell*/from Annotations to Reynolds/from *A Descriptive Catalogue*/from *Public Address*/from *A Vision of the Last Judgment*/from *The Laocoön*

○柳宗悦編訳『ブレークの言葉』(叢文閣, 1921 年 11 月)

【図版】解釈者の室を掃ける人/素描, 自画像/「ジエルサレム」より/ブレーク面型/喜ばしき日/谷間に笛吹く/嬰児の悦び/基督と黒人の小供/悦びの花を摘む/気/水/「亜米利加書」の一頁/「欧羅巴書」の一頁/吾れは永遠に向ひて昇る/繋がれたるユリゼン/目前に光景は変りなんとす/死の谷間/水より救はれしダビテ/オベロンとティタニアとパツク及び舞える妖精/姦淫にて捕はれたる女/灰色の馬に乗れる死/カルベリーからの葬列/愛憐/パロの娘憐む/ルツとナオミ/ヴアラ, ハイル及びスコフエルド/吾が忿りて星を分けゆく道/素画　最後の審判/カザリン女王の幻像/アダムとイヴ及首天使ラフアエル/神の子叛ける天使を地獄に投ぐ/天国に於ける一家の邂逅/肉体の上に低徊せる霊/審判の日/鰐を御すネルソンの霊体/チヨーサーのキヤンタベリー順礼者/コリネツトとセノツト/道に彷徨ふコリネツト/枯木/「吾が生れし日, 亡びうせよ」/「吾れ汝の事を耳に聞きゐたりしが, 今は目をもて汝を見るなり」/パウロとフランチエスカと愛の旋風/素描　両親より逃れんとするカイン

【図版】The Man Sweeping the Interpreter's Parlour/self-portrait? /From *Jerusalem*/The Life Mask of William Blake/Glad Day/Piping down the Valleys Wild [Introduction, SoI] /Infant Joy/Christ and the Black Boy (The Little Black Boy)/Plucking the Flower of Joy (*Visions of the Daughters of Albion*)/Air (*For the Sexes: The Gates of Paradise*)/Water (*For the Sexes: The Gates of Paradise*)/A Page from *America: A Prophecy*/A Page from *Europe: A Prophecy*/I Labour upwards towards Eternity (*The Book of Urizen*)/Urizen in Chains (*The Book of Urizen*)/The Present Moment terminates our Sight (Edward Young, *Night Thoughts*)/The Vale of Death (Edward Young, *Night Thoughts*)/David delivered out of Many Waters/Oberon, Titania and Puck with Fairies Dancing/The Woman taken in Adultery/Death on the Pale Horse/The Procession from Calvery/Pity/The Compassion of Pharaoh's Daughter/Ruth and Naomi/Vala, Hyle and Skofeld/The Fury of my Course among the Stars/Sketch: Last Judgment/Queen Catherine's Vision/Adam and Eve and the Archangel Raphael/God the Son casting the Rebel Angels into Hell/The Meeting of a Family in Heaven/The Soul hovering over the Body reluctantly parting with Life/The Day of Judgment/The Spiritual Form of Nelson guiding Leviathan/Chaucer's *Canterbury Pilgrims*/Colinet and Thenot (Thornton's *Pastoral of Virgil*)/Colinet wanders along a road (Thornton's *Pastoral of Virgil*)/The Blasted Tree (Thornton's *Pastoral of Virgil*)/Let the Day perish wherein I was born (*The Book of Job*)/I have heard thee with the hearing of the Ear, but now my Eye seeth thee (*The Book of Job*)/The Circle of the Lustful: Francesca da Rimini (The Whirlwind of Lovers)/Cain Fleeing from His Parents

1922 (大 11)

○山宮允編訳『ブレーク選集』(アルス, 1922 年 3 月)

律語小品/無心の歌/知見の歌/ロゼッティ稿本/天国と地獄との婚姻/ミルトン篇/語録

【図版】ブレイク肖像 (フイリツプス筆)/嬉しき日 (ブレイク作)/「無心の歌」扉画 (ブレイク作)/「知見の歌」扉画 (ブレイク作)/「天国と地獄との婚姻」(ブレイク作)/勃初 (ブレイク作)

Poetical Sketches/*Songs of Innocence*/*Songs of Experience*/From Rossetti Manuscript/*The Marriage of Heaven and Hell*/From *Milton*

【図版】William Blake by Thomas Phillips/Glad Day/From *Songs of Innocence*/From *Songs of Experience*/From *The Marriage of Heaven and Hell*/The Ancient of Days

1923(大 12)
○寿岳文章「ブレイクの『想像』に就いて」,『想苑』2 巻 2 号(1923 年 4 月)
銀の天使わが道をよぎり/無垢の卜徵/一切の砂子/四ゾア書第九/虎/夢の国土/本体/ラオコーンの版画/ミルトン
From With happiness stretched across the hills/From Auguries of Innocence/From To my Friend Butts I write/From *The Four Zoas*/From The Tyger/From The Land of Dreams/From [A Vision of the Last Judgment] /From *Laocoön*/From *Milton*
○渡邊正知編訳『泰西詩人叢書第六編　ブレイク詩集』(聚英閣, 1923 年 7 月)
韻文小品/無心の歌/経験の歌/ロゼツチ写本から
Poetical Sketches/*Songs of Innocence*/*Songs of Experience*/From Rossetti Manuscript

1925 (大 14)
○山宮允「ウイルヤム・ブレイクの思想」『詩嶽に登る』(大雄閣, 1925 年 4 月), 181-215
猟師に追はるる兎の声に/それ慈悲と憐愍と平和と愛は/天国と地獄の結婚より抜粋/砂のなかに世界を見/夜/黒ん坊の子供/仔羊/春
Each outcry of the hunted Hare/The Divine Image/Extracts from *The Marriage of Heaven and Hell*/To see a World in a Grain of Sand/Night/The Little Black Boy/The Lamb/Spring
○ Laurence Binyon「詩人としてのブレイク」山宮允訳『詩嶽に登る』(大雄閣, 1925 年 4 月), 291-322
汝には黄金の実なりて/憐れなるもの世になくば/それ慈悲と憐愍と平和と愛は/節制は赤い手足や焰なす/砂子のうちに世界を見/猟師に追はるる兎の声に/喜を我に従へんとするものは/ミルトンより抜粋/あはれ, 向日葵
Thou the golden fruit dost bear/The Human Abstract/The Divine Image/Abstinence sows seeds all over/To see a World in a Grain of Sand/Each outcry of the hunted Hare/He who binds to himself a joy/Extracts from *Milton*/Ah! Sun-Flower
○八幡関太郎訳「ブレーク詩六篇」『日本詩人』5 巻 8 号(1925 年 8 月), 62-65
嘲れ, 嘲れ, ヴォルティルよ, ルッソォよ/私は私の風の激しさを気遣つた/私は一人の泥棒に頼んだ/お前は種の一杯入つた袋を有つてゐる/二つの歌(日が照り返へつてゐるときに)/夢の国
Mock on Mock on Voltaire Rousseau/I feard the fury of my wind/I asked a thief to steal me a peach/Thou hast a lap full of seed/I heard an Angel singing/The Land of Dreams

1926 (大 15·昭元)
○尾関岩二編訳『ブレーク詩集』(文英堂, 1926 年 6 月)
律語小品抄/無垢の歌抄/経験の歌抄/ロゼツテイ稿本抄
Extracts from *Poetical Sketches*/From *Songs of Innocence*/From *Songs of Experience*/From Rossetti Manuscript

1927（昭 2）
○小泉八雲「ブレイク—英国最初の神秘家」小日向定次郎訳『小泉八雲全集』（第一書房，1927 年 4 月），14 巻 398-436
文芸の女神に/記憶よ，此方へ来りて/毒の樹/蠅/迷へる少年/子守歌/迷へる少女/聖像/人間の抽象/土塊と小石/微笑
To the Muses/Song（Memory, hither come）/A Poison Tree/The Fly/A Little Boy Lost/A Cradle Song/A Little Girl Lost/The Divine Image/The Human Abstract/The Clod & the Pebble/The Smile
○土居光知「ウイリアム・ブレイクの象徴主義」，『改造』9 巻 4 号（1927 年 4 月）
天国と地獄との婚姻/くろんぼの子供/虎/花/あゝ睡蓮よ/わが天人花に/我友バッツ君よ/わが行く道のべ/人間概説
From *The Marriage of Heaven and Hell*/From The Little Black Boy/From The Tyger/From The Blossom/From Ah! Sun-Flower/From To my Myrtle/From To my Friend Butts I write/From With happiness stretched across the hills/From Human Abstract/From *The Four Zoas*/From *Jerusalem*
【図版】Raphael Warns Adam and Eve/The Divine Image/The title page, *The Book of Thel*/From *Jerusalem*
○幡谷正雄『ウイリアム・ブレイク』（新生堂，1927 年 10 月）
【図版】妖精の王オベロンと女王ティタニア/ネブカドネザール/ヤングの「夢想」から/審判の日/死の扉/アダムの愛撫を見守るサタン/アダムとイヴと語るラファエル/イヴの創造/朝の星が共に歌つた時/パウロとフランチェスカ/勃初
【図版】Oberon, Titania and Puck with Fairies Dancing/Nebuchadnezzar/From Edward Young, *Night Thoughts*/The Day of Judgment/Death's Door/Satan Watching the Endearments of Adam and Eve/Raphael Warns Adam and Eve/The Creation of Eve/When the Morning Stars Sang Together/The Circle of the Lustful: Francesca da Rimini（The Whirlwind of Lovers）/The Ancient of Days
○黒田正利 'Blake's Illustrations to the Divine Comedy', *The Muse* 5 巻 1 号（アポロン社，1927 年 10 月）5-13
【図版】Hell, Canto I Dante running from the three beasts/Hell, Canto III The destitute of Hell, and the souls mustering to cross the Acheron/Hell, Canto XIV Capaneus the Blasphemer/Hell, Canto XIV The symbolic figure of the course of human history described by Virgil/Hell, Canto XVII Geryon conveying Dante and Virgil downwards/Hell, Canto XXV Cacus/Hell, Canto XXV The Serpent attacking Buoso Donati/Hell, Canto XXIV Beatrice and Dante in Gemini amid the spheres of flame
○ Lafcadio Hearn, 'Appendix/Blake—The First English Mystic', *Some Strange English Literary Figures of the Eighteenth and Nineteenth Centuries*, 田部隆次編（北星堂，1927 年 11 月），115-140
To the Muses/Song（Memory, hither come）/A Poison Tree/The Fly/A Little Boy Lost/A Cradle Song/A Little Girl Lost/The Divine Image/The Human Abstract/The Clod & the Pebble/The Smile
【図版】The Morning Stars Singing Together

1929（昭 4）
○山宮允『ブレイク論稿』（三省堂，1929 年 10 月）
To the Muses/To see a world in a grain of sand/Now I a fourfold vision see/Each outcry of a hunted hare/From *Songs of Innocence and of Experience*/From *The Marriage of Heaven and Hell*/
【図版】Life Mask of Blake, by Deville/The title page, *The Marriage of Heaven and Hell*/The title page, *The Book of Thel*/From *Jerusalem*/Pity/Elijah

about to Ascend in the Chariot of Fire/The Ancient of Days/Glad Day/From *Visions of the Daughters of Albion*/The Blasted Tree (Thornton's *Pastoral of Virgil*) /A Rolling Stone (Thornton's *Pastoral of Virgil*) /For him our yearly wakes and feasts we hold (Thornton's *Pastoral of Virgil*) /The Man Who Built the Pyramids/Joseph of Arimathea/Air, Earth, Fire, Water from *For the Sexes: The Gates of Paradise*/An Awestruck Group Standing on a Rock by the Sea/The Man Sweeping the Interpreter's Parlour/Little Tom the Sailor/The Soul Hovering over the Body Reluctantly/The Reunion of the Soul and the Body/What is Man That Thou Shouldest Try Him Every Moment/When the Morning Stars Sang Together/Eve Tempted by the Serpent/From *Songs of Innocence and of Experience*

注

序章　柳宗悦とウィリアム・ブレイク

(1)　柳『民藝の趣旨』(私版本，1933)，『全集』8 巻，529 頁．

(2)　柳『美の法門』(日本民藝協会，1949)，『全集』18 巻，7-8 頁．

(3)　柳『美の法門』，『全集』18 巻，9，12 頁．

(4)　柳『ヰリアム・ブレーク』(洛陽堂，1914)，『全集』4 巻，94 頁．

(5)　柳『ヰリアム・ブレーク』，『全集』4 巻，333 頁．

(6)　柳『ヰリアム・ブレーク』，『全集』4 巻，334 頁．なお，アーサー・シモンズはブレイクの詩の特徴として「生命の肯定」と「活力の絶対的な肯定」を挙げており，柳が「肯定の思想」という表現を着想するきっかけはシモンズのブレイク論にあったのかもしれない．Arthur Symons, *William Blake* (London: Archibald Constable, 1907), pp. 63, 82.

(7)　柳『ヰリアム・ブレーク』，『全集』4 巻，361-362 頁．*The Upanishads,* trans. by F. Max Müller (Oxford: Clarendon Press, 1879).

(8)　Blake, *The Marriage of Heaven and Hell,* E36.

(9)　本章では直接言及しなかった評伝のうち，有用な 2 点を挙げておく．Peter Ackroyd, *Blake* (London: Sinclair-Stevenson, 1995)，P・アクロイド『ブレイク伝』池田雅之監訳 (みすず書房，2002)．潮江宏三『銅版画師ウィリアム・ブレイク』(京都書院，2000)．

(10)　Alexander Gilchrist, *Life of William Blake,* A New and Enlarged Edition, 2 vols (London: Macmillan, 1880), I, p. 7.

(11)　Symons, *William Blake,* p. 28.

(12)　イギリス・ロマン派の政治性と宗教との関連については，由良君美『椿説泰西浪曼派文学談義』(平凡社ライブラリー，2012)，123-204 頁を参照．ブレイクとグノーシス主義については，鈴木雅之「ウィリアム・ブレイクとグノーシス主義」，大貫隆他編『グノーシス　異端と近代』(岩波書店，2001)，174-186 頁を参照．

(13)　Erasmus Darwin, *The Botanic Garden: A Poem* (London: J. Johnson, 1791).

(14)　Mary Wollstonecraft, *Original Stories from Real Life: With Conversations, Calculated to Regulate the Affection, etc.* (London: J. Johnson, 1791).

(15)　Mary Wollstonecraft, *A Vindication of the Rights of Woman: With Strictures on Political and Moral Subjects* (London: J. Johnson, 1792).

(16)　王立美術院設立の過程については，Ian McIntyre, *Joshua Reynolds: The Life and Times of the First President of the Royal Academy* (London: Penguin, 2003), pp. 187-191 を参照．

(17)　Sir Joshua Reynolds, *Seven Discourses Delivered in the Royal Academy by the President* (London: T. Cadell, 1778).

(18)　*The Works of Sir Joshua Reynolds,* ed. by Edmund Malone, 2 vols (London: T. Cadell, 1797). *The Works of Sir Joshua Reynolds,* 2nd edn, ed. by Edmund Malone, 3 vols (London:

T. Cadell, 1798). それぞれの講演（Discourse）が発表された年代は次の通りである．Discourse I (1769), Discourse II (1769), Discourse III (1770), Discourse IV (1771), Discourse V (1772), Discourse VI (1774), Discourse VII (1776), Discourse VIII (1778), Discourse IX (1780), Discourse X (1780), Discourse XI (1782), Discourse XII (1784), Discourse XIII (1786), Discourse XIV (1788), Discourse XV (1790). Pat Rogers, 'Table of Dates' in *Sir Joshua Reynolds, Discourses,* ed. by Pat Rogers (London: Penguin, 1992), pp. 63–69.

(19) G. E. Bentley Jr, *The Stranger from Paradise: A Biography of William Blake* (New Haven and London: Yale University Press, 2001), p. 49.

(20) Gilchrist, *Life of William Blake* (1880), I, pp. 95, 314. Mona Wilson, *The Life of William Blake* (Oxford: Oxford University Press, 1971), pp. 13–14. G. E. Bentley Jr, *Blake Records Second Edition* (New Haven and London: Yale University Press, 2004), p. 40.

(21) Blake, 'Annotations to *The Works of Sir Joshua Reynolds*', E639. レノルズとブレイクとの確執については，James Fenton, *School of Genius: A History of the Royal Academy of Arts* (London: The Royal Academy of Arts, 2006), pp. 102–110 に簡単な解説がある．

(22) ブレイクの書き込みの入った *The Works of Sir Joshua Reynolds* の第 1 巻は，書き込みの入っていない第 2 巻，第 3 巻とともに，ブレイクの蔵書の一部として，現在大英博物館に保管されている．ブレイクが書き込みを行ったと推定される年代の算出方法については，E885–886 を参照．

(23) Blake, 'Annotations to *The Works of Sir Joshua Reynolds*', E656.

(24) Blake, 'Annotations to *The Works of Sir Joshua Reynolds*', E656.

(25) Gilchrist, *Life of William Blake* (1880), I, p. 69.

(26) 「複合芸術」('composite art') という用語については，W. J. T. Mitchell, 'Blake's Composite Art', in *Blake's Visionary Forms Dramatic,* ed. by David V. Erdman and John E. Grant (Princeton: Princeton University Press, 1970), pp. 57–81 および Mitchell, *Blake's Composite Art: A Study of the Illuminated Poetry* (Princeton: Princeton University Press, 1978) を参照．第 3 の意味が生成されることについては Stephen C. Behrendt, '"Something in My Eye": Irritants in Blake's Illuminated Texts', in *Blake in the Nineties,* ed. by Steve Clark and David Worrall (Basingstoke and New York: Macmillan and St. Martin's Press, 1999), pp. 78–95 (p. 81) を参照．

(27) 『アメリカ』におけるオークとユリゼンの視覚的な対比については，例えば William Blake, *William Blake: The Continental Prophecies,* ed. by D. W. Dörrbecker (London: The Tate Gallery and the William Blake Trust, 1995), p. 62 を参照．

(28) William Blake, *William Blake: The Urizen Books,* ed. by David Worrall (London: The Tate Gallery and the William Blake Trust, 1995), pp. 20–24.

(29) Thomas Malthus, *An Essay on the Principle of Population, As It Affects the Future Improvement of Society* (London: J. Johnson, 1798).

(30) Jacob Bronowski, *William Blake 1757–1827: A Man Without a Mask* (London: Secker & Warburg, 1944).

(31) John Milton, *The Paradise Lost: A Poem Written in Ten Books* (London: Peter Parker, Robert Boulter and Matthias Walker, 1667).

(32) John Milton, *The Paradise Regained: A Poem in IV Books* (London: John Starkey,

1671).

(33) Blake, *Laocoön,* E274.

(34) Blake, *Jerusalem,* E231.

(35) Blake, *The Marriage of Heaven and Hell,* E40, E43.

(36) 「使徒言行録」17 章 28 節.

(37) Blake, *The Marriage of Heaven and Hell,* E44, E45.

(38) 寿岳文章『ヰルヤム・ブレイク書誌』（ぐろりあそさえて，1929），372 頁.

(39) 松井健『柳宗悦と民藝の現在』（吉川弘文館，2005），216 頁.

(40) 日本におけるブレイク受容について，ブレイク研究の側からなされた主な研究成果としては，例えば，松島正一「ブレイクの〈誤読〉――大江健三郎のブレイク受容まで」（『国学院雑誌』85 巻，1984，59-80 頁），「ブレイクとホイットマン――作品とその受容」（『国学院雑誌』90 巻，1989 年 2 月，77-91 頁，1989 年 3 月，60-77 頁），「〈ブレイクと近代日本〉――柳宗悦と大江健三郎」（『学習院大学文学部研究年報』42 輯，1995，159-174 頁），「柳宗悦――工芸と美」（『環境情報科学』26 巻，1997，32-33 頁）が挙げられる．いずれも松島正一『ブレイクの思想と近代日本――ブレイクを読む』（北星堂，2003）に再録．この他に Ayako Wada, 'Blake's Oriental Heterodoxy: Yanagi's perception of Blake', in *The Reception of Blake in the Orient,* ed. by Steve Clark and Masashi Suzuki (London: Continuum Press, 2006), pp. 161-171 を参照.

(41) 由良君美「解説　柳思想の始発駅『ヰリアム・ブレーク』」，『全集』4 巻，691 頁.

(42) 中見真理『柳宗悦――時代と思想』（東京大学出版会，2003），43-46 頁.

(43) 中見真理『柳宗悦――「複合の美」の思想』（岩波新書，2013），26 頁．中見真理『柳宗悦――時代と思想』（2003）の「第三章　ブレイク思想の受容」は，(1) 柳の先見性を強調するわりには，柳と同時代のブレイク研究の実情を調査した形跡が見当たらない，(2) 和辻哲郎の論考「象徴主義の先駆者ヰリアム・ブレエク」が翻訳の切り貼りであることは，1991 年にすでに明らかにされているにもかかわらず，この事実を踏まえていない，(3) 1999 年に否定されたブレイクとマグルトン派に関する E. P. トムソンの説に，否定された経緯を検証することなく，依拠している，という問題点を抱えている．なお，(1) については中見の問題というよりは，中見が依拠したトムソンの問題かもしれないし，ブレイク研究者ではなかったトムソンがブレイク研究史に疎かったのも仕方がないことかもしれない．(1) と (2) については本書第 2 章，(3) については第 7 章第 1 節で詳しく述べる．

(44) Algernon Charles Swinburne, *William Blake: A Critical Essay,* A New Edition (London: Chatto & Windus, 1906), p. 105. 柳旧蔵書には Swinburne, *William Blake: A Critical Essay* (London: John Camden Hotten, 1868) も含まれるが，書き込みがあるのは 1906 年版である．本書では 1906 年版より引用する．

(45) Edwin J. Ellis, *The Real Blake* (London: Chatto & Windus, 1907), pp. 195, 346, 425.

(46) Swinburne, *William Blake,* p. 165.

(47) Symons, *William Blake,* p. 98.

(48) 柳『ヰリアム・ブレーク』，『全集』4 巻，120 頁.

(49) William Blake, *The Poems of William Blake,* ed. by W. B. Yeats (London: Lawrence & Bullen, 1893), p. xxxviii.

(50) 柳『ヰリアム・ブレーク』，『全集』4 巻，134 頁.

(51)　柳『ヰリアム・ブレーク』,『全集』4巻，215頁.

(52)　Swinburne, *William Blake*, p. 210. *The Poems of William Blake*, ed. by W. B. Yeats, p. xxxix. Symons, *William Blake*, p. 176. ブレイクにおける「対立」が，例えば「無垢」と「経験」のように，対立物の共存を前提とする対立であって，相互排他的な性質を持たないことは，現在のブレイク研究でも確認されている．Stephen C. Behrendt, *Reading William Blake* (Basingstoke: Macmillan, 1992), p. 54.

(53)　柳「肯定の二詩人（未定稿）」,『白樺』5巻5号（1914年5月）,『全集』5巻，78頁.

(54)　この点については，佐藤光「なぜ『煙突』を訳さなかったのか――山宮允訳『ブレーク選集』と明治・大正期のブレイク理解」,『イギリス・ロマン派研究』35号（イギリス・ロマン派学会，2011），1-14頁，同「ウィリアム・ブレイクから三木露風へ――『無垢と経験の歌』の変奏曲」,『比較文学』53巻（日本比較文学会，2011），7-20頁，および同「千家元麿とウィリアム・ブレイク――無垢な『楽園の詩人』」,『揺るぎなき信念――イギリス・ロマン主義論集』（彩流社，2012），381-397頁を参照.

(55)　柳『ヰリアム・ブレーク』,『全集』4巻，92頁.

(56)　柳『ヰリアム・ブレーク』,『全集』4巻，334頁.

(57)　尾久彰三「初期論文に見る後年の柳宗悦」，熊倉功夫，吉田憲司編『柳宗悦と民藝運動』（思文閣出版，2005），16頁.

(58)　Hippolyte Taine, *History of English Literature*, trans. by H. Van Laun, 2 vols (Edinburgh: Edmonston and Douglas, 1871).

(59)　William Swinton, *Masterpieces of English Literature, Being Typical Selections of British and American Authorship, from Shakespeare to the Present Time* (New York: Harper & Brothers, 1880).

(60)　柳『ヰリアム・ブレーク』,『全集』4巻，276頁.

(61)　*The Upanishads*, trans. by F. Max Müller. 柳『ヰリアム・ブレーク』,『全集』4巻，361，482頁.

(62)　鶴見俊輔『柳宗悦』（平凡社，1976），137頁．水尾比呂志『評伝柳宗悦』（筑摩書房，1992），51頁.

(63)　*The Poetical Works of William Blake*, ed. by John Sampson (London: Oxford University Press, 1913).

第Ⅰ部　柳宗悦『ヰリアム・ブレーク』の成立

第一章　明治・大正期のブレイク書誌学者たち

(1)　寿岳『ヰルヤム・ブレイク書誌』，372頁.

(2)　山宮允『ブレイク論稿』（三省堂，1929），183頁.

(3)　柳『ヰリアム・ブレーク』,『全集』4巻，491-514頁.

(4)　Geoffrey Keynes, *A Bibliography of William Blake* (New York: The Grolier Club of New York, 1921).

(5)　柳『ヰリアム・ブレーク』,『全集』4巻，503頁.

(6)　柳『ヰリアム・ブレーク』,『全集』4巻，505頁.

(7) 柳『ヰリアム・ブレーク』,『全集』4巻，501頁.
(8) 柳『ヰリアム・ブレーク』,『全集』4巻，502頁.
(9) 齋藤勇「内外新著　ヰリアム・ブレーク（柳宗悦著　洛陽堂発行　定価三円)」,『文明評論』2巻3号（1915年3月），275-277頁.
(10) 柳『ヰリアム・ブレーク』,『全集』4巻，447頁.
(11) 柳「雑記」,『ブレイクとホヰットマン』1巻1号（1931年1月),『全集』5巻，21頁.
(12) 柳「民藝館の生立」,『工藝』60号（1936年1月),『全集』16巻，39頁.
(13) 柳「雑記」,『ブレイクとホヰットマン』1巻1号,『全集』5巻，20頁
(14) 柳「雑記」,『ブレイクとホヰットマン』1巻1号,『全集』5巻，21頁.
(15) 柳「『喜左衛門井戸』を見る」,『工藝』5号（1931年5月),『全集』17巻，155頁.
(16) 鶴見俊輔「解説　失われた転機」,『全集』6巻，692-693頁.
(17) 柳「雑記」,『ブレイクとホヰットマン』1巻9号（1931年9月),『全集』5巻，33頁.
(18) 柳「雑記」,『ブレイクとホヰットマン』1巻2号（1931年2月),『全集』5巻，22頁.
(19) 夏目金之助「文学評論」,『漱石全集』(岩波書店，1995) 15巻，49，53頁.
(20) 『志賀直哉全集』(岩波書店，1999-2002) 11巻，162-164頁．宗像和重・生井知子・今岡謙太郎による「日記注」には,「文学概論」は「夏目漱石の東京帝国大学文科大学での講義『英文学概説』のことか」とある（311頁)．また，漱石の講義を聴講した学生の日記等の記述を踏まえて，亀井俊介は「あの『自己本位』の姿勢が，ようやく積極的に講義の中身に生き出したようです」と述べている（亀井俊介『英文学者夏目漱石』，松柏社，2011，152頁).
(21) 柳「1906年9月11日付志賀直哉宛書簡」,『全集』21巻上，4頁．同「1907年9月13日付志賀直哉宛書簡」,『全集』21巻上，5頁.
(22) 夏目金之助「私の個人主義」,『漱石全集』(岩波書店，1993-2004) 16巻，594頁．漱石が提起した問題は，50年後もそのまま問題として存在した．桑原武夫は「研究者と実践者」(『思想の科学』1959年1月）という随筆で「諸理論の理解蒐集者」を取り上げ,「外国人の理論についての別の外国人の理論の蒐集が一つふえることを学問的進歩と思っているらしいのである」と揶揄し,「学問のファンと学問の選手とは区別すべき」と書いている．『桑原武夫集』6巻（岩波書店，1980-88)，9頁.
(23) 柳「1914年11月25日付志賀直哉宛書簡」,『全集』21巻上，183頁.
(24) Geoffrey Keynes, *The Gates of Memory* (Oxford: Clarendon Press, 1981), pp. 81, 379-382.
(25) Keynes, *A Bibliography of Blake,* p. 365.
(26) Keynes, *A Bibliography of Blake,* p. 403.
(27) Keynes, *A Bibliography of Blake,* pp. 404, 406.
(28) Keynes, *A Bibliography of Blake,* p. 415.
(29) 柳『ヰリアム・ブレーク』,『全集』4巻，12頁.
(30) ケンブリッジ大学図書館を利用するにあたり，当時ケンブリッジ大学クレア・ホール学寮に研究員として滞在されていた小澤博関西学院大学教授に多大なお力添えをいただいた.
(31) Add. 8633/17, The Keynes Collection, Cambridge University Library.
(32) Add. 8633/17, The Keynes Collection, Cambridge University Library.

(33)　サンプソンの生涯については Anthony Sampson, *The Scholar Gypsy: The Quest for a Family Secret* (London: John Murray, 1997) を参照．
(34)　SP2/1/3/81, Sampson Archive, Liverpool University Library.
(35)　SP2/1/3/82, Sampson Archive, Liverpool University Library.
(36)　Sampson, *The Scholar Gypsy,* p. 71.
(37)　*The Letters of William Blake,* ed. by A. G. B. Russell (London: Methuen, 1906). *The Engravings of William Blake,* ed. by A. G. B. Russell (London: Grant Richards, 1912).
(38)　柳「1914 年 1 月付バーナード・リーチ宛書簡」，『全集』21 巻上，174 頁．
(39)　山宮『ブレイク論稿』，185 頁．
(40)　Blake Society, *The First Meeting of the Blake Society: Papers Read before the Blake Society at the First Annual Meeting, 12th August, 1912.* (Olney: Thomas Wright, 1912) 頁数記載なし．
(41)　柳「編輯室にて」，『白樺』5 巻 4 号（1914 年 4 月），『全集』5 巻，70 頁．
(42)　長与善郎『わが心の遍歴』(1959 初版，筑摩書房，1963)，103 頁．
(43)　Keynes, *The Gates of Memory,* pp. 381–382, 124, 177.
(44)　山宮『ブレイク論稿』，154 頁．
(45)　G. E. Bentley Jr and Martin K. Nurmi, *A Blake Bibliography: Annotated Lists of Works, Studies, and Blakeana* (Minneapolis: University of Minnesota Press, 1964), p. viii.
(46)　G. E. Bentley Jr, 'William Blake and His Circle: A Checklist of Publications and Discoveries', *Blake/An Illustrated Quarterly* (University of Rochester).
(47)　Keynes, *A Bibliography of Blake,* p. 310.
(48)　柳「雑記」，『ブレイクとホヰットマン』1 巻 1 号，『全集』5 巻，21 頁．
(49)　Keynes, *A Bibliography of Blake,* p. 263.
(50)　大和田建樹訳「反響の野」，『欧米名家詩集』（博文館，1894）上，66–69 頁．蒲原有明訳「ああ日ぐるまや」，『明星』6 号（1902 年 6 月），25–26 頁．山宮允訳「無心の歌」，『早稲田文学』167 号（1919 年 10 月），17–32 頁．
(51)　寿岳文章『書物の共和国』（春秋社，1981），72–74 頁．寿岳の書誌の装幀，印刷等と民藝運動との関わりについては，磯部直希「『ヰルヤム・ブレイク書誌』にみる民藝運動の揺籃期――その装幀における形式と意匠」，『多摩美術大学研究紀要』22 号（2007），123–133 頁を参照．
(52)　寿岳『ブレイク書誌』，vii-viii 頁．
(53)　土居光知「ヰルヤム・ブレイク書誌」，『英語青年』61 巻 8 号（1929），287 頁．Bentley and Nurmi, *A Blake Bibliography,* p. 186.
(54)　寿岳『ブレイク書誌』，viii 頁．
(55)　寿岳『ブレイク書誌』，669–678 頁．
(56)　寿岳文章「解説　柳宗悦と英米文学とのかかわり」，『全集』5 巻，626–627 頁．
(57)　柳「創刊の趣意」，『ブレイクとホヰットマン』1 巻 1 号，『全集』5 巻，5 頁．
(58)　柳「雑記」，『ブレイクとホヰットマン』1 巻 1 号，『全集』5 巻，19 頁．柳「1930 年 4 月 14 日付寿岳文章宛書簡」，『全集』21 巻上，391–392 頁．
(59)　寿岳「雑記」，『ブレイクとホヰットマン』1 巻 6 号（1931 年 6 月），286 頁．
(60)　寿岳「雑記」，『ブレイクとホヰットマン』1 巻 7 号（1931 年 7 月），335 頁．

(61)　「解題」,『全集』5巻，631頁.
(62)　寿岳「雑記」,『ブレイクとホヰットマン』1巻5号（1931年5月），238頁.
(63)　寿岳「雑記」,『ブレイクとホヰットマン』1巻9号（1931年9月），431頁.
(64)　寿岳「雑記」,『ブレイクとホヰットマン』2巻2号（1932年2月），95頁.
(65)　寿岳「雑記」,『ブレイクとホヰットマン』2巻4号（1932年4月），191頁.
(66)　寿岳「雑記」,『ブレイクとホヰットマン』2巻5号（1932年5月），238-239頁.
(67)　寿岳「雑記」,『ブレイクとホヰットマン』2巻8号（1932年8月），382頁.
(68)　寿岳「雑記」,『ブレイクとホヰットマン』2巻9号（1932年9月），430頁.
(69)　柳「雑記」,『全集』5巻，38頁．該当するブレイクの原文は手稿本に記された 'The prist [*sic*] loves war & the soldier peace' (E795) である.
(70)　柳「雑記」,『ブレイクとホヰットマン』1巻11号（1931年11月），『全集』5巻，38頁.
(71)　W・B・イェイツ「ウィリアム・ブレイクと想像」山宮允訳,『未来』1輯（1914年2月），121-130頁．ローレンス・ビニョン「詩人としてのウィリアム・ブレイク」山宮允訳,『鈴蘭』2輯（1923年1月），2-16頁.
(72)　*The Poems and Prophecies of William Blake,* ed. by Max Plowman (London: Dent, 1927).
(73)　山宮『ブレイク論稿』，193頁.
(74)　山宮『ブレイク論稿』，195頁，201頁.
(75)　日本におけるブレイク受容に関する書誌学的資料として G. E. Bentley Jr with the assistance of Keiko Aoyama, *Blake Studies in Japan: A Bibliography of Works on William Blake Published in Japan 1893-1993* (Tokyo: Tsurumi Shoten, 1994) があるが，寿岳や山宮の書誌には掲載されながらも，同書に含まれない資料が散見される．ベントリー教授に問い合わせたところ，連続して5頁以上にわたってブレイクが論じられているかどうかを判断の規準とした旨の回答があった．したがって，本書に添付した年譜を作成するにあたって *Blake Studies in Japan* を参照することは断念し，寿岳と山宮の資料に基づいて現物確認を行った．また，一般論として言えることだと思うが，日本語文献の書誌情報がローマ字表記に変換された時点で，致命的な情報の劣化が生じる．たとえ英訳が併記されたとしても，ローマ字表記から日本語の原表記が持つ情報を復元することは相当の手間を要する．日本語話者にとって *Blake Studies in Japan* の使い勝手の悪さはここに起因し，また本書において同書を活用できなかった理由の一つもそこにある．比較文学比較文化研究において，翻訳に頼ること，また英語のみで研究を遂行することの危険と限界を示す一例である.
(76)　山宮『ブレイク論稿』，169-193頁.
(77)　佐藤「なぜ『煙突』を訳さなかったのか――山宮允訳『ブレーク選集』と明治・大正期のブレイク理解」,『イギリス・ロマン派研究』35号，1-14頁.
(78)　齋藤勇「柳宗悦氏の大著『ヰリアム・ブレーク』及びその後のブレイク研究について」,『全集』4巻月報8，1頁.
(79)　T. S. Eliot, *The Sacred Wood: Essays on Poetry and Criticism* (London: Methuen, 1920; repr. 1986), pp. 157-158. 齋藤勇については，宮崎芳三『太平洋戦争と英文学者』（研究社，1999），132-145頁を参照.

(80)　J・ブロノフスキー『ブレイク――革命の時代の預言者』高儀進訳（紀伊国屋書店，1976），118頁．Bronowski, *William Blake 1757-1827,* p. 57.

(81)　高儀「訳者あとがき」，ブロノフスキー『ブレイク』，325頁．

(82)　S. Foster Damon, *William Blake: His Philosophy and Symbols* (Boston: Houghton Mifflin, 1924), pp. 249-250.

第二章　明治期の英文学史諸本におけるブレイクの位置

(1)　柳『ヰリアム・ブレーク』，『全集』4巻，276頁．

(2)　柳『ヰリアム・ブレーク』，『全集』4巻，469頁．

(3)　坪内雄蔵『英文学史』（東京専門学校出版部，1901），607-608頁．

(4)　浅野和三郎『英文学史』（大日本図書，1907），425-426頁．

(5)　栗原基・藤澤周次『英国文学史』（博文館，1907），226頁．

(6)　栗原・藤澤『英国文学史』，226頁．

(7)　坪内『英文学史』，1頁．

(8)　坪内『英文学史』，2頁．

(9)　Stopford Brooke, *English Literature* (London: Macmillan, 1877).

(10)　Edward Dowden, *Studies in Literature 1789-1877,* 4th edn. (London: Kegan Paul, 1878; repr. 1887).

(11)　Edmund Gosse, *A History of Eighteenth Century Literature 1660-1780* (London: Macmillan, 1889).

(12)　Edmund Gosse, *A Short History of Modern English Literature* (New York and London: D. Appleton, 1897; repr. 1918).

(13)　George Saintsbury, *A History of Nineteenth Century Literature 1780-1895* (New York and London: Macmillan, 1896).

(14)　George Saintsbury, *A Short History of English Literature* (London: Macmillan, 1898).

(15)　Brooke, *English Literature,* pp. 146-147.

(16)　Dowden, *Studies in Literature 1789-1877,* pp. 15-17.

(17)　Gosse, *A Short History of Modern English Literature,* pp. 269-271.

(18)　Saintsbury, *A History of Nineteenth Century Literature,* p. 10. 'God-intoxicated man' という表現そのものは，ノヴァーリスがスピノザを形容するのに用いた言葉として，カーライルが紹介して以来，有名になった．Thomas Carlyle, 'Novalis', *The Foreign Review,* 7 (1829), in *The Works of Thomas Carlyle,* 30 vols (London: Chapman and Hall, 1899), XXVII, pp. 1-55 (p. 42).

(19)　Saintsbury, *A History of Nineteenth Century Literature,* pp. 11-13.

(20)　Lafcadio Hearn, *Some Strange English Literary Figures of the Eighteenth and Nineteenth Centuries,* ed. by R. Tanabe (Tokyo: Hokuseido Press, 1927).

(21)　Hearn, *Some Strange English Literary Figures of the Eighteenth and Nineteenth Centuries,* pp. 3-21.

(22)　寿岳『ヰルヤム・ブレイク書誌』，672頁．

(23)　Toyama High School, *The Catalogue of the Lafcadio Hearn Library in Toyama High School* (Toyama: Toyoma High School, 1927).

(24)　Edward Dowden, *New Studies in Literature* (Cambridge: The Riverside Press, 1895).
(25)　E. J. Mathew, *A History of English Literature* (London and New York: Macmillan, 1901).
(26)　John Morley, *Studies in Literature* (London: Macmillan, 1891).
(27)　Margaret Oliphant, *The Literary History of England,* 3 vols (London: Macmillan, 1886). 本書では便宜上 1882 年版を参照した．
(28)　Frederick Ryland, *Chronological Outlines of English Literature* (London: Macmillan, 1890).
(29)　Bernhard Ten Brink, *History of English Literature,* 3 vols (London: G. Bell, 1895-1896).
(30)　Mathew, *A History of English Literature,* pp. 406-409.
(31)　Oliphant, *The Literary History of England,* II, p. 285.
(32)　Oliphant, *The Literary History of England,* II, p. 286.
(33)　Oliphant, *The Literary History of England,* II, p. 291.
(34)　Oliphant, *The Literary History of England,* II, pp. 285-294.
(35)　田部隆次『小泉八雲』（早稲田大学出版部，1914），336-337 頁．
(36)　田部『小泉八雲』，7 頁．
(37)　田部『小泉八雲』，13 頁．
(38)　栗原・藤澤『英国文学史』，頁数記載なし．
(39)　柳「1914 年 5 月 24 日付志賀直哉，山内伊吾宛書簡」，『全集』21 巻上，176 頁．
(40)　柳「小泉八雲　田部隆次著　早稲田出版部」，『白樺』5 巻 5 号（1914 年 5 月），『全集』1 巻，330-331 頁．記事中に「此本がかの浅薄な批評家内ヶ崎作三郎氏によつて書かれなかつた事は，ヘルンの為にかへすがへす［原文は濁点付きのくの字点］も幸であつた！」とあり，ハーンの弟子である内ヶ崎と柳との間に確執があったようである．
(41)　Lafcadio Hearn, *Interpretations of Literature,* ed. by John Erskine, 2 vols (New York: Dodd, Mead and Co., 1915).
(42)　Lafcadio Hearn, *Appreciations of Poetry,* ed. by John Erskine (New York: Dodd, Mead and Co., 1916).
(43)　和辻哲郎「象徴主義の先駆者ヰリアム・ブレエク」，『和辻哲郎全集』（岩波書店，1961-1978）20 巻，224 頁．
(44)　和辻「象徴主義の先駆者ヰリアム・ブレエク」，『和辻哲郎全集』20 巻，227 頁．
(45)　和辻「象徴主義の先駆者ヰリアム・ブレエク」，『和辻哲郎全集』20 巻，231 頁．
(46)　和辻「象徴主義の先駆者ヰリアム・ブレエク」，『和辻哲郎全集』20 巻，231 頁．
(47)　中島国彦「ブレイク移入の意味するもの――柳宗悦の感受性」，『早稲田文学』176 巻（1991），95 頁．
(48)　中島「ブレイク移入の意味するもの――柳宗悦の感受性」，『早稲田文学』176 巻（1991），95 頁．
(49)　James Huneker, *Egoists: A Book of Supermen* (New York: Charles Scriber's Sons, 1909).
(50)　中島「ブレイク移入の意味するもの――柳宗悦の感受性」，『早稲田文学』176 巻（1991），104 頁．
(51)　William Butler Yeats, *Ideas of Good and Evil* (London: A. H. Bullen, 1903).

(52) 青山恵子「日本におけるウィリアム・ブレイク受容の一断面（2）——白樺派と柳宗悦によるブレイク受容のあり方」（『学習院女子短期大学紀要』33号，1995）には「和辻は少なくとも，イエイツの『ウィリアム・ブレイクと想像』（『善悪の観念』［1903］所収）の冒頭部分には，目を通している」という記述があるが，テクストの具体的な比較対照と頁数の確定はなされていない．
(53) Arthur Symons, *The Symbolist Movement in Literature* (London: Archibald Constable, 1908).
(54) 法政大学図書館編『和辻哲郎文庫目録』（法政大学図書館，1994），p. 417.
(55) 山宮『ブレイク論稿』，181頁．
(56) 寿岳『ヰルヤム・ブレイク書誌』，602頁．
(57) 寿岳『ヰルヤム・ブレイク書誌』，673頁．
(58) 柳「ヰリアム・ブレーク」，『白樺』5巻4号（1914年4月），『全集』4巻，615頁．
(59) 柳『ヰリアム・ブレーク』，『全集』4巻，491頁．
(60) 柳「1914年1月付バーナード・リーチ宛書簡」，『全集』21巻上，174頁．
(61) Edward Dowden, *Puritan and Anglican Studies in Literature* (London: Kegan Paul, 1900).

第三章　「只神の命のまゝにその筆を運んだ」

(1) 四体液説については，例えば，小川鼎三『医学の歴史』（中公新書，1964），12頁，梶田昭 『医学の歴史』（講談社学術文庫，2003），51-53頁を参照．
(2) 柳『ヰリアム・ブレーク』，『全集』4巻，27-28頁．
(3) 柳『ヰリアム・ブレーク』，『全集』4巻，32-34頁．
(4) Symons, *William Blake,* pp. 130, 131.
(5) 柳『ヰリアム・ブレーク』，『全集』4巻，34頁．
(6) Blake, 'On Virgil', E270.
(7) Blake, 'A Descriptive Catalogue', E531.
(8) 柳『ヰリアム・ブレーク』，『全集』4巻，302頁．
(9) 柳『ヰリアム・ブレーク』，『全集』4巻，303頁．
(10) 柳『ヰリアム・ブレーク』，『全集』4巻，317頁．
(11) ただし，実感主義については次のような批判がある．「日本の実感主義は，実感そのものに対する疑いをもたない実感主義だ．イズムというのは，常に自己否定によって，自らのイズムを高めていくものですから，実感尊重の立場も自己否定の術を獲得しなければならないと思う」（久野収，鶴見俊輔，藤田省三『戦後日本の思想』1959初版，岩波同時代ライブラリー，1995，208頁）．
(12) 柳「ヰリアム・ブレーク」，『全集』4巻，596頁．
(13) 柳『ヰリアム・ブレーク』，『全集』4巻，253頁．
(14) 柳「哲学に於けるテムペラメント」，『白樺』4巻12号（1913年12月），『全集』2巻，214頁．
(15) 柳「哲学に於けるテムペラメント」，『全集』2巻，217頁．
(16) 柳「哲学に於けるテムペラメント」，『全集』2巻，223頁．
(17) 柳「哲学に於けるテムペラメント」，『全集』2巻，232頁．

(18)　柳「哲学に於けるテムペラメント」,『全集』2巻，233頁．
(19)　柳「第二版序」,『宗教とその真理』（叢文閣，1919），『全集』2巻，12頁．
(20)　水尾『評伝柳宗悦』，46頁．
(21)　中見『柳宗悦――時代と思想』，38頁．
(22)　鶴見俊輔「解説　時代への視線」,『全集』20巻，688頁．
(23)　ウィリアム・ジェイムズ『プラグマティズム』桝田啓三郎訳（岩波文庫，1957），11-12頁．William James, *Pragmatism* (London: Longman Greens, 1907), pp. 6-7.
(24)　ジェイムズ『プラグマティズム』，32頁．James, *Pragmatism,* p. 35.
(25)　柳「私の卒業論文」,『東京大学学生新聞』154号（1953年5月14日），『全集』22巻上，135頁．
(26)　Gilchrist, *Life of William Blake* (1880), I, p. 13.
(27)　Basil de Selincourt, *William Blake* (London: Duckworth, 1909), p. 48.
(28)　Swinburne, *William Blake: A Critical Essay,* pp. 39, 72.
(29)　*Selections from the Writings of William Blake. With an Introductory Essay by Laurence Housman,* ed. by Laurence Housman (London: Kegan Paul & Co., 1893).
(30)　柳『ヰリアム・ブレーク』,『全集』4巻，494頁．
(31)　Housman, 'Introduction', in *Selections from the Writings of William Blake,* p. ix.
(32)　Cezare Lombroso, *The Man of Genius* (London: Walter Scott, 1891), p. 205.
(33)　James Huneker, *Overtones: A Book of Temperaments* (New York: Charles Scribner's Sons, 1904), p. 227.
(34)　James Huneker, *Promenades of an Impressionist* (New York: Charles Scribner's Sons, 1910), p. 260.
(35)　Huneker, *Egoists,* pp. 237, 370.
(36)　同人「編輯室にて」,『白樺』5巻11号，1914年11月，273頁．
(37)　柳 'The Art of Bernard Leach',『ファー・イースト』6巻136号（1914年10月），『全集』14巻，62頁．式場隆三郎訳「バーナード・リーチの藝術」,『全集』14巻，70頁．
(38)　同人「編輯室にて」,『白樺』5巻9号，1914年9月，183頁．
(39)　柳「1914年9月11日付バーナード・リーチ宛書簡」,『全集』21巻上，182頁．
(40)　柳「1914年6月1日付バーナード・リーチ宛書簡」,『全集』21巻上，177頁．
(41)　柳「1914年5月24日付志賀直哉，山内伊吾宛書簡」,『全集』21巻上，176頁．
(42)　武者小路実篤「雑感」,『白樺』5巻5号，『武者小路実篤全集』3巻，370頁．
(43)　柳「ヰリアム・ブレーク」,『全集』4巻，596頁．
(44)　柳「1914年1月付バーナード・リーチ宛書簡」,『全集』21巻上，174頁．
(45)　柳「哲学に於けるテムペラメント」,『全集』2巻，232頁．
(46)　柳「哲学に於けるテムペラメント」,『全集』2巻，219頁．
(47)　'Man Passes on but States remain for Ever' ([A Vision of The Last Judgment], E556).
(48)　柳「我孫子から　通信一」,『白樺』4巻12号（1913年12月），『全集』1巻，332頁．
(49)　柳「生命の問題」,『白樺』4巻9号（1913年9月），『全集』1巻，281-282頁．
(50)　柳「表紙画に就て」,『白樺』4巻1号（1913年1月），『全集』1巻，583頁．
(51)　柳『ヰリアム・ブレーク』,『全集』4巻，9頁．
(52)　柳『ヰリアム・ブレーク』,『全集』4巻，11頁．

(53)　柳「1912 年 5 月 19 日付バーナード・リーチ宛書簡」,『全集』21 巻上，66 頁．同「1913 年 11 月 22 日付中島兼子宛書簡」,『全集』21 巻上，163 頁．同「1913 年 12 月 31 日付中島兼子宛書簡」,『全集』21 巻上，170 頁．

(54)　Richard Maurice Bucke, *Cosmic Consciousness: A Study in the Evolution of the Human Mind* (Philadelphia: Innes, 1901; repr. 1905). 柳『ヰリアム・ブレーク』,『全集』4 巻，504 頁．

(55)　バックの伝記的事実については *American National Biography Online* の他に Eugene Benson and William Toye, *The Oxford Companion to Canadian Literature* (Oxford: Oxford University Press, 1997) と Peter A. Rechnitzer, *R. M. Bucke: Journey to Cosmic Consciousness* (Ontario: Associated Medical Services Incorporated, 1994) を参照．

(56)　Bucke, *Cosmic Consciousness,* p. 5.

(57)　ウィリアム・ジェイムズ『宗教的経験の諸相』桝田啓三郎訳（岩波文庫，1969）上巻，10 頁．William James, *The Varieties of Religious Experience* (New York: Longmans Green, 1902), p. xvii.

(58)　ジェイムズ『宗教的経験の諸相』上巻，49-50 頁．James, *The Varieties of Religious Experience,* pp. 29-30.

(59)　ジェイムズ『宗教的経験の諸相』上巻，19 頁．James, *The Varieties of Religious Experience,* p. 8.

(60)　ジェイムズ『宗教的経験の諸相』上巻，51 頁．James, *The Varieties of Religious Experience,* p. 31.

(61)　ジェイムズ『宗教的経験の諸相』上巻，117 頁．James, *The Varieties of Religious Experience,* p. 74.

(62)　ジェイムズ『宗教的経験の諸相』上巻，130 頁．James, *The Varieties of Religious Experience,* p. 83.

(63)　ジェイムズ『宗教的経験の諸相』上巻，132 頁．James, *The Varieties of Religious Experience,* p. 84.

(64)　ジェイムズ『宗教的経験の諸相』上巻，137 頁．James, *The Varieties of Religious Experience,* p. 87.

(65)　ジェイムズ『プラグマティズム』, 65 頁．James, *Pragmatism,* p. 80.

(66)　ジェイムズ『宗教的経験の諸相』上巻，79-80 頁．James, *The Varieties of Religious Experience,* p. 50.

(67)　ジェイムズ『宗教的経験の諸相』下巻，133 頁．James, *The Varieties of Religious Experience,* p. 335.

(68)　ジェイムズ『宗教的経験の諸相』下巻，244 頁．James, *The Varieties of Religious Experience,* p. 410.

(69)　柳「神秘道への弁明」,『白樺』8 巻 9 号（1917 年 9 月）,『全集』2 巻，205 頁．

(70)　ジェイムズ『宗教的経験の諸相』下巻，183-184 頁．James, *The Varieties of Religious Experience,* p. 371.

(71)　ジェイムズ『宗教的経験の諸相』下巻，213 頁．James, *The Varieties of Religious Experience,* p. 390.

(72)　柳「個人的宗教に就て」,『帝国文学』23 巻 5 号（1917 年 11 月）,『全集』2 巻，179-

190 頁．同「神秘道への弁明」，『全集』2 巻，191-207 頁．

(73)　Edward Carpenter, *Civilisation: Its Cause and Cure* (London: Swan Sonnenschein, 1889).

(74)　Bucke, *Cosmic Consciousness,* pp. 159-164. Edward Carpenter, *From Adam's Peak to Elephanta* (London: Swan Sonnenschein, 1892).

(75)　カーペンターの評伝としては Chushichi Tsuzuki, *Edward Carpenter 1844-1929: Prophet of Human Fellowship* (Cambridge: Cambridge University Press, 1980) および Sheila Rowbotham, *Edward Carpenter: A Life of Liberty and Love* (London and New York: Verso, 2008) を参照．オリヴァー・ウェンデル・ホームズは父子が同姓同名であるが，カーペンターがホイットマンに関する回顧録に「粋で元気な 70 歳」と記しているので，このとき彼が会ったのは生理学者，詩人，随筆家のオリヴァー・ウェンデル・ホームズ・シニアである．Edward Carpenter, *My Days and Dreams: Being Autobiographical Notes* (New York: Charles Scribner's Sons, 1916), p. 87. Edward Carpenter, *Days with Walt Whitman: With some Notes on his Life and Work* (London: George Allen, 1906), p. 29.

(76)　Carpenter, *My Days and Dreams,* p. 218.

(77)　Carpenter, *My Days and Dreams,* pp. 276-278.

(78)　Bucke, *Cosmic Consciousness,* p. 198. カーペンターの『民主主義へ向けて』はホイットマンの『草の葉』に負うところが多いという指摘がある（Rechnitzer, *R. M. Bucke,* p. 224）.

(79)　Bucke, *Cosmic Consciousness,* pp. 199-204. Edward Carpenter, *Towards Democracy* (Manchester and London: John Heywood, 1883).

(80)　Carpenter, *From Adam's Peak to Elephanta,* p. 161.

(81)　Richard Maurice Bucke, 'Walt Whitman and the Cosmic Sense', in *In re Walt Whitman,* ed. by Horace L. Traubel, Richard Maurice Bucke and Thomas B. Harned (Philadelphia: David McKay, 1893), pp. 329-347. Richard Maurice Bucke, 'Cosmic Consciousness', *Proceedings of the American Medico-Psychological Association,* 1 (1894), pp. 316-327.

(82)　Michael Robertson, *Worshipping Walt: The Whitman Disciples* (Princeton: Princeton University Press, 2008), pp. 97-138. S. E. D. Short, *Victorian Lunacy: Richard M. Bucke and the Practice of Late Nineteenth-Century Psychiatry* (Cambridge: Cambridge University Press, 1986), pp. 109-115.

(83)　Edward Carpenter, *The Art of Creation: Essays on the Self and its Powers* (London: George Allen, 1904), p. 59n. Carpenter, *My Days and Dreams,* pp. 206-207.

(84)　Rowbotham, *Edward Carpenter: A Life of Liberty and Love,* pp. 269-270.

(85)　柳「1915 年 6 月 7 日付バーナード・リーチ宛書簡」，『全集』21 巻上，187 頁．

(86)　「いまだ宗教間対話というものが，キリスト教や仏教において課題とならなかった時代に，神秘思想を共通土俵として東西宗教思想の統合を目ざした点に，柳の先駆的意義があると言えるであろう」（神田健次「初期柳宗悦の宗教論と民藝論」，『基督教論集』44 号，2001，367 頁）．中見は石川三四郎のカーペンターに関する著作を柳が読んだ可能性を示唆している（中見『柳宗悦——時代と思想』，76 頁）．なお，カーペンターの社会主義思想は，個人の自由と自発性を尊重する社会体制を目指した点で無政府主義思想に近いが，統治機関に一定の存在意義を認めたという意味ではクロポトキンのそれとは大きく異なり，

非政府社会（Non-Governmental Society）を理想としたところにおいてウィリアム・モリスと共通する．カーペンターの微妙な立場は，英国における社会主義思想の担い手として高名でありながら，決して指導者になることがなかったところに現れている．Marie-Françoise Cachin, '"Non-governmental Society": Edward Carpenter's Position in the British Socialist Movement', in *Edward Carpenter and Later Victorian Radicalism,* ed. by Tony Brown (London: Frank Cass, 1990), pp. 58-73.

(87)　柳「六号追記」,『白樺』9巻10号（1918年10月）,『全集』2巻，303頁．

(88)　柳『ヰリアム・ブレーク』,『全集』4巻，306頁．

(89)　高山樗牛のホイットマン論については，例えば，亀井俊介『近代文学におけるホイットマンの運命』(研究社，1970)，302頁を参照．また，柳は1911年7月付中島兼子宛の書簡において，樗牛全集を読むように勧めている（『全集』21巻上，45頁）．

第四章　「謀反は開放の道である」

(1)　Reginald J. Campbell, *The New Theology* (London: Chapman & Hall, 1907).

(2)　神田「初期柳宗悦の宗教論と民藝論」,『基督教論集』44号，356頁．柳は「仏教に帰る」において「キリスト教は私に大きな魅力であつた」と述べ，内村鑑三，植村正久，海老名弾正の名前を挙げている（『全集』19巻，483-502頁）．

(3)　神田「初期柳宗悦の宗教論と民藝論」,『基督教論集』44号，357頁．

(4)　柳宗悦「近世に於ける基督教神学の特色」,『白樺』1巻3号（1910年6月）,『全集』1巻，175頁．

(5)　柳「近世に於ける基督教神学の特色」,『全集』1巻，176頁．

(6)　柳『ヰリアム・ブレーク』,『全集』4巻，68頁．

(7)　神田「「初期柳宗悦の宗教論と民藝論」,『基督教論集』44号，359頁．

(8)　神田健次「日本におけるキリスト教の受容の一考察――無教会運動と民藝運動を中心に」,『明治学院大学社会学・社会福祉学研究』129号（2008），99-114頁．

(9)　Oliver Lodge, *The Substance of Faith Allied with Science: A Catechism for Parents and Teachers* (London: Methuen, 1907), p. 43.

(10)　Campbell, *The New Theology,* pp. 65, 76, 12.

(11)　Campbell, *The New Theology,* p. 15.

(12)　同様の議論は，柳が「自分の論文は右の書に負ふ所が少なくない」(柳「近世に於ける基督教神学の特色」,『全集』1巻，191頁）として参考文献に掲げたR. J. Campbell, *New Theology Sermons* (London: Williams and Norgate, 1907), pp. 233-252にも見られる．

(13)　Campbell, *New Theology Sermons,* p. 252.

(14)　Campbell, *The New Theology,* p. 33.

(15)　William James, *The Will to Believe* (New York: Longmans Green, 1897).

(16)　Reginald J. Campbell, *A Spiritual Pilgrimage* (New York: D. Appleton, 1916), p. 90.

(17)　Campbell, *The New Theology,* pp. 253-254.

(18)　Campbell, *The New Theology,* p. 256.

(19)　Reginald J. Cambell, *Christianity and the Social Order* (London: Chapman & Hall, 1907), p. viii.

(20)　Campbell, *Christianity and the Social Order,* p. ix.

(21)　キャンベルの伝記的事実については Campbell, *A Spiritual Pilgrimage* を参照.

(22)　Campbell, *Christianity and Social Order,* p. vii.

(23)　柳「1912 年 5 月 19 日付バーナード・リーチ宛書簡」,『全集』21 巻上, 66 頁.

(24)　阿川弘之『志賀直哉』(岩波書店, 1994) 上巻, 147 頁.

(25)　Julius Meier-Graefe, *Modern Art: Being a Contribution to a New System of Aesthetics,* trans. by Florence Simmonds and George W. Chrystal, 2 vols (London: William Heineman, 1908), I, pp. 287-296.

(26)　柳は「学習院のこと」という随筆で, 学習院時代に師事した教員として「英語の神田乃武氏」,「英語の鈴木大拙」とともに,「独逸語の西田幾多郎」を挙げている (『学習院新聞』1949 年 11 月 19 日,『全集』1 巻, 465 頁).

(27)　柳「ルノアーと其の一派」,『白樺』2 巻 3 号 (1911 年 3 月),『全集』1 巻, 492 頁.

(28)　柳「ルノアーと其の一派」,『全集』1 巻, 496 頁.

(29)　柳「ルノアーと其の一派」,『全集』1 巻, 499 頁.

(30)　Julius Meier-Graefe, *Entwicklungsgeschichte der modernen Kunst: vergleichende Betrachtung der bildenden Künste, als Beitrag zu einer neuen Aesthetik,* 3 vols (Stuttgart: Verlag Julius Hoffmann, 1904), I, p. 204.

(31)　Meier-Graefe, *Modern Art,* I, p. 296.

(32)　柳『初期大津絵』(工政会出版部, 1929),『全集』13 巻, 93 頁.

(33)　柳『工藝の道』(ぐろりあそさえて, 1928),『全集』8 巻, 113 頁.

(34)　柳「オーブレー・ビアーズレに就て　附, 挿画説明――1872 年―同 98 年」,『白樺』2 巻 9 号 (1911 年 9 月),『全集』1 巻, 511 頁.

(35)　柳「オーブレー・ビアーズレに就て」,『全集』1 巻, 512 頁.

(36)　柳「オーブレー・ビアーズレに就て」,『全集』1 巻, 512 頁.

(37)　バーナード・リーチの回顧録によると「ルイス・ハインドの本『後期印象派の人々』は, イギリスで出版されてから数か月の間に, 東京では三百部が散らばり, ある学校ではこれを教科書に採用するところさえあった」(バーナード・リーチ『東と西を超えて――自伝的回想』, 福田陸太郎訳, 日本経済新聞社, 1982, 137 頁). Bernard Leach, *Beyond East and West: Memoirs, Portraits and Essays* (London and Boston: Faber and Faber, 1978), p. 123. なお, 高村光太郎はハインドの著書について次のような言葉を残している.「先月来マチスの [事を] 書き始めてゐるのですが, 例のルイスヒンドの浅薄な解釈に文句を並べたいとおもふのですが, 遠い日本に [ゐる悲] しさには必要な材料を見る事も一寸出 [来] ず又問合せ其他の事には時間がかかり実に閉口して居るのです」. 高村光太郎「1912 年 12 月付正親町公和宛書簡 (推定)」,『白樺』4 巻 1 号 (1913 年 1 月),『高村光太郎全集』(筑摩書房, 1994-98) 21 巻, 82 頁.

(38)　柳「革命の画家」,『白樺』3 巻 1 号 (1912 年 1 月),『全集』1 巻, 543 頁.

(39)　Ralph Waldo Emerson, *Essays* (Boston: James Munroe, 1841).

(40)　武者小路実篤「六号雑感」,『白樺』2 巻 11 号 (1911 年 11 月),『武者小路実篤全集』(小学館, 1987-91) 1 巻, 400 頁.

(41)　Emerson, *Essays,* p. 41.『エマソン論文集』酒本雅之訳 (岩波文庫, 1972) 上巻, 198 頁.

(42)　柳「革命の画家」,『全集』1 巻, 543 頁.

(43)　柳「革命の画家」，『全集』1 巻，567 頁．
(44)　C. Lewis Hind, *The Post Impressionists* (London: Methuen, 1911), p. 23.
(45)　柳「革命の画家」，『全集』1 巻，546 頁．
(46)　柳「革命の画家」，『全集』1 巻，544 頁．
(47)　柳「革命の画家」，『全集』1 巻，545 頁．
(48)　稲賀繁美「『白樺』と造形美術：再考」，『比較文学』38 巻（1995），85 頁．
(49)　柳「革命の画家」，『全集』1 巻，545 頁．
(50)　柳「革命の画家」，『全集』1 巻，552 頁．
(51)　柳「革命の画家」，『全集』1 巻，555 頁．
(52)　柳「革命の画家」，『全集』1 巻，559 頁．
(53)　Hind, *The Post Impressionists,* p. 35.
(54)　柳「革命の画家」，『全集』1 巻，559 頁．
(55)　柳「革命の画家」，『全集』1 巻，560 頁．Hind, *The Post Impressionists,* p. 35.
(56)　柳「革命の画家」，『全集』1 巻，561 頁．
(57)　柳「革命の画家」，『全集』1 巻，565 頁．
(58)　柳「哲学に於けるテムペラメント」，『全集』2 巻，216，229 頁．
(59)　柳「新しき科学」，『白樺』1 巻 6 号（1910 年 9 月），『全集』1 巻，9，18 頁．
(60)　柳「編輯室にて」，『白樺』1 巻 9 号（1910 年 12 月），『全集』20 巻，10 頁．
(61)　柳『ヰリアム・ブレーク』，『全集』4 巻，376 頁．
(62)　柳「生命の問題」，『全集』1 巻，282，316-318 頁．
(63)　柳「吾が有を歌はしめよ」，『白樺』4 巻 1 号（1913 年 1 月），『全集』1 巻，246 頁．
(64)　柳「1912 年 5 月 19 日付バーナード・リーチ宛書簡」，『全集』21 巻上，66 頁．
(65)　Thomas Paine, *Rights of Man: Being an Answer to Mr. Burke's Attack on the French Revolution* (London: J. S. Jordan, 1791).
(66)　柳『ヰリアム・ブレーク』，『全集』1 巻，117 頁．
(67)　柳『ヰリアム・ブレーク』，『全集』4 巻，118 頁．
(68)　柳『ヰリアム・ブレーク』，『全集』4 巻，127 頁．
(69)　柳『ヰリアム・ブレーク』，『全集』4 巻，132 頁．
(70)　明治，大正期の検閲制度とその実態については，紅野謙介「明治期文学者とメディア規制の攻防」（鈴木登美，十重田裕一，堀ひかり，宗像和重編『検閲・メディア・文学――江戸から戦後まで』，新曜社，2012，58-65 頁），同『検閲と文学――1920 年代の攻防』（河出書房新社，2009），清水英夫『出版学と出版の自由』（日本エディタースクール出版部，1995）を参照．
(71)　『出版法版権法条例　附出版及版権願届書式』（敬業社，1893），8，10 頁．
(72)　紅野「明治期文学者とメディア規制の攻防」，鈴木他編『検閲・メディア・文学』，64 頁．
(73)　紅野「明治期文学者とメディア規制の攻防」，鈴木他編『検閲・メディア・文学』，59 頁．
(74)　発売頒布禁止処分を受けた文献一覧については，齋藤昌三『現代筆禍文献大年表』（粋古堂書店，1932 初版）が『齋藤昌三著作集』（八潮書店，1980）第 2 巻に収録されており，この資料に準拠した．

(75) 石川三四郎「浪」，佐伯彰一・鹿野政直監修『日本人の自伝 10 ——河上肇・石川三四郎』(平凡社，1982)，504 頁．

(76) 石川三四郎については自伝「浪」と『自叙伝』(『石川三四郎著作集』第 8 巻，青土社，1977) の他に，大原緑峯『石川三四郎——魂の導師』(リブロポート，1987) を参照．

(77) 石川三四郎とエドワード・カーペンターについては，稲田敦子『共生思想の先駆的系譜——石川三四郎とエドワード・カーペンター』(木魂社，2000) を参照．カーペンターの回想録には石川三四郎との出会いと交流について綴られている．Carpenter, *My Days and Dreams,* pp. 166, 276–279.

(78) 紅野『検閲と文学』，23 頁．志賀直哉の 1911 年 4 月 22 日付の日記には「『濁つた頭』について，洛陽堂の人が内務省に呼ばれて注意を受けたといふ事だつた」という記述がある．『志賀直哉全集』12 巻，126 頁．

(79) 紅野『検閲と文学』，72–73 頁．

(80) 柳「杜翁が事ども」，『白樺』2 巻 1 号 (1911 年 1 月)，『全集』1 巻，204，205，207 頁．

(81) 柳「噴水 [ママ]」(未発表論稿)，『全集』22 巻上，189 頁．

(82) Luisa Tetrazzini, *My Life of Song* (London: Cassell, 1921), pp. 252–253.

(83) Tetrazzini, *My Life of Song,* p. 249.

(84) 柳「噴水」，『全集』22 巻上，191 頁．

(85) 柳「噴水」，『全集』22 巻上，192 頁．

(86) 中見真理「柳思想とクロポトキンの『相互補助』」，『全集』22 巻上，月報 24，3 頁．

(87) 柳「噴水」，『全集』22 巻上，194 頁．

(88) 柳「噴水」，『全集』22 巻上，196 頁．

(89) 柳「雑記」，『ブレイクとホヰットマン』1 巻 1 号，『全集』5 巻，21 頁．

(90) 柳『ヰリアム・ブレーク』，『全集』4 巻，242 頁．

(91) Blake, 'Public Address', in Ellis, *The Real Blake,* pp. 303–304.

(92) David V. Erdman, 'Textual Notes', E882.

(93) 柳『ヰリアム・ブレーク』，『全集』4 巻，12–13 頁．*The Prophetic Books of William Blake: Jerusalem,* ed. by E. R. D. Maclagan and A. G. B. Russell (London: A. H. Bullen, 1904); *The Prophetic Books of William Blake: Milton* (London: A. H. Bullen, 1907). *The Poetical Works of William Blake,* ed. by Edwin J. Ellis, 2 vols (London: Chatto and Windus, 1906).

(94) 柳『ブレークの言葉』(叢文閣，1921)，『全集』5 巻，160 頁．

第 II 部　英国のブレイク愛好家とジャポニスム

第五章　一九〇〇年代のブレイク愛好家の系譜

(1) 寿岳『ヰルヤム・ブレイク書誌』，675 頁．

(2) *Poems of William Blake,* ed. by W. B. Yeats (London: George Routledge and Sons, 1905).

(3) バーナード・リーチ「式場博士の伝記的質問への解答」，式場隆三郎編『バーナード・リーチ』(建設社，1934)，544–545 頁．リーチの伝記的事実については Emanuel Cooper, *Bernard Leach: Life and Work* (New Haven and London: Yale University Press, 2003)，鈴

木禎宏『バーナード・リーチの生涯と芸術――「東と西の結婚」のヴィジョン』（ミネルヴァ書房，2006），エドモンド・ドゥ・ヴァール『バーナード・リーチ再考――スタジオ・ポタリーと陶芸の現在』金子賢治，北村仁美，外舘和子訳（思文閣出版，2007）を参照．クーパーの著書は，日本関連の人名と地名に誤記が散見されるが，英国のユニヴァーシティ・フォ・ザ・クリエイティヴ・アーツ（University for the Creative Arts）が管理するリーチ・アーカイヴ所蔵のリーチの日記，書簡，原稿等が豊富に引用されており，資料価値が高い．

(4)　寿岳文章「白樺派の人たちとウィリャム・ブレイク」，『あるびよん』（1959年8月），『柳宗悦と共に』（集英社，1980年），281頁．

(5)　1973年にリーチがブレイクについて語った思い出話は，久守和子「ブレイク受容史の一断面――バーナード・リーチ氏に聞く」（『ウィリアム・ブレイク』牧神社，1977，168-179頁）にまとめられている．しかし，ここでリーチが披露したブレイク観は柳のブレイク観と渾然一体となっており，1910年代のリーチがブレイクについて考えたことや考えなかったことを探るための資料としては，取り扱い方に注意が必要である．したがって本書では，1910年代にリーチが執筆したテクストを中心に，最近のリーチ研究を援用しつつ考察を進める．

(6)　バーナード・リーチ「ヰリャム・ブレイクに就いて」（'Notes on William Blake'）寿岳文章訳，式場隆三郎編『バーナード・リーチ』（建設社，1934年），43-53頁．

(7)　Bernard Leach, 'Notes on William Blake'『白樺』5巻4号（1914年4月），462頁．リーチ「ヰリャム・ブレイクに就いて」，式場編『バーナード・リーチ』，45頁．

(8)　リーチ「ヰリャム・ブレイクに就いて」，式場編『バーナード・リーチ』，45頁．

(9)　リーチ「ヰリャム・ブレイクに就いて」，式場編『バーナード・リーチ』，46頁．ブレイクの原文は 'He who desires but acts not, breeds pestilence' (E35)．

(10)　リーチ「ヰリャム・ブレイクに就いて」，式場編『バーナード・リーチ』，50頁．ブレイクの原文は 'I must create a System, or be enslav'd by another Man's' (*Jerusalem,* E153)．

(11)　柳『ヰリアム・ブレーク』，『全集』4巻，9頁．

(12)　Bernard Leach Diary, 1914. Leach Archive 10877, quoted in Cooper, *Bernard Leach,* p. 83.

(13)　Alfred Westharp, 'Education through Freedom'. Leach Archive 10711, quoted in Cooper, *Bernard Leach,* p. 83.

(14)　リーチ『東と西を超えて』，88頁．Leach, *Beyond East and West,* p. 87. Cooper, *Bernard Leach,* p. 81. 鈴木『バーナード・リーチの生涯と芸術』，59頁．

(15)　Cooper, *Bernard Leach,* p. 81.

(16)　1915年1月28日付ミュリエル・リーチよりウィリアム・ホイルおよびイーディス・ホイル（William Hoyle and Edith Hoyle）宛書簡．Cooper, *Bernard Leach,* p. 105. 柳は1916年2月12日付スコット宛書簡に「傲慢なるウェストハープが日本で失敗したのは，要するに彼が蛮人に接する文明人の如き態度でいきなり教えを垂れようとしたからです！」と書いている（柳『全集』21巻上，220頁）．

(17)　バーナード・リーチ『回顧』（*A Review 1909-1914*），2頁．

(18)　リーチ『回顧』，2頁．ただし，英語版には該当する文言はない．

(19)　Blake, *The Marriage of Heaven and Hell,* E34.
(20)　Blake, *The Marriage of Heaven and Hell,* E34.
(21)　Blake, *The Marriage of Heaven and Hell,* E43.
(22)　Blake, *The Marriage of Heaven and Hell,* E45.
(23)　リーチ「大正9年3月13日夜，第3回岩村男記念美術講演会に於けるリーチの日本語演説『日本に在りし十年間』の記録」，式場編『バーナード・リーチ』，558頁．
(24)　柳「リーチ」，『美術新報』14巻2号（1914年12月），『全集』14巻，79頁．
(25)　リーチ『東と西を超えて』，14頁．Leach, *Beyond East and West,* p. 35.
(26)　田部隆次は『小泉八雲』第4版（北星堂，1980）に「大叔母の手もとで受けた家庭教育，アショウ，及びイーヴトーの学校教育いずれもローマ旧教の教育であったが，ヘルンの一生を通じて真に蛇蝎の如く忌み嫌うともに，それから復讐でも受けるように，病的な恐れをなしたのはローマ旧教であった」と書いた（41頁）．クーパーはジョイスの『若き芸術家の肖像』に言及しながら，ボーモント・カレッジでリーチが過ごした日々について詳しく説明している（Cooper, *Bernard Leach,* pp. 11-15）．
(27)　柳『ヰリアム・ブレーク』，『全集』4巻，11頁．
(28)　柳『ヰリアム・ブレーク』，『全集』4巻，376頁．
(29)　富本憲吉「六代乾山とリーチのこと」，『茶わん』4巻1号（1934年1月），『富本憲吉著作集』（五月書房，1981），564-576頁．
(30)　Cooper, *Bernard Leach,* p. 40.
(31)　Cooper, *Bernard Leach,* p. 52.
(32)　柳「リーチ」，『全集』14巻，77頁．水尾『評伝柳宗悦』，21頁．小谷野敦『里見弴伝――「馬鹿正直」の人生』（中央公論社，2008），60頁．
(33)　Cooper, *Bernard Leach,* p. 34.
(34)　Cooper, *Bernard Leach,* pp. 32-33.
(35)　高村光太郎「1909年1月13日付バーナード・リーチ宛書簡」，『高村光太郎全集』21巻，28頁．光太郎の「佛蘭西だより――水野葉舟への手紙」には次のような記述がある．「それから此の二月に倫敦を出発して日本に僕の友人リーチ君が行く．此人はやはり画家で日本へエッチングを紹介したいといふのでエッチングの印刷機械までも持つて行く筈だ．滞在は今度は約一年間のつもり．ラフカデオ，ハーンの愛読者で日本美術の素より崇拝者だ．併し無茶苦茶のと違つて面白いと思ふ．画ではヰスラアが馬鹿にすきな人だ」（『現代』1号，1909年5月，『高村光太郎全集』20巻，8頁）．
(36)　高村光太郎「1909年2月11日付バーナード・リーチ宛書簡」，『高村光太郎全集』21巻，37頁．
(37)　*Langdon Warner through his Letters,* ed. by Theodore Bowie (Bloomington and London: Indiana University Press, 1966), p. 24.
(38)　高村光太郎「日本の芸術を慕ふ英国青年」，『文章世界』6巻13号（1911年10月），『高村光太郎全集』7巻，158頁．
(39)　高村光太郎「バーナード　リーチ君に就いて」，『美術新報』14巻2号（1914年12月），『高村光太郎全集』7巻，164頁．
(40)　高村光太郎「二十六年前」，『工藝』29号（1933年4月），『高村光太郎全集』7巻，171頁．

(41)　リーチ『東と西を超えて』，8頁．Leach, *Beyond East and West,* p. 30.

(42)　Cooper, *Bernard Leach,* p. 27. George Henry Borrow, *Lavengro: The Scholar, the Gypsy, the Priest* (London: John Murray, 1851).

(43)　Cooper, *Bernard Leach,* p. 26.

(44)　リーチ『東と西を超えて』，9頁．Leach, *Beyond East and West,* p. 31.

(45)　リーチ『東と西を超えて』，9頁．Leach, *Beyond East and West,* p. 31.

(46)　リーチ『東と西を超えて』，4頁．Leach, *Beyond East and West,* p. 28.

(47)　リーチ『東と西を超えて』，9頁．Leach, *Beyond East and West,* p. 31.

(48)　リーチ「オーガスタス・ジョーン」，『全集』1巻，703頁．

(49)　Cooper, *Bernard Leach,* p. 20.

(50)　William Michael Rossetti, *Some Reminiscences of William Michael Rossetti,* 2 vols (New York: Charles Scribner's Sons, 1906), II, p. 326.

(51)　Anthony Sampson, *The Scholar Gypsy: The Quest for a Family Secret* (London: John Murray, 1997), p. 58. オーガスタス・ジョンの身なりに関するアンソニー・サンプソンの情報源は，ジョン・サンプソンの教え子であり共同研究者として一生を過ごしたDora Esther Yates (1879–1974) の自伝 *My Gypsy Days: Recollections of a Romani Rawnie* (London: Phoenix House, 1953), p. 74 と思われる．リヴァプール時代のジョンについては，Michael Holroyd, *Augustus John: The New Biography* (London: Vintage, 1996), pp. 96–116 を参照．

(52)　高階秀爾『芸術のパトロンたち』(岩波新書，1997)，174頁．今橋映子はボヘミアンの特徴について次のように指摘する．「そして逆に言えばボヘミアンたちが自分の内なる声，霊感に従って他をかえりみず，制作に没頭するという描写には，まさしく『神のごとき芸術家』という芸術家伝説が内在しているのである」(今橋映子『異都憧憬日本人のパリ』1993初版，平凡社，2001，101頁)．

(53)　オーガスタス・ジョンからジョン・サンプソンに送られた現存する37通の書簡の多くは，ロマニー語で書かれている．Ceridwen Lloyd-Morgan, *Augustus John Papers at the National Library of Wales* (Aberystwyth: The National Library of Wales, 1996), p. 3.

(54)　Sampson, *The Scholar Gypsy,* p. 2.

(55)　Sampson, *The Scholar Gypsy,* p. 165.

(56)　*The Poetical Works of William Blake, Lyrical and Miscellaneous,* ed. by William Michael Rossetti (London: G. Bell, 1874).

(57)　*The Works of William Blake, Poetic, Symbolic and Critical,* ed. by Edwin John Ellis and W. B Yeats (London: Bernard Quaritch, 1893).

(58)　*The Poetical Works of William Blake: A New and Verbatim Text from the Manuscript Engraved and Letterpress Originals with Variorum Readings and Bibliographical Notes and Prefaces by John Sampson,* ed. by John Sampson (Oxford: Clarendon Press, 1905), pp. vi-ix.

(59)　*The Writings of William Blake,* ed. by Geoffrey Keynes, 3 vols (London: Nonesuch Press, 1925).

(60)　*The Complete Writings of William Blake,* ed. by Geoffrey Keynes (London: Nonesuch Press, 1957).

(61)　*The Poetry and Prose of William Blake,* ed. by David V. Erdman (New York: Garden

City, 1965).

(62)　*The Complete Poetry and Prose of William Blake,* ed. by David V. Erdman (New York: Doubleday, 1988).

(63)　*The Poetical Works of William Blake,* ed. by Sampson (1905), pp. x–xvi.

(64)　Mitchell, 'Blake's Composite Art', in *Blake's Visionary Forms Dramatic,* pp. 57–81. Mitchell, *Blake's Composite Art,* pp. 3–39. ただし、'composite art' という表現は，Jean Hagstrum のブレイク研究ですでに用いられている．Jean Hagstrum, *William Blake, Poet and Painter* (Chicago: The University of Chicago Press, 1964), p. 94.

(65)　*The Poetical Works of William Blake,* ed. by Sampson (1905), pp. xviii–xxv.

(66)　Symons, *William Blake,* p. vii.

(67)　すでに第一章で触れた，1803 年 4 月 25 日付トマス・バッツ宛の書簡にブレイクが記した「私の長詩」という言葉をめぐる議論．

(68)　寿岳は民藝館の設立を振り返って，「この趣意書に読みとられるように，観念（柳の理解によれば『こと』）ではなく，具体的な『もの』を展示して，一挙に勝負を決しようというのが，柳の生涯を貫くやり方である」と述べている（寿岳「民藝の展開」，『柳宗悦と共に』，111 頁）．

(69)　Sampson, *The Scholar Gypsy,* p. 75.

(70)　*The Poetical Works of William Blake,* ed. by Sampson (1905), p. xxxi.

(71)　*The Lyrical Poems of William Blake,* ed. by John Sampson (Oxford: Clarendon Press, 1905).

(72)　Walter Raleigh, 'Introduction', in *The Lyrical Poems of William Blake,* ed. by John Sampson (Oxford: Clarendon Press, 1905; repr. 1921), pp. vii-li (p. viii).

(73)　柳『ヰリアム・ブレーク』，『全集』4 巻，496 頁．

(74)　Oliver Elton, *Frederick York Powell: A Life and a Selection from his Letters and Occasional Writings,* 2 vols (Oxford: Clarendon Press, 1906), I, pp. 324, 346, 354.

(75)　Elton, *Frederick York Powell,* I, pp. 12, 133.

(76)　Elton, *Frederick York Powell,* I, pp. 392, 395.

(77)　Elton, *Frederick York Powell,* I, p. 11.

(78)　Elton, *Frederick York Powell,* I, p. 166.

(79)　Elton, *Frederick York Powell,* I, p. 306.

(80)　Elton, *Frederick York Powell,* I, pp. 312–313. 民主主義に対するパウエルの不信感は，随想「民主主義について」('Thoughts on Democracy') に示されている（Elton, *Frederick York Powell,* II, pp. 334–340）．

(81)　Elton, *Frederick York Powell,* I, pp. 110, 206.

(82)　Elton, *Frederick York Powell,* I, p. 428.

(83)　コナン・ドイル『シャーロック・ホームズの冒険』延原謙訳（新潮文庫，2011 改版），325 頁．

(84)　ロイロット博士の造形については，富山太佳夫『シャーロック・ホームズの世紀末』（青土社，1993），230 頁を参照．

(85)　リチャード・D・オールティック『ヴィクトリア朝の人と思想』要田圭治，大嶋浩，田中孝信訳（音羽書房鶴見書店，1998），182 頁．

(86)　Samuel Smiles, *Self-Help; with Illustrations of Character and Conduct* (London: John Murray, 1859).

(87)　Raleigh, 'Introduction', in *The Lyrical Poems of William Blake*, p. xxviii. Sampson, *The Scholar Gypsy*, p. 70.

(88)　W. M. Rossetti, *Some Reminiscences of William Michael Rossetti*, I, pp. 284-285.

第六章　ロセッティ兄弟のブレイク熱とジャポニスム

(1)　William Michael Rossetti, *Dante Gabriel Rossetti: His Family Letters with a Memoir by William Michael Rossetti*, 2 vols (London: Ellis and Elvey, 1895), I, p. 100.

(2)　W. M. Rossetti, *Some Reminiscences of William Michael Rossetti*, II, p. 302. ブレイクとD・G・ロセッティについては，J. C. E. Bassalik-de Vries, *William Blake in his Relation to Dante Gabriel Rossetti* (Basel: Buchdruckerei Brin & Cie, 1911) と Kerrison Preston, *Blake and Rossetti* (London: The De La More Press, 1944) を古典的な研究として挙げることができる．同書でプレストンは，日本人によるヨーロッパ文化研究の具体例として，柳の『ヰリアム・ブレーク』と矢代幸雄が英語で出版した『サンドロ・ボッティチェリ』全3巻（1925, *Sandro Botticelli*）に言及している．和田綾子「ヴィクトリア朝におけるブレイク・リヴァイヴァル――D・G・ロセッティの果たした役割」（『鳥取大学大学教育支援機構教育センター紀要』7巻，2010，121-131頁）をあわせて参照．

(3)　W. M. Rossetti, *Some Reminiscences of William Michael Rossetti*, II, p. 302. Allan Cunningham, *The Lives of the Most Eminent British Painters, Sculptors, and Architects*, 6 vols (London: John Murray, 1830), II, pp. 143-188.

(4)　W. M. Rossetti, *Some Reminiscences of William Michael Rossetti*, II, pp. 302-303.

(5)　大英図書館の入口で行われる手荷物検査は，英国治安当局の警戒態勢に連動して厳しくもなり，緩くもなる．2013年8月現在は検査そのものが行われていない．

(6)　W. M. Rossetti, *Dante Gabriel Rossetti: His Family Letters*, I, p. 109.

(7)　W. M. Rossetti, *Dante Gabriel Rossetti: His Family Letters*, I, p. 211.

(8)　*Anne Gilchrist: Her Life and Writings*, ed. by Herbert Harlakenden Gilchrist (London: T. Fisher Unwin, 1887), p. viii.

(9)　Gilchrist, *Life of William Blake* (1863), I, p. 372.

(10)　Gilchrist, *Life of William Blake* (1863), I, pp. 372-373.

(11)　G. E. Bentley Jr, *Blake Books* (Oxford: Clarendon Press, 1977), pp. 412-413, 421. ブレイクが制作した「彩飾印刷」の作品には複数の版が存在し，制作年代によって色調が異なるので，それぞれを識別するためにCopy T等の用語が用いられる．

(12)　Gilchrist, *Life of William Blake* (1863), II, pp. 25, 77.

(13)　Gilchrist, *Life of William Blake* (1863), II, p. 77.

(14)　ジョン・ラッセル・テイラー『英国アール・ヌーヴォー・ブック――その書物デザインとイラストレーション』高橋誠訳（国文社，1993），21頁．

(15)　テイラー『英国アール・ヌーヴォー・ブック』，24-29頁．

(16)　William Michael Rossetti, *Rossetti Papers 1862 to 1870* (New York: Charles Scribner's Sons, 1903), p. 169.

(17)　W. M. Rossetti, *Rossetti Papers 1862 to 1870*, p. 229.

(18)　W. M. Rossetti, *Dante Gabriel Rossetti: His Family Letters,* II, pp. 277, 282. *The Correspondence of Dante Gabriel Rossetti,* ed. by William E. Fredeman, 9 vols (Woodbridge: D. S. Brewer, 2002–2010), VI, pp. 36, 76.

(19)　D・G・ロセッティ「1874 年 1 月 15 日付 W・M・ロセッティ宛書簡」. W. M. Rossetti, *Dante Gabriel Rossetti: His Family Letters,* II, p. 301. *The Correspondence of Dante Gabriel Rossetti,* VI, p. 379.

(20)　W. M. Rossetti, *Dante Gabriel Rossetti: His Family Letters,* II, pp. 314–315. *The Correspondence of Dante Gabriel Rossetti,* VI, p. 539.

(21)　Swinburne, *William Blake,* pp. 2, 4. 柳『ヰリアム・ブレーク』,『全集』4 巻，281–300 頁.

(22)　Swinburne, *William Blake,* pp. 105–106, 292.

(23)　Symons, *William Blake,* p. 67.

(24)　Swinburne, *William Blake,* p. 6.

(25)　Swinburne, *William Blake,* p. 39.

(26)　Swinburne, *William Blake,* p. 49.

(27)　Swinburne, *William Blake,* p. 128. 現在の定本であるアードマンの版では,「古代吟遊詩人の声」は『無垢の経験の歌』のうち「経験の歌」の末尾に置かれているが，スウィンバーンが参照したと思われるギルクリストの『ウィリアム・ブレイク伝』第 2 巻『選集』では,「無垢の歌」の末尾に置かれた.

(28)　Swinburne, *William Blake,* p. 165.

(29)　Swinburne, *William Blake,* pp. 231, 292–293.

(30)　Swinburne, *William Blake,* pp. 334–335.

(31)　柳『ヰリアム・ブレーク』,『全集』4 巻，486 頁.

(32)　*The Diary of W. M. Rossetti 1870–1873,* ed. by Odette Bornand (Oxford: Clarendon Press, 1977), p. 279.

(33)　William Michael Rossetti, 'Prefatory Memoir', in *The Poetical Works of William Blake,* ed. by W. M. Rossetti, p. xxv.

(34)　W. M. Rossetti, 'Prefatory Memoir', p. xli.

(35)　W. M. Rossetti, 'Prefatory Memoir', pp. lxii–lxiii.

(36)　W. M. Rossetti, 'Prefatory Memoir', pp. lxxiv–lxxv.

(37)　W. M. Rossetti, 'Prefatory Memoir', pp. lxxvi–lxxix.

(38)　W. M. Rossetti, 'Prefatory Memoir', p. lxxxv.

(39)　W. M. Rossetti, 'Prefatory Memoir', pp. lxxxviii, xcvi.

(40)　W. M. Rossetti, 'Prefatory Memoir', p. cxii.

(41)　W. M. Rossetti, 'Prefatory Memoir', p. cxiii.

(42)　『ウィリアム・ブレイク伝』の改訂作業にロセッティ兄弟が協力した様子は，アン・ギルクリストの序文と，ロセッティ兄弟が交わした往復書簡から見てとれる．例えば，D・G・ロセッティは 1880 年 5 月 7 日付 W・M・ロセッティ宛書簡に，ブレイクの絵が 20 枚ほど手元にある，おまえのカタログに役に立つかもしれない，絵はすべて幻視の肖像画だ，と書いた．おそらく W・M・ロセッティは，第 2 巻に収録したブレイク絵画の目録の改訂作業を行っていたものと考えられる．W. M. Rossetti, *Dante Gabriel Rossetti:*

His Family Letters, II, p. 359.

(43) Anne Gilchrist, 'Preface to the Second Edition', in Alexander Gilchrist, *Life of William Blake,* A New and Enlarged Edition, 2 vols (London: Macmillan, 1880), I, p. v.

(44) Gilchrist, *Life of William Blake* (1880), I, p. 428. *The Collected Works of Dante Gabriel Rossetti,* ed. by William M. Rossetti, 2 vols (London: Ellis and Elvey, 1901), I, p. 456.

(45) W. M. Rossetti, *Dante Gabriel Rossetti: His Family Letters,* I, pp. 125-131. W. M. Rossetti, *Some Reminiscences of William Michael Rossetti,* I, pp. 63-71.

(46) W. M. Rossetti, *Dante Gabriel Rossetti: His Family Letters,* I, p. 135. 谷田博幸『ロセッティ——ラファエル前派を超えて』(平凡社，1993)，34 頁.

(47) Charles Dickens, 'Old Lamps for New Ones', *Household Words,* No. 12, 15 June 1850, pp. 265-267. Elizabeth Prettejohn, *The Art of the Pre-Raphaelites* (London: Tate Publishing, 2000; repr. 2010), p. 96.

(48) ティモシー・ヒルトン『ラファエル前派の夢』岡田隆彦，篠田達美訳（白水社，1992)，31-32 頁．ジャック・ド・ラングラード『D・G・ロセッティ』山崎庸一郎，中条省平共訳（みすず書房，1990)，45-46 頁．Deborah Cherry, 'In a word: Pre-Raphaelite, Pre-Raphaelites, Pre-Raphaelitism', in *Writing the Pre-Raphaelites: Text, Context, Subtext,* ed. by Michaela Giebelhausen and Tim Barringer (Farnham and Burlington: Ashgate, 2009), pp. 17-51 (p. 24). David Peters Corbett, '"A Soul of the Age:" Rossetti's words and images, 1848-73', in *Writing the Pre-Raphaelites: Text, Context, Subtext,* pp. 81-99 (p. 82).

(49) W. M. Rossetti, *Dante Gabriel Rossetti: His Family Letters,* I, p. 137.

(50) W. M. Rossetti, *Some Reminiscences of William Michael Rossetti,* I, p. 276. ロセッティ兄弟の日本趣味については，谷田博幸「英国における〈日本趣味〉の形成に関する序論—1851—1862」，『比較文学年誌』22 号（1986)，88-117 頁，および谷田博幸『唯美主義とジャパニズム』(名古屋大学出版会，2004）を参照.

(51) W. M. Rossetti, *Rossetti Papers 1862 to 1870,* p. 25.

(52) W. M. Rossetti, *Rossetti Papers 1862 to 1870,* p. 55.

(53) W. M. Rossetti, *Rossetti Papers 1862 to 1870,* p. 59.

(54) W. M. Rossetti, *Dante Gabriel Rossetti: His Family Letters,* II, p. 180. *The Correspondence of Dante Gabriel Rossetti,* III, pp. 208-209.

(55) W. M. Rossetti, *Rossetti Papers 1862 to 1870,* pp. 67-68. *The Letters of Christina Rossetti,* ed. by Antony H. Harrison, 4 vols (Charlottesville, Va. and London: University of Virginia Press, 1997-2004), I, pp. 208-209.

(56) W. M. Rossetti, *Rossetti Papers 1862 to 1870,* p. 105.

(57) W. M. Rossetti, *Rossetti Papers 1862 to 1870,* p. 119.

(58) W. M. Rossetti, *Rossetti Papers 1862 to 1870,* p. 130.

(59) W. M. Rossetti, *Rossetti Papers 1862 to 1870,* pp. 227-228.

(60) W. M. Rossetti, *Rossetti Papers 1862 to 1870,* p. 234.

(61) W. M. Rossetti, *Rossetti Papers 1862 to 1870,* p. 236.

(62) W. M. Rossetti, *Rossetti Papers 1862 to 1870,* p. 238.

(63) W. M. Rossetti, *Rossetti Papers 1862 to 1870,* p. 324.

(64) W. M. Rossetti, *Rossetti Papers 1862 to 1870,* p. 339.

(65)　W. M. Rossetti, *Rossetti Papers 1862 to 1870,* p. 379.
(66)　W. M. Rossetti, *Rossetti Papers 1862 to 1870,* p. 400.
(67)　W. M. Rossetti, *Rossetti Papers 1862 to 1870,* p. 500.
(68)　W. M. Rossetti, *Rossetti Papers 1862 to 1870,* p. 505.
(69)　*The Diary of W. M. Rossetti 1870–1873,* p. 177.
(70)　*The Diary of W. M. Rossetti 1870–1873,* p. 187.
(71)　W. M. Rossetti, *Dante Gabriel Rossetti: His Family Letters,* II, p. 270. *The Correspondence of Dante Gabriel Rossetti,* V, p. 365.
(72)　W. M. Rossetti, *Some Reminiscences of William Michael Rossetti,* I, p. 278.
(73)　W. M. Rossetti, *Dante Gabriel Rossetti: His Family Letters,* II, p. 322. *The Correspondence of Dante Gabriel Rossetti,* VII, p. 148.
(74)　W. M. Rossetti, *Dante Gabriel Rossetti: His Family Letters,* I, p. 208.
(75)　ラングラード『D・G・ロセッティ』，204–205 頁．
(76)　W. M. Rossetti, 'Prefatory Memoir', p. lxxiv.
(77)　W. M. Rossetti, 'Prefatory Memoir', pp. lcv-lcvi.
(78)　W. M. Rossetti, *Some Reminiscences of William Michael Rossetti,* I, p. 279. W・M・ロセッティが 'Sugaku' と記述した画家は，高嵩嶽（こう・すうがく，生没年不詳）と推定される．飯島半十郎『浮世絵師便覧』（小林文七，1893）には「一世嵩谷の男，名は良恭，早世」（頁数記載なし）とあり，嵩谷（すうこく）の項目に「高氏」とある．高嵩谷は高嵩之（こう・すうし）の門人であり，高嵩之は英一蝶の門人であったらしい．
(79)　W. M. Rossetti, *Some Reminiscences of William Michael Rossetti,* I, pp. 281–282.
(80)　W. M. Rossetti, *Some Reminiscences of William Michael Rossetti,* I, p. 281.
(81)　柳批判が展開されるとき，同じような議論の構造が見られる．例えば，柄谷行人「美学の効用——『オリエンタリズム』以後」，『批評空間』第 2 期 14 号（1997 年 7 月），42–55 頁．あるいは Yuko Kikuchi, *Japanese Modernisation and Mingei Theory: Cultural Nationalism and Oriental Orientalism* (London and New York: Routledge Curzon, 2004).
(82)　William Michael Rossetti, 'Japanese woodcuts: An Illustrated Story-Book brought from Japan', *The Reader* (31 October 1863), pp. 501–503. W. M. Rossetti, *Some Reminiscences of William Michael Rossetti,* I, p. 276.
(83)　Matthew Perry, *Narrative of the Expedition of an American Squadron to the China Seas and Japan, Performed in the Years 1852, 1853, and 1854* (Washington: Beverley Tucker, 1856), p. 371. William Michael Rossetti, 'Japanese Woodcuts', in *Fine Art, Chiefly Contemporary: Notices Re-printed, with Revisions* (London and Cambridge: Macmillan, 1867), pp. 363–387.
(84)　谷田『唯美主義とジャパニズム』，77 頁．
(85)　W. M. Rossetti, 'Japanese Woodcuts', in *Fine Art, Chiefly Contemporary,* p. 387.
(86)　*The Golden Treasury of the Best Songs and Lyrical Poems in the English Language,* ed. by Francis Turner Palgrave (Cambridge and London: Macmillan, 1861).
(87)　John Leighton, 'On Japanese Art: A Discourse Delivered at The Royal Institution of Great Britain, May 1, 1863', in *The Art of All Nations 1850–73,* ed. by Elizabeth Gilmore Holt (Princeton: Princeton University Press, 1982), pp. 364–377.

(88)　Francis Turner Palgrave, 'Japanese Art', in *Essays on Art* (London and Cambridge: Macmillan, 1866), pp. 185–192 (p. 189).
(89)　Francis Turner Palgrave, 'Japanese Art', in *Essays on Art,* p. 191.
(90)　Palgrave, *Essays on Art,* p. vi.
(91)　William Michael Rossetti, 'Mr. Palgrave and Unprofessional Criticisms on Art', in *Fine Art, Chiefly Contemporary,* pp. 324–334 (p. 332).
(92)　Blake, 'On Virgil', E270; 'A Descriptive Catalogue', E531.
(93)　William Michael Rossetti, 'Introduction', in *The Germ: Thoughts towards Nature in Poetry, Literature and Art Being a Facsimile Reprint of the Literary Organ of the Pre-Raphalite Brotherhood, Publisehd in 1850* (London: Elliot Stock, 1901), pp. 6–30 (pp. 6–7).
(94)　Blake, A Letter to Thomas Butts, July 6, 1803, E730.
(95)　ヒルトン『ラファエル前派の夢』，61–62 頁．
(96)　ヒルトン『ラファエル前派の夢』，62 頁．
(97)　稲賀繁美『絵画の東方――オリエンタリズムからジャポニスムへ』（名古屋大学出版会，1999），87–90 頁，今橋理子『秋田蘭画の近代――小田野直武「不忍池図」を読む』（東京大学出版会，2009）を参照．
(98)　テイラー『英国アール・ヌーヴォー・ブック』，29，30 頁．
(99)　柳『ヰリアム・ブレーク』，『全集』4 巻，321，322–323 頁．
(100)　「新創」（novelty）に関する柳の議論は，ウィリアム・ジェイムズに触発されたのかもしれない．William James, *Some Problems of Philosophy: Beginning of an Introduction to Philosophy* (London: Longmans Green, 1911), pp. 147–188.
(101)　柳「東山御物と民藝館の蔵品」（1958，59 年頃執筆の未発表論稿），『全集』22 巻上，426 頁．
(102)　柳「『茶』の改革」，『民藝』39 号（1956），『全集』17 巻，24 頁．
(103)　柳「直観について」，『民藝』121 号（1963），『全集』10 巻，609 頁．
(104)　柳「改めて民藝について」，『民藝』68 号（1958 年 6 月），『全集』10 巻，177–178 頁．
(105)　柳宗理『柳宗理エッセイ』（平凡社ライブラリー，2011），134–135，147–148 頁．
(106)　柳「民藝の立場」，『芸術新潮』5 巻 8 号（1954），『全集』10 巻，243 頁．
(107)　柳『工藝の道』，『全集』8 巻，68 頁．
(108)　柳『ヰリアム・ブレーク』，『全集』4 巻，306 頁．

第 III 部　ブレイクによるキリスト教の相対化

第七章　悪とは何か

(1)　柳『ヰリアム・ブレーク』，『全集』4 巻，11 頁．
(2)　1869 年版については詳細が不明だが，他の 2 点の書誌情報は以下の通りである．William Blake, *The Marriage of Heaven and Hell and a Song of Liberty* (London: Florence Press, 1911). William Blake, *The Marriage of Heaven and Hell* (London: J. M. Dent & Sons, 1927).
(3)　Blake, *The Marriage of Heaven and Hell,* E35.

(4)　Emanuel Swedenborg, *A Treatise Concerning Heaven and Hell,* trans. by William Cookworthy and Thomas Hartley (London: 1784). Emanuel Swedenborg, *The Wisdom of Angels, Concerning Divine Love and Divine Wisdom,* trans. by N. Tucker (London, 1788).

(5)　Bentley, *Blake Records Second Edition,* pp. 50–53. ベントリーの調査によれば，出席者一覧の名簿は 'Minute Book of the Society for Promoting the Heavenly Doctrines of the New Jerusalem Church. Eastcheap. London. 7. May 1787. to 7. Nov. 1791' に転記され，現在はエセックス州ウッドフォード・グリーンのニュー・チャーチ・カレッジ（The New Church College）に保管されている．

(6)　E. P. Thompson, *Witness against the Beast: William Blake and the Moral Law* (Cambridge: Cambridge University Press, 1993), pp. 87–104.

(7)　Keri Davies, 'William Blake's Mother: A New Identifcation,' *Blake/An Illustrated Quarterly,* 33 (1999), pp. 36–49. Keri Davies and Marsha Keith Schuchard, 'Recovering the Lost Moravian History of William Blake's Family', *Blake/An Illustrated Quarterly,* 38 (2004), pp. 36–42. その後さらに，モラヴィア教会は英国国教会に近い宗派であり，したがってブレイクを非国教徒と見なすことは見直されるべきだという説が出された．Keri Davies and David Worrall, 'Inconvenient Truths: Re-historicizing the Politics of Dissent and Antinomianism', in *Re-Envisioning Blake,* ed. by Mark Crosby, Troy Patenaude and Angus Whitehead (Basingstoke: Palgrave Macmillan, 2012), pp. 30–47. 本書では，(1) ブレイクの母がモラヴィア教会に属していたことは，ブレイクがモラヴィア教会に属していたことを意味しないこと，(2) 国家宗教に対する激しい批判と無律法主義的な言葉がブレイクのテクストに見られることには変わりがないことを考慮して，従来通りブレイクを非国教徒として扱う．

(8)　スウェーデンボリの生涯については，ヂョーヂ・トロブリッヂ『スエデンボルグ——その生涯，信仰，教説』柳瀬芳意訳，第5版（静思社，1981），高橋和夫『スウェーデンボルグの思想——科学から神秘世界へ』（講談社現代新書，1995），ジョージ・トロブリッジ『スヴェーデンボリ——その生涯と教え』鈴木泰之訳（スヴェーデンボリ出版，2011）を参照．

(9)　スウェーデンボリ『天界と地獄』鈴木貞太郎訳，1910 初版，『鈴木大拙全集』（岩波書店，1968–71）23 巻，164 頁．

(10)　スウェーデンボリ『天界と地獄』，『鈴木大拙全集』23 巻，516 頁．

(11)　Bentley, *Blake Books,* pp. 695–697. Emanuel Swedenborg, *The Wisdom of Angels Concerning the Divine Providence,* trans. by N. Tucker (London, 1790).

(12)　スウェーデンボリ『天界と地獄』，『鈴木大拙全集』23 巻，164 頁．

(13)　Blake, *Jerusalem,* E203.

(14)　スウェーデンボリ『天界と地獄』，『鈴木大拙全集』23 巻，185 頁．

(15)　Blake, *Jerusalem,* E180.

(16)　スウェーデンボリ『天界と地獄』，『鈴木大拙全集』23 巻，539 頁．

(17)　Blake, *Milton,* E142.

(18)　Blake, *The Marriage of Heaven and Hell,* E34.

(19)　Blake, *The Marriage of Heaven and Hell,* E43.

(20)　Blake, *The Marriage of Heaven and Hell,* E43.

(21)　柳「1951 年 9 月 12 日付寿岳文章宛書簡」，『全集』21 巻下，50 頁．

(22)　J. G. Davies, *The Theology of William Blake* (Oxford: Oxford University Press, 1948; repr. 1966), p. 51.

(23)　G. R. Sabri-Tabrizi, *The 'Heaven' and 'Hell' of William Blake* (New York: International Publishers, 1973), p. 181. Morton D. Paley, '"A New Heaven is Begun": William Blake and Swedenborgianism', *Blake/An Illustrated Quarterly,* 13 (1979), pp. 64–90 (p. 74). John Howard, 'An Audience for *The Marriage of Heaven and Hell*', *Blake Studies,* 3 (1970), pp. 19–52 (p. 51). Martin K. Nurmi, *Blake's Marriage of Heaven and Hell: A Critical Study* (New York: Haskell, 1972), p. 27. Nurmi, *William Blake* (Kent: The Kent State University Press, 1976), p. 71. Peter A. Schock, "*The Marriage of Heaven and Hell*: Blake's Myth of Satan and Its Cultural Matrix", *ELH,* 60 (1993), pp. 441–470. Robert Rix, *William Blake and the Cultures of Radical Christianity* (Aldershot and Burlington: Ashgate, 2007), pp. 121–134.

(24)　David Bindman, *Blake as an Artist* (Oxford: Phaidon, 1977), p. 66. David V. Erdman, *Blake: Prophet against Empire,* 3rd edn (Princeton: Princeton University Press, 1977), p. 180.

(25)　Morris Eaves, *William Blake's Theories of Art* (Princeton: Princeton University Press, 1982), pp. 23–24.

(26)　Randel Helms, 'Why Ezekiel Ate Dung', *English Language Notes,* 15 (1978), pp. 279–281 (p. 281).

(27)　鈴木雅之『幻想の詩学――ウィリアム・ブレイク研究』（あぽろん社，1994），143–197 頁．

(28)　バシュラールは言う，「どんな環境においても，火はその意地の悪い意志を示す．火はともし難く，消しにくい．その実体はうつろい易い．それゆえ，火とは一個の人格なのである」．ガストン・バシュラール『火の精神分析』前田耕作訳（せりか書房，1987），121 頁．

(29)　「イザヤ書」1 章 4–7 節，5 章 24 節，9 章 18 節，30 章 27–30 節，33 章 10–12 節，42 章 24–25 節．

(30)　旧約聖書において，預言者の言葉，神の怒り，火は密接に結び付いている．Abraham J. Heschel, *The Prophets,* 2 vols (New York: Harper and Row, 1962), I, pp. 116, 188–189.

(31)　John Milton, *Paradise Lost,* ed. by Scott Elledge (New York and London: W. W. Norton, 1975), p. 8.

(32)　ジョン・ミルトン『失楽園』平井正穂訳（岩波文庫，1981）上巻，23 頁．Milton, *Paradise Lost,* p. 14.

(33)　神の審判としての火の恐ろしさについては，例えば「イザヤ書」33 章 14 節を参照．

(34)　Blake, *The Marriage of Heaven and Hell,* E34.

(35)　Blake, *The Marriage of Heaven and Hell,* E35.

(36)　「主なる神」の加護があれば，火中を歩んでも焼かれることがないという話はイザヤ書 43 章 1–2 節にも見られる．

(37)　従来『天国と地獄の結婚』と「ダニエル書」との関連は，第 24 プレート下部に描かれた獣のような老人の図像はネブカドネツァルである，とする議論のなかで指摘されてき

た（Leslie Tannenbaum, 'Blake's News From Hell: *The Marriage of Heaven and Hell* and the Lucianic Tradition', *ELH*, 43 (1976), pp. 74-99）．しかし，火を軸として守る者と守られる者を逆転させたところに，むしろこのテクストのおもしろさがあるように思われる．

(38) Blake, *The Marriage of Heaven and Hell*, E35.

(39) David V. Erdman, *The Illuminated Blake* (New York: Dover, 1974), pp. 18-19. Michael Phillips, 'William Blake's *Songs of Innocence* and *Songs of Experience* from Manuscript Draft to Illuminated Plate', *Book Collector*, 28 (1979), pp. 17-59. W. H. Stevenson, *Blake: The Complete Poems*, ed. by W. H. Stevenson, 3rd edn (Harlow: Pearson/Longman, 2007), p. 113.

(40) Blake, *The Marriage of Heaven and Hell*, E40.

(41) Blake, *The Marriage of Heaven and Hell*, E43.

(42) Blake, *The Marriage of Heaven and Hell*, E38.

(43) Blake, 'Annotations to Berkeley', E664.

(44) Blake, *The Marriage of Heaven and Hell*, E34.

(45) Willliam Blake, *William Blake: The Early Illuminated Books*, ed. by Morris Eaves, Robert N. Essick, and Joseph Viscomi (London: The William Blake Trust and The Tate Gallery, 1993), p. 210.

(46) Molly Anne Rothenberg, *Rethinking Blake's Textuality* (Columbia and London: University of Missouri Press, 1993), p. 18. Stephen C. Behrendt, 'Blake's Bible of Hell: Prophecy as Political Program', in *Blake, Politics, and History*, ed. by Jackie Disalvo, G. A. Rosso, and Christopher Z. Hobson (New York and London: Garland, 1998), pp. 37-52 (p. 39).

(47) Michael E. Holstein, 'Crooked roads without Improvement: Blake's "Proverbs of Hell"', *Genre*, 8 (1975), pp. 26-41. Hatsuko Niimi, 'The Proverbial Language of Blake's *Marriage of Heaven and Hell*', *Studies in English Literature*, (1982), pp. 3-20. John Villalobos, 'William Blake's "Proverbs of Hell" and the Tradition of Wisdom Literature', *Studies in Philology*, 87 (1990), pp. 246-259. Blake, *William Blake: The Early Illuminated Books*, p. 212. Marvin D. L. Lansverk, *The Wisdom of Many, The Vision of One: The Proverbs of William Blake* (New York: Peter Lang, 1994).

(48) *The Oxford Companion to the Bible*, ed. by Bruce M. Metzger and Michael D. Coogan (Oxford: Oxford University Press, 1993), p. 624.

(49) *An Introduction to the Bible*, ed. by James R. Beasley, Clyde E. Fant, E. Earl Joiner, Donald W. Musser and Mitchell G. Reddish (Nashville: Abingdon, 1991), p. 259.

(50) Robert Alter, *The Art of Biblical Poetry* (Edinburgh: T & T Clark, 1985), p. 169.

(51) Blake, *William Blake: The Early Illuminated Books*, p. 212.

(52) Blake, *The Marriage of Heaven and Hell*, E36.

(53) Blake, *The Marriage of Heaven and Hell*, E36.

(54) Jerome J. McGann, 'The Idea of an Indeterminate Text: Blake's Bible of Hell and Dr. Alexander Geddes', *Studies in Romanticism*, 25 (1986), pp. 303-324 (p. 319).

(55) Jack P. Lewis, *The English Bible from KJV to NIV: A History and Evaluation* (Michigan: Baker, 1982), p. 28.

(56) ブレイクと聖書については Leslie Tannenbaum, *Biblical Tradition in Blake's Early*

Prophecies: The Great Code of Art (Princeton: Princeton University Press, 1982); *Blake and his Bibles,* ed. by David V. Erdman (West Cornwall: Locust Hill, 1990); Christopher Heppner, *Reading Blake's designs* (Cambridge: Cambridge University Press, 1995); Christopher Rowland, *Blake and the Bible* (New Haven and London: Yale University Press, 2010) を参照.

(57) *Dictionary of Deities and Demons in the Bible,* ed. by Karl van der Toorn, Bob Becking and Pieter W. van der Horst (New York: E. J. Brill, 1995), p. 994. *The Oxford Companion to the Bible,* p. 624. Horst Dietrich Preuss, *Old Testament Theology,* trans. by Leo G. Perdue, 2 vols (Edinburgh: Westminster John Knox, 1995–96), II, p. 157.

(58) Claus Westermann, *Roots of Wisdom: The Oldest Proverbs of Israel and Other Peoples* (Louisville, Kentucky: Westminster John Knox, 1995), p. 71. Gavin Edwards, 'Repeating the Same Dull Round', in *Unnam'd Forms: Blake and Textuality,* ed. by Nelson Hilton and Thomas A. Vogler (Berkeley: University of California Press, 1986), pp. 26–48 (pp. 40–41).

(59) 「人間の心は自分の道を計画する．／主が一歩一歩備えてくださる」（「箴言」16 章 9 節）．「人の一歩一歩を定めるのは主である．／人は自らの道について何を理解していようか」（「箴言」20 章 24 節）．

(60) 「主を畏れることは知恵の初め．／無知な者は知恵をも諭しをも侮る」（「箴言」1 章 7 節）．「主を畏れることは知恵の初め／聖なる方を知ることは分別の初め」（「箴言」9 章 10 節）．「主を畏れることは諭しと知恵．／名誉に先立つのは謙遜」（「箴言」15 章 33 節）．

(61) 「諭しに聞き従って知恵を得よ．／なおざりにしてはならない」（「箴言」8 章 33 節）．「子は父の諭しによって知恵を得る．／不遜な者は叱責に聞き従わない」（「箴言」13 章 1 節）．「勧めに聞き従い，諭しを受け入れよ．／将来，知恵を得ることのできるように」（「箴言」19 章 20 節）．

(62) 「忍耐によって英知は加わる．／短気な者はますます無知になる」（「箴言」14 章 29 節）．「忍耐は力の強さにまさる．／自制の力は町を占領するにまさる」（「箴言」16 章 32 節）．「成功する人は忍耐する人．／背きを赦すことは人に輝きをそえる」（「箴言」19 章 11 節）．

(63) 「わたしは知恵．熟慮と共に住まい／知識と慎重さを備えている」（「箴言」8 章 12 節）．「思慮深い人は自分の知恵によって道を見分ける．／愚か者の無知は欺く」（「箴言」14 章 8 節）．

(64) 「無知な者は父の諭しをないがしろにする．／懲らしめを守る人は賢明さを増す」（「箴言」15 章 5 節）．

(65) 「無知な者は自分の道を正しいと見なす．／知恵ある人は勧めに聞き従う」（「箴言」12 章 15 節）．

(66) 「無知な者は怒ってたちまち知れ渡る．／思慮深い人は，軽蔑されても隠している．」（「箴言」12 章 16 節）．「短気な者は愚かなことをする．／陰謀家は憎まれる」（「箴言」14 章 17 節）．「忍耐によって英知は加わる．／短気な者はますます無知になる」（「箴言」14 章 29 節）．

(67) *The Literary Guide to the Bible,* ed. by Robert Alter and Frank Kermode (Cambridge: The Belknap Press of Harvard University Press, 1987), pp. 263–265. R. B. Y. Scott, *Proverbs · Ecclesiastes* (New York: Doubleday, 1965), p. 23.

(68)　Blake, *The Marriage of Heaven and Hell,* E36.
(69)　Blake, *The Marriage of Heaven and Hell,* E37.
(70)　Blake, *The Marriage of Heaven and Hell,* E37.
(71)　Blake, *The Marriage of Heaven and Hell,* E35.
(72)　Blake, *The Marriage of Heaven and Hell,* E36.
(73)　Blake, *The Marriage of Heaven and Hell,* E36.
(74)　Blake, *The Marriage of Heaven and Hell,* E36.
(75)　Blake, *The Marriage of Heaven and Hell,* E37.
(76)　Blake, *The Marriage of Heaven and Hell,* E37.
(77)　読者反応批評については以下の文献を参照．Wolfgang Iser, *The Act of Reading* (Baltimore and London: The Johns Hopkins University Press, 1980). Wolfgang Iser, *The Implied Reader* (Baltimore and London: The Johns Hopkins University Press, 1978). Paul Ricoeur, *From Text to Action,* trans. Kathleen Blamey and John B. Thompson (Evanston: Northwestern University Press, 1991).
(78)　William Empson, *Seven Types of Ambiguity* (London: The Hogarth Press, 1984), pp. 176-191.
(79)　活版印刷の歴史については Lucien Febvre and Henri-Jean Martin, *The Coming of the Book: The Impact of Printing 1450-1800,* trans. by David Gerard (London and New York: Verso, 1976) を参照．著者と出版社との関係については A. S. Collins, *The Profession of Letters: A Study of the Relation of Author to Patron, Publisher, and Public, 1780-1832* (London: George Routledge, 1928) を参照．
(80)　Walter J. Ong, *Orality and Literacy: The Technologizing of the Word* (London: Routledge, 1982; repr. 1988), p. 133. ウォルター・J・オング『声の文化と文字の文化』桜井直文・林正寛・糟谷啓介訳（藤原書店，1991），272 頁．
(81)　Ong, *Orality and Literacy,* pp. 132, 134. オング『声の文化と文字の文化』，270，275 頁．
(82)　Marshall McLuhan, *The Gutenberg Galaxy: The Making of Typographical Man* (Toronto: University of Toronto Press, 1962; repr. 1995), pp. 18-21, 71-73, 124-126, 151-153, 199-200, 235-238. マーシャル・マクルーハン『グーテンベルクの銀河系』森常治訳（みすず書房，1986）．Elizabeth L. Eisenstein, *The Printing Press as an Agent of Change: Communications and Cultural Transformations in Early-Modern Europe Volumes I and II* (Cambridge: Cambridge University Press, 1997), pp. 88-107.
(83)　Blake, *The Marriage of Heaven and Hell,* E38.
(84)　Joseph Viscomi, *Blake and the Idea of the Book* (Princeton: Princeton University Press, 1993), p. 107.
(85)　筆写する人物像の一人をブレイクとする研究もある．David V. Erdman, Tom Dargan and Marlene Deverell-Van Meter, 'Reading the Illuminations of Blake's *Marriage of Heaven and Hell*', in *William Blake: Essays in Honour of Sir Geoffrey Keynes,* ed. by Morton D. Paley and Michael Phillips (Oxford: Clarendon Press, 1973), pp. 162-207 (p. 182). Erdman, *The Illuminated Blake,* p. 107. Viscomi, *Blake and the Idea of the Book,* p. 43. 本書ではこの見解をとらず，集団全体を一つの心的態度の表現と解釈する．
(86)　Blake, *The Marriage of Heaven and Hell,* E40.

(87)　Blake, *The Marriage of Heaven and Hell,* E43.

(88)　ポール・リクール『解釈の革新』久米博，清水誠，久重忠夫訳（白水社，1985），207 頁．

第八章　神は人の心に宿る

(1)　W. M. Rossetti, 'Prefatory Memoir', p. cxxv.

(2)　Louisa May Alcott, *Little Women; or, Meg, Jo, Beth and Amy* (Boston: Roberts Brothers, 1868), pp. 7–22.

(3)　James T. Wills, 'An Additional Drawing for Blake's Bunyan Series', *Blake Newsletter,* 23 (Winter 1972–73), pp. 63–67. S. Foster Damon, *A Blake Dictionary: The Ideas and Symbols of William Blake* (Providence: Brown University Press, 1965; repr. Hanover and London: University Press of New England, 1988), p. 62. John B. Pierce, 'Bunyan at the Gates of Paradise', *Blake/An Illustrated Quarterly,* 23 (1990), pp. 198–200. Christopher Heppner, 'Under the Hill: Tyndale or Bunyan?', *Blake/An Illustrated Quarterly,* 23 (1990), pp. 200–201. Christopher Hill, *A Tinker and a Poor Man: John Bunyan and His Church, 1628–1688* (New York: Norton, 1990), pp. 345–346. Gerda S. Norvig, *Dark Figures in the Desired Country: Blake's Illustrations to The Pilgrim's Progress* (California: University of California Press, 1993). Lansverk, *The Wisdom of Many, The Vision of One,* pp. 37–54. Thomas H. Luxon, *Literal Figures: Puritan Allegory and the Reformation Crisis in Representation* (Chicago and London: The University of Chicago Press, 1995), pp. 24, 217–218.

(4)　Blake, *The Marriage of Heaven and Hell,* E33.

(5)　Stevenson, *Blake: The Complete Poems,* p. 109.

(6)　短詩「梗概」は脚韻を踏まず，一行に含まれる音節数も不規則であり，このような英語定型詩の型からの逸脱に，『天国と地獄の結婚』の主題の一つである規範からの自由を読みとることができる．Alicia Ostriker, *Vision and Verse in William Blake* (Madison and Milwaukee: The University of Wisconsin Press, 1965), p. 161.「梗概」と「ヨブ記」との類似を指摘する研究もある．Rowland, *Blake and the Bible,* p. 91.

(7)　Blake, *The Marriage of Heaven and Hell,* E38.

(8)　John Bunyan, *The Pilgrim's Progress,* ed. by N. H. Keeble (Oxford: Oxford University Press, 1984), pp. 24–29. ジョン・バニヤン『天路歴程第一部』竹友藻風訳（岩波文庫，1951），81–95 頁．日本語訳は竹友藻風訳を参照しつつ適宜改めた．

(9)　バニヤンにとって書くことは神の秩序を可視化する行為であり，そのような姿勢が正解を求める「クリスチャン氏」に反映された，と見る研究がある．E. Beatrice Batson, *John Bunyan: Allegory and Imagination* (London: Croom Helm, 1984), p. 8. 指導者に従順な「クリスチャン氏」によって，思考停止状態が正義として推奨されることについては，例えば以下の研究を参照．Thomas H. Luxon, 'The Pilgrim's Passive Progress: Luther and Bunyan on Talking and Doing, Word and Way', *ELH,* 53 (1986), pp. 73–98 (p. 76). Jackson I. Cope, 'The Progresses of Bunyan and Symon Patrick', *ELH,* 55 (1988), pp. 599–614 (p. 611). David Seed, 'Dialogue and Debate in *The Pilgrim's Progress*', *The Pilgrim's Progress: Critical and Historical Views,* ed. by Vincent Newey (Liverpool: Liverpool University

Press, 1980), pp. 69–90 (pp. 73–79). Stuart Sim, *Negotiations with Paradox: Narrative Practice and Narrative Form in Bunyan and Defoe* (Hemel Hempstead: Harvester Wheatsheaf, 1990), p. 53. なかでも，「クリスチャン氏」は傍観者になることによって，解釈するという重荷を捨てたのだ，という指摘がおもしろい．Dayton Haskin, 'The Burden of Interpretation in *The Pilgrim's Progress*', *Studies in Philology,* 79 (1982), pp. 256–278 (pp. 271–272).

(10)　Bunyan, *The Pilgrim's Progress,* p. 46.

(11)　Bunyan, *The Pilgrim's Progress,* p. 49.

(12)　John R. Knott Jr, 'Bunyan's Gospel Day: A Reading of *The Pilgrim's Progress*', *English Literary Renaissance,* 3 (1973), pp. 443–461 (p. 454).

(13)　Bunyan, *The Pilgrim's Progress,* p. 20.

(14)　Bunyan, *The Pilgrim's Progress,* p. 23.

(15)　Bunyan, *The Pilgrim's Progress,* pp. 108–109.

(16)　Bunyan, *The Pilgrim's Progress,* p. 23.

(17)　Bunyan, *The Pilgrim's Progress,* p. 34.

(18)　Bunyan, *The Pilgrim's Progress,* p. 119.

(19)　Bunyan, *The Pilgrim's Progress,* p. 133.

(20)　巡礼たちが指示に従わずに，自分の意志を行使したときに限って苦境に陥ることから，『天路歴程』を「修身文学」(conduct literature) に位置付けることができる．Brainerd P. Stranahan, 'Bunyan and the Epistle to the Hebrews: His Source for the Idea of Pilgrimage in *The Pilgrim's Progress*', *Studies in Philology,* 79 (1982), pp. 279–296 (p. 289). Stanley Eugene Fish, 'Progress in *The Pilgrim's Progress*', *English Literary Renaissance,* 1 (1971), pp. 261–293 (p. 264). Luxon, 'The Pilgrim's Passive Progress', pp. 79–81.

(21)　Blake, *The Marriage of Heaven and Hell,* E41.

(22)　Morris Eaves, 'A Reading of Blake's *Marriage of Heaven and Hell,* Plates 17–20: On and Under the Estate of the West', *Blake Studies,* 4 (1972), pp. 81–116 (pp. 112–113).

(23)　Eaves, 'A Reading of Blake's *Marriage of Heaven and Hell,* Plates 17–20', p. 88.

(24)　Blake, *The Marriage of Heaven and Hell,* E41–42.

(25)　Blake, *The Marriage of Heaven and Hell,* E42.

(26)　Blake, *The Marriage of Heaven and Hell,* E38.

(27)　Blake, *The Marriage of Heaven and Hell,* E35.

(28)　Blake, *The Marriage of Heaven and Hell,* E42.

(29)　Blake, *The Marriage of Heaven and Hell,* E37.

(30)　Blake, *Jerusalem,* E162.

(31)　Blake, *The Marriage of Heaven and Hell,* E34.

(32)　Blake, *The Marriage of Heaven and Hell,* E44.

(33)　Blake, [Note on a Pencil Drawing of Nine Grotesque Heads], E686.

(34)　Blake, [A Vision of The Last Judgment], E554.

(35)　Angus Fletcher, *Allegory: The Theory of a Symbolic Mode* (Ithaca: Cornell University Press, 1964; repr. 1995), p. 305.

(36)　Stanley Eugene Fish, 'Progress in *The Pilgrim's Progress*', *English Literary*

Renaissance, 1 (Autumn 1971), pp. 261–293 (p. 263). David, Mills, 'The Dreams of Bunyan and Langland', in *The Pilgrim's Progress: Critical and Historical Views,* pp. 154–181 (p. 154). Nick Davis, 'The Problem of Misfortune in *The Pilgrim's Progress*', in *The Pilgrim's Progress: Critical and Historical Views,* pp. 182–204 (p. 193).

(37)　Hill, *A Tinker and a Poor Man,* pp. 4–5.

(38)　Hill, *A Tinker and a Poor Man,* p. 146.

(39)　Monica Furlong, *Puritan's Progress: A Study of John Bunyan* (London: Hodder and Stoughton, 1975), p. 14.

(40)　Peter J. Carlton, 'Bunyan: Language, Convention, Authority', *ELH,* 51 (1984), pp. 17–32 (p. 20).

(41)　Christopher Hill, *The English Bible and the Seventeenth-Century Revolution* (Harmondsworth: Penguin, 1994), p. 389. 英国におけるバニヤンと『天路歴程』の位置付けについては，以下を参照．J. G. Turner, 'Bunyan's Sense of Place', in *The Pilgrim's Progress: Critical and Historical Views,* pp. 91–110 (p. 97). E. P. Thompson, *The Making of the English Working Class* (London: Victor Gollancz, 1963; repr. London: Penguin, 1991), pp. 28–58.

(42)　Blake, 'Annotations to *An Apology for the Bible*', E618.

(43)　Blake, 'Annotations to Berkeley's *Siris*', E664.

(44)　Blake, *Jerusalem,* E231.

(45)　Blake, *Laocoön,* E274.

(46)　Blake, *The Marriage of Heaven and Hell,* E42.

(47)　Blake, *The Marriage of Heaven and Hell,* E41.

(48)　Blake, *The Marriage of Heaven and Hell,* E38.

(49)　'The criticisms of Sir Thomas More', in *Records of the English Bible: The Documents Relating to the Translation and Publication of the Bible in English, 1525–1611,* ed. by Alfred W. Pollard (London, New York, Toronto, and Melbourne: Oxford University Press, 1911), pp. 126–131. ティンダルは「教会」('church')，「聖職者」('priest')，「慈悲」('charity')，「懺悔をする」('do penance') の代わりに，「会衆」('congregation')，「長老」('senior')，「愛」('love')，「後悔する」('repent') を用いた．Jack P. Lewis, *The English Bible from KJV to NIV: A History and Evaluation* (Michigan: Baker Book, 1982), pp. 21–22.

(50)　Scott Mandelbrote, 'The English Bible and its Readers in the Eighteenth Century', in *Books and their Readers in Eighteenth-Century England: New Essays,* ed. by Isabel Rivers (London and New York: Leicester University Press, 2001), pp. 35–78 (p. 37).

(51)　トマス・セッカーについては以下の文献を参照．Thomas Secker, *The Autobiography of Thomas Secker Archbishop of Canterbury,* ed. by John S. Macauley and R. W. Greaves (Lawrence: University of Kansas Libraries, 1988). Alfred W. Rowden, *The Primates of the Four Georges* (London: Murray, 1916), pp. 248–309. Leslie W. Barnard, *Thomas Secker: An Eighteenth Century Primate* (Sussex: Book Guild, 1998). Mandelbrote, 'The English Bible and its Readers in the Eighteenth Century', pp. 55–59.

(52)　*Vetus Testamentum Hebraicum: cum variis lectionibus,* ed. by Benjaminus Kennicott (Oxonii: E typographeo Clarendoniano, 1776, 1780). Fowler Comings, *The Printed Hebrew*

Text of the Old Testament Vindicated. An Answer to Mr. Kennicott's Dissertation in Two Parts (Oxford: James Fletcher, 1753). Julius Bate, *The Integrity of the Hebrew Text, and Many Passages of Scripture, Vindicated from the Objections and Misconstructions of Mr. Kennicott* (London: E. Withers, 1754). George Horne, *An Apology for Certain Gentlemen in the University of Oxford, Aspersed in a Late Anonymous Pamphlet with a Short Postscript Concerning Another Pamphlet Lately Published by the Rev. Mr Heathcote* (Oxford, 1756); *A View of Mr. Kennicott's Method of Correcting the Hebrew Text, with Three Queries ... Thereupon, etc.* (London, [1765?]). [Benjamin Kennicott], *A Word to the Hutchinsonians: or, Remarks on Three Extraordinary Sermons Lately Preached before the University of Oxford by ... Dr. Patten, ... Mr. Wetherall and ... Mr. Horne.* (London, 1756).

(53)　*The Gentleman's Magazine,* 38 (April 1768), pp. 148–149.

(54)　Thomas Secker, *Eight Charges Delivered to the Clergy of the Dioceses of Oxford and Canterbury. To Which Are Added Instructions to Candidates for Orders; and a Latin Speech Intended to Have Been Made at the Opening of the Convocation in 1761* (London: Rivington, 1769), pp. 292–293.

(55)　Francis Blackburne, *The Confessional; or, A Full and Free Inquiry into the Right, Utility, Edification, and Success, of Establishing Systematical Confessions of Faith and Doctrine in Protestant Churches* (London: Bladon, 1766).

(56)　メソジスト派に対するセッカーの態度については Barnard, *Thomas Secker,* pp. 156–157 を参照．1730 年代から 40 年代にかけて，英国国教会に対する不満から多くの非国教会諸派とメソジスト派が生まれたことについては，Isabel Rivers, 'Dissenting and Methodist books of practical divinity', in *Books and their Readers in Eighteenth-Century England,* ed. by Isabel Rivers (New York: Leicester UP, 1982), pp. 127–164 (p. 128) を参照．

(57)　Robert Lowth, *De Sacra Poesi Hebræorum Prælectiones Academicæ Oxonii Habitæ. ... Subjicitur Metricæ Harianæ Brevis Confutatio: et Oratio Crewiana* (Oxonii, 1753). Robert Lowth, *Lectures on the Sacred Poetry of the Hebrews,* trans. by G. Gregory, 2 vols (London: J. Johnson, 1787).

(58)　Robert Lowth, *Isaiah. A New Translation; with a Preliminary Dissertation, and Notes Critical, Philological, and Explanatory* (London: Dodsley and Cadell, 1779), p. liii.

(59)　Lowth, *Isaiah. A New Translation,* p. lvi.

(60)　Alexander Geddes, *Prospectus of a New Translation of the Holy Bible, from Corrected Texts of the Originals, Compared with the Ancient Versions. With Various Readings, Explanatory Notes, and Critical Observations* (Glasgow and London, 1786), pp. 91–95, 126–142.

(61)　Alexander Geddes, *Proposals for Printing by Subscription a New Translation of the Holy Bible, from Corrected Texts of the Originals; with Various Readings, Explanatory Notes, and Critical Observations. With Specimens of the Work* (London, 1788), p. [1].

(62)　Alexander Geddes, *The Holy Bible, or the Books Accounted Sacred by Jews and Christians; Otherwise Called the Books of the Old and New Covenants: Faithfully Translated from Corrected Texts of the Originals. With Various Readings, Explanatory Notes, and Critical Remarks,* 2 vols (London: Printed for the Author, 1792–97), I, pp. xi-xii.

(63)　John Symonds, *Observations upon the Expediency of Revising the Present English Version of the Four Gospels, and of the Acts of the Apostles* (London, 1789), p. 9.

(64)　George Campbell, *The Four Gospels, Translated from the Greek: With Preliminary Dissertations, and Notes Critical and Explanatory,* 2 vols (London: Strahan and Cadell, 1789), I, p. xx.

(65)　*The Analytical Review,* 3 (April 1789), p. 450.

(66)　*The Analytical Review,* 17 (September 1793), pp. 41-52.

(67)　Blake, *The Marriage of Heaven and Hell,* E38.

(68)　Joseph Priestley, *Letters to the Members of the New Jerusalem Church* (Birmingham: J. Thompson, 1791), p. 11.

(69)　Lowth, *Lectures on the Sacred Poetry of the Hebrews,* I, p. 347.

(70)　Lowth, *Lectures on the Sacred Poetry of the Hebrews,* I, p. 379.

(71)　Blake, *The Marriage of Heaven and Hell,* E38-39.

(72)　同様の表現は「マタイによる福音書」21 章 21 節，「マルコによる福音書」11 章 23 節にも見られる．

(73)　Blake, *The Marriage of Heaven and Hell,* E39.

(74)　Blake, *The Marriage of Heaven and Hell,* E39.

(75)　Blake, *All Religions are One,* E1.

(76)　Blake, *The Marriage of Heaven and Hell,* E33.

(77)　Kalidasa, *Sacontalá or, the Fatal Ring: An Indian Drama,* trans. by Sir William Jones (London: Edwards, 1790).

(78)　Sabri-Tabrizi, *The 'Heaven' and 'Hell' of William Blake,* p. 310.

(79)　Kalidasa, *Sacontalá,* pp. 23, 83-84.

(80)　Kalidasa, *Sacontalá,* pp. 86-87.

(81)　Kalidasa, *Sacontalá,* p. 95.

(82)　*The Analytical Review,* 7 (August 1790), pp. 361-373.

(83)　*British Literary Magazines: The Augustan Age and the Age of Johnson, 1698-1788,* ed. by Alvin Sullivan (Westport and London: Greenwood, 1983), pp. 11-14.

(84)　Michael J. Franklin, *Sir William Jones: Selected Poetical and Prose Works,* ed. by Michael J. Franklin (Cardiff: University of Wale Press, 1995), p. 213. Derek Roper, *Reviewing before the Edinburgh 1788-1802* (London: Methuen, 1978), pp. 22-23. Derek Roper, 'Mary Wollstonecraft's Reviews', *Notes and Queries,* 203 (1958), pp. 37-38. Ralph M. Wardle, 'Mary Wollstonecraft, Analytical Reviewer', *PMLA,* 62 (1947), pp. 1000-1009.

(85)　*The Gentleman's Magazine,* 60 (November 1790), pp. 1013-1015.

(86)　*British Literary Magazines,* pp. 136-140.

(87)　James Macpherson, *Fragments of Ancient Poetry, Collected in the Highlands of Scotland, and Translated from the Galic or Erse Language* (Edinburgh, 1760); *Fingal, an Ancient Epic Poem, in Six Books: Together with Several Other Poems, Composed by Ossian the Son of Fingal. Translated from the Galic* (London, 1762); *Temora, an Ancient Epic Poem, in Eight Books: Together with Several Other Poems, Composed by Ossian, the Son of Fingal. Translated from the Galic* (London, 1763).

(88)　*The Critical Review,* Series 2nd, 1 (January 1791), pp. 18–27.

(89)　*British Literary Magazines,* pp. 72–77.

(90)　*The Critical Review,* Series 2nd, 1 (January 1791), p. 27.

(91)　*British Literary Magazines,* pp. 231–237.

(92)　*The Monthly Review,* Series 2nd, 4 (February 1791), pp. 121–137.

(93)　*The Monthly Review,* Series 2nd, 4 (February 1791), p. 124.

(94)　*The Annual Register,* 33 (1791), pp. 192–199.

(95)　*The Annual Register,* 33 (1791), p. 194.

(96)　Peter L. Caracciolo, 'Introduction: "Such a store house of ingenious fiction and of splendid imagery"', in *The Arabian Nights in English Literature,* ed. by Peter L. Caraccilo (London: Macmillan, 1988), pp. 1–80.

(97)　Thomas Babington Macaulay, 'Indian Education: Minute of the 2nd of February, 1835', in *Macaulay: Prose and Poetry,* ed. by G. M. Young (Cambridge, Massachusetts: Harvard University Press, 1967), pp. 719–730.

(98)　Sir William Jones, 'On the Gods of Greece, Italy, and India', in *The Collected Works of Sir William Jones,* ed. by Garland Cannon, 13 vols (Richmond: Curzon Press, 1993), III, pp. 319–397. Garland Cannon, 'Jones's "Sprung from Some Common Source": 1786–1986', in *Sprung from Some Common Source: Investigations into the Prehistory of Languages,* ed. by Sydney M. Lamb and E. Douglas Mitchell (Stanford: Stanford University Press, 1991), pp. 23–47. *The British Discovery of Hinduism in the Eighteenth Century,* ed. by P. J. Marshall (Cambridge: Cambridge University Press, 1970).

(99)　エドワード・サイードのオリエンタリズムは，ジェイムズ・ミルやトマス・マコーレーには該当しても，ジョーンズに適用するのは見当外れである，とする意見がある．Franklin, *Sir William Jones,* pp. xxiii-xxiv.

(100)　Blake, 'The Divine Image', E12–E13.

(101)　William Blake, *William Blake: Songs of Innocence and of Experience,* ed. by Andrew Lincoln (London: The Tate Gallery and the William Blake Trust, 1991), p. 159.

(102)　柳『ヰリアム・ブレーク』，『全集』4 巻，247 頁．

(103)　Blake, *The Song of Los,* E67.

(104)　Jon Mee, *Dangerous Enthusiasm: William Blake and the Culture of Radicalism in the 1790s* (Oxford: Clarendon Press, 1992), p. 220. Saree Makdisi, *William Blake and the Impossible History of the 1790s* (Chicago and London: The University of Chicago Press, 2003), p. 209.

(105)　Edward Larrissy, 'Blake's Orient', *Romanticism,* 11 (2005), pp. 1–13 (p. 1).

第 IV 部　ブレイクとインド哲学との出会い

第九章　ブレイクのパトロン，ウィリアム・ヘイリー

(1)　William Hayley, *An Essay on History; in Three Epistles to Edward Gibbon, Esq.* (London: J. Dodsley, 1780).

(2)　William Hayley, *An Essay on Epic Poetry; in Five Epistles to the Revd. Mr. Mason* (London: J. Dodsley, 1782).

(3)　*The Quarterly Review,* 31 (1825), p. 282.

(4)　George Gordon Byron, *English Bards and Scotch Reviewers,* in *Byron Poetical Works,* ed. by Frederick Page (London: Oxford University Press, 1970), p. 117.

(5)　Leigh Hunt, *The Feast of the Poets, with Notes, and Other Pieces in Verse* (London: James Cawthorn, 1814), p. 7.

(6)　William Hazlitt, *Lectures on English Poets,* in *The Complete Works of William Hazlitt,* ed. by P. P. Howe, 21 vols (London and Toronto: J. M. Dent, 1930–34), V, pp. 145–146.

(7)　*The Gentleman's Magazine,* 90 (November 1820), p. 470.

(8)　Gilchrist, *Life of Blake* (1880), I, p. 142.

(9)　Gilchrist, *Life of Blake* (1880), I, p. 156.

(10)　Gilchrist, *Life of Blake* (1880), I, p. 157.

(11)　Gilchrist, *Life of Blake* (1880), I, p. 157.

(12)　Hayley's letter to Joseph Cooper Walker on the 25th of July in 1801, quoted in Bentley, *Blake Records Second Edition,* p. 108.

(13)　Hayley's letter to Lady Hesketh on the first of November in 1801, quoted in Bentley, *Blake Records Second Edition,* p. 112.

(14)　Hayley's letter to Lady Hesketh on the 22nd of November in 1801, quoted in Bentley, *Blake Records Second Edition,* p. 115.

(15)　Hayley's letter to Lady Hesketh on the seventh of December in 1801, quoted in Bentley, *Blake Records Second Edition,* p. 115.

(16)　Hayley's letter to John Johnson on the first of October in 1801, quoted in Bentley, *Blake Records Second Edition,* p. 109.

(17)　Hayley's letter to John Johnson on the 18th of January in 1802, quoted in Bentley, *Blake Records Second Edition,* p. 117.

(18)　Hayley's letter to Flaxman on the 31st of January in 1802, quoted in Bentley, *Blake Records Second Edition,* p. 118.

(19)　Hayley's letter to Lady Hesketh on the 21st of February in 1802, quoted in Bentley, *Blake Records Second Edition,* pp. 119–120.

(20)　Hayley's letter to Lady Hesketh on the seventh of March in 1802, quoted in Bentley, *Blake Records Second Edition,* p. 122.

(21)　Hayley's letter to Lady Hesketh on the 13th of March in 1802, quoted in Bentley, *Blake Records Second Edition,* p. 122.

(22)　Hayley's letter to Lady Hesketh on the 23rd of March in 1802, quoted in Bentley, *Blake Records Second Edition,* p. 127.

(23)　Hayley's letter to Flaxman on the 24th of March in 1802, quoted in Bentley, *Blake Records Second Edition,* p. 127.

(24)　A letter from John Johnson to William Hayley on the third of December in 1802, quoted in Bentley, *Blake Records Second Edition,* p. 146.

(25)　Blake's letter to Thomas Butts, 10 January 1803, E724.

(26)　Blake's letter to Thomas Butts, 25 April 1803, E728.

(27)　Wilson, *The Life of William Blake,* p. 163.『ミルトン』におけるヘイリーとサタンの関係については，William Blake, *William Blake: Milton,* ed. by Robert N. Essick and Joseph Viscomi (London: The Tate Gallery and the William Blake Trust, 1993), p. 15 に詳しい解説がある．ヘイリーが同時代の芸術家に与えた影響については，Victor Chan, *Leader of My Angels: William Hayley and his Circle* (Edmonton: The Edmonton Art Gallery, 1982) をあわせて参照．

(28)　Wilson, *The Life of William Blake,* pp. 178–179.

(29)　Morchard Bishop, *Blake's Hayley: The Life, Works, and Friendships of William Hayley* (London: Victor Gollancz, 1951).

(30)　Bishop, *Blake's Hayley,* p. 19.

(31)　Northrop Frye, 'Notes for a Commentary on *Milton*', in *The Divine Vision: Studies in the Poetry and Art of William Blake,* ed. by Vivian de Sola Pinto (London: Victor Gollancz, 1957), pp. 97–137. Joseph Anthony Wittreich Jr, 'Domes of Mental Pleasure: Blake's Epic and Hayley's Epic Theory', *Studies in Philology,* 69 (1972), pp. 101–129; *Angel of Apocalypse: Blake's Idea of Milton* (Madison: The University of Wisconsin Press, 1975). William Hayley, *The Life of Milton, in Three Parts* (London: T. Cadell, Jr and W. Davies, 1796).

(32)　William Hayley, *Designs to a Series of Ballads* (Chichester: J. Seagrave, P. Humphry, and R. H. Evans, 1802).

(33)　*The Gentleman's Magazine,* 64 (1794), p. 1205; 65 (1795), p. 347.

(34)　Thomas Maurice, *An Elegiac and Historical Poem, Sacred to the Memory and Virtues of the Honourable Sir William Jones* (London: The Author, 1795).

(35)　William Hayley, *An Elegy on the Death of the Honourable Sir William Jones* (London: T. Cadell, Jr and W. Davies, 1795).

(36)　Hayley, *An Elegy on the Death of the Hon. Sir William Jones,* no page number.

(37)　Garland Cannon, *The Life and Mind of Oriental Jones: Sir William Jones, the Father of Modern Linguistics* (Cambridge: Cambridge University Press, 1990), pp. 310, 381.

(38)　Bishop, *Blake's Hayley,* p. 194.

(39)　Edward Gibbon, 'A Vindication of Some Passages in the Fifteenth and Sixteenth Chapters of the *History of the Decline and Fall of the Roman Empire*' (London: W. Strahan and T. Cadell, 1779). William Hayley, *Memoirs of the Life and Writings of William Hayley, Esq. The Friend and Biographer of Cowper, Written by Himself. With Extracts from his Private Correspondence and Unpublished Poetry. And Memoirs of his Son Thomas Alphonso Hayley, the Young Sculptor,* ed. by John Johnson, 2 vols (London: Henry Colburn and Simpkin and Marshall, 1823), I, pp. 204–205.

(40)　Hayley, *Memoirs of the Life and Writings of William Hayley,* I, pp. 210–240.

(41)　Edward Gibbon, *Miscellaneous Works of Edward Gibbon, Esquire. With Memoirs of his Life and Writings, Composed by Himself: Illustrated from his Letters, with Occasional Notes and Narrative by John Lord Sheffield,* 7 vols, (London, 1796), II, p. 238.

(42)　Gibbon, *Miscellaneous Works of Edward Gibbon,* II, pp. 233–235.

(43)　Richard Fynes, 'Sir William Jones and the Classical Tradition', in *Sir William Jones 1746–1794 A Commemoration,* ed. by Alexander Murray (Oxford: Oxford University Press, 1998), pp. 43–65 (p. 50).

(44)　Edward Gibbon, *The History of the Decline and Fall of the Roman Empire,* 6 vols (London: Strahan and Cadell, 1781), II, p. 575.

(45)　Gibbon, 'Memoirs of My Life and Writings', in *Miscellaneous Works of Edward Gibbon,* I, pp. 1–198 (pp. 186–187).

(46)　William Hayley, 'A Card of Invitation to Mr. Gibbon, at Brighthelmstone. 1781', in *Poems: Consisting of Odes, Sonnets, Songs, and Occasional Verses* (Dublin, 1786), p. 42.

(47)　Sir William Jones, *The Muse Recalled, an Ode, Occasioned by the Nuptials of Lord Viscount Althorp and Miss Lavinia Bingham, Eldest Daughter of Charles, Lord Lucan* (Strawberry Hill, 1781).

(48)　Horace Walpole, *The Yale Edition of Horace Walpole's Correspondence,* ed. by W. S. Lewis, 48 vols (New Haven: Yale University Press, 1937–), XXXV, p. 362. Cannon, *The Life and Mind of Oriental Jones,* p. 145.

(49)　Hayley, *Memoirs of the Life and Writings of William Hayley,* I, pp. 470–471.

(50)　'Epistle IV', Hayley, *An Essay on Epic Poetry,* pp. 88–89.

(51)　Cannon, *The Life and Mind of Oriental Jones,* p. 380.

(52)　'Epistle V', Hayley, *An Essay on Epic Poetry,* p. 109.

(53)　Hayley, *An Essay on Epic Poetry,* p. 297.

(54)　J. Z. Holwell, *Interesting Historical Events, Relative to the Provinces of Bengal, and the Empire of Indostan ... Part I* (London: T. Becket and P. A. De Hondt, 1765).

(55)　J. Z. Holwell, *A Review of the Original Principles, Religious and Moral, of the Ancient Bramins: Comprehending an Account of the Mythology, Cosmogony, Fasts, and Festivals, of the Gentoos, Followers of the Shastah* (London: D. Steel, 1779).

(56)　Sir William Jones, 'On the Poetry of the Eastern Nations', in *Poems, Consisting Chiefly of Translations from the Asiatick Languages* (Oxford: Clarendon Press, 1772), pp. 163–190.

(57)　R. H. Evans, *A Catalogue of the Very Valuable and Extensive Library of the Late William Hayley, esq.* (London: W. Bulmer and W. Nicol, 1821), in *Sale Catalogues of Libraries of Eminent Persons,* ed. by A. N. L. Munby, 12 vols (London: Mansell and Sotheby, 1971), II, pp. 83–171.

(58)　*A Grammar of the Persian Language* (1763), *The History of the Life of Nader Shah* (1773), *The Moallakat, or Seven Arabian Poems* (1783), *The Speeches of Isaeus* (1789), *Sacontalá* (1792), *Asiatick Researches* 3 (1792).

(59)　Hayley, *Memoirs of the Life and Writings of William Hayley,* II, pp. 37–38. Bentley, *Blake Records Second Edition,* pp. 125–126.

(60)　*The European Magazine,* 42 (1802), p. 126. *The Poetical Register* (1802), p. 440.

(61)　Bentley, *Blake Records Second Edition,* p. 143n.

(62)　William Hayley, *Ballads Founded on Anecdotes Relating to Animals, with Prints, Designed and Engraved by William Blake* (London: Richard Phillips, 1805).

(63)　Hayley, *Ballads Founded on Anecdotes Relating to Animals,* no page number. これらの

図版に関する解説は *The Complete Graphic Works of William Blake,* ed. by David Bindman (New York: G. P. Putnam's, 1978), pp. 479-480 を参照.

(64)　*The Poetical Register* (1805), p. 489.

(65)　*The Eclectic Review,* 1 (1805), pp. 921-923.

(66)　*The Annual Review,* 4 (1805), pp. 575-576.

(67)　Bentley, *Blake Records Second Edition,* pp. 223-224. *The Quarterly Review,* 31 (1825), p. 310.

(68)　Gilchrist, *Life of Blake* (1880), I, p. 165.

(69)　Bentley, *Blake Records Second Edition,* p. 128.

(70)　Bishop, *Blake's Hayley,* p. 61.

(71)　William Hayley, *Memoirs of Thomas Alphonso Hayley, the Young Sculptor,* in the second volume of *Memoirs of the Life and Writings of William Hayley,* pp. xiv, 25, 40. Hayley, *Memoirs of the Life and Writings of William Hayley,* I, pp. 416-417.

(72)　William Hayley, *An Essay on Sculpture: In a Series of Epistles to John Flaxman, ESQ. R. A.* (London: T. Cadell Jr and W. Davies, 1800).

(73)　Blake's letter to William Hayley, 1 April 1800; 6 May 1800, E705.

(74)　Blake's letter to John Flaxman, 12 September 1800, E707.

(75)　A letter from Mrs Blake to Mrs Flaxman, 14 September 1800, E708.

(76)　Blake's letter to Thomas Butts, 10 May 1801, E715.

(77)　Oliver Goldsmith, *An History of the Earth, and Animated Nature,* 8 vols (London: J. Nourse, 1774). Evans, *A Catalogue of the Very Valuable and Extensive Library of the Late William Hayley, esq.,* in *Sale Catalogues of Libraries of Eminent Persons,* II, p. 115.

(78)　Goldsmith, *An History of the Earth, and Animated Nature,* IV, p. 257.

(79)　Goldsmith, *An History of the Earth, and Animated Nature,* IV, p. 280.

(80)　*Views of the Taje Mahel at the city of Agra, in Hindoostan. Taken in 1789.*

(81)　William Hodges, *Travels in India, during the Years 1780, 1781, 1782, & 1783* (London, 1793).

(82)　Evans, *A Catalogue of the Very Valuable and Extensive Library of the Late William Hayley, esq.,* in *Sale Catalogues of Libraries of Eminent Persons,* II, p. 138.

(83)　A Letter from Lady Hesketh to William Hayley, 3 July 1802, quoted in Bentley, *Blake Records Second Edition,* pp. 135-136.

(84)　Hodges, *Travels in India,* p. 77.

(85)　Marsh Journal (Huntington), XXII, pp. 77-78, quoted in Bentley, *Blake Records Second Edition,* p. 127.

(86)　Mrs Linnell's letter of 20 August 1839, in *The Letters of Samuel Palmer,* ed. by Raymond Lister, 2 vols (Oxford: Clarendon Press, 1974), I, p. 403n.

(87)　Bishop, *Blake's Hayley,* p. 78. ヘイリーは自伝の中でフラックスマンと出会ったのは1784年であるとしているが，1783年10月20日付ロムニー宛の書簡に於てフラックスマンがヘイリーを紹介してくれたことに対する感謝を述べているので，ヘイリーの記憶違いと思われる．Bentley, *Blake Records Second Edition,* p. 30n.

(88)　Hayley, *Memoirs of Thomas Alphonso Hayley,* p. 154.

(89)　Hayley, *Memoirs of Thomas Alphonso Hayley,* pp. 200-201.
(90)　Hayley, *Memoirs of Thomas Alphonso Hayley,* pp. 222-223.
(91)　Hayley, *Memoirs of Thomas Alphonso Hayley,* p. 249.
(92)　Hayley, *Memoirs of Thomas Alphonso Hayley,* p. 320.
(93)　Hayley, *Memoirs of Thomas Alphonso Hayley,* p. 325.
(94)　Hayley, *Memoirs of Thomas Alphonso Hayley,* p. 431.
(95)　Mildred Archer, *Early Views of India: The Picturesque Journeys of Thomas and William Daniell 1786-1794* (London: Thames and Hudson, 1980), pp. 9, 13, 219-221.
(96)　Hayley, *Memoirs of Thomas Alphonso Hayley,* p. 432.
(97)　Hayley, *Memoirs of Thomas Alphonso Hayley,* p. 458.
(98)　Bentley, *Blake Books,* p. 573.

第十章　トマス・アルフォンゾ・ヘイリーに捧げる追悼詩

(1)　Hayley, *Memoirs of Thomas Alphonso Hayley,* p. 149.
(2)　Hayley, *Memoirs of Thomas Alphonso Hayley,* pp. 148, 234.
(3)　Hayley, *Memoirs of Thomas Alphonso Hayley,* p. 209.
(4)　Hayley, *Memoirs of Thomas Alphonso Hayley,* p. 259.
(5)　Hayley, *Memoirs of Thomas Alphonso Hayley,* pp. 260-261.
(6)　Hayley, *Memoirs of Thomas Alphonso Hayley,* p. 312.
(7)　Hayley, *Memoirs of Thomas Alphonso Hayley,* p. 272.
(8)　Hayley, *Memoirs of Thomas Alphonso Hayley,* p. 280.
(9)　Hayley, *Memoirs of the Life and Writings of William Hayley,* I, p. 307.
(10)　William Hayley, *The Life of George Romney, Esq.* (London: T. Payne, 1809), p. 282.
(11)　Hayley, *Memoirs of the Life and Writings of William Hayley,* I, p. 365.
(12)　Hayley, *Memoirs of Thomas Alphonso Hayley,* p. 143.
(13)　Hayley, *Memoirs of Thomas Alphonso Hayley,* p. 240.
(14)　Hayley, *Memoirs of Thomas Alphonso Hayley,* p. 242.
(15)　Hayley, *Memoirs of Thomas Alphonso Hayley,* p. 395.
(16)　Hayley, *Memoirs of Thomas Alphonso Hayley,* p. 143.
(17)　Hayley, *Memoirs of Thomas Alphonso Hayley,* p. 388.
(18)　John Stedman, *Narrative of a Five Years' Expedition against the Revolted Negroes of Surinam, in Guiana, on the Wild Coast of South America; from the Year 1772 to 1777,* 2 vols (London: J. Johnson, 1796), I, p. 145.
(19)　Bentley, *Blake Records Second Edition,* p. 66.
(20)　Evans, *A Catalogue of the Very Valuable and Extensive Library of the Late William Hayley, esq.,* in *Sale Catalogues of Libraries of Eminent Persons,* II, p. 92.
(21)　Francis Wilford, 'On Egypt and Other Countries adjacent to the Ca'li' River, or Nile of Ethiopia. From the Ancient Books of the Hindus', *Asiatick Researches; or Transactions of the Society, Instituted in Bengal, for Inquiring into the History and Antiquities, the Arts, Sciences, and Literature, of Asia,* 3 (1792), pp. 295-468 (p. 333).
(22)　Hayley, *Memoirs of the Life and Writings of William Hayley,* I, pp. 56-63.

(23)　Goldsmith, *An History of the Earth, and Animated Nature,* V, p. 91.
(24)　Robert N. Essick, *William Blake's Commercial Book Illustrations: A Catalogue and Study of the Plates Engraved by Blake after Designs by Other Artists* (Oxford: Clarendon Press, 1991), p. 82.
(25)　Peter Tomory, 'A Blake Sketch for Hayley's Ballad "The Lion" and a Connection with Fuseli', *Burlington Magazine,* 117 (1975), pp. 377–378 (p. 378).
(26)　Goldsmith, *An History of the Earth, and Animated Nature,* III, p. 214.
(27)　Hayley, 'Lion', in *Ballads Founded on Anecdotes Relating to Animals,* p. 105.
(28)　Hayley, *Memoirs of the Life and Writings of William Hayley,* I, pp. 416–417.
(29)　Hayley, *Memoirs of the Life and Writings of William Hayley,* I, p. 417.
(30)　William Hayley, *The Triumphs of Temper: A Poem in Six Cantos* (London: J. Dodsley, 1781).
(31)　Hayley, *Memoirs of the Life and Writings of William Hayley,* I, pp. 207–208. Susan Matthews, 'Blake, Hayley and the History of Sexuality', in *Blake, Nation and Empire,* ed. by Steve Clark and David Worrall (Basingstoke: Palgrave, 2006), pp. 83–101 (p. 90).
(32)　Bentley, *Blake Records Second Edition,* pp. 85–89. Essick, *William Blake's Commercial Book Illustration,* pp. 80–81.
(33)　Blake's letter to William Hayley, 6 May 1800, E705.
(34)　Bishop, *Blake's Hayley,* p. 254.
(35)　Bentley, *Blake Records Second Edition,* p. 92.
(36)　Blake's letter to Thomas Butts, 11 September 1801, E716.
(37)　Bentley, *Blake Records Second Edition,* p. 112.
(38)　Blake's letter to James Blake, 30 January 1803, E727.
(39)　Blake's letter to Thomas Butts, 11 September 1801, E716.
(40)　Blake, *A Descriptive Catalogue,* E548.《バラモン》は 1809 年以降行方不明．Martin Butlin, *The Paintings and Drawings of William Blake: Text,* p. 480. Tristanne J. Connolly, 'The Authority of the Ancients: Blake and Wilkins' Translation of the *Bhagvat-Geeta',* in *The Reception of Blake in the Orient,* ed. by Steve Clark and Masashi Suzuki (London: Continuum, 2006), pp. 145–158.

第十一章　ゆるしの宗教と「利己心」

(1)　Blake, *A Descriptive Catalogue,* E543; *Jerusalem,* E201. 聖職者組織が運営するキリスト教と，イエスの教えとを区別する考え方は，「今日のキリスト教」と「福音書のキリスト教」とを区別したルソーにも見ることができる．ルソー『社会契約論』桑原武夫・前川貞次郎訳（岩波文庫，1954），186 頁．Jean-Jacques Rousseau, *An Inquiry into the Nature of the Social Contract; or Principles of Political Right* (London: G. G. J. and J. Robinson, 1791), p. 371.
(2)　Blake, *The Marriage of Heaven and Hell,* E39.
(3)　田川建三『イエスという男――逆説的反抗者の生と死』（三一書房，1980），31 頁．
(4)　「ルカによる福音書」10 章 37 節．
(5)　田川『イエスという男』，41–42 頁．

(6)　坂口ふみ『〈個〉の誕生――キリスト教教理をつくった人々』（岩波書店，1996），16頁．

(7)　加藤隆『新約聖書はなぜギリシア語で書かれたか』（大修館書店，1999），40頁．

(8)　加藤隆『新約聖書の誕生』（講談社選書メチエ，1999），48頁．

(9)　Blake, *The Marriage of Heaven and Hell,* E43.

(10)　「出エジプト記」20章8-17節．

(11)　「マタイによる福音書」12章1-8節，「マルコによる福音書」2章23-28節，「ルカによる福音書」6章1-5節．

(12)　「マタイによる福音書」10章16-23節，「マルコによる福音書」13章9-13節，「ルカによる福音書」21章12-17節．

(13)　「ヨハネによる福音書」8章1-11節．

(14)　「マタイによる福音書」4章18-22節，9章9節，「マルコによる福音書」2章13-14節，「ルカによる福音書」5章1-11節，5章27-28節．

(15)　「マタイによる福音書」27章11-14節，「マルコによる福音書」15章1-5節，「ヨハネによる福音書」18章28-38節．

(16)　「マタイによる福音書」10章5-15節，「マルコによる福音書」6章7-13節，「ルカによる福音書」9章1-6節．

(17)　Richard Watson, *An Apology for the Bible, in a Series of Letters, Addressed to Thomas Paine* (London: T. Evans, Cadell and Davies, P. Elmsley, J. Debrett, J. Robson and R. Faulder, 1796).

(18)　Blake, 'Annotations to *An Apology for the Bible*', E614.

(19)　Blake, 'Annotations to *An Apology for the Bible*', E615.

(20)　Blake, *Jerusalem,* E232.

(21)　「ルカによる福音書」3章2節，「マタイによる福音書」26章3-4節．

(22)　Blake, *Jerusalem,* E232.

(23)　Blake, *A Descriptive Catalogue,* E543.

(24)　Blake, *Jerusalem,* E180.

(25)　Blake, *Jerusalem,* E145.

(26)　「マルコによる福音書」2章17節，「ルカによる福音書」5章32節．

(27)　「マタイによる福音書」23章28節．

(28)　「ヨハネによる福音書」8章1-9節．

(29)　「マルコによる福音書」11章25-26節．

(30)　Blake, *Jerusalem,* E148.

(31)　Blake, *Jerusalem,* E231.

(32)　Blake, 'Annotations to *An Apology for the Bible*', E620.

(33)　Blake, *Laocoön,* E274.

(34)　Blake, *Jerusalem,* E201.

(35)　Blake, [A Vision of The Last Judgment], E564.

(36)　Blake, [A Vision of The Last Judgment], E565.

(37)　Blake, *Jerusalem,* E201.

(38)　Blake, *Jerusalem,* E207.

(39)　Noah Heringman, *Romantic Rocks, Aesthetic Geology* (Ithaca, N. Y.: Cornell University Press, 2004), p. 104.
(40)　Blake, [A Vision of The Last Judgment], E562.
(41)　Martin Butlin, *The Paintings and Drawings of William Blake*, 2 vols (New Haven and London: Yale University Press, 1981), *Plates*, p. 400.
(42)　Blake, [Miscellaneous Inscriptions on Designs (with Butlin catalogue numbers)], E675.
(43)　Bentley, *The Stranger from Paradise*, p. 49.
(44)　Robert N. Essick, *William Blake and the Language of Adam* (Oxford: Clarendon Press, 1989), p. 166.
(45)　Morris Eaves, 'Blake and the Artistic Machine: An Essay in Decorum and Technology', *PMLA*, 92 (1977), pp. 903–927 (p. 908).
(46)　Blake, *Jerusalem*, E175.
(47)　Blake, *Jerusalem*, E198.
(48)　Blake, [A Vision of The Last Judgment], E565.
(49)　Blake, *Milton*, E139.
(50)　Blake, *Jerusalem*, E151.
(51)　Damon, *A Blake Dictionary*, p. 381.
(52)　Harold Bloom, *Blake's Apocalypse: A Study in Poetic Argument* (Garden City: Doubleday, 1965), p. 77.
(53)　Blake, *The Four Zoas*, E391.「ブレイクの考えている最後の審判とは，要するに善悪を超えて，すべてを相対化する心的な在り方を体得するとき，それが起こるというものである」(大熊昭信『ウィリアム・ブレイク研究——「四重の人間」と性愛，友愛，犠牲，救済をめぐって』，彩流社，1997，13 頁)．
(54)　Blake, *Milton*, E142.

第十二章　相互寛容を求めて

(1)　Blake, *The Four Zoas*, E380.
(2)　Blake, *Milton*, E132.
(3)　Blake, [A Vision of The Last Judgment], E556.
(4)　*The Prophetic Writings of William Blake*, ed. by D. J. Sloss and J. P. R. Wallis, 2 vols (Oxford: Clarendon Press, 1926), II, p. 77.
(5)　Blake, [A Vision of The Last Judgment], E558.
(6)　Blake, *Jerusalem*, E199.
(7)　Blake, *Jerusalem*, E200.
(8)　Blake, *Jerusalem*, E229.
(9)　Blake, *Jerusalem*, E170.
(10)　Blake, *Jerusalem*, E177–178.
(11)　Blake, *Jerusalem*, E258–259.
(12)　Erdman, *The Illuminated Blake*, p. 378. 第 99 プレートをめぐる研究史は次の文献に簡潔に紹介されている．William Blake, *William Blake: Jerusalem*, ed. by Morton Paley

(London: The Tate Gallery and the William Blake Trust, 1991), p. 297.

(13) David Bindman, *Blake as an Artist* (Oxford: Phaidon, 1977), p. 179. Mitchell, *Blake's Composite Art,* p. 210.

(14) Blake, *Jerusalem,* E231.

(15) Erdman, *The Illuminated Blake,* p. 355.

(16) Edward J. Rose, 'Blake's Metaphorical States', *Blake Studies,* 4 (1971), pp. 9–31 (p. 16). Donald D. Ault, *Visionary Physics: Blake's Response to Newton* (Chicago and London: The University of Chicago Press, 1974), p. 74. Jeanne Moskal, *Blake, Ethics, and Forgiveness* (Tuscaloosa and London: The University of Alabama Press, 1994), p. 72.

(17) Morton D. Paley, *Energy and the Imagination: A Study of the Development of Blake's Thought* (Oxford: Clarendon Press, 1970), p. 143.

(18) Blake, *The Book of Thel,* E4; *The Four Zoas,* E321.

(19) Blake, *The Four Zoas,* E378.

(20) Blake, *The Four Zoas,* E395.

(21) Davies, *The Theology of William Blake,* p. 47. Sabri-Tabrizi, *The 'Heaven' and 'Hell' of William Blake,* pp. 100–101.

(22) Bentley, *Blake Records Second Edition,* p. 53.

(23) Edward Williams, *Poems, Lyric and Pastoral,* 2 vols (London, 1794), I, pp. xx-xxi. Peter F. Fisher, 'Blake and the Druids', in *Blake: A Collection of Critical Essays,* ed. by Northrop Frye (Englewood Cliffs, N. J.: Prentice-Hall, 1966), pp. 156–178 (pp. 156–157).

(24) Kathleen Raine, *Blake and Tradition,* 2 vols (Princeton: Princeton University Press, 1968), I, p. 62.

(25) Ault, *Visionary Physics,* p. 93.

(26) Blake, *William Blake: Jerusalem,* ed. by Morton Paley, p. 169.

(27) Norvig, *Dark Figures in the Desired Country,* p. 102.

(28) Fisher, 'Blake and the Druids', p. 163. Proclus, *The Six Books of Proclus, the Platonic Successor, on the Theology of Plato,* trans. by Thomas Taylor (London, 1816).

(29) Proclus, *The Philosophical and Mathematical Commentaries of Proclus; Surnamed, Plato's Successor, on the First Book of Euclid's Elements. And his Life by Marinus,* trans. by Thomas Taylor, 2 vols (London: T. Payne, B. White, L. Davis, J. Robson, T. Cadell, Leigh, G. Nicol, R. Faulder, T. and J. Egerton, 1788–89).

(30) Proclus, *The Philosophical and Mathematical Commentaries of Proclus,* I, p. 53.

(31) Proclus, *The Philosophical and Mathematical Commentaries of Proclus,* II, p. 272.

(32) Plato, *The Cratylus, Phaedo, Parmenides, and Timœus of Plato, Translated from the Greek by T. Taylor. With Notes on the Cratylus, and an Explanatory Introduction to Each Dialogue* (London: Benjamin and John White, 1793).

(33) Plato, *The Cratylus, Phaedo, Parmenides, and Timœus of Plato,* p. 38n.

(34) Plato, *The Cratylus, Phaedo, Parmenides, and Timœus of Plato,* p. 330.

(35) Plotinus, *Five Books of Plotinus, viz. On Felicity; On the Nature and Origin of Evil; On Providence; On Nature, Contemplation, and the One; and on the Descent of the Soul: Translated from the Greek, with an Introduction ... By T. Taylor* (London: Edward Jeffrey,

1794).

(36) Thomas Taylor, 'Introduction', in *Five Books of Plotinus,* pp. lvi.

(37) Proclus, *The Philosophical and Mathematical Commentaries of Proclus,* I, pp. vii, 48n.

(38) Plato, *The Cratylus, Phaedo, Parmenides, and Timæus of Plato,* p. xx.

(39) Frederick E. Pierce, 'Blake and Thomas Taylor', *PMLA,* 43 (1928), pp. 1121–1141.

(40) Kathleen Raine, 'The Little Girl Lost and Found and the Lapsed Soul', in *The Divine Vision,* pp. 19–63. Raine, *Blake and Tradition,* I, p. 127.

(41) George Mills Harper, *The Neoplatonism of William Blake* (Chapel Hill: The University of North Carolina Press, 1961).

(42) Harper, *The Neoplatonism of William Blake,* pp. 55, 87, 186.

(43) Bentley, *The Stranger from Paradise,* p. 83.

(44) Bentley, *Blake Records Second Edition,* p. 500.

(45) Philip Cardinale and Joseph Cardinale, 'A Newly Discovered Blake Book: William Blake's Copy of Thomas Taylor's *The Mystical Initiations; or, Hymns of Orpheus* (1787)', *Blake/An Illustrated Quarterly,* 44 (2010), pp. 84–102.

(46) Tristanne J. Connolly, *William Blake and the Body* (Basingstoke: Palgrave Macmillan, 2002), p. 155.

(47) Bentley, *The Stranger from Paradise,* p. 198.

(48) 『四つのゾア』の制作年代に関するアードマンの注釈を参照（E817）.

(49) Evans, *A Catalogue of the Very Valuable and Extensive Library of the Late William Hayley, esq.,* in *Sale Catalogues of Libraries of Eminent Persons,* II, pp. 92, 129.

(50) Hayley, *The Life of Milton,* pp. 211–212.

(51) Wilford, 'On Egypt and Other Countries adjacent to the Ca'li' River, or Nile of Ethiopia 1792', p. 404.

(52) Blake, *The Four Zoas,* E391.

(53) Sir William Jones, 'On the Mystical Poetry of the Persians and Hindus', in *Asiatick Researches,* 3 (1792), pp. 165–208.

(54) Jones, 'On the Mystical Poetry of the Persians and Hindus', p. 165.

(55) Jones, 'On the Mystical Poetry of the Persians and Hindus', p. 166.

(56) Isaac Barrow, *The Works of the Learned Isaac Barrow, D. D. ... Being All his English Works ... Published by his Grace, Dr. John Tillotson,* 3 vols (London: A. Millar; J. & R. Tonson, 1741), I, p. 223; III, pp. 97–98.

(57) Jones, 'On the Mystical Poetry of the Persians and Hindus', p. 168.

(58) Jones, 'On the Mystical Poetry of the Persians and Hindus', p. 168.

(59) Jones, 'On the Mystical Poetry of the Persians and Hindus', p. 170. Jacques Necker, *Of the Importance of Religious Opinions. Translated from the French* (London, 1788), pp. 129, 326.

(60) Jones, 'On the Mystical Poetry of the Persians and Hindus', pp. 170–171.

(61) John Drew, *India and the Romantic Imagination* (Oxford: Oxford University Press, 1987), pp. 78–81. なお，ジョーンズやモリスのテクストには「ヒンドゥーの宗教」や「ヒンドゥーの神話」という表現は頻出するが，「仏教」という語は見られない．「ヒンドゥ

ー」という概念や，ヒンドゥーの側から見ると，仏教は「ヒンドゥーの宗教」の分派とみなされることなどについては，森本達雄『ヒンドゥー教――インドの聖と俗』（中公新書，2008），24-33頁を参照．

(62) Thomas Maurice, *Indian Antiquities: or, Dissertations Relative to the Ancient Geographical Divisions, the ... Primeval Theology, the Grand Code of Civil Laws, the Original Form of Government, and the ... Literature of Hindostan, Compared ... with the Religion, Laws, Government and Literature of Persia, Egypt and Greece. The Whole Intended as Introductory to ... the History of Hindostan,* 7 vols (London, 1794-1800), I, pp. 97-98.

(63) Maurice, *Indian Antiquities,* VII, p. 895.

(64) Piloo Nanavutty, 'William Blake and Hindu Creation Myths', in *The Divine Vision,* pp. 163-182 (p. 179).

(65) Blake, *A Descriptive Catalogue,* E548.

(66) Maurice, *Indian Antiquities,* II, p. 13.

(67) *The Bhagvat-Geeta, or Dialogues of Kreeshna and Arjoon,* trans. by Charles Wilkins (London: C. Nourse, 1785).

(68) *The Heetopades of Veeshnoo-Sarma, in a Series of Connected Fables, Interspersed with Moral, Prudential, and Political Maxims,* trans. by Charles Wilkins (London: C. Nourse and J. Marshall, 1787).

(69) Maurice, *Indian Antiquities,* II, p. 229.

(70) Blake, *The Four Zoas,* E391.

(71) Maurice, *Indian Antiquities,* II, p. 232.

(72) Maurice, *Indian Antiquities,* II, p. 237.

(73) Maurice, *Indian Antiquities,* VI, p. 218.

(74) Maurice, *Indian Antiquities,* VII, p. 891.

(75) Thomas Shaw, 'On the Inhabitants of the Hills near Rájamahall', *Asiatick Researches,* 4 (1795), pp. 45-107 (p. 46).

(76) Frederick E. Pierce, 'Taylor, Aristotle, and Blake', *Philological Quarterly,* 9 (1930), pp. 363-370 (p. 365). Harper, *The Neoplatonism of William Blake,* p. 163. Damon, *A Blake Dictionary,* p. 433. Connolly, *William Blake and the Body,* p. 158.

(77) Maurice, *Indian Antiquities,* II, p. 237.

(78) Maurice, *Indian Antiquities,* II, p. 275.

(79) Maurice, *Indian Antiquities,* II, p. 283.

(80) Blake, 'The Vision of the Last Judgment' (1808), in *The Paintings and Drawings of William Blake: Plates,* p. 870 (Cat. 642).

(81) Maurice, *Indian Antiquities,* II, pp. 287-294.

(82) Maurice, *Indian Antiquities,* IV, p. 190.

(83) Sir William Jones, 'On the Hindus: The Third Anniversary Discourse, Delivered 2 February 1786, By the President', *Asiatick Researches,* 1 (1788), pp. 415-431 (p. 425).

(84) O. P. Kejariwal, *The Asiatic Society of Bengal and the Discovery of India's Past 1784-1838* (Oxford: Oxford University Press, 1988), p. 41. Fynes, 'Sir William Jones and

the Classical Tradition', p. 63.

(85)　Garland Cannon, *Sir William Jones: A Bibliography of Primary and Secondary Sources* (Amsterdam: John Benjamins B. V., 1979), p. 27.

(86)　*The Analytical Review*, 22 (1795), pp. 261–262.

第V部　異文化理解とは何か

第十三章　柳宗悦とローレンス・ビニョン

(1)　Swinburne, *William Blake*, p. 335.

(2)　Symons, *William Blake*, pp. 161–162.

(3)　柳『ヰリアム・ブレーク』,『全集』4巻，361，482頁．

(4)　ビニョンの伝記的事実については John Hatcher, *Laurence Binyon: Poet, Scholar of East and West* (Oxford: Clarendon Press, 1995) を参照．モダニズムとビニョンの関係を探る研究として，Rupert Richard Arrowsmith, 'The Transcultural Roots of Modernism: Imagist Poetry, Japanese Visual Culture, and the Western Museum System', *Modernism/Modernity*, 18 (2011), pp. 27–42 を挙げることができるが，坪内逍遥をおそらく二葉亭四迷と混同してロシア文化研究者と説明するなど，日本に関連する議論に不注意な箇所が散見される．大英博物館におけるビニョンとパウンドの交流については，Rupert Richard Arrowsmith, *Modernism and the Museum: Asian, African, and Pacific Art and the London Avant-Garde* (Oxford: Oxford University Press, 2011), pp. 103–127 を参照．中国美術の見方について，ビニョンが日本の美術史家から影響を受けたことは，Michelle Ying Ling Huang, 'The Influence of Japanese Expertise on the British Reception of Chinese Painting', in *Beyond Boundaries: East and West Cross-Cultural Encounters*, ed. by Michelle Ying Ling Huang (Newcastle upon Tyne: Cambridge Scholars Publishing, 2011), pp. 88–111 を参照．

(5)　アーサー・ランサム『アーサー・ランサム自伝』神宮輝夫訳（白水社，1984），92–93頁．

(6)　Laurence Binyon, *Catalogue of Drawings by British Artists and Artists of Foreign Origin Working in Great Britain, Preserved in the Department of Prints and Drawings in the British Museum*, 4 vols (London: The British Museum, 1898–1907). Laurence Binyon, *William Blake. Being All his Woodcuts Photographically Reproduced in Facsimile* (London: Unicorn Press, 1902). Laurence Binyon, *William Blake Volume I. Illustrations of the Book of Job* (London: Methuen, 1906).

(7)　Laurence Binyon, *Painting in the Far East: An Introduction to the History of Pictorial Art in Asia Especially China and Japan* (London: Edward Arnold, 1908). Laurence Binyon, *Japanese Art* (London: T. Fisher Unwin, 1909). Laurence Binyon, *The Flight of the Dragon: An Essay on the Theory and Practice of Art in China and Japan, Based on Original Sources* (London: John Murray, 1911).

(8)　Hatcher, *Laurence Binyon*, p. 174.

(9)　柳「ヰリアム・ブレーク」,『全集』4巻，620頁．

(10)　Binyon, *William Blake Volume I. Illustrations of the Book of Job*, p. 5.

(11)　Binyon, *William Blake Volume I. Illustrations of the Book of Job,* p. 14.
(12)　Binyon, *William Blake Volume I. Illustrations of the Book of Job,* p. 24n.
(13)　Binyon, *William Blake Volume I. Illustrations of the Book of Job,* p. 38.
(14)　Binyon, *William Blake Volume I. Illustrations of the Book of Job,* p. 38.
(15)　オリーヴ・チェックランド『明治日本とイギリス――出会い・技術移転・ネットワークの形成』杉山忠平・玉置紀夫訳（法政大学出版局，1996），206頁.
(16)　松村昌家「セルフ・ヘルプの系譜」，松村昌家，川本静子，長島伸一，村岡健次編『英国文化の世紀4　民衆の文化誌』（研究社，1996），16頁.
(17)　Charles Dickens, *Hard Times: For These Times* (London: Bradbury & Evans, 1854).
(18)　John Stuart Mill, *Autobiography* (London: Longmans, Green, Reader, and Dyer, 1873), pp. 146-149. 川西進「自伝に見る父と子――ミルとラスキン」，松村他編『英国文化の世紀4　民衆の文化誌』，47-70頁.
(19)　Shelley's letter to Charles and James Ollier, 20 January 1821, in *The Complete Works of Percy Bysshe Shelley,* ed. by Roger Ingpen and Walter E. Peck, 10 vols (New York: Gordian Press, 1965), X, p. 232. Thomas Love Peacock, 'The Four Ages of Poetry', in *The Works of Thomas Love Peacock,* ed. by H. F. B. Brett-Smith and C. E. Jones, 10 vols (New York: AMS Press, 1967), VIII, pp. 1-25.
(20)　*Romanticism: An Anthology,* 4th edn, ed. by Duncan Wu (Chichester: Wiley Blackwell, 2012), p. 1233n.
(21)　Binyon, *William Blake Volume I. Illustrations of the Book of Job,* p. 44.
(22)　Binyon, *Painting in the Far East,* pp. 218-219.
(23)　岡倉天心『東洋の理想』，『東洋の理想他』佐伯彰一，桶谷秀昭，橋川文三訳（平凡社，1983），107-108頁．Kakuzo Okakura, *The Ideals of the East, with Special Reference to the Art of Japan* (London: John Murray, 1905), pp. 200-201.
(24)　La Commision impériale du Japon à l'Exposition universelle de Paris, *Histoire de l'art du Japon* (Paris: Maurice de Brunoff, 1900).
(25)　Binyon, *Painting in the Far East,* pp. vi, ix. ビニョンはブリンクリーの著作名を明らかにしていないが，F. Brinkley, *Japan: Its History, Arts and Literature,* 8 vols (Boston, J. B. Millet, 1901-1902) が代表作の一つである.
(26)　古筆了任については，彬子女王「ウィリアム・アンダーソン・コレクション再考」，『比較日本学研究センター研究年報』4号（2008），123-132頁を参照.
(27)　Binyon, *Painting in the Far East,* pp. 90, 183-184, 192-193, 252-253.
(28)　Binyon, *Painting in the Far East,* p. viii.
(29)　Binyon, *Painting in the Far East,* p. 16.
(30)　Binyon, *Painting in the Far East,* p. 19.
(31)　Binyon, *Painting in the Far East,* pp. 112, 135-136.
(32)　Binyon, *Painting in the Far East,* p. 145.
(33)　Blake, 'Auguries of Innocence', E490.
(34)　柳「宗教的時間」，『帝国文学』24巻4号（1918年4月），『全集』2巻，112頁．柳「即如の種々なる理解道」，『白樺』10巻4号（1919年4月），『全集』2巻，367頁.
(35)　Binyon, *Painting in the Far East,* p. 167.

(36)　岡倉『東洋の理想』，95 頁．Okakura, *Ideals of the East,* p. 177.

(37)　Binyon, *Painting in the Far East,* p. 257.

(38)　Binyon, *Painting in the Far East,* p. 258.

(39)　Binyon, *Japanese Art,* p. 16.

(40)　Binyon, *The Flight of the Dragon,* p. 10.

(41)　Binyon, *The Flight of the Dragon,* pp. 35-37.「賢明な受動性」という表現はワーズワスの「忠告と返答」（'Expostulation and Reply'）という詩に含まれる．ビニョンが引用したキーツの言葉は必ずしも正確ではないが，それぞれ「1819 年 9 月 24 日付ジョージ・キーツとジョージアナ・キーツ宛書簡」，「1818 年 10 月 27 日付リチャード・ウッドハウス宛書簡」，「1818 年 2 月 19 日付ジョン・レノルズ宛書簡」に基づく．*The Letters of John Keats 1814-1821,* ed. by Hyder Edward Rollins, 2 vols (Cambridge: Cambridge University Press, 1958), II, p. 213; I, pp. 232, 387.

(42)　Laurence Binyon, *A Catalogue of Japanese & Chinese Woodcuts Preserved in the Sub-Department of Oriental Prints and Drawings in the British Museum* (London: The British Museum, 1916), p. xv.

(43)　Laurence Binyon, *English Poetry in its Relation to Painting and the Other Arts* (London: Oxford University Press, 1918), p. 8.

(44)　柳「河井寛次郎の人と仕事」，『世界』（1946 年 10 月），『全集』14 巻，177 頁．柳「聖貧に就て」（『婦人公論』1927 年 9 月），『全集』3 巻，540 頁．なお，柳は出典を挙げていないが，ブレイクの原文は『天国と地獄の結婚』の一節である（'The thankful reciever [*sic*] bears a plentiful harvest', E37）．

(45)　Laurence Binyon, 'A Letter to Okakura Kakuzo, 20 May 1908', 103/6 Binyon Archive, The British Library.

(46)　Binyon, 'A Letter to Ernest Fenollosa, 10 September 1908', 103/4 Binyon Archive.

(47)　W. B. Yeats, 'A Letter to Laurence Binyon, 29 January 1924', 103/11 Binyon Archive. Binyon, 'A Letter to W. B. Yeats, 31 January 1924', 103/75 Binyon Archive. Henri Joly, *Legend in Japanese Art* (London: Jone Lane the Bodley Head, 1908).

(48)　高田時雄「狩野直喜」，礪波護，藤井讓治編『京大東洋学の百年』（京都大学学術出版会，2002），16 頁．

(49)　Naoki Kano, 'A Letter to Laurence Binyon, 14 September 1913', 103/6 Binyon Archive.

(50)　Robert Nichols, 'A Letter to Laurence Binyon, 30 October 1923', 103/8 Binyon Archive.

(51)　Seiichi Taki, 'A Letter to Laurence Binyon, 21 October 1923', 103/10 Binyon Archive.

(52)　Edmund Blunden, 'A Letter to Laurence Binyon, 21 January 1927', 103/1 Binyon Archive.

(53)　Blunden, 'A Letter to Laurence Binyon, 19 April 1927', 103/1 Binyon Archive.

(54)　Yashiro, 'A Letter to Laurence Binyon, 6 October 1921', 103/11 Binyon Archive.

(55)　この他に在英挿絵画家牧野義雄（1870-1956）とビニョンとの交流については，William S. Rodner, *Edwardian London through Japanese Eyes: The Art and Writings of Yoshio Markino, 1897-1915* (Leiden and Boston: Brill, 2012), pp. 15-33 に詳しい説明がある．

(56)　Langdon Warner, 'A Letter to Laurence Binyon, 6 July [year unknown]', 103/11 Binyon Archive.

(57) 柳「ブレーク展覧会に就て」,『白樺』5巻11号（1914年11月),『全集』5巻，104頁．同「ブレーク展覧会に就て」,『白樺』5巻12号（1914年12月),『全集』5巻，105頁．

(58) 柳「第七回美術展覧会」,『白樺』6巻2号（1915年2月),『全集』5巻，106頁．

(59) 柳「1908年□月［ママ］24日付志賀直哉宛書簡」,『全集』21巻上，9頁．

(60) Margaret Harker, *The Linked Ring: The Secession Movement in Photography in Britain, 1892-1910* (London: Heinemann, 1979), pp. 153-154. 今橋映子『〈パリ写真〉の世紀』(白水社，2003)，17-18頁．

(61) Blake Society, *The First Meeting of the Blake Society,* p. 95.

(62) Frederick Hollyer and Frederick T. Hollyer, *Catalogue of Platinotype Reproductions of Pictures & c. Photographed and Sold by Mr. Hollyer No. 9 Pembroke Sqr. London W.* (London: Frederick Hollyer, 1902), p. 31.

(63) 山宮『ブレイク論稿』，157頁．

(64) 柳「1915年11月8日付リーチ宛書簡」,『全集』21巻上，201頁．

(65) 柳「目録解」,『ヰリアム・ブレーク複製版画展覧会目録』(1919),『全集』5巻，130-147頁．

(66) 柳「ブレークの絵を註文された方に」,『白樺』11巻5号（1920年5月),『全集』5巻，153頁．

(67) 柳「ブレークの画を註文された方に再び」,『白樺』11巻7号（1920年7月),『全集』5巻，154-155頁．

(68) 柳「三度ブレークの絵を申込まれた方に」,『白樺』11巻9号（1920年9月),『全集』5巻，156頁．

(69) 柳「編輯室にて」,『白樺』11巻10号（1920年10月),『全集』20巻，40頁．

(70) 柳「編輯室にて」,『白樺』10巻2号（1919年2月),『全集』20巻，35頁．

(71) 柳「赤倉温泉から」,『白樺』10巻8号（1919年8月),『全集』20巻，37頁．

(72) 柳「赤倉温泉から」,『全集』20巻，37頁．

(73) 柳「1919年8月6日付バーナード・リーチ宛書簡」,『全集』21巻上，229頁．

(74) 柳『ブレークの言葉』,『全集』5巻，162頁．Blake, A Letter to John Trusler, 16 August 1799, E701.

(75) 柳『ブレークの言葉』,『全集』5巻，165頁．Blake, *Visions of the Daughters of Albion,* E45.

(76) 柳『ブレークの言葉』,『全集』5巻，186頁．Blake, 'Annotations to Lavater's *Aphorisms on Man*', E599.

(77) 柳『ブレークの言葉』,『全集』5巻，190頁．Blake, *The Marriage of Heaven and Hell,* E34.

(78) 柳『ブレークの言葉』,『全集』5巻，200頁．Blake, *Jerusalem,* E145.

(79) 柳『ブレークの言葉』,『全集』5巻，201頁．Blake, 'Annotations to *The Works of Sir Joshua Reynolds*', E636.

(80) 柳『ブレークの言葉』,『全集』5巻，208頁．Blake, 'Public Address', E577.

(81) 柳「1921年9月11日付バーナード・リーチ宛書簡」,『全集』21巻上，240頁．

(82) 今井信雄『「白樺」の周辺——信州教育との交流について』(信濃教育会出版部,

1975)，59 頁.

(83)　柳「1929 年 3 月 20 日付バーナード・リーチ宛書簡」，『全集』21 巻上，355 頁.

(84)　柳「1929 年 5 月 6 日付柳兼子宛書簡」，『全集』22 巻下，28 頁.

(85)　柳「1929 年 5 月 22 日付ラングドン・ウォーナー宛書簡」，『全集』21 巻上，363-364 頁.

(86)　柳「1929 年 5 月 18 日付柳兼子宛書簡」，同「1929 年 7 月 14 日付書簡」，『全集』22 巻下，30，33 頁.

(87)　柳「1929 年 5 月 24 日付吉田正太郎宛書簡」，『全集』21 巻上，365 頁.

(88)　Binyon, 'A Letter to Langdon Warner, 20 May 1929', 103/75 Binyon Archive.

(89)　柳「1929 年 7 月 15 日寿岳文章宛書簡」，『全集』21 巻上，367 頁.

(90)　柳「1929 年 7 月 20 日付志賀直哉宛書簡」，『全集』21 巻上，367 頁.

(91)　柳「1929 年 7 月 14 日付柳兼子宛書簡」，『全集』22 巻下，33 頁.

(92)　柳「1940 年 5 月 18 日付河井寛次郎宛書簡」，『全集』22 巻下，117 頁.

(93)　柳「民藝館創立廿周年」，『民藝』46 号（1956 年 10 月），『全集』16 巻，257 頁.

(94)　柳「1929 年 8 月 24 日付濱田庄司宛書簡」，『全集』21 巻上，369 頁.

(95)　柳「1929 年 8 月 18 日付寿岳文章宛書簡」，『全集』21 巻上，578 頁.

(96)　A. Edward Newton, *A Magnificent Farce and Other Diversions of a Book-Collector* (Boston: The Atlantic Monthly Press, 1921), pp. 201-202.

(97)　Grolier Club, *William Blake an Exhibition* (New York, 1919).

(98)　柳「1929 年 8 月 27 日付濱田庄司宛書簡」，『全集』21 巻上，369 頁，同「1929 年 8 月 28 日付柳兼子宛書簡」，『全集』22 巻下，37 頁.

(99)　柳「1929 年 9 月 6 日付濱田庄司宛書簡」，『全集』21 巻上，371 頁.

(100)　柳「1929 年 10 月 23 日付濱田庄司宛書簡」，『全集』21 巻上，377 頁.

(101)　柳「1929 年 12 月 17 日付濱田庄司宛書簡」，『全集』21 巻上，382-383 頁.

(102)　柳「1929 年 9 月 9 日付寿岳文章宛書簡」，『全集』21 巻上，372 頁.

(103)　Hatcher, *Laurence Binyon*, pp. 243-244.

(104)　M・S・生，「ビニヨン氏将来英国名家水彩画展覧会に就て」，『英語研究』22 巻 8 号（1929 年 11 月），890 頁.

(105)　Yo. Okakura, 'A Letter to Laurence Binyon, 7 October 1929', 103/8 Binyon Archive.

(106)　Laurence Binyon, *Landscape in English Art and Poetry* (Tokyo: Kenkyusha, 1930). ビニョン・アーカイヴには講義概要を記した小冊子が保管されており，'Landscape in English Art and Poetry/Synopsis of a Course of Lectures Delivered at the Tokyo Imperial University by Mr. Laurence Binyon/October 1929' (103/25 Binyon Archive) という表題が付いている．英語による講義のための補助資料と思われる.

(107)　Binyon, *Landscape in English Art and Poetry*, p. v. 日本語訳は，ローレンス・ビニョン『イギリスの美術と詩における風景』茅原道昭訳（南雲堂フェニックス，2009）を参照し，適宜改めた.

(108)　Binyon, *Landscape in English Art and Poetry*, pp. v-vi.

(109)　Binyon, *Landscape in English Art and Poetry*, p. 5.

(110)　Binyon, *Landscape in English Art and Poetry*, p. 7.

(111)　Binyon, *Landscape in English Art and Poetry*, p. 52.

(112)　Binyon, *Landscape in English Art and Poetry,* p. 76.
(113)　Binyon, *Landscape in English Art and Poetry,* p. 144.
(114)　Binyon, *Landscape in English Art and Poetry,* p. 177.
(115)　Binyon, *Landscape in English Art and Poetry,* p. 290.
(116)　Binyon, *William Blake Volume I. Illustrations of the Book of Job,* p. 44.
(117)　柳「1929年12月17日付濱田庄司宛書簡」,『全集』21巻上，383頁.
(118)　柳「アメリカ印象記」,『改造』12巻11号（1930年11月）『全集』5巻，395頁.
(119)　Blake, *The Marriage of Heaven and Hell,* E37.
(120)　Blake, 'Annotations to *The Works of Sir Joshua Reynolds*', E656.
(121)　柳［私の宗教］（未発表論稿),『全集』19巻，763頁.
(122)　柳「琉球の富」,『工藝』100号（1939年10月),『全集』15巻，60頁.
(123)　Laurence Binyon, 'Introduction', in *Poems of Blake,* ed. by Laurence Binyon (London: Macmillan, 1931), p. xxvi.
(124)　Laurence Binyon, 'English Poetry & Drama of To-Day and To-Morrow',『英文学研究』10巻2号（1930年4月)，1-15頁.
(125)　Binyon, 'A Letter to Langdon Warner, 20 June 1932', 103/75 Binyon Archive.
(126)　寿岳「雑記」,『ブレイクとホヰットマン』1巻5号（1931年5月)，239頁.
(127)　Laurence Binyon, 'A Letter to Nicolete Binyon, 11 November 1929', 103/56 Binyon Archive.
(128)　Laurence Binyon, *Koya San. Four Poems from Japan* (London: Red Lion, 1932).
(129)　来日時にビニョンが入手したパンフレット類は，関係する書簡や旅程表とともにビニョン・アーカイヴに保管されている（103/25 Binyon Archive).
(130)　Hatcher, *Laurence Binyon,* pp. 256-258.
(131)　柳「1915年6月11日付バーナード・リーチ宛書簡」,『全集』21巻上，188-189頁.
(132)　Binyon, *Landscape in English Art and Poetry,* pp. 294-295.

終章　「肯定の思想」という潮流に乗って

(1)　「解題」,『全集』8巻，642頁.
(2)　柳「下手ものゝ美」,『越後タイムス』771号（1926年9月),『全集』8巻，3頁.
(3)　柳「雑器の美」,『私の念願』（不二書房，1942),『全集』8巻，15頁.
(4)　柳「後記」,『私の念願』,『全集』20巻，610頁.
(5)　柳が『無垢の歌』を繰り返し読んだことは柳自身が『ヰリアム・ブレーク』の冒頭で述べている（『全集』4巻，11頁).
(6)　柳『ヰリアム・ブレーク』,『全集』4巻，68頁.
(7)　柳『ヰリアム・ブレーク』,『全集』4巻，310頁．Blake, 'A Letter to John Trusler, 16 August 1799', E701.
(8)　柳『ヰリアム・ブレーク』,『全集』4巻，310頁.
(9)　柳「下手ものゝ美」,『全集』8巻，9頁.
(10)　柳『初期大津絵』（工政会出版部，1929),『全集』13巻，92-93頁.
(11)　柳『ヰリアム・ブレーク』,『全集』4巻，119頁.
(12)　柳『ヰリアム・ブレーク』,『全集』4巻，132頁.

(13)　柳『ヰリアム・ブレーク』，『全集』4巻，109頁．なお「見る眼は知る心よりも勝る」の原文は 'The Eye sees more than the Heart knows'（E45）である．
(14)　柳『心偈』，『全集』18巻，408頁．
(15)　柳「工藝美論の先駆者に就て」，『工藝の道』，『全集』8巻，194頁．
(16)　柳「工藝美論の先駆者に就て」，『全集』8巻，195頁．
(17)　富本憲吉「ウイリアム・モリスの話」，『美術新報』11巻4，5号（1912年2，3月），『富本憲吉著作集』，423-446頁．
(18)　Kikuchi, *Japanese Modernisation and Mingei Theory*, pp. 2-26 (p. 23).
(19)　鈴木『バーナード・リーチの生涯と芸術』，76-77頁．
(20)　柳「李朝窯漫録」，『白樺』13巻9号（1922年9月），『全集』6巻，187頁．
(21)　草光俊雄「柳宗悦と英国中世主義」，杉原四郎編『近代日本とイギリス思想』（日本経済評論社，1995），134頁．
(22)　小野二郎「『ウィリアム・モリスのこと』（山本正三著）」，『朝日ジャーナル』（1980年12月26日），『ウィリアム・モリス研究　小野二郎著作集1』（晶文社，1980），420頁．
(23)　小野二郎「大槻憲二のモリス研究」，『明治大学人文科学研究所年報』20号（1978），『ウィリアム・モリス研究　小野二郎著作集1』，418頁．藤田治彦「ウィリアム・モリスと明治の日本」，デザイン史フォーラム編（藤田治彦責任編集）『アーツ・アンド・クラフツと日本』（思文閣，2004），11-16頁．大槻憲二と柳との間には1934年になるまで交流がなかったことが確認されている．川端康雄「大槻憲二とモリス誕生百年祭」，『アーツ・アンド・クラフツと日本』，25頁．モリスと民藝については，次の二本の論文で公平な議論がなされている．松原龍一「日本におけるアーツ・アンド・クラフツ――民芸成立から上加茂民藝協団，三国荘を巡って」，『「生活と芸術――アーツ&クラフツ展」図録』（朝日新聞社，2008-2009），198-201頁．ルパート・フォークナー「民芸運動における工芸作家：新世代の誕生」安藤京子訳，同上『図録』，202-208頁．
(24)　柳「概要」，『工藝の道』，『全集』8巻，214頁．
(25)　竹中均『柳宗悦・民藝・社会理論――カルチュラル・スタディーズの試み』（明石書店，1999），210頁．
(26)　神田健次「機織る伝道者――外村吉之介論」，『神学研究』48巻（2001），45-74頁．
(27)　John Keats, 'A Letter to George and Tom Keats, 21 December 1817', in *The Letters of John Keats 1814-1821*, I, pp. 191-194 (p. 193).
(28)　Isaiah Berlin, 'Two Concepts of Liberty', in *Four Essays on Liberty* (Oxford: Oxford University Press, 1969), pp. 118-172 (pp. 121-122). バーリンは「消極的自由」に基づく多元主義を支持した（p. 171）．
(29)　柳「仏教に帰る」，『現代仏教講座』4巻（角川書店，1955），『全集』19巻，501頁．
(30)　柳「東洋文化の教養」，『輔仁会雑誌』173号（1952年2月），『全集』19巻，807頁．
(31)　Blake, 'Annotations to *The Works of Sir Joshua Reynolds*', E656.